De kleermaker van Panama
Oorspronkelijke titel: *The Tailor of Panama*

Uitgave van Paperview n.v. in samenwerking met
Concentra Uitgeversmaatschappij n.v. en De Vlijt n.v.
Productie: Paperview n.v. – 2008
ISBN: 9789078432920
Wettelijk depot: D/2008/54370/35

www.paperviewgroup.com

1–

JOHN LE CARRÉ

De kleermaker van Panama

Ter nagedachtenis aan
Rainer Heumann,
literair agent, gentleman en vriend

'Quel Panamá!'

Uitdrukking die aan het begin van deze eeuw
in Frankrijk in zwang was.
Aanduiding van een onoplosbare warboel.

(Zie David McCullough's voortreffelijke boek
The Path Between the Seas)

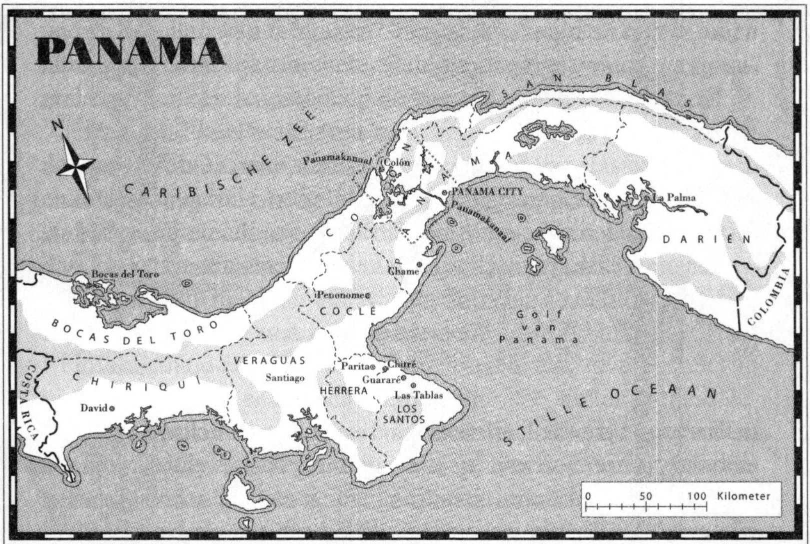
PANAMA
N
CARIBISCHE ZEE
SAN BLAS
Panamakanaal
Colón
PANAMA
PANAMA CITY
Panamakanaal
La Palma
DARIÉN
COLOMBIA
COLÓN
PANAMA
Chame
Bocas del Toro
Penonome
COCLÉ
Golf van Panama
BOCAS DEL TORO
VERAGUAS
Santiago
Parita
Chitré
Guararé
HERRERA
Las Tablas
LOS SANTOS
CHIRIQUI
COSTA RICA
David
STILLE OCEAAN
0 50 100 Kilometer

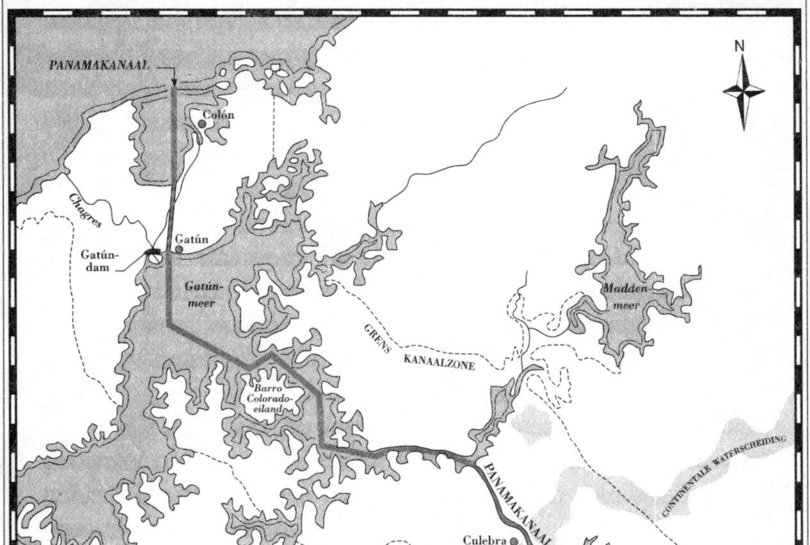
PANAMAKANAAL
N
Colón
Chagres
Gatún
Gatún-dam
Gatún-meer
Madden-meer
GRENS KANAALZONE
Barro Colorado-eiland
CONTINENTALE WATERSCHEIDING
PANAMAKANAAL
Culebra
Pedro Miguel
Pedro Miguel-sluizen
Miraflores
Miraflores-meer
Miraflores-sluizen
Balboa
Ancón
PANAMA CITY
GRENS KANAALZONE
CONTINENTALE WATERSCHEIDING
HET PANAMAKANAAL
0 5 10 15 Kilometer
PANAMAKANAAL

1

Het was een doodgewone vrijdagmiddag in het tropische Panama totdat Andrew Osnard de winkel van Harry Pendel binnenstormde en zich een pak wilde laten aanmeten. Toen hij naar binnen stormde was Pendel iemand. Tegen de tijd dat hij weer naar buiten stormde was Pendel iemand anders. Aantal verstreken minuten in totaal: zevenenzeventig, aldus de in een mahoniehouten kast gevatte klok van Samuel Collier uit Eccles, een van de vele pronkstukken van het Huis Pendel & Braithwaite Co., Limitada, Kleermakers en Hofleveranciers, vroeger gevestigd aan Savile Row, Londen, en tegenwoordig aan de Vía España, Panama City.

Of daar vlak in de buurt. Zo dicht in de buurt van de España dat het geen verschil maakte. En afgekort: P&B.

De dag begon klokslag zes uur toen Pendel met een schok wakker werd van het kabaal van lintzagen en bouwwerkzaamheden en verkeer in het dal, en van de krachtige mannelijke stem van de Armed Forces Radio. 'Ik was er niet bij. Twee andere kerels hebben het gedaan. Zij begon met slaan en ze wilde het zelf, edelachtbare,' deelde hij de ochtend mee, want hij had het gevoel dat hem een bestraffing wachtte al wist hij niet waarvoor. Toen herinnerde hij zich dat hij om halfnegen een afspraak had met de directeur van zijn bank en sprong hij uit bed op hetzelfde moment dat zijn vrouw Louisa 'Nee, nee, néé,' jammerde en het laken over haar hoofd trok, want als ze ergens niet tegen kon dan waren dat de ochtenden.

'Waarom niet eens "Ja, ja, ja," voor de verandering?' vroeg hij haar in de spiegel terwijl hij wachtte tot het water dat uit de kraan stroomde warm was. 'Waarom bekijken we het voor de verandering niet eens van de zonnige kant, Lou?'

Louisa kreunde maar haar lichaam onder het laken gaf geen krimp en dus zocht Pendel zijn heil in een rondje snedige conversatie met de nieuwslezer om zijn geest te verlichten.

'De opperbevelhebber van het Zuidelijk Commando van de

Amerikaanse strijdkrachten verklaarde met klem dat de Verenigde Staten hun contractuele verplichtingen jegens Panama, zowel in woord als in daad, zullen nakomen,' meldde de nieuwslezer met mannelijke gewichtigheid.

'Ze belazeren de kluit, schat,' kaatste Pendel terug terwijl hij zijn gezicht inzeepte. 'Als dat niet zo was, dan zou jij dat niet steeds weer benadrukken, hè generaal?'

'De president van Panama is vandaag in Hongkong gearriveerd om te beginnen aan zijn veertiendaagse reis langs de hoofdsteden van Zuidoost-Azië,' zei de nieuwslezer.

'Luister nu toch eens, het gaat over je baas!' riep Pendel en hij hield een hand vol zeep omhoog om haar aandacht af te dwingen.

'Hij wordt vergezeld door economische en handelsexperts, onder wie doctor Ernesto Delgado, zijn adviseur beleidsstrategie Panamakanaal.'

'Knap gedaan, Ernie,' zei Pendel goedkeurend, met een schuin oog op zijn liggende echtgenote.

'Aanstaande maandag zal het presidentiële gezelschap doorreizen naar Tokio om een aantal belangrijke gesprekken te voeren betreffende de toename van Japanse investeringen in Panama,' zei de nieuwslezer.

'En die geisha's zullen niet weten wat hun overkomt,' zei Pendel op zachtere toon terwijl hij zijn linkerwang schoor. 'Niet als onze Ernie de bloemetjes komt buitenzetten.'

Louisa schrok opeens wakker.

'Harry, laat dat. Ik wil niet dat je zo over Ernesto praat, zelfs niet voor de grap.'

'Nee, schat. Het spijt me ontzettend, schat. Het zal niet meer gebeuren. Nóóit meer,' beloofde hij haar terwijl hij zich met het lastige plekje vlak onder zijn neusgaten bezighield.

Maar daar nam Louisa geen genoegen mee.

'Waarom kan Panama niet in Panama investeren?' zei ze op klagende toon, en ze smeet het laken van zich af en ging, in het witte linnen nachthemd dat ze van haar moeder had geërfd, rechtop zitten. 'Waarom moeten we dat zonodig aan Aziáten overlaten? We hebben geld genoeg. We hebben alleen in deze stád al honderdenzeven banken, of niet soms? Waarom kunnen we onze eigen drugsopbrengsten niet gebruiken om onze eigen fabrieken en scholen en ziekenhuizen te bouwen?'

Dat 'we' was niet letterlijk bedoeld. Louisa was opgegroeid in de Kanaalzone in de tijd dat die op grond van een wurgcontract voor eeuwig Amerikaans grondgebied was, ook al was het totale gebied niet meer dan vijftien kilometer breed en tachtig kilometer lang en werd het omringd door verachtelijke Panamezen. Wijlen haar vader was een ingenieur in het Amerikaanse leger geweest die, nadat hij was overgeplaatst naar het Kanaal, met vervroegd pensioen ging om vervolgens in dienst te treden bij de Kanaalmaatschappij. Wijlen haar moeder was een ruimdenkende godsdienstlerares op een van de particuliere scholen in de Zone.

'Je weet wat er wordt beweerd, schat,' antwoordde Pendel terwijl hij een oorlel omhooghield en zich daaronder schoor. Hij schoor zich zoals anderen zouden kunnen schilderen, met liefde voor hun tubes en penselen. 'Panama is geen land, het is een casino. En wij weten welke jongens de touwtjes in handen hebben. Jij werkt toch voor een van hen?'

Hij kon het niet laten. Als zijn geweten aan hem knaagde, waren zijn sneren even onontkoombaar als Louisa's protesten.

'Nee, Harry, daar vergis jij je in. Ik werk voor Ernesto Delgado en Ernesto is niet een van hén. Ernesto is een man uit één stuk. Hij heeft idealen en hij zet zich met hart en ziel in voor de toekomst van Panama als een vrije en onafhankelijke staat in de internationale gemeenschap. Hij is heel anders dan zíj, want hij neemt geen steekpenningen aan en hij is er niet op uit om zijn land te verkwanselen. Dat maakt hem heel bijzonder en heel, heel zeldzaam.'

Heimelijk beschaamd zette Pendel de douche aan en testte het water met zijn hand.

'Weer te weinig druk,' zei hij monter. 'Dat krijg je ervan. Dan hadden we maar niet op een heuvel moeten gaan wonen.'

Louisa stapte uit bed en trok haar nachthemd over haar hoofd uit. Ze was groot en had een lang lijf, donker weerbarstig haar en de hoge borsten van een sportvrouw. Als ze zichzelf vergat, was ze een knappe vrouw. Maar als ze zich van zichzelf bewust was, liet ze het hoofd hangen en maakte een mistroostige indruk.

'Eén enkele gewetensvolle man, Harry,' hield ze hardnekkig vol terwijl ze haar haar in haar douchemuts propte. 'Meer is er niet nodig om dit land in goede banen te leiden. Eén gewetensvolle man van Ernesto's kaliber. Niet weer zo'n praatjesmaker, niet weer zo'n egotripper, maar één rechtschapen christenmens is voldoende. Eén fatsoenlijke, bekwame bestuurder die niet corrupt is, die de wegen en de riolering kan herstellen en een einde kan maken aan de armoede en de misdaad en de drugshandel, en het Kanaal kan behouden en het niet aan de hoogste bieder verpatst. Ernesto doet zijn uiterste best om die persoon te zijn. En het geeft geen pas dat jij, of wie dan ook, kwaad over hem spreekt.'

Pendel kleedde zich snel, doch met gebruikelijke zorg, aan en haastte zich naar de keuken. Net als iedereen die in Panama tot de gegoede middenstand behoorde, beschikten de Pendels over een aantal bedienden, maar het was een stilzwijgende, puriteinse afspraak dat de heer des huizes het ontbijt klaarmaakte. Roerei op toast voor Mark, *bagel* met smeerkaas voor Hannah. En met overgave gezongen passages uit *The Mikado*, die hij uit zijn hoofd kende want Pendel was dol op muziek. Mark was al aangekleed en zat aan de keukentafel zijn huiswerk te maken. Hannah moest worden overgehaald de badkamer uit te komen waar ze zich zorgen had gemaakt over een pukkeltje op haar neus.

Dan een warboel van wederzijdse verwijten en groeten als Louisa, aangekleed maar te laat voor haar werk op het hoofdkantoor van de Panamakanaal-commissie, naar haar Peugeot snelt en Pendel en de kinderen in de Jeep springen om te beginnen aan de krankzinnige rit naar school, linksaf, rechtsaf, links de steile heuvel af naar de snelweg, terwijl Hannah in de hobbelende Jeep haar broodje opeet en Mark met zijn huiswerk worstelt en Pendel zich verontschuldigt voor de vliegende haast, maar ik heb een vroeg palavertje met de jongens van de bank, luitjes, en een beetje spijt heeft van zijn rotopmerkingen aan Delgado's adres.

Dan een spurtje over de verkeerde rijbaan, met vriendelijke dank aan de ochtend-*operativo* die het automobilisten met een economische binding aan de stad toestaat van beide rijbanen gebruik te maken. Dan weer een hachelijke duik dwars tussen het aanstormende verkeer door naar smallere wegen, voorbij Amerikaans aandoende woningen die sprekend op hun eigen huis lijken, naar het uit glas en plastic opgetrokken dorp met zijn Charlie Pops en McDonald's en Kentucky Fried Chicken en de kermis waar Mark vorig jaar op Onafhankelijkheidsdag door toedoen van een vijandelijk botsautootje zijn arm had gebroken; toen ze in het ziekenhuis kwamen bleek dat vol te zitten met kinderen met brandwonden van het vuurwerk.

Dan de chaos waarin Pendel zijn zakken aftast op zoek naar een kwartje voor de zwarte jongen die bij het stoplicht rozen verkoopt, dan enthousiast gewuif van hen alle drie naar de oude man die al een halfjaar op dezelfde straathoek dezelfde schommelstoel probeert te verkopen voor het bedrag van tweehonderdvijftig dollar dat op een bordje om zijn nek geschreven staat. Weer zijstraten in; het is Marks beurt om als eerste te worden afgezet. Door het stinkende inferno van de Manuel Espinosa Batista, langs de Rijksuniversiteit. Een steelse blik naar langbenige meisjes met witte t-shirts en boeken onder hun arm, een respectvol knikje naar de bruidstaartachtige luister van de Del Carmen kerk – goedemorgen, God. Met doodsverachting de Vía España over, hup, weer de Vía Israel in tot aan de San Francisco, met de stroom mee naar het vliegveld Paitilla, opnieuw goedemorgen naar de dames en heren van de drugshandel die grotendeels verantwoordelijk zijn voor de rijen prachtige privévliegtuigen die tussen de troep, de vervallen gebouwen, de straathonden en de kippen geparkeerd staan, maar nu even gas terug, een beetje voorzichtig, alsjeblieft, rustig ademhalen. De golf van anti-joodse bomaanslagen in Latijns-Amerika is niet ongemerkt voorbijgegaan: die grimmig kijkende jonge mannen voor de ingang van het Albert Einstein zijn niet van de poes, dus pas op je tellen. Mark springt, voor de verandering aan de vroege kant, uit de auto, Hannah schreeuwt: 'Je vergeet wat, oen!' en smijt zijn schooltas achter hem aan. Mark loopt weg. Elk bewijs van genegenheid is taboe, zelfs een zwaaiende beweging met de hand, om te voorkomen dat zijn leeftijdgenoten dat gebaar abusievelijk zouden kunnen aanzien voor weekhartigheid.

Dan terug in het strijdperk, het gefrustreerde gejank van politiesirenes, het geronk en geraas van bulldozers en drilboren, al het zinloze getoeter, geruft en geweeklaag van een tropische stad in de Derde Wereld die niet weet hoe snel ze zichzelf naar de verdommenis moet helpen. Terug naar de bedelaars en kreupelen en de verkopers van handdoeken, bloemen, drinkbekers en koekjes, die op elke straathoek bijeengedromd staan – Hannah, draai je raampje open en waar is dat blikje met halve balbao's? Vandaag is de beurt aan de grijsharige senator zonder benen, die zich verplaatst in zijn hondenkarretje, en na hem aan de aantrekkelijke zwarte moeder met haar blije baby op haar heup; vijftig cent voor de moeder en een zwaai naar de baby. En daar komt die huilende jongen op krukken weer aan, met één been onder zich gevouwen als een overrijpe banaan – huilt hij de hele dag of alleen tijdens het spitsuur? Hannah geeft hem ook een halve balbao.

Dan even ruim baan als we met volle vaart tegen de heuvel opstormen naar het María Inmaculada College met zijn nonnen met hun spierwitte gezichten die op het schoolplein om de gele schoolbussen heen drentelen – *Señor Pendel, buenos días!* en ook u *Buenos días* gewenst, zuster Piedad! En u ook, zuster Imelda! – en heeft Hannah eraan gedacht haar bijdrage mee te brengen ten behoeve van de heilige die vandaag op het programma staat? Nee, zij is ook een oen, dus hier heb je vijf dollar, schat, je bent ruimschoots op tijd en veel plezier vandaag. Hannah, die nogal mollig is, geeft haar vader een vochtige kus en gaat, gadegeslagen door een dikke, grijnzende politieagent met een gouden horloge die op de kerstman lijkt, op zoek naar Sarah die deze week haar boezemvriendin is.

En niemand die er vreemd van opkijkt, denkt Pendel bijna voldaan als hij ziet hoe ze opgaat in de menigte. De kinderen niet, niemand niet. Zelfs ik niet. Eén joodse jongen, maar niet heus, en één katholiek meisje, maar ook niet heus, en iedereen vindt het de gewoonste zaak van de wereld. En het spijt me dat ik zulke nare dingen heb gezegd over de onnavolgbare Ernesto Delgado, schat, maar het is vandaag geen dag om braaf te zijn.

Waarna Pendel, in de zoetheid van zijn eigen gezelschap, de snelweg weer oprijdt en zijn Mozart aanzet. En plotseling verscherpt zijn bewustzijn, wat meestal gebeurt als hij alleen is. Uit gewoonte controleert hij of zijn portieren op slot zijn en kijkt hij met een schuin oog uit naar straatrovers, politieagenten en andere gevaarlijke types. Maar hij maakt zich geen zorgen. Want sinds een paar maanden na de Amerikaanse invasie wordt de orde in Panama bewaard door revolverhelden. Als vandaag iemand tijdens een verkeersopstopping een vuurwapen zou trekken zou hij worden doorzeefd met kogels vanuit elke auto behalve die van Pendel.

Een zinderende zon bestookt hem vanachter de zoveelste half voltooide wolkenkrabber, de schaduwen verdiepen zich, het stadsrumoer wordt luider. Bont wasgoed duikt op uit het duister van de wrakke flatgebouwen in de nauwe straatjes waar hij door laveert. De gezichten van de voetgangers zijn Afrikaans, Indiaans, Chinees en elke mogelijke combinatie daartussen. Panama kan bogen op evenveel soorten mensen als vogels, iets waar Pendel zich diep in zijn bastaardhart nog dagelijks over verheugt. Sommigen zijn afstammelingen van slaven, anderen zijn dat eigenlijk net zo goed, want hun voorvaderen zijn met tienduizenden tegelijk hier naartoe verscheept om te werken aan en soms te sterven voor het Kanaal.

De weg verbreedt zich. Laagwater en een laagstaande zon boven de Stille Oceaan. De donkergrijze eilanden aan de andere kant van de baai zijn net verafgelegen Chinese bergen die zweven in de ochtendnevel. Pendel zou er heel graag heen willen. Misschien is dat Louisa's schuld omdat haar nietsontziende onzekerheid hem soms moedeloos maakt. Of misschien komt het omdat hij recht voor zich de bloedrode top van de wolkenkrabber van zijn bank ziet opdoemen, die zijn best doet om met zijn al even weerzinwekkende soortgenoten te wedijveren wie de hoogste is. Een stuk of tien schepen drijven in een spookachtige rij boven de onzichtbare horizon, en wachten in ledigheid tot ze het Kanaal in mogen varen. In een opwelling van empathie doorstaat Pendel de eentonigheid van het leven aan boord. Hij baadt in het zweet op het bewegingloze dek, hij ligt in een stinkende hut vol vreemde lichamen en de stank van stookolie. Ik heb al meer dan genoeg tijd in ledigheid doorgebracht, dank u feestelijk. Dat nooit meer, belooft hij zichzelf met een huivering.

Voortaan zal Harry Pendel volop genieten van elk uur van elke dag die hem op aarde gegeven is, dat staat vast. Vraag maar aan oom Benny, levend of dood.

Als hij de Avenida Balboa op rijdt heeft hij het gevoel dat hij het luchtruim kiest. Rechts van hem glijdt de Amerikaanse ambassade voorbij, imposanter dan het Reigerpaleis, imposanter zelfs dan zijn bank. Maar op dit moment niet imposanter dan Louisa. Ik hou van het grote gebaar, legt hij haar uit als hij neerstrijkt op het voorplein van de bank. Als ik het niet zo hoog in mijn bol had gehad, dan zat ik nu niet zo diep in de nesten, dan zou ik mezelf nooit hebben gezien als grootgrondbezitter en dan zou ik nooit een cent schuld hebben gehad die ik niet kan aflossen en dan zou ik ophouden met mijn gevit op Ernie Delgado en ieder ander die jij toevallig beschouwt als moreel pronkjuweel. Met tegenzin zet hij zijn Mozart uit, reikt in de auto achter zich, pakt zijn jasje van het speciale knaapje – hij heeft gekozen voor donkerblauw – trekt het aan en kijkt in de achteruitkijkspiegel of zijn Denman & Goddard-das goed zit. Een strenge jongeling in uniform bewaakt de grote glazen entree. Hij is uitgerust met een repeteergeweer en groet iedereen die een pak draagt.

'Don Eduardo, monseñor, en hoe maakt ú het vandaag?' roept Pendel in het Engels terwijl hij een arm omhoog steekt. De jongeling glundert.

'Goedemorgen, meneer Pendel,' antwoordt hij. Het zijn de enige Engelse woorden die hij kent.

Harry Pendel is uitzonderlijk atletisch gebouwd voor een kleermaker. Misschien is hij zich daarvan bewust want hij loopt met het air van iemand die niet met zich laat spotten. Hij is niet alleen breed maar ook lang, met kort geknipt grijzend haar. Hij heeft een brede borstkas en de zware afhangende schouders van een bokser. Toch loopt hij met de gratie en de zelfbeheersing van een staatsman. Zijn handen, die eerst losjes gebogen langs zijn zij hingen, slaat hij keurig achter zijn gespierde rug ineen. Het is de gang van iemand die een erewacht inspecteert of waardig het vuurpeloton tegemoettreedt. In zijn verbeelding heeft Pendel dat allebei gedaan. Meer dan één split in het rugpand van het jasje staat hij niet toe. Dat noemt hij de Wet van Braithwaite.

Maar de geestdrift en het welbehagen van de veertigjarige bleek toch het duidelijkst uit zijn gelaatsuitdrukking. Zijn babyblauwe ogen straalden een onbeschaamde onschuld uit. Zelfs als hij niet sprak speelde er een hartelijke, minzame glimlach om zijn lippen. Wie dat toevallig opmerkte voelde zich meteen een stukje beter.

In Panama hebben Grote Mannen betoverend mooie, zwarte secretaresses in preutse blauwe busconductrice-uniformpjes. Ze hebben gelambriseerde, in staal gevatte deuren van regenwoudteak met koperen deurknoppen die je niet kunt omdraaien omdat de deuren van binnenuit met drukknopjes worden bediend, zodat de Grote Mannen niet kunnen worden ontvoerd. De kamer van Ramón Rudd was kolossaal en modern en lag op zestien hoog, met getinte vensters van boven tot onder die uitkeken op de baai en een bureau ter grootte van een tennisbaan en Ramón die zich aan het uiterste einde vastklampte als een heel kleine rat aan een heel groot vlot. Hij was klein en mollig, met een donkerblauwe kaak en vet, achterover gekamd haar en met blauwzwarte bakkebaarden en hebzuchtige kraaloogjes. Om te oefenen moest en zou hij Engels spreken, voornamelijk door zijn neus. Hij had enorme bedragen uitgegeven om zijn stamboom te laten uitzoeken en beweerde dat hij een afstammeling was van de Schotse avonturiers die na de scheepsramp voor de kust van Darién waren achtergebleven. Zes weken geleden had hij een kilt in het ruitpatroon van de Rudds besteld zodat hij kon meedoen aan de Schotse volksdansen in de Club Unión. Ramón Rudd was Pendel tienduizend dollar schuldig voor vijf pakken. Pendel was Rudd honderdvijftigduizend dollar schuldig. Als blijk van vriendschap telde hij de onbetaalde rente op bij de schuld waardoor deze groeide.

'Pepermuntje?' vroeg Rudd en hij schoof een koperen schaaltje met in groen papier gewikkelde snoepjes naar voren.

'Dank je, Ramón,' zei Pendel, maar hij pakte er geen. Ramón nam er wel een.

'Waarom betaal je zoveel geld aan een advocáát?' vroeg Rudd na twee minuten stilte, waarin hij op zijn pepermuntje sabbelde en ze ieder voor zich treurden over de laatste balans van de rijstplantage.

'Hij zei dat hij de rechter zou omkopen, Ramón,' zei Pendel met de onderdanigheid van een misdadiger die zijn zonden opbiecht. 'Hij zei dat het een goede vriend van hem was. Hij zei dat hij me er liever buiten hield.'

'Maar waarom heeft de rechter de zitting verdaagd als jouw advocaat hem heeft omgekocht?' redeneerde Rudd. 'Waarom heeft hij jou het water niet toegekend zoals hij had beloofd?'

'Het was inmiddels een andere rechter, Ramón. Na de verkiezingen werd er een nieuwe rechter aangesteld en de smeergelden waren niet overdraagbaar van de oude op de nieuwe, begrijp je. Nu houdt de nieuwe rechter de boot af om te zien welke partij hem de vetste kluif voorhoudt. De griffier beweert dat de nieuwe rechter integerder is dan de oude, dus is hij uiteraard duurder. Scrupules zijn kostbaar in Panama, zegt hij. En het wordt nog erger.'

Ramón Rudd zette zijn bril af en ademde erop, waarna hij de glazen beurtelings poetste met een zeemleren lapje uit het borstzakje van zijn Pendel & Braithwaite-pak. Vervolgens haakte hij de gouden pootjes achter zijn glimmende oortjes.

'Waarom koop je niet iemand om op het ministerie van landbouw?' stelde hij met superieure welwillendheid voor.

'Dat hebben we geprobeerd, Ramón, maar die hebben zo hun principes, zie je. Ze zeggen dat de tegenpartij hen al heeft omgekocht en dat het niet ethisch van hen zou zijn als ze naar de andere kant zouden overlopen.'

'Kan je pachter niet wat regelen? Je betaalt hem een vet salaris. Waarom bemoeit *hij* zich er niet mee?'

'Ach, weet je, Angel is een tikkeltje labberdeflap, om eerlijk te zijn, Ramón,' zei Pendel die af en toe onopzettelijk een nieuw woord aan zijn moedertaal toevoegde. 'Ik denk dat ik zonder hem beter af was geweest, en dat is nog zacht uitgedrukt. Ik vrees dat ik er binnenkort iets van zal moeten zeggen.'

Rudds jasje knelde nog steeds onder de oksels. Ze stonden tegenover elkaar bij het grote raam en hij sloeg eerst zijn armen over elkaar, liet ze vervolgens langs zijn zij hangen en vouwde daarna zijn handen op zijn rug terwijl Pendel voorzichtig met zijn vingertoppen aan de naden plukte, als een dokter die wilde weten waar het pijn deed.

'Het is niets ernstigs, Ramón, als het al iets is,' verklaarde hij ten slotte. 'Ik ga de mouwen niet zomaar lostornen, want dat is slecht voor het jasje. Maar als je de volgende keer langskomt zal ik kijken wat ik eraan kan doen.'

Ze gingen weer zitten.

'Produceert die plantage wel wat rijst?' vroeg Rudd.

'Een klein beetje, Ramón, laat ik het zo zeggen. Men beweert dat wij moeten opboksen tegen de globalisatie, en daarmee bedoelt men de goedkope rijst die geïmporteerd wordt uit andere landen waar de landbouw door de regering wordt gesubsidieerd. Ik ben onbezonnen geweest. Wij allebei.'

'Jij en Louisa?'

'Nou nee, jij en ik eigenlijk, Ramón.'

Ramón Rudd fronste zijn voorhoofd en keek op zijn horloge, wat hij altijd deed bij cliënten die geen geld hadden.

'Het is jammer dat je van die plantage geen apart bedrijf hebt gemaakt toen je de kans had, Harry. Een goede zaak als onderpand voor een rijstplantage die zonder water zit, dat is bepaald geen handige zet.'

'Maar Ramón – jíj hebt me dat indertijd aangeraden,' protesteerde Pendel. Maar zijn schaamte ondermijnde zijn verbolgenheid al. 'Jij zei dat we die twee zaken moesten samenvoegen omdat je anders het risico te groot vond. Dat was een voorwaarde voor de lening. Oké, het was mijn eigen schuld, ik had nooit naar je moeten luisteren. Maar dat heb ik wel gedaan. Ik vermoed dat je die dag de belangen van de bank behartigde en niet die van Harry Pendel.'

Ze spraken over renpaarden. Ramón bezat er een stuk of wat. Ze hadden het over onroerend goed. Ramón had een stuk land aan de Atlantische kust. Misschien zou Harry daar in het weekend eens een kijkje kunnen nemen en wellicht een perceeltje kopen. Zelfs als hij het een jaar of twee braak zou laten liggen, was Ramóns bank bereid voor een hypotheek te zorgen. Maar Ramón vroeg niet of hij Louisa en de kinderen mee zou nemen, hoewel Ramóns dochter ook op het María Inmaculada zat en de twee meisjes uitstekend met elkaar konden opschieten. Noch vond hij het, tot Pendels intense opluchting, passend om een toespeling te maken op de tweehonderdduizend dollar die Louisa van wijlen haar vader had geërfd en aan Pendel had overgedragen om op verantwoorde wijze te investeren.

'Heb je geprobeerd op een andere bank over te stappen?' vroeg Ramón Rudd, toen al het onzegbare nadrukkelijk ongezegd was gelaten.

'Ik denk niet dat er veel banken zijn die op dit moment met mij in zee willen, Ramón. Hoezo?'

'Ik ben gebeld door een van de handelsbanken. Ze wilden van alles over je weten. Je kredietwaardigheid, je verplichtingen, je omzet. Een heleboel dingen die ik niemand aan zijn neus hang. Uiteraard.'

'Ze zijn niet goed wijs. Ze moeten iemand anders hebben bedoeld. Welke handelsbank was het?'

'Een Britse. Uit Londen.'

'Uit Lónden? Die belden jóú? Over míj? Welke was het? Ik dacht dat ze allemaal failliet waren.'

Ramón Rudd betreurde het dat hij niet nauwkeuriger kon zijn. Hij had ze niets verteld, uiteraard. Hij was niet gevoelig voor aansporingen.

'Wát voor aansporingen, in hemelsnaam?' riep Pendel uit.

Maar Rudd scheen ze al bijna te zijn vergeten. Introducties, zei hij vaag. Aanbevelingen. Het maakte niet uit. Harry was een vriend.

'Ik heb zitten denken over een blazer,' zei Ramón Rudd toen ze elkaar de hand schudden. 'Marineblauw.'

'Dit soort blauw?'

'Donkerder. Met een dubbele rij knopen. Koperen knopen. Schots fabrikaat.'

Dus vertelde Pendel hem in een volgende opwelling van dankbaarheid over die schitterende nieuwe lijn knopen die hij had betrokken van de Londense Badge & Button Company.

'Ze zouden je familiewapen erop kunnen zetten, Ramón. Een Schotse distel bijvoorbeeld. Ze zouden ook je manchetknopen kunnen maken.'

Ramón zei dat hij erover zou nadenken. Omdat het vrijdag was, wensten ze elkaar een prettig weekend. En waarom ook niet? Het was nog steeds een doodgewone dag in het tropische

Panama. Er waren misschien een paar wolkjes aan zijn persoonlijke horizon, maar Pendel had wel voor hetere vuren gestaan. Een voorname Londense bank had Ramón opgebeld – of misschien wel helemaal niet. Ramón was op zijn manier een heel geschikte kerel, een gewaardeerde klant als hij over de brug kwam, en ze hadden samen menig kelkje geledigd. Maar je zou een doctoraat in buitenzintuiglijke waarneming moeten hebben om te weten wat er in dat Spaans-Schotse hoofd van hem omging.

De aankomst in zijn zijstraatje geeft Harry Pendel elke keer weer het gevoel dat hij zijn thuishaven binnenvaart. Soms kwelt hij zichzelf met de gedachte dat de zaak is verdwenen, is gestolen, door een bom is weggevaagd. Of dat hij er eigenlijk nooit is geweest. Dat hij zich die zaak had ingebeeld, dat die hem was aangepraat door wijlen zijn oom Benny. Maar het bezoek aan de bank heeft hem vandaag van zijn stuk gebracht en zijn oog speurt zoekend naar de winkel en richt zich erop zodra hij de schaduw van de grote bomen betreedt. Je bent een echt huis, zegt hij tegen de roestige roze Spaanse dakpannen die door het gebladerte naar hem knipogen. Je bent helemaal geen bedrijfspand. Jij bent het soort huis waar een wees zijn hele leven van droomt. Ik wou dat oom Benny je nu eens kon zien.

'Zie je die pergola met al die bloemen?' vraagt Pendel aan Benny terwijl hij hem aanstoot, 'die je uitnodigt binnen te komen waar het aangenaam en koel is en waar je als een pasja in de watten wordt gelegd?'

'Harry, mijn jongen, het is het absolute einde,' antwoordt oom Benny en hij legt meteen zijn beide handen op de rand van zijn vilthoed, wat hij altijd doet als hij iets in zijn schild voert. 'Met zo'n zaak kun je alleen om binnen te komen al een pond entree vragen.'

'En dat geschilderde uithangbord, Benny? P&B, met aan de bovenkant verstrengelde krullen, de naam waaronder de winkel wijd en zijd bekend is, of je nu in de Club Unión of in de wetgevende vergadering of in het Reigerpaleis komt? "De laatste tijd nog bij P&B geweest?" "Daar gaat die ouwe zus-en-zo in zijn P&B-pak." Zo praten ze hier, Benny!'

'Ik heb het al eens eerder gezegd, Harry, jong, en ik zeg het nogmaals. Jij hebt de gave. Jij hebt het in je vingers. Van wie je dat hebt, zal me altijd een raadsel zijn.'

Als zijn zelfvertrouwen grotendeels is teruggekeerd en hij Ramón Rudd grotendeels is vergeten, loopt Harry Pendel de trap op om aan zijn werkdag te beginnen.

2

Toen Osnards telefoontje rond halfelf binnenkwam keek niemand er vreemd van op. Hij was een nieuwe klant en nieuwe klanten moesten per definitie worden doorverbonden met señor Harry of, als hij bezet was, moest hen om hun telefoonnummer worden gevraagd zodat señor Harry hen zo snel mogelijk kon terugbellen.

Pendel bevond zich in zijn snijkamer en knipte op de tonen van Gustav Mahler uit bruin papier patronen voor een marine-uniform. De snijkamer was zijn heiligdom en dat deelde hij met niemand. De sleutel woonde in zijn vestzakje. Soms stak hij hem, om de luxe die de sleutel hem verschafte te benadrukken, in het sleutelgat en draaide hem weg van de wereld om te laten zien wie hier de baas was. En soms stond hij, voordat hij de deur weer van het slot deed, een seconde met zijn hoofd gebogen en zijn voeten tegen elkaar in een ootmoedige houding voordat hij zijn goede werken hervatte. Niemand zag hem dat doen, met uitzondering van dat deel van hem dat de toeschouwer speelde bij zijn meer theatrale handelingen.

Achter hem, in kamers van gelijke grootte, onder felle, nieuwe lampen en elektrische plafondventilators, naaide en streek en babbelde zijn in de watten gelegde personeel van alle rassen met een onbevangenheid die de zwoegende klassen van Panama doorgaans niet is vergund. Maar niemand zwoegde met meer toewijding dan hun werkgever Pendel toen hij even stilhield om naar een stukje Mahler te luisteren, waarna hij bedreven de schaar in de gele krijtlijn zette die het rug- en schouderpand definieerde van een Colombiaanse admiraal die zijn in ongenade gevallen voorganger uitsluitend in elegantie wilde overtreffen.

Het uniform dat Pendel voor hem had ontworpen was wel bijzonder imposant. De witte pantalon, die hij al had toevertrouwd aan zijn Italiaanse pantalonmakers, een paar deuren verderop in de gang achter hem, moest zo strak om het zitvlak spannen dat hij geschikt was om in te staan maar niet om in te zitten. De jas met slippen die Pendel op dat moment aan het snijden was, was wit en marineblauw met gouden epauletten, galons op de manchetten, gouden tressen en een hoog opstaande Nelson-boord dat was afgezet met eikenbladeren rond scheepsankers – een artistieke vrijheid die Pendel zich had veroorloofd en waar de privésecretaris van de admiraal bijzonder mee ingenomen was toen Pendel hem het ontwerp had gefaxt. Pendel had nooit goed begrepen wat Benny bedoelde toen hij zei dat hij het in zijn vingers had, maar als hij naar dat ontwerp keek dan wist hij dat het waar was.

En terwijl hij doorging met knippen op de maat van de muziek begon zijn rug zich in empathie te krommen totdat hij admiraal Pendel werd die een grote trap afdaalt om zijn inaugurele bal te openen. Dergelijke onschuldige fantasieën belemmerden hem geenszins in zijn kleermakersvaardigheden. De ideale snijder, verkondigde hij maar al te graag – met verschuldigde dank aan wijlen zijn compagnon Braithwaite – is een geboren imitator. Het is zijn taak om zich te steken in de kleren van degene voor wie hij ze maakt en die persoon te worden totdat de rechtmatige eigenaar ze komt opeisen.

Het was in die aangename staat van overbrenging dat Pendel Osnards telefoontje ontving. Eerst kreeg hij Marta aan de lijn. Marta was zijn receptioniste, telefoniste, boekhoudster en broodjes-smeerster; een streng, loyaal wezentje van gemengd bloed, met een vervormd, asymmetrisch gezicht dat overdekt was met vlekken en littekens ten gevolge van chirurgisch knoeiwerk.

'Goedemorgen,' zei ze met haar prachtige stem in het Spaans.

Geen 'Harry' en geen 'señor Pendel' – dat zei ze nooit. Alleen goedemorgen met de stem van een engel, want van alles boven haar schouders waren alleen haar stem en haar ogen ongeschonden gebleven.

'En jij ook een goedemorgen gewenst, Marta.'

'Ik heb een nieuwe klant aan de lijn.'

'Van welke kant van de brug?'

Dat was een vast grapje tussen hen.

'Jouw kant. Het is een Osnard.'

'Een wát?'

'Señor Osnard. Een Engelsman. Hij maakt grapjes.'

'Wat voor grapjes?'

'Dat moet je mij niet vragen.'

Pendel legde zijn schaar terzijde, draaide Mahler nagenoeg de nek om en trok, in die volgorde, een agenda en een pen naar zich toe. Het was algemeen bekend dat hij aan zijn snijtafel een echt pietje precies was: kleren hier, patronen daar, facturen en orderboek daar, alles keurig op zijn plaats. Bij het snijden had hij zoals gebruikelijk een vest aangetrokken met een zwart zijden rugpand en aan de voorzijde een klep, dat hij zelf had ontworpen en gemaakt. Hij hield van de sfeer van dienstbaarheid die van dat kledingstuk uitging.

'En hoe spellen we dat, meneer?' informeerde hij op uitgelaten toon toen Osnard nogmaals zijn naam noemde.

Er sloop een glimlach in Pendels stem toen hij in de telefoonhoorn sprak. Volslagen vreemden kregen onmiddellijk het gevoel dat ze met iemand spraken die ze aardig vonden. Maar Osnard beschikte kennelijk over dezelfde aanstekelijke gave, want al snel ontwikkelde zich een zekere jovialiteit tussen hen, die achteraf verantwoordelijk was voor de lengte en de ongedwongenheid van hun uitermate Engelse gesprek.

'Het begint met O-S-N en eindigt met A-R-D,' zei Osnard, en iets in de manier waarop hij het zei moest Pendel als bijzonder geestig hebben getroffen want hij schreef de naam op zoals Osnard hem dicteerde, in groepjes van drie hoofdletters met een en-teken ertussenin.

'Tussen haakjes, ben jij Pendel of Braithwaite?' vroeg Osnard.

Waarop Pendel, zoals vaker als hem die vraag werd gesteld, antwoordde met een breedsprakigheid die beide identiteiten recht deed wedervaren: 'Tja, meneer, in zekere zin heb ik beide personen in mij verenigd. Mijn compagnon Braithwaite is, het spijt me dat ik het moet zeggen, al jaren geleden gestorven. Anderzijds kan ik u verzékeren dat zijn kwaliteitsnormen nog springlevend zijn én dat die tot op de dag van vandaag door het huis in acht worden genomen, hetgeen eenieder die hem heeft gekend tot vreugde stemt.'

Als hij alle registers van zijn professionele identiteit opentrok, had Pendels taalgebruik de vitaliteit van iemand die na een langdurig verblijf in ballingschap terugkeert in de bewoonde wereld. Bovendien bestonden zijn zinnen uit meer delen dan je verwachtte, vooral aan het einde, ongeveer zoals een klassiek muziekstuk waarbij het publiek steeds weer ten onrechte denkt dat het al afgelopen is.

'Het spijt me dat te horen,' zei Osnard na een korte pauze op eerbiedig gedempte toon. 'Waar is hij aan gestorven?'

En Pendel zei tot zichzelf: merkwaardig hoeveel mensen dat vragen, maar het is logisch als je beseft dat we er vroeg of laat allemaal aan moeten geloven.

'Ach, ze nóémden het een beroerte, meneer Osnard,' antwoordde hij op de vrijmoedige toon die gezonde mannen aanslaan als ze het over dergelijke zaken hebben. 'Maar ikzelf zou het, als ik eerlijk ben, eerder een gebroken hart noemen, veroorzaakt door de tragische sluiting van ons pand aan Savile Row ten gevolge van de exorbitante lasten. Mag ik zo vrij zijn u te vragen of u woonachtig bent in Panama, meneer Osnard, of bent u slechts op doorreis?'

'Een paar dagen geleden neergestreken. En wou hier nog maar even blijven.'

'Dan heet ik u welkom in Panama, meneer, en zoudt u zo vriendelijk willen zijn me ook een telefoonnummer te geven voor het geval onze verbinding verbroken wordt, hetgeen helaas regelmatig voorkomt in deze contreien?'

Beide mannen droegen, zoals alle Engelsen, het stigma van de taal. Voor een Osnard was Pendels afkomst even onmiskenbaar als zijn streven daaraan te ontsnappen. Ondanks al zijn jovialiteit had zijn stem zich nooit ontdaan van de smet van Leman Street in het Londense East End. Als zijn klinkers in orde waren, lieten zijn intonatie en timbre te wensen over. En zelfs als alles klopte, was hij vaak een tikkeltje barok in zijn woordkeuze. Voor een Pendel daarentegen praatte Osnard het brabbeltaaltje van de grofbesnaarden en bevoorrechten die oom Benny's rekeningen negeerden. Maar toen de twee mannen met elkaar spraken en elkaar aanhoorden had Pendel de indruk dat er een aangename saamhorigheid tussen hen opbloeide, als tussen twee ballingen, waarbij beide mannen ten gunste van een gemeenschappelijke band gaarne bereid waren hun vooroordelen opzij te zetten.

'Ik logeer in het El Panama tot mijn flat klaar is,' legde Osnard uit. 'Dat ding had eigenlijk al een maand geleden klaar moeten zijn.'

'Het ouwe liedje, meneer Osnard. Aannemers zijn overal hetzelfde. Ik heb het al zo vaak gezegd en ik zeg het nogmaals. Of je nu in Timboektoe zit of in New York City, dat maakt niets uit. Geen bedrijf zo inefficiënt als het aannemersbedrijf.'

'En om een uur of vijf is het bij jou aan de rustige kant? Geen grote toeloop verwacht om een uur of vijf?'

'Vijf uur is ons happy hour, meneer Osnard. Dan zijn de heren met wie ik een lunchafspraak heb inmiddels weer veilig terug op hun werk en dan hebben wat ik mijn *aperitivo's* noem hun speelpakjes nog niet aan.' Hij strafte zich met een zelfverachtende glimlach. 'Nu laat ik me lelijk in de kaart kijken. Ik jok. Het is vrijdag, dus mijn aperitivo's gaan naar hun wettige echtgenotes. Om vijf uur zal ik u met alle soorten van genoegen mijn onverdeelde aandacht schenken.'

'U in eigen persoon? In den vleze? Een hoop kleermakers van stand huren lakeien in om het vuile werk voor hen op te knappen.'

'Ik ben van de oude stempel, vrees ik, meneer Osnard. Elke klant is een uitdaging voor me. Ik neem de maat, ik snijd, ik pas en het interesseert me nooit hoeveel pasbeurten het kost om het optimale resultaat te bereiken. Geen enkel kledingstuk gaat hier de deur uit zolang het niet af is, en ik houd persoonlijk toezicht op elke achtereenvolgende fase van het productieproces.'

'Oké. Hoeveel?' vroeg Osnard. Maar op speelse toon, niet agressief.

Pendels gulle glimlach verbreedde zich. Als hij Spaans had gesproken, dat zijn tweede en favoriete taal was geworden, zou hij geen enkele moeite hebben gehad om die vraag te beantwoorden. Niemand in Panama doet moeilijk over geld, tenzij hij zonder zit. Maar de onvoorspelbaarheid van de Engelse elite waar het geldzaken betrof was berucht, en de rijksten bleken maar al te vaak de krenterigsten.

'Ik lever alleen het allerbeste, meneer Osnard. Rolls-Royces krijg je niet voor niets, zeg ik altijd maar, en dat geldt evenzeer voor een Pendel & Braithwaite.'

'Hoeveel dus?'

'Tja, meneer, tweeëneenhalfduizend dollar voor een tweedelig kostuum is ongeveer de normale prijs, hoewel het, afhankelijk van de stof en de snit, ook meer kan zijn. Een colbert of een blazer vijftienhonderd, een vest zeshonderd. En aangezien we veel van lichtere materialen gebruik maken en dienovereenkomstig een tweede bijpassende pantalon aanbevelen, de speciale prijs van achthonderd voor het tweede exemplaar. Is dat een geschokte stilte die ik waarneem, meneer Osnard?'

'Ik dacht dat twee ruggen per pak de standaardprijs was.'

'Dat was ook zo, meneer, tot een jaar of drie geleden. Toen ging de dollar helaas door de grond, terwijl wij van P&B ons verplicht voelden de allerbeste materialen te blijven inkopen, en ik hoef u er nauwelijks op te wijzen dat we die nog steeds uitsluitend gebruiken, ongeacht de kosten, veelal afkomstig uit Europa, en zonder uitzondering...' Hij wilde een dure uitdrukking als 'valuta-gerelateerd' lanceren maar bedacht zich. 'Hoewel ik heb horen fluisteren, meneer, dat de toonaangevende confectionairs tegenwoordig – ik neem voor het gemak Ralph Lauren maar even als leidraad – ook al tegen de tweeduizend aan zitten en die in sommige gevallen zelfs overschrijden. Mag ik u er bovendien op wijzen dat wij ook de nazorg op ons nemen, meneer? Ik geloof niet dat u bij de gemiddelde herenmodezaak kunt terugkomen met de mededeling dat het jasje ietwat knelt rond de schouders, of dacht u van wel? Wat wilde u eigenlijk precies bij ons bestellen?'

'Ik? O, het gewone werk. Om te beginnen een paar pakken voor alledag, eens kijken hoe die uitvallen. En vervolgens de hele mikmak.'

'De *hele mikmak*,' herhaalde Pendel vol ontzag, terwijl de herinneringen aan oom Benny hem overspoelden. 'Het moet zo'n twintig jaar geleden zijn dat ik die uitdrukking voor het laatst hoorde bezigen, meneer Osnard. God beware me. De hele mikmak. Goeie hemel.'

Een andere kleermaker had op dat moment wellicht zijn enthousiasme ingetoomd en zich weer over het marine-uniform gebogen. En dat had Pendel op elke andere dag waarschijnlijk ook gedaan. De afspraak was gemaakt, de prijs was genoemd, de voorbereidende beleefdheden waren uitgewisseld. Maar Pendel had er schik in. Na zijn bezoek aan de bank had hij zich eenzaam gevoeld. Hij had weinig Engelse klanten en nog minder Engelse vrienden. En Louisa, die zich liet leiden door de geest van wijlen haar vader, was hem op dat punt weinig behulpzaam.

'En P&B is nog steeds het enige adres in de stad, is dat juist?' vroeg Osnard. 'Kleermakers van Panama's rijkste en roemrijkste diknekken en zo?'

Het woord diknek bracht een glimlach op Pendels lippen. 'Wij hopen het van harte, meneer. We willen ons niet op de borst kloppen maar we zijn trots op onze prestaties. Het was de afgelopen tien jaar bepaald niet altijd rozengeur en maneschijn, dat kan ik u verzekeren. Veel smáák is er in Panama niet, als ik zo vrij mag zijn. Of dat was er in ieder geval niet totdat wíj ons hier vestigden. We moesten ze opvoeden voor we iets aan hen kwijt konden. Zoveel geld voor een pak? Ze dachten minstens dat we niet goed snik waren. Toen begon het geleidelijk aan te slaan tot we, en het verheugt me dit te kunnen zeggen, bijna omkwamen in het werk. Men kreeg in de gaten dat we hun niet zomaar een kostuum in hun maag splitsen en het geld opstrijken, maar dat we ook voor het onderhoud zorg dragen, dat we verstellen en altijd voor hen klaarstaan, dat we vrienden en begeleiders, dat we mensen van vlees en bloed zijn. Volgt u het nieuws, meneer? We zijn onlangs nogal opgehemeld in een artikel dat is verschenen in onze plaatselijke editie van de *Miami Herald*, maar ik weet niet of uw oog daar toevallig op gevallen is.'

'Dat moet me zijn ontgaan.'

'Ach, laat ik het zo zeggen, meneer Osnard. Ik zal er, met uw welnemen, geen doekjes om winden. Wij kleden presidenten, advocaten, bankiers, bisschoppen, leden van de wetgevende vergadering, generaals en admiraals. Wij kleden iedereen die een maatkostuum weet te waarderen en zich dat kan veroorloven, ongeacht ras, geloof of reputatie. Hoe klinkt u dat in de oren?'

'Veelbelovend, moet ik zeggen. Heel veelbelovend. Vijf uur, dus. Happy hour. Osnard.'

'Vijf uur staat, meneer Osnard. Ik verheug me erop.'

'Dan ben je niet de enige.'

'Weer een voortreffelijke nieuwe klant erbij, Marta,' zei Pendel tegen haar toen ze binnenkwam met een paar rekeningen.

Maar alles wat hij tegen Marta zei was altijd net iets meer dan zomaar een spontane opmerking. En dat bleek ook uit de manier waarop ze hem aanhoorde: het toegetakelde hoofd schuin van hem afgekeerd, de wijze donkere ogen op iets anders gericht, gordijnen van zwart haar om het ergste te verhullen.

En dat was dat. Hoewel Pendel zichzelf later zijn ijdele dwaasheid verweet, voelde hij zich op dat moment opgetogen en gevleid. Die Osnard was een uitgesproken grapjas en Pendels voorliefde voor grapjassen was al even groot als die van zijn oom Benny was geweest; en de Britten, wat Louisa en wijlen haar vader ook op hen aan te merken mochten hebben, waren betere grapjassen dan de meesten. Misschien was zijn oude vaderland, nadat hij het al die jaren geleden de rug had toegekeerd, toch zo kwaad nog niet. Dat Osnard een zekere terughoudendheid betrachtte waar het de reden van zijn komst naar Panama betrof, bevreemdde hem in het geheel niet. Een heleboel van zijn klanten hielden zich op de vlakte, en anderen die dat beter ook zouden kunnen doen, deden dat niet. Hij was opgetogen, niet helderziend. En toen hij de hoorn op de haak had gelegd, keerde hij terug naar zijn admiraalsuniform tot de Vrolijke Vrijdagmiddagdrukte begon, want zo werd de vrijdagse middagpauze genoemd tot Osnard zijn opwachting maakte en Pendels laatste restje onschuld de grond in boorde.

En wie anders voerde vandaag de optocht aan dan de enige echte Rafi Domingo in eigen persoon, wijd en zijd bekend als Panama's meest vooraanstaande playboy, en een van de mensen aan wie Louisa het meest de pest had.

'Señor Domingo, meneer!' – terwijl hij zijn armen uitspreidt – 'Wat een genot u te mogen ontvangen en wat ziet u er weer schandalig jong uit, als ik zo vrij mag zijn!' – en dan met plotseling gedempte stem – 'en Rafi, mág ik je er misschien aan herinneren dat de volmáákte gentleman zich volgens de definitie van wijlen meneer Braithwaite kenmerkt door' – en ondertussen geeft hij een respectvol rukje aan de onderkant van de mouw van Rafi's blazer – 'een overhemdmanchet die een duimbreed, en nooit meer, onder de mouw uitsteekt?'

Waarna Rafi zijn nieuwe smoking aanpast, wat nergens voor nodig is behalve misschien om ermee te pronken tegenover de andere vrijdagklanten die inmiddels de winkel binnendruppelen met hun mobiele telefoons en sigarettenrook en schunnige praatjes en sterke verhalen over geslaagde transacties en seksuele veroveringen. Rafi wordt gevolgd door Aristides de *braguetazo*, wat betekent dat hij om het geld is getrouwd en om die reden door zijn vrienden wordt beschouwd als een soort mannelijke martelaar. Daarna komt Ricardo-noem-mij-maar-Ricki, die zich tijdens een kortstondige maar winstgevende functie in de hoogste echelons van het ministerie van publieke werken beloonde met het privilege tot in de eeuwigheid elke weg in Panama te mogen aanleggen. Ricki wordt vergezeld door Teddy, alias de Beer, de meest gehate en ongetwijfeld lelijkste krantencolumnist van Panama, die zijn eigen desolate kilte met zich meebrengt, maar daar laat Pendel zich niet door afschrikken.

'Teddy, legendarische scribent en hoeder van reputaties. Neemt u het er maar eens even van, meneer. Gun uw zieltje wat rust.'

En in hun kielzog volgt Philip, ooit minister van volksgezondheid onder Noriega – of was het onderwijs? 'Marta, een glas voor Zijne Excellentie! En een wandelkostuum, alsjeblieft, eveneens voor Zijne Excellentie – een laatste pasbeurt en dan zijn we er, denk ik.' Hij dempt zijn stem. 'En mijn hartelijke gelukwensen, Philip. Ik heb gehoord dat ze uiterst ondeugend en beeldschoon is en dat ze je op handen draagt,' mompelt hij, elegant verwijzend naar Philips nieuwste *chiquilla*.

Deze en andere dapperen lopen dartelend Pendels imperium in en uit op de laatste Vrolijke Vrijdag in het menselijk bestaan. En Pendel, die zich lichtvoetig tussen hen beweegt en lacht en verkoopt en de wijze woorden van de dierbare oude Arthur Braithwaite citeert, wordt aangestoken door hun uitgelatenheid en doet hun alle eer aan.

3

Achteraf zou Pendel het heel toepasselijk hebben gevonden als Osnards binnenkomst bij P&B vergezeld zou zijn gegaan van een donderslag en wat oom Benny 'de nodige opsmuk' zou hebben genoemd. Het was tot op dat moment een stralende Panamese middag in het natte seizoen geweest met een flinke portie zonneschijn en twee aantrekkelijke meisjes die aan de overkant voor de etalage van Sally's Giftique stonden. En de bougainvillea in de tuin van de buren was zo prachtig dat je er bijna in zou bijten. Dan, om drie minuten over vijf – om de een of andere reden had Pendel er nooit aan getwijfeld dat Osnard op tijd zou zijn – komt er een bruine vijfdeurs Ford met een Avis-sticker op de achterruit voorrijden en parkeert op de plaats die gereserveerd is voor klanten. En een laconiek gezicht, gekroond met een dot zwart haar, prijkt als een voor Halloween uitgeholde pompoen achter de voorruit. Waarom Pendel in hemelsnaam aan Halloween moest denken, was hem zelf een raadsel, maar daar dacht hij aan. Het moeten die ronde zwarte ogen zijn geweest, hield hij zichzelf later voor.

Op dat moment gaan in Panama de lichten uit.

En al met al is het niet meer dan een enkel scherp omlijnd regenwolkje, niet groter dan Hannahs handje, dat voor de zon schuift. En de volgende seconde zijn het de vijftien centimeter lange regendruppels die als garenklossen op het stoepje op en neer dansen en de donder en bliksem die het alarm van elke auto in de straat in werking stellen en de putdeksels die uit hun behuizing opspringen en als discussen over de straat glibberen en de bruine stroom en de palmbladeren en de vuilnisvaten die een akelige duit in het zakje doen, en de zwarte kerels in capes die bij elke plensbui altijd uit het niets opduiken en je door het raampje van je auto golfparaplu's proberen aan te smeren of aanbieden je voor een dollar naar hoger gelegen grond te duwen zodat je stroomverdeler niet nat wordt.

En een van die kerels heeft zich al gestort op het pompoenporem dat op vijftien meter afstand van het voorportaal in zijn auto zit te wachten tot het armageddon is overgewaaid. Maar het armageddon neemt zijn tijd, aangezien er maar heel weinig wind staat. Pompoenporem doet zijn best om kerel in het zwart te negeren. Kerel in het zwart laat zich niet afschepen. Pompoenporem laat zich vermurwen, tast in de binnenzak van zijn colbertje – hij draagt een colbertje, wat niet gebruikelijk is in Panama tenzij je íémand of een lijfwacht bent – haalt zijn portefeuille te voorschijn, trekt een bankbiljet uit voornoemde portefeuille, steekt voornoemde portefeuille terug in linkerbinnenzak, draait raampje ver genoeg open om zwarte kerel plu naar binnen te laten steken en het Pompoenporem mogelijk te maken zonder drijfnat te worden enkele vriendelijke woorden te wisselen en hem tien dollar toe te stoppen. Einde oefening. Eén ding valt op: Pompoenporem spreekt Spaans, hoewel hij hier nog maar kortgeleden is gearriveerd.

En Pendel glimlacht. Hij glimlacht zowaar verwachtingsvol, boven op de glimlach die altijd al in zijn gezicht gegrift staat.

'Jonger dan ik dacht,' roept hij luidkeels naar de welgevormde rug van Marta die voorovergebogen in haar glazen kistje angstvallig haar lootjes afspeurt naar de winnende nummers die ze nooit heeft.

Goedkeurend. Alsof hij zich verheugt op de vele kostuums die hij nog aan Osnard zal slijten en de jarenlange vriendschap die in het verschiet ligt, in plaats van meteen te doorzien wat hij in werkelijkheid is: een klant uit de hel.

En na Marta die mededeling te hebben toevertrouwd en behalve een empathisch opheffen van het zwarte hoofd geen reactie te hebben ontvangen, stelde Pendel zich, zoals hij altijd deed als zich een nieuwe afnemer aandiende, op in de houding waarin hij wenste te worden aangetroffen.

Want net zoals het leven hem had geleerd op eerste indrukken af te gaan, hechtte hij al evenveel belang aan de eerste indruk die hij op anderen maakte. Zo verwacht bijvoorbeeld niemand van een kleermaker dat hij zit. Maar Pendel had al lang geleden besloten dat P&B een oase van rust in een roerige wereld behoorde te zijn. Daarom zorgde hij er altijd voor dat hij zittend in zijn oude voltaire werd aangetroffen, liefst met een *Times* van eergisteren opengeslagen op zijn schoot.

En hij vond het geen enkel probleem als er een theeblad op de tafel voor hem stond, zoals nu, tussen oude nummers van de *Illustrated London News* en *Country Life*, met een echte zilveren theepot erop, en een paar heerlijke verse extra dunne komkommersandwiches die Marta met de grootste zorg had klaargemaakt in haar keukentje waar ze zich, op eigen initiatief, gedurende de eerste onzekere stadia in de komst van elke nieuwe klant, opsloot, voor het geval de aanwezigheid van een door ernstige littekens ontsierde vrouw van gemengd bloed een afstotend effect zou hebben op de blanke mannelijke Panamese trots op zoek naar zelfverheerlijking. Bovendien zat ze daar graag te lezen, want ze had eindelijk haar studie weer opgevat. Psychologie en sociologie en nog een vak dat hij steeds weer vergat. Hij had liever gehad dat ze rechten zou doen maar dat had ze resoluut geweigerd omdat juristen leugenaars waren.

'Het geeft geen pas,' had ze gezegd, in haar uiterst verzorgde ironische Spaans, 'als de dochter van een zwarte timmerman zich voor geld verlaagt.'

Er zijn verschillende manieren waarop een fors gebouwde jonge man in een kletterende regenbui met een bovenmaatse blauwwitte paraplu uit een kleine auto kan stappen. Osnard – als hij het was – was vindingrijk maar niet onfeilbaar. Zijn plan was de paraplu in de auto al enigszins te openen en in een weinig gracieuze houding, met zijn achterste naar voren, uit te stappen en tegelijkertijd de plu in een zwierige en triomfantelijke beweging verder te openen. Maar of Osnard of de plu bleef achter het portier steken, zodat Pendel eventjes niets van hem zag dan een omvangrijke Engelse kont bedekt door een broek van bruine gabardine met een te laag kruis en een bijpassend jasje met een dubbele split dat door een salvo regendruppels aan flarden werd geschoten.

Ten ounce-zomerstof, merkte Pendel op. Terlenka en katoen, veel te warm voor Panama. Geen wonder dat hij zo snel mogelijk een paar kostuums wil. Taille minstens zesennegentig. De paraplu ging open. Dat doen ze niet allemaal. Deze schoot omhoog als een teken van onvoorwaardelijke overgave en zakte met dezelfde snelheid omlaag over het bovenste deel van het lichaam. Toen verdween de man uit het zicht, wat met alle klanten gebeurde tussen de parkeerplaats en de voordeur. Hij komt de trap op, dacht Pendel vergenoegd. En hij hoorde de voetstappen boven de stortbui uit. Daar zul je hem hebben, hij staat voor de deur, ik kan zijn schaduw zien. Kom toch binnen, mallerd, hij is niet op slot. Maar Pendel bleef zitten waar hij zat. Dat had hij zichzelf aangeleerd. Anders kon hij wel aan de gang blijven. Stukken doorweekte bruine gabardine, als facetten in een caleidoscoop, doken op in de transparante halve cirkel van letters die in het matglas waren gegraveerd: PENDEL & BRAITHWAITE, Panama en Savile Row sinds 1932. Weer een ogenblik later schuifelde de volledige spookverschijning als een krab, met de paraplu vooruitgestoken, de winkel binnen.

'Meneer Osnard, als ik het wel heb' – uit de diepte van zijn voltaire – 'komt u toch binnen, meneer. Ik ben Harry Pendel. Mijn excuses voor de regen. Wilt u een kopje thee of liever iets straffers?'

Een levensgenieter, was het eerste dat bij hem opkwam. De ogen van een snelle bruine vos. Een traag lijf, forse armen en benen, een atleet die liever lui dan moe is. Zorg voor voldoende extra stof om zo nodig uit te kunnen leggen. En daarna herinnerde hij zich een van de talloze ondeugende kwinkslagen die oom Benny, tot oprechte ergernis van tante Ruth, voortdurend debiteerde: 'Grote handen, dames, grote voeten, en jullie weten donders goed wat dát betekent – grote handschoenen en grote sokken.'

Heren die bij P&B binnenkwamen werden voor een keuze gesteld. Ze konden gaan zitten, wat de gemoedelijke types deden, zich een kommetje van Marta's soep of een glaasje met het een of ander laten inschenken, wat over koetjes en kalfjes babbelen en wachten tot de aangename omgeving hen in de juiste stemming had gebracht alvorens ze koers zetten naar de pasruimte boven, waarbij ze terloops een verleidelijke uitstalling van stalenboeken passeerden die verspreid op een appelhouten wandtafel lagen. Of ze konden zonder omwegen op de paskamer afstevenen, wat de gehaaste en doorgaans nieuwe klanten deden die van achter de houten afscheiding hun chauffeurs orders toe blaften en via hun mobiele telefoons gesprekken voerden met hun maîtresses en effectenmakelaars en in het algemeen hun best deden om zo gewichtig mogelijk over te komen. Tot de gejaagden na verloop van tijd veranderden in gemoedelijken en op hun beurt werden vervangen door al te voortvarende nieuwe klanten. Pendel wachtte benieuwd af onder welke categorie Osnard zich zou scharen. Antwoord: geen van beide.

En bovendien vertoonde hij geen van de symptomen van iemand die op het punt staat vijfduizend dollar aan zijn uiterlijk te besteden. Hij was niet nerveus, hij ging niet gebukt onder onzekerheid en twijfel, hij was niet vrijpostig of praatziek of al te familiair. Hij voelde zich niet schuldig – maar schuldgevoelens zijn nu eenmaal zeldzaam in Panama. Zelfs als je daar bij aankomst iets van meedraagt, is er al snel niets meer van over. Hij was verontrustend zelfverzekerd.

En wat hij deed was leunen op zijn druipende paraplu, met een voet vooruit en de andere op de deurmat geplant, wat verklaarde waarom de bel achter in de gang nog steeds rinkelde. Maar Osnard hoorde de bel niet. Of hij hoorde hem wel maar liet zich niet in verlegenheid brengen. Want terwijl de bel bleef rinkelen keek hij met een vrolijke uitdrukking om zich heen. Er lag een glimlach van herkenning op zijn gezicht alsof hij bij toeval tegen een oude, verloren gewaande vriend was aangelopen.

De mahoniehouten wenteltrap die naar de Gentleman's Boutique op de bovengalerij voerde: wel heb ik jou daar, die bovenste beste oude trap... De foulards, de kamerjassen, de pantoffels met monogram, ja ja, ik kan me jullie nog goed herinneren... het bibliotheektrapje dat kunstig was omgebouwd tot dassenrek: wie had gedacht dat ze het dáárvoor zouden gebruiken? De houten waaiers die traag aan het bewerkte plafond hingen, de rollen stof, de toonbank met haar fin de siècleschaar en koperen meetlat langs een van de zijden: oude kameraden, elk voor zich... en ten slotte de leren voltaire, volgens de plaatselijke overlevering gewaarmerkt als Braithwaites hoogstpersoonlijke eigendom. En Pendel die erin zat en met minzame kennersblik zijn nieuwe klant in ogenschouw nam.

En Osnard die zijn blik beantwoordde – een onderzoekende,

onbeschaamde blik van het hoofd tot de voeten, beginnend bij Pendels gezicht, dan afdalend langs zijn vest met klep, zijn blauwe pantalon en zijn zijden sokken tot aan zijn zwarte schoenen van Ducker's in Oxford, de maten achtendertig tot vierenveertig boven uit voorraad leverbaar. Vervolgens weer op z'n dooie akkertje omhoog voor een tweede kritische beschouwing van het gezicht voordat de blik plotseling werd afgewend naar de uithoeken van de winkel. En de deurbel die maar bleef rinkelen ten gevolge van zijn hardleerse achterste been dat nog steeds op Pendels kokosmat stond.

'Schitterend,' verklaarde hij. 'Absoluut schitterend. Verander er geen steek aan.'

'Gaat u toch zitten,' drong Pendel gastvrij aan. 'Doe alsof u thuis bent, meneer Osnard. Iedereen hoort zich hier thuis te voelen, dat is ons streven. Er komen hier meer mensen voor een babbeltje dan voor een kostuum. Daar naast u staat een paraplustandaard. Stopt u hem daar maar in.'

Maar in plaats van zijn plu ergens te deponeren gebruikte Osnard hem als aanwijsstok en richtte hem op een ingelijste foto die een centrale plaats op de achtermuur innam en waarop een socratische, gebrilde heer te zien was die, gestoken in een overhemd met een rond boordje en een zwarte jas, met afkeurende frons een jongere wereld in blikte.

'En dát is 'm zeker?'

'Wat is wie, meneer? Waar?'

'Daar. De Grote Man. Arthur Braithwaite.'

'Dat is hem inderdaad, meneer. U hebt een scherp onderscheidingsvermogen, als ik zo vrij mag zijn. De Grote Man, in hoogsteigen persoon, zoals u hem zo treffend beschrijft. In de bloei van zijn leven op de gevoelige plaat vastgelegd, op verzoek van zijn hoogst toegewijde employés, en hem ter gelegenheid van zijn zestigste verjaardag ten geschenke gegeven.'

Osnard sprong naar voren om het portret nader te beschouwen en de bel hield eindelijk op met rinkelen. ' "Arthur G.",' las hij hardop van het koperen plaatje dat op de onderkant van de lijst was bevestigd. ' "1908-1981. Grondlegger." Wel heb ik ooit. Ik zou hem nooit hebben herkend. Waar staat die G in jezusnaam voor?'

'George,' zei Pendel, zich afvragend hoe Osnard er bij kwam dat hij hem ooit eerder had ontmoet maar niet van zins ernaar te informeren.

'Waar kwam hij vandaan?'

'Pinner,' antwoordde Pendel.

'De foto bedoel ik. Heb jij hem meegebracht? Waar bevond hij zich?'

Pendel veroorloofde zich een droevige glimlach en een zucht. 'Een geschenk van zijn toegewijde weduwe, meneer Osnard, kort voordat zij hem volgde in het graf. Een bewonderenswaardige geste die ze zich slecht kon veroorloven als je in aanmerking neemt wat het kost om het helemaal vanuit Engeland hier naartoe te verschepen, maar niettemin stond ze erop. "Daar zou hij het liefste zijn geweest," zei ze, en niemand kon haar dat uit haar hoofd praten. Niet dat iemand dat wilde. Niet als zij haar zinnen erop had gezet. Waarom zouden ze ook?'

'Hoe heette ze?'

'Doris.'

'Kinderen?'

'Pardon, meneer?'

'Mevrouw Braithwaite. Had ze kinderen? Erfgenamen. Afstammelingen.'

'Nee, helaas, die zegen is hun verbintenis onthouden.'

'Evengoed zou je denken dat het eigenlijk Braithwaite & Pendel zou moeten zijn, vind je niet? Braithwaite was tenslotte de oudste van jullie tweeën. Die hoort vooraan te staan, ook al is hij dood.'

Pendel schudde zijn hoofd al. 'Nee, meneer. Daar vergist u zich in. Dit was toentertijd Arthur Braithwaites nadrukkelijke wens. "Harry, m'n jongen, jeugd gaat voor ouderdom. Van nu af aan heten we P&B, dan worden we ook niet verward met een zekere oliemaatschappij." '

'En welke leden van het hof hebben jullie zoal gekleed? "Hofleveranciers." Dat staat op jullie uithangbord. Ik ben reuze benieuwd.'

Pendel liet zijn glimlach enigszins bekoelen.

'Tja, meneer, laat ik het zo zeggen, en ik vrees dat ik er uit discretie jegens de koninklijke waardigheid niet dieper op kan ingaan: bepaalde heren uit de onmíddellijke omgeving van een koninklijke troon hébben ons in het verleden en tot op de dag van vandaag hun vertrouwen geschonken. Helaas staat het ons niet vrij om nadere details te onthullen.'

'Waarom niet?'

'Deels omdat de gedragscode van het Kleermakersgilde, die elke klant, van hoog tot laag, vertrouwelijkheid garandeert, ons dat verbiedt. En tegenwoordig ook deels uit een oogpunt van staatsveiligheid.'

'De Engelse troon?'

'Nu vraagt u me toch te veel, meneer Osnard.'

'Waarom heb je dan in jezusnaam het wapen van de prins van Wales buiten hangen? Ik dacht even dat jullie een kroeg dreven.'

'Dank u, meneer Osnard. U hebt iets opgemerkt dat de meesten hier in Panama is ontgaan, maar meer mag ik er echt niet over loslaten. Gaat u toch zitten, meneer. Marta heeft komkommersandwiches gemaakt, als u daar belangstelling voor mocht hebben. Ik weet niet of hun vermaardheid u reeds bekend is. En er staat een heel verdienstelijke lichte witte wijn die ik u kan aanbevelen. Een Chileense die een van mijn klanten importeert en waarvan hij zo vriendelijk is me af en toe een kistje toe te sturen. Waarmee kan ik u verleiden?'

Want Pendel begon het inmiddels belangrijk te vinden dat Osnard zou worden verleid.

Osnard was blijven staan maar had een sandwich niet afgeslagen. Wat wil zeggen dat hij er drie van de schaal had gepakt, eentje om in zijn mond te steken en twee om op de dikke kussentjes van zijn handpalm te balanceren terwijl hij schouder aan schouder met Pendel voor de appelhouten tafel stond.

'Dit is totaal niets voor u, meneer,' merkte Pendel op, terwijl hij, zoals zijn vaste gewoonte was, met een resoluut gebaar een stalenboek met lichte tweed stoffen terzijde wierp. 'En deze kunnen ook niet door de beugel, tenminste niet voor een man met een volgroeid figuur – heel geschikt voor een baardeloze jongeling of een bonenstaak, maar niet voor iemand als u of ik, laat ik het zo zeggen.' Hij zocht verder. 'Dit begint erop te lijken.'

'Eerste kwaliteit alpaca.'

'U slaat de spijker op de kop, meneer,' zei Pendel hoogst verbaasd. 'Uit de hooglanden van de Andes in Zuid-Peru, vermaard om zijn zachtheid en variëteit aan natuurlijke tinten, om *Wool Record* te citeren, als ik zo vrij mag zijn. Daar kijk ik van op, u hebt werkelijk onvermoede kwaliteiten, meneer Osnard.'

Maar dat zei hij uitsluitend omdat de meeste klanten geen enkel benul hadden van stoffen.

'De favoriete stof van mijn vader. Hij zwoer erbij. Vroeger, tenminste. Hij droeg uitsluitend alpaca.'

'Droeg, meneer? O heremetijd.'

'Dood. Gehemeld, net als Braithwaite.'

'Tja, ik kan, zonder oneerbiedig te zijn, alleen maar zeggen dat uw gewaardeerde vader wist waarover hij sprak,' riep Pendel uit, terwijl hij op een van zijn favoriete stokpaardjes stapte. 'Want alpacawol is naar mijn redelijk deskundige mening de beste lichtgewicht stof die er in de ganse wereld te vinden is. Dat is het altijd geweest en dat zal het altijd blijven, als ik zo vrij mag zijn. Daar kan volgens mij geen enkele combinatie van mohair of kamgaren aan tippen. Alpaca wordt geverfd voor het wordt geweven, vandaar die rijkdom aan kleuren, vandaar die warmte. Alpaca is puur, het is veerkrachtig, het ademt. De meest gevoelige huid ondervindt er geen hinder van.' Hij legde vertrouwelijk een vinger op Osnards bovenarm. 'En waarvoor denkt u dat de kleermakers van Savile Row het, tot hun eeuwige en nimmer aflatende schande en tot de schaarste het hun onmogelijk maakte, gebruikten, meneer Osnard?'

'Jij mag het zeggen.'

'Voor voeringen,' verklaarde Pendel vol verachting. 'Ordinaire voeringen. Vandalisme, dat is het.'

'De oude Braithwaite moet des duivels zijn geweest.'

'Dat was hij zeker, meneer, en ik schroom niet hem te citeren: "Harry," zei hij tegen me – het duurde negen jaar voordat hij me bij mijn voornaam aansprak – "Harry, wat ze dat alpaca aandoen, dat zou ik een hond nog niet aandoen." Dat waren zijn woorden en ik hoor het hem nog zeggen.'

'Ik ook.'

'Neemt u me niet kwalijk, meneer?'

Als Pendel een en al waakzaamheid was, was Osnard het tegenovergestelde. Hij scheen zich niet bewust van het effect van zijn woorden en stond nadenkend een stalenboek door te bladeren.

'Ik geloof niet dat ik u helemaal goed begrijp, meneer Osnard.'

'De oude Braithwaite was de kleermaker van mijn vader. Lang geleden, dat wel. Ik was nog maar een broekie.'

Pendel leek te ontroerd om een woord uit te brengen. Hij werd overmand door een soort stramheid en zijn schouders gingen omhoog als bij een oude militair bij het Londense gedenkteken voor de gevallenen uit de twee wereldoorlogen. Toen hij eindelijk zijn stem weer terug had klonken zijn woorden ademloos. 'Wel heb ik ooit, meneer. Neemt u me niet kwalijk. Dit ís werkelijk iets om over naar huis te schrijven.' Hij herstelde zich enigszins. 'Dit is een unicum, dat kan ik u verzekeren. Van vader op zoon. De twee generaties, allebei bij P&B. Dat is ons nog niet eerder overkomen, tenminste niet hier in Panama. Tot op heden. Niet sinds we uit Savile Row vertrokken.'

'Ik dacht wel dat je er vreemd van op zou kijken.'

Even was Pendel er vast van overtuigd dat de flitsende vossenogen hun glinstering hadden prijsgegeven en heel rond en ondoordringbaar donker waren geworden met alleen een kleine lichtvonk in het midden van elke pupil. En in zijn latere verbeelding was die vonk niet goudkleurig maar rood. Maar de glinstering was snel weer terug.

'Is er iets?' informeerde Osnard.

'Ik denk dat ik perplex stond, meneer Osnard. "Een gedenkwaardig moment" noemt men dat tegenwoordig geloof ik. Zoiets moet het zijn geweest.'

'Heel het raderwerk des tijds, nietwaar?'

'Net wat u zegt, meneer. Dat draait en maalt en alles vermorzelt, zoals men zegt,' beaamde Pendel, en hij wendde zich weer tot het stalenboek als iemand die vergetelheid zoekt in zijn werk.

Maar Osnard moest eerst nog een sandwich verorberen, wat hij in één hap deed, en vervolgens sloeg hij de kruimels van zijn handpalmen door ze een aantal malen traag tegen elkaar te slaan tot hij tevreden was.

Er bestond een goed geoliede procedure bij P&B voor de ontvangst van nieuwe klanten. Kies een bepaalde stof met behulp van het stalenboek, bewonder dezelfde stof in natura op de rol – Pendel zorgde er altijd voor dat hij uitsluitend stalen liet zien van stoffen die hij in voorraad had – wijk vervolgens uit naar de paskamer om de maat te nemen, bezichtig de Gentleman's Boutique en de Sportsman's Corner, een kleine excursie naar achteren, zeg dag tegen Marta, open rekening, voldoe aanbetaling tenzij anders overeengekomen en kom over tien dagen terug voor de eerste pasbeurt. Maar in het geval van Osnard besloot Pendel van die procedure af te wijken. Van de tafel met stalenboeken ging hij hem voor door de gang naar achteren, enigszins tot ontsteltenis van Marta die zich in de keuken had teruggetrokken en verdiept was in een boek dat *Ecologie op afbetaling* heette en een geschiedenis was van de grootscheepse decimering van het Zuid-Amerikaanse oerwoud onder geestdriftige aansporing van de Wereldbank.

'Meneer Osnard, mag ik u voorstellen aan het echte brein achter P&B, hoewel ze me wel kan vermoorden als ik dat zeg. Marta, geef meneer Osnard eens een handje. O-S-N en dan A-R-D. Maak een kaartje voor hem, schat, en geef daarop aan dat het een oude klant betreft, want meneer Braithwaite was de kleermaker van zijn vader. En wat was uw voornaam, meneer?'

'Andrew,' zei Osnard, en Pendel zag dat Marta haar ogen naar hem opsloeg en hem bestudeerde, alsof ze iets anders dan zijn naam had verstaan, en zich vervolgens met een vragende blik tot Pendel wendde.

'*Andrew?*' herhaalde ze.

Pendel legde het haastig uit: 'Tijdelijke verblijfplaats het El Panama Hotel, Marta, maar binnenkort, dankzij de welwillende medewerking van onze fameuze Panamese aannemers gevestigd in...?'

'Punta Paitilla.'

'Natuurlijk,' zei Pendel met een devote glimlach, alsof Osnard kaviaar had besteld.

En Marta legde deze gegevens, na demonstratief in haar studieboek te hebben aangegeven waar ze was gebleven en het boek vervolgens terzijde te hebben geschoven, vast van achter de muren van haar zwarte haar.

'Wat is dat mens in jezusnaam overkomen?' vroeg Osnard met gedempte stem zodra ze zich weer veilig in de gang bevonden.

'Een ongeluk, vrees ik, meneer. Gevolgd door een nogal gebrekkige medische behandeling.'

'Het verbaast me dat je haar aanhoudt. Ze jaagt je klanten vast de stuipen op het lijf.'

'Het tegendeel is juist waar, kan ik u tot mijn vreugde meedelen, meneer,' antwoordde Pendel op stellige toon. 'Marta staat hoog aangeschreven bij mijn klanten. En haar sandwiches zijn zoals zij zeggen om een moord voor te doen.'

Waarna Pendel, om verdere vragen aangaande Marta te vermijden en haar afkeuring uit zijn geheugen te wissen, onmiddellijk zijn obligate verhandeling begon af te steken over de taguanoot die in het regenwoud groeide en tegenwoordig, zo verzekerde hij Osnard met klem, door de gehele gewetensvolle wereld werd beschouwd als aanvaardbaar substituut voor ivoor.

'En nu vraag ik u, meneer Osnard, waarvoor wordt onze tagua tegenwoordig gebruikt?' informeerde hij met nog meer dan zijn gebruikelijke geestdrift. 'Voor decoratieve schaakspelen? Die schaakspelen schenk ik u. Kunstig uitgesneden beeldjes? U hebt alweer gelijk. Onze oorbellen, onze namaakbijouterieën, we komen in de buurt – maar waarvoor nog meer? Welke andere traditionele toepassingsmogelijkheid bestaat er die in onze moderne tijd volkomen vergeten is en die wij hier bij P&B met de nodige moeite weer in ere hebben hersteld om onze klanten en de volgende generaties te dienen?'

'Knopen,' opperde Osnard.

'Het antwoord luidt uiteraard: onze knopen. Dank u,' zei Pendel, terwijl hij voor een volgende deur bleef stilstaan. 'Indiaanse dames,' waarschuwde hij met gedempte stem. '*Cunas*. Heel teergevoelig, als u mij niet kwalijk neemt.'

Hij klopte, opende de deur, stapte eerbiedig naar binnen en gebaarde zijn gast hem te volgen. Drie indiaanse vrouwen van onbestemde leeftijd zaten onder het licht van booglampen jasjes te stikken.

'Meneer Osnard, mag ik u voorstellen aan onze afwerksters,'

mompelde hij, alsof hij bang was hun concentratie te verstoren.

Maar de vrouwen leken niet half zo gevoelig als Pendel zelf, want ze keken meteen vrolijk op van hun werk en grijnsden Osnard hartelijk en monsterend toe.

'Het knoopsgat is voor onze maatkostuums, meneer Osnard, wat de robijn is voor de tulband, meneer,' verklaarde Pendel, nog steeds mompelend. 'Daar blijft het oog op rusten, dat staat voor het geheel. Een goed knoopsgat betekent nog geen goed kostuum. Maar een slécht knoopsgat betekent wel degelijk een slécht kostuum.'

'Om die goeie ouwe Arthur Braithwaite te citeren,' opperde Osnard op dezelfde mompeltoon als Pendel.

'Inderdaad, meneer, zo is dat. En de taguaknoop, die zich voorafgaande aan de betreurenswaardige uitvinding van het plastic zowel in Amerika als in Europa in een grote populariteit mocht verheugen en naar mijn mening nooit zijn gelijke heeft getroffen, doet dankzij P&B opnieuw opgang als de glorieuze kroon op ons volledig met de hand gemaakte maatkostuum.'

'Komt dat ook uit Braithwaites koker?'

'Het oorspronkelijke idee is van Braithwaite, meneer Osnard,' antwoordde Pendel, terwijl hij de gesloten deur van de kamer van de Chinese jassensnijders voorbijliep en besloot hen om geen andere reden dan paniek ongemoeid te laten. 'Voor de realisatie ervan gaat de eer naar ondergetekende.'

Maar hoewel Pendel zijn uiterste best deed de vaart erin te houden, gaf Osnard kennelijk de voorkeur aan een bezadigder tempo want hij had een volumineuze arm tegen de muur geplant en maakte het Pendel onmogelijk door te lopen.

'Ik heb gehoord dat jij Noriega in zijn tijd ook hebt gekleed. Klopt dat?'

Pendel aarzelde, en zijn blik gleed onwillekeurig door de gang naar de deur van Marta's keuken.

'En wat dan nog?' vroeg hij. En even verstrakte zijn gezicht van argwaan, en klonk zijn stem stuurs en toonloos. 'Wat had ik anders moeten doen. De luiken sluiten? Naar huis gaan?'

'Wat heb je voor hem gemaakt?'

'De generaal was bepaald geen geboren kostuumdrager, meneer Osnard. Uniformen wel. Hij kon de hele dag in de weer zijn met het zoeken naar de juiste combinatie. Laarzen en petten idem dito. Maar of hij nu hoog of laag sprong, er waren gelegenheden waarbij hij niet onder een kostuum uit kon.'

Hij draaide zich om en probeerde Osnard te dwingen zijn weg door de gang te vervolgen. Maar Osnard haalde zijn arm niet weg.

'Wat voor gelegenheden?'

'Nu ja, meneer, zo was er die keer dat de generaal was uitgenodigd een toespraak te houden op de Universiteit van Harvard, zoals u zich misschien zult herinneren, ook al zag Harvard wellicht liever dat u het was vergeten. Dat was een hele uitdaging. Hij was heel ongedurig waar het pasbeurten betrof.'

'Waar hij nu zit, heeft hij vast geen behoefte aan maatkostuums, denk je niet?'

'Dat heeft hij zeker niet, meneer Osnard. Daar wordt alle kleding van overheidswege verstrekt, heb ik gehoord. En dan was er die keer dat de Fransen hem hun hoogste onderscheiding, het Légion d'Honneur, gaven.'

'Waar hebben ze hem dat in jezusnaam voor gegeven?'

Al het licht in de gang kwam van boven, waardoor Osnards ogen op kogelgaten leken.

'Daar zouden verschillende redenen voor kunnen zijn, meneer Osnard. De meest voor de hand liggende is het feit dat de generaal in ruil voor een financiële tegemoetkoming de Franse luchtmacht toestemming gaf Panama als pleisterplaats te gebruiken toen die haar impopulaire kernproeven in de Stille Zuidzee uitvoerde.'

'Wie zegt dat?'

'Er werd in de directe omgeving van de generaal soms heel wat afgekletst. Niet al zijn aanhangers waren even discreet als hij zelf was.'

'Heb je de aanhangers ook gekleed?'

'Dat doe ik nog steeds, meneer, dat doe ik nog steeds,' antwoordde Pendel, opnieuw zijn opgeruimde zelf. 'Direct na de Amerikaanse invasie, toen sommige van de hoogste ambtenaren van de generaal het verstandig vonden voor een tijdje naar het buitenland te verkassen, hebben we te maken gehad met wat je een lichte slapte zou kunnen noemen, maar ze kwamen al snel weer terug. Niemand in Panama verliest zijn reputatie, tenminste niet voor lang, en Panamese heren zien er bepaald geen been in om hun geld in ballingschap uit te geven. De tendens is eerder de eigen politici te recyclen dan ze aan de schandpaal te nagelen. Op die manier wordt niemand voor lange tijd buitengesloten.'

'En jij bent nooit van collaboratie of iets dergelijks beschuldigd?'

'Er waren, om u de waarheid te zeggen, nog maar weinig lieden die de beschuldigende vinger konden heffen, meneer Osnard. Ik heb de generaal een paar keer gekleed, dat valt niet te ontkennen. Maar de meeste van mijn klanten hebben wel iets meer voor hem gedaan, of niet soms?'

'En hoe zat het met die proteststakingen? Deed je daaraan mee?'

Opnieuw een angstige blik in de richting van de keuken waar Marta zich vermoedelijk weer over haar studieboeken had gebogen.

'Laat ik het zo zeggen, meneer Osnard. We hadden de voordeur van de winkel gesloten. Maar de achterdeur lieten we nog weleens open.'

'Handig bekeken.'

Pendel greep de dichtstbijzijnde deurkruk en gaf er een ruk aan. Twee Italiaanse broekenmakers op leeftijd met witte schorten voor en brillen met een gouden montuur op hun neus keken op van hun werk. Osnard groette hen met een weids gebaar en stapte achteruit de gang weer in. Pendel volgde hem.

'Je kleedt die nieuwe knakker zeker ook, hè?' vroeg Osnard terloops.

'Jawel, meneer. Tot mijn genoegen kan ik u zeggen dat wij de president van de republiek Panama momenteel tot onze clientèle mogen rekenen. En een aangenamer heerschap zult u niet snel ontmoeten.'

'Waar doe je dat?'

'Pardon, meneer?'

'Komt hij hier, of ga jij naar hem toe?'

Pendel nam een enigszins aanmatigende houding aan. 'Ik word altijd op het paleis ontboden, meneer Osnard. De onderdanen maken hun opwachting bij de president. Niet andersom.'

'Dan ken je daar zeker al aardig de weg, hè?'

'Ach, meneer, hij is mijn derde president. Dat schept een band.'

'Met zijn hielenlikkers?'

'Ja. Ook met hen.'

'En hoe zit het met de Grote Baas zelf? *De pres*?'

Pendel deed er opnieuw even het zwijgen toe, zoals hij eerder had gedaan toen er aan de regels van professionele discretie werd getornd.

'De grote staatsman van tegenwoordig heeft het niet gemakkelijk, meneer. Hij is een eenzaam man. De dagelijkse pleziertjes die naar mijn mening ons leven de moeite waard maken, zijn hem niet vergund. Enkele minuten alleen met zijn kleermaker betekenen een welkome verademing temidden van het gekrakeel.'

'Dus jullie maken een babbeltje?'

'Ik zou het liever een heilzaam intermezzo willen noemen. Hij vraagt me wat mijn klanten over hem zeggen. Ik antwoord – uiteraard zonder namen te noemen. Zo nu en dan, als hem iets dwarszit, vertrouwt hij mij op zijn beurt een geheimpje toe. Ik sta bekend als een man die zijn mond weet te houden, zoals zijn hoogst waakzame adviseurs hem ongetwijfeld hebben meegedeeld. Nu dan, meneer. Als u zo vriendelijk wilt zijn.'

'Hoe noemt hij jou?'

'Onder elkaar of in aanwezigheid van anderen?'

'Harry, dus?' vroeg Osnard.

'Inderdaad.'

'En jij?'

'Ik veroorloof me geen vrijheden, meneer Osnard. Ik heb de gelegenheid gehad, het is me voorgesteld. Maar voor mij is het meneer de president en dat zal het altijd blijven.'

'En hoe zit het met Fidel?'

Pendel lachte uitgelaten. Hij had al een poosje zin om te lachen. 'Ach, meneer, de Comandante geeft tegenwoordig écht de voorkeur aan een kostuum en dat is maar goed ook, gezien de toename van zijn corpulentie. Er is geen kleermaker in de wijde omtrek die er niet alles voor over zou hebben om hem te mogen kleden, wat de *Yanquis* ook van hem denken. Maar hij blijft zijn Cubaanse kleermaker trouw, zoals u vast en zeker met plaatsvervangende schaamte op de televisie hebt kunnen zien. O hemeltje. Ik moet beter op mijn woorden passen. We zijn hier, we houden ons beschikbaar. Als er een beroep op ons wordt gedaan, dan zal men bij P&B niet vergeefs aankloppen.'

'Je runt dus eigenlijk een soort eenmansinlichtingendienstje.'

'Het is een keiharde wereld, meneer Osnard. De concurrentie is meedogenloos. Ik zou wel gek zijn als ik mijn ogen en oren niet goed de kost gaf, zo is het toch?'

'Groot gelijk. We willen toch niet Braithwaite achterna, wat jij?'

Pendel was op een trapleer geklommen. Hij stond wankelend op de bovenste trede waar hij zich doorgaans niet op waagde en had zijn handen vol aan een rol van het beste grijze alpaca die hij van de bovenste plank had gehaald en ophield om door Osnard te worden geïnspecteerd. Hoe hij die hoogte had bereikt, wat hem had bezield, was voor hem net zo onbelangrijk als het voor een kat is die opeens ontdekt dat hij boven in een boom zit. Waar het om ging was hoe hij veilig beneden moest komen.

'Het belangrijkste, zeg ik altijd, meneer, is dat u ze uithangt als ze nog warm zijn en ze elke dag wisselt,' verkondigde hij met luide stem tegen een plank met nachtblauw kamgaren op vijftien centimeter afstand van zijn neus. 'Hier hebben we een stofje dat u wel zal bevallen, meneer Osnard. Een uitstekende keuze, als ik het zeggen mag, en uw grijze kostuum is zo goed als in kannen en kruiken. Ik zal de rol mee omlaag nemen zodat u haar van nabij kunt bekijken en betasten. Marta! Werk aan de winkel, beste meid.'

'Wat is in jezusnaam wisselen?' vroeg Osnard die beneden stond en met zijn handen in zijn zakken dassen bekeek.

'Geen enkel kostuum hoort twee dagen achtereen te worden gedragen, meneer Osnard, en dat geldt vooral voor zomerkostuums. Ik weet haast zeker dat uw vader u dat heel wat keren op het hart heeft gedrukt.'

'Dat had hij dan zeker van Arthur, hè?'

'Het zijn de stomerijen die het kwaliteitskostuum noodlottig worden, zeg ik altijd. Als het eenmaal doortrokken is van vuil en zweet, hetgeen gebeurt als men het te vaak draagt, brengt men het naar de stomerij, en dat is het begin van het einde. Wie een kostuum niet wisselt, is het niet waard, zeg ik altijd. Marta! Waar zít die meid toch?'

Osnard had nog steeds alleen maar oog voor de dassen.

'Meneer Braithwaite ging zelfs zover dat hij zijn klanten adviseerde in het geheel geen gebruik te maken van stomerijen,' vervolgde Pendel met enige stemverheffing. 'Borstel uw kostuum uitsluitend, neem het af met een spons als dat nodig is en breng het eenmaal per jaar naar de zaak om in de Dee te worden gewassen.'

Osnard had zijn blik afgewend van de dassen en keek naar hem op.

'Vanwege het alom geroemde reinigende vermogen van die rivier,' legde Pendel uit. 'De Dee is voor ons kostuum wat de Jordaan is voor de rechtgeaarde pelgrim.'

'Ik dacht dat dat een uitspraak van Huntsman was,' zei Osnard, zijn ogen strak op Pendel gericht.

Pendel aarzelde. En dat was zichtbaar. En Osnard keek naar hem terwijl dat zichtbaar was.

'Meneer Huntsman is een uitstekende kleermaker, meneer. Een van de grootsten aan Savile Row. Maar in dit geval is hij in de voetafdrukken van Arthur Braithwaite getreden.'

Hij bedoelde waarschijnlijk voetsporen maar onder de borende blik van Osnards ogen zag hij in gedachten duidelijk hoe de grote meneer Huntsman, als de page van koning Wenceslaus, gedwee achter Braithwaite aan door de zwarte Schotse modder ploeterde. In een vertwijfelde poging de ban te verbreken greep hij de rol stof en met een hand voor zich uitgestoken en met de ander de rol stof vastklemmend als een baby de moederborst, daalde hij onzeker de ladder af.

'Daar hebben we het, meneer. Ons zachtgrijs alpaca in al zijn glorie. Dank je, Marta,' toen ze eindelijk onder hem opdook.

Met afgewend gelaat greep Marta haar uiteinde van de stof met beide handen beet en liep achterwaarts naar de deur terwijl ze hem gelijktijdig scheef hield zodat Osnard hem kon keuren. En op de een of andere manier ving ze Pendels blik op, en op de een of andere manier ving hij de hare op en was haar gezichtsuitdrukking zowel vragend als verwijtend. Maar Osnard was zich daar gelukkig niet van bewust. Hij bestudeerde de stof. Hij had zich eroverheen gebogen, met zijn handen op zijn rug, als een koning op werkbezoek. Hij rook eraan. Hij kneep in de zijkant, liet het weefsel tussen zijn duim en wijsvinger glijden. De gewichtigheid van zijn bewegingen maakte dat Pendel nog meer zijn best deed en Marta nog afkeurender ging kijken.

'Is grijs niet naar onze zin, meneer Osnard? Ik zie dat u persoonlijk een voorliefde hebt voor bruin! En het staat u uitstekend, als ik zo vrij mag zijn, bruin. Er wordt in Panama de laatste tijd maar weinig bruin gedragen, om u de waarheid te zeggen. De doorsnee Panamese heer schijnt bruin als verwijfd te beschouwen, ik weet niet waarom.' Hij was alweer halverwege de ladder naar boven en had Marta met haar uiteinde van de stof en de rol grijze stof aan haar voeten laten staan. 'Ik heb hier een niet al te donker bruin dat me geknipt lijkt voor u. Kijk eens even hier. Ik zeg altijd dat een overmaat aan rood een mooi bruin de das om doet, maar ik kan me vergissen. Waar geven we vandaag de voorkeur aan, meneer?'

Osnard nam ruimschoots de tijd voor hij antwoord gaf. Aanvankelijk bleef zijn aandacht gericht op het grijze materiaal, toen op Marta, want zij stond hem met een soort klinische aversie te bestuderen. Toen hief hij zijn hoofd op en keek naar Pendel die boven op zijn trap stond. En Pendel had net zo goed een evenwichtskunstenaar kunnen zijn die zonder zijn stok boven in de nok van de tent stond, en de wereld beneden hem had lichtjaren verwijderd kunnen zijn, als je afging op de ijzige kilte die zich aftekende op Osnards opgeheven gelaat.

'Hou het maar liever bij grijs, ouwe jongen,' zei hij. '"Grijs voor de stad, bruin voor het platteland." Dat zei hij toch altijd?'

'Wie?'

'Braithwaite. Wie dacht je anders, verdomme?'

Pendel daalde langzaam de ladder af. Hij leek op het punt iets te zeggen maar deed het niet. Hij kon geen woord uitbrengen: Pendel, voor wie woorden zijn troost en toeverlaat waren. In plaats daarvan glimlachte hij dus maar terwijl Marta haar uiteinde van de stof naar hem toebracht en hij die oprolde. Hij glimlachte tot zijn glimlach hem pijn deed en Marta keek hem nors aan, gedeeltelijk vanwege Osnard en gedeeltelijk omdat haar gezicht zo was geworden nadat de dokter zijn doodsbenauwde best had gedaan.

4

‘Welnu, meneer. En dan nu uw maten, alstublíéft.’

Pendel had Osnards jasje voor hem uitgetrokken, en daarbij was zijn oog gevallen op de dikke bruine envelop die tussen de twee helften van zijn portefeuille geklemd zat. De hitte steeg op van Osnards zware lijf als damp van een natte spaniël. Zijn tepels, half bedekt door kuise krulletjes, waren duidelijk zichtbaar door zijn doorweekte overhemd. Pendel stelde zich achter hem op en mat de afstand tussen de achterkant van zijn boordje en zijn taille. Geen van beiden zei een woord. Pendels ervaring was dat Panamezen het prettig vonden als hen de maat werd genomen. Engelsen niet. Dat had met aanraken te maken. Opnieuw beginnend bij het boordje nam hij de maat van de gehele rug, waarbij hij er gewoontegetrouw voor oppaste de billen niet te beroeren. Nog steeds deden ze er beiden het zwijgen toe. Hij mat de middennaad van de rug en vervolgens de afstand van daar tot aan de manchet. Hij ging naast Osnard staan, raakte zijn ellebogen aan om ze op te heffen en spande het meetlint toen onder zijn oksels en over zijn tepels. Bij vrijgezelle heren koos hij weleens een gewaagdere route, maar bij Osnard zag hij daar geen aanleiding toe. Vanuit de winkel beneden hoorden ze de bel klinken en de deur beschuldigend dichtslaan.

‘Was dat Marta?’

‘Inderdaad, meneer. Ze gaat zeker naar huis.’

‘Heeft ze iets tegen je?’

‘Absoluut niet. Hoe komt u op dat onzalige idee?’

‘Een voorgevoel, meer niet.’

‘Gelukkig maar,’ zei Pendel, opgelucht ademhalend.

‘Ik dacht dat ze ook iets tegen mij had.’

‘Goeie hemel, meneer. Wat zou dat in vredesnaam kunnen zijn?’

‘Ik sta niet bij haar in het krijt. Ik heb haar nooit genaaid. Weet jij ’t, weet ik ’t.’

De paskamer was een houten hokje van ongeveer de voorgeschreven vier bij drie, gebouwd aan een kant van de Sportsman’s

Corner op de bovenste verdieping. Een staande passpiegel, drie wandspiegels en een kleine stoel met verguldsel vormden het enige meubilair. Een zwaar groen gordijn deed dienst als deur. Maar de Sportsman's Corner was, in weerwil van zijn naam, helemaal geen hoek. Het was een langwerpige, laag betimmerde vliering die herinneringen opriep aan een voorbije jeugd. Nergens in het winkelpand had Pendel meer zijn best gedaan om het beoogde effect te bereiken. Aan koperen, langs de muren bevestigde stangen hing een legertje half voltooide pakken te wachten op het laatste hoorngeschal. Golfschoenen, petten en groene laarzen stonden op antieke mahoniehouten planken te pronken. Rijlaarzen, zwepen, sporen, een paar prachtige Engelse jachtbuksen, patroongordels en golfclubs lagen in artistieke wanorde wijd en zijd verspreid. En op de voorgrond stond, fier en trots, een statig namaakpaard dat deed denken aan het paard in een gymnastiekzaal, maar met een kop en een staart, waarop een sportieve heer kon testen of zijn rijbroek comfortabel zat en waarop hij zich ervan kon vergewissen dat zijn rijdier hem niet voor schut zou zetten.

Pendel pijnigde zijn hersens op zoek naar een onderwerp. Het was zijn gewoonte om in de paskamer aan één stuk te babbelen om een te grote intimiteit te vermijden, maar om de een of andere reden liet zijn gebruikelijke gespreksstof het afweten. Dus zocht hij zijn toevlucht tot De Eerste Moeilijke Jaren.

'Allemachtig, wat moesten we toen vroeg op! Die ijskoude, donkere ochtenden in Whitechapel, de dauw op de keien – die kou voel ik nog. Tegenwoordig is dat natuurlijk anders. De jeugd voelt niets meer voor het vak, heb ik gehoord. Niet in het East End, tenminste. Niet voor de echte kleermakerij. Het is te zwaar voor hen, vermoed ik. Gelijk hebben ze.'

Hij nam de buitenmaat, opnieuw over de rug maar ditmaal met Osnards armen strak langs zijn zij en het meetlint er aan de buitenkant omheen. Het was niet zijn gewoonte om die maat te nemen maar Osnard was geen normale klant.

'Van East End naar West End,' merkte Osnard op. 'Een hele verandering.'

'Dat was het zeker, meneer, en ik heb er nooit een moment spijt van gehad.'

Ze stonden recht tegenover elkaar en heel dicht bijeen. Maar hoewel Osnards priemende ogen Pendel vanuit alle hoeken leken te belagen, waren Pendels ogen strak gericht op de van zweet doortrokken band van de gabardine broek. Hij legde het meetlint om Osnards taille en trok het strak.

'Hoeveel is de schade?' vroeg Osnard.

'Laten we zeggen een bescheiden tweeënnegentig plus, meneer.'

'Plus wat?'

'Plus de lunch, meneer, laten we het zo maar zeggen,' zei Pendel, en dat bezorgde hem de zo lang verbeide lach.

'Weleens heimwee naar het oude vaderland?' informeerde Osnard terwijl Pendel discreet zesennegentig in zijn notitieboekje noteerde.

'Niet echt, meneer. Nee, ik geloof van niet. Niet noemenswaardig. Nee,' antwoordde hij en hij stak het notitieboekje terug in zijn achterzak.

'Ik weet dat je weleens hunkert naar Savile Row.'

'Ach, de Row,' beaamde Pendel uit de grond van zijn hart, en met weemoed gaf hij zich over aan het beeld van een vorige eeuw, bezig met het aanmeten van jacquets en kniebroeken. 'Ja, de Row is natuurlijk andere koek, vindt u niet? Als we meer van Savile Row hadden zoals het vroeger was en minder van wat we nu hebben, dan zou Engeland een stuk beter af zijn. Dan zouden we al met al een veel gelukkiger natie vormen, als ik zo vrij mag zijn.'

Maar als Pendel dacht dat hij door het uiten van platitudes onder de druk van Osnards inquisitie kon uitkomen, had hij zich de moeite kunnen besparen.

'Vertel eens.'

'Vertel eens wat, meneer?'

'Die ouwe Braithwaite heeft jou toch als leerjongen in dienst genomen?'

'Inderdaad.'

'De ambitieuze jonge Pendel zat dag in dag uit bij hem op de stoep. Elke ochtend als de ouwe baas op zijn werk verscheen zat jij daar. "Goedemorgen, meneer Braithwaite, hoe maakt u het vandaag? Ik heet Harry Pendel en ik ben uw nieuwe leerjongen." Fantastisch vind ik dat. Ik ben dol op dat soort gotspe.'

'Ik ben heel blij dat te horen,' antwoordde Pendel aarzelend terwijl hij het feit dat hij zijn eigen anekdote in een van zijn talrijke versies door een ander hoorde navertellen probeerde te veronachtzamen.

'Dus werk je op zijn gemoed en word je zijn favoriete leerjongen, net als in het sprookje,' vervolgde Osnard. Hij zei niet welk sprookje, en Pendel vroeg er niet naar. 'En op een dag – hoeveel jaren heeft dat geduurd? – gaat de oude Braithwaite overstag en zegt: "Oké, Pendel. Je bent lang genoeg mijn leerjongen geweest. Van nu af aan ben je mijn kroonprins." Of woorden van gelijke strekking. Vertel op. Ik popel.'

Er verscheen een frons van ingespannen concentratie op Pendels doorgaans gladde voorhoofd. Hij stelde zich links van Osnard op, omspande met het meetlint zijn achterste, schoof het over het breedste punt en maakte opnieuw een aantekening in zijn notitieboekje. Hij bukte zich om de beenlengte aan de buitenkant op te meten, richtte zich op en dook, als een uitgeputte zwemmer, opnieuw onder tot zijn hoofd zich ter hoogte van Osnards rechterknie bevond.

'En wij dragen, meneer...?' mompelde hij terwijl hij Osnards ogen in zijn nek voelde branden. 'De meeste van mijn klanten schijnen tegenwoordig de voorkeur te geven aan links. Ik geloof niét dat dat een politieke keuze is.'

Dat was zijn gebruikelijke grapje, bedoeld om zelfs zijn meest ongenaakbare klant een glimlach te ontlokken. Maar Osnard was er kennelijk niet gevoelig voor.

'Ik weet nooit waar dat verdomde ding uithangt. Het hobbelt heen en weer als een windzak,' antwoordde hij om er van af te zijn. 'Gebeurde het 's ochtends? Of 's middags? Op welk tijdstip van de dag werd je door zijne Koninklijke Hoogheid benaderd?'

''s Middags,' mompelde Pendel na een eeuwigheid. En als een soort schuldbekentenis voegde hij eraan toe: 'Op een vrijdagmiddag, net als vandaag.'

Hij vermoedde links, maar om het zekere voor het onzekere te nemen bracht hij het koperen uiteinde van zijn meetlint tot vlak bij de rechterkant van Osnards gulp, waarbij hij angstvallig elk contact met wat zich daarachter verborgen mocht houden vermeed. Toen trok hij het lint met zijn linkerhand helemaal omlaag tot aan de bovenkant van de zool van Osnards schoen, die van het type agent-buiten-dienst was en heel wat keren verzoold leek. En na er tweeëneenhalve centimeter te hebben afgetrokken en zijn bevinding te hebben genoteerd, richtte hij zich manmoedig in zijn volle lengte op om alleen maar te constateren dat de donkere ronde ogen zo strak op hem gericht waren dat hij het gevoel had dat hij zich recht in de vijandelijke vuurlinie had begeven.

'Winter of zomer?'

'Zomer.' Pendels stem vertoonde tekenen van uitputting. Hij zuchtte dapper en begon opnieuw. 'In de zomer voelden de meeste jongeren er niets voor om op vrijdagmiddag door te werken. Ik vermoed dat ik daar een uitzondering op vormde en dat dat een van de redenen was dat het oog van meneer Braithwaite op mij viel.'

'Jaar?'

'Tja, nu vraagt u me wat, welk jaar was dat ook alweer?' Hij vermande zich, schudde zijn hoofd en probeerde te glimlachen. 'Hemeltjelief. Een eeuwigheid geleden. Maar ach, je kunt het tij nu eenmaal niet keren, hè? Koning Kanoet heeft dat geprobeerd en kijk eens waar hij uiteindelijk verzeild raakte,' voegde hij eraan toe, zonder zelf te weten waar Kanoet verzeild raakte – als hij al ergens verzeild raakte.

Ondanks alles had hij het gevoel dat hij zijn creativiteit, wat oom Benny zijn gave noemde, begon te hervinden.

'Hij stond in de deuropening,' vervolgde hij, op enigszins gedragen toon. 'Ik ging waarschijnlijk geheel op in een pantalon, iets wat me altijd overkomt als ik aan het couperen ben, want ik schrok me een hoedje. Ik keek op en daar stond hij. Hij keek naar me, zonder iets te zeggen. Hij was een forse man. Dat wil men nog weleens vergeten. Dat grote kale hoofd, die dikke wenkbrauwen – hij was een indrukwekkende verschijning. Een mannetjesputter. Iemand waar je niet omheen kon...'

'Je vergeet zijn snor,' bracht Osnard ertegenin.

'Zijn snor?'

'Dat gigantische borstelige geval, waar de soep uit droop.

Hij moet hem hebben afgeschoren voor ze die foto die beneden hangt maakten. Ik kreeg er de koude rillingen van. Ik was toen pas vijf.'

'Zo lang ik hem kende had hij geen snor, meneer Osnard.'

'Natuurlijk wel. Ik zie hem nog voor me als de dag van gisteren.'

Maar of het nu koppigheid was of intuïtie, iets noopte Pendel ertoe voet bij stuk te houden.

'Ik denk dat uw geheugen u bedriegt, meneer Osnard. U herinnert zich een andere heer en dicht zijn snor aan Arthur Braithwaite toe.'

'Bravo,' zei Osnard binnensmonds.

Maar Pendel weigerde te geloven dat hij dat had gehoord, of dat Osnard even nauwelijks waarneembaar naar hem had geknipoogd. Hij vervolgde halsstarrig: ' "Pendel," zei hij tegen me. "Ik wil dat jij me opvolgt. Zodra je beschaafd Engels spreekt, ben ik van plan je bij je voornaam te noemen, je een vooraanstaande positie in de zaak te geven en je te benoemen tot mijn erfgenaam en compagnon…" '

'Je zei dat hem dat negen jaar had gekost.'

'Watte?'

'Voor hij je met Harry aansprak.'

'Ik ben als leerjongen begonnen, weet u nog?'

'Sorry, dat was ik vergeten. Ga door.'

' "… en meer heb ik je niet te zeggen, dus buig je nu maar weer over je pantalon en schrijf je in bij de avondschool om je de nodige taalvaardigheid eigen te maken." '

Hij had er het zwijgen toe gedaan. Hij was aan het einde van zijn Latijn. Zijn keel deed pijn, zijn ogen staken en het suisde in zijn oren. Maar ergens diep vanbinnen had hij ook een gevoel van voldaanheid. Ik heb het geflikt. Ik had een gebroken been, ik had eenenveertig graden koorts, maar ik heb het volbracht.

'Grandioos,' fluisterde Osnard.

'Dank u, meneer.'

'De prachtigste lulkoek die ik van mijn levensdagen heb gehoord en jij hebt me die op indrukwekkende wijze opgedist.'

Pendel hoorde Osnard van heel ver af, temidden van een heleboel andere stemmen. De zusters van Barmhartigheid op zijn

Noord-Londense school die hem vertelden dat Jezus kwaad op hem zou zijn. Het gelach van zijn kinderen in de Jeep. Ramóns stem die hem vertelde dat een Londense handelsbank naar zijn financiële positie had gevraagd en in ruil voor die informatie een geldelijke vergoeding had aangeboden. Louisa's stem die hem zei dat één fatsoenlijk man voldoende was. Daarna hoorde hij het verkeer dat tijdens het spitsuur de stad massaal verliet en droomde hij dat hij vastzat in de file en vrij was.

'Het punt is, ouwe jongen, dat ik weet wie je bent, zie je.' Maar Pendel zag helemaal niets, zelfs niet Osnards duistere blik die zich in hem boorde. Hij had een denkbeeldig scherm opgetrokken en Osnard bevond zich aan de andere kant daarvan. 'Om het preciezer te zeggen, ik weet wie je niet bent. Geen reden tot paniek. Ik vind het prachtig. De hele vertoning. Ik had het voor geen goud van de wereld willen missen.'

'Ik ben helemaal niemand,' hoorde Pendel zichzelf van achter het scherm fluisteren en vervolgens hoorde hij het geluid waarmee het gordijn van de paskamer opzij werd geschoven. En met een opzettelijk versluierde blik zag hij dat Osnard zijn hoofd om de hoek stak en uit voorzorg de Sportsman's Corner afspeurde. Hij hoorde Osnard opnieuw praten, maar zo dicht bij zijn oor dat het gemompel een soort gegons werd.

'Jij bent Pendel, nummer 906017, veroordeelde en voormalig minderjarig delinquent, zes jaar voor brandstichting, tweeënenhalf jaar uitgezeten. Heeft zich in de bajes het kleermakersvak eigen gemaakt. Verliet het land drie dagen nadat hij zijn schuld aan de gemeenschap had voldaan, met financiële steun van zijn oom Benny, broer van zijn vader, inmiddels overleden. Getrouwd met Louisa, dochter van een Zoniaanse ijzervreter en een met de bijbel zwaaiende onderwijzeres, die zich bij de Panamakanaal-commissie vijf dagen per week het vuur uit de sloffen loopt voor de beste brave Ernie Delgado. Twee kinderen, Mark acht, Hannah tien. Dankzij de rijstplantage insolvent. Pendel & Braithwaite is pure onzin. Zo'n bedrijf heeft er aan Savile Row nooit bestaan. Er is nooit sprake geweest van een liquidatie omdat er niets was om te liquideren. Arthur Braithwaite is een van de grote personages uit het rijk der fabelen. Ik ben dol op zwendelarij. Het zout in de pap. Kijk niet zo nijdig. Ik ben een geschenk uit de hemel. Een lot uit de loterij. Hoor je wat ik zeg?'

Pendel hoorde helemaal niets. Hij stond met gebogen hoofd en zijn voeten tegen elkaar, volkomen verlamd, oren incluis. Hij vermande zich en tilde Osnards arm op tot hij op gelijke hoogte was met zijn schouder. Hij boog hem zo dat zijn hand plat op zijn borst lag. Hij drukte het uiteinde van het meetlint tegen het midden van Osnards rug. En trok het vervolgens over de elleboog naar de pols.

'Ik vroeg je wie er nog meer van af weet,' zei Osnard.

'Waarvan?'

'Van die oplichterij. Van de mantel van Sint-Arthur die de kleine Pendel om de schouders wordt geworpen. Van P&B, kleermakers en hofleveranciers. Van die duizendjarige traditie. Al die flauwekul. Behalve je vrouw, uiteraard.'

'Zij weet van niks,' riep Pendel in onverhulde paniek uit.

'Is ze niet op de hoogte?'

Pendel schudde, opnieuw met stomheid geslagen, zijn hoofd.

'Weet *Louisa* nergens van? Belazer je haar ook?'

Geef geen sjoege, Harry. Doe alsof je neus bloedt.

'En van je plaatselijke probleempje?'

'Welk probleempje bedoelt u?'

'De lik.'

Pendel mompelde iets dat hij zelf nauwelijks kon verstaan.

'Is dat weer een nee?'

'Ja. Nee.'

'Weet ze niet dat jij in de lik hebt gezeten? Weet ze niet hoe het zit met oom Arthur? Weet ze dat de rijstplantage een fiasco is?'

Hij nam nogmaals dezelfde maat. Van het midden van de rug naar de pols, maar nu met Osnards arm recht omlaag. Hij legde het meetlint met wezenloze gebaren langs zijn schouder.

'Alweer nee?'

'Ja.'

'Ik dacht dat ze mede-eigenaar was.'

'Dat is ze ook.'

'Maar toch weet ze van niks.'

'Ik regel de geldzaken, weet u.'

'Dat kun je wel zeggen. Voor hoeveel sta je in het krijt?'

'Tegen de honderdduizend.'

'Ik heb anders gehoord dat het dichter bij de tweehonderdduizend ligt en nog elke dag meer wordt.'

'Dat klopt.'

'Rente?'

'Twee.'

'Twee procent per kwartaal?'

'Per maand.'

'Samengestelde interest?'

'Zou kunnen.'

'Met deze zaak als onderpand. Waarom heb je dat in jezusnaam gedaan?'

'We gingen gebukt onder iets dat recessie wordt genoemd. Ik weet niet of u daar weleens mee te maken hebt gehad,' zei Pendel, en hoewel het nergens op sloeg dacht hij terug aan de tijd dat hij, als hij maar drie klanten had, ze met tussenpozen van een halfuur na elkaar liet opdraven om een sfeer van koortsachtige bedrijvigheid op te roepen.

'Wat heb je uitgespookt? Met aandelen gespeculeerd?'

'Op aanraden van mijn ter zake deskundige bankier, ja.'

'Is die ter zake deskundige bankier gespecialiseerd in de verkoop van failliete boedels?'

'Ik denk van wel.'

'En de pegulanten waren van Louisa, hè?'

'Van haar vader. De helft van zijn nalatenschap. Ze heeft immers nog een zuster.'

'Hoe zit 't met de politie?'

'Welke politie?'

'De Panamezen. De plaatselijke koddebeiers.'

'Wat hebben die ermee te maken?' Pendel had eindelijk zijn stem teruggevonden en kon er weer vrijuit over beschikken. 'Ik betaal mijn belastingen. Mijn sociale lasten. Ik draag mijn premies af. Ik ben nog niet op de fles. Wat gaat het hun aan?'

'Ik dacht dat ze je strafregister misschien hadden opgeduikeld. Je hadden uitgenodigd wat zwijggeld op te hoesten. We zouden toch niet willen dat ze je eruit donderen omdat je je steekpenningen niet kunt betalen, of wel?'

Pendel schudde zijn hoofd en legde toen zijn handpalm erbovenop, om te bidden of om zich ervan te verzekeren dat het nog op zijn lijf zat. Vervolgens nam hij de pose aan die oom Benny er bij hem had ingeramd voordat hij achter de tralies verdween.

'Je moet je *drukken*, Harry, m'n jongen,' had Benny er bij hem op aangedrongen, waarbij hij een uitdrukking gebruikte die Pendel daarvoor of daarna nooit door iemand anders dan oom Benny had horen bezigen. 'Hou je gedeisd. Maak je klein. Zorg dat je niemand bént, zorg dat je niemand áánkijkt. Daar hebben ze de pest aan, net als aan zieligdoenerij. Je bent nog minder dan een vlieg op de muur. Jij maakt déél uit van de muur.'

Maar het leven als muur begon hem al snel de keel uit te hangen. Hij hief zijn hoofd op en liet met half toegeknepen ogen zijn blik door de paskamer dwalen, alsof hij ontwaakte na zijn eerste nacht in de cel. Hij herinnerde zich een van Benny's cryptischere bekentenissen en kwam tot de slotsom dat hij hem eindelijk begreep: *Harry, m'n jongen, mijn probleem is dat waar ik ook ga, ik mezelf bij me heb, en die verpest alles.*

'En wie bent ú dan wel?' vroeg Pendel op enigszins strijdlustige toon aan Osnard.

'Ik ben een spion. Ik spioneer voor Ons Goede Oude Engeland. We openen weer een filiaal in Panama.'

'Waarom?'

'Dat vertel ik je tijdens het eten. Hoe laat gooi je vrijdags de zaak dicht?'

'Nu, als ik wil. Het verbaast me dat u dat nog moet vragen.'

'En hoe is de situatie thuis. Kaarsen. *Kiddoesj.* Wat doen jullie zoal?'

'Dat doen we niet. We zijn christenen. In woord en daad.'

'Jij bent toch lid van de Club Unión?'

'Amper.'

'Amper wat?'

'Ik moest eerst die rijstplantage kopen voor ze me lid wilden maken. Ze moeten niets hebben van uitheemse kleermakers maar paapse herenboeren kunnen door de beugel. Zolang die tenminste bereid zijn vijfentwintigduizend dollar voor het lidmaatschap te dokken.'

'Waarom ben je lid geworden?'

Tot zijn verbazing merkte Pendel dat zijn glimlach zich verbreedde tot voorbij de grenzen van het normale. Een krankzinnige glimlach, hem wellicht opgedrongen door verbijstering en doodsangst, maar een glimlach evengoed, en de opluchting die eruit voortkwam was alsof hij ontdekte dat hij zijn armen en benen nog kon gebruiken.

'Ik zal u eens wat zeggen, meneer Osnard,' zei hij in een vlaag van kameraadschappelijkheid. 'Dat is een raadsel dat ik tot dusverre ook nog niet heb weten op te lossen. Ik ben impulsief en soms zelfs megalomaan. Dat is een van mijn tekortkomingen. Mijn oom Benjamin over wie u het zojuist had, droomde ervan een villa in Italië te bezitten. Misschien heb ik het gedaan om oom Benny te plezieren. Of misschien om mevrouw Porter de ogen uit te steken.'

'Die ken ik niet.'

'De reclasseringsambtenaar. Een uiterst onbuigzame dame die van mening was dat het nog slecht met mij zou aflopen.'

'Ga je weleens in de Club Unión eten? Neem je daar weleens iemand mee naartoe?'

'Zeer zelden. Niet in mijn huidige financiële gezondheidstoestand, om zo te zeggen.'

'Als ik tien pakken zou bestellen in plaats van twee en ik geen andere afspraken voor vanavond zou hebben, zou je me daar dan mee naartoe nemen?'

Osnard trok zijn jasje weer aan. Ik kan het hem maar beter zelf laten doen, dacht Pendel, zijn eeuwige neiging tot dienstbaarheid onderdrukkend.

'Wie weet. Dat hangt ervan af,' antwoordde hij voorzichtig.

'En dan zou je Louisa opbellen. "Schat, fantastisch nieuws, ik heb tien pakken verpatst aan een maffe Engelsman en nu trakteer ik hem op een etentje in de Club Unión."'

'Dat is mogelijk.'

'Hoe zou ze dat opnemen?'

'Haar reacties zijn nogal onvoorspelbaar.'

Osnard stak een hand in zijn jasje, haalde de bruine envelop waar Pendel al een glimp van had opgevangen te voorschijn en overhandigde hem die.

'Vijfduizend dollar voor twee pakken. Laat dat ontvangstbewijs maar zitten. En nog veel meer in het verschiet. Plus een paar honderd dollar extra voor de warme hap.'

Pendel droeg nog steeds zijn vest met klep, dus stak hij de envelop in de achterzak van zijn broek waar hij ook zijn notitieboekje had gestoken.

'In Panama kent iedereen Harry Pendel,' zei Osnard. 'Als we ons ergens verschuilen dan zien ze dat we ons verschuilen. Als we ergens heen gaan waar ze je kennen, dan kraait er geen haan naar.'

Ze stonden weer vlak tegenover elkaar. Van dichterbij straalde Osnards gezicht van ingehouden opwinding. Pendel, die altijd een groot invoelingsvermogen had, voelde zich opfleuren in zijn gloed. Ze gingen naar beneden zodat hij vanuit zijn snijkamer Louisa kon bellen terwijl Osnard met zijn volle gewicht steunde op een opgevouwen paraplu met het opschrift 'zoals gedragen door de Queen's Brigade of Guards'.

'Dat weet jij en jij alleen, Harry,' zei Louisa in Pendels gloeiende linkeroor. Met de stem van haar moeder. Socialisme en zondagsschool.

'Wát weet ik, Lou? Wat word ik geacht te weten?' – grappend, altijd azend op een lachje. 'Je kent me. Lou, ik weet van toeten noch blazen. Ik ben zo stom als het achtereind van een varken.'

Via de telefoon kon ze hem met stiltes om zijn oren slaan alsof het gevangenisstraffen waren.

'Harry, jij alleen weet wat het je waard is om je gezin 's avonds in de steek te laten en naar je club te gaan en je met andere mannen en vrouwen te vermaken in plaats van je te koesteren in de aanwezigheid van hen die je liefhebben.'

Haar stem kreeg een zachte, tedere klank en hij ging bijna voor haar door de knieën. Maar zoals gewoonlijk kreeg ze de tedere woorden niet over haar lippen.

'Harry?' – alsof ze nog steeds op hem wachtte.

'Ja, schat?'

'Met gevlei hoef je bij mij niet aan te komen, Harry,' antwoordde ze, wat haar manier was om 'schat' terug te zeggen.

Maar wat ze verder ook wilde zeggen, ze zei het niet.

'We hebben het hele weekend nog voor onszelf, Lou. Je moet niet denken dat ik mijn snor druk of zo.' Een stilte van oceanische afmetingen. 'Hoe maakte die beste brave Ernie het vandaag? Hij is een geweldige kerel, Louisa. Ik weet niet waarom ik hem tegenover jou belachelijk maak. Hij is van hetzelfde kaliber als je vader. Ik zou aan zijn voeten moeten zitten.'

Het komt door haar zuster, dacht hij. Als ze kwaad wordt is het altijd omdat ze jaloers is op haar koketterende zuster.

'Hij heeft me vijfduizend gulden vooraf betaald, Lou' – smachtend naar haar goedkeuring – 'handje contantje. Hij voelt zich eenzaam. Hij wil een beetje aanspraak. Wat moet ik anders? Hem de deur uit bonjouren? Moet ik zeggen: fijn dat u tien pakken van me hebt gekocht, en nu dondert u maar op en ziet maar hoe u een vrouw opduikelt?'

'Harry, het is nergens voor nodig om hem zulke dingen te zeggen. Ik vind het prima als je hem mee naar huis neemt. Als ons gezelschap je niet zint dan doe je maar wat je niet laten kunt en dan moet je er verder niet over inzitten.'

En opnieuw diezelfde tederheid in haar stem, meer de Louisa die ze zou willen zijn dan de Louisa die het woord voor haar voerde.

'Geen problemen?' vroeg Osnard op luchtige toon.

Hij had de voor relaties bedoelde whisky en twee glazen gevonden. Hij gaf er een aan Pendel.

'Geen vuiltje aan de lucht, dank u. Ze is een vrouw uit duizenden.'

Pendel stond alleen in de monsterkamer. Hij trok zijn werkkostuum uit en hing het puur uit gewoonte op een knaapje, de broek aan de metalen knijpers, het jasje keurig recht op de hanger. Hij verving het door een kobaltblauw mohair pak, met een enkele rij knopen, dat hij een halfjaar geleden op de tonen van Mozart voor zichzelf had gesneden en nog nooit had gedragen omdat hij vreesde dat het te opzichtig was. Toen hij in de spiegel keek, verbaasde het hem dat zijn gezicht er nog precies hetzelfde uitzag. Waarom ben je niet veranderd van kleur, vorm of omvang? Wat moet je nog meer overkomen voordat jou iets overkomt? Je staat 's ochtends op. De directeur van je bank verkondigt dat het einde van de wereld ophanden is. Je gaat naar je winkel en daar stapt een Engelse spion naar binnen die je chanteert met je verleden en je vertelt dat hij je rijk wil maken en je wil houden zoals je bent.

'Jij heet Andrew, is 't niet?' riep hij door de openstaande deur, alsof hij een nieuwe vriend had gevonden.

'Andy Osnard, vrijgezel, als deskundige op het gebied van de politieke tredmolen verbonden aan de Britse ambassade, zojuist gearriveerd. De oude Braithwaite was de kleermaker van mijn vader en jij kwam altijd mee om het meetlint vast te houden. Dekmantel. Kan niet beter.'

En zo'n das heb ik altijd al willen hebben, dacht hij. Met die blauwe zigzaglijntjes en een vleugje schaamteloos roze. Osnard keek toe met de trots van een scheppend kunstenaar terwijl Pendel het alarm instelde.

5

Het was opgehouden met regenen. De feestelijk verlichte bussen die over de kuilen in de weg hobbelden waren leeg. Een warme blauwe middaghemel maakte plaats voor de avondlucht, maar de warmte bleef want dat doet hij in Panama City altijd. Er is droge warmte en er is vochtige warmte. Maar warm is het altijd, net zoals er altijd lawaai is: van het verkeer, van drilboren, van steigers die worden opgebouwd of afgebroken, van vliegtuigen, airconditioners, ingeblikte muziek, bulldozers, helikopters en – als je geluk hebt – van vogels. Osnard droeg zijn buitenmaatse paraplu bij zich. Pendel was op zijn hoede maar ongewapend. Hij had zelf geen idee wat hij voelde. Hij was op de proef gesteld, en was er krachtiger en wijzer uit naar voren gekomen. Maar om welke reden was hij op de proef gesteld? In welk opzicht sterker en wijzer? En als hij het had overleefd, waarom voelde hij zich dan niet geruster? Desondanks had hij zelf de indruk dat hij als herboren en met gescherpte geest op aarde was teruggekeerd.

'Vijftigduizend dollar!' schreeuwde hij naar Osnard terwijl hij de portieren van zijn auto ontsloot.

'Waarvoor?'

'Dat kost het om die bussen met de hand te laten beschilderen! Daar huren ze heuse kunstenaars voor in! Die doen er twee jaar over!'

Dat had Pendel tot op dat moment zelf niet geweten, als hij het inmiddels al wist, maar iets in hem noopte hem de deskundige uit te hangen. Toen hij achter het stuur plaatsnam had hij het onaangename gevoel dat het bedrag dichter bij de vijftienhonderd lag en dat ze er twee maanden en geen twee jaar over deden.

'Zal ik rijden?' vroeg Osnard terwijl hij even snel in beide richtingen de straat afspeurde.

Maar Pendel was zijn eigen heer en meester. Tien minuten tevoren had hij zichzelf aangepraat dat het voorgoed met zijn vrijheid gedaan was. En nu zat hij achter zijn eigen stuur met zijn cipier naast zich en droeg hij zijn eigen kobaltblauwe kostuum in plaats van een stinkende jute hobbezak met Pendel op het borstzakje.

'En geen haken en ogen?' vroeg Osnard.

Pendel begreep niet wat hij bedoelde.

'Mensen die je liever niet tegen het lijf loopt – bij wie je in het krijt staat – wier vrouw je hebt geneukt – noem maar op?'

'Ik sta behalve bij de bank bij niemand in het krijt, Andy. En dat andere doe ik al evenmin, hoewel ik dat tegenover mijn klanten nooit zou toegeven want de heren blijven nu eenmaal latino's. Ze zouden me aanzien voor een watje of een mietje.' Hij lachte een tikkeltje overdreven voor twee terwijl Osnard in de achteruitkijkspiegels keek. 'Waar kom jij vandaan, Andy? Waar stond jouw wiegje? Je vader speelt een belangrijke rol in je leven tenzij je hem uit je duim hebt gezogen. Was hij eigenlijk een beroemdheid? Vast wel.'

'Hij was arts,' zei Osnard, zonder een ogenblik te aarzelen.

'Wat voor arts? Een vooraanstaande hersenchirurg? Een hart-longspecialist?'

'Huisarts.'

'Maar waar had hij dan zijn praktijk? In een of ander exotisch oord?'

'In Birmingham.'

'En de moeder, als ik zo vrij mag zijn?'

'Zuid-Frankrijk.'

Maar Pendel vroeg zich onwillekeurig af of Osnard wijlen zijn vader Birmingham en zijn moeder de Rivièra als woonplaats had toegedicht met hetzelfde gemak waarmee hij zelf wijlen de heer Braithwaite in Pinner had gesitueerd.

De Club Unión is dé plek waar de superrijken van Panama zich hier op aarde manifesteren. Met gepaste eerbied reed Pendel onder een rood baldakijn en hij zette de auto bijna volledig stil in zijn verlangen de twee schildwachten in uniform ervan te verzekeren dat hij en zijn gast gegoede en blanke burgers waren. Vrijdags zijn de disco-avondjes voor de kinderen van niet-joodse miljonairs. Voor de helder verlichte ingang spuwen glanzende Jeeps chagrijnig kijkende zeventienjarige prinsessen en balstu-rige pummels met gouden armbanden en doffe ogen uit. Het voorportaal was afgezet met dikke karmozijnrode touwen en werd bewaakt door breedgeschouderde mannen in chauffeurspakken met legitimatiebewijzen in hun knoopsgat. Ze glimlachten welwillend naar Osnard en keken misprijzend naar Pendel maar lieten hem toch door. Eenmaal binnen was de hal ruim en koel en keek uit op de zee. Een met een groene loper bekleed pad voerde omlaag naar een overdekt terras. Daarachter was de baai met haar ononderbroken rij boten die als oorlogsschepen onder zwaar vijandelijk vuur tegen elkaar aangedrukt lagen. De laatste sprankjes daglicht verdwenen snel. Sigarettenrook, dure parfums en popmuziek bepaalden de sfeer.

'Zie je die verhoogde weg daar, Andy?' schreeuwde Pendel, en hij maakte een gebaar alsof het ding zijn persoonlijk bezit was, terwijl hij trots de naam van zijn gast in het gastenboek noteerde. 'Die is gemaakt van alle puin die ze uit het Kanaal hebben opgediept. Zo voorkom je dat de vaargeulen dichtslibben. Die Yanqui-voorvaders van ons waren niet op hun achterhoofd gevallen,' verklaarde hij, maar hij moest zich met Louisa hebben vereenzelvigd, want hij had geen Yanqui-voorvaders. 'Je had hier moeten zijn toen we onze openluchtbioscopen nog hadden. Je denkt wellicht dat het niet mogelijk is, filmvoorstellingen in de open lucht in het natte seizoen. Nou, dat is het mooi wel. Weet je hoe vaak het 's avonds tussen zes en acht regent in Panama, onverschillig of het seizoen nu droog of nat is? Gemiddeld twee dagen per jáár! Daar kijk je van op, hè?'

'Hoe komen we aan een borrel?' vroeg Osnard.

Maar Pendel moest hem eerst nog de nieuwste en luisterrijkste aanwinst van de Club laten zien: een geluidloze, schitterend gelambriseerde lift om de stokoude en stinkend rijke erftantes drie meter omhoog of omlaag van de ene verdieping naar de andere te transporteren.

'Dat is voor hun spelletje kaart, Andy. Sommige oude dametjes spelen dag en nacht. Ik vermoed dat ze denken dat ze het mee kunnen nemen in hun graf.'

In de bar heerste de gebruikelijke vrijdagavonddrukte. Aan alle tafeltjes zaten fuifnummers te wuiven en te wenken en elkaar op de schouders te slaan, ze waren aan het redetwisten of ze sprongen in het rond en probeerden elkaar te overstemmen. En sommige namen de moeite om naar Pendel te zwaaien of hem de hand te drukken of een spottende opmerking te maken over zijn pak.

'Mag ik je voorstellen aan mijn goede vriend Andy Osnard, een van Hare Majesteits gunstelingen die hier onlangs uit Engeland is aangekomen om de diplomatieke dienst in zijn oude luister te herstellen,' riep hij naar een bankier die Luis heette.

'Zeg de volgende keer alleen maar Andy. Het kan toch niemand een bal schelen,' raadde Osnard hem aan toen Luis zich weer bij de meisjes had gevoegd. 'Zijn er vanavond nog zware jongens aanwezig? Wie zijn hier zoal? Delgado in ieder geval niet. Die is met de *pres* naar Japan om de bloemetjes buiten te zetten.'

'Zo is dat, Andy, Ernie is in Japan, en als bonus heeft Louisa eindelijk eens de tijd om tot zichzelf te komen. Kijk eens aan! Wie hebben we daar? Nou, dat mag warempel wel in de krant.'

In plaats van cultuur heeft Panama roddels. Pendels oog was gevallen op een gedistingeerd uitziende, besnorde heer van even in de vijftig die werd vergezeld door een beeldschone jonge vrouw. Hij droeg een donker pak en een zilvergrijze das. Zij droeg golvende zwarte lokken over één ontblote schouder en een diamanten collier dat groot genoeg was om haar tot zinken te brengen. Ze zaten naast elkaar en rechtop, als een paartje op een oude foto, en van alle klanten schoten mensen toe om hen de hand te schudden en geluk te wensen.

'Onze kloeke opperrechter, Andy, terug van weggeweest,' verklaarde Pendel op aandringen van Osnard, 'precies één week nadat alle aanklachten tegen hem zijn ingetrokken. Bravo, Miguel.'

'Klant van je?'

'Nou en of, Andy, en een hoogst gewaardeerde. Ik heb vier half afgemaakte kostuums en een smoking in meneer geïnvesteerd, en tot een week geleden wees alles erop dat die in onze nieuwjaarsuitverkoop zouden moeten worden opgenomen.' Hij had geen verdere aansporingen nodig. 'Mijn vriend, Miguel,' vervolgde hij, met het soort pedanterie dat je ervan overtuigt dat iemand zich angstvallig aan de feiten houdt, 'kwam enkele jaren geleden tot de ontdekking dat een zekere dame, met wie hij innig bevriend was en voor wier welzijn hij zich met hart en ziel had ingezet, haar gunsten aan een ander verleende. De genoemde rivaal was uiteraard ook een jurist. In Panama zijn ze dat altijd, en de meesten hebben in Amerika gestudeerd, moet ik er tot mijn spijt bij zeggen. Dus deed Miguel wat wij onder de gegeven omstandigheden allemaal zouden doen: hij nam een huurmoordenaar in de arm die op gepaste wijze een eind maakte aan die onverkwikkelijke situatie.'

'Zo mag ik het horen. Hoe?'

Pendel herinnerde zich een zinnetje dat Mark vaak gebruikte en dat hij had opgedaan uit een luguber stripverhaal dat Louisa hem had afgepakt. 'Loodvergiftiging, Andy. De professionele drie kogels. Een in het hoofd, twee in het lichaam, en wat er van hem over was breed uitgesmeerd over alle voorpagina's. De huurmoordenaar werd gearresteerd – wat in Panama hoogst ongebruikelijk is. En hij bekende prompt, wat, laten we wel wezen, niet ongebruikelijk is.'

Hij wachtte even om Osnard de gelegenheid te geven waarderend te glimlachen en om zelf nog wat extra artistieke inspiratie op te doen. De verborgen hoogtepunten eruit pikken, zou oom Benny het hebben genoemd. Zijn gave de vrije loop laten. Het verhaal wat sappiger maken om een breder publiek te gerieven.

'De aanleiding tot de arrestatie, Andy – én tot de bekentenis – was een cheque ten bedrage van honderdduizend dollar, die onze vriend Miguel ten gunste van de vermeende huurmoordenaar had uitgeschreven en die bij een bank hier in Panama was verzilverd in de enigszins luchthartige veronderstelling dat een onderhandse banktransactie voor nieuwsgierige ogen verborgen blijft.'

'En dat is de dame in kwestie,' zei Osnard met stille bewondering. 'Zo te zien lust ze er wel pap van.'

'Een en dezelfde, Andy, en inmiddels in de uitermate echtelijke staat verbonden met Miguel, hoewel het gerucht gaat dat de beperking haar tegen de borst stuit. En wat zich vanavond voor je ogen afspeelt is een glorieuze demonstratie van Miguel en Amanda's maatschappelijk eerherstel.'

'Hoe heeft hij dat in jezusnaam klaargespeeld?'

'Tja, in de eerste plaats, Andy,' vervolgde Pendel, uitermate ingenomen met een alwetendheid waar zijn kennis van de zaak niet aan kon tippen, 'wordt er gesproken van zeven miljoen aan steekpenningen, die onze hooggeleerde rechter best kan missen als je in aanmerking neemt dat hij de eigenaar is van een transportbedrijf dat gespecialiseerd is in de informele import van rijst en koffie uit Costa Rica, zonder onze toch al overwerkte ambtenaren lastig te vallen, vooral dankzij de welwillende medewerking van zijn broer die een hele hoge functie bij de douane bekleedt.'

'En in de tweede plaats?'

Pendel was overal even verguld van: van zichzelf, van zijn stem, en van het gevoel dat hij getuige was van zijn eigen glorieuze wederopstanding.

'Onze hoogst onkreukbare, justitiële onderzoekscommissie die in het leven was geroepen om de bewijzen tegen Miguel te onderzoeken, kwam wijselijk tot de conclusie dat de aanklachten geloofwaardigheid ontbeerden. Honderdduizend dollar beschouwt men hier in Panama als een exorbitant hoge prijs voor een eenvoudige moord, waarvoor men normaal niet veel meer dan duizend dollar hoeft neer te tellen. Bovendien is het onvoorstelbaar dat een door de wol geverfde opperrechter, die bepaald niet van lotje getikt is, een persoonlijke cheque uitschrijft ten gunste van een huurmoordenaar. De weloverwogen mening van de commissie was dat de beschuldigingen niet meer dan een schaamteloze poging waren om een hoogst eerbiedwaardig man die zijn partij en zijn vaderland diende in het verderf te storten. We hebben hier in Panama een gezegde. Gerechtigheid is een man.'

'Wat hebben ze met de huurmoordenaar gedaan?'

'Andy, de jongens die hem hadden verhoord, gingen nog eens met hem praten, en hij was zo vriendelijk een tweede bekentenis tegenover hen af te leggen waarin hij toegaf dat hij Miguel nog nooit van zijn leven had ontmoet, en dat hij zijn instructies had ontvangen van een man met een baard en een zonnebril die hij slechts een keer in de lobby van het Caesar Park Hotel had ontmoet toen de stroom toevallig net was uitgevallen.'

'En niemand protesteerde?'

Pendel was al bezig zijn hoofd te schudden. 'Ernie Delgado en nog een stelletje gelijkgestemde puriteinen op het gebied van de mensenrechten hebben een poging gewaagd, maar zoals te verwachten, werden hun protesten weggewuifd op grond van een zekere geloofwaardigheidslacune,' voegde hij eraan toe, voor hij zelfs maar had bedacht wat dat zou kunnen zijn. Maar hij snelde onverschrokken voort als de chauffeur van een op hol geslagen vrachtwagen. 'Ernie is niet altíjd zo goed als zijn reputatie doet vermoeden, zoals bekend is.'

'Bij wie?'

'Bij lieden die deel uitmaken van bepaalde kringen, Andy. Welingelichte kringen.'

'Bedoel je dat hij de boel bezwendelt, net als de rest van het zootje?'

'Er gaan geruchten,' antwoordde Pendel op mysterieuze toon, waarbij hij zijn oogleden neersloeg om nog geloofwaardiger over te komen. 'Meer zeg ik niet, als je me niet kwalijk neemt. Als ik niet oppas dan zeg ik straks nog iets dat indruist tegen Louisa's belangen.'

'En hoe zat het met die cheque?'

Pendel zag tot zijn verontrusting dat de kraaloogjes zich, net als in de winkel, hadden verkleind tot zwarte speldenknoppen in Osnards overigens weinig markante gelaat.

'Een gebrekkige vervalsing, Andy, zoals je al de hele tijd had vermoed,' antwoordde hij terwijl hij voelde dat zijn wangen begonnen te gloeien. 'Ik ben blij te kunnen zeggen dat de desbetreffende loketbediende op staande voet is ontslagen, dus het zal niet weer gebeuren. En dan zijn er natuurlijk nog de witpakken, en wit speelt een belangrijke rol in Panama, belangrijker dan menigeen vermoedt.'

'Wat betekent dat in godsnaam?' vroeg Osnard, met zijn ogen nog steeds strak op hem gericht.

Het betekende dat Pendel een ernstige Nederlander in de gaten had gekregen die Henk heette en de gewoonte had je op merkwaardige wijze de hand te schudden en vertrouwelijk mompelend met je van gedachten te wisselen over universele kwesties.

'De vrijmetselaars, Andy,' zei hij, nu zijn uiterste best doend om Osnards blik af te leiden. ‘Geheime genootschappen. Opus Dei. Voodoo voor de betere kringen. Iets om op terug te vallen als het geloof niet voldoet. In Panama tiert het bijgeloof welig. Je zou eens moeten zien hoe we twee keer per week in de weer zijn met onze loterijbriefjes.’

‘Hoe komt het dat je dat allemaal weet?’ vroeg Osnard, en hij liet zijn stem dalen zodat hij niet verder droeg dan het tafeltje.

‘Ik put uit twee bronnen, Andy.’

‘En dat zijn?’

‘Tja, er is wat ik het papegaaiencircuit noem, wanneer enkele heren elkaar op donderdagavond geheel toevallig in mijn zaak treffen, wat ze bijzonder graag doen, en onder het genot van een glaasje van het een of ander openhartig met elkaar praten.’

‘En de tweede bron?’ Opnieuw die borende, ijskoude blik.

‘Andy, als ik je zou zeggen dat de muren van mijn paskamer meer biechten hebben aangehoord dan een pastoor in een biechtstoel, dan zou ik ze nog te kort doen.’

Er was echter nog een derde bron, maar die verzweeg Pendel. Misschien was hij zich er niet bewust van dat die hem in haar macht had. Dat was zijn kleermakerskunst. Dat was het opwaarderen van mensen. Dat was het passen en meten totdat zij begrijpelijke bewoners van zijn inwendige universum werden. Dat was zijn gave. Het was het vooruitlopen op gebeurtenissen en wachten tot ze hem hadden ingehaald. Het was het uitvergroten of verkleinen van mensen al naar gelang ze zijn bestaan schraagden of bedreigden. Verklein Delgado. Vergroot Miguel. En Harry Pendel als een kurk op het water. Het was een methode om te overleven die Pendel in de gevangenis had ontwikkeld en tijdens zijn huwelijk had verfijnd. De intentie ervan was een vijandige wereld alles te geven dat maakte dat zij zich op haar gemak voelde. Om die wereld draaglijk te maken. Het haar zoveel mogelijk naar de zin te maken. Haar in te palmen.

‘En waar die oude Miguel nú natuurlijk mee bezig is,’ vervolgde Pendel, die zich bedreven losmaakte van Osnards blik en naar de rechter aan de andere kant van de zaal glimlachte, ‘zou ik zijn laatste lente willen noemen. In mijn beroep zie je dat om de haverklap. De ene dag zijn het doodgewone werkezels, oppassende huisvaders en rechtschapen echtgenoten die een paar kostuums per jaar verslijten. En de volgende dag worden ze vijftig en hebben ze hun zinnen gezet op tweekleurige molières en kanariegele jasjes en hangen hun vrouwen aan de lijn om te vragen of je hen soms hebt gezien.'

Maar ondanks Pendels verwoede pogingen om zijn aandacht af te leiden was Osnards waakzaamheid geen moment verslapt. De snelle bruine vossenogen waren strak op Pendel gericht en als iemand in die heksenketel de moeite had genomen om zijn gezichtsuitdrukking te bestuderen, dan was het de gezichtsuitdrukking van een man die een goudmijn had aangeboord en niet wist of hij zo snel mogelijk hulp moest halen of alles in zijn eentje moest zien te verschalken.

Een bonte schare fuifnummers trok aan hen voorbij. En Pendel hield van hen allemaal:

Jules, mijn hemel, wat ben ik blij u hier te zien, meneer! Mag ik u voorstellen aan Andy, een maatje van me – *Franse beursspeculant, Andy, problemen met zijn rekening.*

Mordi, wat een genoegen, meneer! – *jonge gladakker uit Kiev, Andy, hier aangespoeld met die nieuwe golf Asjkenazim, doet me denken aan mijn oom Benny* – Mordi, kom Andy eens een handje geven!

Aantrekkelijke jonge Kazuo met zijn kindvrouwtje van de Japanse handelsmissie, knapste stelletje van de stad – Salaam, meneer! Mevrouw, mijn welgemeende complimenten! – *drie kostuums met extra broeken en ik kan je nog steeds niet vertellen hoe hij verder nog heet, Andy.*

Pedro, jonge advocaat.

Fidel, jonge bankier.

José-María, Antonio, Salvador, Paul, beginnende woekeraars in aandelen, achterlijke rijkeluiszoontjes die doorgaans *rabiblancos* worden genoemd, drieëntwintigjarige zakenlui met puilogen die zich zorgen maken over hun viriliteit en zich impotent drinken. En ergens tussen al die handdrukken en schouderklopjes en tot-donderdag-Harry's, Pendels gemompelde toelichtingen, over wie hun vader was en hoeveel ze waard waren en hoe hun broers en zusters strategisch waren verdeeld over de politieke partijen.

'Jezus,' zei Osnard met oprechte verwondering toen ze eindelijk weer alleen waren.

'Wat heeft Jezus ermee te maken, Andy?' informeerde Pendel op enigszins verwijtende toon, want Louisa duldde geen blasfemie in huis.

'Niks Jezus, Harry, ouwe jongen. Jij.'

Met zijn teakhouten zetels en zijn rijk versierde couverts was het restaurant van de Club Unión bedoeld als een festijn van overvloed, maar door het merkwaardig lage plafond en de noodverlichting doet het eerder denken aan een schuilkelder voor voortvluchtige bankiers die iets op hun kerfstok hebben. Pendel en Osnard zaten in de hoek bij het raam, dronken wijn uit Chili en aten vis uit de Stille Oceaan. Vanuit alle door kaarslicht beschenen pleisterplaatsen taxeerden de gasten elkaar met verongelijkte blikken: hoeveel miljoenen heb jíj achter de hand? – hoe komt díé hier? – wat denkt zíj te bereiken met zulke diamanten? Buiten was het inmiddels pikdonker. In het verlichte zwembad beneden hen werd een vierjarig meisje in een gouden bikini statig door het diepe gedragen op de schouders van een gespierde zweminstructeur met een badmuts op. Naast hem waadde een corpulente lijfwacht, met de handen nerveus uitgestrekt om het meisje op te vangen als het mocht vallen. Aan de rand van het zwembad zat de verveelde moeder van het meisje, gekleed in een exclusief broekpak, haar nagels te lakken.

'Ik wil niet opscheppen hoor, maar Louisa is de spil waar alles om draait,' zei Pendel. Waarom had hij het over haar? Osnard moest haar ter sprake hebben gebracht. 'Louisa is een topsecretaresse zoals je ze maar zelden ziet, met een fabelachtig potentieel dat naar mijn mening nog onvoldoende wordt onderkend.' Het deed hem genoegen dat hij haar, na hun pijnlijke telefoongesprek, in het zonnetje kon zetten. 'Ze is veel meer dan een duvelstoejager. Officieel is ze sedert drie maanden de persoonlijke assistente van Ernie Delgado, voorheen verbonden aan het advocatenkantoor Delgado & Woolf, maar dat heeft hij in het belang van het volk vaarwel gezegd. Officieus is het Kanaalbestuur ten gevolge van die naderende overdracht zo'n geweldige puinhoop, met die Yanquis die door de ene deur vertrekken en de Panamezen die door de andere deur naar binnen komen, dat zij nog de enige is die het hoofd koel houdt en hun kan vertellen hoe de zaken er voor staan. Ze ontvangt, ze rapporteert, ze strijkt de plooien glad. Zij weet waar alles te vinden is, en wie het achterover heeft gedrukt als het dat niet is.'

'Klinkt als een schaap met vijf poten,' zei Osnard.

Pendels borst zwol op van echtelijke trots.

'Andy, daar zeg je een waar woord. En als je het mij vraagt, mag Ernie Delgado zijn handen dichtknijpen. Het ene moment is het een scheepvaartconferentie op hoog niveau die moet worden voorbereid, en waar zijn de notulen van de vorige? Het volgende is het een buitenlandse delegatie die een beknopte uiteenzetting verlangt, en waar hangen die Japanse tolken in hemelsnaam uit?' En weer voelde hij de onbedwingbare aandrang om een stukje van Ernie Delgado's voetstuk af te bikken: 'Bovendien is zij de enige die met Ernie overweg kan als hij een kater heeft of gebukt gaat onder ernstige aantijgingen van zijn gemalin. Zonder Louisa zou Ernie zich geen raad weten en zouden er heel wat roestplekjes op zijn fel blinkende aureool verschijnen.'

'*Japanners*,' zei Osnard op uitgerekte, bedachtzame toon.

'Nou ja, ik veronderstel dat het ook Zweden of Duitsers of Fransen zouden kunnen zijn geweest. Maar Japanners komen vaker voor dan de meesten.'

'Wat voor Japanners? Japanners die hier wonen? Japanners die hier op bezoek zijn? Zakenlui? Overheidsambtenaren?'

'Ik zou het niet weten, Andy.' Een dwaas, geëxalteerd giecheltje. 'In mijn ogen is het allemaal één pot nat, zou je kunnen zeggen. Ik vermoed dat er nogal wat bankiers tussen zitten.'

'Maar Louisa weet er alles van.'

'Andy, die Jappen eten uit haar hand. Ik weet niet hoe ze het flikt, maar als je haar bezig ziet met haar Japanse delegaties, met haar buiginkjes en haar glimlachjes en haar wilt-u-mij-maarvolgen-heren, is dat een lust voor het oog, ik zweer het je.'

'Neemt ze weleens werk mee naar huis? In het weekend? Of 's avonds?'

'Alleen als het niet anders kan, Andy. Voornamelijk donderdagsavonds, zodat ze alles af heeft voor het weekend en de kinderen terwijl ik mijn klanten ontvang. Overwerk wordt niet betaald en ze maken grof misbruik van haar. Hoewel ze haar in Amerikaanse dollars betalen, en ik moet toegeven dat dat een slok op een borrel scheelt.'

'Wat doet ze ermee?'

'Met het werk? Ze werkt eraan. Ze tikt dingen uit.'

'Met de pegels. De poen. Haar salaris.'

'Dat wordt allemaal op onze gezamenlijke rekening gestort, Andy, en omdat ze een eerzame echtgenote en moeder is, beschouwt ze dat als niet meer dan vanzelfsprekend,' antwoordde Pendel stijfjes.

En tot zijn verbazing voelde hij dat hij een hoogrode kleur kreeg en dat er hete tranen in zijn ogen opwelden tot hij ze op de een of andere manier wist terug te dringen naar waar ze vandaan kwamen. Maar Osnard bloosde niet en er welden geen tranen op in zijn koolzwarte ogen.

'Dat arme kind werkt zich uit de naad om Ramón af te betalen,' zei hij meedogenloos. 'En ze weet het niet eens.'

Maar als Pendel zich gekrenkt voelde door deze wrede constatering van een onloochenbaar feit, was dat aan zijn gezichtsuitdrukking niet langer af te lezen. Hij tuurde opgewonden de zaal in, zijn gezicht een mengeling van vreugde en bezorgdheid.

'Harry! Mijn vriend! Harry! God is mijn getuige. Ik hou van je!'

Een kolossale gestalte in een magenta smokingjasje stiefelde op hen af, botste tegen tafeltjes op, ontlokte kreten van woede en gooide onderweg diverse glazen om. Het was nog een jonge man en de rudimenten van een aantrekkelijk uiterlijk kleefden hem ondanks de door leed en losbandigheid aangerichte schade nog aan. Omdat hij hem zag aankomen was Pendel al opgestaan.

'Señor Mickie, meneer, ik houd ook van u, en hoe maakt u het vandaag?' informeerde hij bezorgd. 'Mag ik u voorstellen aan Andy Osnard, een maatje van me. Andy, dit is Mickie Abraxas. Mickie, ik denk dat je al een borreltje op hebt. Waarom gaan we niet allebei zitten?'

Maar Mickie moest zo nodig met zijn jasje pronken en dat

kon hij niet als hij zat. Met zijn knokkels tegen zijn zij en zijn vingertoppen naar buiten, gaf hij, alvorens hij de rand van de tafel greep om zijn evenwicht te bewaren, een groteske vertolking van de pirouette van een mannequin. De tafel wiebelde en er knalden een paar borden tegen de grond.

'Vind je het mooi, Harry? Ben je er trots op?' Hij sprak heel luid en met een Amerikaans accent.

'Mickie, het is echt prachtig,' zei Pendel ernstig. 'Ik zei net tegen Andy dat ik nog nooit een betere schouderpartij heb gesneden en dat niemand die zo goed doet uitkomen als jij, zo is het toch, Andy? En zullen we nu gaan zitten om een beetje bij te praten?'

Maar Mickie staarde Osnard doordringend aan.

'Wat vindt ú ervan, meneer?'

Osnard glimlachte welwillend. 'Mijn gelukwensen. P&B op hun best. De middennaad precies in het midden.'

'Wie ben jij, verdomme?'

'Hij is een klant, Mickie,' zei Pendel, ijverig zijn best doend de vrede te bewaren, wat hij bij Mickie altijd deed. 'Hij heet Andy. Dat heb ik je verteld maar je wilde niet luisteren. Mickie heeft op Oxford gezeten, of niet soms, Mickie? Vertel Andy eens op welk college je zat. Hij is ook een groot bewonderaar van onze Engelse levensstijl en was ooit voorzitter van onze Anglo-Panamese Culturele Vereniging, hè, Mickie? Andy is een heel vooraanstaand diplomaat, zo is het toch, Andy? Hij werkt voor de Engelse ambassade. Arthur Braithwaite maakte kostuums voor zijn oude heer.'

Mickie Abraxas nam het voor kennisgeving aan, maar niet van harte, want hij keek Osnard dreigend aan, en wat hij zag beviel hem maar matig.

'Weet je wat ik zou doen als ik de president van Panama was, meneer Andy?'

'Waarom ga je niet zitten, Mickie, en leg je ons dat eens haarfijn uit?'

'Ik zou ons allemaal om zeep helpen. Wij zijn niet meer te redden. Wij zijn totaal verknipt. Wij hebben alles wat God nodig had om het paradijs te scheppen. Geweldige landbouwgrond, stranden, bergen, natuurgebieden die je stoutste dromen overtreffen, je steekt een stok in de grond en er groeit een fruitboom uit, mensen zo mooi dat je er tranen van in je ogen krijgt. En wat doen we? We belazeren de kluit. We smeden complotten. We liegen. We huichelen. We stelen. We gunnen elkaar het licht in de ogen niet. We doen net alsof er maar net genoeg is voor onszelf. We zijn zo stom en corrupt en blind dat ik niet begrijp waarom de aarde ons niet ter plekke verzwelgt. Ja, dat begrijp ik wel. Omdat we de aarde hebben verkwanseld aan die klote-Arabieren in Colón. Ga je dat aan de koningin vertellen?'

'Ik kan haast niet wachten,' zei Osnard vriendelijk.

'Mickie, als je nu niet gauw gaat zitten dan word ik nog boos op je. Je zet jezelf voor gek en brengt mij in verlegenheid.'

'Hou je niet meer van me?'

'Je weet wel beter. En doe me nu een lol en ga zitten.'

'Waar is Marta?'

'Thuis, denk ik, Mickie. In El Chorillo waar ze woont. Hard aan het studeren, vermoed ik.'

'Ik hou van die vrouw.'

'Ik ben blij dat te horen, Mickie, en dat zal Marta ook zijn. Ga nu eindelijk zitten.'

'Jij houdt ook van haar.'

'We houden allebei van haar, Mickie, elk op onze eigen manier, uiteraard,' antwoordde Pendel, zonder echt te blozen maar met een hinderlijke brok in zijn keel. 'En ga nou eindelijk eens braaf zitten. Alsjeblieft.'

Mickie greep Pendels hoofd met beide handen beet en fluisterde vochtig iets in zijn oor. 'Dolce Vita voor de grote race op zondag, hoor je me? Rafi Domingo heeft de jockeys omgekocht. Allemaal, hoor je me? Zeg het tegen Marta. Maak haar rijk.'

'Mickie, ik hoor je luid en duidelijk, en Rafi was vanochtend bij mij op de zaak, maar jij was er niet, en dat was jammer, want er hangt een mooi smokingjasje te wachten tot jij het komt passen. En doe me nu een groot plezier en ga alsjeblíéft zitten.'

Uit zijn ooghoeken zag Pendel twee grote mannen met identiteitskaartjes vastberaden langs de kant van de zaal naar hen toe lopen. Pendel sloeg beschermend een arm om een deel van Mickies enorme schouders.

'Mickie, als je nog meer moeilijkheden veroorzaakt dan

maak ik nooit meer een pak voor je,' zei hij in het Engels. En in het Spaans tegen de mannen: 'Alles is dik in orde, heren. Meneer Abraxas zal op eigen gelegenheid het etablissement verlaten. Mickie.'

'Watte?'

'Luister je naar me, Mickie?'

'Nee.'

'Staat Santos, die aardige chauffeur van je, buiten met de auto?'

'Wat gaat jou dat aan?'

Pendel pakte Mickie bij zijn arm en leidde hem met zachte dwang door de eetzaal en onder een spiegelplafond door naar de lobby, waar Santos de chauffeur in angstige afwachting was van zijn meester.

'Jammer dat je hem niet op z'n best hebt gezien, Andy,' zei Pendel beschroomd. 'Mickie is een van Panama's weinige echte helden.'

Met plaatsvervangende trots deed hij een beknopt verslag van Mickies leven tot op heden: vader een uit Griekenland geïmmigreerde reder die dikke maatjes was met generaal Omar Torrijos, wat hem ertoe overhaalde zijn zakelijke belangen te verwaarlozen en al zijn energie te wijden aan de Panamese drugshandel, en die uit te bouwen tot iets waar iedereen in de strijd tegen het communisme trots op kon zijn.

'Praat hij altijd zo?'

'Ach, het blijft niet bij präten alleen, moet ik zeggen, Andy. Mickie had het grootste respect voor zijn oude heer en hij mocht Torrijos graag, maar hij had een hekel aan Je-Weet-Wel-Wie,' legde hij uit, zich daarbij houdend aan de in Panama geldende gewoonte Noriega niet met name te noemen. 'En Mickie voelde zich genoodzaakt dat feit voor ieder die het horen wilde van de daken te schreeuwen, totdat Je-Weet-Wel-Wie er genoeg van had en hem in de gevangenis liet gooien om hem de mond te snoeren.'

'En wat kletste hij nou toch allemaal over Marta?'

'Tja, zie je, dat was vroeger, Andy. Ik zou het een kater willen noemen. Uit de tijd dat ze zich beiden actief inzetten voor hun idealen, weet je. Marta was de dochter van een zwarte handwerksman en hij was een verwend rijkeluiszoontje, maar ze streden schouder aan schouder voor de democratie, zou je kunnen zeggen,' antwoordde Pendel, zichzelf voorbij galopperend in zijn verlangen het onderwerp zo snel mogelijk achter zich te laten. 'Er ontstonden merkwaardige vriendschappen in die dagen. Er werden banden gesmeed. Zoals hij al zei. Ze hielden van elkaar. Dat kon niet uitblijven.'

'Ik dacht dat hij het over jou had.'

Pendel deed er nog een schepje bovenop.

'Alleen is de gevangenis hier, om zo te zeggen, net een beetje meer gevangenis dan wat wij thuis gewend zijn, Andy. Waarmee ik op geen enkele wijze afbreuk wil doen aan de vaderlandse variant. Maar weet je wat ze met hem hebben gedaan, ze hebben Mickie opgesloten met een flink aantal niet al te fijngevoelige, doorgewinterde bajesklanten, met z'n twaalven in een cel of meer, en om de zoveel tijd verplaatsten ze hem naar een andere cel, als je begrijpt wat ik bedoel, wat niet bepaald bevorderlijk was voor Mickies gezondheid, want hij was in zijn tijd best een knappe jongen,' besloot hij onhandig. En hij permitteerde zich een korte pauze, die Osnard zo tactvol was niet te verstoren, om even stil te staan bij Mickies vergane schoonheid. 'En bovendien hebben ze hem een paar keer in elkaar geslagen omdat hij hun ergernis had opgewekt,' voegde hij eraan toe.

'Heb je hem weleens opgezocht?' vroeg Osnard achteloos.

'In de gevangenis, Andy? Ja. Ja, dat heb ik zeker.'

'Dat moet weer 's iets anders voor je zijn geweest, om aan de andere kant van de tralies te staan.'

Mickie zo mager als een vogelverschrikker, zijn gezicht asymmetrisch van een afranseling, met de helse verschrikking nog in zijn ogen te lezen. Mickie in gerafelde oranje vodden, geen maatkleermaker beschikbaar. Vochtige rode zwellingen rond zijn enkels en ook rond zijn polsen. Een man die in de ketens is geslagen moet leren niet te kronkelen als hij wordt afgeranseld maar dat leer je niet een, twee, drie. Mickie die mompelde: 'Harry, God is mijn getuige, geef me je hand, Harry, je weet dat ik van je hou, haal me hier uit.' Pendel die fluisterde: 'Mickie, luister naar me, je moet je zien te drukken, jongen, kijk ze niet in hun ogen.' En geen van beiden die de ander verstond. Niets te zeggen dan hallo en tot ziens.

'En waar houdt hij zich momenteel mee bezig?' vroeg Osnard, alsof het onderwerp hem niet langer interesseerde. 'Behalve dat hij zich kapotzuipt en overal de boel loopt te versjteren?'

'Mickie?' vroeg Pendel.

'Wie dacht je anders?'

En opeens zette hetzelfde duiveltje dat hem had overgehaald Delgado als aartsdeugniet af te schilderen hem ertoe aan Abraxas af te schilderen als een held van deze tijd: *Als die Osnard denkt dat hij Mickie onder het tapijt kan vegen dan zal hij nog vies op zijn neus kijken, of niet soms? Mickie is mijn vriend, mijn medestander, mijn gabber, mijn celmaatje. Ze hebben Mickies vingers gebroken en zijn ballen door de gehaktmolen gehaald. Mickie werd verkracht door een hele ploeg genadeloze bajesklanten, terwijl jij op je keurige Engelse kostschooltje haasje-over deed.*

Pendel keek steels om zich heen om zich ervan te verzekeren dat niemand hen kon afluisteren. Aan het tafeltje naast hen nam een vent met een ronde kop een grote witte draadloze telefoon aan van de ober. Hij sprak een paar woorden en de ober nam de telefoon weer mee om hem onmiddellijk als een vriendschapsbeker een andere nooddruftige gast in de hand te drukken.

'Mickie is nog steeds actief, Andy,' mompelde Pendel binnensmonds. 'De zaken zijn niet altijd wat ze schijnen, zeker niet in Mickies geval, op geen stukken na, nooit geweest en nu nog niet, als je begrijpt wat ik bedoel.'

Wat deed hij nu? Wat zei hij allemaal? Hij wist het zelf nauwelijks. Hij maakte er een potje van. Ergens in zijn oververhitte brein broeide het idee dat hij Mickie een liefdesdienst zou kunnen bewijzen, hem kon vormen tot iets dat hij nooit zou kunnen zijn, een gelouterde Mickie, nuchter, schitterend, strijdlustig en onversaagd.

'Actief, waarin? Ik kan je niet volgen. Je praat weer geheimtaal.'

'Hij hoorde *erbij*.'

'Waarbij?'

'Bij de Stille Oppositie,' zei Pendel, met de stoutmoedigheid van een middeleeuwse krijger die zijn vaandel tussen de vijandelijke linies werpt om het vervolgens weer te heroveren.

'De wát?'

'Hij voert in stilte oppositie. Hij en zijn hechte groepje geestverwanten.'

'Wát voor geestverwanten, in jezusnaam?'

'In de veinzerij, Andy. Het laagje vernis. Het onder de oppervlakte liggende, om zo te zeggen,' zei Pendel met nadruk, en onbezonnen steeg hij op naar tot dusver onbereikbare hoogten van verbeelding. Flarden van herinneringen aan gesprekken met Marta snelden hem te hulp. 'De schijndemocratie die het nieuwe brandschone Panama is, haha. Het is allemaal nep. Dat probeerde hij je duidelijk te maken. Je hebt het zelf gehoord. Bedriegerij. Complotten. Leugens. Huichelarij. Als je door de façade heen kijkt, zie je daar dezelfde jongens die Je-Weet-Wel-Wie aan de macht hielpen klaarstaan om het heft opnieuw in handen te nemen.'

Osnards kraaloogjes bleven onafgebroken als laserstralen op Pendel gericht. Het is mijn reikwijdte, dacht Pendel, zichzelf al indekkend tegen de gevolgen van zijn onbezonnenheid. Dat is het enige dat hij wil horen. Niet mijn accuratesse, mijn reikwijdte. Het kan hem niet schelen of ik aantekeningen raadpleeg of op mijn geheugen vertrouw of improviseer. Hij luistert waarschijnlijk niet eens, tenminste niet echt.

'Mickie onderhoudt contacten met de mensen aan de overkant van de brug,' vervolgde hij dapper.

'Wie zijn dát nou weer?'

De brug was de Puente de las Americas. Ook deze uitdrukking had hij van Marta.

'Het zwijgende voetvolk, Andy,' zei Pendel onverschrokken. 'De goedwillenden en idealisten die liever vooruitgang zien dan steekpenningen aannemen,' antwoordde hij, Marta letterlijk citerend. 'De boeren en handwerkslieden die zich in de steek gelaten voelen door een waardeloze, hebzuchtige regering. De integere arbeiders. Het fatsoenlijke deel van Panama waarvan je nooit iets ziet of hoort. Ze organiseren zich. Ze hebben er genoeg van. En Mickie ook.'

'Doet Marta daaraan mee?'

'Dat is niet onmogelijk, Andy. Ik vraag er nooit naar. Ik hoor me daar buiten te houden. Ik heb zo mijn gedachten. Meer zeg ik niet.'

Een langdurige stilte.

'Wáár precies hebben ze genoeg van?'

Pendel keek met een schichtige, samenzweerderige blik om zich heen. Hij was Robin Hood, de man die de onderdrukten hoop gaf en recht deed geschieden. Aan het tafeltje naast hen deed een luidruchtig gezelschap van twaalf zich te goed aan kreeft en Dom Pérignon.

'*Hiervan,*' zei hij op gedempte, nadrukkelijke toon. '*Van hen. En van alles waar zij voor staan.*'

Osnard wilde meer weten over de Japanners.

'Ach, nu ja, die *Japanners*, Andy – je hebt er zojuist eentje ontmoet, en dat is vermoedelijk de reden dat je me ernaar vraagt – zijn om zo te zeggen nadrukkelijk aanwezig in Panama, en zijn dat al heel wat jaren, zo'n twintig jaar wel, zou ik zeggen,' antwoordde Pendel geestdriftig, dankbaar dat hij het verder niet over zijn enige echte vriend hoefde te hebben. 'Er zijn Japanse optochten om het volk te vermaken, er zijn Japanse fanfarekorpsen, ze hebben de natie een Japanse vismarkt geschonken, en er is zelfs een met Japanse gelden gefinancierd educatief televisiekanaal,' voegde hij eraan toe toen hij zich een van de weinige programma's herinnerde waar zijn kinderen naar mochten kijken.

'Wie is jouw belangrijkste Jap?'

'Bedoel je onder mijn klanten, Andy? Ik weet niet wie de belangrijkste is. Ik vind ze ondoorgrondelijk. Ik zou het aan Marta moeten vragen, lijkt me. Als er eentje zich een kostuum komt laten aanmeten dan komen er zes mee om te buigen en foto's van hem te maken, zeggen we altijd, en dan overdrijven we nog niet eens zo erg. Er is een zekere meneer Yoshio van een van hun handelsmissies die in de winkel nogal gewichtig doet en er is een zekere Toshikazu van de ambassade, maar of dat hun voor- of hun achternamen zijn zou ik moeten opzoeken.'

'Of dat Marta laten doen.'

'Juist.'

Zich opnieuw bewust van Osnards duistere blik, schonk

Pendel hem, in een poging hem te vermurwen, een innemende glimlach, maar tevergeefs.

'Heb je Ernie Delgado weleens bij jullie thuis te eten gehad?' vroeg hij terwijl Pendel nog meer vragen over de Japanners verwachtte.

'Niet als zodanig, Andy, nee.'

'Waarom niet? Hij is de baas van je vrouw.'

'Eerlijk gezegd geloof ik niet dat Louisa dat op prijs zou stellen.'

'Waarom niet?'

Opnieuw dat duiveltje. Dat duiveltje dat opduikt om ons eraan te herinneren dat niets zonder gevolgen is; dat een ogenblik van jaloezie de aanleiding kan zijn tot een eindeloze reeks verzinsels; en dat het enige dat je met een fatsoenlijk man kunt doen als je hem eenmaal hebt zwartgemaakt, is hem nog zwarter maken.

'Ernie is wat ik een rechtse rakker zou noemen, Andy. Dat was hij ook al onder Je-Weet-Wel-Wie, hoewel hij daar nooit iets van liet merken. In gezelschap van zijn liberale vriendjes was het een en al pik en stront, als je me die uitdrukking wilt vergeven, maar ze hadden hem de rug nog niet toegekeerd of hij haastte zich weer naar Je-Weet-Wel-Wie en dan was het "Ja meneer, nee meneer, en waarmee kan ik u van dienst zijn, Uwe Hoogheid".'

'Maar al met al is dat toch niet iets dat algemeen bekend is? De meesten van ons beschouwen Ernie nog steeds als een witte raaf.'

'Daarom is hij juist zo gevaarlijk, Andy. Vraag Mickie maar. Ernie is een ijsberg. Er is een veel groter deel van hem onder water dan erboven, om zo te zeggen.'

Osnard kauwde op een broodje, deed er een krul boter op en at met trage, nadenkend malende bewegingen van de onderkaak. Maar zijn koolzwarte ogen verlangden meer dan brood en boter.

'Die kamer bij jou boven in de winkel – die Sportman's Corner.'

'Die bevalt je zeker wel, Andy?'

'Heb je er ooit over gedacht om daar een ontmoetingsruimte

voor je klanten van te maken? Een plekje waar ze zich kunnen laten gaan? Dat lijkt me beter dan donderdagsavonds een gammele sofa en een leunstoel op de begane grond, vind je niet?'

'Ik heb al heel wat keren met die gedachte gespeeld, Andy, dat moet ik bekennen, en ik sta er versteld van dat jij al na één enkel bezoekje met hetzelfde idee op de proppen komt. Maar ik stuit daarbij steeds weer op dat ene onoverkomelijke bezwaar dat ik niet weet waar ik dan met mijn Sportsman's Corner naartoe moet.'

'Verdien je nog wat aan die handel?'

'Zeker. Nou en of.'

'*Ik* kreeg hem er niet van omhoog.'

'Sportartikelen zijn meer wat ik mijn lokkertje zou willen noemen, Andy. Als ik ze niet verkoop, dan doet iemand anders het wel, en dan pikken ze me gelijk ook mijn klanten af.'

Geen enkele overbodige beweging, merkte Pendel tot zijn verontrusting op. Ik heb ooit eens een hoofdagent van politie gekend die net zo was als jij. Hield zijn handen doodstil, krabde nooit op zijn hoofd en schoof nooit op zijn stoel heen en weer. Hij zit daar maar en kijkt je aan met die ogen van hem.

'Probeer je mijn kostuummaat te raden, Andy?' vroeg hij schalks.

Maar Osnard hoefde daar geen antwoord op te geven, want Pendels blik was opnieuw afgedwaald naar een hoek aan de andere kant van de eetzaal waar een stuk of tien luidruchtige nieuwkomers, van beiderlei kunne, hun plaats aan een lange tafel innamen.

'En daar heb je de andere helft van de crux, zou je kunnen zeggen!' verklaarde hij terwijl hij met overdreven uitbundige gebaren communiceerde met de figuur aan het hoofd van de tafel. 'Rafi Domingo in hoogsteigen persoon. Mickies andere vriend – heb je het ooit zo zout gegeten!'

'Welke crux?' vroeg Osnard.

Pendel hield uit kiesheid zijn hand voor zijn mond. 'Het gaat om de dame náást hem, Andy.'

'Wat is er met haar?'

'Zij is *Mickies vrouw*.'

Osnards steelse blik deed een snelle uitval in de richting van de tafel in de verte terwijl hij zich onderwijl over zijn maaltijd boog.

'Die met die tieten?'

'Precies, Andy. Je vraagt je zo nu en dan weleens af waarom mensen eigenlijk trouwen, wat jij?'

'Geef me Domingo,' beval Osnard op een toon van: geef me een lage C.

Pendels adem stokte in zijn keel. Het duizelde hem en zijn geest was uitgeput maar niemand had een pauze aangekondigd en dus speelde hij verder.

'Bestuurt zijn eigen vliegtuig,' begon hij ergens in het wilde weg.

Flarden die hij in de winkel had opgevangen.

'Waarom?'

'Beheert een hele keten schitterende hotels waar nooit iemand in logeert.'

Roddelpraatjes uit diverse internationale bronnen.

'Waarom?'

Voor de rest moest hij het van zijn gave hebben.

'De hotels zijn eigendom van een zeker *consortium* waarvan het hoofdkantoor in Madrid is gevestigd, Andy.'

'En wat dan nog?'

'En dan nog dít. Het gerucht gaat dat voornoemd *consortium* het eigendom is van enkele Colombiaanse heren die niet geheel vrij zijn van banden met de cocaïnehandel, voel je wel? Het consortium doet goede zaken, kan ik je tot je opluchting meedelen. Een chic hotel in Chitré, en nog eentje in David, twee in Bocas del Toro, en Rafi Domingo hupt in zijn vliegtuigje van hot naar her als een krekel in een koekenpan.'

'Waarom, in jezusnaam?'

Toen de ober hun waterglazen kwam bijvullen deden de beide spionnen er het zwijgen toe. Getinkel van ijsblokjes als piepkleine kerkklokjes. En een geruis in Pendels oren alsof hem iets geniaals werd ingefluisterd.

'We kunnen er alleen maar naar gissen, Andy. Rafi weet geen mallemoer van het hotelbedrijf, wat geen probleem is aangezien ze, zoals ik al zei, toch geen gasten toelaten. Ze adverteren niet en als je probeert een kamer te boeken dan wordt je beleefd te verstaan gegeven dat ze helemaal vol zitten.'

'Dat snap ik niet.'

Rafi vindt het niet erg, hield Pendel zichzelf voor. Rafi is een soort Benny. Hij zou zeggen: Harry, m'n jongen, vertel jij die meneer Osnard maar precies wat hij graag wil horen, zolang je maar zorgt dat er geen getuigen in de buurt zijn.

'Elk hotel brengt elke dag vijfduizend dollar naar de bank, begrijp je? Over een boekjaar of twee, zodra de hotels een flink aantal rekeningen hebben gespekt, worden ze verkocht aan de hoogste bieder en dat blijkt dan toevallig Rafi Domingo te zijn die onder een andere handelsnaam opereert. De hotels zullen onveranderlijk in uitstekende staat verkeren, wat geen verbazing hoeft te wekken als je in aanmerking neemt dat er nog nooit iemand in heeft gelogeerd en er in de keukens nog nooit een hamburger is gebakken. En dan zijn het legitieme bedrijven want in Panama is drie jaar oud geld meer dan solide, het is antiek.'

'En hij naait Mickies vrouw.'

'Dat wordt ons verteld, Andy,' zei Pendel, nu voorzichtig omdat dit deel van zijn verhaal waar was.

'Door Mickie zelf?'

'Niet als zodanig, Andy. Niet met zoveel woorden. Bij Mickie gaat het om de feiten die zich voor het oog verborgen houden.' Opnieuw zijn gave. Waarom deed hij het? Wat dreef hem ertoe? Andy. Een artiest blijft nu eenmaal een artiest. Als je publiek niet vóór je is dan is het tegen je. Of wellicht voelde hij, nu zijn eigen fictieve leven aan duigen lag, de behoefte het fictieve leven van anderen te verrijken. Misschien beschouwde hij het als een nieuwe kans zijn leven te reconstrueren.

'Rafi hoort er ook bij, begrijp je, Andy. Rafi is een van de allergrootsten, om de waarheid te zeggen.'

'De allergrootste wát?'

'De stille opponenten. Mickies jongens. De otters in het bolwerk, noem ik hen. Degenen die het teken aan de wand hebben gezien. Rafi is een blauwpieper.'

'Wat is dat in jezusnaam?'

'Een blauwpieper, Andy. Net als Marta. Net als ik. In zijn geval is hij gedeeltelijk van Indiase afkomst. Er bestaat geen rassendiscriminatie in Panama, daarin kan ik je geruststellen, maar ze hebben het niet erg op kleurlingen begrepen, vooral niet op de nieuwe, en naarmate men hoger op de sociale ladder komt worden de gezichten bleker. Ik beschouw dat als een vorm van hoogtevrees.'

Dat was een splinternieuwe kwinkslag en hij was vast van plan die in zijn repertoire op te nemen, maar Osnard begreep hem niet. Of hij begreep hem wel maar kon er niet om lachen. Als je het Pendel zou vragen, zag hij eruit alsof hij een openbare executie vermakelijker zou hebben gevonden.

'Beloning naar prestatie,' zei Osnard, 'de enige manier. Afgesproken?' Hij had zijn hoofd tussen zijn schouders laten zakken en zijn stem eveneens.

'Andy, dat is een principe van mij vanaf het moment dat we de zaak openden,' antwoordde Pendel uit de grond van zijn hart terwijl hij zich probeerde te herinneren wanneer hij iemand voor het laatst naar zijn prestatie had beloond.

En licht in het hoofd van de drank en met een vaag gevoel van onwerkelijkheid ten aanzien van zichzelf en ieder ander, voegde hij er bijna aan toe dat dat ook een principe van die goede ouwe Arthur Braithwaite was geweest, maar hij hield zich in omdat hij vond dat hij voor één avond genoeg van zijn gave had laten blijken; en een artiest moet weten wanneer te stoppen, zelfs als hij het gevoel heeft dat hij de hele nacht zou kunnen doorgaan.

'Eigen gewin wordt tegenwoordig door niemand meer als een vies woord beschouwd. Het is het enige waar men nog warm voor loopt.'

'O, dat ben ik roerend met je eens, Andy,' zei Pendel in de veronderstelling dat Osnard zich nu beklaagde over de zorgwekkende staat waarin Engeland verkeerde.

Osnard keek om zich heen om te zien of zij niet konden worden afgeluisterd. En misschien verstoutte het uitzicht op zoveel samenzweerderig bij elkaar gestoken koppen aan naburige tafeltjes hem, want zijn gezicht verstrakte op een wijze die Pendel allerminst aanstond en zijn toon, hoewel gedempt, kreeg iets snijdends.

'Ramón heeft je lelijk in de tang. Als je hem niet afbetaalt dan ben je de lul. Als je hem wel afbetaalt dan zit je opgescheept met een rivier zonder water en een rijstplantage waarop je geen rijst kunt verbouwen. Om nog maar te zwijgen van Louisa's toorn.'

'Ik zit ermee in mijn maag, Andy. Dat kan ik niet ontkennen. Ik krijg al weken nauwelijks een hap door mijn keel.'

'Weet je toevallig wie je buurman daar is?'

'Hij is een niet op zijn land wonende landheer, Andy. Een hoogst kwaadaardig fantoom.'

'Weet je hoe hij heet?'

Pendel schudde zijn hoofd. 'Hij is geen persoon, zie je. Meer een onderneming die in Miami ingeschreven staat.'

'Weet je wie zijn bankier is?'

'Niet met naam en toenaam, Andy.'

'Dat is je maatje Ramón. Die onderneming is van Rudd, Rudd bezit twee derde, meneer X bezit een derde. Weet je wie meneer X is?'

'Het duizelt me, Andy.'

'Wat zou je zeggen van dat mannetje dat voor je op de plantage past? Hoe heet hij ook alweer?'

'Angel? Die houdt van me als een broer.'

'Ze hebben je belazerd. Een typisch geval van de bedrieger bedrogen. Denk daar maar eens over na.'

'Daar ben ik mee bezig, Andy. Ik heb in lange tijd niet zo nagedacht,' zei Pendel terwijl opnieuw een deel van zijn wereld kapseisde en voor zijn ogen ten onder ging.

'Heeft iemand aangeboden de plantage voor een habbekrats van je over te nemen?' vroeg Osnard, vanachter een muur van nevel die zich op de een of andere manier tussen hen had gevormd.

'Mijn buurman. En dan zorgt hij natuurlijk dat het water terugkomt, en heeft dan een leuke lucratieve rijstplantage die vijf keer zoveel waard is als hij ervoor heeft betaald.'

'Die Angel dan voor hem beheert.'

'Het is een vicieuze cirkel, Andy. Met mij in het midden.'

'Hoe groot is die boerderij van je buurman?'

'Tachtig hectare.'

'Wat is het voor bedrijf?'

'Een veehouderij. Weinig onderhoud. Hij heeft het water niet nodig. Hij zorgt gewoon dat ik er niet aan kan komen.'

De gevangene geeft bondige antwoorden die de politieman noteert: zij het dat Osnard niets noteert. Hij registreert met zijn snelle bruine vossenogen.

'Was Rudd oorspronkelijk degene die je heeft aangeraden de plantage te kopen?'

'Hij zei dat het een koopje was. Een faillissementsverkoop. De aangewezen plek om Louisa's geld in te beleggen. Ik ben er met open ogen ingetuind.'

Osnard bracht het ballonglas naar zijn lippen, misschien om ze te maskeren. Toen ademde hij in en zijn stem werd vlakker ter wille van het tempo.

'Jij bent een geschenk uit de hemel, Harry. De klassieke, ultieme luisterpost. Vrouw met vinger aan de pols. Connecties waar je een moord voor zou doen. Maatje in het verzet. Meisje in de winkel dat met het gepeupel optrekt. Al meer dan tien jaar ingeburgerd. Natuurlijke dekmantel, spreekt de taal, vlot van de tongriem gesneden, groot improvisatietalent. Ik heb nog nooit iemand ontmoet met een beter verhaal. Als jij jezelf blijft en er nog een schepje bovenop doet dan hebben we Panama in onze zak. Bovendien kunnen wij je desnoods laten vallen. Doe je mee of niet?'

Pendel grijnsde, deels omdat hij zich gevleid voelde, deels om de hachelijkheid van zijn situatie. Maar vooral omdat hij besefte dat hij getuige was van een gewichtig moment in zijn leven dat zich, hoe vreselijk en ontnuchterend het ook was, leek te voltrekken terwijl hij er part noch deel aan had.

'Eerlijk gezegd heb ik er voor zover ik me kan herinneren altijd al alleen voor gestaan, Andy,' bekende hij, terwijl hij in gedachten koortsachtig de grenzen van zijn bestaan tot dusver afspeurde. Maar hij had geen ja gezegd.

'Minpunt is dat je er van het begin af aan tot je nek in zit. Kun je dat aan?'

'Ik zit er toch al tot mijn nek in, nietwaar? De vraag is hoe ik daar uit kom.'

Opnieuw die ogen, te oud, te onverstoorbaar, luisterend, terugdenkend, tastend, al die taken tegelijk verrichtend. En Pendel die ondanks of dankzij die blik vermetel zijn mannetje stond.

'Hoewel het mijn verstandelijke vermogens enigszins te boven gaat wat jij aan moet met een failliete luisterpost,' verklaarde hij met de opschepperige hoogmoed van de ter dood veroordeelde. 'Er is volgens míj niets dat mij zou kunnen redden behalve misschien een gestoorde geldschieter.' Een overbodige blik door de zaal. 'Bespeur jij hier onder de aanwezigen soms toevallig een gestoorde geldschieter, Andy? Let wel, ik wil niet beweren dat ze allemaal normaal zijn. Ze zijn alleen niet gek genoeg om mij uit de brand te helpen.'

Er veranderde niets aan Osnard. Niet zijn blik, niet zijn stem, niet zijn zware handen die met uitgestrekte vingers naast elkaar op het kostbare witte tafelkleed lagen.

'Misschien is mijn clubje gek genoeg,' zei hij.

Naarstig zoekend naar afleiding vestigde Pendel zijn blik op de afstotelijke gestalte van de Beer, de meest gehate columnist van Panama, die zich troosteloos een weg baande naar een afgelegen tafeltje in de donkerste uithoek van de zaal. Maar hij had nog steeds geen ja gezegd, en met één oor luisterde hij vertwijfeld naar oom Benny: *Jongen, als je een oplichter tegen het lijf loopt, houd hem dan aan het lijntje. Want er is niets waar een oplichter een grotere hekel aan heeft dan de mededeling dat hij de volgende week nog maar eens moet terugkomen.*

'Doe je het of niet?'

'Ik denk erover na, Andy. Ik overweeg het.'

'Wat, in hemelsnaam?'

Wat een nuchtere volwassene voor beslissing zou nemen, antwoordde hij in gedachten strijdlustig. Wat het zou zijn om een ruggengraat en een eigen wil te hebben in plaats van een stelletje dwaze ingevingen en akelige herinneringen en een overspannen fantasie.

'Ik weeg de mogelijkheden tegen elkaar af, Andy. Ik bekijk het van alle kanten,' zei hij pedant.

Osnard ontkent beschuldigingen die niemand tegen hem heeft geuit. Dat doet hij met een zacht sentimenteel gemompel dat uitstekend past bij zijn logge lijf, maar Pendel ziet geen samenhang in zijn woorden. Het is een andere avond. Ik zat weer aan Benny te denken. Ik moet naar huis en naar bed.

'We nagelen geen jongens aan het kruis, Harry. Niet als het jongens zijn die we mogen.'

'Ik heb nooit beweerd dat jullie dat deden, Andy.'

'Dat is niet onze gewoonte. Wat heeft het in hemelsnaam voor zin om de Panamezen op de hoogte te stellen van je criminele verleden als we willen dat je blijft wie je bent en er nog een schepje bovenop doet?'

'Dat heeft geen enkele zin, Andy, en ik ben blij dat je dat zegt.'

'Waarom zouden we uit de school klappen over die oude Braithwaite en jou voor schut zetten tegenover je vrouw en kinderen en tweespalt zaaien in een harmonieus gezinnetje? We willen jóú, Harry. Jij hebt een hoop te bieden. Wij willen het alleen maar kopen.'

'Als je dat probleem met die rijstplantage voor me oplost dan geef ik je mijn hoofd op een presenteerblaadje, Andy,' zegt Pendel om hem een plezier te doen.

'Daar zijn we niet op uit, ouwe jongen. We willen je ziel.'

In navolging van zijn gastheer heeft Pendel zijn cognacglas in beide handen genomen en buigt zich over de door kaarslicht beschenen tafel. Hij overweegt nog steeds wat hem te doen staat. Hij geeft zich niet gewonnen, ook al is de aandrang groot om 'ja' te zeggen, al was het maar om niet langer in verlegenheid te worden gebracht door het niet te zeggen.

'Ik heb nog geen duidelijke taakomschrijving van je gehoord, is 't wel, Andy?'

'Luisterpost. Dat zei ik al.'

'Ja, maar wát wil je dat ik hoor, Andy? Waar is het je uiteindelijk om te doen?'

Opnieuw die ogen, priemend als naalden. De rode vonken er weer in. De slappe kaak, verstrooid kauwend terwijl hij nadenkt. Het uitgezakte pafferige jongenslichaam. De lijzige gelaten stem die opklinkt uit een hoek van de scheve mond.

'Niets bijzonders. Het mondiale machtsevenwicht in de eenentwintigste eeuw. De toekomst van het internationale handelsverkeer. Panama's politieke schaakbord. De stille oppositie. De jongens aan de overkant van de brug, zoals jij ze noemt. Wat gebeurt er wanneer de yanks hun biezen pakken – als ze dat al doen. Wie lacht er in zijn vuistje en wie huilt er bittere tranen als de middag van 31 december 1999 eenmaal is aangebroken? Hoe liggen de kaarten wanneer een van de twee grootste toegangspoorten ter wereld onder de hamer komt en de veiling wordt geleid door een stelletje handige jongens? Een zacht eitje,' verkondigde hij, maar hij eindigde met een vraagteken alsof het mooiste nog moest komen.

Pendel antwoordt met een grijns. 'O, nou ja, dan is dat verder toch geen probleem? We zullen zorgen dat het morgen tegen lunchtijd ingepakt en wel klaar ligt om door u in ontvangst te worden genomen. En als het niet past dan kunt u er zo vaak mee terugkomen als u wenst.'

'En dan zijn er nog een paar dingen die niet op de kaart staan,' voegt Osnard er op nog zachtere toon aan toe. 'Of nog niet, om zo te zeggen.'

'En wat mogen dat dan wel zijn, Andy?'

Hij haalt zijn schouders op. Het is het trage, medeplichtige, veelbetekenende, op je zenuwen werkende schouderophalen van de politieman, die een misleidende ongedwongenheid, een afschrikwekkende macht en een enorme voorraad superieure kennis suggereert.

'Er zijn heel wat verschillende manieren om dit spelletje te spelen. Die leer je niet allemaal op een avondje. Hoorde ik daar een "ja" of denk je dat je Garbo bent?'

Uitsluitend tot zijn eigen verbazing slaagt Pendel er nog steeds in om de boot af te houden. Misschien weet hij dat besluiteloosheid de enige vrijheid is die hem rest. Misschien trekt oom Benny hem opnieuw aan zijn jasje. Of misschien heeft hij het vage idee dat, overeenkomstig de rechten van de gevangene, een man die zijn ziel verkoopt aanspraak kan maken op enige bedenktijd.

'Ik denk niet dat ik Garbo ben, Andy, ik ben Harry,' zegt hij, terwijl hij dapper opstaat en zijn rug recht. 'Ik vrees dat je zult merken dat Harry Pendel, als het om cruciale beslissingen gaat, bepaald niet over één nacht ijs gaat.'

Het was over elven toen Pendel de motor van zijn auto uitschakelde en de laatste twintig meter naar zijn huis in stilte aflegde om de kinderen niet wakker te maken. Toen gebruikte hij beide handen om de voordeur te openen, een om ertegenaan te drukken en de andere om de sleutel om te draaien. Want als je er eerst tegenaan drukte werkte het slot bijna geruisloos en als je dat niet deed leek het wel een pistoolschot. Hij ging naar de keuken en spoelde zijn mond met Coca-Cola in de hoop dat hij daarmee de cognackegel zou verdrijven. Toen kleedde hij zich in de gang uit en legde zijn kleren op de stoel voor hij op zijn tenen de slaapkamer in liep. Louisa had beide ramen opengezet want dat vond ze prettig om in te slapen. De zeelucht van de Stille Oceaan dreef naar binnen. Toen hij het laken terugsloeg zag hij tot zijn verbazing dat ze net als hij naakt en klaarwakker was en hem aankeek.

'Wat is er?' fluisterde hij, bang voor een ruzie die de kinderen wakker zou maken.

Ze strekte haar lange armen uit en drukte hem heftig tegen zich aan, en hij merkte dat haar gezicht kleefde van de tranen.

'Harry, het spijt me echt, dat moet je geloven. Het spijt me echt heel erg.' Ze kuste hem en gaf hem niet de kans haar terug te kussen. 'Je mag het me niet vergeven, Harry, nog niet. Jij bent een fantastische man en een voorbeeldige echtgenoot, en je verdient het allerbeste, en mijn vader had gelijk: ik ben een harteloos, zelfzuchtig kreng dat zelfs als het opstond en me in mijn kont beet nog geen vriendelijk woord zou weten te vinden.'

Het is te laat, dacht hij toen ze hem bij zich naar binnen leidde. Zo had het tussen ons moeten zijn voordat het te laat was.

6

Harry Pendel hield van zijn vrouw met een plichtsgetrouwheid die alleen mensen kunnen begrijpen die zelf nooit deel hebben uitgemaakt van een gezin, die nooit hebben geweten wat het is om tegen een voorbeeldige vader op te kijken, van een gelukkige moeder te houden, of die te aanvaarden als een natuurlijke beloning voor het feit dat je in hun leven bent gekomen.

De Pendels woonden boven op een heuvel in een buurt die Bethania heet in een mooi modern huis van twee verdiepingen met een voor- en een achtertuin en een overdaad aan bougainvillea's en een prachtig uitzicht op de zee en op de oude binnenstad en op Punta Paitilla in de verte. Pendel had gehoord dat de heuvels die hen omringden hol waren en vol lagen met Amerikaanse atoombommen en bunkers, maar Louisa zei dat we ons daardoor juist veiliger zouden moeten voelen en om haar niet tegen de haren in te strijken zei Pendel dat ze daar best eens gelijk in kon hebben.

De Pendels hadden een hulp om de plavuizen vloeren te boenen en een meisje om de was te doen en een meisje om op de kinderen te passen en de dagelijkse boodschappen te doen, en een zwarte grijsaard met een witte stoppelbaard en een strohoed die zich over de tuin ontfermde, die plantte waar hij zin in had, verboden middelen rookte en uit de keuken bietste. Voor dit legertje bedienden betaalden zij honderdveertig dollar per week.

Als Pendel 's nachts in bed lag deed het hem heimelijk plezier om terug te keren naar de ongerieflijke slaap in de gevangenis, met zijn knieën opgetrokken en zijn kin omlaag en zijn handen tegen zijn oren om het gekreun van de medegevangenen buiten te sluiten, en dan te ontwaken en behoedzaam om zich heen kijkend te constateren dat hij helemaal niet in de gevangenis was maar hier in Bethania onder de hoede van een trouwe echtgenote die hem nodig had en respecteerde en met blije kinderen die aan de andere kant van de gang lagen te slapen, hetgeen steeds weer een godsgeschenk was, wat oom Benny een *mitzwa* noemde: Hannah, zijn tienjarige katholieke prinses, en Mark, zijn achtjarige opstandige joodse violist. Maar hoewel Pendel met plichtsgetrouwe geestdrift en toewijding van zijn gezin hield, beangstigde dat gevoel hem ook en trainde hij zich erin zijn geluk te beschouwen als drijfzand.

Als hij in het donker alleen op zijn balkon stond, wat hij elke avond na het werk graag deed, als hij soms een van oom Benny's sigaartjes rookte en in de vochtige lucht de nachtelijke geuren van weelderige bloemen opsnoof en keek naar de dartelende lichtjes in de regenachtige nevel en tussen de grillige wolken een glimp opving van de rij boten die in de monding van het Kanaal voor anker lagen, was hij terdege doordrongen van de broosheid van zijn geluk: je weet dat dit geen standhoudt, Harry, jongen, je weet dat de wereld elk moment voor je ogen uiteen kan spatten, je hebt het van precies deze plek zien gebeuren, en wat zij een keer heeft gedaan kan zij elk moment dat ze er zin in heeft weer doen, dus wees gewaarschuwd.

Dan staarde hij uit over de verdacht vredige stad, en binnen enkele ogenblikken begonnen de vuurbakens en de rode en groene lichtkogels en het hese geratel van de machinegeweren en het beukende gedreun van de kanonnen hun eigen krankzinnige chaos in het theater van zijn geheugen te creëren, net zoals ze dat hadden gedaan op die decembernacht in 1989, toen de heuvels glinsterden en daverden en gigantische Spectre-gevechtshelikopters ongehinderd vanuit zee kwamen overvliegen om de grotendeels houten achterbuurten van El Chorillo te straffen – zoals gebruikelijk waren het de armen die het allemaal op hun geweten hadden – en naar willekeur de brandende krotten te bestoken en vervolgens weg te vliegen om zich opnieuw te bevoorraden en het nog eens dunnetjes over te doen. En waarschijnlijk hadden de aanvallers het nooit zo bedoeld. Waarschijnlijk waren het modelzonen en -vaders en wilden ze niets anders doen dan Noriega's *comandancía* platleggen totdat er een paar granaten afdwaalden en er nog een paar volgden. Maar goede bedoelingen zijn moeilijk uit te leggen aan degenen die er het slachtoffer van worden, de zelfbeheersing waarmee men te werk gaat wordt over het hoofd gezien, en de aanwezigheid van een paar voortvluchtige vijandelijke sluipschutters in een armenwijk vormt geen overtuigende reden om die hele wijk in de as te leggen. Het heeft weinig zin om 'We hebben zo min mogelijk geweld gebruikt' te zeggen tegen doodsbange mensen die blootsvoets door plassen bloed en glasscherven rennen om het vege lijf te redden en koffers en kinderen op hun heilloze pad met zich mee sleuren. Het heeft weinig zin om vol te houden dat de branden zijn aangestoken door wraakzuchtige leden van Noriega's Waardigheids-bataljons. Waarom zou iemand dat geloven, zelfs als het waar was?

Dus bereikten de angstkreten al spoedig de heuveltop, en Pendel, die in zijn tijd heel wat angstkreten had aangehoord en er ook de nodige had geslaakt, zou nooit hebben geloofd dat één menselijke kreet in staat zou zijn het weerzinwekkende geraas van de pantservoertuigen of het gedaver van het modernste zware geschut te overstemmen, maar dat kon hij wel degelijk, vooral als het een massa kreten samen zijn, en ze opklinken uit de gezonde kelen van kinderen in doodsangst en vergezeld gaan van de vettige stank van brandend menselijk vlees.

'Harry, kom naar binnen. We hebben je hier nodig, Harry. Harry, blijf daar niet staan. Harry, ik begrijp niet wat je daar buiten uitvoert.'

Maar dat was Louisa die schreeuwde, Louisa die rechtop in de bezemkast onder de trap gepropt stond, met haar lange gebogen rug tegen de betimmering geperst om de kinderen zo goed mogelijk te beschermen: Mark, bijna twee, die tegen haar buik gedrukt stond en haar door zijn luier onder plaste – Mark leek net als de Amerikaanse soldaten over een onbeperkte hoeveelheid munitie te beschikken – Hannah, die in haar Yogi Beer-ochtendjasje en pantoffeltjes geknield aan haar voeten zat en bad tot iemand die ze halsstarrig Jovey bleef noemen, en die later een verhaspeling bleek te zijn van Jezus, Jehova en Jupiter, een soort goddelijke cocktail ontleend aan de rudimenten van religieuze folklore die Hannah in de drie jaar van haar leven had weten te verzamelen.

'Ze weten wat ze doen,' herhaalde Louisa steeds opnieuw op een militaristische blaftoon die onaangename herinneringen opwekte aan die van haar vader. 'Ze knallen er niet lukraak op los. Ze hebben het zorgvuldig uitgedokterd. Ze schieten nooit, maar dan ook nóóit op burgers.'

En Pendel kon het, omdat hij van haar hield, niet over zijn hart verkrijgen haar uit de droom te helpen, hoewel El Chorillo snikte en beefde van woede en te gronde ging onder de voortdurende aanvallen van welk wapentuig het ook mocht zijn dat het Pentagon nu weer eens wilde uitproberen.

'Marta woont daar,' zei hij.

Maar een moeder die zich zorgen maakt om haar kinderen maakt zich om niets anders zorgen, dus maakte Pendel, toen de ochtend aanbrak, een wandelingetje naar de voet van de heuvel en hoorde een stilte die hij al die jaren dat hij in Panama City woonde nog nooit had gehoord. Het was hem plotseling duidelijk dat alle partijen, in het kader van de wapenstilstand, overeen waren gekomen dat er nooit meer airconditioning zou zijn of huizen zouden worden gebouwd en dat er nooit meer zou worden gegraven of gebaggerd; en dat alle auto's, vrachtwagens, schoolbussen, taxi's, vuilniswagens, politieauto's en ziekenwagens voortaan voor eeuwig uit Gods aangezicht zouden worden verbannen; en dat het baby's of moeders nooit meer zou zijn toegestaan om te huilen van pijn of verdriet.

Zelfs de enorme en statige zwarte rookpluim die opsteeg uit wat eens El Chorillo was geweest en zich verspreidde in de ochtendlucht, maakte niet het minste geluid. Alleen een handjevol querulanten verdomde het natuurlijk weer om het verbod te eerbiedigen, en zij waren de laatst overgebleven sluipschutters op het terrein van de *comandancía*, die het nog steeds voorzien hadden op de Amerikaanse stellingen in de omliggende straten. Maar spoedig werden ook zij, met een lichte aanmoediging van de tanks die op Ancón Hill stonden opgesteld, tot zwijgen gebracht.

Zelfs de telefoon op het voorplein van het benzinestation had zich aan het zelfverloochenende decreet te houden. Hij was onbeschadigd. Hij deed het nog. Maar Marta's telefoon weigerde over te gaan.

Zich stoutmoedig vastklampend aan zijn nieuw verworven status van Eenzame Volwassen Man die een Cruciale Beslissing Moet Nemen, werd Pendel zo wild tussen zijn gebruikelijke toewijding en zijn chronische pessimisme heen en weer geslingerd dat hij de grootste moeite had op de been te blijven. Van de beschuldigende inwendige stemmen in Bethania vluchtte hij halsoverkop naar de beschutting van de winkel, en van de beschuldigende stemmen in de winkel vluchtte hij halsoverkop naar huis, en dat allemaal om in alle rust zijn alternatieven af te wegen. Zelfs overweldigd door zelfverwijten wilde hij er geen moment bij stilstaan dat hij tussen twee vrouwen heen en weer werd geslingerd. Ze hebben je door, zei hij tegen zichzelf, met de triomfantelijkheid die zich van ons meester maakt als onze vreselijkste vermoedens bewaarheid worden. Je megalomane visioenen keren zich tegen je. Je schijnwereld stort aan alle kanten om je heen in elkaar en dat is je eigen stomme schuld. Dan had je maar geen tempel zonder fundering moeten bouwen. Maar zodra hij zichzelf met deze onheilsprofetieën had gekweld, schoot een bemoedigend advies hem te hulp:

'Iemand die je met je neus op de feiten drukt is toch nog geen *Nemesis*' – met de stem van oom Benny – 'als een veelbelovende jonge diplomaat je vraagt om je in te zetten voor Engeland, dan hoef jij toch nog niet te denken dat je een afgeschreven dooie in het lijkenhuis bent? Dacht je dat een Nemesis zou aanbieden je gestoorde geldschieter te worden en je een bundeltje vijftigjes in een blanco envelop zou toestoppen en je erbij zou vertellen dat er nog veel meer in het verschiet ligt? Je een geschenk uit de hemel zou noemen, Harry, wat meer is dan menig ander heeft gedaan? Een unicum? Een *Nemesis*?'

Toen deed Hannah een beroep op de Grote Beslisser om te beslissen welk boek ze voor de leeswedstrijd op school zou moeten lezen, en Mark moest zo nodig 'Poesje Mauw' voor hem op zijn nieuwe viool spelen zodat ze konden beslissen of hij goed genoeg was om examen te doen, en Louisa wilde weten hoe hij dacht over het laatste schandaal op het hoofdkantoor zodat ze konden beslissen wat ze moesten denken van de toekomst van het Kanaal, hoewel Louisa's mening daaromtrent al lange tijd vaststond: de ongeëvenaarde Ernesto Delgado, de door Amerika gezalfde kampioen van onkreukbaarheid en Behoeder van het Roemrijke Verleden, was onfeilbaar.

'Harry, ik begrijp er niets van. Ernesto hoeft het land maar voor tien dagen te verlaten om de president te begeleiden, en zijn staf stemt onmiddellijk in met de aanstelling van niet minder dan vijf aantrekkelijke Panamese vrouwen tot public relations officers met alle Amerikaanse emolumenten, terwijl hun enige verdiensten bestaan uit het feit dat ze jong en blank zijn, in BMW's rijden, dure kleren dragen, grote borsten en rijke vaders hebben en weigeren met de vaste krachten te praten.'

'Schandalig,' besliste Pendel.

Dan terug naar de winkel waar Marta het nodig vond de openstaande rekeningen en niet-opgehaalde bestellingen met hem door te nemen zodat ze konden beslissen wie ze een aanmaning zouden sturen en wie ze nog een maandje de tijd zouden gunnen.

'Hoe gaat het met je hoofdpijn?' vroeg hij op tedere toon toen hij zag dat ze nog bleker was dan gewoonlijk.

'Dat stelt niets voor,' antwoordde ze van achter haar haar.

'Is de lift weer defect?'

'De lift is nu definitief defect' – ze gunde hem een asymmetrische glimlach – 'de lift is nu officieel defect verklaard.'

'Dat spijt me.'

'Ach, zit er maar niet over in. Jij bent niet verantwoordelijk voor de lift. Wie is Osnard?'

Aanvankelijk was Pendel geschokt. Osnard? *Osnard*? Hij is een klant, mens. Schreeuw het niet van de daken!

'Hoezo?' vroeg hij, volkomen bedaard.

'Hij deugt niet.'

'Geldt dat niet voor al mijn klanten?' zei hij met een snaakse toespeling op haar voorliefde voor de mensen aan de overkant van de brug.

'Ja, maar die weten het niet,' antwoordde ze, en ze glimlachte niet meer.

'En Osnard weet het wel?'

'Ja. Osnard deugt van geen kanten. Je moet niet doen wat hij van je wil.'

'Maar wat wil hij van mij?'

'Dat weet ik niet. Als ik het wist dan zou ik er een stokje voor steken. Alsjeblieft.'

Ze stond op het punt om er 'Harry' aan toe te voegen; hij voelde dat zijn naam op haar gerafelde lippen lag. Maar het was haar eer te na om op de zaak ooit een beroep te doen op zijn toegeeflijkheid, om ooit maar met een enkel woord of gebaar te kennen te geven dat ze tot in de eeuwigheid met elkaar verbonden waren, dat ze, elke keer als ze elkaar zagen, hetzelfde zagen vanuit een ander perspectief: Marta in haar aan flarden gereten witte blouse en spijkerbroek die als niet-opgehaald afval in de goot ligt terwijl drie leden van een van Noriega's Waardigheidsbataljons, in de wandeling ook wel de Halve Garen genoemd, om beurten proberen haar hart en ziel voor zich te winnen, met behulp van een bebloede honkbalknuppel en beginnend bij haar hoofd. Pendel die op haar neerkijkt terwijl zijn armen door twee anderen op zijn rug worden geklemd waarbij hij het eerst van angst en dan van woede uitschreeuwt en hen ten slotte bidt en smeekt haar met rust te laten.

Maar dat doen ze niet. Ze dwingen hem toe te kijken. Want wat heeft het voor zin om een opstandige vrouw tot voorbeeld te stellen als er niemand in de buurt is om het voorbeeld te zien?

Het berust allemaal op een misverstand, kapitein. Het is puur toeval dat deze dame het witte hemd van de oppositie draagt.

Houd uw gemak, señor. Het zal niet lang wit meer zijn.

Marta op het bed in het noodhospitaaltje waar Mickie Abraxas haar dapper naartoe heeft gebracht; Marta naakt en onder het bloed en de blauwe plekken terwijl Pendel vertwijfeld probeert de dokter met dollars en beloften te paaien en Mickie voor het raam op de uitkijk staat.

'Wij zouden het beter doen,' fluistert Marta door bebloede lippen en verbrijzelde tanden.

Ze bedoelt: er is een beter Panama. Ze heeft het over de mensen aan de overkant van de brug.

De volgende dag wordt Mickie gearresteerd.

'Ik overweeg de Sportman's Corner om te bouwen tot een soort ontvangstruimte,' zei Pendel – nog steeds op zoek naar een Beslissing – tegen Louisa. 'Ik denk aan een bar.'

'Harry, ik zie niet in waar jij een bar voor nodig hebt. Die bijeenkomsten van je op donderdagavond lopen nu al de spuigaten uit.'

'Het is een manier om mensen naar binnen te lokken, Lou. Om nieuwe klanten te werven. Vrienden brengen vrienden mee;

die vrienden nemen er eentje, voelen zich op hun gemak, bekijken een paar stoffen, en voordat je het weet zit het orderboek vol.'

'Waar moet de paskamer dan naartoe?' bracht ze ertegenin.

Goeie vraag, dacht Pendel. Zelfs Andy moest daar het antwoord op schuldig blijven. Beslissing uitgesteld.

'Voor de klanten, Marta,' legde Pendel geduldig uit, 'voor alle mensen die hier komen om van je sandwiches te smullen. Opdat zij talrijker worden en zich vermenigvuldigen en meer kostuums bestellen.'

'Ik wou dat ze stikten in mijn sandwiches.'

'En wie zou ik dan moeten kleden? Al die heethoofdige studenten met wie jij bevriend bent zeker. De eerste revolutie in maatpak ter wereld, met welwillende medewerking van P&B. Dank je feestelijk.'

'Lenin reed toch ook in een Rolls? Dus waarom niet?' kaatste ze even geestdriftig terug.

Ik heb hem helemaal niet naar zijn zakken gevraagd, dacht hij, terwijl hij op de tonen van Bach nog laat op de avond op de zaak aan een smoking werkte. Of naar zijn omslagen of naar de gewenste wijdte van zijn broekspijpen. Ik heb hem nooit onderricht over de voordelen van bretels boven broeksriemen in een vochtig klimaat, vooral voor heren wier taille ik een variabele grootheid zou willen noemen. Gewapend met dat voorwendsel stond hij op het punt naar de telefoon te grijpen toen die uit zichzelf al begon te rinkelen – en wie kon het anders zijn dan Osnard die een slaapmutsje voorstelde?

Ze ontmoetten elkaar in de moderne gelambriseerde bar van het Executive Hotel, een smetteloos witte toren op een steenworp afstand van Pendels zaak. Een enorm televisietoestel toonde basketbal aan twee aantrekkelijk meisjes in korte rokjes. Pendel en Osnard gingen een eindje van hen af zitten om de koppen bij elkaar te steken, en namen plaats op rotanstoelen die wilden dat zij voorover in plaats van achterover leunden.

'Heb je al een besluit genomen?' vroeg Osnard.

'Niet als zodanig, Andy. Ik ben ermee bezig, zou je kunnen zeggen. Ik wik en weeg.'

'Londen ziet het helemaal zitten. Ze willen met je in zee.'

'Nou, dat is prettig om te horen, Andy. Dan heb je je zeker nogal lovend over me uitgelaten.'

'Ze willen dat je zo snel mogelijk begint. Ze zijn bijzonder geïnteresseerd in de Stille Oppositie. Ze willen weten wie daar in zitten. Wie de zaak financiert. Banden met de studenten. Hebben ze een manifest? Methoden en doelstellingen?'

'O, ach, nou ja. Prima. Oké,' zei Pendel, die door al zijn zorgen niet meer had gedacht aan Mickie Abraxas, de grote vrijheidsstrijder, en aan Rafi Domingo, zijn formidabele betaalmeester. 'Ik ben blij dat het hun beviel,' voegde hij er beleefd aan toe.

'Ze dachten dat je Marta misschien zou kunnen polsen: aanvullende informatie over studentenactivisme. Bommenmakers in de collegezaal.'

'O. Goed. Mij best.'

'Ze willen dat we onze samenwerking officieel bekrachtigen, Harry. En dat wil ik ook. Je aanmonsteren, je instrueren, je betalen, je een paar trucjes leren. Ze willen niet dat we achter het net vissen.'

'Het duurt niet lang meer, Andy. Maar zoals ik al zei: ik neem geen overhaaste beslissingen. Ik wik en weeg.'

'Ze verhogen het aanbod met tien procent. Om je keuze gemakkelijker te maken. Zal ik de voorwaarden nog eens voor je op een rijtje zetten?'

Osnard zette ze hoe dan ook op een rijtje en mompelde met zijn hand voor zijn mond als iemand die bezig is zijn gebit met een tandenstoker te bewerken: zoveel vooruit, zoveel maandelijks om je lening af te lossen, cash uit te betalen premies afhankelijk van de kwaliteit van de geleverde prestatie, uitsluitend door Londen te bepalen, gratificatie zoveel. 'Binnen hooguit drie jaar zou je uit de problemen moeten zijn,' zei hij.

'Of sneller als ik mazzel heb, Andy.'

'Of het handig aanpakt,' zei Osnard.

'Harry.'

Het is een uur later, maar Pendel is te zeer van zijn stuk gebracht om naar huis te gaan, dus is hij terug in zijn snijkamer met zijn smoking en Bach.

'Harry.'

De stem die tot hem spreekt is die van Louisa toen ze voor de eerste keer met elkaar naar bed gingen, echt naar bed, niet alleen vingers en tongen en oren gespitst op het geluid van de auto van haar ouders die terugkeren van de bioscoop, maar spiernaakt in Harry's bed in zijn schamele zolderflatje in Calidonia waar hij 's avonds maatkleding maakt na de hele dag confectie te hebben verkocht voor een goed lopende Syrische herenmodezaak die Alto heet. Hun eerste poging is niet met succes bekroond. Ze zijn allebei verlegen, allebei laatbloeiers, geremd door een overmaat aan schrikbeelden uit de huiselijke kring.

'Harry.'

'Ja, schat.' Schat is een woord waar ze allebei moeite mee hebben. Toen ze elkaar net leerden kennen, en nog steeds.

'Als meneer Braithwaite de eerste was die je een kans heeft gegeven en je onder zijn hoede heeft genomen en heeft gezorgd dat je de avondschool afmaakte en je heeft onttrokken aan de klauwen van die verdorven oom Benny van je, dan heeft hij mijn zegen tot het einde der tijden.'

'Ik ben blij dat je er zo over denkt, schat.'

'Je zou hem moeten respecteren en hoogachten en je opgroeiende kinderen van hem moeten vertellen, zodat ze weten hoe een barmhartige Samaritaan het leven van een jonge wees kan redden.'

'Arthur Braithwaite was, totdat ik jouw vader ontmoette, de enige moreel hoogstaande man die ik kende, Lou,' verzekert Pendel haar op zijn beurt met overgave.

En ik meende het, Lou! drukt hij haar in gedachten vurig op het hart terwijl hij de schaar in het schouderstuk van de linkermouw zet. *Alles op aarde is waar zolang je het maar met voldoende overgave uit je duim zuigt, en je houdt van degene voor wie het bestemd is!*

'Ik vertel het haar,' verkondigt Pendel luidkeels wanneer Bach hem tot een niveau van volmaakte oprechtheid verheft. En één angstwekkend ogenblik van toegeeflijkheid overweegt hij serieus alle voorzichtigheid die hij tot dan toe in acht heeft genomen overboord te smijten en tegenover zijn levensgezellin een volledige bekentenis van zijn zonden af te leggen. Of een bijna volledige. Een bloemlezing.

Louisa, ik moet je iets opbiechten dat je eerlijk gezegd nogal rauw op je dak zal vallen. Wat jij van mij weet is alles in aanmerking genomen niet helemaal koosjer. Het slaat meer op degene die ik had willen zijn, als alles er een beetje rechtvaardiger aan toe was gegaan dan het is gegaan.

Ik weet niet hoe ik het moet zeggen, denkt hij. Ik heb nog nooit in mijn leven iets opgebiecht, behalve die ene keer aan oom Benny. Waar zou ik de grens moeten trekken? En zou ze ooit nog iets geloven van wat ik zeg? Vol afgrijzen ziet hij in zijn verbeelding het crisisoverleg voor zich, een van Louisa's 'Jezus redt'-bijeenkomsten, maar dan in vol ornaat, waarbij het personeel het huis uit is gestuurd en het kerngezin zich met de handen ineengeslagen rond de tafel heeft geschaard en Louisa met een stramme rug en van angst verkrampte mond afwacht, omdat de waarheid haar in wezen nog meer angst aanjaagt dan mij. De laatste keer was het Mark die zich moest verantwoorden omdat hij met een spuitbus 'kut' op de toegangspoort van zijn school had geschreven. De voorlaatste keer was het Hannah die een blik sneldrogende verf in de gootsteen had leeggegoten om wraak te nemen op een van de dienstmeisjes.

Maar vandaag zit onze eigen Harry in het beklaagdenbankje om zijn geliefde kindertjes uit te leggen dat pappie, vanaf de dag dat hij met mammie was getrouwd en al die tijd dat de kinderen oud genoeg waren om naar hem te luisteren, een hoop hoogst vernuftige kletspraatjes heeft rondgestrooid over de grote held en het lichtende voorbeeld van het gezin, de niet-bestaande meneer Braithwaite, God hebbe zijn ziel. En dat jullie vader en echtgenoot nooit en te nimmer de oogappel van Braithwaite is geweest maar wel negenhonderdentwaalf ontluisterende dagen en nachten heeft gewijd aan een diepgaande studie van het metselwerk in Hare Majesteits penitentiaire inrichtingen.

Beslissing genomen. Ik vertel het je later nog weleens. Veel later. In een heel ander leven, bijvoorbeeld. Een leven zonder zijn gave.

Pendel bracht zijn Jeep op nauwelijks dertig centimeter afstand van de auto voor hem tot stilstand en wachtte tot de auto achter hem boven op hem zou knallen, maar om de een of andere reden verdomde die auto dat. Hoe ben ik hier verzeild geraakt? vroeg hij zich af. Misschien is hij toch op me geknald en ben ik dood. Ik moet de winkel hebben afgesloten zonder dat ik er bij stil heb gestaan. Toen herinnerde hij zich dat hij het smokingjasje had gesneden en de voltooide stukken plat op zijn werktafel had uitgespreid om ze, zoals zijn vaste gewoonte was, nog eens rustig te bekijken. Zo nam hij, als hun schepper, afscheid tot ze – aaneengeregen tot een halfmenselijke gedaante – naar hem terugkeerden.

Zwarte regen kletterde op de motorkap. Vijftig meter voor hem was een vrachtwagen midden op straat gekanteld. De wielen lagen als koeienvlaaien op zijn weg. Verder was er in de stortbui niets te onderscheiden behalve onafzienbare rijen voertuigen die op weg waren naar het front of juist een veilig heenkomen probeerden te zoeken. Hij zette zijn radio aan maar het donderende geraas van het spervuur overstemde alles, als Regen op een Heet Zinken Dak. Ik kom hier nooit meer weg. Ik zit vast. In de baarmoeder. Achter de deur. Zet de motor uit, zet de airconditioning uit. Bereid je voor. Houd vol. Weer een salvo in aantocht. Verschuil je onder de bank.

Het zweet gutst, net als de regen, in stralen van zijn lijf. Water dat klotsend onder zijn voeten door stroomt. Pendel stroomop- of -afwaarts drijvend. Het gehele verleden dat hij diep onder de grond heeft begraven stort zich nu over hem uit: de ongekuiste, onopgesmukte, van Braithwaite ontdane versie van zijn leven, beginnend bij het wonder van zijn geboorte zoals hem in de gevangenis door zijn oom Benny geopenbaard en eindigend bij de Absoluut Niet Grote Verzoendag dertien jaar geleden toen hij zich op een smetteloos Amerikaans gazon in de officieel afgeschafte Kanaalzone aan Louisa presenteerde, waarbij de Amerikaanse vlag wapperde in de rook van haar vaders barbecue en de band 'Hope and Glory' speelde en zwarte mannen van achter het hek toekeken.

Hij ziet het weeshuis dat hij zich niet wenste te herinneren en zijn oom Benny, schitterend uitgedost met zijn slappe vilthoed op, die hem daar aan zijn hand mee vandaan voerde. Hij had nog nooit eerder zo'n vilthoed gezien en vroeg zich af of oom Benny soms

God was. Hij ziet de natte grijze straatstenen van Whitechapel wegschieten onder zijn voeten terwijl hij rekken vol wiebelende kledingstukken door het toeterende verkeer laveert op weg naar oom Benny's magazijn. Hij ziet zichzelf twaalf jaar later, precies hetzelfde kind, alleen ouder, in hetzelfde magazijn gefascineerd tussen oranje rookkolommen staan en ziet de rijen zomerjurken als martelaressen en de vlammen die aan hun voeten likken.

Hij ziet oom Benny die met zijn handen als een toeter voor zijn mond schreeuwt: 'Wegwezen, Harry, m'n jongen, achterlijke gladiool, waar zit je verstand?' begeleid door het geluid van rinkelende bellen en Benny's zich haastig verwijderende voetstappen. En hijzelf staat als aan de grond genageld en kan geen poot verzetten. Hij ziet dat blauwe uniformen naar hem toe komen, hem vastgrijpen, hem naar het politiebusje sleuren, en de gemoedelijke brigadier die het lege petroleumblik omhoog houdt en glimlacht als een voorbeeldige vader. 'Is dit soms van u, meneer Hymie, of stond u er toevallig alleen mee in uw hand?'

'Ik kan mijn benen niet bewegen,' legt Pendel de vriendelijke brigadier uit. 'Ze zitten vast. Het lijkt wel kramp of zo. Ik zou weg moeten rennen maar dat kan ik niet.'

'Maak je geen zorgen, jongen. Daar vinden we wel wat op,' zegt de vriendelijke brigadier.

Hij ziet zichzelf broodmager en naakt tegen de stenen muur van de politiecel staan. En de traag verstrijkende nacht waarin de blauwe uniformen om beurten op hem in rammen, net zoals ze op Marta in ramden maar met meer bezonnenheid en meer bier in hun buiken, en de vriendelijke brigadier die zo'n voorbeeldige vader is, en hen aanspoort. Totdat het water over hem heen spoelt en hij verdrinkt.

Het houdt op met regenen. Het is nooit gebeurd. Auto's glinsteren, iedereen blij om naar huis te gaan. Pendel hondsmoe. Hij start de motor en kruipt langzaam voorwaarts, met beide onderarmen steunend op het stuur. Hij is op zijn hoede voor gevaarlijke brokstukken. Als hij oom Benny hoort, verschijnt er een glimlach op zijn gezicht.

'Het was een explosie, Harry, m'n jongen,' fluisterde oom Benny door zijn tranen heen. 'Een explosie van wellust.'

Zonder die wekelijkse bezoekjes aan de gevangenis zou oom Benny nooit zo openhartig zijn geweest over Pendels afkomst. Maar de aanblik van zijn neefje dat in de houding voor hem zit in dubbelgestikt spijkergoed met zijn naam op het borstzakje is meer dan Benny's grote schuldbewuste hart kan verdragen, ongeacht hoeveel kwarktaarten en boeken over fitnesstraining tante Ruth hem ook meegeeft, of hoe vaak Benny Pendel ook met een brok in zijn keel zijn dank betuigt dat hij hem ondanks alles niet is afgevallen. Hij bedoelt: niet heeft gesmoesd.

Het was mijn eigen idee, brigadier... Ik deed het omdat ik de pest heb aan dat magazijn, brigadier... Ik was ontzettend pissig op mijn oom Benny omdat hij me zo lang liet werken zonder me ervoor te betalen, brigadier... Edelachtbare, het enige dat ik kan zeggen is dat ik vreselijk veel spijt heb van mijn zondige gedrag en van het verdriet dat ik allen die mij liefhadden en mij hebben opgevoed heb aangedaan, in het bijzonder mijn oom Benny...

Benny is heel oud – in de ogen van een kind zo oud als een knotwilg. Hij is afkomstig uit Lvov en tegen de tijd dat Pendel tien is, kent hij Lvov alsof hij er zelf is geboren. Benny's familie bestond uit eenvoudige boeren, ambachtslieden, kleinhandelaren en schoenlappers. Voor velen betekenden de treinen die hen naar de kampen vervoerden hun eerste en laatste blik op de wereld buiten de sjtetl en het getto. Maar niet voor Benny. De Benny van die dagen is een gewiekste jonge kleermaker met grootse toekomstplannen en op de een of andere manier kletst hij zich de kampen uit en helemaal naar Berlijn om uniformen te maken voor Duitse officieren, hoewel hij er eigenlijk van droomt zich door Gigli tot tenor te laten opleiden en een villa te kopen in de heuvels van Umbrië.

'Die Wehrmacht-kloffies waren uit de kunst, Harry, m'n jongen,' zegt de democraat Benny, voor wie alle kleren kloffies zijn, ongeacht de kwaliteit. 'Of je nu het beste Ascot-kostuum neemt, of de beste rijbroek met laarzen die er te vinden is. Ze konden niet tippen aan onze Wehrmacht, tenminste niet tot Stalingrad, want toen kwam overal de klad in.'

Van Duitsland promoveert Benny naar Leman Street in het oosten van Londen, om met zijn gezin een klein naaiatelier te beginnen, met z'n vieren in een kamertje, en de kledingindustrie stormenderhand te veroveren zodat hij naar Wenen kan om operazanger te worden. Benny is dan al een anachronisme. Tegen het einde van de jaren veertig zijn de meeste joden in de kleermakerij verhuisd naar Stoke Newington en Edgware, waar zij een minder nederig beroep uitoefenen. Hun plaatsen zijn ingenomen door Indiërs, Chinezen en Pakistanen. Benny laat zich niet ontmoedigen. Na enige tijd is East End zijn Lvov en Leman Street de mooiste straat in Europa. En het is enkele jaren later daar in Leman Street – zoveel mocht Pendel wel weten – dat Benny's oudere broer Leon met zijn vrouw Rachel en hun sliert kinderen bij hem intrekken en het is diezelfde Leon die, ten gevolge van voornoemde explosie, een kind verwekt bij een achttienjarig Iers dienstmeisje dat de bastaard Harry noemt.

Pendel die de eeuwigheid tegemoet rijdt. Met dodelijk vermoeide ogen de vlekkerige rode sterren voor hem volgt, vlak achter zijn eigen verleden aantuft. Die bijna lacht in zijn slaap. De Beslissing wordt aan de vergetelheid prijsgegeven terwijl hij zich elke lettergreep en stembuiging van oom Benny's smartelijke monoloog haarfijn herinnert.

'Waarom Rachel je moeder ooit een voet over de drempel heeft laten zetten zal me altijd een raadsel blijven,' zegt Benny, terwijl hij zijn slappe vilthoed schudt. 'Je hoefde geen schriftgeleerde te zijn om te zien dat dat de goden verzoeken was. Onschuld of kuisheid speelde geen rol. Ze was een uitzonderlijk begeerlijke, uitzonderlijk onnozele *sjikse* op de rand van volwassenheid. Ze was met een natte vinger te lijmen. Je kon het van verre zien aankomen.'

'Hoe heette ze?' vraagt Pendel.

'Cherry,' zegt zijn oom, zuchtend als een man die op zijn sterfbed zijn laatste geheim prijsgeeft. 'Een afkorting van Cherida, geloof ik, hoewel ik haar geboortebewijs nooit heb gezien. Het was beter geweest als zij Teresa of Bernadette of Carmel had geheten maar het moest zo nodig Cherida zijn. Haar ouweheer was metselaar in County Mayo. De Ieren waren nog armer dan wij, daarom hadden we Ierse dienstmeisjes. Wij jidden vinden het vreselijk om oud te worden, Harry. Dat was voor je vader niet anders. Dat komt omdat wij niet in een hemel geloven. Een hele tijd wachten in Gods eindeloze gangen, maar het grootse onthaal in Gods troonzaal laat nog steeds op zich wachten en menigeen van ons vraagt zich af of het er ooit nog van komt.' Hij buigt zich over de metalen tafel en grijpt Pendels hand. 'Harry, luister naar me, jongen. Wij Joden vragen vergiffenis aan de mens, niet aan God, en dat is een harde dobber voor ons want God is altijd nog heel wat gemakkelijker te paaien dan de mens. Harry, ik doe een beroep op jou om me die vergiffenis te schenken. Verlossing krijg ik wel op mijn sterfbed. Vergiffenis, Harry, kan alleen jij me schenken.'

Pendel is bereid Benny alles te schenken wat hij vraagt, zolang hij maar meer over die explosie vertelt.

'Het was de geur van haar lichaam, vertelde je vader me,' vervolgt Benny. 'Hij trok zich de haren uit het hoofd van berouw. Hij zat tegenover me, net zoals jij nu tegenover me zit, alleen zonder dat gevangenispak. "Omwille van haar geur heb ik de tempel geslecht," zei hij tegen me. Je vader was een gelovig mens, Harry. "Ze zat geknield voor de haard en ik snoof de zoete geur van haar vrouwelijkheid op, geen zeep of boenwas, Benny, maar de echte vrouw. De geur van haar vrouwelijkheid bracht mijn hoofd op hol." Als Rachel niet toevallig op de Southend Pier een onderonsje had gehad met de Dochters van de Joodse Reinheid zou je vader nooit voor de bijl zijn gegaan.'

'Maar dat ging hij wel,' drong Pendel aan.

'Harry, onder de gemengde tranen van katholiek en joods schuldbesef, onder de Ave-Maria's en klaagzangen en wat-moet-er-van-mij-wordens van beide kanten, plukte jouw vader het Ierse kersje. Ik kan het niet zien als een goddelijke beschikking maar jij hebt de joodse gotspe én je hebt de zoetgevooisde Ierse tong, het zou alleen mooi zijn als je van dat schuldcomplex af kon komen.'

'Hoe heb je me uit het weeshuis weten te krijgen?' vraagt Pendel, en hij vindt het zo belangrijk dat hij het bijna uitschreeuwt.

Ergens tussen zijn vage herinneringen aan zijn kinderjaren voordat Benny hem kwam verlossen, bevindt zich een beeld van een vrouw met hetzelfde donkere haar als Louisa die op haar handen en knieën een stenen vloer ter grootte van een voetbalveld zit te schrobben onder het wakende oog van een beeld van een in een blauwe mantel gehulde Goede Herder en zijn Lam.

Pendel die naar huis rijdt. Bekende huizen allang in diepe rust. De sterren schoongespoeld door de regen. Een volle maan voor het venster van zijn gevangenis. Zet me maar weer vast, denkt hij. De gevangenis is de plek waar je terechtkomt als je geen beslissingen wilt nemen.

'Harry, ik was geweldig. Die nonnen waren Franse snobs die dachten dat ik een heer van stand was. Ik was in vol ornaat; een grijs pak zo uit de winkel, een das die je tante Ruth had uitgekozen, bijpassende sokken, met de hand gemaakte schoenen van Lobb uit St. James waar ik altijd al een zwak voor had. Geen tierelantijnen, handen langs mijn zij, geen spoor van mijn socialisme te bekennen.' Want naast al zijn ontelbare andere kwaliteiten is Benny ook nog eens een gedreven voorstander van de klasseloze maatschappij en gelooft hij heilig in de universele rechten van de mens. ' "Moeders," zeg ik tegen hen, "één ding kan ik jullie beloven. De kleine Harry zal een leven leiden als een prins – al kost het me de kop. Harry zal onze *mitswa* zijn. Zeggen jullie maar wie de wijze mannen zijn bij wie ik hem moet bezorgen en ik zal zorgen dat hij in een wit overhemd present is om te worden onderricht. Een betaalde opleiding aan de school van uw keuze, de mooiste muziek op de grammofoon en een huiselijk leven waar elke wees een moord voor zou doen, dat garandeer ik jullie. Zalm op tafel, hoogstaande gesprekken, zijn eigen slaapkamertje, een donzen matras." Het ging me in die tijd voor de wind. Ik had de kloffies achter me gelaten, het was niets dan golfclubs en duur schoeisel en het paleis in Umbrië binnen handbereik. We dachten dat we binnen een week miljonair zouden zijn.'

'Waar was Cherry?'

'Verdwenen, Harry, m'n jongen, weg,' zegt Benny met gedempte stem om het dramatische effect te verhogen. 'Jouw moeder kneep ertussenuit en wie kan haar dat kwalijk nemen? Er kwam nog één brief van een tante in County Mayo waarin stond dat die arme onfortuinlijke Cherry doodmoe was van al die mogelijkheden die de Zusters haar hadden geboden om zich te reinigen van haar zonden.'

'En mijn vader?'

Benny is opnieuw aan de wanhoop ten prooi. 'Onder de groene zoden, jongen,' zegt hij terwijl hij de verse tranen uit zijn ogen veegt. 'Jouw vader, mijn broer. Waar ik behoor te zijn om wat ik jou heb aangedaan. Als je het mij vraagt is hij van schaamte gestorven, iets dat mij ook elke keer bijna overkomt als ik jou hier zo zie zitten. Het waren die zomerjurken die me de das om deden. Er is geen droefgeestiger aanblik denkbaar dan vijfhonderd onverkochte zomerjurken in de herfst, dat kan elke schlemiel je vertellen. Elke dag die verstreek ontpopte die verzekeringspolis zich opnieuw tot een duivelse verzoeking. Ik heb toegegeven aan de macht der gewoonte, Harry, zo is dat, en wat nog erger is, ik heb jou ervoor laten opdraaien.'

'Ik volg die cursus,' zegt Pendel om hem een beetje op te vrolijken als de bel gaat. 'Ik word de beste coupeur van de hele wereld. Moet je dit zien.' En hij toont hem een lapje gevangenisstof dat hij uit het magazijn heeft gebietst en op maat heeft gesneden.

Bij zijn volgende bezoek schenkt de onder schuldgevoelens gebukt gaande Benny Pendel een icoon van de Heilige Maagd in een blikken lijstje, en zegt erbij dat die hem doet denken aan zijn jeugd in Lvov toen hij het getto uit sloop om de *gojim* te zien bidden. En zij is nu ook bij hem, naast de wekker op het rotan nachtkastje bij zijn bed in Bethania, en kijkt met haar fletse Ierse glimach hoe hij zijn van zweet doorweekte gevangenisuniform uittrekt en onder de dekens glipt om een deel op te eisen van Louisa's schuldloze slaap.

Morgen, dacht hij. Ik vertel het haar morgen.

'Harry, ben jij dat?'

Mickie Abraxas, de grote ondergrondse revolutionair en heimelijke held van de studenten, duidelijk dronken om tien voor drie 's nachts, zweert plechtig dat hij zich van kant gaat maken omdat zijn vrouw hem de bons heeft gegeven.

'Waar ben je?' vroeg Pendel, glimlachend in het donker, want ondanks alle ellende die hij met zich meebracht was Mickie een celmaatje voor het leven.

'Nergens. Ik ben een waardeloze flapdrol.'

'Mickie?'

'Ja?'

'Waar is Ana?'

Ana was Mickies huidige *chiquilla*, een robuuste, praktisch ingestelde jeugdvriendin van Marta uit La Cordillera, die Mickie scheen te accepteren zoals hij was. Marta had hen aan elkaar voorgesteld.

'Hallo, Harry,' zei Ana opgewekt en dus zei Pendel eveneens opgewekt: 'Hallo.'

'Hoeveel heeft hij op, Ana?'

'Ik zou het niet weten. Hij zegt dat hij met Rafi Domingo naar een casino is geweest. Wat wodka gedronken, wat geld verloren. Misschien een paar lijntjes coke gesnoven, dat weet hij niet zo goed meer. Hij zweet als een otter. Moet ik een dokter bellen?'

Voordat Pendel haar kon antwoorden was Mickie terug aan de lijn.

'Harry, ik hou van je.'

'Dat weet ik Mickie, en dat waardeer ik. En ik hou ook van jou.'

'Heb je nog op dat paard gewed?'

'O, ja, Mickie, ik moet bekennen dat ik op dat paard heb gewed.'

'Het spijt me, Harry. Oké? Het spijt me.'

'Het geeft niet, Mickie. Even goede vrienden. Ook een goed paard kan niet altijd winnen.'

'Ik hou van je, Harry. Jij bent mijn beste vriend, hoor je wat ik zeg?'

'Maar dan hoef je je toch niet van kant te maken, Mickie,' zei Pendel op minzame toon. 'Niet zolang je Ana en een beste vriend hebt.'

'Weet je wat we doen, Harry? We gaan er een weekendje tussenuit. Jij, ik, Ana, Marta. We gaan vissen. En neuken.'

'Ga eerst maar eens lekker slapen, Mickie,' zei Pendel streng, 'en dan kom je morgenochtend langs voor je pasbeurt en een broodje en een gezellige babbel. Afgesproken? Mooi zo.'

'Wie was dat?' vroeg Louisa toen hij de hoorn op de haak

legde.

'Mickie. Zijn vrouw heeft hem weer eens het huis uitgegooid.'

'Waarom?'

'Omdat zij een verhouding heeft met Rafi Domingo,' zei Pendel, worstelend met de onverbiddelijke logica van het leven.

'Waarom geeft hij haar geen knal voor haar kop?'

'Wie?' vroeg Pendel onnozel.

'Zijn vróúw, Harry. Wie dacht je anders?'

'Hij is moe,' zei Pendel. 'Noriega heeft zijn geestkracht gebroken.'

Hannah klom bij hen in bed, gevolgd door Mark en de reusachtige teddybeer waar hij al jaren niet meer naar had omgekeken.

Het was morgen en dus vertelde hij het haar.

Ik deed het om vertrouwen te wekken, biechtte hij haar op toen ze weer veilig sliep.

Om je een hart onder de riem te steken als je het niet goed meer zag zitten.

Om je iemand te geven op wie je kon bouwen in plaats van louter mezelf.

Om me beter voor te doen tegenover de dochter van een ongelikte beer uit de Kanaalzone, een vrouw die een beetje een flapuit is en op tilt springt als ze zich aangesproken voelt en vergeet dat ze met kleine pasjes moet lopen hoewel haar moeder haar toch twintig jaar lang op haar hart heeft gedrukt dat ze nooit, zoals Emily, aan de man komt als ze dat niet doet.

En die denkt dat ze te lelijk en te groot is terwijl iedereen om haar heen het juiste formaat heeft en even aantrekkelijk is als Emily.

En die er nooit van haar levensdagen, zelfs niet in haar meest onzekere en labiele periode, zelfs niet om Emily dwars te zitten, over zou peinzen om oom Benny een dienst te bewijzen door zijn magazijn in de hens te steken, beginnend bij de zomerjurken.

Pendel gaat in zijn leunstoel zitten, trekt een beddensprei over zich heen en laat het bed aan de reine van hart.

'Ik moet de hele dag weg,' zegt hij tegen Marta als hij de volgende morgen de winkel in komt. 'Jij zult de klanten moeten bedienen.'

'Om elf uur komt de ambassadeur van Bolivia.'

'Zeg die maar af. En ik wil je spreken.'

'Wanneer?'

'Vanavond.'

Tot op heden waren zij er altijd met het hele gezin naartoe gegaan en hadden gepicknickt in de schaduw van de mangobomen en gekeken naar de haviken en de visarenden en de aasgieren die zweefden op de wind en naar de ruiters op hun witte paarden die eruitzagen als de laatsten van Pancho Villa's leger. Of ze hadden de opblaasbare rubberboot over de ondergelopen padies getrokken, waarbij Louisa het meest genoot als ze in haar korte broek door het water waadde en Katharine Hepburn in *The African Queen* speelde met Pendel als Bogart, en Mark hun smeekte voorzichtig te zijn en Hannah tegen Mark zei dat hij een watje was.

Of ze reden met de Jeep over stoffige gele zandpaden die plotseling ophielden als ze de bosrand bereikten, waarbij Pendel altijd tot immens plezier van de kinderen een van oom Benny's kleurrijke wanhoopskreten slaakte en deed alsof ze verdwaald waren. En dat waren ze ook, totdat de zilveren torens van het bedrijf vijftig meter verderop boven de palmbomen opdoemden.

Of ze gingen er in de oogsttijd naartoe en reden in paren mee op de enorme oogstmachines, met de dorsvlegels die voor hen uit staken en op de rijst in sloegen en wolken insecten opwierpen. De plakkerige warme lucht hing drukkend onder een harde lage hemel. De gelaagde platte velden vloeiden over in mangrovemoerassen. De mangrovemoerassen vloeiden over in de zee.

Maar nu de Grote Beslisser vandaag zijn eenzame weg ging, ergerde hij zich aan alles wat hij zag: het 'ik haat je'-prikkeldraad rond het Amerikaanse munitiedepot dat hem deed denken aan Louisa's vader, de verwijtende borden met 'Jezus redt', de uit karton opgetrokken krottenwijken van de armen op elke heuvel: nog even en ik voeg me bij jullie.

En na de rampspoed volgde het verloren paradijs van Pendels

tien minuten durende jeugd. Glooiende uitgestrektheden van rode Devonse aarde op een schoolreisje in Okehampton. Engelse koeien die hem aanstaarden vanuit bosjes bananenbomen. Zelfs Haydn op zijn cassettespeler kon hem niet behoeden voor hun naargeestigheid. Toen hij het erf van de boerderij opreed, wilde hij alleen maar weten hoelang het geleden was dat hij Angel had gevraagd die verdomde kuilen te laten repareren. De aanblik van Angel zelf, met zijn strakke rijlaarzen, zijn strooien deukhoed en zijn gouden halskettingen verhevigde zijn ergernis alleen maar. Ze reden naar de plek waar de zich achter een bedrijfsnaam verschuilende buur uit Miami zijn greppel had gegraven om het water uit Pendels rivier af te tappen.

'Zal ik je 's wat vertellen, Harry, mijn vriend?'

'Nou?'

'Wat die rechter heeft gedaan is immoreel. Als we hier in Panama iemand omkopen, dan verwachten we loyaliteit. Weet je wat we nog meer verwachten, vriend?'

'Nee.'

'We verwachten dat mensen zich aan hun afspraken houden. Onvoorwaardelijk. Zonder morren. Zonder latere bedenkingen. Als je het mij vraagt, is het gewoon asociaal wat die kerel flikt.'

'Maar wat moeten we dan?' zei Pendel.

Angel haalde zijn schouders op met de voldaanheid van iemand voor wie het nieuws niet slecht genoeg kan zijn.

'Zal ik je een goede raad geven, Harry? Zonder er doekjes om te winden? Als een vriend?'

Ze waren bij de rivier aangekomen. Op de oever aan de overkant weigerden de trawanten van de buurman Pendels aanwezigheid op te merken. De greppel was een kanaal geworden. Daarachter was de rivierbedding droog.

'Ik raad je aan het op een akkoordje te gooien, Harry. Kies eieren voor je geld en maak een deal. Zal ik die jongens eens voor je polsen? Moet ik het bij ze aankaarten?'

'Nee.'

'Wend je dan tot je bankier. Ramón is een keiharde. Hij doet het woord wel voor je.'

'Hoe komt het dat jij Ramón Rudd kent?'

'Iedereen kent Ramón. Luister, ik ben niet alleen je bedrijfsleider, weet je wel? Ik ben je vriend.'

Maar Pendel heeft geen vrienden, behalve Marta en Mickie, en heel misschien de heer Charlie Blüthner die vijftien kilometer verderop aan de kust woont en hem verwacht voor een potje schaak.

'Blüthner, net als die piano's?' vroeg Pendel de levende Benny eeuwen geleden toen ze in de stromende regen op de kade van Tilbury stonden en naar het roestige vrachtschip keken dat de op vrije voeten gestelde veroordeelde naar het volgende stadium op zijn levensweg zou vervoeren.

'Een en dezelfde, Harry, en hij staat bij me in het krijt,' antwoordde Benny, zijn tranen aan de regen toevoegend. 'Charlie Blüthner is de kloffieskoning van Panama en dat hij het zo ver heeft weten te schoppen komt uitsluitend doordat Benny hem heeft geholpen, precies zoals jij mij hebt geholpen, zonder te smoezen.'

'Heb je zijn zomerjurken voor hem in de fik gestoken?'

'Erger, Harry, m'n jongen. En dat is hij nooit vergeten.'

Voor de eerste en de laatste keer in hun leven omhelsden ze elkaar. Pendel huilde ook, maar hij wist niet goed waarom, want het enige dat hij besefte toen hij de loopplank opliep was: ik ben weg en ik kom nooit meer terug.

En meneer Blüthner maakte alles wat Benny beloofd had waar. Pendel had nog maar nauwelijks voet op Panamese bodem gezet of de kastanjebruine Mercedes-met-chauffeur bracht hem van zijn schamele onderkomen in Calidonia naar de statige villa van Blüthner die, omgeven door onberispelijk onderhouden landerijen, uitkeek over de Stille Oceaan; met plavuizen vloeren en stallen met airconditioning en schilderijen van Nolde en luisterrijke getuigschriften van imposant klinkende, niet-bestaande Amerikaanse universiteiten die meneer Blüthner uitriepen tot hun geliefde professor, doctor, bestuurslid, enzovoort. En een piano uit het getto.

Binnen luttele weken was Pendel in zijn eigen ogen uitgegroeid tot meneer Blüthners gekoesterde zoon, die zijn natuurlijke plaats innam temidden van de onbehouwen, roodharige kinderen en kleinkinderen, de deftige tantes en de pafferige ooms en de bedienden in hun pastelgroene uniformjasjes. Op familiefuifjes en tijdens de *kiddoesj* zong Pendel slecht mee en niemand nam hem dat kwalijk. Hij speelde beroerd golf op hun privégolfbaan en nam niet eens de moeite om zich te verontschuldigen. Hij dolde met de kinderen op het strand en reed met razende vaart met de buggy's van de familie over blanke duintoppen. Hij ravotte met de slonzige honden en liet ze gevallen mango's apporteren, hij keek hoe de eskaders pelikanen hun buitelingen boven zee maakten, en accepteerde alles onvoorwaardelijk: hun geloof, de deugdzaamheid van hun welstand, de bougainvillea's, de duizenden tinten groen, en hun rechtschapenheid, met een warme uitstraling die de eventuele fikkies die oom Benny in de tijd dat meneer Blüthner moeite had de eindjes aan elkaar te knopen, eventueel zou hebben gestookt, vele malen overtrof.

En meneer Blüthners gulhartigheid beperkte zich niet tot de huiselijke kring, want toen Pendel zijn eerste aarzelende schreden zette op het pad naar het zelfstandige kleermakersvak, was het Blüthners Compañia Limitada, die hem een half jaar krediet verschafte bij zijn enorme groothandel in textiel in Colón, en was het Blüthners voorspraak die hem zijn eerste klanten bezorgde en al meteen deuren voor hem opende. En toen Pendel meneer Blüthner, die klein en gerimpeld en kaal was, probeerde te bedanken, schudde hij alleen maar zijn hoofd en zei: 'Bedank je oom Benny maar,' en hij liet zijn gebruikelijke advies erop volgen: 'Zoek een fatsoenlijk joods meisje, Harry. Laat ons niet in de steek.'

Zelfs toen Pendel met Louisa trouwde, kwam er geen einde aan zijn bezoekjes aan meneer Blüthner, maar ze werden wel met de nodige steelsheid afgelegd. Huize Blüthner werd zijn geheime paradijs, een heiligdom dat hij altijd uitsluitend alleen en onder een voorwendsel kon bezoeken. En als tegenprestatie gaf meneer Blüthner er de voorkeur aan te doen alsof Louisa niet bestond.

'Ik kamp met een klein liquiditeitsprobleem, meneer Blüthner,' bekende Pendel toen ze op de veranda aan de noordzijde over het schaakbord gebogen zaten. Er bevond zich een veranda aan beide zijden van de landtong zodat meneer Blüthner altijd uit de wind kon zitten.

'Liquiditeit op de rijstplantage?' vroeg meneer Blüthner.

Zijn kleine kaak was van graniet behalve als hij glimlachte, en hij glimlachte niet. Zijn oude ogen sliepen een groot deel van de dag. Ze sliepen op dat moment ook.

'En in de zaak,' zei Pendel blozend.

'Heb je de zaak verhypothekeerd om de rijstplantage te financieren, Harry?'

'Alleen bij wijze van spreken, meneer Blüthner.' Hij probeerde het met een kwinkslag. 'Dus ben ik natuurlijk op zoek naar een gestoorde geldschieter.'

Meneer Blüthner nam altijd ruimschoots de tijd om na te denken, of hij nu schaak speelde of hem om geld werd gevraagd. Terwijl hij nadacht zat hij onbeweeglijk stil en leek geen adem te halen. Pendel herinnerde zich oude bajesklanten die hetzelfde deden.

'Iemand is óf gestoord, óf een geldschieter,' antwoordde meneer Blüthner ten slotte. 'Dat is een wet van Meden en Perzen, Harry, m'n jongen. Wie zijn kont brandt moet op de blaren zitten.'

Zoals altijd was hij nerveus toen hij naar haar toereed over de 4th of July Avenue die eens de grens had gevormd met de Kanaalzone. Links beneden hem de baai. Rechts boven hem Ancón Hill. Daartussenin het weer opgebouwde El Chorillo met het stukje overdadig groen grasland dat de plaats markeerde waar eens de *comandancía* had gestaan. Bij wijze van herstelbetaling was er een kluitje onooglijke hoge flatgebouwen opgetrokken en met pastelkleurige strepen beschilderd. Marta woonde in het middelste. Hij beklom omzichtig de smerige trap, want hij herinnerde zich dat hij de vorige keer dat hij hier kwam vanuit het pikkedonker boven hem was ondergepist terwijl het gebouw daverde van gevangenisgejoel en uitbundig gelach.

'Wees welkom,' zei ze plechtig, nadat ze de vier sloten van de deur had gedaan en hem had binnengelaten.

Ze lagen zoals altijd gekleed en op enige afstand van elkaar op het bed. Marta's kleine droge vingers gekromd in Pendels handpalm. Er waren geen stoelen, er was heel weinig plaats. De flat behelsde niet meer dan één kamertje dat door bruine gordijnen in hokjes werd verdeeld: een hokje om je in te wassen, een ander hokje om in te koken en dit hokje om in te liggen. Links van Pendels hoofd stond een glazenkast volgepropt met porseleinen beestjes die vroeger van Marta's moeder waren geweest, en bij zijn kousenvoeten stond een keramische tijger van bijna een meter hoog die haar vader ter gelegenheid van hun vijfentwintigjarig huwelijk aan haar moeder cadeau had gedaan, drie dagen voordat ze aan flarden werden geschoten. En als Marta die avond met haar ouders was meegegaan om een bezoekje te brengen aan haar getrouwde zuster, in plaats van in bed te liggen om haar tot pulp geslagen gezicht en geranselde lichaam te koesteren, zou zij ook aan flarden zijn geschoten, want haar zuster had gewoond in de eerste straat die werd getroffen, hoewel je daar vandaag geen spoor meer van terug zou vinden, net zomin als van Marta's ouders, haar zuster, haar zwager, haar zes maanden oude nichtje of de rode kater die Hemingway heette. De lijken, de puinhopen – de hele straat was officieel naar de vergetelheid verbannen.

'Ik wou dat je terug verhuisde naar je oude woning,' zei hij voor de zoveelste keer tegen haar.

'Dat kan ik niet.'

Ze kón het niet omdat haar ouders hadden gewoond waar dit gebouw nu stond.

Ze kón het niet omdat dit haar Panama was.

Ze kón het niet omdat haar hart bij de doden was.

Ze spraken weinig, en dachten liever na over de monsterlijke geheime geschiedenis die hen bijeen had gebracht.

Een jonge, idealistische, aantrekkelijke werkneemster heeft deelgenomen aan een publieke demonstratie tegen de tiran. Ze komt ademloos en bang aan op de plek waar ze werkt. Tegen de avond biedt haar werkgever aan haar naar huis te rijden met het doelbewuste voornemen haar minnaar te worden, want in de spanning van de afgelopen weken is de wederzijdse aantrekkingskracht tussen hen onweerstaanbaar geworden. Het ideaal van een beter Panama is als het ideaal van een leven samen, en zelfs Marta geeft toe dat de Yanquis de enigen zijn die de rotzooi die de Yanquis hebben gemaakt kunnen opruimen, en dat de Yanquis er geen gras over mogen laten groeien. Onderweg stoten zij op een wegversperring opgeworpen door de Halve Garen die willen weten waarom Marta een witte blouse draagt, immers het symbool van het verzet tegen Noriega. Als zij geen bevredigend antwoord krijgen, bewerken ze haar gezicht. Pendel legt de hevig bloedende Marta op de achterbank van zijn auto en rijdt in wilde paniek en in razende vaart naar de universiteit en treft stomtoevallig Mickie – hij is in die dagen ook een student – aan in de bibliotheek, en Mickie is de enige die Pendel in vertrouwen durft te nemen. Mickie kent een dokter, belt hem op, bedreigt hem, koopt hem om. Mickie bestuurt Pendels Jeep en Pendel zit achterin terwijl het bloed uit Marta's hoofd rijkelijk over zijn schoot stroomt, zijn broek doorweekt en de bekleding van de gezinsauto onherstelbaar verwoest. De dokter maakt er een zootje van, Pendel brengt Marta's ouders op de hoogte, geeft geld, neemt in de winkel een douche, kleedt zich om, gaat met een taxi naar huis, naar Louisa, en gaat drie dagen lang zo gebukt onder schuldgevoelens dat hij niet in staat is haar op te biechten wat er is gebeurd en haar in plaats daarvan liever een hoop flauwekul opdist over een krankjorume automobilist die de Jeep van opzij heeft geramd, total loss, Lou, er zal een hele nieuwe moeten komen, ik heb met de jongens van de verzekering gesproken, die deden er niet moeilijk over. Pas op de vijfde dag heeft hij voldoende moed bijeengeraapt om haar nonchalant uit te leggen dat Marta betrokken is geraakt bij een studentenrel, Lou, verwondingen aan haar gezicht, een langdurige herstelperiode onvermijdelijk, ik heb beloofd dat ze haar oude baantje terugkrijgt als ze weer is opgeknapt.

'O,' zegt Louisa.

'En Mickie is de bak in gedraaid,' vervolgt hij onlogisch, waarbij hij verzuimt te vermelden dat de laffe dokter hem heeft verlinkt en Pendel ook zou hebben verlinkt als hij toevallig zijn naam had geweten.

'O,' zegt Louisa een tweede keer.

'De rede functioneert alleen als er emoties aan te pas komen,' beweerde Marta, terwijl ze Pendels vingers tegen haar lippen drukte en ze een voor een kuste.

'Wat bedoel je daarmee?'

'Dat heb ik gelezen. Je schijnt ergens over in te zitten. Ik dacht dat je er misschien iets aan zou hebben.'

'De rede wordt geacht logisch te werk te gaan,' bracht hij ertegenin.

'Er is geen logica tenzij er emoties aan te pas komen. Je wilt iets doen, dus doe je het. Dat is logisch. Je wilt iets doen en doet het niet, dat doet afbreuk aan de rede.'

'Dat zal dan wel waar zijn, hè?' zei Pendel, die alle abstracties wantrouwde behalve die van hem zelf. 'Ik moet zeggen dat die boeken je het jargon aardig bijbrengen. Je klinkt als een echte kleine professor, en je hebt nog niet eens examen gedaan.'

Ze oefende nooit druk op hem uit, wat de reden was dat hij niet bang was om naar haar toe te komen. Ze scheen te weten dat hij nooit iemand de waarheid zei, dat hij uit beleefdheid alles verzweeg. Daarom was het kleine beetje dat hij haar toevertrouwde hun allebei dierbaar.

'Hoe gaat het met Osnard?' vroeg ze.

'Hoe zou het met hem moeten gaan?'

'Waarom denkt hij dat hij jou in zijn zak heeft?'

'Hij weet bepaalde dingen,' antwoordde Pendel.

'Dingen over jou?'

'Ja.'

'Weet ik die dingen?'

'Ik dacht van niet.'

'Zijn het slechte dingen?'

'Ja.'

'Ik doe alles wat je me vraagt. Ik help je, maakt niet uit waarmee. Als je wilt dat ik hem vermoord, dan vermoord ik hem en ben bereid ervoor te zitten.'

'Voor het andere Panama?'

'Voor jou.'

Ramón Rudd had aandelen in een casino in de oude binnenstad en kwam daar graag om zich te ontspannen. Ze hadden plaatsgenomen op een pluche bank en keken neer op vrouwen met ontblote schouders en croupiers met rood doorlopen ogen die achter lege roulettetafels zaten.

'Ik ga mijn schuld afbetalen, Ramón,' vertelde Pendel hem. 'De hoofdsom, de rente, de hele mikmak. Ik wil schoon schip maken.'

'Waarmee?'

'Laten we zeggen dat ik een gestoorde geldschieter tegen het lijf ben gelopen.'

Ramón zoog door een rietje wat citroensap naar binnen.

'Ik wil die boerderij van je kopen, Ramón. Hij is te klein om geld op te leveren en jij hebt hem niet om te boeren. Jij hebt hem om mij een poot uit te draaien.'

Rudd bekeek zichzelf in de spiegel en was niet onder de indruk van wat hij zag.

'Heb je ergens anders nog een zaakje aan de hand? Iets waar ik niets van weet?'

'Ik wou dat het waar was, Ramón.'

'Iets onderhands?'

'Evenmin iets onderhands, Ramón.'

'Want als dat zo is dan heb ik ook recht op een aandeel. Ik heb jou het geld geleend, dus moet jij me vertellen hoe de zaken ervoor staan. Dat is niet meer dan fatsoenlijk. Eerlijk is eerlijk.'

'Om je de waarheid te zeggen kan fatsoen me vanavond gestolen worden, Ramón.'

Rudd dacht erover na en het leek hem droevig te stemmen.

'Jij hebt een gestoorde geldschieter aan de haak geslagen, dus betaal je me zevenduizend per hectare,' zei hij, zich beroepend op een andere universele fatsoensregel.

Pendel dong af tot vijfduizend en ging naar huis.

Hannah had verhoging.

Mark wilde een driesetter pingpong.

Het dienstmeisje dat de was deed, was weer zwanger.

De vrouw die de vloeren boende, klaagde dat de tuinman haar een oneerbaar voorstel had gedaan.

De tuinman betoogde dat hij op zijn zeventigste het volste recht had om verdomme iedereen die hij wilde oneerbare voorstellen te doen.

De onkreukbare Ernesto Delgado was teruggekeerd uit Tokio.

Als Harry Pendel de volgende ochtend zijn winkel binnenkomt, inspecteert hij nors zijn troepen, beginnend bij zijn afwerkers uit Cuna, om vervolgens via zijn Italiaanse pantalonmakers en zijn Chinese jasjesmakers te eindigen bij señora Esmeralda, een kleurlinge op jaren met rood haar, die van vroeg tot laat niets anders doet dan vesten maken en dat best vindt. Als een groot veldheer op de vooravond van de veldslag wisselt hij een bemoedigend woord met ieder van hen, zij het dat die bemoediging bedoeld is voor Pendel want zijn troepen hebben die niet nodig. Vandaag is betaaldag en ze zijn in een uitgelaten stemming. Na zich in zijn snijkamer te hebben afgezonderd, ontrolt Pendel twee meter bruin papier op zijn tafel, plant zijn opengeslagen notitieboekje op de houten standaard en begint, op de welluidende klaagzang van Alfred Deller, de contouren te schetsen voor het eerste van de twee alpaca kostuums van Andrew Osnard, vervaardigd door de heren Pendel & Braithwaite Co., Limitada, Hofleveranciers, eerder gevestigd aan Savile Row.

De Volwassen Man van de Daad, de Grote Afweger van Argumenten en de Onbewogen Inschatter van Situaties laat zijn schaar beslissen.

7

Ambassadeur Maltby's onthutsende mededeling dat een zekere meneer Andrew *Osnard* – was dat een soort vogel? vroeg hij zich onwillekeurig af – binnenkort de gelederen van de Britse ambassade in Panama zou komen versterken, vervulde het hart van Nigel Stormont, hoofd van de kanselarij, met ongeloof en vervolgens met bange voorgevoelens.

Elke normale ambassadeur zou natuurlijk van tevoren met zijn hoofd van de kanselarij hebben overlegd. De wellevendheid gebood dat eenvoudig: 'O, Nigel, ik vond dat jij dit als eerste moest weten...' Maar na een jaar met elkaar te zijn opgescheept, waren zij het stadium waarin wellevendheid als vanzelfsprekend werd beschouwd, gepasseerd. En bovendien genoot Maltby ervan om af en toe een komische verrassing uit zijn hoed te toveren. Dus hield hij het nieuws voor zich tot het wekelijkse werkoverleg op maandagochtend, dat Stormont persoonlijk beschouwde als het dieptepunt van elke werkweek.

Zijn auditorium, bestaande uit een beeldschone vrouw en drie mannen, Stormont inbegrepen, zat op verchroomde stoelen in een halve cirkel voor zijn bureau. Maltby zat tegenover hen als een telg uit een talrijker en minder illuster geslacht. Hij was achter in de veertig en een meter negentig, met een futloze zwarte kuif, een doctoraal in een of ander overbodig vak en met een permanente grijns, die men nooit ten onrechte voor een glimlach moest aanzien. Elke keer als hij zijn blik op de beeldschone vrouw vestigde, wist je dat hij hem daar het liefst voor altijd zou laten en dat niet durfde, want zodra die blik haar bereikt had, verplaatste hij zich beschaamd naar de muur en bleef alleen de grijns achter. Het jasje van zijn pak hing over de rugleuning van zijn stoel en de roos erop glitterde in de ochtendzon. Hij had een voorliefde voor opzichtige overhemden en deze ochtend was hij negentien strepen breed. Dat had Stormont – die de man eenvoudigweg niet kon uitstaan – tenminste uitgerekend.

Als Maltby niet beantwoordde aan het indrukwekkende imago van het Britse ambtenarenkorps in het buitenland, gold dat evenzeer voor zijn ambassade. Geen smeedijzeren hekken, geen rijk geornamenteerde zuilengalerijen of weidse trappenhuizen om de mindere soorten zonder justitiële dwangmiddelen tot onderdanigheid te dwingen. Geen achttiende-eeuwse portretten van illustere personen met sjerpen. Maltby's stukje Brits imperium bevond zich in hoogte op een kwart van een wolkenkrabber die eigendom was van Panama's grootste advocatenbureau en werd bekroond door het logo van een Zwitserse bank.

De voordeur van de ambassade was van kogelvrij staal, bekleed met een fineerlaagje Engels eiken. Je bereikte hem door in een geluidloze lift op een knop te drukken. Het koninklijke wapen deed in deze kunstmatig koel gehouden stilte denken aan siliconen en rouwkamers. Evenals de deur waren de ramen versterkt om de Ieren te dwarsbomen en getint om de zon te dwarsbomen. Niet het minste gerucht uit de werkelijke wereld drong erdoor naar binnen. Het geluidloze verkeer, de hijskranen, de scheepvaart, de oude en de nieuwe stad, het korps vrouwen in oranje overalls dat op de middenberm van de Avenida Balboa de bladeren bijeenharkte, het waren allemaal niet meer dan monsters zonder waarde in Hare Majesteits controlekamer. Vanaf het moment dat je het Britse extra-territoriale luchtruim betrad, werd je blik naar binnen en niet naar buiten gericht.

Tijdens het overleg was achtereenvolgens gesproken over: Panama's kansen op ondertekening van de Noord-Amerikaanse Vrijhandelsovereenkomst (te verwaarlozen naar Stormonts mening), Panama's relaties met Cuba (louche handelsverdragen, vond Stormont, waarbij meestal drugs in het spel waren) en de invloed van de verkiezingen in Guatemala op het politieke klimaat in Panama (nihil, zoals Stormont het ministerie al eerder had meegedeeld). Maltby had – zoals hij altijd deed – lang uitgeweid over de weerzinwekkende Kanaalkwestie; over de alomtegenwoordigheid van de Japanners; en over de Chinezen uit de Volksrepubliek, vermomd als afgezanten van Hongkong; en over bepaalde bizarre geruchten in de Panamese pers over een Frans-Peruviaans consortium dat voornemens was het Kanaal te kopen met behulp van Franse deskundigheid en Colombiaanse drugsopbrengsten. En het was hoogstwaarschijnlijk rond die tijd dat Stormonts gedachten afdwaalden en hij zich, deels uit verveling en deels uit zelfbehoud, overgaf aan een zorgelijke terugblik op zijn leven tot dusverre:

Stormont, Nigel, te lang geleden geboren, niet al te best opgeleid aan het Shrewsbury en het Jezus-college, in Oxford. Kandidaats geschiedenis zoals iedereen, gescheiden zoals iedereen, zij het dat mijn slippertje de zondagsbladen haalde. Uiteindelijk getrouwd met Paddy, afkorting van Patricia, ongeevenaarde ex van een *cher collègue* aan de Britse ambassade in Madrid, die had geprobeerd me tijdens de kerstreceptie voor het voltallige personeel met een zilveren drinkbeker de hersens in te slaan; en momenteel een straf van drie jaar uitzit in de Sing Sing van Panama, plaatselijke bevolking 2,6 miljoen, waarvan vijfentwintig procent werkloos en vijftig procent beneden de armoedegrens. Personeelszaken weet nog niet wat ze daarna voor me in petto hebben, áls ze al iets in petto hebben en me niet gewoon op de schroothoop gooien, gezien het cryptische antwoord dat ik gisteren ontving op mijn brief van zes weken geleden. En Paddy's hoest een voortdurende bron van zorg – wanneer vinden die kloteartsen daar nu eindelijk eens een remedie tegen?

'Waarom is het nou nooit eens een misdadig Bríts consortium?' mopperde Maltby met een lijzige stem die voornamelijk door zijn neus kwam. 'Ik zou het héérlijk vinden om me in het middelpunt van een duivelse Britse samenzwering te bevinden. Dat is me nog nooit overkomen. Jou wel, Fran?'

De beeldschone Francesca Deane glimlachte minzaam en zei: 'Helaas.'

'Helaas wél?'

'Helaas niet.'

Maltby was niet de enige man die bezeten was van Francesca. Half Panama had een oogje op haar. Een lichaam om een moord voor te doen en een al even knappe kop. Zo'n romige blanke Engelse teint waar Latijns-Amerikaanse mannen verzot op zijn. Stormont zag haar weleens op feestjes, omringd door Panama's begeerlijkste dekhengsten, ieder op hun beurt smekend om een afspraakje met haar. Maar om elf uur lag ze in bed met een boek en de volgende ochtend zat ze om negen uur achter haar bureau in haar onkreukbare, strenge, zwarte kantoorpakje en zonder make-up, paraat voor een nieuwe dag in het paradijs.

'Lijkt een ontzéttend geheim Brits bod om van het Kanaal een forellenkwekerij te maken je niet geinig, Gully?' vroeg Maltby met overdonderende snaaksheid aan de kleine, onberispelijk geklede Gulliver, jonge luitenant-ter-zee buiten dienst, de liaison-officier van de ambassade. 'Guppy's in de Miraflores-sluizen, de grotere in de Pedro Miguel, en de volwassen exemplaren in het Gatún-meer? Míj lijkt het een schitterend idee.'

Gully barstte in uitbundig gelach uit. Liaison was wel het laatste waar hij zich zorgen over maakte. Het was zijn taak om zoveel mogelijk Britse wapens te slijten aan iedereen met genoeg drugsgelden om ervoor te betalen. Landmijnen waren zijn specialiteit.

'Grandioos idee, ambas, grandioos,' bulderde hij met zijn gebruikelijke soldateske enthousiasme, terwijl hij een gespikkelde zakdoek uit zijn mouw trok en daarmee driftig zijn neus poetste. 'Tussen twee haakjes, ik heb in het weekend een verdomd mooie zalm verschalkt. Een twintigponder. Ik moest er twee uur voor rijden om die knaap te pakken te krijgen, maar dat was het dubbel en dwars waard.'

Gulliver had deelgenomen aan de Falkland-oorlog en was daarvoor onderscheiden. Voor zover Stormont wist, was hij sindsdien aan deze kant van de Atlantische Oceaan gebleven. Als hij dronken was, hief hij weleens het glas op 'een geduldig vrouwtje aan de overkant van de plas' en dan zuchtte hij. Maar het was eerder een zucht van verlichting dan van verlangen.

'Politíék attaché?' herhaalde Stormont.

Hij moest luider hebben gesproken dan hij zich bewust was. Misschien was hij ingedommeld. Hij had de hele nacht met Paddy opgezeten, dus dat zou hem niets verbazen.

'Ik ben de politiek attaché, meneer de ambassadeur. De kanselarij is de politíéke sectie. Waarom wordt hij niet toegevoegd aan de kanselarij waar hij thuishoort? Zeg hun dat dat niet gaat. Houd uw poot stijf.'

'Ik ben bang dat wij ze zoiets onmogelijk kunnen zeggen,

Nigel. Het is een voldongen feit,' antwoordde Maltby. Stormont ergerde zich elke keer weer groen en geel aan dat frikkige gehinnik van hem. 'Tot op zekere hoogte, uiteraard. Wij hebben een fax met voorzichtig geformuleerde bezwaren naar Personeelszaken gestuurd. Het is een open lijn, dus wij kunnen niet veel zeggen. De kosten van gecodeerde boodschappen rijzen de laatste tijd de pan uit. Door al die apparaten en kiene vrouwen, vermoed ik.' Zijn grijns maakte plaats voor de zoveelste onderdrukte glimlach in Francesca's richting. 'Maar wij geven ons uiteraard niet zonder slag of stoot gewonnen. Hun antwoord was precies wat je kon verwachten. Ze hebben begrip voor ons standpunt maar geven geen krimp. Wat wij hen eigenlijk niet kwalijk kunnen nemen. Zo zouden wij immers ook reageren als wij zelf op Personeelszaken zaten. Ik bedoel dat zij net zo voor het blok worden gezet als wij. Of niet soms? Gezien de omstandigheden.'

Het was het als een naschrift toegevoegde woord 'omstandigheden' dat Stormont voor het eerst op het spoor van de waarheid bracht, maar de jonge Simon Pitt was hem voor. Simon was lang en vlasblond en kwajongensachtig en droeg een paardenstaart die Maltby's heerszuchtige vrouw hem tevergeefs gesommeerd had af te knippen. Hij was een nieuweling die momenteel was belast met alle taken die niemand anders wilde: visa, voorlichting, defecte ambassadecomputers, Britse ingezetenen en nog onbeduidender klusjes.

'Misschien kan hij wat van mijn werkzaamheden overnemen, meneer,' opperde hij vrijpostig, met een hand achteloos opgeheven alsof hij een bod uitbracht. 'Wat zou u zeggen van "Dromen van Albion" om mee te beginnen?' voegde hij eraan toe, doelend op een reizende tentoonstelling van vroege Engelse aquarellen die tot vertwijfelde razernij van de Britse Culturele Raad in Londen op dat moment lagen weg te rotten in een barak van de Panamese douane.

Maltby was nog zorgvuldiger in de keuze van zijn woorden dan gewoonlijk. 'Nee, Simon, ik vrees dat ik van mening ben dat hij níét in staat zal zijn "Dromen van Albion" over te nemen, dank je,' antwoordde hij en hij pakte met zijn knokige vingers een paperclip en vouwde die open terwijl hij nadacht. 'Osnard hoort strikt genomen niet bij óns, begrijp je. Eigenlijk is hij eerder een van hén, als je voelt wat ik bedoel.'

Verbazingwekkend genoeg was Stormont zelfs toen niet bij machte de voor de hand liggende conclusie te trekken. 'Neem me niet kwalijk, meneer de ambassadeur, ik kan u niet goed volgen. Een van hén? Is hij een uitzendkracht of zoiets?' Er kwam een verschrikkelijke gedachte bij hem op. 'Hij is toch niet aangetrokken uit het bedrijfsleven, hè?'

Met een lijdzame zucht keek Maltby naar zijn paperclip. 'Nee, Nigel, voor zover ik weet is hij niet aangetrokken uit het bedrijfsleven. Hij zóú afkomstig kunnen zijn uit het bedrijfsleven. Ik kán het niet absoluut uitsluiten. Ik weet niets over zijn verleden en bedroevend weinig over zijn heden. Zijn toekomst is ook een gesloten boek voor me. Hij is een Vriend. Geen echte vriend, dat zeg ik er haastig bij, hoewel we natuurlijk allemaal de hoop koesteren dat hij dat mettertijd zal worden. Een van díé vrienden. Begrijp je nu wat ik bedoel?'

Hij zweeg even, zodat ook minder verlichte geesten hem zouden kunnen bijbenen.

'Hij is van de overkant van het párk, Nigel. Nou ja, tegenwoordig is het van de rivier. Ze zijn verhuisd, heb ik me laten vertellen. Wat eens een park was, is nu een rivier.'

Stormont had zijn tong teruggevonden. 'Bedoelt u dat de Vrienden een filiaal openen? Hier in Panama? Dat kunnen ze niet maken.'

'Daar kijk ik van op. Waarom niet?'

'Ze zijn vertrokken. Ze hebben hun biezen gepakt. Toen de Koude Oorlog ten einde was hebben ze hun handeltje opgedoekt en het verder aan de Amerikanen overgelaten. Er is een overeenkomst tot wederzijdse informatie-uitwisseling op voorwaarde dat zij zich gedeisd houden. Ik zit zelf in de gezamenlijke commissie die toezicht houdt op het verkeer.'

'Dat zal niemand ontkennen, Nigel. En je doet het voortreffelijk, als ik zo vrij mag zijn.'

'Maar wat is er dan veranderd?'

'De omstandigheden, mag men aannemen. Er kwam een einde aan de Koude Oorlog, dus pakten de Vrienden hun biezen. Nu komt de Koude Oorlog terug en pakken de Amerikanen hun biezen. Ik gok er ook maar naar, Nigel. Ik wéét het niet. Net zomin als jij. Ze hebben hun oude plaatsje teruggevraagd. Onze Meesters hebben besloten hun dat te geven.'

'Hoeveel?'

'Eentje, voorlopig. Als ze succes boeken zullen ze ongetwijfeld om meer vragen. Misschien zullen we de turbulente tijden zien herleven toen de voornaamste functie van de diplomatieke dienst bestond uit het verschaffen van een dekmantel voor hun activiteiten.'

'Zijn de Amerikanen op de hoogte gesteld?'

'Nee, en dat worden ze ook niet. Behalve voor ons blijft Osnard voor iedereen een geheim.'

Stormont was nog bezig dat te verwerken toen Francesca de stilte verbrak. Fran was praktisch. Soms te praktisch.

'Gaat hij hier op de ambassade werken? Fysiek, bedoel ik.'

Maltby had behalve een ander gezicht ook een andere toon voor Francesca. Hij hield het midden tussen belerend en strelend.

'Dat zal hij inderdaad, Fran. Fysiek en anderszins.'

'Gaat hij er personeel op na houden?'

'Ons is verzocht plaats in te ruimen voor een assistent, Fran.'

'Een man of een vrouw?'

'Dat moet nog worden uitgemaakt. Niet, mogen we aannemen, door de uitverkoren persoon, hoewel men dat tegenwoordig nooit met zekerheid kan zeggen.' Gegrinnik.

'Wat is zijn rang?' vroeg Simon Pitt op zijn beurt.

'Hebben de Vrienden dan rangen, Simon? Wat vermakelijk. Ik zie hun positie altijd als een rang op zich. Jij niet? Eerst krijg je óns allemaal. En na ons, heb je hén. Vermoedelijk zien zij dat anders. Hij heeft op Eton gezeten. Merkwaardig eigenlijk, de dingen die het ministerie ons vertelt en de dingen die men verzwijgt. Maar we mogen niet voorbarig over hem oordelen.'

Maltby had op Harrow gezeten.

'Spreekt hij Spaans?' Francesca was weer aan bod.

'Vloeiend, is ons verteld, Fran. Maar ik heb nooit gevonden dat talenkennis op zichzelf iets bewijst, jij wel? Iemand die zich in drie talen belachelijk kan maken vind ik een drie keer zo grote dwaas als iemand die het met één taal moet stellen.'

'Wanneer komt hij aan?' Opnieuw Stormont.

'Heel toepasselijk, op vrijdag de dertiende. Dat wil zeggen dat men mij heeft gezégd dat hij op de dertiende zal arriveren.'

'Dat is over acht dagen,' protesteerde Stormont.

De ambassadeur strekte zijn lange nek uit in de richting van een kalender met het portret van de koningin met een bevederde hoed op. 'Meen je dat? Tjonge jonge. Ik geloof zowaar dat je gelijk hebt.'

'Is hij getrouwd?' vroeg Simon Pitt.

'Ogenschijnlijk niet, Simon.'

'Betekent dat nee?' Opnieuw Stormont.

'Dat betekent dat men mij niet heeft verwittigd of hij dat is, en daar hij heeft gevraagd om een vrijgezellenwoning neem ik aan dat hij, wat hij ook mag hebben, dat in ieder geval thuislaat.'

Maltby spreidde zijn armen naar weerskanten uit en boog ze vervolgens voorzichtig totdat zijn handen achter zijn hoofd bleven rusten. Zijn gebaren, hoe zonderling ook, waren zelden zonder betekenis. Dit gebaar betekende dat hij op het punt stond de vergadering te sluiten om te gaan golfen.

'Tussen haakjes, het is een vaste aanstelling, Nigel, geen tijdelijke. Tenzij hij er natuurlijk uitgesmeten wordt,' voegde hij er op iets zonniger toon aan toe. 'Fran. Schat. Het ministerie begint een beetje knorrig te doen over dat concept-memorandum waarover we het hebben gehad. Zou je daar vanavond misschien nog wat aan kunnen doen of ben je al helemaal bezet?'

En weer die wolfachtige glimlach, zo droefgeestig als het klimmen der jaren.

'Meneer de ambassadeur.'

'Nee maar, Nigel. Wat gezellig.'

Het was een kwartier later. Maltby was bezig documenten in zijn brandkast te leggen. Stormont trof hem alleen aan. Maltby was er weinig mee ingenomen.

'Waar wordt Osnard geacht zich mee bezig te houden? Ze moeten het u hebben verteld. U kunt hem geen carte blanche hebben gegeven.'

Maltby sloot de deur van zijn brandkast, stelde de combinatie in, richtte zich in zijn volle lengte op en wierp een blik op zijn horloge.

'O, maar dat heb ik geloof ik wel gedaan. Waarom ook niet? Ze doen toch waar ze zin in hebben. Het is niet de schuld van Buitenlandse Zaken. Osnard wordt gesponsord door een of ander gewichtig interministerieel lichaam. Aan wie wij onmogelijk nee kunnen verkopen.'

'En dat is?'

'Planning & Organisatie. Het was nooit bij me opgekomen dat we tot een van beide in staat waren.'

'Wie staat er aan het hoofd?'

'Niemand. Ik heb hetzelfde gevraagd. Personeelszaken gaf me hetzelfde antwoord. Ik kon hem maar beter in dank accepteren. Jij trouwens ook.'

Nigel Stormont zat in zijn kamer en nam de binnengekomen post door. Ooit had hij een zekere reputatie verworven van koelbloedigheid in tijden van stress. Toen hij in Madrid het middelpunt van een schandaal vormde, moest men schoorvoetend toegeven dat hij zich voorbeeldig staande hield. Dat was ook zijn redding, want toen Stormont zijn obligate ontslagaanvraag indiende, voelde het hoofd personeelszaken er alles voor om het te aanvaarden tot een hoger gezag daar een stokje voor stak.

'Kijk eens aan. De kat met negen levens,' had Personeelszaken gemompeld vanuit de diepten van zijn grote sombere paleis in het voormalige ministerie van koloniën, terwijl hij Stormont niet zozeer de hand schudde als wel zijn vingers bekeek om hem daar later op te kunnen tikken. 'Je gaat uiteindelijk dus toch niet naar de bedeling. Je gaat naar Panama. Arme kerel. Veel plezier met Maltby. Dat zal best lukken. Over een jaar of twee hebben we het nog weleens over je, nietwaar? Ik verheug me er nu al op.'

Als Personeelszaken de strijdbijl begroef, zeiden de grapjurken in de coulissen, markeerde hij wel zorgvuldig het graf.

Andrew Osnard, herhaalde Stormont binnensmonds. Vogel. Er kwam een koppel osnards over. Gully heeft zojuist een osnard geschoten. Bijzonder grappig. Een Vriend. Een van díé vrienden. Een vrijgezel. Eentje die Spaans spreekt. Een onvoorwaardelijk vonnis tenzij hij vervroegd naar huis wordt gestuurd wegens slecht gedrag. Rang onbekend, alles onbekend. Onze nieuwe politieke attaché. Gesponsord door een lichaam dat niet bestaat. Een voldongen feit, dat over acht dagen zou aankomen, met assistent zonder geslachtsaanduiding. Aankomen om wat te doen? Tegenover wie? Om wie te vervangen? Een zekere Nigel Stormont wellicht? Hij zag geen spoken, hij was realistisch, ook al werkte Paddy's gehoest hem op de zenuwen.

Vijf jaar geleden zou het nog onvoorstelbaar zijn geweest dat de eerste de beste nieuwlichter van de verkeerde kant van het park, die was afgericht om op straathoeken rond te hangen en post open te stomen, als passende vervanger werd beschouwd van een raszuivere diplomaat van Stormonts kaliber. Maar dat was vóór de stroomlijning van het ministerie van financiën en de opgehemelde ronseling van moderne managers van buitenaf om Buitenlandse Zaken bij zijn nekvel de eenentwintigste eeuw in te sleuren.

God, wat had hij de pest aan deze regering. De bv Klein Engeland. Onder bestuur van een stelletje waardeloze draaikonten die nog niet in staat waren een pretpark in Clacton-on-Sea te leiden. Conservatieven die het land van zijn laatste gloeilampje zouden beroven om hun macht te behouden. Die dachten dat het ambtenarenkorps een even overbodige luxe was als het voortbestaan van de wereld of de nationale gezondheidszorg en dat het corps diplomatique de meest overbodige luxe van het hele zootje was. Nee. In het huidige klimaat van lapmiddelen en schijnoplossingen was het in het geheel niet onvoorstelbaar dat de positie van hoofd van de kanselarij in Panama als overbodig zou worden afgeschaft, en Nigel Stormont daarbij.

Waarom zouden we een dubbele bezetting in stand houden? hoorde hij in gedachten de semi-overheidsambtenaren van Planning & Organisatie krijsen vanaf hun een dag per week bezette en vijfendertigduizend pond per jaar opleverende tronen. *Waarom zouden we de ene vent mooi weer laten spelen en de andere vent het vuile werk laten opknappen? Waarom voegen we die baantjes niet samen? We sturen de osnardvogel erop af. En zodra hij de slag te pakken heeft, sturen we de stormontvogel de laan uit. Zo sparen we een arbeidsplaats uit! Zo houden we een jaarsalaris over. En kunnen we lekker gaan lunchen op kosten van de belastingbetaler.*

Personeelszaken zou het prachtig vinden. Net als Maltby.

Stormont doolde door zijn kamer en raadpleegde zijn boekenkast. In de *Who's Who* stond geen enkele Osnard vermeld. In de *Debrett's* ook niet. En in *Petersons Vogelgids* al evenmin, vermoedde hij. Het telefoonboek van Londen ging naadloos van Osmotherly over op Osner. Maar dat was vier jaar oud. Hij bladerde een paar oude jaarboeken van Buitenlandse Zaken door en keek onder de ambassades in Spaans sprekende landen of hij daar ergens een spoor van vroegere Osnard-incarnaties kon ontdekken. Maar nee. Geen broedvogels of doortrekkers. Hij zocht Planning & Organisatie op in het telefoonboek van Whitehall. Maltby had gelijk. Een dergelijk lichaam bestond niet. Hij belde Reg, het hoofd van de huishoudelijke dienst, om de netelige kwestie van dat lek in het dak van zijn huurwoning nog eens aan te snijden.

'Die arme Paddy moet elke keer dat het regent met puddingvormen door de logeerkamer draven, Reg,' klaagde hij. 'En het regent verdomd vaak.'

Reg was in Panama zelf geronseld en woonde samen met een kapster die Gladys heette. Niemand had Gladys ooit ontmoet, en Stormont vermoedde dat ze een jongen was. Voor de vijftiende keer spraken ze over de failliete aannemer, het hangende proces en het gebrek aan medewerking van de Panamese immigratiedienst.

'Reg, wat moet er aan kantoorruimte voor meneer Osnard worden geregeld? Zouden we dat niet moeten bespreken?'

'Ik weet niet wat we wel of niet zouden moeten bespreken, Nigel. Ik heb mijn orders al van de ambassadeur gekregen, dacht ik?'

'En wat voor orders is Zijne Excellentie zo vriendelijk geweest je te geven?'

'Het wordt de oostelijke vleugel, Nigel. In zijn geheel. Er komen splinternieuwe sloten op zijn stalen deur; die zijn gisteren door een koerier bezorgd. Meneer Osnard krijgt zelf de sleutels. Er komen stalen kasten in de oude bezoekerswachtkamer voor zijn paperassen, en meneer Osnard zal na aankomst de cijfercombinaties bepalen en die mogen wij nergens vastleggen – alsof we dat van plan waren. En ik moet ervoor zorgen dat hij meer dan genoeg stopcontacten heeft om al zijn elektrische apparaten te kunnen aansluiten. Hij is toch geen kok, hè?'

'Ik weet niet wat hij is, Reg, maar ik durf te wedden dat jij het wel weet.'

'Tja, door de telefoon klinkt hij heel sympathiek, Nigel, dat moet ik zeggen. Net zoiets als de BBC maar dan menselijk.'

'Waar hebben jullie het zoal over gehad?'

'Allereerst over zijn auto. Hij wil een huurauto tot hij er zelf eentje heeft aangeschaft, dus moet ik die voor hem huren. Hij heeft me al een kopie van zijn rijbewijs gefaxt.'

'Wat voor auto?'

Reg giechelde. 'Geen Lamborghini, zei hij, en ook geen driewieler. Iets waar hij met een bolhoed op zijn hoofd in zou kunnen zitten – als hij een bolhoed zou dragen – want hij is lang.'

'Waarover nog meer?'

'Over zijn flat, hoe snel we die voor hem gereed kunnen hebben. We hebben een heel aardig optrekje voor hem op het oog, als ik die stoffeerders op tijd te pakken krijg. Hoog boven de Club Unión, heb ik hem verteld. Wanneer je maar wilt kun je op hun blauwe spoelingen en hun toupetjes spugen. De boel heeft alleen nog een likje verf nodig. Wit, heb ik hem gezegd, afgewisseld met de kleur van uw keuze, wat is dus uw keuze? Geen roze, alsjeblieft, zegt hij, en geen geel. Wat zou je zeggen van een mooi warm kamelenstrontbruin? Ik moest erom lachen.'

'Hoe oud is hij, Reg?'

'Goeie hemel, ik heb geen flauw idee. Hij zou eigenlijk alles kunnen zijn.'

'Maar je hebt toch zijn rijbewijs daar ergens, of vergis ik me?'

'*Andrew Julian Osnard,*' las Reg heel opgewonden luidkeels voor. '*Geboortedatum: 1 oktober 1970, in Watford.* Wel heb ik ooit, daar zijn mijn ouwelui getrouwd.'

Stormont stond in de gang en trok net een bekertje koffie uit de automaat toen de jonge Simon Pitt schuchter naast hem kwam staan en hem een steelse spionnenblik gunde op een pasfoto die hij in de kom van zijn handpalm hield.

'Wat denk jij ervan, Nigel? De Carruthers van het Grote Spel of een corpulente Mata Hari in travestie?'

Het was een fototje van een weldoorvoede Osnard met beide oren zichtbaar, die vooruit was gestuurd zodat Simon zijn door de Panamese immigratiedienst te vervaardigen diplomatieke paspoort klaar zou hebben als hij arriveerde. Stormont keek ernaar en heel even leek zijn gehele persoonlijke leven aan zijn controle te ontsnappen: de alimentatie voor zijn ex, die veel te hoog was maar die hij haar per se wilde betalen, Claires studiekosten, Adrians ambitie om advocaat te worden, zijn heimelijke droom een stenen boerderijtje tegen een heuvel in de Algarve te vinden met zijn eigen olijfbomen en een winters zonnetje en droge lucht voor Paddy's hoest. En een volwaardig pensioen om die fantasie te verwezenlijken.

'Het lijkt me best een geschikte vent,' gaf hij toe, toen zijn ingeboren fatsoen de overhand kreeg. 'Geen domme jongen, zo te zien. Het zou best leuk kunnen worden.'

Paddy had gelijk, dacht hij. Ik had niet de hele nacht met haar op moeten zitten. Ik had zelf een paar uurtjes slaap moeten pakken.

Elke maandag lunchte Stormont, om bij te komen van het ochtendgebed, in het Pavo Real met Yves Legrand, zijn evenknie aan de Franse ambassade, omdat ze beiden dol waren op twistgesprekken en fatsoenlijk eten.

'O, tussen haakjes, wij krijgen er eindelijk een nieuw mannetje bij, kan ik je tot mijn genoegen mededelen,' zei Stormont, nadat Legrand hem een paar geheimpjes had toevertrouwd die dat allerminst waren. 'Een jonge knaap. Jouw leeftijd ongeveer. Om de politieke vleugel te versterken.'

'Denk je dat hij bij mij in de smaak valt?'

'Die valt bij iedereen in de smaak,' zei Stormont stellig.

Stormont was nauwelijks terug achter zijn bureau toen Fran hem via de intercom opbelde.

'Nigel. Er is toch zoiets merkwaardigs gebeurd. Kun jij raden wat?'

'Ik denk het niet.'

'Ken je mijn máffe halfbroer Miles?'

'Niet persoonlijk, maar ik weet van zijn bestaan.'

'Nou, je wist toch dat hij op Eton heeft gezeten?'

'Nee, maar nu wel.'

'Nou, Miles is vandaag jarig en dus heb ik hem opgebeld. Het is haast niet te geloven maar hij heeft op hetzelfde internaat gezeten als Andy Osnard! Hij zegt dat hij werkelijk onbetáálbaar is, een beetje bol, een beetje *vunzig*, maar de ster van het schooltoneel. En hij is van school gestuurd wegens venerie.'

'Wegens wat?'

'Meisjes, Nigel. Weet je nog wel? Venus. Het kunnen geen jongens zijn geweest want dan zou het adonerie zijn geweest. Miles beweert dat het misschíén ook was omdat hij zijn schoolgeld niet betaalde. Hij kan zich niet herinneren wie hem als eerste de das omdeed, Venus of de quaestor.'

In de lift kwam Stormont Gulliver tegen met een sombere blik en een koffertje in zijn hand.

'Ernstige problemen ophanden vanavond, Gully?'

'Dit zou weleens een tikkeltje link kunnen zijn, Nigel. Een tikkeltje oppassen-dat-het-lijntje-niet-breekt, ditmaal.'

'Nou, pas dan maar op,' adviseerde Stormont hem met gepaste ernst.

Gulliver was kortgeleden door een van Phoebe Maltby's bridgevrouwen gesignaleerd aan de arm van een betoverend mooi Panamees meisje. Ze was hooguit twintig, zei de bridgevrouw, en schát, zo zwart als roet. Phoebe had zich voorgenomen haar echtgenoot er op een daartoe geëigend moment van in kennis te stellen.

Paddy was naar bed gegaan. Toen Stormont de trap opliep hoorde hij haar hoesten.

Zo te horen ga ik alleen naar de Schönbergjes, dacht hij. De Schönbergjes waren Amerikaans en beschaafd. Elsie was een belangrijke advocate, die regelmatig heen en weer vloog naar Miami om geruchtmakende processen te voeren. Paul zat bij de CIA en was een van de mensen die niet mochten weten dat Andrew Osnard een Vriend was.

8

'Pendel. De president verwacht me.'

'Wie?'

'Zijn kleermaker. Mij.'

Het Reigerpaleis staat in het centrum van de oude binnenstad op een landtong tegenover de baai van Punta Paitilla. Wie er van de overkant van de baai naartoe rijdt, heeft het gevoel dat hij een projectontwikkelaarsinferno verlaat en terechtkomt in de verdorvenheid en overdaad van het zeventiende-eeuwse koloniale Spanje. Het wordt omringd door weerzinwekkende krottenwijken, maar wie zijn route zorgvuldig kiest, hoeft niets van hun bestaan op te merken. Op deze ochtend stond tegenover het klassieke voorportaal een ceremonieel fanfarekorps Strauss te spelen voor een rij verlaten auto's van de diplomatieke dienst en geparkeerde politiemotoren. De leden van de band droegen witte helmen, witte uniformen en witte handschoenen. Hun instrumenten glommen als witgoud. De regen liep in stralen van de ondeugdelijke luifel die boven hen was gespannen, hun nekken in. De dubbele deuren werden bewaakt door inferieure antracietgrijze pakken.

Andere in witte handschoenen gestoken handen grepen Pendels koffertje en haalden het door een elektronische metaaldetector. Hem werd verzocht een schavot te betreden. Toen hij erop stond vroeg hij zich af of spionnen in Panama werden doodgeschoten of opgehangen. De gehandschoende handen gaven hem het koffertje terug. Het schavot oordeelde hem ongevaarlijk. De grote geheim agent mocht de citadel betreden.

'Deze kant op, alstublieft,' zei een grote zwarte god.

'Ik weet de weg,' zei Pendel trots.

Een marmeren fontein stond midden op een marmeren vloer te spuiten. Melkwitte reigers paradeerden in het stuivende water, en pikten naar alles wat van hun gading was. Vanuit kooien in de muren op de begane grond loerden meer reigers woedend naar voorbijgangers. En gelijk hebben ze, dacht Pendel, terugdenkend aan het verhaal dat Hannah verscheidene malen per week wilde horen. In 1977, toen Jimmy Carter naar Panama kwam om de nieuwe Kanaalverdragen te ondertekenen, hadden mannen van de geheime dienst het paleis bespoten met een verdelgingsmiddel dat presidenten ongedeerd liet maar voor reigers fataal was. Tijdens een uiterst geheime operatie had men, met het duister als dekmantel, de lijken verwijderd en levende evenbeelden ingevlogen vanuit Chitré.

'Uw naam, alstublieft?'

'Pendel.'

'Wat is het doel van uw komst, alstublieft?'

Hij wachtte en dacht terug aan de spoorwegstations uit zijn jeugd: te veel grote mensen die zich in te veel richtingen langs hem repten, en zijn koffertje dat altijd in de weg stond. Een vriendelijke vrouw richtte het woord tot hem. Toen hij zich naar haar omdraaide dacht hij dat het Marta was, vanwege haar prachtige stem. Toen viel het licht op haar gezicht en het was niet tot pulp geslagen, en hij zag aan het naambordje op haar padvindstersuniform dat ze een presidentiële maagd was en Helen heette.

'Is het zwaar?' vroeg ze.

'Zo licht als een veertje,' verzekerde hij haar hoffelijk, haar maagdelijke hand afwijzend.

Toen hij achter haar aan de brede trap opliep, wisselde Pendel de schittering van het marmer in voor het diep donkere rood van mahoniehout. Meer inferieure pakken met koptelefoons bespiedden hem vanuit door zuilen geflankeerde deuropeningen. De maagd zei hem dat hij een drukke dag had uitgekozen.

'Als de president terug is van een van zijn reizen hebben we het *altijd* vreselijk druk,' zei ze, en ze sloeg haar ogen ten hemel – haar woonplaats.

Informeer naar de uren dat hij in Hongkong afwezig was, had Osnard gezegd. *Wat moest hij in jezusnaam in Parijs? Was hij daar om te neuken of om samen te zweren?*

'Tot hier stonden wij onder Colombiaans bewind,' deelde de maagd hem mee, terwijl ze met haar smetteloze hand op rijen oude Panamese gouverneurs wees. 'Maar hier stonden we onder de Verenigde Staten. Binnenkort staan we onder onszelf.'

'Fantastisch,' zei Pendel geestdriftig. 'Het werd hoog tijd.'

Ze betraden een gelambriseerde zaal die deed denken aan een bibliotheek zonder boeken. De honingachtige geur van boenwas bereikte zijn neus. De pieper aan de riem van de maagd ging af. Hij was alleen.

Hele gaten in zijn reisplan. Zoek uit wat hij deed in de uren dat hij afwezig was.

En hij bleef alleen, en rechtop, met zijn koffertje in zijn hand geklemd staan. De met gele stof beklede stoelen langs de muren waren te fragiel voor een ordinaire bajesklant. Stel je voor dat hij er eentje kapot zou maken. Dan kon hij zijn voorwaardelijke vrijheid meteen op zijn buik schrijven. Dagen werden weken, maar als er één ding is waar Harry Pendel goed in is, is dat zijn tijd uitdienen. Hij zou daar desnoods, met zijn koffertje in zijn hand, de rest van zijn leven blijven wachten totdat iemand zijn naam afriep.

Achter hem werd een grote dubbele deur opengegooid. Een straal zonlicht drong de kamer binnen, begeleid door een geroffel van haastige voetstappen en gezaghebbende mannelijke stemmen. Erop gespitst om geen oneerbiedige beweging te maken, stelde Pendel zich op onder een gouverneur met een dikke kop uit onze Colombiaanse periode en drukte zich totdat hij een met een koffertje uitgerust deel van de muur werd.

Het naderende gezelschap telde twaalf personen en was meertalig. Opgewonden flarden Spaans, Japans en Engels klonken uit boven het gekletter van ongeduldige voetstappen op parket. De groep verplaatste zich met de snelheid van politici: veel drukte en omhaal, kakelend als schoolkinderen na de laatste bel. Het uniform bestond uit donkere pakken, de toon was zelfgenoegzaam, de formatie, merkte Pendel op toen ze naderbij stormden, pijlvormig. En aan de punt, zo'n halve meter boven de grond verheven, zweefde een buitenissige incarnatie van de Zonnekoning in eigen persoon, de Alles Overheersende, de Illustere, de Goddelijke Verdonkeremaner van Uren, gekleed in een jasje van P&B, een gestreepte broek en een paar zwarte kalfsleren kuitlaarzen van Ducker met teenstukken.

Een rozerode gloed, deels heiligheid en deels gezonde eetlust, kleurde de presidentiële wangen. De volle haardos was zilverkleurig, de lippen waren roze, klein en vochtig, alsof ze zo aan de moederborst waren ontrukt. De klare korenblauwe ogen glinsterden nog na van het met succes voltooide overleg. Toen de groep bij Pendel was aangekomen, kwam zij op wanordelijke wijze tot stilstand en na enig geduw en getrek in de gelederen kwam men tot een soort pragmatische opstelling. Zijne Doorluchtigheid trad naar voren, draaide zich op zijn hielen om en keek zijn gasten aan. Een adjudant die volgens zijn naambordje Marco heette, stelde zich naast zijn meester op. Een maagd in padvindstersuniform voegde zich bij hem. Zij heette geen Helen maar Juanita.

Een voor een traden de gasten naar voren om de Onsterfelijke de hand te schudden en zich vervolgens te verwijderen. Zijne Verhevenheid had voor ieder een bemoedigend woord. Als er fraai ingepakte cadeautjes waren uitgereikt om mee te nemen naar hun mammies thuis, zou Pendel niet eens vreemd hebben opgekeken. Intussen kwelt de grote spion zich met angstige vragen omtrent de inhoud van zijn koffertje. Stel nu eens dat de afwerkers het verkeerde kostuum hebben ingepakt? In gedachten ziet hij zich al het deksel oplichten om Hannahs Little-Bo-Peeppakje te onthullen dat de vrouwen uit Cuna in elkaar hadden geflanst voor het gekostumeerde verjaarspartijtje van Carlita Rudd: een gebloemd klokrokje, een hoedje met veel tierelantijnen, en een blauwe kniebroek. Hij zou dolgraag even een kijkje nemen om zijn ongerustheid weg te nemen, maar durft het niet. Men was nog steeds bezig afscheid te nemen. Twee van de gasten waren Japanners en dientengevolge klein van stuk. De president was dat niet. Enkele handdrukken verliepen diagonaal.

'Dat is dan afgesproken. Zaterdag golf,' beloofde Zijne Oppermachtigheid met de saaie monotonie waar zijn kinderen zo dol op waren. Een Japanse heer kreeg onmiddellijk een lachstuip.

Andere gelukkigen werden uitverkoren: '... Marcel, dank je voor je steun, we zien elkaar dus weer in Parijs! Parijs in de lente...!' '... Don Pablo, vergeet vooral niet uw hooggeëerde president mijn groeten over te brengen en zeg hem dat ik de mening van zijn Nationale Bank bijzonder op prijs stel...' totdat de laatsten van het gezelschap waren vertrokken, de deuren waren gesloten, de lichtstraal was verdwenen en er niemand meer in de zaal was behalve Zijne Immensiteit, een beminnelijke adjudant die Marco en de maagd die Juanita heette. En een stuk muur met een koffertje.

Het drietal draaide zich gezamenlijk om en liep de kamer door, met de Zonnekoning in het midden. Zijn doel was het presidentiële heilige der heiligen. De deuren daarvan bevonden zich op nog geen meter afstand van de plek waar Pendel stond. Hij toverde een glimlach op zijn gezicht en deed, met het koffertje in zijn hand, een stap naar voren. Het zilverkleurige hoofd kwam omhoog en wendde zich in zijn richting, maar de korenblauwe ogen zagen alleen maar een muur. Het drietal liep hem rakelings voorbij, de deuren van het heilige der heiligen sloten zich. Marco keerde terug.

'Ben jij de kleermaker?'

'Dat ben ik inderdaad, señor Marco, om Zijne Excellentie te dienen.'

'Wacht hier.'

Pendel wachtte, zoals allen die pas gelukkig zijn als ze kunnen dienen. Jaren gingen voorbij. De deuren gingen opnieuw open.

'Schiet op,' beval Marco.

Vraag naar de ontbrekende uren in Parijs, Tokio en Hongkong.

Een bewerkt gouden kamerscherm staat in een hoek van de zaal opgesteld. Vergulde gipsen bogen sieren elke rijk versierde hoek. Gouden rozen storten zich langs de stangen omlaag. Van achteren door het licht uit het raam beschenen, staat Zijne Doorluchtigheid er vorstelijk voor in zijn zwarte jasje en streepjesbroek. De presidentiële handpalm is zacht als die van een oud dametje maar groter. Als Pendel de zijden kussentjes aanraakt, roept dat onwillekeurig herinneringen bij hem op aan tante Ruth die een kip in stukjes hakt voor de zondagse soep terwijl oom Benny achter de piano zit en 'Celeste Aida' zingt.

'Welkom terug, meneer, na uw inspannende reis,' weet Pendel met de grootste moeite op gedempte toon uit te brengen.

Maar het is onzeker of deze gesmoorde begroeting volledig tot de Machtigste Man op Aarde doordringt, want Marco heeft hem inmiddels een rode draadloze telefoon overhandigd en daar spreekt hij al in.

'Franco? Val me niet lastig met dat soort flauwekul. Zeg haar dat ze een advocaat nodig heeft. Ik zie je vanavond op de receptie. Dan hebben we het er nog wel over.'

Marco pakt de rode telefoon weer aan. Pendel opent zijn koffertje. Geen Little-Bo-Peep-pakje maar een half voltooid jacquet met onopvallend versterkte borstpanden om het gewicht van twintig onderscheidingen te torsen rust in vrede in zijn geparfumeerde met vloeipapier beklede kist. De maagd verwijdert zich stilletjes als de Wereldheerser zijn positie achter het gouden kamerscherm met spiegels aan de binnenkant inneemt. Het is een van de antieke kunstschatten van het paleis. Het door het volk aanbeden zilveren hoofd verdwijnt en duikt weer op terwijl de presidentiële broek wordt uitgetrokken.

'Als Zijne Excellentie zo vriendelijk zou willen zijn,' mompelt Pendel.

Een presidentiële hand verschijnt om de rand van het gouden scherm. Pendel drapeert de losjes geregen zwarte pantalon over de presidentiële onderarm. Arm en broek verdwijnen. Meer telefoongerinkel. *Vraag naar de uren dat hij afwezig was.*

'Het is de Spaanse ambassadeur, excellentie,' roept Marco van achter het bureau. 'Hij wenst een gesprek onder vier ogen.'

'Zeg maar morgenavond, na de Taiwanezen.'

Pendel staat oog in oog met de Heerser van het Universum: De Grootmeester van Panama's politieke schaakbord, de man die de sleutel bezit tot een van 's werelds twee grootste toegangspoorten, die de toekomst van de wereldhandel en het mondiale machtsevenwicht in de eenentwintigste eeuw bepaalt. Pendel steekt twee vingers achter de presidentiële broeksband terwijl Marco een nieuwe beller aankondigt, een zekere Manuel.

'Zeg maar woensdag,' antwoordt de president boven het kamerscherm uit.

''s Morgens of 's middags?'

''s Middags,' antwoordt de president.

De presidentiële broeksband laat zich moeilijk bepalen. Als het kruis goed zit, klopt de lengte van de pijpen niet. Pendel trekt de broeksband op. Onder de pijpen wordt de bovenrand van de presidentiële zijden sokken zichtbaar, zodat hij even op Charlie Chaplin lijkt.

'Manuel zegt dat 's middags best is zolang het om maar negen holes gaat,' waarschuwt Marco zijn meester ernstig.

Plotseling kun je een speld horen vallen. Wat Pendel aan Osnard beschreef als een weldadige wapenstilstand temidden van het gekrakeel is over het heilige der heiligen neergedaald. Iedereen doet er het zwijgen toe. Marco, de president, en zijn talrijke telefoons. De grote spion zit geknield en speldt de presidentiële linkerbroekspijp af, maar zijn hersens draaien op volle toeren.

'En mag ik zo vermetel zijn om Zijne Excellentie te vragen of hij tijdens zijn hoogst succesvolle reis naar het Verre Oosten nog gelegenheid heeft gehad zich enigszins te verstrooien? Wat te praten? Te wandelen? Een beetje te winkelen, als ik zo vrij mag zijn?'

En nog steeds rinkelen er geen telefoons en verbreekt niets de weldadige wapenstilstand als de Sleuteldrager tot de Wereldheerschappij zijn antwoord overweegt.

'Te strak,' verkondigt hij. 'U snoert me te veel in, meneer Braithwaite. Waarom gunnen jullie kleermakers je president geen ruimte om vrijuit te ademen?'

' "Harry," zegt hij tegen me, "die parken die ze in Parijs hebben, ik zou morgen hetzelfde voor Panama doen als de projectontwikkelaars en de communisten er niet waren." '

'Wacht.' Osnard sloeg een bladzijde van zijn notitieboekje om en schreef driftig verder.

Ze bevonden zich op de derde verdieping van een peeshotelletje dat het Paraiso heette en in een drukke wijk van de stad stond. Aan de overkant van de straat ging een neonreclame van Coca-Cola aan en uit en overspoelde de kamer nu eens met rode vlammen en hulde haar dan weer in duisternis. Op de gang was het een luidruchtig komen en gaan van paartjes. Door de aangrenzende muren klonk het gekreun van teleurstelling of genot en het steeds snellere gebonk van wellustige lichamen.

'Dat zei hij niet,' zei Pendel voorzichtig. 'Niet met zoveel woorden.'

'Geen vrije weergave, begrepen? Vertel het me precies zoals hij het zei.' Osnard likte aan zijn duim en sloeg een bladzijde om.

Pendel zag het zomerhuis van dr. Johnson aan Hampstead Heath voor zich, op de dag dat hij daar met tante Ruth naartoe ging om de azalea's te bewonderen.

' "Harry," zegt hij tegen me, "dat park in Parijs, ik wou dat ik nog wist hoe het heette. Daar was een hutje met een houten dak, alleen wij en de lijfwachten en de eendjes." De president is dol op de natuur. "En daar in die hut is geschiedenis geschreven. En als alles naar wens gaat, komt er ooit een dag dat er een gedenkplaat aan die houten wand zal hangen waarop vermeld staat dat precies op die plek de toekomstige voorspoed, welvaart en onafhankelijkheid van de piepjonge staat Panama gestalte kreeg, plus de datum." '

'Zei hij met wie hij heeft gesproken? De Jappen, de Fransozen, de Chinezen? Hij zat daar toch niet alleen om een babbeltje met de bloemen te maken, of wel?'

'Niet als zodanig, Andy. Er waren aanwijzingen.'

'Vertel op.' Hij likte opnieuw met een slurpend geluidje aan zijn duim.

' "Harry, je moet beloven dat je het niet verder vertelt, maar ik sta versteld van de scherpzinnigheid van de oosterse geest, en de Fransen doen daar weinig voor onder." '

'Zei hij wat voor soort oosterse geest?'

'Niet als zodanig.'

'Japanse? Chinese? Maleisische?'

'Andy, ik ben bang dat je probeert gedachten in mijn hoofd te prenten die daar voorheen niet waren.'

Geen geluid behalve het voorbijrazende verkeer, het gekraak en gerammel van airconditioners, de ingeblikte muziek om het gekraak en gerammel te camoufleren. Spaanse stemmen die boven de muziek uit schreeuwden. Osnards ballpoint die over de pagina's van zijn notitieboekje vloog.

'En Marco mocht jou niet?'

'Hij heeft me nooit gemogen, Andy.'

'Waarom niet?'

'Hovelingen houden niet van allochtone kleermakers die vertrouwelijke onderonsjes hebben met hun bazen, Andy. Ze moeten niets hebben van: “Marco, meneer Pendel en ik hebben elkaar in geen eeuwen gesproken en we hebben een heleboel bij te praten, dus doe me een lol en wacht zolang aan de andere kant van de mahoniehouten deur totdat ik een gil geef...” begrijp je?’

‘Is hij een nicht?’

‘Voor zover ik weet niet, Andy, maar ik heb het hem niet gevraagd en het gaat me niets aan.’

‘Neem hem mee uit eten. Bezorg hem een gezellige avond, geef hem korting op een kostuum. Zo te horen is hij het soort kerel dat we voor ons moeten zien te winnen. Nog iets gehoord over de traditionele anti-Amerikaanse gevoelens die onder de Jappen de kop op steken?’

‘Niets niemendal, Andy.’

‘De Jappen als ’s werelds volgende supermacht?’

‘Nee, Andy.’

‘Vanzelfsprekend leiderschap over de opkomende industriestaten? – Nog steeds nee? – Japans-Amerikaanse vijandigheid? – Dat Panama van twee kwaden het beste moet kiezen? – De *pres* die het gevoel heeft dat hij van twee kanten wordt belaagd – dat soort dingen? – Nee?’

‘Niets in dat opzicht dat het vermelden waard is, Andy, niet over Japan, nee. Nu ja, er was een vage toespeling, Andy, nu ik er nog eens goed over nadenk.’

Osnards gezicht klaarde op.

‘ “Harry,” zegt hij tegen me, “ik hoop alleen vurig dat ik nooit en te nimmer meer in één kamer hoef te zitten met Jappen aan de ene kant van de tafel en yanks aan de andere, want het heeft me jaren van mijn leven gekost om de lieve vrede tussen hen te bewaren, zoals je kunt zien aan mijn arme grijze haar,” hoewel ik, om de waarheid te zeggen, niet zeker weet of dat haar wel helemaal van hemzelf is. Ik denk dat hij het een handje helpt.’

‘Dus hij was in een spraakzame bui?’

‘Andy, zijn mond stond niet stil. Als hij eenmaal dat scherm om zich heen heeft, is hij niet meer te stuiten. En als hij eenmaal begint over Panama als pion op het mondiale schaakbord, dan kun je die ochtend verder wel vergeten.’

‘Hoe zat het met zijn ontbrekende uurtjes in Tokio?’

Pendel schudde somber zijn hoofd. ‘Het spijt me, Andy. Daarover doe ik geen uitlatingen,’ zei hij, en hij draaide resoluut weigerend zijn hoofd naar het raam.

Osnards pen had plotseling zijn strelende bewegingen gestaakt. De Coca-Cola-reclame aan de overkant schakelde hem aan en uit.

‘Wat bezielt jou, in jezusnaam?’ vroeg hij.

‘Hij is mijn derde president, Andy,’ sprak Pendel tegen het raam.

‘Nou en?’

‘En dus doe ik het niet. Ik kan het niet.’

‘Wat kun je niet, verdomme?’

‘Ik kan het niet over mijn hart verkrijgen. Punt uit.’

‘Ben je niet goed bij je hoofd? Dit is puur goud, man. Hier kun je een gigantische bonus mee opstrijken. Vertel me wat de president over zijn ontbrekende uurtjes in Japan tegen je zei toen hij die klotebroek aanpaste!’

Pendel moest heel wat keren over zijn hart strijken voordat hij zijn tegenzin had overwonnen. Maar het lukte hem. Hij liet zijn schouders hangen, ontspande zich en zijn blik keerde terug naar de kamer.

‘“Harry,” zegt hij tegen me, “als jouw klanten je ooit vragen waarom ik in Tokio zo weinig op mijn agenda had staan, wil je hun dan alsjeblieft meedelen dat ik, terwijl mijn vrouw met de keizerin een zijdefabriek bezocht, voor het eerst van mijn leven een Japans mokkel heb genaaid” – wat een uitdrukking is die ikzelf, zoals je weet, Andy, nooit op de zaak of in huis zou bezigen – “want op die manier, Harry, mijn vriend,” zegt hij tegen me, “zul je mijn reputatie in bepaalde kringen hier in Panama opkrikken en tegelijkertijd andere elementen op een dwaalspoor zetten aangaande de werkelijke aard van mijn activiteiten en de uiterst geheime gesprekken die ik tersluiks voerde in het uiteindelijke belang van Panama, wat men er ook van mag denken.”’

‘Wat bedoelde hij daar in jezusnaam mee?’

‘Hij zinspeelde op bepaalde dreigementen die tegen zijn persoon zijn geuit en geheim zijn gehouden om het volk niet te verontrusten.’

'Weet je zeker dat dat écht zijn woorden waren, Harry, ouwe jongen? Het klinkt als die klote-*Guardian* op een druilerige maandag.'

Pendel was de rust zelve.

'Er waren geen wóórden, Andy. Niet als zodanig. Wóórden waren overbodig.'

'Leg eens uit,' zei Osnard terwij hij doorging met schrijven.

'De president wil dat er, onder volstrekte geheimhouding, in al zijn pakken links aan de voorzijde, een extra binnenzak wordt aangebracht. De lengte van de loop krijg ik nog van Marco te horen. "Harry," zegt hij, "je moet niet denken dat ik me aanstel, en rep hier nooit tegen iemand met een woord over. Wat ik doe voor het nieuwe jonge Panama in wording, waaraan ik mijn hart heb verpand, zal me duur te staan komen. Meer zeg ik niet." '

Uit de straat beneden klonk het kookaburra-achtige gelach van dronkaards naar hen op als een soort bespotting.

'Jij krijgt een koninklijke bonus,' zei Osnard, het notitieboekje dichtklappend. 'Wat is het laatste nieuws over broeder Abraxas?'

Hetzelfde podium, een ander decor. Osnard had een fragiel slaapkamerstoeltje gevonden en zat er schrijlings op, met zijn dikke dijen gespreid en de rugleuning oprijzend uit zijn kruis.

'Ze laten zich lastig omschrijven, Andy,' waarschuwde Pendel terwijl hij met zijn handen op zijn rug door de kamer ijsbeerde.

'Wie bedoel je, ouwe jongen?'

'De Stille Oppositie.'

'Dat wil ik best geloven.'

'Ze laten zich niet in de kaart kijken.'

'Waarom niet, in jezusnaam? Ze zijn toch voor de democratie? Waarom houden ze zich schuil? Waarom klimmen ze niet op hun zeepkistjes en roepen de studenten te hulp? Waaróver houden ze zich in jezusnaam stil?'

'Laten we zeggen dat Noriega hen geducht de oren heeft gewassen en ze zich dat niet nog eens zullen laten welgevallen. Niemand zet Mickie ooit nog achter de tralies.'

'Mickie is hun leider. Klopt dat?'

'Zowel in geestelijk als in praktisch opzicht is Mickie hun leider, Andy, hoewel hij dat zelf nooit zal toegeven en dat zullen zijn stille aanhangers ook niet, evenmin als de studenten met wie hij contacten onderhoudt of zijn mensen aan de overkant van de brug.'

'En Rafi financiert ze.'

'Tot het bittere einde.' Pendel keek de kamer weer in.

Osnard pakte zijn notitieboekje van zijn schoot, hield het rechtop tegen de rugleuning van de stoel en begon weer te schrijven. 'Is er ergens een ledenlijst? Hebben ze een program? Een beginselverklaring? Wat bindt ze?'

'Ten eerste: ze willen het land zuiveren.' Pendel wachtte even zodat Osnard het kon opschrijven. Hij hoorde Marta, en hield van haar. Hij zag Mickie, nuchter en gerenoveerd in een nieuw kostuum. Zijn borst zwol op van oprechte trots. 'Ze willen Panama's reputatie als een onafhankelijke piepjonge democratie vestigen, zodra onze Amerikaanse vrienden eindelijk hun hielen hebben gelicht en het land hebben verlaten, als ze dat tenminste ooit doen, wat te betwijfelen is. Dat is twee. En ze willen onderwijs voor de armen en nooddruftigen, ziekenhuizen, het beursstelsel voor de universiteiten verbeteren en de arme boeren een beter inkomen bezorgen, met name in de rijst en de garnalen, en wat ze niet willen is de bezittingen van het land, het Kanaal inclusis, verkwanselen aan welke hoogste bieder dan ook. Dat is drie.'

'Linkse broeders zeker, hè?' opperde Osnard tussen twee vlagen druk geschrijf terwijl hij met een klein pruimenmondje op het plastic dopje van zijn ballpoint zoog.

'Niet meer dan fatsoenlijk en verstandig is, hoor, Andy. Mickie neigt een beetje naar links, dat moet ik toegeven. Maar gematigdheid is zijn motto en bovendien heeft hij geen goed woord over voor Castro's Cuba of de communisten, net zomin als Marta.'

Osnard vertrok onder het schrijven zijn gezicht van concentratie. Pendel bekeek hem met groeiende ongerustheid en vroeg zich af hoe hij hem kon afremmen.

'Ik heb een hele goede mop gehoord over Mickie, als je het wilt weten. Hij is *in vino veritas* maar dan omgekeerd. Hoe meer hij drinkt hoe meer stilte hij betracht over zijn oppositie.'

'Maar hij praat je de oren van je kop als hij nuchter is, nietwaar, die Mickie van ons? Jij zou hem kunnen verlinken, met alles wat hij je heeft verteld.'

'Hij is een vriend, Andy. Ik verlink mijn vrienden niet.'

'Een *goede* vriend. En jij bent een *goede vriend* voor hem geweest. Misschien wordt het tijd dat je daar iets aan doet.'

'Hoe dan?'

'Door hem te rekruteren. Door een eerlijke spion van hem te maken. Door hem op de loonlijst te zetten.'

'Mickie?'

'Dat lijkt me niet zo'n probleem. Zeg hem dat je een goed in de slappe was zittende westerse filantroop hebt ontmoet die bewondering heeft voor zijn idealen en hem op korte termijn best een handje zou willen helpen. Je hoeft niet te zeggen dat het een Engelsman is. Zeg dat het een yank is.'

'*Mickie*, Andy?' fluisterde Pendel verbijsterd. '"Mickie, heb je zin om spion te worden?" Wil je dat ik naar Mickie toe ga en hem dat vraag?'

'Voor geld, waarom niet? Forse kerel, fors salaris,' zei Osnard, alsof hij een onbetwistbare wet van de spionage verkondigde.

'Mickie moet niets van yanks hebben,' zei Pendel, die worstelde met de enormiteit van Osnards voorstel. 'De invasie is bij hem in het verkeerde keelgat geschoten. Staatsterrorisme noemt hij het en dan doelt hij niet op Panama.'

Osnard gebruikte de stoel als een hobbelpaard dat hij met zijn dikke achterste naar voren en naar achteren dwong.

'Londen heeft een hoge pet van je op, Harry. En dat gebeurt lang niet altijd. Ze willen dat je je vleugels uitslaat. Dat je een compleet netwerk in elkaar zet dat het hele veld bestrijkt. Ministeries, studenten, vakbonden, de Nationale Vergadering, het Reigerpaleis, het Kanaal en nog eens het Kanaal. Ze betalen al je onkosten, een aanmoedigingspremie, royale bonussen en een toeslag op je salaris om je lening af te lossen. Als je Abraxas en zijn groep binnenhaalt dan zitten we op rozen.'

'*We*, Andy?'

Osnards hoofd bleef zo bewegingloos als een kompasnaald terwijl zijn romp bleef schommelen en zijn stem klonk luider omdat hij hem had gedempt.

'Met mij aan je zij. Als gids, filosoof, maatje. Dit kun je niet in je eentje af. Dat kan niemand. Daar is de klus te groot voor.'

'Daar ben ik je dankbaar voor, Andy. Dat waardeer ik.'

'Ze betalen ook je hulpbronnen. Dat staat buiten kijf. Zoveel als je hebt. We zouden een fortuin kunnen opstrijken. Jij, tenminste. Zolang het maar voldoende rendement oplevert. Wat is in jezusnaam je probleem?'

'Ik heb geen probleem, Andy.'

'Maar?'

Maar Mickie is mijn vriend, dacht hij. Mickie heeft al voldoende oppositie gevoerd en hij hoeft geen oppositie meer te voeren. Stil of anderszins.

'Ik moet erover nadenken, Andy.'

'Niemand betaalt ons om na te denken, Harry.'

'Dat kan best zijn, Andy, maar zo zit ik nu eenmaal in elkaar.'

Er stond nog één punt op Osnards agenda voor die avond maar dat had Pendel niet meteen in de gaten omdat hij zich een cipier herinnerde die Friendly heette en die een meester was in de gestrekte elleboogstoot onder de gordel. Aan hem doe je me denken, dacht hij. Aan Friendly.

'Donderdagsavonds neemt Louisa toch werk mee naar huis, hè?'

'Dat klopt, Andy.'

Terwijl hij dij voor dij van zijn hobbelpaard afstapte, diepte Osnard uit zijn broekzak een barokke vergulde sigarettenaansteker op.

'Een cadeautje van een Arabische klant,' zei hij, en hij gaf hem aan Pendel die in het midden van de kamer stond. 'De trots van Londen. Probeer hem maar eens.'

Pendel drukte op het hendeltje – hij deed het. Hij liet het hendeltje los en het vlammetje doofde. Hij herhaalde die handeling nog twee keer. Osnard pakte de aansteker terug, rommelde wat aan de onderkant en gaf hem weer aan Pendel.

'Werp nu eens een blik door de lens,' beval hij met de trots van een goochelaar.

Marta's kleine flatje was Pendels decompressiekamer geworden tussen Osnard en Bethania. Ze lag naast hem, met haar gezicht van hem afgewend. Dat deed ze zo nu en dan.

'Wat spoken je studenten de laatste tijd uit?' vroeg hij, zich richtend tot haar lange rug.

'Míjn studenten?'

'De jongens en meisjes met wie jij en Mickie in het duistere verleden omgingen. Al die bommengooiers op wie je verliefd was.'

'Ik was niet verliefd op ze. Ik hield van jou.'

'Wat is er van ze geworden? Waar zijn ze tegenwoordig?'

'Ze zijn rijk geworden. Ze zijn niet langer studenten. Ze hebben een rekening geopend bij de Chase Manhattan. Ze zijn lid geworden van de Club Unión.'

'Zie je nog weleens iemand van hen?'

'Ze zwaaien soms naar me vanuit hun dure auto's.'

'Bekommeren ze zich om het lot van Panama?'

'Niet als ze hun geld op een buitenlandse bank zetten.'

'Maar wie maakt dan tegenwoordig de bommen?'

'Niemand.'

'Soms krijg ik het gevoel dat er een soort Stille Oppositie broeit. Beginnend aan de top en doorsijpelend naar beneden. Zo'n burgerlijke revolutie die op een dag uitbreekt en het land stormenderhand verovert als niemand erop verdacht is. Een kolonelscoup zonder kolonels, als je begrijpt wat ik bedoel.'

'Nee,' zei ze.

'Wat nee?'

'Nee, er is geen Stille Oppositie. Er is winstbejag. Er is corruptie. Er is macht. Er zijn rijke mensen en radeloze mensen. En er zijn apathische mensen.' Opnieuw haar belerende stem. De overdreven intellectuele toon. De geleerdheid van de autodidact. 'Sommige mensen zijn zo arm dat ze sterven als ze nog armer worden. En er is politiek. En de politiek is de grootste zwendelarij van allemaal. Is dit voor meneer Osnard?'

'Dat zou het zijn als het was wat hij horen wilde.'

Haar hand vond de zijne en bracht hem naar haar lippen en een poosje kuste ze hem, vinger voor vinger, zonder iets te zeggen.

'Betaalt hij je veel?' vroeg ze.

'Ik kan hem niet geven wat hij verlangt. Ik weet niet genoeg.'

'Niemand weet genoeg. Dertig mensen beslissen over de toekomst van Panama. De andere tweeëneenhalf miljoen mogen ernaar raden.'

'Maar wat zouden de studenten met wie je vroeger bevriend was, doen als ze géén rekening bij de Chase Manhattan hadden en níét in glanzende auto's rondreden?' drong Pendel aan. 'Wat zouden ze doen als ze militant waren gebleven? Wat zou logisch zijn? Als ze vandaag de dag nog steeds het Panama voor ogen hadden dat ze toen voor ogen hadden?'

Ze dacht na en het werd haar geleidelijk aan duidelijk waar hij heen wilde. 'Om pressie uit te oefenen op de overheid, bedoel je? Om die op de knieën te dwingen?'

'Precies.'

'Allereerst zouden we een chaos creëren. Wil je chaos?'

'Wie weet. Als het noodzakelijk is.'

'Dat is het. Chaos is een eerste vereiste voor democratische bewustwording. Zodra de arbeiders erachter komen dat niemand voor hun belangen opkomt, zullen ze leiders kiezen uit hun eigen gelederen en zal de regering bang zijn voor revolutie, en aftreden. Wil je dat de arbeiders hun eigen leiders kiezen?'

'Ik zou willen dat ze Mickie kozen,' zei Pendel maar ze schudde haar hoofd.

'Mickie niet.'

'Oké, zonder Mickie.'

'We zouden allereerst de vissers benaderen. Dat waren we altijd al van plan maar het is er nooit van gekomen.'

'Waarom zouden jullie naar de vissers gaan?'

'Wij waren studenten die zich verzetten tegen atoomwapens. We waren woedend dat er nucleair materiaal door het Panamakanaal werd vervoerd. We geloofden dat dergelijke ladingen gevaarlijk waren voor Panama en onze nationale soevereiniteit tot een aanfluiting maakten.'

'Wat zouden de vissers daartegen kunnen doen?'

'We zouden naar hun vakbonden en hun voormannen gaan. Als die ons zouden afwijzen, zouden we ons wenden tot de misdadige elementen in het havengebied die voor geld tot alles bereid zijn. In die tijd waren er ook rijke studenten onder ons. Rijke studenten met een geweten.'

'Zoals Mickie,' bracht hij haar in gedachten, maar opnieuw schudde ze haar hoofd.

'We zouden tegen ze zeggen: Pak elke treiler, platbodem en jol die je te pakken kunt krijgen, laad ze vol met proviand en water en breng ze naar de Brug van de Amerika's. Ga voor anker onder de brug en laat de wereld weten dat je van plan bent daar te blijven. Veel grote vrachtschepen hebben anderhalve kilometer nodig om tot stilstand te komen. Na drie dagen zullen er tweehonderd schepen liggen te wachten op hun doortocht door het Kanaal. Na twee weken zullen dat er duizend zijn. Duizenden andere zullen de steven wenden voor ze bij Panama aankomen, met de opdracht een andere vaarroute te kiezen of terug te keren naar waar ze vandaan kwamen. Er zal een crisis uitbreken, de aandelenbeurzen overal ter wereld zullen in paniek raken, de scheepvaartindustrie zal maatregelen eisen, de balboa zal kelderen, de regering zal vallen en er zullen nooit meer atoomwapens door het Kanaal worden vervoerd.'

'Om de waarheid te zeggen dacht ik niet direct aan atoomwapens, Marta.'

Ze richtte zich op een elleboog op en bracht haar gehavende gezicht vlak bij het zijne.

'Luister. Panama probeert op dit moment de wereld al te bewijzen dat het het Kanaal net zo goed kan exploiteren als de Amerikanen. Niets mag het Kanaal in de weg staan. Geen stakingen, geen belemmeringen, geen ondoelmatigheden, geen blunders. Als de Panamese overheid het Kanaal niet fatsoenlijk in bedrijf kan houden, hoe kan ze dan de opbrengsten opstrijken, de tarieven verhogen en de concessies verkopen? Op het moment dat de internationale bankwereld de schrik in de benen heeft, zullen de rabiblancos ons alles geven wat we verlangen. En we zullen álles verlangen. Voor onze scholen, onze wegen, onze ziekenhuizen, onze boeren en onze armen. Als ze proberen onze boten weg te slepen of ons om te kopen, zullen we een beroep doen op de negenduizend Panamese arbeiders die dagelijks nodig zijn om het Kanaal in bedrijf te houden. En we zullen hun vragen: aan welke kant van de brug staan jullie? Zijn jullie Panamese burgers of Yanqui-slaven? Het stakingsrecht is heilig in Panama. Zij die zich ertegen verzetten zijn uitbuiters. Er zijn momenteel lieden in de regering die betogen dat de arbeidswetten van Panama niet voor het Kanaal zouden moeten gelden. Laat ze het maar merken.'

Ze lag plat boven op hem, haar bruine ogen zo dicht bij de zijne dat hij niets anders zag.

'Dank je,' zei hij en hij kuste haar.

'Graag gedaan.'

9

Louisa Pendel hield van haar man met een intensiteit die alleen wordt begrepen door vrouwen die uit ervaring weten hoe het is om te zijn geboren in de koesterende beknelling van dweepzieke ouders, en een beeldschone zuster te hebben die tien centimeter kleiner is dan jij en alles goed doet, twee jaar voordat jij het fout doet, die je vriendjes zelfs verleidt als ze er niet mee naar bed gaat, wat ze overigens meestal wel doet, en maakt dat er voor jou niets anders overblijft dan het pad van de Nobele Puriteinen te kiezen.

Ze hield van hem om zijn nimmer aflatende toewijding aan haar en de kinderen, omdat hij, net als haar vader, een doorzetter was en omdat hij een gerenommeerd Engels bedrijf waar niemand meer heil in zag weer helemaal had opgebouwd, en omdat hij op zondag, met zijn gestreepte schort voor, kippensoep en *locksjen* klaarmaakte, en om zijn *gekibitz*, dat gekheid maken betekende, en om de manier waarop hij de tafel dekte voor hun bijzondere etentjes samen, met het mooiste tafelzilver en porselein en servetten van linnen – nooit van papier. En omdat hij de woede-uitbarstingen tolereerde waarmee ze sinds haar prille jeugd was behept en die door haar heen joegen als stroomstoten waar ze niets tegen kon beginnen, totdat ze veilig voorbij waren of totdat hij de liefde met haar had bedreven, wat verreweg de beste oplossing was, aangezien haar begeerten niet onderdeden voor die van haar zuster, ook al miste ze de schoonheid en de schaamteloosheid om zich eraan over te geven. En ze schaamde zich diep dat ze nooit zo leuk uit de hoek kon komen als hij, of hem de bevrijdende lach kon schenken waar hij zo naar hunkerde, want al kon Harry die bevrijden, toch klonk haar lach, net als haar gebeden, nog steeds als die van haar moeder, en leek haar woede op die van haar vader.

Ze hield van het slachtoffer in Harry en van de vastberaden doorzetter die alles op alles had gezet om maar niet toe te geven aan zijn doortrapte oom Benny en diens misdadige praktijken totdat de legendarische meneer Braithwaite was gekomen om hem te verlossen, net zoals Harry later was gekomen om op zijn beurt haar te verlossen van haar ouders en de Kanaalzone, en haar een nieuw, vrij, aangenaam leven had bezorgd, op veilige afstand van alles wat haar tot dan toe eronder had gehouden. En ze hield van de eenzame beslisser, die worstelde met strijdige religies totdat Braithwaites wijze raad hem bracht tot een niet aan enig kerkgenootschap gebonden moreel besef dat sterk deed denken aan de christensaamhorigheid waar haar moeder zo'n ferm voorstandster van was en die haar gehele jeugd was gepredikt vanaf de kansel van de Union Church in Balboa.

Voor al die zegeningen dankte ze God en Harry Pendel en vervloekte ze haar zuster Emily. Louisa geloofde oprecht dat ze van haar echtgenoot hield in al zijn stemmingen en toonaarden, maar zoals hij nu was had ze hem nooit eerder meegemaakt en het maakte haar misselijk van angst.

Als hij haar nu maar zou slaan, als hij daar tenminste behoefte aan had. Als hij naar haar zou uithalen, haar de huid vol zou schelden, haar de tuin in zou sleuren, waar de kinderen hen niet konden horen en zou zeggen: 'Louisa, het is welletjes geweest, ik laat je in de steek, ik heb iemand anders.' Als hij dat tenminste had. Alles, absoluut alles, was beter dan onbekommerd de schijn op te houden dat tussen hen alles kits was, dat er niets was veranderd, behalve het feit dat hij er om negen uur 's avonds even vandoor moest om een gewaardeerde klant de maat te nemen en drie uur later terugkeerde en vroeg of het geen tijd was dat ze de Delgado's voor een etentje uitnodigden. En waarom vragen we de Oakleys en Rafi Domingo ook niet meteen? Hetgeen, zoals elke idioot op zijn vingers kon natellen, wel op een catastrofe moest uitdraaien, maar op de een of andere manier maakte de kloof die er de laatste tijd tussen haar en Harry was ontstaan dat ze hem dat niet kon zeggen.

Dus hield Louisa haar mond en nodigde plichtsgetrouw Ernesto uit. Op een namiddag, toen hij op het punt stond om naar huis te gaan, drukte ze de envelop in zijn hand en hij nam hem terloops aan in de veronderstelling dat het een of ander memo was. Ernesto was zo verstrooid en hij ging zo op in zijn dagelijkse strijd tegen de lobbyisten en intriganten dat hij soms nauwelijks wist waar hij was, laat staan hoe laat het was. Maar toen hij de volgende ochtend op kantoor kwam, was hij de hoffelijkheid zelve, een echte Spaanse gentleman als immer, en ja, hij en zijn vrouw zouden het bijzonder op prijs stellen, als Louisa het hun maar niet kwalijk zou nemen als ze vroeg naar huis terugkeerden omdat zijn vrouw Isabella zich zorgen maakte over hun zoontje Jorge die een oogontsteking had en soms de hele nacht wakker leek te liggen.

Vervolgens had ze Rafi Domingo een kaartje gestuurd, wetend dat zijn vrouw niet zou komen omdat ze dat nooit deed, want zo'n lamlendig huwelijk hadden ze nu eenmaal. En de volgende dag werd er prompt een enorm boeket rozen aan huis bezorgd, ter waarde van een slordige vijftig dollar, met op het kaartje een renpaard en de door Rafi persoonlijk neergepende mededeling dat hij verrukt en ontroerd was, liefste Louisa, maar dat zijn echtgenote helaas andere verplichtingen had. En Louisa wist precies wat die bloemen betekenden, want geen vrouw onder de tachtig was veilig voor Rafi's avances. Boze tongen beweerden dat hij de onderbroek had afgeschaft om tijd uit te sparen en zijn bewegingsvrijheid te vergroten. En het beschamende was dat Louisa, als ze eerlijk tegen zichzelf was, en dat was ze meestal na een stuk of drie wodka's, moest toegeven dat ze hem verontrustend aantrekkelijk vond. Dus belde ze ten slotte Donna Oakley, een taak die ze met opzet zo lang mogelijk had uitgesteld, en Donna zei: 'O shit, Louisa, dat zouden we énig vinden,' en dat was Donna ten voeten uit. Wat een combinatie.

De gevreesde dag brak aan en bij uitzondering kwam Harry eens vroeg naar huis met een paar porseleinen kandelaars van Ludwig à raison van driehonderd dollar, en Franse champagne van Motta en een hele moot gerookte zalm weer ergens anders vandaan. En een uur later stond er een team chique caterers voor de deur, onder aanvoering van een arrogante Argentijnse gigolo, en bezette Louisa's keuken omdat Harry had gezegd dat ze niet van hun eigen bedienden op aan konden. Toen begon Hannah om voor Louisa onnaspeurbare redenen ontzettend te klieren – je zult toch wel lief zijn als meneer Delgado er is, hè schat? Hij is tenslotte mammies baas en een goede vriend van de president van Panama. *En* hij gaat het Kanaal voor ons redden, en ja, Anytime Island ook. En néé, Mark, heel aardig van je, maar dit is geen geschikte gelegenheid om 'Poesje Mauw' op je viool te spelen, misschien zouden meneer en mevrouw Delgado het wel leuk vinden maar de andere gasten niet.

Vervolgens komt Harry binnen en zegt: ach Louisa, doe niet zo flauw, laat hem toch spelen, maar Louisa houdt haar poot stijf en steekt een van haar monologen af, ze flapt ze er gewoon uit, ze kan ze niet tegenhouden, ze kan ze alleen maar aanhoren en kreunen: Harry, ik begrijp niet waarom jij, elke keer als ik mijn kinderen een opdracht geef, alleen om te laten zien dat jij de baas in huis bent, moet binnenkomen om die ongedaan te maken. Waarop Hannah het opnieuw op een krijsen zet en Mark zich in zijn kamer opsluit en aan één stuk door 'Poesje Mauw' blijft spelen totdat Louisa op zijn deur bonkt en zegt: 'Mark, ze kunnen élk moment hier zijn,' en dat was waar want juist op dat moment ging de deurbel en stormde Rafi Domingo naar binnen met zijn bodylotion en zijn innemende grijns en zijn tochtlatten en zijn schoenen van krokodillenleer – al Harry's kleermakerslisten konden niet voorkomen dat hij eruitzag als een onvervalste arrogante spaghettivreter, en haar vader zou hem alleen al op grond van de brillantine in zijn haar naar de personeelsingang hebben verwezen.

En meteen na Rafi arriveren de Delgado's, bijna onmiddellijk gevolgd door de Oakleys, wat eens te meer bewees hoe ongewoon de gelegenheid was, want in Panama komt niémand ooit op tijd tenzij het een formele aangelegenheid betreft, en opeens is alles in volle gang, met Ernesto aan haar rechterzijde, die eruitzag als de wijze, welwillende mandarijn die hij was: alleen een glaasje water, alsjeblieft, lieve Louisa, ik ben geen grote drinker, vrees ik, waarop Louisa, die inmiddels in de beslotenheid van haar badkamer al een paar flinke slokken naar binnen heeft geslagen, antwoordt dat zij dat eerlijk gezegd evenmin is en altijd al vond dat alcohol meer verwoest dan je lief is. Maar mevrouw Delgado die rechts van Harry aan de andere kant van de tafel zit, hoort dat en glimlacht eigenaardig en ongelovig alsof ze wel beter weet.

Intussen houdt de links van Louisa gezeten Rafi Domingo

zich beurtelings onledig met het omklemmen van haar voet met zijn kousenvoet zodra ze hem de kans biedt – hij heeft voor dat doel een van zijn krokodillenleren schoenen uitgetrokken – en met het loeren in het decolleté van Donna Oakley's jurk die is gesneden naar het model van Emily's jurken, met haar borsten omhoog geperst als tennisballen en de spleet daartussen recht omlaag wijzend naar wat haar vader in beschonken toestand het industrieterrein noemde.

'Harry, weet je wel wat jouw vrouw voor me betekent?' vraagt Rafi in een abominabel gebroken Spaans-Engels aan Harry, die aan de andere kant van de tafel zit. De voertaal is vanavond Engels om de Oakleys te gerieven.

'Luister niet naar hem,' beveelt Louisa.

'Zij is mijn geweten!' Uitbundig gelach met al zijn tanden en voedsel zichtbaar. 'En ik wist niet eens dat ik er een had totdat Louisa in mijn leven kwam!'

En dat vindt hij zo onbedaarlijk geestig dat iedereen moet klinken op zijn geweten, terwijl hij zijn nek uitsteekt om zich nog een blik te gunnen in Donna's decolleté en hij zijn tenen op en neer langs Louisa's kuit laat glijden, wat haar tegelijkertijd woedend en hitsig maakt – Emily ik kan je wel vermoorden, Rafi laat me met rust, vuile slijmjurk en zit Donna niet zo te beloeren, en Jezus, Harry, geef je me vannacht nu eindelijk weer 's een beurt?

Waarom Harry de Oakleys had uitgenodigd was Louisa ook een raadsel totdat ze zich herinnerde dat Kevin betrokken was bij een nogal riskante transactie aangaande het Kanaal, want Kevin deed iets in de handel en was verder wat haar vader een doortrapte, Amerikaanse oplichter noemde, terwijl zijn vrouw Donna gymnastiekoefeningen deed op Jane Fonda-video's en in een strak kort broekje hardliep en met haar kont wiegelde voor elke aantrekkelijke Panamese jongen die in de supermarkt haar wagentje voortduwde en, als ze de verhalen mocht geloven, niet alleen haar wagentje.

En Harry was, vanaf het eerste moment dat ze plaats hadden genomen, vastbesloten het over het Kanaal te hebben, waarbij hij eerst Delgado met vragen bestookte, die werden beantwoord met waardige, hoogstaande gemeenplaatsen, en vervolgens alle anderen dwong aan het gesprek deel te nemen of ze nu iets hadden bij te dragen of niet. Zijn vragen aan Delgado's adres waren zo bot dat Louisa zich opgelaten voelde. Alleen Rafi's dwalende voet en het besef dat ze een beetje te diep in het glaasje had gekeken, weerhielden haar ervan tegen hem te zeggen: *Harry, meneer Delgado is verdomme míjn baas en niet de jouwe. Dus waarom schei je niet uit met dat kloterige gedram, stomme lul?* Maar dat was Hoer Emily aan het woord, en niet Deugdzame Louisa die nooit een onvertogen woord zei, in ieder geval niet waar de kinderen bij waren en nooit als ze nuchter was.

Nee, antwoordde Delgado beleefd op Harry's spervuur van vragen, er was tijdens de presidentiële reis geen beslissing gevallen, maar er waren wel een aantal interessante voorstellen gedaan, Harry, er heerste een algemene sfeer van verbroedering, en bereidheid tot samenwerking was van cruciaal belang.

Goed gesproken, Ernesto, dacht Louisa, laat je niet kisten.

'Evengoed weet toch iedereen dat die Jappen een óógje op het Kanaal hebben, of niet soms, Ernie?' zei Harry, zijn toevlucht nemend tot loze generalisaties die hij op geen enkele manier kon onderbouwen. 'De vraag is alleen hoe ze ons zullen benaderen, ik heb geen flauw idee hoe jíj erover denkt, Rafi...?'

Rafi's in zijden sokken gehulde tenen zaten klem tussen het vlees van Louisa's knieholte, en Donna's decolleté opende zich als een staldeur.

'Ik zal je zeggen hoe ik over de Jappen denk, Harry. Wil je weten hoe ik over de Jappen denk?' vroeg Rafi op geestdriftige veilingmeesterstoon, terwijl hij zijn toehoorders om zich heen verzamelde.

'Dat wil ik zeker,' zei Harry op zalvende toon.

Maar Rafi was pas tevreden als hij de onverdeelde aandacht had.

'Ernesto, wil jij weten hoe ik over de Jappen denk?'

Delgado gaf op minzame toon blijk van zijn belangstelling voor Rafi's mening omtrent de Japanners.

'Donna, wil jij weten hoe ik over de Jappen denk?'

'Christeneziele, kom er nu eindelijk eens mee voor de dag, Rafi,' zei Oakley geërgerd.

Maar Rafi was nog steeds publiek aan het ronselen.

'Louisa?' vroeg hij terwijl hij zijn tenen in haar knieholte heen en weer bewoog.

'Ik heb de indruk dat we allemaal aan je lippen hangen, Rafi,' zei Louisa in haar rol van charmante gastvrouw en hoerenzuster.

Dus gaf Rafi eindelijk zijn mening over de Japanners ten beste:

'Ik geloof dat die Jappen tijdens de grote race van afgelopen week mijn paard Dolce Vita een dubbele dosis valium hebben ingespoten!' riep hij uit, en hij lachte zo luid om zijn eigen grapje en er schitterden zoveel gouden tanden in zijn mond dat zijn gedwongen toehoorders met hem mee lachten, Louisa het luidst van allemaal, op een neuslengte gevolgd door Donna.

Maar Harry liet zich niet van de wijs brengen. Integendeel, hij sneed het onderwerp aan dat als geen ander zijn vrouw van haar stuk bracht: de overdracht van de Kanaalzone zelf.

'Ik bedoel dat we de feiten onder ogen moeten zien, Ernie – het is een mooi lapje onroerend goed dat jullie te verdelen hebben. Honderddertigduizend hectare Amerikaanse achtertuin, gemaaid en besproeid als Central Park, met meer zwembaden dan in heel de rest van Panama – dat zét je toch aan het denken? En loopt men nog steeds met plannen rond om een Stad van de Kennis te stichten, Ernie? Sommige van mijn klanten schijnen het eerlijk gezegd een beetje als een doodgeboren kindje te beschouwen, een universiteit midden in het oerwoud. Je kunt je moeilijk voorstellen dat een professor van naam dat als de kroon op zijn carrière zal zien, maar ik weet niet of ze daar gelijk in hebben.'

Zijn munitie begon op te raken maar niemand schoot hem te hulp dus vervolgde hij moeizaam: 'Ik veronderstel dat het afhangt van de vraag hoeveel Amerikaanse legerbases er uiteindelijk leeg achterblijven. En om dat te weten zou je over een glazen bol moeten beschikken. Dan zouden we de uiterst geheime telefoonlijnen van het Pentagon moeten aftappen, lijkt me, als we het antwoord op dát vraagje zouden willen weten.'

'Dat is gelul,' zei Kevin op luide toon. 'De linkmiegels hebben het land al jaren geleden onder elkaar verdeeld, zo is het toch, Ernie?'

Het werd angstwekkend stil aan tafel. Delgado's edele gelaat verbleekte en verstarde. Niemand wist wat hij zeggen moest, behalve Rafi die – zonder zich iets van welke stemmingsverandering dan ook aan te trekken – vrolijk bezig was Donna uit te horen over de make-up die ze gebruikte zodat hij zijn vrouw kon vragen die ook te kopen. Hij probeerde tevens zijn voet tussen Louisa's benen te wurmen, die ze uit zelfverdediging over elkaar had geslagen. Toen vond de Feeks Emily plotseling de woorden die de Maagd Louisa zo zedig voor zich hield en ze stroomden over haar lippen, aanvankelijk in een serie staccato-achtige moties van orde en vervolgens in een onstuitbare, door alcohol opgewekte vloedgolf.

'Kevin, ik begrijp niet wat je daarmee bedoelt. Doctor Delgado zet zich met hart en ziel in om het Kanaal te behouden. Als jij je dat niet bewust bent, dan komt dat doordat Ernesto te welgemanierd en te bescheiden is om je dat onder je neus te wrijven. Jij daarentegen bent uitsluitend in Panama met het oogmerk geld te slaan uit het Kanaal, een doel waarvoor het niet bestemd is. De enige manier om geld te verdienen aan het Kanaal is door het te vernietigen.' Ze begon enigszins met dubbele tong te praten toen ze de misdaden opsomde die Kevin voor ogen stonden. 'Door de wouden te kappen, Kevin. Door er geen schoon water in te laten. Door na te laten de constructie en het machinepark te onderhouden overeenkomstig de door onze voorvaders gestelde maatstaven.' Haar stem werd luid en nasaal. Ze hoorde het maar kon er niets tegen doen. 'En dus, Kevin, als je echt zo nodig rijk wilt worden aan het verkwanselen van de wapenfeiten van grote Amerikanen, dan stel ik je voor spoorslags terug te keren naar San Francisco waar je vandaan komt en de Golden Gate Bridge aan de Jappen te verkopen. En Rafi, als je je hand niet gauw van mijn dij afhaalt dan steek ik een vork tussen je knokkels.'

Waarop iedereen er ineens achter leek te komen dat ze hoognodig eens op huis aan moesten – naar het zieke kind, naar de oppas, naar de hond, het deed er niet toe waar naartoe, zolang het maar op een veilige afstand was van de plek waar ze zich momenteel bevonden.

Maar wat doet Harry als hij zijn gasten heeft gekalmeerd en hen naar hun auto's heeft begeleid en hen vanuit zijn deuropening heeft uitgezwaaid? Hij legt een verklaring af tegenover de directie.

'Het is een kwestie van expansie, Lou' – en hij klopt haar op de rug terwijl hij haar in zijn armen neemt – 'dat is het enige. De klanten kietelen' – en hij bet haar tranen met zijn Ierse linnen zakdoek – 'het is erop of eronder, Lou, zo gaat dat tegenwoordig. Denk eens aan wat die arme oude meneer Braithwaite is overkomen. Eerst ging zijn zaak te gronde, en toen hijzelf. Je zou toch niet willen dat míj hetzelfde overkwam? Dus breiden we uit. We openen de Club. We begeven ons onder de mensen. We wringen ons in allerlei bochten, omdat er niets anders op zit. Wat jij, Lou? Begrijp je?'

Maar ze is inmiddels ongevoelig geworden voor zijn paternalistische mooipraterij en maakt zich los uit zijn omarming.

'Harry, er zijn andere manieren om eraan onderdoor te gaan. Ik wou dat je wat meer aan je gezin dacht. Ik heb al te vaak gezien, en jij trouwens ook, dat mannen van veertig een hartaanval kregen of het slachtoffer werden van een andere door stress veroorzaakte kwaal. Als je zaak niet goed loopt, dan kijk ik daar van op gezien al die verhalen die ik de laatste tijd heb gehoord over toenemende verkoop en omzet. Maar als je je echt zorgen maakt over de toekomst en dat niet uitsluitend als voorwendsel gebruikt, dan hebben we altijd nog de rijstplantage om op terug te vallen en ik weet zeker dat we allemaal liever in bescheidener omstandigheden leven en christelijke soberheid betrachten dan dat we proberen jouw rijke, verdorven vriendjes bij te benen en jou daarmee de dood injagen.'

Waarna Pendel haar onstuimig omhelst en belooft morgen echt heel vroeg thuis te komen – misschien kunnen we met de kinderen naar de kermis, een bioscoopje pakken. En Louisa snikt en zegt: o ja, laten we dat doen, Harry! Laten we dat echt doen. Maar ze doen het niet. Want als het morgen is geworden, herinnert hij zich de receptie voor de Braziliaanse handelsdelegatie – een hoop belangrijke figuren, Lou – waarom gaan we in plaats daarvan niet morgen, ach, wat klets ik nou toch, Lou, morgen is de sociëteit waar ik lid van geworden ben. Ze organiseren een bonte avond voor een paar hoge omes uit Mexico en zag ik niet de nieuwe *Spillway* op je bureau liggen?

De *Spillway* was het mededelingenblad van de Kanaalzone.

En die maandag hing zoals gebruikelijk Naomi aan de lijn. Louisa hoorde meteen aan Naomi's stem dat ze belangrijk nieuws had. Ze vroeg zich af waarover het ditmaal zou gaan. Raad eens wie Pepe Kleeber vorige week op zijn zakenreisje naar Houston heeft meegenomen, misschien. Of: heb je het al gehóórd over Jaqui Lopez en haar rij-instructeur? Of: bij wie dénk je dat Dolores Rodríguez op bezoek gaat als ze tegen haar man zegt dat ze haar moeder bijstaat na haar bypass-operatie? Maar ditmaal kwam Naomi niet met dat soort dingen op de proppen, wat maar goed was ook, want in dat geval voelde Louisa er veel voor om onmiddellijk op te hangen. Naomi wilde alleen even weten hoe het met al die lieve Pendeltjes ging, en hoe Mark het deed op school en of het waar was dat Harry van plan was Hannah haar eerste pony te geven. Echt waar? Louisa, die Harry is eenvoudigweg de gulste man op aarde, daar zou mijn ontaarde echtgenoot eens een voorbeeld aan moeten nemen! Pas nadat ze gezamenlijk een klef beeld hadden geschetst van het volkomen uitzinnig gelukkige gezin Pendel drong het tot Louisa door dat Naomi haar beklaagde.

'Ik ben zo blíj voor je, Louisa. Ik ben zo blij dat jullie allemaal gezond zijn en dat de kinderen voorspoedig opgroeien en dat jullie van elkaar houden en dat God jullie gunstig gezind is en dat Harry waardeert wat hij heeft. En ik ben héél trots dat ik gelijk had toen ik meteen al zeker wist dat wat Letti Hortensas me zojuist over Harry vertelde ónmogelijk waar kon zijn.'

Louisa stond als aan de grond genageld met de telefoonhoorn in haar hand, te bang om een woord uit te brengen of op te hangen. Letti Hortensas, erfgename en slet, echtgenote van Alfonso. Alfonso Hortensas, Letti's man, bordeeleigenaar, klant van P&B en schurk.

'Natuurlijk,' zei Louisa, zonder te weten wat ze beaamde, zij het dat ze door met wat dan ook in te stemmen niets anders zei dan: 'Ga door.'

'Louisa, jij en ik weten drommels goed dat Harry er de man niet naar is om bezoekjes te brengen aan louche hotelletjes in de binnenstad waar je per uur moet betalen. "Letti, engel," zeg ik. "Ik denk dat het tijd wordt dat je een nieuw brilletje koopt. Louisa is mijn vriendin. Harry en ik hebben al jarenlang een platonische verhouding waar Louisa altijd al van af heeft geweten en waar ze alle begrip voor heeft. Dat huwelijk is uit *graniet* gehouwen," heb ik haar gezegd. "Het kan me niet schelen dat jouw man de eigenaar is van Hotel Paraiso en dat jij in de lobby op hem zat te wachten toen Harry uit de lift stapte in gezelschap van een stelletje hoeren. Een heleboel Panamese vrouwen zien er uit als hoeren. Een heleboel hoeren doen hun zaken in het Paraiso. Harry heeft vele klanten uit alle hoeken van de samenleving." Ik wil dat je begrijpt dat ik het voor je heb opgenomen, Louisa. Ik heb jouw kant gekozen. Ik heb het gerucht de kop ingedrukt. "Huichelachtig?" zei ik tegen haar. "Harry heeft zich nog nooit huichelachtig gedragen. Hij zou niet weten hoe het moest. Heb jij Harry zich ooit huichelachtig zien gedragen? Natúúrlijk niet." '

Het duurde een hele poos voor het gevoel was teruggekeerd in Louisa's lichaam. Ze had alles verdrongen. Haar uitbarsting tijdens het dineetje had haar de stuipen op het lijf gejaagd.

'Vuil kreng!' gilde ze door haar tranen heen.

Maar dat deed ze pas nadat ze had opgehangen en zichzelf een flinke wodka had ingeschonken uit Harry's onlangs geïnstalleerde huisbar.

Het was die nieuwe ontmoetingsruimte waarmee het allemaal was begonnen, daar was ze van overtuigd. Harry had al jarenlang rondgelopen met de wildste plannen voor de bovenverdieping van P&B.

Ik verplaats de paskamer naar de ruimte onder het balkon, Lou, zei hij dan. Ik plaats de Sportman's Corner naast de boetiek. Of: misschien laat ik de paskamer op zijn oude plek en laat ik een trappenhuis buitenom bouwen. Of: nou weet ik het, Lou! Moet je horen. Ik plak er aan de achterkant een kamer aan, richt een fitnessruimte en een sauna in, open een klein restaurantje, uitsluitend voor P&B-klanten. Soep en een dagschotel, wat zeg je daarvan?

Harry had zelfs een maquette laten bouwen en al een begroting gemaakt voordat ook dat plan op de lange baan werd geschoven. De bovenverdieping was tot op heden dus een bron van speculaties geweest die nooit ten uitvoer waren gebracht.

En trouwens – waar moest de paskamer dan naartoe? Het antwoord, bleek later, was nergens naartoe. De paskamer zou blijven waar hij was. Maar de Sportman's Corner, Harry's trots, zou in Marta's glazen hokje worden geperst.

'Maar waar moet Marta dan heen?' vroeg Louisa, tot haar eigen schande half en half hopend dat *heen* precies dat betekende, want er waren bepaalde aspecten aan Marta's kwetsuren die Louisa nooit had begrepen. Dat Harry zich er verantwoordelijk voor voelde bijvoorbeeld, maar per slot voelde Harry zich voor iedereen verantwoordelijk en dat was nu juist een van de redenen waarom ze zoveel van hem hield. Dingen die hij zich liet ontvallen. Dingen waarvan hij op de hoogte was. Over radicale studenten en over de levensomstandigheden van de armen in El Chorillo. En de invloed die Marta op hem kon uitoefenen leek een beetje te veel op de invloed die Louisa op hem had.

Ik ben jaloers op iedereen, dacht ze, terwijl ze een broodnodige martini voor zichzelf inschonk om van de wodka af te komen. Ik ben jaloers op Harry, ik ben jaloers op mijn zus en op mijn kinderen. Het scheelt niet veel of ik ben jaloers op mezelf.

En nu die boeken. Over China. Over Japan. Over de Tijgers, zoals hij hen noemde. In totaal negen stuks – ze had ze geteld. Ze waren zonder voorafgaande waarschuwing op een avond in zijn werkkamer opgedoken en daar sindsdien gebleven, als een stil, onheilspellend bezettingsleger. Japan door de eeuwen heen. Zijn economie. De opkomst en stijging van de yen. Van keizerrijk tot keizerlijke democratie. Zuid-Korea. Zijn demografie, economie en maatschappelijk bestel. Maleisië, zijn vroegere en toekomstige rol in de wereldhandel, verzamelde essays van grote geleerden. Zijn tradities, taal, levensstijl, lotsbestemming en voorzichtige industriële verstandshuwelijk met China. China, waarheen met het communisme? De corruptie van de Chinese oligarchie na Mao, mensenrechten, de explosieve bevolkingsaanwas, wat daar tegen te doen? Het wordt hoog tijd dat ik wat aan mijn algemene ontwikkeling doe, Lou. Ik heb het gevoel dat ik niet vooruitkom. Die oude Braithwaite had weer eens gelijk. Ik had naar de universiteit moeten gaan. In Kuala Lumpur? In Tokio? In Seoel? Dat zijn de plaatsen in opkomst, Lou. Dat zijn de supermachten van de volgende eeuw, let op mijn woorden. Over tien jaar zijn dat mijn enige klanten.

'Harry, zou je me alsjeblieft willen uitleggen wat winst betekent?' – en terwijl ze haar laatste beetje moed verzamelde – 'wie betaalt de koude biertjes en de whisky's en de wijn en de sandwiches en Marta's overuren? Kopen jouw klanten kostuums bij je omdat ze je met hun gepraat en gedrink tot elf uur ophouden? Harry, ik begrijp je niet meer.'

Ze was van plan hem ook nog Hotel Paraiso voor de voeten te werpen maar de moed was haar in de schoenen gezonken en ze had behoefte aan nog een wodka van de bovenste plank in de badkamer. Ze kon Harry niet duidelijk onderscheiden en ze vermoedde dat voor hem hetzelfde gold. Er hing een waas van warme nevel voor zijn ogen en in plaats van Harry zag ze zichzelf een stuk ouder door het verdriet en de wodka, alleen in de zitkamer nadat hij haar in de steek had gelaten, en toekijkend hoe de kinderen van achter het raampje van de Jeep ten afscheid naar haar zwaaiden omdat dit weekend Harry aan de beurt was om de kinderen bij zich te hebben.

'Ik zal zorgen dat het allemaal goed komt met ons, Lou,' beloofde hij, en hij klopte haar op haar schouder, als om een zieke te troosten.

Maar wat was er verkeerd dat hij goed moest maken? En hoe dacht hij verdomme dat hij dat kon herstellen?

Wie zat er achter hem aan? Wát dreef hem? Als zij niet genoeg voor hem was, wie kreeg dan de rest? Wie dacht Harry wel dat hij was, om haar het ene moment straal te negeren en haar het volgende moment te overladen met geschenken en zich in de onmogelijkste bochten te wringen om het de kinderen naar de zin te maken? Van hot naar her rennend alsof zijn leven ervan afhing? Uitnodigingen aanvaardend van lieden die hij vroeger meed als de pest, behalve als klanten; louche patjepeeërs zoals Rafi, politici, zakenlui die zich met drugshandel inlieten? Orakelend over het Kanaal? 's Avonds laat het Paraiso Hotel uit sluipend met een liftlading hoeren? Maar wat er gisteravond was gebeurd sloeg alles.

Het was donderdag en op donderdag nam ze werk mee naar huis om er zeker van te zijn dat ze op vrijdag alles af had zodat ze zich in het weekend aan haar gezin kon wijden. Ze had het koffertje van haar vader op haar bureau in haar werkkamer laten staan, met de bedoeling nog een paar uurtjes te pakken tussen het klaarmaken van het avondeten en het in bed stoppen van de kinderen. Maar toen bekroop haar opeens het gevoel dat de biefstukken die ze had gekocht weleens door de gekke-koeienziekte besmet zouden kunnen zijn en dus reed ze de heuvel af om een kip te kopen. Toen ze terugkeerde zag ze tot haar blijde verrassing dat Harry vroeg thuis was gekomen: zijn Jeep stond zoals gewoonlijk scheef geparkeerd zodat er geen plaats in de garage was voor de Peugeot, die ze dus noodgedwongen onder aan de heuvel moest parkeren – wat ze zonder morren deed – en met haar boodschappen over het voetpad tegen de heuvel op moest ploeteren.

Ze droeg gympen. De voordeur was niet op slot. Harry verstrooider dan ooit. Ik verras hem, en plaag hem met zijn manier van parkeren. Ze liep de gang in en door de open deur van haar werkkamer zag ze hem met zijn rug naar haar toe staan met het koffertje van haar vader ópen op haar bureau. Hij had alle papieren eruit gehaald en bladerde ze door als iemand die weet wat hij zoekt maar het niet kan vinden. Een paar vertrouwelijke dossiers. Persoonlijke rapporten over mensen. Een concept-voorstel van een van de pas aan Delgado's staf toegevoegde personeelsleden over de diensten die ze schepen konden verlenen die op doortocht wachtten. Delgado maakte zich zorgen omdat de schrijver kortgeleden zijn eigen provianderingsbedrijfje was begonnen en daarom wellicht zou kunnen proberen daar contracten naartoe te sluizen. Zou Louisa daar misschien even naar willen kijken en hem zeggen wat ze ervan vond?

'*Harry,*' zei ze.

Of misschien schreeuwde ze het. Maar als je tegen Harry schreeuwt dan maakt hij geen luchtsprong van schrik. Dan houdt hij gewoon op met waar hij mee bezig is en wacht verdere orders af. En dat deed hij nu ook: hij bleef stokstijf staan en legde toen, heel langzaam om niemand angst aan te jagen, *haar* papieren op *haar* bureau. Toen deed hij een stap achteruit en bleef in die deemoedige pose van hem, met het hoofd tussen de opgetrokken schouders, staan en staarde naar een plekje op de grond op twee meter van hem vandaan en toonde een lijdzame glimlach.

'Het gaat om die rekening, schat,' verklaarde hij op onderdanige toon.

'Welke rekening?'

'Je weet wel. Van het Einstein College. Marks extra muziekles. Die rekening die ze zeggen te hebben gestuurd en die we nog niet betaald hebben.'

'Harry, die heb ik vorige week betaald.'

'Dat heb ik hun ook gezegd, weet je. Louisa heeft vorige week betaald. Dat vergeet ze nooit, zei ik. Maar ze wilden niet luisteren.'

'Harry, we hebben bankafschriften, we hebben bonnetjes, we hebben een bank die we kunnen opbellen en we hebben contant geld in huis. Ik zie niet in waarop jij *mijn* koffertje moet plunderen in mijn werkkamer op zoek naar een rekening die we al hebben betaald.'

'Tja, als dat inderdaad zo is, hoef ik me daar verder niet druk over te maken, wat jij? Bedankt voor de informatie.'

En als een geslagen hond, of hoe hij ook dacht dat hij zich gedroeg, liep hij langs haar naar zijn eigen werkkamer. En toen hij het binnenplaatsje overstak zag ze dat hij iets in zijn broekzak liet glijden en ze realiseerde zich dat het de wanstaltige aansteker was die hij de laatste tijd overal met zich meedroeg – een cadeautje van een klant, had hij gezegd, toen hij hem, zo trots als een kind met een nieuw speeltje, onder haar neus hield en aan en uit knipte.

Toen sloeg de angst haar om het hart. Ze kreeg een waas voor haar ogen, haar oren tuitten, haar knieën knikten. Een brandlucht, het zweet van de kinderen dat langs haar lichaam liep, wat niet al. Ze zag El Chorillo in vlammen, en Harry's gezicht toen hij van het balkon weer het huis binnenkwam, en het glinsterende rode licht dat nog nagloeide in zijn ogen. Ze zag hem naar de bezemkast toelopen waarin zij ineengedoken zat. En hoe hij haar omhelsde. En Mark ook omhelsde omdat ze Mark niet los wilde laten. En toen stamelend iets tegen haar zei dat ze tot op dit moment nooit had begrepen en waar ze zich nooit eerder serieus in had verdiept omdat ze het liever wilde afdoen als de overspannen woordenwisseling tussen getraumatiseerde getuigen van een ramp. 'Als ik er zo eentje had gestookt dan hadden ze me levenslang gegeven,' had hij gezegd.

Toen had hij zijn hoofd gebogen en zijn ogen neergeslagen als iemand die staande stond te bidden, hetzelfde gebaar dat hij zojuist had gemaakt, maar dan erger.

'Ik kon mijn benen niet bewegen, begrijp je,' had hij verklaard. 'Ik stond als aan de grond genageld. Het was net kramp. Ik had moeten wegrennen maar dat kon ik niet.'

Daarna had hij zijn bezorgdheid over het lot van Marta geuit.

Harry stond verdomme op het punt het huis in de fik te steken! gilde ze tegen zichzelf terwijl ze huiverde en van haar wodka nipte en luisterde naar zijn hoogstaande muziek van de overkant van de binnenplaats. *Hij heeft een aansteker gekocht en hij is van plan zijn gezin in de as te leggen!* Hij stapte in bed, zij verkrachtte hem en hij leek dankbaar. De volgende ochtend was het nooit gebeurd. Dat was het 's ochtends nooit. Niet voor Harry, niet voor Louisa. Dat was hun manier om het samen uit te houden. De Jeep weigerde dienst en Harry moest de Peugeot lenen om de kinderen naar school te brengen. Louisa nam een taxi naar haar werk. Het dienstmeisje dat de plavuizen schrobde trof een slang in de provisiekast aan en kreeg een zenuwtoeval. Hannah verloor een melktandje. Het regende. Harry had geen levenslang gekregen en hij stak evenmin het huis met zijn nieuwe aansteker in brand. Maar hij kwam pas heel laat thuis, met de zoveelste late klant als voorwendsel.

'Osnard?' herhaalde Louisa, die haar oren niet kon geloven. *'Andrew Osnard?* Wie is in hemelsnaam meneer Osnard en waarom is hij uitgenodigd om aanstaande zondag met ons mee te gaan picknicken op het eiland?'

'Hij is een Engelsman, Lou, dat heb ik je al verteld. Hij is een paar maanden geleden op de ambassade komen werken. Het is die vent van die tien pakken, weet je nog? Hij is hier moederziel alleen. Hij heeft wekenlang in een hotel gewoond tot zijn flat klaar was.'

'Welk hotel?' vroeg ze, God smekend dat het het Paraiso zou zijn.

'Het El Panama. Hij wil kennismaken met een echt gezin. Dat kun je je toch wel voorstellen, of niet soms?' – de geslagen hond, altijd trouw, altijd onbegrepen.

En toen ze niet wist wat ze daarop moest zeggen:

'Het is een leuke vent, Lou. Je zult het zien. Een olijke snuiter. De kinderen zullen voor hem door het vuur gaan, dat geef ik je op een briefje.' Zijn ongelukkige woordkeuze werd gevolgd door het geforceerde lachje dat hij zich eigen had gemaakt. 'Het zal mijn Engelse afkomst wel zijn die me parten speelt, denk ik. Patriottisme. Daar krijgen we vroeg of laat allemaal last van, zeggen ze. Jij ook.'

'Harry, ik zie niet in wat jouw of mijn vaderlandsliefde te maken heeft met het uitnodigen van meneer Osnard voor een intiem familie-uitje op Hannahs verjaardag als je, zoals we allemaal hebben gemerkt, tegenwoordig toch al zo weinig tijd aan je kinderen besteedt.'

Waarna hij het hoofd liet hangen en op haar gemoed probeerde te werken als een bedelaar die om een aalmoes smeekt.

'De oude Braithwaite heeft nog kostuums gemaakt voor Andy's ouweheer, Lou, en ik hobbelde erachter aan om het meetlint vast te houden.'

Hannah wilde op haar verjaardag naar de rijstplantage. En dat wilde Louisa, om andere redenen, ook, want ze kon niet begrijpen waarom Harry de laatste tijd in alle talen over de rijstplantage zweeg. In haar ogenblikken van diepste vertwijfeling maakte ze zichzelf wijs dat hij daar een vrouw had zitten – die gladjakker van een Angel zou voor iedereen de pooier uithangen. Maar zodra ze Harry voorstelde naar de rijstplantage te gaan stelde hij zich heel hautain op en zei dat daar grote veranderingen op til waren en dat ze het beter aan de advocaten konden overlaten tot alles in kannen en kruiken was.

Dus reden ze in plaats daarvan met de Jeep naar Anytime, wat een huis zonder muren was dat als een houten muziektent op zijn eigen ronde, mistige eiland met een doorsnede van zestig meter stond, in een enorm broeierig ondergelopen dal dat het

Gatún-meer heet en op dertig kilometer landinwaarts van de Atlantische kust, boven aan de vaargeul van het Kanaal ligt, die wordt aangegeven door een kronkelend pad van gekleurde boeien die twee aan twee verdwijnen in de vochtige nevel. Het eiland lag aan de westkant van het meer in een legpuzzel van dampende junglebaaien en inhammen en mangrovemoerassen en andere eilanden. Het grootste daarvan was Barro Colorado en het onbeduidendste Anytime, dat Pendels kinderen hadden genoemd naar de marmelade van Beertje Paddington en dat Louisa's vader elk jaar voor een paar dollar van zijn werkgevers had gehuurd en dat haar nu uit barmhartigheid was nagelaten.

Links van hen lag het Kanaal te smeulen en de mist strekte zich erover uit als een eeuwige dauw. Pelikanen doken op uit de mist en de lucht in de auto rook naar stookolie, en niets in de wereld was veranderd of zou ooit veranderen – amen. Dezelfde boten die hier voorbijkwamen toen Louisa zo oud was als Hannah, kwamen weer voorbij, dezelfde zwarte gedaanten stonden met hun blote armen op de zwetende relingen geleund, dezelfde vochtige vlaggen hingen futloos aan hun masten en niemand op aarde wist wat ze beduidden, behalve één blinde zeerover in Portobelo – zei haar vader vroeger voor de grap. Pendel, die zich merkwaardig slecht op zijn gemak voelde in aanwezigheid van meneer Osnard, zat nukkig zwijgend achter het stuur. Louisa zat onderuitgezakt naast hem, want dat was de nadrukkelijke wens van meneer Osnard, die bezwoer dat hij liever achterin zat.

Meneer Osnard, herhaalde ze nog eens suffig binnensmonds. De corpulénte meneer Osnard. Minstens tien jaar jonger dan ik en toch zal ik nooit in staat zijn je Andy te noemen. Ze was vergeten, als ze het ooit al had geweten, hoe ontwapenend beleefd Engelse heren kunnen zijn als ze, in al hun onoprechtheid, hun beste beentje voorzetten. Humor en goede manieren vormen samen een gevaarlijke hoop charme, placht haar moeder haar te waarschuwen. En je een aandachtig luisteraar betonen heeft hetzelfde effect, bedacht ze zich toen ze met haar hoofd achterover glimlachte om de wijze waarop Hannah hem de bezienswaardigheden aanwees alsof ze van haar waren en Mark haar haar gang liet gaan omdat ze jarig was – en Mark was op zijn manier trouwens net zo ondersteboven van hun gast als Hannah.

Een van de oude vuurtorens kwam in zicht.

'Waarom zou íémand het nou toch in zijn stomme kop halen om een vuurtoren aan de ene kant zwart en aan de andere kant wit te schilderen,' vroeg meneer Osnard, nadat hij met onuitputtelijk geduld naar Hannahs verhandeling over de verschrikkelijke vraatzucht van krokodillen had geluisterd.

'Hannah, geen brutaliteiten tegen meneer Osnard, hoor,' sprak Louisa vermanend toen Hannah in lachen uitbarstte en tegen hem zei dat hij een oen was.

'Vertel haar van die goeie ouwe Braithwaite, Andy,' stelde Harry met tegenzin voor. 'Vertel haar je jeugdherinneringen aan hem. Dat vindt ze enig.'

Hij maakt goede sier met hem, dacht ze. Waarom doet hij dat?

Maar mijmerend keerde ze alweer terug naar de nevelen van haar eigen kinderjaren, wat ze altijd deed als ze naar Anytime reden, een buitenlichamelijke ervaring: terug naar de dodelijke voorspelbaarheid van het dagelijkse leven in de Kanaalzone, naar de crematoriumachtige zoetheid die onze idealistische voorvaderen ons nalieten, zonder dat er voor ons iets anders overbleef dan te dolen tussen de altijd bloeiende bloemen die de Maatschappij voor ons kweekte en de altijd groene gazons die de Maatschappij voor ons maaide, en te zwemmen in de zwembaden van de Maatschappij en onze beeldschone zusters te haten en de kranten van de Maatschappij te lezen en te dromen van een volmaakte samenleving van vroeg-Amerikaanse socialisten, deels avonturiers, deels kolonisten, deels predikanten voor de goddeloze inboorlingen in de Wereld Voorbij de Kanaalzone, zonder in feite ooit uit te rijzen boven de kleinzielige ruzies en naijver waarmee elke buitenlandse nederzetting behept is, zonder ooit te twijfelen aan de vooroordelen van de Maatschappij – of die nu etnisch, seksueel of sociaal waren, zonder ooit te overwegen de geborgenheid die ons werd geboden te verlaten, maar gehoorzaam en onvermurwbaar, stapje voor stapje, de smalle, nooit veranderende, van tevoren uitgestippelde levensweg te bewandelen, in de wetenschap dat elke sluis, elk meer en elke greppel, elke tunnel, machine, dam en elke kunstmatig aangelegde heuvel aan weerszijden het onveranderlijke wapenfeit is van de gestorvenen, en dat het hier op aarde onze heilige plicht is om God en de Maatschappij te dienen, niet van het rechte pad af te wijken, in weerwil van onze lichtzinnige zuster onze vroomheid en kuisheid te bewaren, onszelf te vingeren tot we scheelzien en ons terdege voor te bereiden op het achtste wereldwonder.

Wie krijgt de huizen, Louisa? Wie krijgt het land, de zwembaden en tennisbanen en de met de hand gesnoeide heggen en het met Kerstmis door de Maatschappij welwillend ter beschikking gestelde plastic rendier? *Louisa, Louisa, zeg ons hoe we de inkomsten kunnen verhogen, de kosten kunnen beperken, de heilige buitenlandse koe kunnen uitmelken!* We moeten het nú weten, Louisa! Nú, terwijl wij nog aan de touwtjes trekken en nú, terwijl de buitenlandse bieders naar onze gunsten dingen, nú, voordat die kinderlijk naïeve natuurbeschermers ons de les beginnen te lezen over hun dierbare regenwouden.

Het gonst in de wandelgangen van de geruchten over smeergelden, onderhandse transacties en geheime afspraken. Het Kanaal zal worden gemoderniseerd en verbreed om grotere schepen door te kunnen laten… er bestaan plannen voor nieuwe sluizen… multinationale aannemers bieden enorme sommen voor adviezen, invloed, opdrachten en contracten… En ondertussen: nieuwe dossiers waar Louisa geen inzage in heeft en nieuwe bazen die hun mond houden als zij welke kamer dan ook binnenstapt, behalve die van Delgado: haar arme, bovenste beste, respectabele Ernesto die tevergeefs blijft dweilen terwijl de kraan van hun onstilbare hebzucht wijd openstaat.

‘Ik ben verdomme te jóng!’ gilde ze. ‘Ik ben te jóng en te veel *een levend wezen* om te zien hoe mijn jeugd voor mijn ogen wordt verwoest!’

Ze ging met een ruk rechtop zitten. Haar hoofd moest tegen Pendels weinig behulpzame schouder zijn gerold.

‘Wat zei ik?’ vroeg ze angstig.

Ze had niets gezegd. Het was de diplomatieke meneer Osnard op de achterbank die had gesproken. In zijn grenzeloze beleefdheid informeerde hij of Louisa met welgevallen bezag hoe de Panamezen het Kanaal overnamen.

In de haven van Gamboa liet Mark meneer Osnard zien hoe je helemaal in je eentje het dekzeil van de motorboot kon halen en de motor starten. Harry zat lang genoeg aan het roer om hen tussen het Kanaalverkeer door te loodsen, maar Mark was degene die de boot afmeerde, de bagage uitlaadde en, met een heleboel hulp van die joviale meneer Osnard, de barbecue aanstak.

Wie is deze stralende jongeling, zo jeugdig, zo knap van lelijkheid, zo sensueel, zo onderhoudend en zo beleefd? Wat verwacht mijn echtgenoot van deze sensuele man en wat verwacht deze sensuele man van mijn echtgenoot? Waarom is deze sensuele man als een nieuw leven voor ons – hoewel Harry, die hem zelf aan ons heeft opgedrongen, schijnt te willen dat hij daar nooit aan was begonnen? Hoe komt het dat hij zoveel van ons weet, zich zo bij ons op zijn gemak voelt, zo familiair is, met zoveel kennis van zaken spreekt over de zaak en Marta en Abraxas en Delgado en alle mensen in onze omgeving, enkel en alleen omdat zijn vader een vriend van meneer Braithwaite was?

Waarom vind ik hem zoveel aardiger dan Harry hem vindt? Hij is Harry's vriend, niet de mijne. Waarom lopen mijn kinderen met hem weg terwijl Harry met een chagrijnig gezicht rondloopt en hem voortdurend de rug toekeert en het vertikt om om meneer Osnards talrijke grapjes te lachen?

Haar eerste gedachte was dat Harry jaloers was, en dat deed haar deugd. Maar haar tweede gedachte was tegelijkertijd een nachtmerrie en een verschrikkelijke, beschamende verrukking: *o Jezus, o hemelse goedheid, Harry wil dat ik verliefd word op meneer Osnard, zodat we quitte staan.*

Pendel en Hannah braden de spareribs. Mark brengt de hengels in gereedheid. Louisa deelt het bier en het appelsap uit en ziet haar jeugd tussen de boeien aan zich voorbij glijden. Meneer Osnard stelt haar vragen over Panamese studenten – kent zij er een paar, zijn ze militant? – en over de mensen die aan de overkant van de brug wonen.

'Tja, we hebben natuurlijk de rijstplantage,' zei Louisa innemend. 'Maar ik geloof niet dat we daar *mensen* kennen!'

Harry en Mark die rug aan rug op de boot zitten. De vissen

offeren zich, om meneer Osnard te citeren, op in een vlaag van vrijwillige euthanasie. Hannah ligt op haar buik in de schaduw van het Anytime-huisje en slaat demonstratief de dure bladzijden om van het boek over pony's dat meneer Osnard haar voor haar verjaardag heeft gegeven. En Louisa dist hem, onder invloed van zijn zachte aandrang en een stiekeme slok wodka, haar hele levensverhaal tot dusverre op en bedient zich daarbij van het flirterige taaltje waar haar hoerige zuster Emily zich van bedient als zij, alvorens zich op haar rug uit te strekken, haar Scarlett O'Hara-vertolking ten beste geeft.

'Mijn probleem – dat kan ik niet ontkennen – vind je het écht goed dat ik je Andy noem? Ik ben Lou – hoewel ik in ménig opzicht zielsveel van hem houd, mijn probleem – en godzijdank heb ik er maar één, want bijna ieder meisje in Panama dat ik kén heeft voor elke dag van de wéék wel een probleem – mijn probleem móét mijn vader zijn.'

10

Louisa bereidde haar echtgenoot op zijn pelgrimage naar de generaal voor op dezelfde wijze waarop ze de kinderen voorbereidde op een bezoek aan de zondagsschool, maar met nog meer enthousiasme. Een aantrekkelijke blos op haar wangen. Hoogst geanimeerd pratend. Een flink deel van haar enthousiasme was ontleend aan de fles.

‘Harry, we moeten de Jeep wassen. Je staat op het punt een held van deze tijd te kleden. De generaal heeft meer medailles dan welke generaal van zijn leeftijd in het Amerikaanse leger dan ook. Mark, ik wil dat jij de emmers warm water haalt. Hannah, zorg jij alsjeblieft voor de spons en het sop en hou onmíddellijk op met dat gevloek.’

Pendel had de Jeep ook door de automatische autowasstraat van het plaatselijke garagebedrijf kunnen rijden, maar Louisa had er vandaag behoefte aan de generaal naast properheid ook devotie te tonen. Ze was nog nooit zo trots op haar Amerikaanse afkomst geweest. Dat zei ze herhaaldelijk. Ze was zo opgewonden dat ze struikelde en bijna onderuitging. Toen ze de Jeep hadden gewassen, inspecteerde ze Pendels das. Ze inspecteerde hem zoals tante Ruth Benny’s dassen inspecteerde. Eerst van dichtbij en vervolgens van een afstand, als een schilderij. En ze was pas tevreden toen hij hem had omgeruild voor iets ingetogeners. Haar adem rook sterk naar tandpasta. Pendel vroeg zich af waarom ze haar tanden de laatste tijd zo vaak poetste.

‘Harry, voor zover ik weet ben jij geen hoerenloper. Daarom geeft het geen pas dat jij eruitziet als een hoerenloper als je een bezoek brengt aan de opperbevelhebber van het Zuidelijk Commando van de Amerikaanse strijdkrachten.’ En toen belde ze de kapper voor een afspraak om tien uur en zei op de toon die de secretaresse van Ernie Delgado betaamde: ‘Geen pieken en geen tochtlatten, alsjeblieft, José. Meneer Pendel wil het vandaag heel kort en netjes. Hij gaat op bezoek bij de opperbevelhebber van het Zuidelijk Commando van de Amerikaanse strijdkrachten.’

Vervolgens vertelde ze Pendel hoe hij zich moest gedragen: 'Harry, denk eraan dat je geen grapjes maakt en de verschuldigde eerbied betoont' – terwijl ze vol genegenheid de schouders van zijn jasje gladstreek hoewel die toch al geen plooitje vertoonden – 'en breng de generaal mijn groeten over en vergeet hem vooral niet te zeggen dat álle Pendels en niet alleen Milton Jennings dochter zich, zoals elk jaar, verheugen op de barbecue voor Thanksgiving en het vuurwerk voor de Amerikaanse gezinnen. En poets voor je weggaat van de zaak die schoenen nog even. Elke rechtgeaarde soldaat beoordeelt een man naar de conditie van zijn schoeisel en de opperbevelhebber van het Zuidelijk Commando van de Amerikaanse strijdkrachten vormt daarop geen uitzondering. Rij voorzichtig, Harry. Ik meen het.'

Haar raadgevingen waren overbodig. Toen hij over de door bossen omzoomde slingerweg tegen Ancón Hill opreed, hield Pendel zich zoals gewoonlijk angstvallig aan de snelheidsbeperkingen. Bij de controlepost van het Amerikaanse leger ging hij rechtop zitten en glimlachte manhaftig naar de schildwacht, want hij voelde zich inmiddels zelf al zo'n beetje een soldaat. Toen hij de keurige witte villa's voorbijreed, viel hem op dat de in drukletters aangegeven rang van de bewoners met hem omhoog ging en ervoer hij dat als een indirecte promotie op zijn weg naar de zaligheid. En toen hij de indrukwekkende trap naar de voordeur van Quarry Heights 1 besteeg, nam hij, ondanks zijn koffertje, de typisch Amerikaanse militaire pas over waarbij het bovenlichaam strak vooruitglijdt terwijl de heupen en de knieën onafhankelijk daarvan functioneren.

Maar hij had nog geen voet over de drempel van het huis gezet of Harry Pendel was, zoals altijd als hij hier kwam, hopeloos verliefd.

Dit was niet zomaar macht. Dit was het summum van macht: een gouverneurspaleis op een op de vijand veroverde heuvel, bemand door hoffelijke Romeinse gardisten.

'Meneer. De generaal zal u nu te woord staan,' verwittigde de sergeant hem, terwijl hij hem met een enkele geoefende beweging van zijn koffertje beroofde.

De glanzend witte zaal hing vol met koperen gedenkplaten

voor elke generaal die hier had gediend. Pendel groette hen alsof het oude vrienden waren en speurde ondertussen zenuwachtig om zich heen op zoek naar ongewenste tekenen van verandering. Hij had zich geen zorgen hoeven maken. Een wat ongelukkige beglazing van de veranda, een paar afstotelijke airconditioners. Iets te veel tapijten. De generaal had in het begin van zijn loopbaan een voorliefde opgevat voor het oosten. Verder was het huis in grote trekken zoals Teddy Roosevelt het had kunnen aantreffen wanneer hij de voortgang van de toenmalige ruimtevaartproeven kwam inspecteren. Gewichtloos, zijn eigen bestaan wegcijferend, volgde Pendel de sergeant door een aaneenschakeling van zalen, ontvangkamers, bibliotheken en salons. Elk venster opende een nieuwe wereld voor hem: dan weer het Kanaal, vol met schepen, dat zich indrukwekkend door de kom van het dal kronkelde; dan weer de gelaagde, zachtpaarse beboste heuvels in dichte nevelen gehuld; dan weer de bogen van de Brug van de Amerika's, die achter elkaar als de kronkelingen van een enorm zeemonster de baai overspanden, en in de verte de drie taps toelopende eilanden die in de lucht leken te zweven.

En die vogels! Die dieren! Alleen al op deze heuvel – had Pendel gelezen in een van de boeken van Louisa's vader – kwamen meer soorten voor dan in heel Europa. Op de takken van een grote eik koesterden volwassen leguanen zich lui in de ochtendzon. Van een andere slingerden bruin-witte zijdeaapjes zich langs een paal omlaag om zich te goed te doen aan de stukjes mango die de aantrekkelijke vrouw van de generaal daar had neergelegd. Dan weer langs de paal omhoog, handje voor handje, elkaar voor de grap de loef afstekend terwijl ze ijlings een veilig heenkomen zochten. En op het smetteloze gazon de bruine ñeques die als bovenmaatse hamsters rondsprongen. Ook dit was een huis waarin Pendel altijd al had willen wonen.

De sergeant beklom, met Pendels koffertje in de aanslag, de trap. Pendel volgde hem. Oude prenten van krijgslieden in uniform staken uitdagend hun snor naar hem uit. Wervingsaffiches eisten zijn deelname aan vergeten oorlogen. Het teakhouten bureau in de studeerkamer van de generaal was zo glanzend gepoetst dat Pendel durfde te zweren dat hij er dwars doorheen kon kijken.

Maar het absolute hoogtepunt voor Pendel was de kleedkamer. Negentig jaar geleden hadden de grootste bouwkundige en militaire genieën de koppen bij elkaar gestoken om Panama's eerste kleermakerswalhalla te verwezenlijken. In die tijd was het klimaat herenkleding niet welgezind. De beste maatkleding kon in één nacht beschimmelen. Als je de kostuums in kleine ruimten opborg, verhoogde dat de vochtigheidsgraad. Daarom ontwierpen de uitvinders van de kleedkamer van de generaal, in plaats van een aantal klerenkasten, een hoge en luchtige kapel met ingenieus geplaatste bovenramen die elk zuchtje wind opvingen. En daarbinnen verrichtten ze een wonder in de vorm van een grote mahoniehouten balk die met behulp van katrollen kon worden opgehesen tot de nok of kon worden neergelaten tot vlak boven de grond. De lichtste aanraking van een vrouwenhand was voldoende. En aan die balk hingen ze de vele doordeweekse kostuums, jacquets, smokings, rokkostuums, ceremoniële en gala-uniformen van de eerste generaal die de scepter zwaaide over de Heights. Opdat zij vrijuit konden hangen en rond konden zwieren op de koele briesjes die door de ramen werden binnengelaten. Pendel kende in de hele wereld geen indrukwekkender eerbetoon aan zijn metier dan dit.

'En u houdt de traditie in ére, generaal! U maakt er gebrúík van!' riep hij in vervoering uit. 'Hetgeen wij Engelsen, en ik zeg dit met alle respect, gewoonlijk niet gewend zijn van onze gewaardeerde Amerikaanse vrienden.'

'Ach, Harry, we zijn immers geen van allen wat we lijken?' zei de generaal met argeloze voldoening terwijl hij zichzelf in de spiegel bekeek.

'Nee, meneer, dat zijn we inderdaad niet. Hoewel ik de indruk heb dat niemand kan voorspellen wat er van dit alles moet worden als het in handen valt van onze stoutmoedige Panamese gastheren,' voegde hij er in zijn rol van luisterpost listig aan toe. 'Anarchie en erger, als ik sommige van mijn meer op sensatie beluste klanten mag geloven.'

De generaal was jong van geest en zei graag waar het op stond. 'Harry, het is de ene keer dit, de andere keer dat. Gisteren wilden ze dat we vertrokken omdat we doortrapte kolonialistische bullebakken zijn en ze niet vrijuit kunnen ademen zolang wij hen op hun huid zitten. Vandaag willen ze dat we blijven omdat we de grootste werkgever in het land zijn en ze, als Uncle Sam zijn handen van hen aftrekt, op de internationale geldmarkten een gevoelige klap zullen moeten incasseren. Inpakken en weer uitpakken. Uitpakken en weer inpakken. Het zit als gegoten, Harry. Hoe maakt Louisa het?'

'Dank u, generaal, Louisa maakt het uitstekend en dat zal nog beter worden als ze hoort dat u naar haar hebt gevraagd.'

'Milton Jenning was een uitstekende ingenieur en een Amerikaan met het hart op de juiste plaats. Een groot gemis voor ons allemaal.'

Ze pasten een driedelig kostuum van antracietgrijs alpaca met een enkele rij knopen dat vijfhonderd dollar moest kosten, wat dezelfde prijs was die Pendel zijn eerste generaal meer dan negen jaar geleden in rekening had gebracht. Hij nam de broeksband iets in. De generaal had geen grammetje vet en het figuur van een atletische god.

'Ik ben bang dat een Japanse heer hier binnenkort zijn intrek zal nemen,' klaagde de luisterpost terwijl hij de arm van de generaal bij de elleboog kromde en ze beiden in de spiegel keken. 'En het zou me niet verwonderen als hij zijn hele familie met aanhang en keukenmeid meebracht. Soms krijg je de indruk dat sommigen nog nooit van Pearl Harbor hebben gehoord. U moet het me niet euvel duiden, generaal, maar ik zie een wijziging van het oude bestel met lede ogen tegemoet.'

Het antwoord van de generaal, als hij er tenminste aan toe kwam er een te bedenken, werd in de kiem gesmoord door de vreugdevolle interventie van zijn vrouw.

'Harry Pendel, laat mijn man als de wiedeweerga met rust,' gelastte ze hem op uitgelaten toon terwijl ze uit het niets opdook met een grote vaas lelies in haar armen. 'Hij is van mij alleen en waag het niet nog één adembenemende steek aan dat pak te veranderen. Hij is het lekkerste stuk dat ik ooit heb gezien. Ik laat me nú meteen weer door hem schaken. Hoe gaat het met Louisa?'

Ze hadden afgesproken in een door neonbuizen verlicht café dat dag en nacht open was vlak bij het vervallen eindstation van de spoorlijn naar de kust, dat tegenwoordig fungeerde als vertrekpunt voor dagtochtjes door het Kanaal. Osnard zat onderuitgezakt aan een hoektafeltje met een panamahoed op zijn hoofd. Naast zijn elleboog stond een leeg glas van het een of ander. In die ene week dat Pendel hem niet had gezien, was hij dikker en ouder geworden.

'Thee of zo eentje?'

'Doe mij maar een kopje thee, Andy, als je het niet erg vindt.'

'Thee,' zei Osnard kortaf tegen de serveerster, terwijl hij moeizaam met een hand door zijn haar streek. 'En nog zo eentje.'

'Zware nacht zeker, Andy?'

'Werk en nog eens werk.'

Door het raam keken ze uit op het wegterende materieel uit Panama's bloeitijd. Oude passagiersrijtuigen waarvan de bekleding door ratten en zwervers was losgetrokken; de koperen schemerlampjes waren ongeschonden. Roestige stoomlocomotieven, draaischijven, wagons en tenders, aan hun lot overgelaten als het speelgoed van een verwend kind. Op de stoep, dicht bijeen onder luifels, rugzaktoeristen die bedelaars afpoeierden, doorweekte dollarbiljetten telden en Spaanse borden probeerden te ontcijferen. Het had bijna de hele ochtend geregend. Het regende nog steeds. Het restaurant stonk naar warme benzine. Scheepshoorns overstemden jankend het geroezemoes.

'Het is een toevallige ontmoeting,' zei Osnard, terwijl hij een boer onderdrukte. 'Jij was inkopen aan het doen. Ik informeerde naar de vertrektijden van schepen.'

'Wat was ik in hemelsnaam aan het kopen?' vroeg Pendel verwonderd.

'Wat kan mij dat verdomme schelen?' Osnard nam een slok van zijn cognac en Pendel nipte van zijn thee.

Pendel reed. Ze hadden de voorkeur gegeven aan de Jeep vanwege de diplomatieke nummerplaten op Osnards auto. Kapelletjes langs de weg markeerden de plaatsen waar spionnen en andere weggebruikers het leven hadden gelaten. Zorgelijke pony's met enorme lasten, gedreven door geduldige indiaanse gezinnen met bundeltjes op hun hoofd. Een dode koe met uitgestrekte poten op een kruispunt. Een zwerm zwarte aasgieren die vochten om de lekkerste hapjes. Een oorverdovend geweerschot dat een klapband aan een achterwiel aankondigde. Pendel die het wiel verwisselde terwijl Osnard met zijn panamahoed nors in de berm op zijn hurken zat. Een wegrestaurant buiten de stad, met hardhouten tafeltjes onder plastic luifels, en kippenbouten op de grill. Het hield op met regenen. Meedogenloos zonlicht bescheen een smaragdgroen grasveld. Papegaaien krijsten moord en brand vanuit een klokvormige volière. Pendel en Osnard waren alleen met uitzondering van twee forse kerels in blauwe overhemden aan de andere kant van het plankier.

'Ken je die lui?'

'Nee, kan ik je tot mijn genoegen mededelen, Andy.'

En twee glazen witte huiswijn om de kip mee weg te spoelen – wacht even, maak daar maar een fles van, en lazer dan op en laat ons met rust.

'Ze zijn op hun hoede,' begon Pendel.

Osnard ondersteunde zijn hoofd tussen de gespreide vingers van zijn ene hand en maakte aantekeningen met zijn andere.

'Er zijn er altijd een stuk of vijf in de directe omgeving van de generaal, dus ik heb hem nooit voor mezelf. Er was een kolonel bij, een grote kerel, die hem voortdurend apart nam. Die hem aanspoorde dingen te ondertekenen, die in zijn oor fluisterde.'

'Kon je zien wat hij ondertekende?' Osnard bewoog zijn hoofd enigszins om de pijn te verlichten.

'Niet terwijl ik de maat aan het nemen ben, Andy.'

'Nog wat gemompel opgevangen?'

'Nee, en ik denk dat jij ook niet veel zou hebben opgevangen als je daar op je knieën had gezeten.' Hij nam een slokje wijn. '"Generaal," zei ik, "als het slecht uitkomt of als ik dingen te horen krijg die niet voor mijn oren bestemd zijn dan hoeft u maar te kikken. Daar heb ik alle begrip voor, dan kom ik een andere keer wel terug." Hij wilde er niet van horen. "Harry, doe me een lol en blijf precies waar je bent. Jij bent een eiland van gezond verstand in een oceaan van waanzin." "Goed dan," zei ik, "ik blijf." Toen kwam zijn vrouw binnen en viel er een stilte.

Maar je hebt blikken die boekdelen spreken, Andy, en dit was er een van. Wat ik een uiterst significante en veelbetekenende blik tussen twee mensen die elkaar terdege kennen zou willen noemen.'

Osnard noteerde het gelaten. '"De generaal die het bevel voert over het Zuidelijk Commando wisselde een veelbetekenende blik met zijn vrouw." Nou, dáár zal Londen versteld van staan,' merkte hij knorrig op. 'Heeft de generaal nog afgegeven op het ministerie van buitenlandse zaken?'

'Nee, Andy.'

'Noemde hij ze geen zootje doorgedraaide, betweterige flikkers en kankerde hij niet op die CIA-studentjes met hun boordjes met knoopjes die zo van Yale komen?'

Pendel raadpleegde voorzichtig zijn geheugen.

'Die kant ging het wel een béétje op, Andy. Het hing in de lucht, zou je kunnen zeggen.'

Osnard schreef met iets meer enthousiasme.

'Klaagde hij over Amerika's machtsverlies, speculeerde hij over de toekomstige eigenaars van het Kanaal?'

'Er was een zekere spanning, Andy. Er werd over de studenten gesproken, en niet bepaald op vleiende toon.'

'Uitsluitend zijn eigen woorden, alsjeblieft, ouwe reus? Zorg jij nu maar voor de tekst dan maak ik er wel wat moois van.'

Pendel deed wat hem gevraagd werd. '"Harry," zegt hij tegen me – op heel zachte toon – terwijl ik me zorgen maak over de voorkant van zijn boordje – "als ik je een goede raad mag geven, Harry, verkoop dan je winkel en je huis en verlaat met je vrouw en je gezin dit helse oord zolang het nog kan. Milton Jenning was een voortreffelijk ingenieur. Zijn dochter verdient beter." Ik was verbijsterd. Ik zei geen woord. Ik was te geroerd. Hij vroeg me hoe oud onze kinderen waren en het was een pak van zijn hart toen hij hoorde dat ze nog veel te jong waren voor de universiteit, want hij moest er niet aan denken dat Milton Jennings kleinkinderen door de straten zouden rennen met een zootje langharig links tuig.'

'Wacht even.'

Pendel wachtte.

'Oké. Verder.'

'Toen zei hij dat ik goed voor Louisa moest zorgen en dat ze zich een waardige dochter van haar vader betoonde vanwege het feit dat ze het uithield bij die onbetrouwbare klootzak van een doctor Ernesto Delgado van de Kanaalcommissie, moge hij branden in de hel. En de generaal moet gewoonlijk niets hebben van dergelijke taal, Andy. Ik was geschokt. Dat zou jij ook zijn geweest.'

'*Delgado* een klootzak?'

'Precies, Andy,' zei Pendel, terwijl hij terugdacht aan de weinig behulpzame houding van dat heerschap tijdens het dineetje bij hem thuis, alsmede het feit dat hij hem al jarenlang als een eigentijdse Braithwaite werd voorgespiegeld.

'In welk opzicht is hij in jezusnaam onbetrouwbaar?'

'Dat zei de generaal niet, Andy, en het is niet aan mij om daarnaar te informeren.'

'Zei hij nog iets over het eventuele opdoeken van Amerikaanse legerbases?'

'Niet als zodanig, Andy.'

'Wat betekent dat in jezusnaam?'

'Er werden grapjes gemaakt. Galgenhumor. Opmerkingen die impliceerden dat het niet lang meer zal duren voor de wc's verstopt raken.'

'De veiligheid van het scheepvaartverkeer? Arabische terroristen die dreigen het Kanaal lam te leggen? Dat de yanks wel moeten blijven om de oorlog tegen de handel in verdovende middelen te continueren en de wapenhandelaren in toom te houden en de vrede te bewaren?'

Pendel schudde bij elk van deze overwegingen beschroomd zijn hoofd. 'Andy, Andy, wil je eraan denken dat ik maar een kleermaker ben?' – en hij keek met een zedige glimlach naar een zwerm visarenden die zich wervelend tegen het blauwe firmament aftekende.

Osnard bestelde twee glazen vliegtuigbrandstof. Onder invloed daarvan werd hij aanmerkelijk alerter en keerden de vonkjes terug in zijn kleine, donkere ogen.

'Oké. En dan nu de hamvraag. Wat zei Mickie? Doet hij mee of niet?'

Maar Pendel liet zich niet opjagen. Niet als het om Mickie ging. Hij vertelde het verhaal over zijn eigen vriend in zijn eigen tijd. Hij vervloekte zijn gave en wenste vurig dat Mickie op die bewuste avond geen acte de présence in de Club Unión had gegeven.

'Misschien ís hij bereid om mee te doen, Andy. Maar dan onder bepaalde voorwaarden. Hij moet er nog eens diep over nadenken.'

Osnard was weer aan het schrijven. Osnards zweet druppelde op het plastic tafelkleed. 'Waar heb je hem gesproken?'

'In Caesar's Park, Andy. In de lange brede gang buiten het casino. Daar houdt Mickie audiëntie als het hem niet kan schelen met wie hij gezien wordt.'

De waarheid had even haar gevaarlijke kop opgestoken. Nauwelijks een dag tevoren waren Mickie en Pendel precies op de door hem beschreven plek samen geweest en had Mickie beurtelings met liefde en afkeer over zijn vrouw gesproken en het leed van zijn kinderen betreurd. En Pendel, zijn trouwe celmaat, had begrip getoond en er wel voor gewaakt dat hij niets zei dat Mickie een bepaalde kant uit zou sturen.

'Heb je hem die excentrieke, stinkend rijke filantroop voorgeschoteld?'

'Dat heb ik zeker, Andy, en daar had hij wel oren naar.'

'Heb je een nationaliteit genoemd?'

'Ik heb me op de vlakte gehouden, Andy. Zoals jij me had opgedragen. "Mijn vriend komt uit het westen, is een overtuigd democraat maar geen Amerikaan," heb ik gezegd. "En meer wil ik er niet over kwijt." "Harry, m'n jongen," zei hij – want zo noemt hij me, Harry, m'n jongen – "als hij een Engelsman is, dan ben ik al bijna verkocht. Vergeet niet dat ik zelf in Oxford heb gestudeerd en ooit een hoge positie bekleedde in de Anglo-Panamese Culturele Vereniging." "Mickie," zei ik, "neem van me aan dat ik je niet meer kan vertellen. Mijn excentrieke vriend bezit een bepaald bedrag aan geld en is bereid je dat bedrag ter beschikking te stellen, vooropgesteld dat hij overtuigd is van de oprechtheid van je idealen – en dan heb ik het niet over een zakcentje. Als iemand Panama op slinkse wijze van haar Kanaal berooft," zei ik, "als het weer uitdraait op het gedreun van laarzen en kadaverdiscipline op straat, en als de kansen van een kleine, dappere staat die zijn eerste schreden zet op het pad naar de democratie, de grond in worden geboord, dan is mijn excentrieke vriend bereid je op alle mogelijke manieren met zijn miljoenen te helpen." '

'Hoe reageerde hij daarop?'

' "Harry, m'n jongen," zei hij. "Ik zal er geen doekjes om winden. Het geld zou me op dit moment goed van pas komen want ik ben bijna blut. Het zijn niet de casino's die me de kop hebben gekost of mijn giften aan mijn geliefde studenten en de mensen aan de overkant van de brug. Het zijn mijn betrouwbare bronnen, het zijn de smeergelden die ik hen betaal, het zijn mijn onvoorziene uitgaven. Niet alleen in Panama, maar in Kuala Lumpur, Taipei, Tokio en god mag weten waar nog meer. Ik ben platzak en daar helpt geen lieve moer aan." '

'Wie moet hij omkopen? Waar is hij in jezusnaam mee bezig? Ik begrijp er geen jota van.'

'Dat heeft hij me niet verteld, Andy, en ik heb hem er niet naar gevraagd. Hij sprong van de hak op de tak, zoals zijn gewoonte is. Hij kletste me de oren van het hoofd over de achterbakse uitbuiters en de politici die hun zakken vulden door het eerstgeboorterecht van het Panamese volk te verkwanselen.'

'Hoe zit het met Rafi Domingo?' vroeg Osnard met de gemelijkheid die mensen pas bekruipt als ze geld hebben aangeboden en vervolgens te horen krijgen dat hun aanbod wordt aanvaard. 'Ik dacht dat Domingo hem financierde.'

'Nu niet meer, Andy.'

'Waarom niet, in jezusnaam?'

Opnieuw schoot de waarheid Pendel behoedzaam te hulp.

'Sinds een paar dagen is señor Domingo om zo te zeggen geen welkome gast meer aan Mickies tafel. Wat iedereen al geruime tijd duidelijk was, is uiteindelijk ook Mickie duidelijk geworden.'

'Bedoel je dat hij in de gaten heeft dat zijn vrouwtje iets heeft met Rafi?'

'Zo is het maar net, Andy.'

Osnard liet het even op zich inwerken. 'Ik word doodmoe van die klojo's,' mopperde hij. 'Complotten hier, complotten daar, gelul over de grote uitverkoop, ophanden zijnde staatsgrepen, stille opposities, studenten in opmars. Waartegen voeren ze in jezusnaam *oppositie*? Met welk dóél? Waarom komen ze er niet mee voor de draad?'

'Dat is precies wat ik hem heb gevraagd, Andy. "Mickie," zei ik, "mijn vriend steekt zijn geld niet in een mysterie. Zolang er sprake is van een heel groot geheim waarvan jij op de hoogte bent en mijn vriend niet," zei ik, "houdt hij zijn geld in zijn zak." Ik zette hem voor het blok, Andy. Dat moet wel bij Mickie. Hij is bikkelhard. "Als jíj je plannen ontvouwt, Mickie," zei ik, "dan leveren wíj de fondsen." Dat waren letterlijk mijn woorden,' voegde hij eraan toe terwijl Osnard pufte en schreef en zijn zweet op het tafelblad druppelde.

'Hoe reageerde hij?'

'Hij drukte zich, Andy.'

'Wát deed hij?'

'Hij sloot zich volkomen af. Ik moest de woorden uit hem trekken alsof het een verhoor betrof. "Harry, m'n jongen," zei hij tegen me, "wij zijn mannen van eer, jij en ik, dus ik zal geen blad voor de mond nemen." Hij brandde los. "Als jij me vraagt wannéér, dan luidt mijn antwoord: nóóit. Nooit en te nímmer!"' De bezieling in Pendels stem was heel overtuigend. Je hoorde meteen dat hij het zelf had ervaren, dat hij Abraxas' emoties had gevoeld. '"Want ik zal nóóit ook maar het kleinste detail onthullen dat mij door mijn uiterst geheime bronnen is toevertrouwd zonder vooraf ruggespraak te hebben gehouden met alle betrokkenen."' Zijn stem daalde en werd een plechtige belofte. '"Pas dan zal ik je vriend het organisatieschema van mijn Beweging openbaren en hem tevens een overzicht verschaffen van haar oogmerken en idealen, plus een beginselverklaring voor het geval wij in de Grote Prijs van Panama ooit als winnaars uit de bus komen, plus alle benodigde feiten en cijfers aangaande de geheime machinaties van deze regering die mijns inziens misdadig zijn, vooropgesteld dat daar een aantal spijkerharde garanties tegenover staan."'

'Zoals?'

'"Zoals de garantie dat mijn organisatie met een hoge mate van omzichtigheid en respect wordt behandeld, en zelfs de kleinste details die betrekking hebben op mijn veiligheid of de veiligheid van degenen voor wie ik verantwoordelijk ben, zonder uitzondering van tevoren via Harry Pendel worden aangekondigd." Punt uit.'

Er viel een stilte. Osnard had een starende, duistere blik. Harry Pendel keek stuurs, was uit het lood geslagen en deed zijn uiterste best om Mickie te behoeden voor de gevolgen van zijn verkeerd uitgepakte bewijs van liefde.

Osnard was de eerste die sprak.

'Harry, ouwe reus.'

'Wat is er, Andy?'

'Je houdt toevallig toch niets voor me verborgen, hè?'

'Ik heb je precies verteld hoe het is gegaan, wat Mickie zei en wat ik zei.'

'Dit is de grote doorbraak, Harry.'

'Dank je, daar ben ik me van bewust, Andy.'

'Dit is gigantisch. Dit is waar jij en ik voor in de wieg zijn gelegd. Dit is waar Londen van droomt: een niet te stuiten burgerlijke radicale vrijheidsbeweging, die met de dag groeit, klaar om zodra het gedonder begint te vuur en te zwaard te vechten voor de democratie.'

'Ik begrijp eerlijk gezegd niet wat we hiermee aan moeten, Andy.'

'Dit is niet het geschikte moment voor jou om op eigen houtje zee te kiezen. Begrijp je wat ik bedoel?'

'Ik vrees van niet, Andy.'

'Samen staan we sterk. Afzonderlijk kunnen we wel inpakken. Jij bekommert je om Mickie, ik bekommer me om Londen, zo eenvoudig is dat.'

Pendel kreeg een ingeving. En een goede ook.

'Hij heeft nog één andere voorwaarde gesteld, Andy, die ik niet onvermeld mag laten.'

'En wat houdt die dan wel in?'

'Het was eerlijk gezegd zoiets belachelijks dat ik het zinloos vond je ermee lastig te vallen. "Mickie," heb ik tegen hem gezegd, "dat kun je wel op je buik schrijven. Je bent je boekje te buiten gegaan. Ik denk dat je een hele tijd niets meer van mijn vriend zult vernemen." '

'Ga door.'

Pendel lachte, maar alleen inwendig. Hij had zijn uitweg gevonden, een levensgroot luik om door te ontsnappen. De gave bruiste door zijn lichaam, tintelde in zijn schouders, klopte in zijn slapen en gonsde in zijn oren. Hij zuchtte en begon aan zijn zoveelste lange alinea:

' "Het betreft de overdracht van de contanten die die gestoorde geldschieter van jou mijn Stille Oppositie wil toestoppen om haar tekorten aan te vullen en haar tot een waardevol instrument te maken in dienst van de democratie van een kleine natie aan de vooravond van haar onafhankelijkheid en alles wat daarmee samenhangt." '

'En dat houdt in?'

'Dat het geld vooruit moet worden betaald, Andy. De volle mep, in contanten of goud,' antwoordde Pendel alsof hij het ook niet kon helpen. 'Om veiligheidsredenen mag er op geen enkel moment gebruik worden gemaakt van overschrijvingen, cheques of banken. Uitsluitend bestemd voor zijn Beweging, die zowel de studenten als de vissers omvat, eerlijk en koosjer, cash in het handje met alles erop en eraan,' besloot hij met uitbundige dankbetuigingen aan zijn oom Benny.

Maar Osnard reageerde niet zoals Pendel had verwacht. Integendeel, zijn bolle gezicht leek op te klaren terwijl hij Pendel liet uitspreken.

'Daar kan ik inkomen,' zei hij op volmaakt redelijke toon, nadat hij dit interessante voorstel had overwogen met de zorgvuldigheid die het verdiende. 'En dat zou Londen ook moeten. Ik zal het bij ze aankaarten, kijken of ze er oren naar hebben, wat zij erop te zeggen hebben. Het zijn voor het merendeel redelijke lui. Met een goed stel hersens. Ruimdenkend als het moet. Je kunt vissers geen cheques geven. Dat slaat nergens op. Kan ik je nog ergens anders mee van dienst zijn?'

'Dank je, Andy. Dit lijkt me voorlopig meer dan voldoende,' antwoordde Pendel op pedante toon, zonder blijk te geven van zijn verbijstering.

Marta stond achter haar fornuis Griekse koffie te zetten omdat ze wist dat hij die lekker vond. Pendel lag op haar bed en bestudeerde een ingewikkelde kaart vol lijnen en stippen en hoofdletters gevolgd door cijfers.

‘Het is een organisatieschema,’ legde ze uit. ‘Zoals we die ook opstelden toen we studenten waren. Codenamen, cellen, communicatielijnen en een speciale verbindingseenheid om met de vakbonden te overleggen.’

‘Waar moet ik Mickie plaatsen?’

‘Nergens. Mickie is onze vriend. Dat zou geen pas geven.’

De koffie borrelde op en bezonk weer. Ze schonk twee kopjes in.

‘En de Beer heeft gebeld.’

‘Wat wilde hij?’

‘Hij zegt dat hij overweegt een artikel aan jou te wijden.’

‘Dat is aardig van hem.’

‘Hij wil weten hoeveel de nieuwe ontvangstruimte je heeft gekost.’

‘Waarom zou hij dat willen weten?’

‘Omdat hij ook kwaad in de zin heeft.’

Ze pakte hem het organisatieschema af, gaf hem zijn kopje koffie en ging vlak naast hem op het bed zitten.

‘En Mickie wil nog een kostuum. Pied-de-poule alpaca, net zoals je voor Rafi hebt gemaakt. Ik heb hem gezegd dat hij eerst zijn vorige kostuum maar eens moest betalen. Heb ik daar goed aan gedaan?’

Pendel nipte van zijn koffie. Hij was bang, zonder te weten waarom.

‘Geef hem wat hem gelukkig maakt,’ zei hij, terwijl hij haar blik ontweek. ‘Hij heeft het verdiend.’

11

Iedereen was verrukt over de wijze waarop de jonge Andy zich manifesteerde. Zelfs ambassadeur Maltby, die niet in staat werd geacht enig gevoel van verrukking in de gebruikelijke zin des woords te ondergaan, had men horen verklaren dat een jonge man die met handicap acht speelde en zijn mond hield tussen de slagen, onmogelijk een totale flapdrol kon zijn. Nigel Stormont had binnen enkele dagen zijn bange voorgevoelens overboord gegooid. Osnard aasde niet op zijn baantje als hoofd van de kanselarij, hield op gepaste wijze rekening met de gevoeligheden van zijn collega's en stal, maar niet al te nadrukkelijk, de show op cocktailparty's en dineetjes.

'Heb je enig idee hoe ik jouw aanwezigheid in de stad moet verklaren?' vroeg Stormont hem nogal knorrig, toen ze elkaar voor het eerst ontmoetten. 'Om maar te zwijgen van hier op de ambassade,' voegde hij eraan toe.

'Wat zou je zeggen van Kanaalwaarnemer?' opperde Osnard. 'Engelands handelsroutes in het postkoloniale tijdperk. In zekere zin is dat nog waar ook. 't Is maar wat je onder waarnemen verstaat.'

Stormont zag dat voorstel wel zitten. Elke belangrijke ambassade in Panama had haar eigen Kanaaldeskundige, behalve de Engelsen. Maar wist Osnard wel van de hoed en de rand?

'Waar draait het uiteindelijk op uit met de Amerikaanse legerbases?' vroeg Stormont, om te controleren in hoeverre Osnard voor zijn nieuwe taak was uitgerust.

'Wat bedoel je?'

'Worden de Amerikaanse kazernes opgedoekt of blijven ze?'

'Da's niet te voorspellen. Een hoop Panamezen willen dat de bases blijven om de buitenlandse investeerders gerust te stellen. Voorlopig tenminste. Ze zien het als een overgangsfase.'

'En de anderen?'

'Geen dag langer dan noodzakelijk. Sinds 1904 zitten we onder hun koloniale bewind, een blamage in de ogen van de ons omringende landen, laat die hufters oprotten. Amerikaanse mariniers hebben in de jaren twintig van hieruit Mexico en Nicaragua aangevallen, en in '25 de Panamese stakingen onderdrukt. Het Amerikaanse leger is hier sinds de opening van het Kanaal. Dat zit niemand lekker behalve de bankiers. Tegenwoordig gebruiken de Verenigde Staten Panama als basis van waaruit ze de drugsbaronnen in de Andes en Centraal-Amerika bestoken en Latijns-Amerikaanse soldaten trainen in acties tegen staatsvijanden die nog nader moeten worden gedefinieerd. De Amerikaanse bases hebben vierduizend Panamezen in vaste dienst en bezorgen er nog eens elfduizend emplooi. De Amerikaanse krijgsmacht telt officieel zevenduizend man, maar er gebeurt een hoop in het geniep – een massa uitgeholde bergen vol speelgoed en bunkers. De Amerikaanse aanwezigheid is zogenaamd verantwoordelijk voor viereneenhalf procent van het bruto nationaal product, maar dat slaat nergens op als je het afzet tegen Panama's onofficiële inkomsten.'

'En de verdragen?' vroeg Stormont heimelijk geïmponeerd.

'Met het verdrag van 1904 werd het Kanaal voor altijd aan de yanks toegewezen, het Torrijos-Carter-verdrag van '77 houdt in dat het Kanaal en alles wat daarbij hoort tijdens de eeuwwisseling gratis en voor niks aan de Panamezen moet worden teruggegeven. Conservatief Amerika beschouwt dat nog steeds als een vorm van verraad. De overeenkomst houdt in dat de Amerikaanse militaire aanwezigheid kan worden gecontinueerd mits beide partijen dat op prijs stellen. De vraag wie wat wanneer waarvoor aan wie betaalt is niet ter sprake gekomen. Ben ik geslaagd?'

Dat was hij. Osnard de officiële Kanaalwaarnemer nam plichtsgetrouw zijn intrek in zijn flat, liet zich aan iedereen voorstellen, schudde handjes en ontpopte zich binnen enkele weken tot een aangename kleine bezienswaardgheid in het diplomatieke landschap. Nog enkele weken later was hij een waardevolle aanwinst. Hij speelde niet alleen golf met de ambassadeur maar tenniste ook met Simon Pitt, bezocht uitbundige strandfeesten van het lagere personeel en liet zich niet onbetuigd bij de verwoede pogingen die de diplomatieke gemeenschap zo nu en dan ondernam om aalmoezen bijeen te brengen voor de minder bevoorrechten van Panama, van wie er gelukkig een onuitputtelijke voorraad heette te zijn. Op de ambassade was men aan de repetities voor een pantomime begonnen. Osnard werd met algemene stemmen voor de vrouwelijke hoofdrol uitverkoren.

'Zou ik je iets mogen vragen?' vroeg Stormont toen ze elkaar beter kenden. 'Wat houdt de Commissie voor Planning & Organisatie eigenlijk in?'

Osnard hield zich op de vlakte. Met opzet, vermoedde Stormont.

'Dat weet ik niet zo precies. Financiën zit erachter. Een samenraapsel van kopstukken. Bij elkaar geraapte figuren uit allerlei maatschappelijke sectoren. Een frisse wind om de spinnenwebben weg te blazen. Semi-overheidsfunctionarissen plus de Gezalfden des Heren.'

'Bepaalde sectoren in het bijzonder?'

'Het parlement, de pers. Hier en daar. Mijn baas heeft er een hoge pet van op maar laat er weinig over los. Onder voorzitterschap van een knaap die Cavendish heet.'

'Cavendish?'

'Voornaam Geoff.'

'Geoffrey Cavendish?'

'Een soort freelancer. Iemand die achter de schermen aan de touwtjes trekt. Kantoor in Saoedi-Arabië, huizen in Parijs en het West End, een buiten in Schotland. Lid van Boodles.'

Stormont staarde Osnard oprecht ongelovig aan. Cavendish de machtsmanipulator, dacht hij. Cavendish de defensie-lobbyist. Cavendish de zogenaamde vriend van staatslieden. Tien-Procent Cavendish, uit de periode dat Stormont op het ministerie van buitenlandse zaken in Londen werkte. Boem-boem Cavendish, wapenhandelaar. Geoff de Kontlikker. Iedereen die in contact komt met bovengenoemde wordt geacht dat, alvorens hij verdere stappen onderneemt, onverwijld bij Personeelszaken te rapporteren.

'Wie nog meer?' vroeg Stormont.

'Een zekere Tug. Ik weet niet hoe hij verder heet.'

'Kirby soms?'

'Alleen Tug,' zei Osnard met een onverschilligheid die Stormont wel aanstond. 'Dat ving ik toevallig op toen er werd opgebeld. Mijn baas lunchte voor de vergadering met Tug. Mijn baas betaalde. Dat scheen gebruikelijk te zijn.'

Stormont beet op zijn lip en vroeg niet verder. Hij wist al meer dan hij wilde weten en waarschijnlijk meer dan hij hoorde te weten. In plaats daarvan bracht hij de netelige kwestie van Osnards toekomstige bevindingen aan de orde, die ze onder vier ogen bespraken tijdens een lunch in een nieuw Zwitsers restaurant dat kirsch bij de koffie serveerde. Osnard had de tent ontdekt, Osnard stond erop de rekening te betalen uit wat hij zijn judasfonds noemde, Osnard stelde voor *cordon bleu* en *gnocchi* te bestellen en die weg te spoelen met rode Chileense, voor ze overgingen op de kirsch.

Wanneer zou de ambassade op de hoogte worden gesteld van Osnards bevindingen? vroeg Stormont. Voordat hij Londen inlichtte? Daarna? Nooit?

'Mijn baas heeft me opgedragen niemand hier in vertrouwen te nemen tenzij hij het groene licht heeft gegeven,' antwoordde Osnard met volle mond. 'Hij is als de dood voor Washington. Hij zorgt persoonlijk voor de verspreiding.'

'Ben je daar gelukkig mee?'

Osnard nam een slok rode wijn en schudde zijn hoofd. 'Als ik jullie was, zou ik het niet pikken. Stel een interne projectgroep samen. Jij, de ambas, Fran, ik. Gully is Defensie, dus die mag niet meedoen, Pitt eventueel later. Stel een lijst met argumenten op, laat iedereen die ondertekenen, steek buiten kantoortijd de koppen bij elkaar.'

'Zal je baas dat accepteren, wie hij ook zijn mag?'

'Jullie douwen en ik trek wel. Hij heet Luxmore, wat eigenlijk een geheim is, zij het dat iedereen het weet. Zeg tegen de ambas dat hij met zijn vuist op tafel moet slaan. "Het Kanaal is een tijdbom. Onmiddellijke respons ter plekke van vitaal belang." Dat soort gelul. Dan zwicht hij wel.'

'De ambas slaat niet met zijn vuist op tafel,' zei Stormont.

Maar Maltby moest toch ergens op hebben geslagen want na een stroom tegensputterende telegrammen van hun respectieve diensten, die doorgaans in het holst van de nacht met de hand moesten worden gedecodeerd, kregen Osnard en Stormont schoorvoetend toestemming gemene zaak te maken. Op de ambassade werd een projectgroep in het leven geroepen die de onschuldig klinkende naam de Istmus-studiegroep meekreeg. Uit Washington werd een drietal chagrijnige technici overgevlogen dat na de ambassademuren drie dagen lang te hebben beklopt en beluisterd verklaarde dat ze geen oren hadden. En op een enerverende vrijdagavond om zeven uur schaarden de vier samenzweerders zich plichtsgetrouw rond de ambassadoriale vergadertafel van tropisch hardhout en gaven, door onder het omfloerste licht van een lamp van het ministerie van publieke werken hun handtekening onder een verklaring te plaatsen, te kennen dat zij inzage hadden in de speciale informatie BUCHAN, afkomstig van bron BUCHAN in het kader van een operatie met codenaam BUCHAN. Aan de gewichtigheid van het ogenblik werd afbreuk gedaan door een paar snaakse opmerkingen uit de koker van Maltby, wiens goede humeur achteraf werd toegeschreven aan het feit dat zijn vrouw voor enige tijd naar Engeland was afgereisd.

'Van nu af aan is BUCHAN waarschijnlijk een expanderende zaak, meneer,' verklaarde Osnard luchtig, terwijl hij de getekende formulieren verzamelde als een croupier die de fiches bij elkaar harkt. 'Zijn materiaal komt in opzienbarend tempo binnen. Eens per week vergaderen is misschien niet genoeg.'

'Wát voor zaak, Andrew?' vroeg Maltby, zijn pen met een klik neerleggend.

'Een expanderende zaak.'

'Expanderend?'

'Dat zei ik, ambas. Expanderend.'

'Tja. Dat dacht ik al. Dank je. Maar van nu af aan is de zaak – om jouw vocabulaire te gebruiken – uitgeëxpandeerd. BUCHAN zou succesvol kunnen blijken. Hij zou kunnen volharden, of desnoods kunnen worden gecontinueerd of voortgezet. Maar zolang als ik ambassadeur ben, zal hij nooit expanderen – als je het niet erg vindt. Dat zou al te pijnlijk zijn.'

Waarna Maltby, wonder boven wonder, het hele ploegje voor een uitsmijter-spek en een duik in het koele nat uitnodigde in de ambtswoning waar hij, na een snaakse toast te hebben uitgebracht op 'de Buchaneers', de gasten voorging naar de tuin om zijn padden te bewonderen, wier namen hij boven het geraas van het voorbijgaande verkeer uit bulderde: 'Kom op, Hercules, hop, hop! – zit haar niet zo áán te gapen, Galileo, heb je nog nooit eerder een mooie meid gezien?' En toen ze in het halfduister heerlijk rondspartelden, verbijsterde Maltby iedereen nogmaals door Fran te prijzen met de luide blije uitroep: '*Jezus*, wat is ze mooi!' En om de avond te bekronen stond hij erop dat er dansmuziek werd gedraaid en liet hij zijn bedienden de tapijten oprollen, hoewel het Stormont onwillekeurig opviel dat Fran met iedereen danste behalve met Osnard die demonstratief de voorkeur gaf aan de boeken van de ambassadeur, die hij met zijn handen op zijn rug inspecteerde op de wijze waarop een Engelse prins een erewacht inspecteert.

'Denk jij dat Andy een tikkeltje van de verkeerde kant zou kunnen zijn?' vroeg hij aan Paddy onder het genot van een slaapmutsje. 'Hij heeft het nooit over afspraakjes met meisjes. En hij behandelt Fran alsof ze schurft heeft.'

Hij dacht dat ze weer een hoestbui kreeg, maar ze lachte.

'Líéverd,' mompelde ze terwijl ze haar ogen ten hemel sloeg. *'Andy Osnard?'*

Het was een opvatting die Francesca Deane, als ze die had gehoord toen ze op haar rug op Osnards bed in zijn flat in Paitilla lag, enthousiast zou hebben beaamd.

Hoe ze daar verzeild was geraakt was haar een raadsel, hoewel dat raadsel inmiddels tien weken oud was.

'Er zijn maar twee manieren om dit soort situaties aan te pakken, meid,' had Osnard haar uitgelegd met de zelfverzekerdheid waarmee hij alles en iedereen te lijf ging, toen ze rijkelijk voorzien van gegrilde kip en koud bier aan de rand van het zwembad van het El Panama zaten. 'Methode A. We onderdrukken onze gevoelens een halfjaar lang krampachtig en vallen elkaar dan onbeholpen en bezweet in de armen. "Lieveling, waarom hebben we dit niet veel eerder gedaan, hijg, hijg?" Methode B, die de voorkeur verdient, we duiken nu meteen de koffer in, nemen in alle opzichten totale *omertá* in acht, en kijken of het klikt. Zo ja, dan maken we een koninklijke wip. Zo niet, zand erover, geen haan die ernaar kraait. "We hebben het geprobeerd, zagen het niet zitten, dat weten we dan ook weer. Over tot de orde van de dag. *Basta*."'

'Er is ook nog een Methode C, hoor.'

'En die is?'

'Abstinentie, bijvoorbeeld.'

'Bedoel je dat ik er een knoop in leg en dat jij het klooster in gaat?' Hij wees met een weids gebaar van zijn vlezige hand naar de rand van het zwembad, waar wulpse meisjes in alle soorten en maten op de muziek van een liveband met hun vrijers zaten te flirten. 'Dit is een onbewoond eiland, meid. De eerste blanke op duizenden kilometers afstand. Alleen jij en ik en onze plicht jegens ons Engelse geboorteland, totdat mijn vrouw de volgende maand overkomt.'

Francesca was al zowat overeind. Ze gilde nota bene: 'Je vrouw!'

'Ik heb geen vrouw. Die heb ik nooit gehad en zal ik ook nooit krijgen,' zei Osnard, zich eveneens oprichtend. 'Dus wat houdt je in jezusnaam nog tegen nu ook dat geen obstakel meer vormt voor ons geluk?'

Ze dansten heel bedreven terwijl zij wanhopig naar een antwoord zocht. Ze had nooit verwacht dat iemand die zo ruim in zijn vlees zat zo lichtvoetig kon zijn. Of dat zulke kleine oogjes zo onweerstaanbaar konden zijn. Als ze eerlijk was, had ze nooit gedacht dat ze zich aangetrokken zou kunnen voelen tot een man die, op z'n zachtst gezegd, bepaald geen adonis was.

'Ik neem aan dat het nooit bij je is opgekomen dat ik weleens hópeloos verliefd zou kunnen zijn op iemand anders?' vroeg ze.

'In Panama? Uitgesloten, meid. Ik heb navraag gedaan. De jongens hier noemen je de Engelse ijsberg.'

Ze dansten heel dicht tegen elkaar aan. Dat leek de meest voor de hand liggende manier.

'Zo noemen ze me helemaal niet!'

'Wedden?'

Ze dansten nog dichter tegen elkaar aan.

'En thuis dan?' hield ze vol. 'Hoe weet je dat ik geen liefje heb in Shropshire? Of desnoods in Londen?'

Hij kuste haar slaap maar het had net zo goed elk ander deel van haar lichaam kunnen zijn. Zijn hand lag doodstil op haar rug en haar rug was naakt.

'Daar kom je hier niet ver mee, meid. Je beleeft weinig plezier aan een relatie op zevenduizend kilometer afstand – ik tenminste niet. Jij wel?'

Het kwam niet doordat Fran zich door Osnards argumenten had laten overhalen, hield ze zichzelf voor toen ze zijn verzadigde en sluimerende lichaam naast zich in bed bekeek. Of doordat hij de beste danser ter wereld was. Of doordat ze nog nooit een man had ontmoet die haar zo luid en langdurig aan het lachen kon maken. Het kwam gewoon omdat ze zich niet in staat achtte hem nog een dag langer te weerstaan, laat staan drie jaar.

Ze was een halfjaar geleden in Panama aangekomen. In Londen had ze haar weekends doorgebracht in gezelschap van een onthutsend aantrekkelijke, ambitieuze effectenmakelaar die Edgar heette. Tegen de tijd dat haar overplaatsing bekend werd, hadden zij in onderling overleg besloten dat hun relatie ten dode was opgeschreven. Bij Edgar gebeurde alles in onderling overleg.

Maar wie wás Andy?

Fran, die altijd precies wilde weten wat voor vlees ze in de kuip had, was nooit eerder naar bed geweest met iemand over wie ze niet van tevoren haar licht had opgestoken.

Ze wist dat hij op Eton had gezeten maar dat kwam alleen omdat Miles haar dat had verteld. Osnard, die zijn oude school leek te verafschuwen, sprak er uitsluitend over als 'de bajes' of 'het kakschooltje', en vermeed verder elke toespeling op zijn opleiding. Hij had een brede maar grillige algemene ontwikkeling, zoals je zou verwachten bij iemand wiens schoolcarrière abrupt was afgebroken. Als hij dronken was, vond hij het leuk om Pasteur te citeren: *'Het toeval begunstigt alleen voorbereide geesten.'*

Hij was rijk of, als hij dat niet was, dan was hij spilziek of uitzonderlijk vrijgevig. Bijna elke zak van zijn dure in Panama vervaardigde maatpakken – van Andy kon je verwachten dat hij meteen na aankomst in de stad de beste kleermaker had weten op te snorren – scheen uit te puilen van de twintig- en vijftigdollarbiljetten. Maar toen zij hem daarop attent maakte, haalde hij zijn schouders op en zei dat dat bij zijn baantje hoorde. Als hij haar op een etentje trakteerde of ze een verstolen weekendje op het platteland doorbrachten, smeet hij met geld.

Hij had ooit een hazewind gehad die hij liet deelnemen aan de rennen op de White City totdat – om in zijn woorden te spreken – een zootje lamstralen hem verzocht zijn hondje elders uit te laten. Een ambitieus plan voor een skelterbaan in Oman was op soortgelijke bezwaren gestuit. Hij had op Shepherd Market een winkeltje in zilverwaren gehad. Geen van die escapades kon lang hebben geduurd want hij was pas zesentwintig.

Over zijn afkomst weigerde hij helemaal iets los te laten, en hij hield vol dat hij zijn overweldigende charme en fortuin te danken had aan een verre tante. Hij repte nooit over vroegere veroveringen, hoewel ze alle redenen had om aan te nemen dat die talrijk en gevarieerd waren. Overeenkomstig zijn belofte *omertá* te betrachten liet hij in het openbaar nooit de minste aanspraak op haar gelden, en dat wond haar op: om het ene moment in zijn uiterst kundige armen het toppunt van genot te ervaren, en het volgende ingetogen tegenover hem te zitten tijdens een kanselarijvergadering en te doen alsof ze elkaar nauwelijks kenden.

En hij was een spion. En het was zijn taak om een andere spion die BUCHAN heette te begeleiden. Of spionnen, want BUCHANS resultaten leken te veelomvattend en te sensationeel om aan één persoon toe te schrijven.

En BUCHAN was goede maatjes met de president en de opperbevelhebber van het Zuidelijk Commando van de Amerikaanse strijdkrachten. BUCHAN kende misdadigers en ritselaars: net zoals Andy die moest hebben gekend toen hij zijn hazewind had die, dat had ze onlangs ontdekt, Vergelding heette. Dat vond ze veelzeggend: Andy streefde een bepaald doel na.

En BUCHAN onderhield contacten met een geheime democratische oppositie die wachtte tot de oude fascisten in Panama hun ware gezicht lieten zien. Hij sprak met militanten in de studentenbeweging en vissers en geheime activisten binnen de vakbonden. Hij zwoer met hen samen en wachtte tot de tijd rijp was. Hij noemde hen – niet zonder gevoel voor romantiek, vond ze – de mensen aan de overkant van de brug. BUCHAN stond ook op goede voet met Ernie Delgado, de éminence grise van de Kanaalzone. En met Rafi Domingo, die geld witwaste voor de kartels. BUCHAN kende heel wat leden van de Wetgevende Vergadering. Hij kende juristen en bankiers. Er scheen geen persoon van betekenis in Panama rond te lopen die BUCHAN niet kende, en Fran vond het uiterst merkwaardig, om niet te zeggen angstaanjágend, dat Andy er in zo'n korte tijd in was geslaagd door te dringen tot het hart van een Panama waarvan zij het bestaan nooit had vermoed. Maar welbeschouwd was hij ook behoorlijk trefzeker tot háár hart doorgedrongen.

En BUCHAN was een grootse samenzwering op het spoor, hoewel niemand precies kon zeggen wat die samenzwering behelsde: zij het dat de Fransen en mogelijk de Japanners en de Chinezen en de Tijgers uit Zuidoost-Azië er bij betrokken waren of zouden kunnen zijn, en wellicht ook de drugskartels van Midden- en Zuid-Amerika. En dat die samenzwering betrekking had op de onderhandse verkoop van het Kanaal, zoals Andy het noemde. Maar hoe? En hoe was dat mogelijk zonder dat de Amerikanen er iets van wisten? De Amerikanen hadden het land immers het grootste deel van de eeuw efficiënt bestuurd en zij beschikten over de meest verbazingwekkend geavanceerde afluister- en controlesystemen van de hele landengte en Midden-Amerika.

Toch wisten de Amerikanen tot ieders verbijstering van niets en dat droeg niet weinig bij aan de opwinding. Of ze wisten het wel, maar verzwegen het voor ons. Of ze wisten het wel, maar verzwegen het voor elkaar, want als je het de laatste tijd had over de Amerikaanse buitenlandse politiek, dan moest je erbij vragen welke, en welke ambassadeur: die in de Amerikaanse ambassade of die op Ancón Hill, want het Amerikaanse leger was nog steeds niet gewend aan het idee dat het in Panama de lakens niet meer uitdeelde.

En Londen was in rep en roer, en haalde uit allerlei vreemde oorden ondersteunend feitenmateriaal naar boven, soms van jaren her, en kwam tot verbazingwekkende gevolgtrekkingen aangaande de vraag wiens streven naar wereldsuprematie die van alle anderen zou overtreffen omdat, om in BUCHANS woorden te spreken, alle aasgieren van de wereld zich boven het arme, kleine Panama verzamelden en de kunst was te raden wie er aan het langste eind zou trekken. En Londen bleef voortdurend aandringen op meer en meer, wat Andy woedend maakte, want een netwerk afjakkeren was hetzelfde als een windhond afjakkeren, zei hij: uiteindelijk moet je er beide voor boeten, de hond en jij. Maar dat was alles wat hij haar vertelde. Voor het overige was hij zo gesloten als een oester, wat zij in hem bewonderde.

En dat allemaal in het korte tijdsbestek van tweeëneenhalve maand, vanuit het niets, net als hun liefdesrelatie. Andy was een tovenaar die dingen beroerde die er al jaren waren geweest en ze tot iets spannends en zinderends maakte. Zo had hij Fran ook beroerd. Maar wie was BUCHAN? Als Andy's rol door BUCHAN werd bepaald, wie bepaalde dan BUCHANS rol?

Waarom spraken BUCHANS vrienden zo openhartig met hem of haar? Was BUCHAN een zielenknijper, een arts? Of een geslepen stoepslet die haar minnaars met wellustige kunstgrepen geheimen ontfutselde? Wie was degene die Andy opbelde, hem vijftien seconden de oren van het hoofd praatte en alweer bijna had opgehangen voor hij 'Ik zal er zijn' kon zeggen? Was het BUCHAN zelf, of een tussenpersoon, een student, een visser, een buitenstaander, iemand die speciaal met de communicatie binnen het netwerk was belast? Waar ging Andy heen wanneer hij, als een man die door een goddelijke stem wordt geroepen, in het holst van de nacht opstond, zijn kleren aanschoot, een stapeltje bankbiljetten uit de muurkluis achter het bed pakte en haar daar liet liggen zonder haar zelfs maar te groeten, om tegen de ochtend, chagrijnig of zo blij als een kind, stinkend naar sigarenrook en damesparfum, weer binnen te sluipen? En haar dan, nog steeds zonder een woord te zeggen, te nemen, eindeloos, verrukkelijk, onvermoeibaar, uren, jaren achtereen, terwijl zijn dikke lichaam gewichtloos over en om haar heen gleed, het ene hoogtepunt na het andere, iets dat Fran tot dan toe alleen was overkomen in haar schoolmeisjesfantasie?

En met welke machtige toverkunsten hield Andy zich bezig toen er een gewoon uitziende envelop aan de deur werd bezorgd en hij daarmee naar de badkamer verdween en zich daar een halfuur opsloot en een stank achterliet van kamfer of was het methanal? Wat zág Andy toen hij met een natte strook film niet breder dan een lintworm terugkeerde uit de bezemkast en achter zijn bureau ging zitten om die door een miniatuur snijmachientje te halen?

'Hoor je dat niet op de ambassade te doen?' vroeg ze aan hem.

'Geen donkere kamer, geen jij,' antwoordde hij op de omfloerste, achteloze toon die zij zo onweerstaanbaar vond. Wat een onverbeterlijke schooier was hij toch na Edgar! – zo gewiekst, zo eigenzinnig, zo dápper!

Ze observeerde hem tijdens de BUCHAN-vergaderingen: onze Opper-Buchaneer, zelfverzekerd onderuit gezeten aan de lange tafel, een lok haar dromerig voor zijn rechteroog, terwijl hij zijn opzichtig gestreepte dossiermappen uitdeelde en vervolgens zijn blik op oneindig zette als iedereen behalve hijzelf ze doorlas: BUCHANS Panama, *in flagranti delicto*:

Antonio Zus-en-zo van het ministerie van buitenlandse zaken merkte onlangs op dat hij zo smoorverliefd was op zijn Cubaanse maîtresse dat hij zich in weerwil van de Amerikaanse protesten heeft voorgenomen zijn uiterste best te doen om de Cubaans-Panamese betrekkingen te verbeteren...

Tegenover wie merkte hij dat op? Tegenover zijn Cubaanse maîtresse? En had zij het aan BUCHAN verteld? Of rechtstreeks aan Andy, wellicht – in bed? Ze herinnerde zich de parfum weer en stelde zich voor dat die hem door naakte lichamen werd aangewreven. Is Andy BUCHAN? Alles was mogelijk.

Zus-en-zo is tevens schatplichtig aan de Libanese mafia in Colón, die ervan wordt verdacht twintig miljoen dollar te hebben betaald voor de status van 'bevoorrechte natie' binnen Colóns criminele gemeenschap...

En na de Cubaanse maîtresses en de Libanese bandieten neemt BUCHAN een duik in het Kanaal:

De chaos binnen het recentelijk aangestelde Kanaalbestuur neemt hand over hand toe, daar oude rotten in het vak worden vervangen door onbekwame functionarissen die, tot wanhoop van Ernesto Delgado, uitsluitend worden benoemd op basis van vriendjespolitiek. Het meest flagrante voorbeeld daarvan is de benoeming van José-María Fernandez tot directeur Algemene Diensten, nadat hij dertig procent van de aandelen had verworven in de Chinese fastfood-restaurantketen Lee Lotus, die voor veertig procent in handen is van bedrijven die deel uitmaken van het Braziliaanse Rodríguez-cocaïnekartel...

'Is dat dezelfde Fernandez die me tijdens de ontvangst voor de nationale feestdag probeerde te versieren?' vroeg Fran met een uitgestreken gezicht aan Andy, toen ze voor een avondlijke BUCHAN-bijeenkomst bijeen waren in Maltby's kantoor.

Ze had met hem geluncht in zijn flat en de hele middag de liefde met hem bedreven. Haar vraag werd zowel ingegeven door napret als door nieuwsgierigheid.

'Kaal kereltje met o-benen,' antwoordde Andy onverschillig. 'Brilletje, sproeten, stinkt uit zijn oksels en zijn mond.'

'Dat is 'm. Hij wilde me met zijn vliegtuig meenemen naar een feest in David.'

'Wanneer vertrek je?'

'Andy, je gaat je boekje te buiten,' zei Nigel Stormont zonder van zijn dossiermap op te kijken, en Fran had de grootste moeite haar gezicht in de plooi te houden.

En als de vergaderingen voorbij waren keek ze uit haar ooghoeken hoe Andy zijn mappen opstapelde en ermee terugkeerde naar zijn geheime koninkrijk achter de nieuwe stalen deur in de oostelijke vleugel, op de voet gevolgd door die gluiperige pennenlikker van hem die gebreide Fair Isle-vesten droeg en vet achterovergekamd haar had – Shepherd noemde hij zich en hij had altijd iets als een moersleutel of een schroevendraaier of een stuk elektrisch snoer in zijn hand.

'Wat dóét Shepherd in hemelsnaam voor je?'

'Hij lapt de ramen.'

'Daar is hij te klein voor.'

'Ik til hem op.'

En met al even weinig hoop op een bevredigend antwoord

vroeg ze Osnard nu waarom hij zich voor de zoveelste keer aankleedde op een tijdstip dat ieder ander probeerde te slapen.

'Ik moet nog even bij iemand langs om over een hond te praten,' antwoordde hij kortaf. Hij was de hele avond al gespannen geweest.

'Een windhond?'

Geen antwoord.

'Dat is dan wel een hele láte hond,' zei ze, in de hoop hem met een plaagstootje uit zijn tent te lokken.

Geen antwoord.

'Ik neem aan dat het dezelfde hond is die zo'n cruciale rol speelde in het door jou zelf te decoderen ijltelegram dat je vanmiddag ontving.'

Osnard, die net bezig was zijn overhemd over zijn hoofd aan te trekken, verstijfde. 'Hoe kom je daar in jezusnaam bij?' vroeg hij op bepaald onaangename toon.

'Toen ik in de lift stapte om naar huis te gaan, liep ik Shepherd tegen het lijf. Hij vroeg me of jij nog op kantoor was dus vroeg ik hem natuurlijk waarom. Hij zei dat hij iets lekkers voor je had maar dat jij het zelf moest uitpakken. Ik schaamde me voor je, en begreep toen pas dat hij doelde op een dringende boodschap. Neem je je Beretta met de parelmoeren kolf niet mee?'

Geen antwoord.

'Waar heb je met haar afgesproken?'

'In een hoerenkast,' beet hij haar toe toen hij naar de deur liep.

'Heb ik je beledigd of zo?'

'Nog niet. Maar je bent aardig op weg.'

'Misschien heb je mij wel beledigd. Misschien ga ik wel terug naar mijn eigen flat. Ik heb dringend behoefte aan slaap.'

Maar ze bleef, met de geur van zijn ronde, aantrekkelijke lichaam nog op haar huid en zijn afdruk nog naast haar in het beddengoed en de herinnering aan zijn waakzaam smeulende ogen die in het halfduister op haar neerkeken. Zelfs zijn woedeuitbarstingen wonden haar op. Net als de zwarte kant van zijn karakter, op de zeldzame momenten dat hij daar iets van liet blijken: als ze de liefde bedreven en ze spelletjes speelden en ze hem bijna tot gewelddadigheid dreef, en hij zijn bezwete hoofd ophief alsof hij haar wilde aanvliegen en zich ternauwernood, op het laatste nippertje wist te beheersen. Of tijdens BUCHAN-vergaderingen wanneer Maltby het nodig vond hem met zijn gebruikelijke snaaksheid op een bepaald rapport aan te spreken – 'Is jouw bron behalve alwetend ook analfabeet, Andrew, of hebben we zijn gescheiden infinitieven aan jou te danken?' – en geleidelijk aan verstarden de trekken van zijn plooibare gezicht en vlamde het rode licht onheilspellend op in de diepten van zijn ogen en begreep ze waarom hij zijn hazewindhond Vergelding had genoemd.

Ik heb er geen vat meer op, dacht ze. Niet op hem, dat heb ik nooit gehad. Op mezelf. Maar wat de dochter van een grenzeloos gewichtig lid van het Hogerhuis en de voormalige vriendin van de onberispelijke Edgar zo mogelijk nog meer verontrustte, was dat ze bij zichzelf een onmiskenbare voorliefde voor het onfatsoenlijke ontwaarde.

12

Osnard parkeerde zijn auto met de diplomatieke nummerplaten aan de rand van het winkelcentrum voor de deur van het hoge gebouw, groette de dienstdoende beveiligingsbeambten en steeg op naar de vierde verdieping. Onder fletse neonbuizen streden de leeuw en de eenhoorn hun eeuwige strijd. Hij toetste een cijfercombinatie in, betrad de receptie van de ambassade, opende een deur van pantserglas, beklom een trap, ging een gang in, opende een traliedeur en betrad zijn eigen koninkrijk. Een laatste deur bleef voor hem gesloten en die was van staal. Hij koos een lange smalle sleutel van een bos die hij bij zich droeg, stak hem verkeerd in het sleutelgat, vloekte, haalde hem er weer uit en stak hem er goed in. Als hij alleen was, bewoog hij zich een beetje anders dan in gezelschap. Hij was gehaaster, onbesuisder. Zijn mond hing half open, zijn schouders waren gebogen, zijn ogen keken vanonder gefronste wenkbrauwen en het leek alsof hij de een of andere onzichtbare vijand te lijf ging.

De laatste twee meter van de gang werden in beslag genomen door een soort extra beveiligde provisiekast die als kluis fungeerde. Rechts van Osnard bevonden zich een soort loketkasten. Links, te midden van een aantal uiteenlopende artikelen als een spuitbus insectenverdelger en toiletpapier bevond zich een groene ingebouwde brandkast. Voor hem rustte een buitenmaatse rode telefoon op een stapeltje kastjes met elektronische apparatuur. Die stond in het vakjargon bekend als zijn digitale verbinding met God. Op een bordje aan de onderkant stond: 'Gebruik van dit instrument kost vijftig pond per minuut.' Osnard had daaronder geschreven: 'Veel plezier.' En het was in diezelfde geest dat hij de hoorn van de haak nam, zich niets aantrok van de ingeblikte stem die hem opdroeg bepaalde toetsen in te drukken en de juiste procedure in acht te nemen, en zijn Londense bookmaker opbelde bij wie hij vijfhonderd pond inzette op elk van een aantal windhonden wier naam en reputatie hij net zo goed scheen te kennen als die van de bookmaker.

'Nee, achterlijke gladiool, op winst,' zei hij. Wanneer had

Osnard ooit op een verliezende hond gewed?

Vervolgens wijdde hij zich aan zijn dagelijkse beslommeringen. Hij pakte een effen dossiermap uit een vakje waarboven strikt geheim BUCHAN stond, nam die mee naar zijn kantoor, deed de lichten aan en nam plaats achter zijn bureau. Hij liet een boer en begon, met zijn hoofd ondersteund door zijn handen, opnieuw de vier pagina's met instructies te lezen die hij had ontvangen van Luxmore, zijn rayonhoofd in Londen, en die hij met frisse tegenzin eigenhandig had ontcijferd. Luxmores Schotse tongval redelijk imiterend las Osnard de tekst hardop voor: 'Je moet de volgende orders van buiten leren' – gezuig tussen de tanden – 'Dit bericht is niet, ik herhaal niét, bestemd om in de afdelingsarchieven te worden opgenomen en moet binnen tweeënzeventig uur na ontvangst worden vernietigd, jongeheer Osnard… Je moet BUCHAN het volgende adviseren' – gezuig tussen de tanden – 'Je mag BUCHAN alleen de volgende toezeggingen doen… Je moet met klem de volgende waarschuwingen overbrengen… Nou ja!'

Met een zucht van ergernis vouwde hij het telegram weer op, pakte een schone witte envelop uit een lade van zijn bureau, deed het telegram erin en stak de envelop in de rechterbroekzak van zijn Pendel & Braithwaite-kostuum dat hij Londen in rekening had gebracht als noodzakelijke operationele uitgave. Hij keerde terug naar de kluis, pakte een versleten leren aktetas die er opzettelijk allesbehalve officieel uitzag, zette hem op de plank en opende met weer een andere sleutel van zijn sleutelring de groene brandkast die een grootboek met een harde kaft en dikke bundels vijftig-dollarbiljetten bevatte – hij had Londen zelf geïnstrueerd dat je het gevaar liep te zeer in het oog te lopen als je in briefjes van honderd uitbetaalde.

In het licht van de in het plafond ingebouwde lamp sloeg hij de betreffende pagina van het grootboek op. Hij was verdeeld in drie kolommen met handgeschreven bedragen. Boven de linkerkolom stond de H van Harry, boven de rechterkolom de A van Andy. Boven de middelste kolom, die de hoogste bedragen bevatte, stond ontvangsten. Keurige ballonnetjes en lijntjes van het soort waar seksuologen zo dol op zijn, verwezen de bedragen naar links en rechts. Na de drie kolommen in verongelijkt stilzwijgen te hebben bestudeerd, pakte Osnard een potlood uit zijn zak en noteerde met tegenzin een 7 in de middelste kolom, omcirkelde het cijfer en trok van de rand van de cirkel een lijntje naar links, waarmee hij het aan de H van Harry toebedeelde. Toen noteerde hij een 3 en verwees dat bedrag aanzienlijk welwillender naar de kolom waar de A van Andy boven stond. Binnensmonds neuriënd haalde hij zevenduizend dollar uit de brandkast en stopte die in de slappe tas. Vervolgens wierp hij de insectenverdelger en nog een paar spullen van de plank erin. Met een verachtelijk gebaar, alsof hij ze minachtte – wat ook zo was. Hij deed de tas dicht, sloot de brandkast, toen de kluis en ten slotte de voordeur.

Een volle maan lachte hem toe toen hij naar buiten liep. Een met sterren bezaaide hemel overspande de baai, en werd weerspiegeld door de lichtjes van wachtende schepen die verspreid aan de zwarte horizon lagen. Hij wenkte een gammele Pontiac-taxi en gaf een adres op. Even later reed hij rammelend over de weg langs het vliegveld en keek hij verlangend naar een paarse neon-Cupido die zijn penisvormige pijl afschoot op de liefdesbungalows die hij aanprees. In het licht van de koplampen van een tegenligger bleken zijn gelaatstrekken verhard. Zijn kleine donkere ogen, die angstvallig de achteruitkijkspiegels van de chauffeur in de gaten hielden, ontvlamden bij elk passerend licht. *Het toeval begunstigt alleen voorbereide geesten*, citeerde hij in gedachten. Het was de favoriete uitspraak van een leraar natuurkunde op zijn middelbare school die, na hem te hebben afgeranseld tot hij bont en blauw zag, voorstelde hun meningsverschil te beslechten door zich van hun kleren te ontdoen.

Ergens in de buurt van Watford, even ten noorden van Londen, bestaat een Osnard Hall. Om er te komen moet je een drukke ringweg nemen en vervolgens zigzag door een vervallen woonwijk die Elm Glade heet, omdat daar ooit oude olmen stonden. In het grote herenhuis hebben de afgelopen vijftig jaar meer mensen gewoond dan in de vier voorgaande eeuwen: dan was het weer een bejaardenhuis, dan weer een inrichting voor jeugdige criminelen, dan weer een kennel voor hazewinden die aan de rennen meededen en recentelijk, onder rentmeesterschap van

Osnards zwaarmoedige oudere broer Lindsay, een meditatiecentrum voor volgelingen van een oosterse sekte.

Onder al die metamorfosen hadden Osnards van India tot in Argentinië een tijdlang de huuropbrengsten onderling verdeeld en gekibbeld over het onderhoud en de vraag of een nog in leven zijnde kinderjuf aanspraak maakte op haar pensioen. Maar geleidelijk aan vielen zij, net als het huis waarin zij geboren waren, ten prooi aan verval, of gaven ze gewoon de strijd om het voortbestaan op. Een oom van Osnard verhuisde met zijn aandeel naar Kenia en verbraste het. Een neef van Osnard dacht dat hij de Australiërs de loef af kon steken, kocht een struisvogelkwekerij en kreeg zijn trekken thuis. Een advocaat van de Osnards deed een aanslag op het familiekapitaal, pikte wat hij nog niet aan ondeskundige investeringen had verloren en joeg zich vervolgens een kogel door het hoofd. Osnards die niet met de *Titanic* ten onder waren gegaan, gingen ten onder met Lloyd's. De zwaarmoedige Lindsay, die nooit halve maatregelen nam, trok het saffraangele gewaad van een boeddhistische monnik aan en hing zich op aan de enige bloeiende kersenboom die er in de ommuurde tuin was overgebleven.

Alleen Osnards ouders, die geen cent meer te makken hadden, bleven tot gek makens toe in leven, zijn vader op een verhypothekeerd landgoed van de familie in Spanje, waar hij teerde op de resten van zijn fortuin en de hand ophield bij zijn Spaanse familieleden; zijn moeder in Brighton waar ze haar dagen in waardige morsigheid sleet in gezelschap van een chihuahua en een fles gin.

Anderen zouden, met een dergelijk kosmopolitisch bestaan voor ogen, wellicht een nieuw jachtterrein of tenminste de Spaanse zon hebben opgezocht. Maar Andrew had al op jeugdige leeftijd besloten dat Engeland het van hem moest hebben en, om preciezer te zijn, dat hij het van Engeland moest hebben. Een gedepriveerde jeugd en de verfoeilijke kostscholen die voor eeuwig en altijd hun stempel op hem hadden gedrukt, hadden hem op zijn twintigste met het gevoel opgezadeld dat hij Engeland meer tol had betaald dan welk land ook in redelijkheid van hem had mogen eisen en dat hij van nu af aan zou ophouden met betalen en in plaats daarvan zou incasseren.

De vraag was hoe. Hij had geen vak geleerd en beschikte niet over diploma's. Hij had geen bijzondere vaardigheden buiten de golfbaan en de slaapkamer. Het meest vertrouwd was hij met Engelse verloedering en waar hij behoefte aan had was een verziekt Engels instituut dat hem kon teruggeven wat andere verziekte instituten hem hadden afgenomen. Zijn eerste gedachte ging uit naar Fleet Street. Hij kon lezen en schrijven en kende God noch gebod. Hij had een rekening te vereffenen. Op het eerste gezicht was hij in de wieg gelegd om zich bij de nieuwe rijke mediaklasse aan te sluiten. Maar na twee veelbelovende jaren als leerling-journalist bij de *Loughborough Evening Messenger* kwam er een abrupt einde aan zijn carrière toen een ranzig artikel met de kop 'Erotische capriolen van de notabelen van onze stad' gebaseerd bleek te zijn op de slaapkamergeheimpjes die de vrouw van de eindredacteur hem had ingefluisterd.

Een poosje meende hij zijn ware roeping te hebben gevonden in dienst van een eminente stichting die zich beijverde voor de rechten van het dier. Op schitterende lokaties in de onmiddellijke nabijheid van schouwburgen en restaurants werden de noden van het Engelse dier met hartstochtelijke overgave uitgevent. Op geen galapremière, formeel banket of buitenlandse reis om de dieren in andere landen te observeren lieten de vet betaalde employés van de stichting verstek gaan. En het had allemaal zo mooi kunnen zijn. Het Langoren Noodfonds (oprichter: A. Osnard) en het Vakantiefonds voor Bejaarde Hazewinden (penningmeester: A. Osnard) waren een groot succes totdat twee van zijn superieuren werden uitgenodigd zich tegenover het Fraudebestrijdingsteam te verantwoorden.

Daarna overwoog hij een blauwe maandag toe te treden tot de anglicaanse Kerk, die traditiegetrouw een bliksemcarrière beloofde aan welbespraakte, seksueel actieve agnostici in spe. Zijn vroomheid verdween als sneeuw voor de zon toen zijn onderzoekingen aan het licht brachten dat de Kerk ten gevolge van catastrofale investeringen tot verderfelijke christelijke soberheid was gedwongen. Noodgedwongen ondernam hij een serie slecht voorbereide escapades in de maatschappelijke periferie. Elk was van korte duur en eindigde in een fiasco. Hij had meer dan ooit behoefte aan een vaste baan.

'Wat dacht je van de BBC?' vroeg hij aan de administrateur toen hij voor de vijfde of de vijftiende keer terug was op de afdeling vacatures van zijn oude universiteit.

De administrateur, die grijs haar had en er ouder uitzag dan hij was, schrok zich een hoedje.

'Schrijf dat maar op je buik,' zei hij.

Osnard stelde Monumentenzorg voor.

'Houd je van oude gebouwen?' vroeg de administrateur, alsof hij bang was dat Osnard ze op zou blazen.

'Zielsveel. Ik kan er geen genoeg van krijgen.'

'Blij dat te horen.'

Met bevende vingertoppen tilde de administrateur een hoekje van een dossiermap op en wierp er een blik in.

'Misschien willen ze je daar wel hebben. Je hebt een slechte reputatie. Je beschikt over een zekere charme. Tweetalig, als ze Spaans zien zitten. Het kan geen kwaad om daar je geluk eens te beproeven, lijkt me.'

'Bij Monumentenzorg?'

'Nee, nee. Bij de spionnen. Neem dit mee naar een donker hoekje en vul het in met onzichtbare inkt.'

Osnard had zijn Graal gevonden. Dit was uiteindelijk de ware Engelse Kerk, zijn verloederde spookstad met een rijk gevulde schatkist. Hier werden de meest geheime wensdromen als in een museum bewaard. Hier hielden de sceptici, de dromers, de dwepers en de maffe monniken zich op. En hier was het geld om hun bestaan te verzekeren.

Niet dat zijn aanstelling een uitgemaakte zaak was. Dit was de nieuwe afgeslankte Dienst, verlost uit de kluisters van het verleden, klasseloos in de roemrijke Tory-traditie, met zorgvuldig en democratisch geselecteerde mannen en vrouwen uit alle lagen van de blanke, op particuliere scholen opgeleide burgerij. En Osnard werd even zorgvuldig geselecteerd als de anderen: 'Die trieste toestand met je broer Lindsay – dat hij zichzelf van het leven beroofde – wat denk je dat dat voor invloed op je heeft gehad?' vroeg een hologige spiocraat hem met een angstwekkende siddering van de andere kant van de gepolitoerde tafel.

Osnard had altijd de pest aan Lindsay gehad. Hij zette een dapper gezicht op.

'Dat deed verdomd veel pijn,' zei hij.

'In welk opzicht?' Opnieuw een siddering.

'Zoiets maakt dat je je gaat afvragen wat waardevol is. Waar je belang aan hecht. Met welke opdracht je op deze wereld bent gezet.'

'En dat zou – gesteld dat jij het voor het zeggen had – deze Dienst zijn?'

'Ongetwijfeld.'

'En je hebt niet het gevoel – na al die omzwervingen over de aardbol – met familie her en der verspreid – en twee paspoorten – dat jij als het ware te on-Engels bent voor een dienst als deze? Te zeer een wereldburger in plaats van een van de ónzen?'

Vaderlandsliefde was een netelig onderwerp. Hoe zou Osnard dat aanpakken? Zou hij in de verdediging gaan? Zou hij een grote mond opzetten? Of zou hij, in het ergste geval, op de emotionele toer gaan? Ze hadden zich geen zorgen hoeven te maken. Het enige dat hij van hen verlangde was een plekje om zijn amoraliteit bot te vieren.

'Mijn tandenborstel is en blijft in Engeland,' antwoordde hij onder opgelucht gelach.

Hij begon het spelletje door te krijgen. Het ging er niet om wat hij zei, maar hoe hij het zei. Kan die knaap zijn hoofd koel houden? Laat hij zich gemakkelijk op de kast jagen? Is hij tactvol, is hij bang, komt hij overtuigend over? Kan hij de leugen denken en de waarheid verkondigen? Kan hij de leugen denken en die verkondigen?

'We hebben je lijst met bevriende dames van de afgelopen vijf jaar doorgenomen, jongeheer Osnard,' zei een Schot met een baard terwijl hij zijn ogen half dichtkneep om een sluwere indruk te maken. 'Het is een nogal, eh... lange lijst' – gezuig tussen de tanden – 'voor een relatief kort leven.'

Er steeg gelach op waaraan Osnard, zij het met enige reserve, deelnam.

'Ik denk dat je een liefdesverhouding het best kunt beoordelen naar haar afloop,' antwoordde hij met innemende bescheidenheid. 'De meeste van mijn relaties lijken tot een bevredigend einde gekomen.'

'En de overige?'

'Ach, nou ja, jezus, we zijn allemaal wel 's een keer of wat in het verkeerde bed wakker geworden, of niet soms?'

En daar dat naar alle waarschijnlijkheid totaal niet gold voor een van de zes gezichten rond de tafel en in het bijzonder niet voor zijn gebaarde ondervrager, wist Osnard hun opnieuw een schuchtere lach te ontlokken.

'En je bent familie, wist je dat?' zei Personeelszaken, toen hij hem een knokige hand drukte om hem geluk te wensen.

'Tja, vanaf nu wel, zou je kunnen zeggen,' antwoordde Osnard.

'Nee, nee, óúde familie. Eén tante, één nicht, of wist je dat werkelijk niet?'

Tot immense voldoening van Personeelszaken wist hij het niet. En toen hij hoorde wie zij waren, welde er een daverende schaterlach op uit zijn buik die hij op het laatste nippertje nog net wist om te vormen tot een ontwapenende glimlach van verbazing.

'Mijn naam is Luxmore,' zei de baardige Schot, met een handdruk die opvallend veel leek op die van Personeelszaken. 'Ik doe het Iberisch schiereiland en Zuid-Amerika en daarnaast nog een paar andere gebieden. Wellicht heb je mijn naam ook horen vallen in verband met een zekere kwestie op de Falklandeilanden. Ik zal contact met je opnemen zodra je je basisopleiding met goed gevolg hebt doorlopen, jongeheer Osnard.'

'Ik kan bijna niet wachten, meneer,' zei Osnard enthousiast.

En dat kon hij inderdaad niet. Het was hem opgevallen dat de spionnen van het post-Koude Oorlog-tijdperk, het tegelijkertijd beter en slechter hadden getroffen dan ooit. De Dienst bulkte van het geld maar had geen flauw idee wat ze ermee aan moest. Opgesloten in de zogenaamde Spaanse Kelder die net zo goed had kunnen doorgaan voor de redactieburelen van de Madrileense telefoongids, opeengepakt met kettingrokende society-dames van middelbare leeftijd met haarbanden, maakte de jonge, op proef aangestelde employé een cynische inventaris op van de positie van zijn werkgever, binnen het forum van Whitehall:

Ierland verkieslijk: vast inkomen, uitstekende vooruitzichten op de lange termijn, maar weinig lucratief indien de winst moet worden gedeeld met concurrerende diensten.
Militante islam: incidentele onlusten, in feite een wassen neus. Als vervanging voor het Rode Gevaar een totale mislukking.
Wapens in ruil voor drugs: een fiasco. De Dienst weet niet of hij als jachtopziener of als stroper moet optreden.

Aangaande industriële spionage, het zo opgehemelde product van de moderne tijd, concludeerde hij dat je, als je een paar Taiwanese codes had ontcijferd en een paar Koreaanse typistes had omgekocht, weinig meer voor het Britse bedrijfsleven kon doen dan je medeleven betuigen. Dat had hij zichzelf in ieder geval aangepraat totdat Scottie Luxmore hem op het matje riep.

'*Panama*, jongeheer Osnard' – terwijl hij knippend met zijn vingers en zijn ellebogen uitstekend rusteloos over zijn blauwe kamerbrede tapijt ijsbeert – 'dat is de aangewezen plek voor een jonge employé met jouw talenten. Dat is de aangewezen plek voor ons allemaal als die idioten op Financiën verder konden kijken dan hun neus lang was. We kampten met hetzelfde probleem toen de Falklandeilanden moeilijk begonnen te doen, dat kan ik je wel vertellen. Ze waren er blind voor tot het bijna te laat was.'

Luxmores kamer is groot en dicht bij de hemel. Door haar getinte ramen van pantserglas rijst het Paleis van Westminster luisterrijk op aan de overkant van de Theems. Luxmore zelf is klein. Zijn puntige baard en kordate pas doen daar niets aan af. Hij is een oude man in een wereld van jongeren, en als hij niet voortdurend zijn beste beentje voorzet, is het met hem gedaan. Dat denkt Osnard tenminste. Luxmore zuigt even snel op zijn Schotse voortanden alsof hij voortdurend een hete aardappel in zijn mond heeft.

'Maar we boeken vooruitgang. Het ministerie van handel en de Bank van Engeland hebben aan de bel getrokken. Buitenlandse Zaken heeft, hoewel niet geneigd tot hysterie, wel omzichtig haar bezorgdheid uitgesproken. Ik herinner me dat ze ongeveer net zo reageerden toen ik het voorrecht had hen op de hoogte te stellen van generaal Galtieri's intenties aangaande wat men ten onrechte de Malvina's noemde.'

Osnards hart zinkt hem in de schoenen.

'Maar meneer...' protesteert hij op de zorgvuldig gecultiveerde toon van ademloze neofiet die hij zich heeft eigen gemaakt.

'Ja, Andrew?'

'Wat zijn de Brítse belangen in Panama? Of is dat een domme vraag?'

Luxmore is ingenomen met de naïviteit van de jonge man. Het klaarstomen van jongeren voor een hachelijke taak is altijd een van zijn grootste genoegens geweest.

'Die zijn er niet, Andrew. Panama als natie is van nul en generlei waarde voor Engeland,' antwoordt hij met een snaakse glimlach. 'Een paar gestrande matrozen, een paar honderd miljoen aan Britse investeringen, een slinkend hoopje oude geassimileerde Britten, een stuk of wat zieltogende advieslichamen en voor de rest kan de republiek Panama ons gestolen worden.'

'Maar waarom...'

Met een gebaar van zijn hand maant Luxmore Osnard tot stilte. Hij richt zich tot zijn eigen reflectie in het pantserglas.

'Doch als je je vraag enigszins anders formuleert krijg je een geheel ander antwoord, jongeheer Osnard. Wis en waarachtig.'

'Hoe dan, meneer?'

'Wat zijn onze *geopolitieke* belangen in Panama? Doe me een lol en vraag je dat eens af.' Hij galoppeerde nu verder. 'Wat zijn onze *primaire* belangen? Waar loopt de levensader van onze geweldige handelsnatie het grootste gevaar? Waar zien we, als we onze verrekijkers op het toekomstige welzijn van die eilanden richten, de donkerste wolken samenpakken, jongeheer Osnard?' Hij was niet meer te stuiten. 'Waar op de ganse aardbol ontwaren wij het volgende Hongkong dat ten dode is opgeschreven, de volgende ramp die zich elk moment kan voltrekken?' Aan de overkant van de rivier kennelijk, waar hij zijn profetische blik op had gevestigd. 'De barbaren staan voor de poort, jongeheer Osnard. Plunderaars van over de gehele wereld belagen het kleine Panama. Die grote klok daar buiten geeft aan hoe weinig tijd ons nog rest voor het Laatste Oordeel losbarst. Bekommert het ministerie van financiën zich erom? Nee. Daar steekt men wederom de koppen in het zand. Wie zal de Grootste Prijs van het nieuwe millennium in de wacht slepen? De Arabieren? Zijn de Japanners bezig hun katana's te scherpen? Natuurlijk zijn ze dat! Zullen het de Chinezen zijn, of de Tijgers of een Pan-Latijns consortium ondersteund door miljarden aan drugsgelden? Zal het Europa zonder ons zijn? Die Duitsers weer, die uitgekookte Fransen? De Engelsen zullen het in ieder geval niet zijn, Andrew. Daar kun je vergif op innemen. Nee, nee. Het is niet onze hemisfeer. Het is niet ons kanaal. Wij hebben geen belángen in Panama. Panama is een achtergebleven gebied. Panama is anderhalve paardenkop en kom op allemaal dan gaan we lekker lunchen!'

'Ze zijn geschift,' fluistert Osnard.

'Nee, dat zijn ze niet. Ze hebben gelijk. Het is niet ons domein. Het is de Achtertuin.'

Osnard weet even niet hoe hij het heeft maar dan vallen hem de schellen van de ogen. De Achtertuin! Hoe vaak had hij daar tijdens zijn basisopleiding niet over horen praten? De Achtertuin! Het eldorado van elke Britse spiocraat! Macht en invloed in de Amerikaanse achtertuin! Een herleving van de bijzondere verstandhouding! De langverbeide terugkeer naar de Gouden Eeuw, toen in tweed jasjes gestoken zonen van Yale en Oxford broederlijk bijeen in dezelfde gelambriseerde kamers hun imperialistische fantasieën zaten bot te vieren!

Luxmore is zich opnieuw niet bewust van Osnards aanwezigheid en spreekt tot zijn eigen binnenste: 'De Amerikanen hebben het weer geflikt. Wis en waarachtig. Een verbluffende demonstratie van hun politieke onvolwassenheid. Van de lafhartige wijze waarop zij zich aan hun internationale verantwoordelijkheid onttrekken. Van de allesoverheersende invloed van misplaatste liberale gevoelens in buitenlandse aangelegenheden. We hadden hetzelfde probleem tijdens de chaos rond de Falklandeilanden, kan ik je in vertrouwen mededelen. Wis en waarachtig.' Er verscheen een merkwaardige grijns op zijn gezicht toen hij zijn handen op zijn rug in elkaar sloeg en zich op de ballen van zijn kleine voeten oprichtte. 'De Amerikanen hebben niet alleen een volkomen onzalig verdrag met de Panamezen gesloten – de zaak verkwanseld, u wordt bedankt, meneer Jimmy Carter! – ze zijn ook nog voornemens zich eraan te hóúden. Dientengevolge zijn ze van zins zichzelf en, wat erger is, hun bondgenoten op te zadelen met een vácuüm. En het is jouw taak dat te vullen. Hén over te halen dat te vullen. Hun te laten zien dat ze het mis hebben. Onze rechtmatige plaats aan het hoofd van de tafel terug te veroveren. Het is het oudste sprookje dat er bestaat, Andrew. Wij zijn de laatsten der Mohikanen. Wij hebben het inzicht, maar zij hebben de macht.' Een sluwe blik in de richting van Osnard, die tevens de hoeken van de kamer beslaat voor het geval een barbaar ongemerkt naar binnen was geglipt. 'Jongeheer Osnard, het zal onze taak – jouw taak – zijn om de bewéégredenen, de arguménten, de bewíjzen aan te dragen die noodzakelijk zijn om onze Amerikaanse bondgenoten tot rede te brengen. Begrijp je wat ik bedoel?'

'Niet helemaal, meneer.'

'Dat komt doordat je de grootse visie nog ontbeert. Maar die komt wel. Geloof me, die komt.'

'Ja, meneer.'

'Een grootse visie bestaat uit verschillende componenten, Andrew. Goed onderbouwde informatie uit het veld is daar slechts een onderdeel van. De ware geheim agent is degene die weet wat hij zoekt voordat hij het heeft gevonden. Knoop dat goed in je oren, jongeheer Osnard.'

'Dat zal ik doen, meneer.'

'Hij gaat op zijn intuïtie af. Hij kiest. Hij proeft. Hij zegt "ja" – of "nee" – maar is geen alleseter. Hij is zelfs – daar is hij op geselecteerd – kieskeurig. Begrijp je wat ik bedoel?'

'Ik ben bang van niet, meneer.'

'Mooi zo. Want als de tijd rijp is zal je alles – nee, niet alles, maar een stukje ervan – uit de doeken worden gedaan.'

'Ik kan haast niet wachten.'

'Dat zul je toch moeten. Geduld is ook een verdienste van de ware geheim agent. Je moet het geduld hebben van de roodhuid. En ook zijn zesde zintuig. Je moet leren voorbij de verre horizon te kijken.'

Om het hem voor te doen richt Luxmore nogmaals zijn blik

stroomopwaarts naar de massieve vestingmuren van Whitehall en fronst zijn wenkbrauwen. Maar zijn frons blijkt op Amerika gericht: '*Gevaarlijk gebrek aan zelfvertrouwen*, noem ik het, jongeheer Osnard. De enige supermacht op aarde door puriteinse principes aan banden gelegd, God beware ons. Hebben ze nooit van Suez gehoord? Er moeten daar toch een aantal mensen zijn die zich omdraaien in hun graf! Er bestaat in de politiek geen grotere misdadiger, jongeheer Osnard, dan hij die ervoor terugschrikt gebruik te maken van de macht die hem rechtmatig toekomt. Amerika moet haar tanden laten zien of ten onder gaan en ons met zich meesleuren in haar val. Moeten wij werkeloos toezien hoe ons onbetaalbare westerse erfgoed op een presenteerblaadje aan de heidenen wordt geoffreerd? De levensader van ons bedrijfsleven, onze macht als handelsnatie, door onze vingers laten glippen terwijl de Japanse economie ons van alle kanten belaagt en de Tijgers van Zuidoost-Azië een voor een de poten onder onze stoel uit zagen? Zitten we zo in elkaar? Is dat de mentaliteit van de moderne generatie, jongeheer Osnard? Misschien wel. Misschien verspillen we onze tijd. Help me alsjeblieft uit de droom. Ik maak geen grapjes, Andrew.'

'Het is niet míjn mentaliteit meneer,' zegt Osnard oprecht.

'Zo mag ik het horen. De mijne evenmin, de mijne evenmin.' Luxmore wacht even en neemt Osnard onderzoekend op, zich afvragend wat hij hem nog meer veilig zou kunnen toevertrouwen.

'Andrew.'

'Meneer.'

'We zijn godzijdank niet de enigen die er zo over denken.'

'Blij dat te horen, meneer.'

'Je bent blij dat te horen. Maar wat weet je er eigenlijk van?'

'Alleen wat u me hebt verteld. En wat ik al lange tijd heb gevoeld.'

'Hebben ze je tijdens je basisopleiding niets verteld?'

Waarover? vraagt Osnard zich af.

'Niets, meneer.'

'Is er nooit met een woord gerept over een uiterst geheim orgaan dat de Commissie voor Planning & Organisatie wordt genoemd?'

'Nee, meneer.'

'Onder voorzitterschap van een zekere Geoff Cavendish, een man die vermaard is om zijn briljante geest en zijn bedrevenheid in de kunst van beïnvloeding en vreedzame overreding?'

'Nee, meneer.'

'Een man die meer van Amerika weet dan wie ook?'

'Nee, meneer.'

'Is er nooit met een woord gerept over een nieuw pragmatisme dat opgang doet in de geheime wandelgangen? Over verbreding van de basis van heimelijke politieke beïnvloeding? Over het rekruteren van rechtgeaarde mannen en vrouwen uit alle lagen van de bevolking om voor het land te spioneren?'

'Nee.'

'Over de zekerstelling dat zij die deze natie groot hebben gemaakt ook zullen kunnen bijdragen aan haar redding, of dat nu ministers van staat, industriebaronnen, mediagiganten, bankiers, reders of mannen en vrouwen van de wereld zijn?'

'Nee.'

'Dat wij samen plánnen zullen beramen, en die plannen na ze te hebben beraamd ten úitvoer zullen brengen? Dat voortaan, dankzij de omzichtige import van ervaren geesten van buitenaf, niet meer zal worden geaarzeld om tot actie over te gaan als daarmee de verloedering een halt kan worden toegeroepen? Niets?'

'Niets.'

'Dan moet ik er verder het zwijgen toe doen, jongeheer Osnard. En dat moet jij ook. Voortaan is het voor deze Dienst niet voldoende om de lengte en de sterkte van het touw waaraan men ons wil opknopen te kennen. Met Gods hulp zullen wij tevens het zwaard in de hand nemen waarmee het zal worden doorgehakt. Vergeet wat ik zojuist heb gezegd.'

'Dat zal ik doen, meneer.'

Er is kennelijk een einde gekomen aan de preek en Luxmore keert met hernieuwde rechtschapenheid terug naar het onderwerp dat hij tijdelijk heeft laten rusten.

'Kan het ons kloeke ministerie van buitenlandse zaken of de hoogstaande vrijdenkers van Capitol Hill ook maar iets schelen dat de Panamezen niet eens in staat zijn een friettent te beheren, laat staan de grootste toegangspoort tot de wereldhandel? Dat ze corrupt en genotzuchtig zijn en geen greintje integriteit bezitten?' Hij draait zich om alsof hij een protest achter uit de zaal in de kiem wil smoren. 'Aan wie gaan ze zichzelf verkopen? En wie gaat ze kopen? Waarvoor? En wat zullen de gevolgen daarvan zijn voor onze primaire belangen? Catastrofaal is geen woord dat ik licht in de mond neem, Andrew.'

'Waarom noemt u het niet misdadig?' oppert Osnard behulpzaam.

Luxmore schudt zijn hoofd. Degene die Scottie Luxmores bijvoeglijke naamwoorden ongestraft kan verbeteren moet nog worden geboren. De man die zichzelf heeft uitgeroepen tot Osnards mentor en gids heeft nog één troef achter de hand en Osnard moet toezien hoe hij die uitspeelt, want wat Luxmore doet zet doorgaans pas zoden aan de dijk als anderen er getuige van zijn. Hij neemt de hoorn op van een groene telefoon die hem verbindt met andere onsterfelijken op Whitehalls Olympus en trekt daarbij een gezicht dat zowel snaaks als gewichtig is.

'Tug!' roept hij uitgelaten – en even denkt Osnard abusievelijk dat het een bevel is in plaats van de bijnaam die het blijkt te zijn. 'Vertel eens, Tug, klopt het dat de jongens van Planning & Organisatie aanstaande donderdag een onderonsje hebben ten huize van een zeker persoon...? Dat klopt. Aha. Mijn spionnen zijn niet altijd zo accuraat, hum, hum. Tug, mag ik je dan uitnodigen om op die dag met mij te gaan lunchen, zodat ik je terdege op die beproeving kan voorbereiden, ha, ha? En mag ik ervan uitgaan dat je er geen bezwaar tegen hebt als onze vriend Geoff daarbij ook van de partij zou kunnen zijn? Ik trakteer, Tug, nee, daar sta ik op. Luister, wat zou een geschikte tent voor ons zijn, vraag ik me af. Iets niet al te voor de hand liggends, dunkt me. We kunnen de meest geijkte pleisterplaatsen maar beter vermijden. Ik denk aan een klein Italiaans restaurant niet ver van de rivier – heb je een potlood bij de hand, Tug?'

En intussen draait hij op een hiel rond, gaat op zijn tenen staan en heft langzaam zijn knieën een voor een op om te voorkomen dat hij over de telefoonkabel struikelt die voor zijn voeten ligt.

'Panama?!' riep Personeelszaken vrolijk uit. 'Als éérste standplaats? Jíj? Daar helemaal in je eentje op jóúw prille leeftijd? Met al die verrukkelijke Panamese meisjes om je het hoofd op hol te brengen? Drugs, zonde, spionnen, misdadigers? Scottie is niet goed bij zijn hoofd!'

En toen hij uitgelachen was, deed Personeelszaken wat Osnard al die tijd al wist dat hij zou doen. Hij plaatste hem over naar Panama. Osnards gebrek aan ervaring was geen bezwaar. Zijn jeugdige bedrevenheid in de zwarte kunsten was door zijn instructeurs terdege beproefd. Hij was tweetalig en in operationele termen smetteloos.

'Je zult een hoofdspion moeten zien op te duikelen,' mopperde Personeelszaken, alsof hem dat nu pas te binnen schoot. 'We schijnen daar niemand op de loonlijst te hebben. We hebben dat blijkbaar aan de Amerikanen overgelaten. Knap stom van ons. Je brengt rechtstreeks verslag uit aan Luxmore, begrepen? Houd de analisten er tot nader order buiten.'

Bezorg ons een bankier, jongeheer Osnard – gezuig op de Schotse voortanden van achter de baard – *eentje die de wereld kent! Die moderne bankiers steken overal hun neus in, heel anders dan het oude slag. Ik herinner me dat we er een paar in Buenos Aires hadden tijdens de Falklandoorlog.*

Met behulp van een centrale computer waarvan het bestaan zowel door Westminster als door Whitehall glashard is ontkend, roept Osnard de dossiers van alle Britse bankiers in Panama op, maar vindt er slechts een handjevol en bij nader onderzoek niet een van wie mag worden verondersteld dat hij de wereld kent.

Bezorg ons dan maar een van die vooruitstrevende magnaten, jongeheer Osnard – knippering van de schrandere Schotse ogen – *iemand die overal een vinger in de pap heeft!*

Osnard licht het doopceel van elke Britse zakenman in Panama en hoewel er een paar jong zijn, heeft geen van hen overal een vinger in de pap, hoe graag hij dat ook zou willen.

Bezorg ons dan maar een journalist, jongeheer Osnard. Journalisten kunnen vragen stellen zonder achterdocht te wekken. Ze kunnen overal gaan en staan, risico's nemen! Er moet ergens een deugdelijk exemplaar te vinden zijn. Spoor hem op.

Geef me hem op een presenteerblaadje, en met gezwinde spoed, alsjeblieft!

Osnard licht het doopceel van elke Britse journalist die Panama weleens aandoet en Spaans spreekt. Een goed doorvoede man met een snor en een vlinderstrikje lijkt in aanmerking te komen. Zijn naam is Hector Pride en hij schrijft voor een obscuur Engelstalig maandblad dat *The Latino* heet en in Costa Rica wordt uitgegeven. Zijn vader is een wijnexporteur in Toledo.

Precies de vent die we zoeken, jongeheer Osnard! – driftig over zijn tapijt ijsberend – *Rekruteer hem. Koop hem om. Geld speelt geen rol. Als die krenten van Financiën de knip gesloten houden, dan kunnen we een beroep doen op de rekenkamers van Threadneedle Street. Dat is mij van bovenaf verzekerd. Het is vreemd gesteld met een land dat zijn industriëlen verplicht te betalen voor hun informatie, maar dat is nu eenmaal de wrange aard van onze prijsbewuste wereld...*

Gebruik makend van een schuilnaam geeft Osnard zich uit voor een onderzoeker in dienst van Buitenlandse Zaken en hij nodigt Hector Pride uit voor een lunch bij Simpson's en spendeert tweemaal het bedrag dat Luxmore voor die gelegenheid heeft uitgetrokken. Zoals veel van zijn collega's praat, eet en drinkt Pride volop, maar luistert hij slecht. Osnard wacht tot het toetje voordat hij met zijn vraag op de proppen komt, en vervolgens tot de gorgonzola, maar dan is er duidelijk een eind gekomen aan Prides geduld, want tot Osnards ontzetting staakt hij zijn monoloog over de invloed van de Inca-cultuur op het huidige Peruviaanse denken en barst hij uit in spottend gelach.

'Waarom probeer je me niet te versieren?' buldert hij tot verbijstering van de gasten aan weerszijden van hun tafeltje. 'Wat is er mis met mij? Je hebt het meisje verdomme toch de taxi in gekregen? Steek dan ook je hand onder haar rok!'

Pride is, zo blijkt nu, al eerder gerekruteerd door een gehate zusteronderneming van de Britse Inlichtingendienst, die ook het blad waarvoor hij werkt heeft opgekocht.

'Dan hebben we nog die Pendel over wie ik het eerder met u heb gehad,' brengt Osnard Luxmore, gebruik makend van zijn mistroostigheid, in herinnering. 'Die met die vrouw die voor de

Kanaalcommissie werkt. Ik kan me niet aan de indruk onttrekken dat zij er geknipt voor zouden zijn.'

Dagen en nachten lang heeft hij aan niets anders gedacht. *Het toeval begunstigt alleen voorbereide geesten.* Hij heeft Pendels strafblad opgevraagd, Pendels politiefoto's van voren en van opzij bestudeerd, zich gebogen over zijn verklaringen aan de politie, hoewel de meeste overduidelijk door zijn toehoorders waren ingefluisterd; hij heeft rapporten van psychiaters en maatschappelijk werkers en verslagen over zijn gedrag in de gevangenis gelezen, alles bij elkaar gescharreld wat hij kon vinden over Louisa en de kleine, besloten wereld van de Zone-bewoner. Als een occulte wichelaar heeft hij zichzelf opengesteld voor Pendels paranormale gaven en vibraties, hem bestudeerd met de concentratie waarmee een paragnost zich buigt over de kaart van het ondoordringbare oerwoud waar het vliegtuig geacht wordt te zijn verdwenen: ik zal je weten op te sporen, ik weet wat je bent, wacht op me, *het toeval begunstigt alleen voorbereide geesten.*

Luxmore denkt na. Nog maar een week geleden heeft hij diezelfde Pendel te licht bevonden voor de verheven taak die hem voor ogen staat:

Als mijn hoofdspion, Andrew? Als de jouwe? In zo'n potentiele brandhaard? Een kleermaker? De Bovenste Verdieping zou ons in ons gezicht uitlachen!

En als Osnard het opnieuw ter sprake brengt, ditmaal na de lunch als Luxmore doorgaans in een welwillender stemming is:

Vooroordelen zijn mij vreemd, jongeheer Osnard, en ik respecteer jouw oordeel. Maar die jongens van East End steken je uiteindelijk een dolk in de rug. Dat zit ze in het bloed. Goeie hemel, we hoeven toch nog niet onze toevlucht te nemen tot het rekruteren van bajesklanten?

Maar dat is een week geleden, en de Panamese klok tikt steeds luider.

'Weet je, misschien is het toch niet zo'n gek idee,' verklaart Luxmore terwijl hij op zijn voortanden zuigt en Pendels lijvige dossier een tweede maal doorbladert. 'Het was verstandig van ons om eerst elders ons licht op te steken, wis en waarachtig. De

Bovenste Verdieping zal daar zeker waardering voor hebben' – de ongeloofwaardige bekentenis van de jonge Pendel tegenover de politie, waarin hij alles toegeeft en niemand beschuldigt, speelt door zijn hoofd – 'welbeschouwd is die man goud waard, precies het aangewezen type voor een kleine misdadige natie' – zuig – 'tijdens de troebelen rond de Falklandeilanden hadden we net zo'n knaap in de haven van Buenos Aires.' Hij staart Osnard een ogenblik aan, maar niets in zijn blik wijst erop dat hij zijn ondergeschikte eveneens rijp acht voor een misdadige samenleving. 'Je zult je handen vol aan hem hebben, Andrew. Ze zijn moeilijk te beteugelen, die scharrelaars uit East End. Denk je dat je het aankunt?'

'Ik denk het wel, meneer. Als u me zo nu en dan de helpende hand biedt.'

'Een schurk kan helemaal geen kwaad in dit spel, vooropgesteld dat hij ónze schurk is' – immigratiedocumenten van de vader die Pendel nooit heeft gekend – 'en de echtgenote is ontegenzeggelijk een pluspunt' – zuig – 'allemachtig, meteen al een voet tussen de deur bij de Kanaalcommissie. En ook nog eens de dochter van een Amerikaanse ingenieur, Andrew, dat zie ik als een stabiliserende factor. Bovendien christelijk. Onze heer uit East End heeft het ver geschopt. Geen religieuze obstakels die de vooruitgang belemmeren, valt ons op, a-hum. Eigenbelang zoals gebruikelijk nooit veronachtzaamd' – zuig – 'Andrew, het beeld dat mij voor ogen staat, begint langzamerhand vaste vormen aan te nemen. Je zult alles wat hij zegt dubbel en dwars moeten controleren, dat geef ik je op een briefje. Hij zal zich uit de naad werken, hij heeft er de neus voor en het talent, maar kun jij hem naar je hand zetten? Wie zal wie manipuleren? Daar wringt hem de schoen' – een vluchtige blik op Pendels geboortebewijs met de naam van de moeder die ervandoor ging – 'die lui weten zelf ook maar al te goed hoe ze iemand om hun vinger moeten winden, dat staat buiten kijf, wis en waarachtig. *En* hoe ze hem het vel over de oren moeten halen. We gooien je in het diepe, vrees ik. Kun je dat aan?'

'Ik denk eigenlijk van wel.'

'Ja, Andrew. Dat denk ik ook. Een harde noot om te kraken, maar de ónze, en daar gaat het om. Een geboren assimilator, met gevangeniservaring, bekend met de zelfkant van het bestaan' – zuig – 'én met de smerige onderbuik van de menselijke geest. Het is een riskante onderneming, maar dat vind ik wel prettig. En dat zal de Bovenste Verdieping ook vinden.' Luxmore slaat het dossier met een klap dicht en begint weer te ijsberen, ditmaal met grote stappen. 'Als we geen beroep kunnen doen op zijn vaderlandsliefde, dan kunnen we hem de stuipen op het lijf jagen en een beroep doen op zijn hebzucht. Ik zal je het een en ander uit de doeken doen over hoofdspionnen, Andy.'

'Ik ben een en al oor, meneer.'

Dat *meneer*, dat traditiegetrouw eigenlijk uitsluitend is voorbehouden aan het hoofd van de Dienst, is Osnards bijdrage aan Luxmores zelf ontketende vlucht.

'Je kunt een sléchte hoofdspion treffen, jongeheer Osnard. En je kunt hem voor de brandkast van de tegenstander plaatsen met de cijfercombinatie in zijn stomme kop geprent en dan komt hij nog met lege handen bij je terug. Ik weet ervan. Ik heb het meegemaakt. Zo eentje hadden we er tijdens het grote tumult rond de Falklandeilanden. Maar als je een góéde treft, dan kun je hem geblinddoekt in de woestijn loslaten en heeft hij binnen een week zijn doel bereikt. Waarom? Omdat hij lange vingers heeft' – zuig – 'ik heb het zo vaak meegemaakt. Vergeet dat niet, Andy. Als iemand geen lange vingers heeft, dan is hij geen knip voor de neus waard.'

'Ik zal het in mijn oren knopen.'

Een andere versnelling. Gaat rechtop achter zijn bureau zitten. Doet een greep naar de telefoon. Ziet ervan af. 'Bel Registratie,' draagt hij Osnard op. 'Laat ze een willekeurige codenaam uit hun hoed toveren. Een codenaam bewijst dat het ons ernst is. Stel een voorstel voor me op, niet meer dan een A4'tje. Het zijn druk bezette lieden daar boven.' Pakt ten slotte toch de hoorn van de haak. Toetst een nummer in. 'Ik zal intussen een paar persoonlijke telefoontjes plegen met enkele invloedrijke personen uit het openbare leven die geheimhouding hebben gezworen en voor altijd naamloos zullen blijven' – zuig – 'die amateurs van Financiën kunnen alleen maar dwarsliggen. Concentreer je op het Kanaal, Andrew. Alles staat of valt met het Kanaal.' Ziet van zijn voornemen af en legt de hoorn weer op de haak. Hij richt zijn blik op het getinte glas waarachter gefilterde donkere wolken zich boven de zetel van het parlement samenpakken. Eén maat rust. 'Dat zal ik ze zeggen, Andrew,' fluistert hij. '*Alles staat of valt met het Kanaal.* Dat wordt ons devies in onze omgang met personen uit alle maatschappelijke regionen.'

Maar Osnard blijft in gedachten bij aardsere zaken. 'We zullen een heel geraffineerde manier moeten zien te vinden om hem uit te betalen, denkt u niet, meneer?'

'Hoezo? Onzin. Regels zijn gemaakt om te worden overtreden. Hebben ze je dat niet geleerd? Vast niet. Die instructeurs hebben allemaal hun beste tijd gehad. Ik zie dat je nog iets op je hart hebt. Voor de draad ermee.'

'Tja, meneer...'

'Ja, Andrew.'

'Ik zou graag willen weten hoe hij er momenteel financieel voorstaat. In Panama. Of hij een smak geld verdient...'

'Ja?'

'Nou, dan zullen wij hem een smak geld moeten aanbieden, is 't niet? Als iemand een kwart miljoen netto opstrijkt en wij met vijfentwintig mille komen aanzetten, nou ja, dan is de kans klein dat we hem daarmee over de drempel trekken, Als u begrijpt wat ik bedoel.'

'Nou en?' Hij lokte de jonge man plagerig uit zijn tent.

'Tja, meneer, ik vroeg me af of een van uw vrienden in de City onder een of ander voorwendsel Pendels bank zou kunnen benaderen en vragen hoe de zaken ervoor staan.'

Luxmore heeft de telefoon al gegrepen en zijn vrije hand steekt recht omlaag langs de naad van zijn broek.

'Miriam, beste meid. Probeer Geoff Cavendish eens te pakken te krijgen. En als die niet bereikbaar is, Tug. En, Miriam, er is haast bij.'

Er gingen nog eens vier dagen voorbij voordat Osnard opnieuw werd ontboden. Pendels beklagenswaardige bankafschriften lagen verspreid over Luxmores bureau, dankzij de welwillende medewerking van Ramón Rudd. Luxmore zelf stond stokstijf voor zijn raam en genoot van een historisch moment.

'Hij heeft zich de spaarcentjes van zijn vrouw toegeëigend,

Andrew. Tot de laatste cent. Hij kan het woekeren niet laten – dat kunnen ze nooit. We hebben hem in de tang.'

Hij wachtte terwijl Osnard de bedragen bestudeerde.

'Aan een vaste uitkering heeft hij dus niets,' zei Osnard, die veel meer sjoege had van financiële zaken dan zijn meester.

'O. Waarom niet?'

'Die verdwijnt rechtstreeks in de zakken van zijn bankdirecteur. We zullen hem vanaf het eerste moment moeten subsidiëren.'

'Hoeveel?'

Osnard had inmiddels een bedrag in gedachten. Hij verdubbelde het, in de wetenschap dat een goed begin het halve werk was.

'Mijn god, Andrew. Zoveel?'

'Het zou weleens meer kunnen zijn, meneer,' zei Osnard op naargeestige toon. 'Hij zit er tot over zijn oren in.'

Luxmores blik zocht soelaas bij het silhouet van de City.

'Andrew?'

'Meneer?'

'Ik heb je al eens verteld dat een grootse visie uit verschillende componenten bestaat.'

'Ja, meneer.'

'Een daarvan is loon naar werk. Stuur me geen rommel. Geen kletspraatjes. Kom niet aan met: "Hier heb je een zootje troep, Scottie, kijk maar eens of je analisten er soep van kunnen koken." Kun je me volgen?'

'Niet helemaal, meneer.'

'De analisten hier zijn stoethaspels. Ze leggen geen verbanden. Ze hebben geen oog voor het grote geheel. Wie zaait zal oogsten. Begrijp je wat ik bedoel? Een bekwame spion betrapt de geschiedenis op heterdaad. We kunnen niet verwachten dat de eerste de beste pennenlikker op de derde verdieping, die zich zorgen maakt over de aflossing van zijn hypotheek, de geschiedenis op heterdaad betrapt. Zo is het toch? Er is een man met visie voor nodig om de geschiedenis op heterdaad te betrappen. Nietwaar?'

'Ik doe wat ik kan, meneer.'

'Stel me niet teleur, Andrew.'

'Ik doe mijn best, meneer.'

Maar als Luxmore zich op dat moment toevallig had omgedraaid zou hij tot zijn verbazing hebben opgemerkt dat Osnards houding niet overeenkwam met de bescheidenheid van zijn toon. Een triomfantelijke glimlach sierde zijn onschuldige jonge gezicht en zijn ogen glinsterden van hebzucht. Na zijn koffers te hebben gepakt, zijn auto te hebben verkocht, ieder van zijn zes vriendinnen trouw te hebben gezworen en andere voorbereidingen voor zijn vertrek te hebben getroffen, deed Andrew Osnard iets dat men gewoonlijk niet verwacht van een jonge Engelsman die erop uit trekt om zijn vorstin in den vreemde te dienen. Via een ver familielid in West-Indië opende hij een geheime bankrekening op de Caymaneilanden, na vooraf te hebben vastgesteld dat de bereidwillige bank een filiaal in Panama City had.

13

Osnard betaalde de chauffeur van de krakkemikkige Pontiac en stapte de avond in. De onaangename stilte en de schaarse verlichting deden hem denken aan de opleidingsbasis. Hij zweette. In dit vervloekte klimaat zweette hij bijna voortdurend. Zijn onderbroek plakte tegen zijn kruis. Zijn overhemd leek wel een natte vaatdoek. Gedverderrie. Auto's zonder licht reden hem knisperend voorbij over de natte oprijlaan. Hoog opgesnoeide heggen zorgden voor extra discretie. Het had even geregend en het was nu weer droog. Met zijn tas in zijn hand stak hij een asfaltpleintje over. Een naakte twee meter hoge plastic Venus, die van ergens uit haar schaamspleet werd verlicht, verspreidde een bleke gloed. Hij stootte met zijn voet tegen een plantenbak, vloekte, ditmaal in het Spaans, en kwam bij een stel garages met plastic stroken voor de deuropeningen, en een zwak peertje dat elk nummer bescheen. Toen hij nummer acht had bereikt, schoof hij de stroken opzij, vond op de tast zijn weg naar een rood lichtknopje op de achterwand en drukte erop: het legendarische drukkertje. Een geslachtloze Stem van Gene Zijde bedankte hem voor zijn komst.

'Mijn naam is Colombo. Ik heb gereserveerd.'

'Wenst u een speciale kamer, señor Colombo?'

'Ik wens de kamer die ik heb gereserveerd. Voor drie uur. Wat kost het?'

'Wilt u niet liever iets specialers, señor Colombo? Het wilde Westen? Duizend-en-een-nacht? Tahiti? Vijftig dollar meer?'

'Nee.'

'Honderdvijf dollar, alstublieft. Wij hopen dat u het naar uw zin hebt.'

'Geef me een bonnetje voor driehonderd,' zei Osnard.

Er klonk een zoemer en naast zijn elleboog ging een verlichte brievenbus open. Hij deponeerde honderdtwintig dollar in haar rode mond, die dichtklapte. Hij moest even wachten tot de bankbiljetten automatisch waren geteld, het surplus naar behoren was opgemerkt en de nepkwitantie was uitgeschreven.

'Wij hopen u vaker terug te zien, señor Colombo.'

Een strook hel licht verblindde hem bijna, een karmozijnrode deurmat met WELKOM erop verscheen voor zijn voeten, een elektronische tudordeur klikte open. Een walm naar ontsmettingsmiddelen stinkende dampen kwam hem tegemoet als de hete luchtstroom uit een oven. Een afwezige band zette 'O Sole Mio' in. Het zweet gutste van zijn lijf. Hij keek zoekend naar de airconditioners om zich heen en hoorde ze op hetzelfde moment aanslaan. Roze spiegels tegen de muren en het plafond. Een heel stel Osnards staarde elkaar uitdagend aan. Opnieuw een spiegel tegen het hoofdeinde, een karmozijnrode pluizige beddensprei vaag glinsterend in het misselijkmakende licht. Een gratis toilettasje met daarin een kam, een tandenborstel, drie condooms en twee repen Amerikaanse melkchocola. Een televisiescherm waarop twee niet meer zo piepjonge dames en een vijfenveertigjarige latino-man met een behaard achterwerk naakt in iemands zitkamer lagen te ravotten. Osnard zocht naar een knopje om ze uit te zetten maar het snoer verdween rechtstreeks in de muur.

Jezus. Dat moest er nog bijkomen.

Hij ging op het bed zitten, opende zijn versleten aktetas, en rangschikte de inhoud op de beddensprei. Een pak nieuw carbonpapier vermomd als in Panama vervaardigd schrijfmachinepapier. Zes filmrolletjes voor een miniatuurcamera verborgen in een spuitbus insectenverdelger. Waarom zien de door het Hoofdkantoor geleverde artikelen om spullen in te verstoppen eruit alsof ze gekocht zijn in een Russische staatswinkel? Een miniatuurbandrecorder, zonder vermomming. Een fles Schotse whisky, ter consumptie door hoofdspionnen en hun spionnenmeesters. Zevenduizend dollar in briefjes van twintig en vijftig. Jammer om daar afstand van te doen, maar zie het maar als een investering.

En uit zijn zak, in al zijn onvernietigde luister, Luxmores telegram van vier pagina's, die Osnard naast elkaar uitspreidde om het lezen te vergemakkelijken. Toen boog hij zich er met gefronste blik en openhangende mond overheen en koos er bepaalde passages uit, ze tegelijkertijd uit zijn hoofd lerend en verwerpend, zoals een toneelspeler van de Amerikaanse 'Actors Studio' zijn tekst zou kunnen doornemen: dít zeg ik wel, maar anders, dát zeg ik helemaal niet, dít doe ik wel, maar op mijn manier, niet de zijne. Hij hoorde het geronk van een auto die op garage nummer acht af reed. Hij stond op, stak de vier pagina's van het telegram terug in zijn zak en stelde zich in het midden van de kamer op. Hij hoorde een portier dat met een metaalachtige klik werd dichtgeslagen en dacht: Jeep. Hij hoorde voetstappen naderen en dacht: Loopt verdomme als een ober, terwijl hij zijn oren spitste in een poging geluiden op te vangen die wellicht minder welkom waren. Heeft Harry de zaak verlinkt en verraden? Heeft hij een stel klabakken meegenomen om me in de boeien te slaan? Natuurlijk heeft hij dat niet, verdomme, maar de instructeurs hadden gezegd dat het verstandig was je dat af te vragen en dus vraag ik het me af. Een klop op de deur: drie korte en een lange. Osnard deed de deur van het slot en opende hem op een kier. Pendel stond op de drempel, met een dure reistas in zijn armen.

'Goeie hemel, wat mag dít te betekenen hebben, Andy? Het doet me denken aan de Drie Tolino's in het Bertram Mills Circus waar mijn oom Benny me vroeger mee naartoe nam.'

'In jezusnaam!' siste Osnard terwijl hij hem de kamer in sleurde. 'Je hebt P&B in koeienletters op die klotetas van je staan.'

Er waren geen stoelen, dus namen ze plaats op het bed. Pendel droeg een *panabrisa*. Een week tevoren had hij Osnard bekend dat *panabrisa's* hem nog eens de kop zouden kosten: koel, stijlvol en comfortabel, Andy, en dat voor vijftig dollar, ik weet niet waar ik me nog druk over maak. Osnard begon zoals gebruikelijk. Dit was geen toevallige ontmoeting tussen een kleermaker en zijn klant. Dit was een volledige, vijftigduizend kilometer onderhoudsbeurt, uitgevoerd overeenkomstig het handboek van de klassieke spionnenschool.

'Vond je het vervelend om hier naartoe te komen?'

'Dank je, Andy, geen vuiltje aan de lucht. En jij?'

'Heb je nog spullen die ik beter van je kan overnemen?'

Graaiend in een zak van zijn *panabrisa*, haalde Pendel de rijk versierde aansteker te voorschijn, grabbelde vervolgens naar een muntje, schroefde de onderkant ermee los en schudde er een zwart kokertje uit dat hij hem over het bed aanreikte.

'Er staan er maar twaalf op, vrees ik, Andy, maar het leek me toch beter om je die vast te geven. In mijn tijd wachtten we tot het filmpje vol was voordat we het naar de drogist brachten.'

'Heeft niemand je gevolgd, heeft niemand je herkend? Een motorfiets? Een auto? Iemand wiens gezicht je niet aanstond?'

Pendel schudde zijn hoofd.

'Wat doe je als we worden gestoord?'

'Ik laat de verklaring over aan jou, Andy. Ik neem zo snel mogelijk de benen en raad mijn hulpbronnen aan zich gedeisd te houden of een tijdje naar het buitenland op vakantie te gaan en jij wacht totdat ik contact met je opneem als de rust weer is hersteld.'

'Hoe?'

'Volgens de noodprocedure. Van telefooncel tot telefooncel op de afgesproken tijden.'

Osnard dwong Pendel de afgesproken tijden op te sommen.

'En als dat niet lukt?'

'Ach, Andy, dan is de winkel er toch altijd nog? Er ís immers een tweed jasje dat hoognodig eens moet worden gepast en dat geeft ons een ijzersterk excuus. Het ziet er prachtig uit,' voegde hij eraan toe. 'Als ik een mooi jasje heb gesneden dan weet ik dat altijd meteen.'

'Hoeveel brieven heb je me sinds onze laatste ontmoeting gestuurd?'

'Slechts drie, Andy. Ik had echt geen tijd voor meer. Je hebt geen idee hoeveel opdrachten er binnenkomen. Die nieuwe ontmoetingsruimte heeft de balans echt doen doorslaan, als je het mij vraagt.'

'Wat waren dat?'

'Twee facturen en een uitnodiging voor een voorvertoning van de nieuwe attracties in de boetiek. Ze zijn toch goed aangekomen, mag ik hopen? Want daar maak ik me weleens zorgen over.'

'Je drukt niet hard genoeg. Op de doorslag is niet alles leesbaar. Gebruik je een ballpoint of een potlood?'

'Een potlood, Andy, zoals jij me hebt opgedragen.'

Osnard graaide onder in zijn tas en diepte daar een gewoon

houten potlood uit op. 'Probeer het volgende keer hier eens mee. 2h. Harder.'

Op het scherm hadden de twee vrouwen hun man in de steek gelaten en troost bij elkaar gezocht.

Bevoorrading. Osnard overhandigde Pendel de bus met insectenverdelger waarin de reserverolletjes film zaten. Pendel schudde hem heen en weer, drukte op het knopje en grijnsde toen hij het deed. Pendel gaf zijn bezorgdheid te kennen over de houdbaarheid van zijn velletjes carbonpapier, of die konden zijn uitgedroogd of zo, Andy? Osnard gaf hem voor alle zekerheid een nieuw bundeltje en zei dat hij wat hij overhad van de oude voorraad weg moest gooien.

Het netwerk. Osnard moest haarfijn weten hoe het er voorstond met alle hulpbronnen en dat in zijn notitieboekje opschrijven. Hulpbron Sabina, Marta's stralende geesteskind en alter ego, gesjeesde studente politicologie, verantwoordelijk voor het kader ondergrondse maoïsten in El Chorillo, vroeg om een nieuwe drukpers om haar kapotte te vervangen. Geschatte kosten vijfduizend dollar – of wist Andy misschien waar hij een tweedehandsje op de kop kon tikken?

'Die koopt ze zelf maar,' besliste Osnard bruusk terwijl hij *drukpers* en *tienduizend dollar* noteerde. 'We moeten voortdurend een veilige afstand bewaren. Denkt ze nog steeds dat ze haar informatie aan de Amerikanen verkoopt?'

'Ja, Andy, totdat Sebastian haar uit de droom helpt.'

Sebastian, ook een van Marta's verzinsels, was Sabina's minnaar, een verbitterde volksadvocaat en voormalige actievoerder tegen Noriega die, dankzij zijn verpauperde clientèle, flarden gedetailleerde achtergrondinformatie leverde over eigenaardigheden als bijvoorbeeld het ondergrondse bestaan van Panama's Arabisch-islamitische gemeenschap.

'En hoe zit het met Alpha Bèta?' vroeg Osnard.

Hulpbron Bèta had Pendel zelf verzonnen: een lid van de Adviescommisie Kanaal-aangelegenheden van de Nationale Vergadering en een parttime-handelaar in bankrekeningen op zoek naar een respectabel onderkomen. Bèta's tante Alpha was secretaresse bij de Panamese Kamer van Koophandel. In

Panama heeft iedereen wel een tante die op de een of andere nuttige plaats werkt.

'Bèta is het land in getrokken om zijn electoraat aan zich te binden, Andy, daarom laat hij niets van zich horen. Maar donderdag heeft hij een alleraardigste vergadering met de Panamese Kamer van Koophandel en Industrie en vrijdag dineert hij met de vice-president, dus er gloort licht aan het eind van de tunnel. En was Londen niet ingenomen met zijn laatste bijdrage? Hij heeft soms het gevoel dat hij niet wordt gewaardeerd.'

'Daar was niets mis mee. Voor zover wij kunnen nagaan.'

'Dus vroeg Bèta zich af of hij geen recht had op een bonus.'

Dat scheen Osnard zich ook af te vragen, want hij maakte een aantekening, noteerde een bedrag en trok er een cirkel omheen.

'Dat hoor je later wel,' zei hij. 'Hoe zit het met Marco?'

'Marco zit, om zo te zeggen, in het vat, Andy. We zijn een avondje wezen stappen. Ik heb kennisgemaakt met zijn vrouw, we hebben samen de hond uitgelaten en zijn naar de bioscoop geweest.'

'Wanneer stel je hem de hamvraag?'

'Volgende week, Andy, als ik in de stemming ben.'

'Dan zorg je maar dat je in de stemming bent. Beginsalaris vijfhonderd per week, heroverweging mogelijk na drie maanden, vooraf te betalen. Bonus van vijfduizend cash in het handje als hij zijn handtekening op de stippellijn zet.'

'Voor Marco?'

'Voor jou, eikel,' zei Osnard en hij overhandigde hem in alle roze spiegels tegelijk een glas Schotse whisky.

Osnard gedroeg zich zoals gezagdragers zich gedragen als ze iets akeligs te melden hebben. Met een uitdrukking van misprijzen op zijn rubberachtige gelaat keek hij fronsend naar de dartelende acrobaten op het televisiescherm.

'Jij schijnt nogal in je nopjes te zijn,' begon hij verwijtend.

'Dank je, Andy, en dat heb ik allemaal aan jou en aan Londen te danken.'

'Zeker blij dat je die lening hebt gekregen. Is 't niet? Ik zei: *is 't niet?*'

'Andy, daar dank ik mijn Schepper elke dag voor en de gedachte dat ik daar iets tegenover kan stellen vervult me met blijdschap. Maar is er soms iets mis?'

Osnard had zich de bestraffende toon van een bovenmeester aangematigd, hoewel die tot op heden uitsluitend tegen hem was gericht, gewoonlijk voorafgaand aan een pak slaag.

'Ja. Dat is er zeker. Er is héél wat mis.'

'O jee.'

'Ik ben bang dat Londen helemaal niet zo ingenomen is met jou als jezelf schijnt te zijn.'

'Maar waarom dan toch, Andy?'

'Niets bijzonders. Eigenlijk niets noemenswaardigs. Ze zijn alleen tot de slotsom gekomen dat H. Pendel, superspion, een overschatte, onbetrouwbare, corrupte, hypocriete oplichter is.'

Pendels glimlach verbleekte langzaam tot er helemaal niets meer van over was. Hij liet zijn schouders hangen en zijn handen, die hem tot dusverre op het bed hadden ondersteund, legden zich gehoorzaam ter ruste aan de voorkant van zijn lichaam om zijn meerdere te tonen dat ze geen kwaad in de zin hadden.

'Is daar een speciale reden voor, Andy? Of was het meer de globale indruk die ze hadden?'

'Bovendien zijn ze bepáald niet te spreken over die klootzak van een meneer Mickie Abraxas.'

Pendels hoofd kwam met een ruk omhoog.

'Waarom? Wat heeft Mickie gedaan?' vroeg hij verrassend fel – dat wil zeggen, verrassend voor hemzelf. 'Mickie staat hier buiten,' voegde hij er strijdlustig aan toe.

'Wáár buiten?'

'Mickie heeft niets gedaan.'

'Nee. Dat heeft hij inderdaad niet. Dat is 't 'm nu juist. Dat heeft hij verdomme al veel te lang niet. Behalve dat hij de tienduizend dollar, die wij hem vooraf hebben uitbetaald om onze goede wil te tonen, dankbaar heeft aanvaard. En wat heb jíj gedaan? Ook niets. Jij hebt je blind gestaard op een navelstarende Mickie.' In zijn stem klonk de pesterige toon van schooljongenssarcasme door. 'En wat heb ík gedaan? Ik heb jou een uiterst genereuze bonus verstrekt wegens productivitéít – grapje – waarmee ik, in onbedekte termen, doel op de rekrutering van een opzienbarend ónproductieve hulpbron, te weten ene M. Abraxas, tirannendoder en idool van de man in de straat. Londen maakt zich daar verdomd vrolijk over. Men vraagt zich af of de *agent in het veld* – ik – misschien toch iets te onervåren en een tikkeltje te onnózel is om om te gaan met luie, hebzuchtige oplichters als M. Abraxas en jij.'

Osnards tirade was aan dovemans oren gericht geweest. In plaats van zich te drukken, leek Pendels lichaam zich te ontspannen, ten teken dat wat hij ook had gevreesd voorbij was, en dat alles wat hen kon bezighouden in vergelijking tot zijn nachtmerries weinig om het lijf had. Zijn handen keerden terug naar zijn zij, hij sloeg zijn benen over elkaar en leunde achterover tegen het hoofdeinde van het bed.

'En hoe denkt Londen hem aan te pakken, vragen wij ons af, Andy?' informeerde hij meelevend.

Osnard had zijn barse toon laten varen en sprak nu op een toon van opgeblazen verontwaardiging.

'Al dat gemekker over zijn ereschulden... Hoe zit het met wat hij óns verschuldigd is? Hij houdt ons aan het lijntje – "Ik kan het je nu niet zeggen, ik vertel het je volgende maand" – en maakt ons lekker met een samenzwering die niet bestaat, en een stelletje studenten met wie alleen hij kan praten, en een stelletje vissers die alleen maar met de studenten willen praten, bla bla. Wie denkt hij wel dat hij is, verdomme? Wie denkt hij wel dat wíj zijn? Achterlijke idioten?'

'Dat komt door zijn loyaliteiten, Andy. Doordat zijn bronnen heel kwetsbaar zijn, net als bij jou. Al die mensen die hij om toestemming moet vragen...'

'Zijn loyaliteiten kunnen me gestolen worden! We zitten verdomme al drie weken te wachten op die waardevolle loyaliteiten van hem. Als hij zo loyaal is als hij doet voorkomen, had hij om te beginnen jou niets over die Beweging van hem aan je neus moeten hangen. Maar dat heeft hij wel gedaan. Dus heb je hem in de tang. En als je in onze bedrijfstak iemand in de tang hebt, dan doe je er wat aan. Dan laat je niet iedereen wachten op het antwoord naar de zin van het bestaan omdat de een of andere onbaatzuchtige, verloederde zuipschuit drie weken nodig heeft om zijn vrienden toestemming te vragen je dat te vertellen.'

'Wat doe je dan wél, Andy?' vroeg Pendel op gedempte toon.

En als Osnards oren of hart ervoor open hadden gestaan, dan had hij in Pendels stem misschien dezelfde ondertoon herkend die er, een paar weken eerder tijdens de lunch toen de mogelijkheid van rekrutering van Mickies Stille Oppositie voor de eerste maal ter sprake kwam, ook in was geslopen.

'Ik zal je precies vertellen wat je doet,' snauwde hij, opnieuw op de toon van zijn bovenmeester. 'Je gaat naar die klootzak van een meneer Abraxas en je zegt: "Mickie. Ik vind het lullig om te zeggen. Maar het geduld van mijn maatje de gestoorde geldschieter is op. Dus als jij niet terug wilt naar de Panamese petoet waar je vandaan komt, op beschuldiging van samenzwering met onbekenden ter voorbereiding van wat je verdomme ook mag samenzweren, dan zou ik maar snel over de brug komen. Want er wacht je een hele smak geld als je het dóét, en een heel hard bed in een heel klein kamertje als je het níét doet." Zit er water in die fles?'

'Ja, Andy. Dat geloof ik wel. En ik weet zeker dat jij daar best trek in hebt.'

Pendel overhandigde hem de fles die door de directie ter beschikking was gesteld ter reanimatie van uitgeputte gasten. Osnard dronk, veegde zijn lippen af met de rug van zijn hand en de hals van de fles met zijn dikke wijsvinger. Toen gaf hij de fles terug aan Pendel. Maar Pendel besloot dat hij geen dorst had. Hij was misselijk, maar het was niet het soort misselijkheid dat je met water bestrijdt. Het had meer te maken met de hechte collegiale vriendschap met zijn medegevangene Abraxas en Osnards voorstel die te bezoedelen. En drinken uit een fles die nat was van Osnards spuug was op dat moment wel het laatste waar Pendel trek in had.

'Het zijn allemaal stukjes en beetjes,' klaagde Osnard, nog steeds op hoge toon. 'En wat krijg je als je ze samenvoegt? Loze praatjes. Morgen wordt het beter. Wacht maar af. De grootse visie ontgaat ons, Harry. De grote doorbraak die zich altijd net aan ons oog onttrekt. Londen wil hem nu. Ze kunnen niet langer wachten. En wij evenmin. Is dat duidelijk?'

'Zo helder als glas, Andy. Zo helder als glas.'

'Mooi zo,' zei Osnard op een norse, enigszins verzoenende toon die bedoeld was om de goede verstandhouding tussen hen te herstellen.

En van Abraxas ging Osnard over op een onderwerp dat Pendel nog nader aan het hart lag, namelijk zijn vrouw Louisa.

'Delgado's ster is rijzende, is je dat opgevallen?' begon Osnard op joviale toon. 'De pers heeft hem uitgeroepen tot de hogepriester van de Stuurgroep Kanaalbeheer, zie ik. Nog een beetje hoger en zijn toupet vliegt in brand.'

'Ik heb erover gelezen,' zei Pendel.

'Waar?'

'In de kranten. Waar anders?'

'In de dagbladen?'

Nu was het Osnards beurt om te glimlachen en Pendels beurt om terughoudendheid te betrachten.

'Je hebt het dus niet van Louisa gehoord?'

'Niet tot het algemeen bekend was. Ze wilde er niets over loslaten.'

Kom niet aan mijn vriend, zeiden Pendels ogen. Kom niet aan mijn vrouw.

'Waarom niet, in hemelsnaam?' vroeg Osnard.

'Ze is discreet. Dat is haar plichtsbesef. Dat heb ik je al eerder verteld.'

'Weet ze dat je vanavond een afspraak met mij hebt?'

'Natuurlijk niet. Waar zie je me voor aan? Ik ben toch niet gek?'

'Maar ze weet toch dat er iets aan de knikker is? Je veranderde levensstijl, enzovoort, dat is haar toch wel opgevallen? Ze is niet blind.'

'Ik ben de bakens aan het verzetten. Dat is het enige dat ze weet en hoeft te weten.'

'Nou, er zijn een hoop manieren om de bakens te verzetten, nietwaar? En niet allemaal even gunstig. Niet voor echtgenotes.'

'Ze zit er niet mee.'

'Dat was niet de indruk die ik van haar kreeg, Harry. Tijdens dat uitje naar Anytime Island. Het viel me op dat er iets was dat haar niet helemaal lekker zat. Ze tilde er niet zwaar aan. Zo is ze niet. Ze wilde alleen van me weten of het normaal was op jouw leeftijd.'

'Of wat normaal was?'

'Die voortdurende behoefte aan ieders gezelschap. Vierentwintig uur per dag. Behalve het hare. Dat gedraaf door de stad.'

'Wat heb je haar geantwoord?'

'Ik heb gezegd dat ik wilde wachten tot ik zelf veertig was en het haar dan zou laten weten. Geweldige vrouw, Harry.'

'Ja. Dat is ze. Dus blijf bij haar uit de buurt.'

'Het kwam gewoon bij me op dat ze wellicht een stuk gelukkiger zou zijn als jij haar een hart onder de riem kon steken.'

'Haar hart zit precies waar het zitten moet.'

'Ik wilde alleen dat we een stapje dichter bij de bron konden komen, dat is alles.'

'Welke bron?'

'De bron. De oorsprong. Waaraan alle kennis ontspruit. Delgado. Ze is een bewonderaarster van Mickie. Ze heeft ontzag voor hem. Dat heeft ze me verteld. Ze verafgoodt Delgado. Ze moet er niet aan denken dat het Kanaal onderhands wordt versjacherd. Volgens mij is dat niet te voorkomen. Van hieruit gezien.'

Pendels ogen waren weer gevangenisogen, dof en naar binnen gekeerd. Maar Osnard merkte niets van Pendels terugkeer tot zijn eigen binnenste en gaf er de voorkeur aan om op een afgeleide manier hardop over Louisa te mijmeren.

'Een van de absolute natuurtalenten aller tijden, als je het mij vraagt.'

'Wie?'

'"Concentreer je op het Kanaal,"' mijmerde Osnard. '"Alles staat of valt met het Kanaal." Het enige waar Londen aan lijkt te kunnen denken. Wie gaat ermee aan de haal. Wat doen ze ermee. Heel Whitehall doet het in zijn gestreepte broek om erachter te komen met wie Delgado in het schuurtje praat.' Hij sloot nadenkend zijn ogen. 'Fantástische meid. Een van de besten ter wereld. Rots in de branding, niet te vermurwen, trouw tot in de dood. Geweldig materiaal.'

'Waarvoor?'

Osnard liet de whisky bezinken. 'Beetje hulp van jou, haar op de juiste wijze voorgeschoteld, in zorgvuldig gekozen bewoordingen, fluitje van een cent,' vervolgde hij peinzend. 'Ze hoeft niet werkelijk actie te ondernemen. We vragen haar niet het Reigerpaleis op te blazen, in te trekken bij de studenten of uit te varen met de vissers. Ze hoeft alleen maar te luisteren en de boel in de gaten te houden.'

'Wat in de gaten te houden?'

'Je hoeft je maatje Andy niet te noemen. Je hoefde hem ook niet te noemen tegenover Abraxas of de anderen. Noem hem dus ook niet tegenover haar. Beklemtoon de huwelijksband, dat lijkt me het beste. De oude gelofte van respect en gehoorzaamheid. Louisa geeft haar materiaal aan jou. Jij geeft het aan mij. Ik stuur het door naar Londen. Daar kraait geen haan naar.'

'Ze houdt van het Kanaal, Andy. Ze is niet van plan het te verraden. Zo zit ze niet in elkaar.'

'Ze zál het ook niet verraden, klojo! Ze gaat het juist redden, verdomme! Zij denkt toch nog steeds dat Delgado een godsgeschenk is, of niet soms?'

'Ze is een Amerikaanse, Andy. Ze heeft een hoge pet op van Delgado maar ze houdt ook van Amerika.'

'Amerika wordt niet verraden, in jezusnaam! Amerika wordt aan het werk gehouden. De troepen blijven waar ze zijn. De militaire bases blijven bemand. Wat wil ze nog meer? Ze helpt Delgado het Kanaal te redden uit de klauwen van de schurken en ze helpt Amerika door ons te vertellen wat voor een puinhoop de Panamezen ervan maken en dat is voor de strijdkrachten van de Verenigde Staten een reden te meer om te blijven waar ze zijn. Zei je wat? Ik verstond je niet.'

Pendel had inderdaad iets gezegd, maar zijn stem was zo verstikt dat hij nauwelijks hoorbaar was. Dus ging hij, net als Osnard, rechtop zitten en probeerde het nog eens.

'Ik geloof dat ik je vroeg hoeveel Louisa naar jouw mening waard zou zijn op de vrije markt, Andy.'

Osnard was ingenomen met die praktische vraag. Hij was van plan geweest hem in een later stadium zelf naar voren te brengen.

'Hetzelfde als jij, Harry. Gelijke monniken, gelijke kappen.

Hetzelfde aanvangssalaris, dezelfde bonussen. Dat is een principe waar ik nooit van afwijk. Meiden zijn net zo goed als wij. Beter. Dat heb ik gisteren nog tegen Londen gezegd. Gelijke betaling, anders gaat de zaak niet door. We kunnen je geld verdubbelen. Eén voet in de Stille Oppositie, de andere in het Kanaal. Proost.'

Op de televisie was een ander filmpje begonnen. Twee cowgirls waren midden in een ravijn een cowboy aan het uitkleden terwijl getuierde paarden hun blik afwendden.

Pendel praatte in zijn slaap, langzaam en mechanisch, meer tot zichzelf dan tegen Osnard.

'Dat doet ze nooit.'

'Waarom niet?'

'Ze heeft principes.'

'Die kopen we af.'

'Die zijn niet te koop. Ze is net als haar moeder. Hoe harder je aan haar trekt, hoe meer ze haar poot stijf houdt.'

'Waarom zouden we aan haar trekken? Waarom laten we haar niet uit vrije wil de sprong wagen?'

'Leuk, hoor.'

Osnard begon te declameren. Hij gooide een arm omhoog en sloeg met de andere op zijn borst. ' "Ik ben een held, Louisa! Jij kunt ook een heldin worden! Schaar je aan mijn zijde! Trek met mij ten strijde! Red het Kanaal! Red Delgado! Stel de corruptie aan de kaak!" Wil je dat ik een goed woordje voor je bij haar doe?'

'Nee. En waag het niet dat te proberen.'

'Waarom niet?'

'Eerlijk gezegd heeft ze weinig op met Engelsen. Ik kan door de beugel omdat ik uit een goed nest kom. Maar ten aanzien van de Engelse hogere standen is ze het grotendeels eens met haar vader, die hen zonder uitzondering een stelletje uiterst onbetrouwbare, gewetenloze hufters vond.'

'Ik dacht dat ik nogal bij haar in de smaak viel.'

'Bovendien zou ze haar baas nooit verraden. Nooit en te nimmer.'

'Ook niet voor een aardige smak geld? Ik vraag het me af.'

Maar Pendel antwoordde nog steeds op mechanische toon: 'Geld zegt haar weinig, om je de waarheid te zeggen. Ze vindt dat we daar al genoeg van hebben en bovendien helt ze sterk over naar de overtuiging dat het de bron van alle kwaad is en zou moeten worden afgeschaft.'

'Dan betalen we haar salaris toch uit aan haar liefhebbende mannie. In contanten. Hoeft niet weggestreept tegen de lening. Jij zorgt voor de financiën, zij voor het altruïsme. Ze hoeft er nooit iets van te weten.'

Maar Pendel reageerde niet op deze zonnige beschrijving van het spionerende echtpaar. Met een onbewogen gezicht staarde hij naar de muur, klaar om er hard tegenaan te gaan.

Op het scherm lag de cowboy achterover op een paardendeken. De cowgirls die hun hoed nog op en hun laarzen nog aanhadden, stonden aan weerskanten van hem, alsof ze zich afvroegen hoe ze hem moesten inpakken. Maar Osnard was te druk bezig met graaien in zijn aktetas om het op te merken en Pendel zat nog steeds somber naar de muur te staren.

'Jezus – dat was ik bijna vergeten,' riep Osnard uit.

En hij haalde een stapeltje bankbiljetten te voorschijn, en toen nog een, totdat de volle zevenduizend dollar te midden van de insectenverdelger en het carbonpapier en de aansteker op het bed lagen.

'Bonussen. Sorry dat het zolang heeft geduurd. Dat komt door die stoethaspels die de kas beheren.'

Met de grootste moeite richtte Pendel zijn blik op het bed. 'Ik heb geen bonussen verdiend. Dat heeft niemand.'

'Ja, dat heb je wel. Sabina voor haar voorbereidende werk onder de oudere studenten. Alpha voor Delgado's geheime zakengesprekken met de Jappen. Marco voor de afspraken van de president laat op de avond. Bingo.'

Pendel schudde verbijsterd zijn hoofd.

'Drie mille voor Sabina, drie mille voor Alpha, een voor Marco, in totaal zevenduizend,' hield Osnard vol. 'Tel maar na.'

'Dat is nergens voor nodig.'

Osnard schoof een kwitantie en een ballpoint naar hem toe. 'Tienduizend dollar. Zeven om weg te geven en zoals gebruikelijk drie voor je weduwen- en wezenfonds.'

Vanuit ergens diep in zijn binnenste tekende Pendel. Maar hij liet het geld op het bed liggen en keek ernaar, raakte het met geen vinger aan, terwijl Osnard met blinde hebzucht zijn pleidooi voor de rekrutering van Louisa hervatte en Pendel terugkeerde naar het duister van zijn geheime zielenroerselen.

'Ze houdt toch van vis, of niet soms?'

'Wat heeft dat ermee te maken?'

'Is er niet ergens een restaurant waar je haar mee naartoe neemt als je haar wilt verwennen?'

'La Casa del Marisco. Een garnalencocktail en de heilbot. Ze neemt altijd hetzelfde.'

'Staan de tafeltjes daar goed ver uit elkaar? Voldoende privacy?'

'Daar gaan we heen op onze trouwdag en als er iemand jarig is.'

'Vast plekje?'

'Hoektafeltje bij het raam.'

Osnard speelde de liefhebbende echtgenoot, wenkbrauwen opgetrokken, hoofd minzaam scheef. ' "Er is iets dat ik je moet opbiechten, schat. Ik vond dat je het nu maar eens moest weten. Burgerplicht. De waarheid vertellen aan mensen die iets in de melk te brokkelen hebben." Zou ze dat slikken?'

'Wie weet. Als haar pet ernaar staat.'

' "Zodat je dierbare vader zich niet in zijn graf hoeft om te draaien. En je moeder evenmin. Voor jouw idealen. Mickies idealen. En ook voor de mijne, ook al heb ik die om veiligheidsredenen verborgen moeten houden." '

'Wat moet ik haar over de kinderen vertellen?'

'Hun toekomst is ermee gediend.'

'Mooie toekomst is dat, als wij allebei in de bajes zitten. Heb je die armen die uit de ramen steken weleens gezien? Ik heb ze ooit eens geteld. Dat soort dingen doe je als je zelf hebt gezeten. Vierentwintig door één raam afgezien van degenen die zich aan het wassen zijn, en elke cel heeft één raam.'

Osnard zuchtte alsof dit hem meer pijn zou gaan doen dan Pendel.

'Je dwingt me je het mes op de keel te zetten, Harry.'

'Ik dwing je nergens toe. Niemand dwingt jou tot iets.'

'Ik wil je dit niet aandoen, Harry.'

'Doe het dan niet.'

'Ik heb het je voorzichtig aan je verstand proberen te brengen, Harry. Dat is niet gelukt, dus ben ik gedwongen je op je plicht te wijzen.'

'Die heb ik niet, niet tegenover jou.'

'Jullie beider namen staan op de akten. Die van jou en die van Louisa. Jullie zitten in hetzelfde schuitje. Als jij de eigendomsakten – van de winkel en de plantage – terug wilt, dan verlangt Londen een substantiële bijdrage van jullie allebei. Als ze die niet krijgen dan is het gauw met de liefde gedaan en draaien ze de geldkraan dicht en brengen ze jou onder de hamer. De winkel, de plantage, de Jeep, de kinderen, de hele santekraam.'

Het duurde even voordat Pendel zijn hoofd ophief, alsof de gevangenisstraf die de rechter hem oplegde niet meteen tot hem doordrong.

'Is dat geen chantage, Andy?'

'Kwestie van vraag en aanbod, ouwe jongen.'

Pendel richtte zich langzaam op en bleef bewegingloos staan, met zijn voeten tegen elkaar en zijn hoofd gebogen, en hij keek naar de bankbiljetten op het bed alvorens hij ze in hun envelop stopte en de envelop in zijn tas deed, samen met de velletjes carbonpapier en de insectenverdelger.

'Ik heb een paar dagen nodig.' Hij sprak tegen de vloer. 'Ik zal met haar moeten praten, of niet soms?'

'Je hebt het zelf in de hand, Harry.'

Pendel schuifelde met gebogen hoofd naar de deur.

'Tot kijk, Harry. Volgende keer, volgende plaats, oké? Doe je best. Veel succes.'

Pendel bleef stilstaan, wachtte en draaide zich om, en op zijn gezicht was niets te lezen dan de gelaten acceptatie van zijn straf.

'Jij ook, Andy. En bedankt voor de bonus en de whisky en je waardevolle suggesties aangaande zowel Mickie als mijn vrouw.'

'Graag gedaan, Harry.'

'En vergeet vooral niet langs te komen om je tweed jasje te passen. Het is wat ik degelijk maar smaakvol zou willen noemen. Het wordt tijd dat we een ander mens van je maken.'

Toen hij zich een uur later had opgesloten in de kooi aan het uiterste einde van de kluis, sprak Osnard in de bovenmaatse hoorn van de geheime telefoon en stelde zich voor hoe zijn woorden in Luxmores pluizige oor digitaal werden herschikt. Luxmore had in Londen extra vroeg achter zijn bureau plaatsgenomen om Osnards telefoontje af te wachten.

'Ik heb hem de worst voorgehouden en vervolgens met de stok gedreigd, meneer,' rapporteerde hij op de jongensachtige heldentoon die hij voor zijn meester had gereserveerd. 'Nogal heftig, vrees ik. Maar hij aarzelt nog steeds. Ze doet het, ze doet het niet, ze doet het misschien. Hij houdt zich op de vlakte.'

'De ellendeling.'

'Zo dacht ik er ook over.'

'Hij aast dus op nog meer geld, hè?'

'Daar heeft het alle schijn van.'

'Je moet het een klootzak nooit kwalijk nemen dat hij zich als een klootzak gedraagt, Andrew.'

'Hij zegt dat hij tijd nodig heeft om haar om te praten.'

'De linkmiegel. Tijd om óns om te praten, als je het mij vraagt. Voor hoeveel gaat ze door de knieën, Andrew? Wind er geen doekjes om. Mijn god, als dit voorbij is, houden we hem streng in toom!'

'Hij heeft geen bedrag genoemd, meneer.'

'Dat wil ik best geloven. Hij is een ritselaar. Hij heeft ons waar hij ons hebben wil en dat weet hij. Wat schat je? Jij kent die knaap. Wat wordt het in het slechtste geval?'

Osnard vergunde zich een stilte die erop wees dat hij zorgvuldig nadacht.

'Hij is een taaie,' zei hij behoedzaam.

'Ik weet dat hij een taaie is! Ze zijn allemaal taai! Jíj weet dat hij een taaie is! De Bovenste Verdieping weet dat hij een taaie is. Geoff weet dat hij een taaie is. Bepaalde met mij bevriende anonieme investeerders weten dat hij een taaie is. Hij is van begin af aan een taaie geweest. En hij wordt nog taaier als we de eindstreep naderen. Mijn god, als ik een betere oplossing wist, zou ik die kiezen! Er was een knaap tijdens het gekrakeel om de Falklandeilanden die ons een vermogen heeft gekost en die nooit een cent heeft opgeleverd.'

'We moeten op resultaat spelen.'

'Ga verder.'

'Een hoger voorschot zal hem er alleen maar toe aanzetten het kalmpjes aan te doen.'

'Dat ben ik met je eens. Roerend. Hij zou ons in ons gezicht uitlachen. Zo doen ze dat. Ze plukken ons kaal en lachen in hun vuistje.'

'Hogere bonussen daarentegen stimuleren hem. Dat hebben we vaker gezien en dat zagen we vanavond weer.'

'O ja, meen je dat?'

'U had eens moeten zien hoe hij dat geld in zijn koffertje stopte.'

'O, mijn god.'

'Aan de andere kant, hij hééft ons Alpha en Bèta en de studenten bezorgd, hij hééft de Beer nagenoeg in zijn zak en hij hééft Abraxas tot op zekere hoogte gerekruteerd en hij hééft Marco voor ons gewonnen.'

'En voor dat alles hebben we hem beloond. Ruimschoots. En wat heeft ons dat tot nog toe opgeleverd? Beloften. Waardeloze kletskoek. "Binnenkort komt de grote doorbraak." Ik word er doodziek van, Andrew. Kotsmisselijk.'

'Dat heb ik hem ook heel duidelijk onder zijn neus gewreven, meneer, als ik zo vrij mag zijn.'

Luxmores stem werd onmiddellijk milder van toon. 'Dat wil ik best geloven, Andrew. Als ik een andere indruk heb gewekt, dan spijt me dat oprecht. Ga door. Asjeblieft.'

'Naar mijn persóónlijke overtuiging...' vervolgde Osnard, in alle bescheidenheid.

'Dat is de enige die ertoe doet, Andrew!'

'... moeten we hem uitsluitend belonen naar prestatie. Als hij over de brug komt, betalen wij uit. Hetzelfde geldt, wat hem betreft, als hij met zijn vrouw over de brug komt.'

'Heilige Maria, Andrew! Heeft hij dát tegen je gezegd? Heeft hij zijn vrouw aan je verkócht?'

'Nog niet, maar ze is beschikbaar.'

'Andrew, dat is in de afgelopen twintig jaar van deze Dienst nog niet voorgekomen. Het is in zijn hele bestaan nog niet voorgekomen dat iemand ons zijn vrouw voor geld te koop aanbood.'

Als Osnard over geld praatte, had hij daar een speciale versnelling voor, een lagere, soepeler draaiende motor.

'Ik stel voor dat we hem een bonus uitkeren voor elke hulpbron die hij rekruteert, zijn vrouw incluis. De hoogte van de bonus is afhankelijk van de hoogte van het salaris van de hulpbron. Een vast percentage. Als zij een bonus verdient, dan verdient hij daar een deel van.'

'Additioneel?'

'Absoluut. Dan zitten we ook nog met de vraag hoeveel we Sabina's studenten moeten betalen.'

'Leg ze niet te veel in de watten, Andrew! Hoe zit het met Abraxas?'

'Als en wanneer de organisatie van Abraxas met de samenzwering over de brug komt, krijgt Pendel een soortgelijke commissie, dat wil zeggen: vijfentwintig procent van wat we Abraxas en zijn beweging betalen als bonus.'

Toen deed Luxmore er het zwijgen toe.

'Zei je daar *als en wanneer*? Wat heeft dat precies te betekenen, Andrew?'

'Neem me niet kwalijk, meneer. Ik vraag me onwillekeurig af of Abraxas ons niet aan het lijntje houdt. Of anders Pendel wel. Sorry, hoor. Het is al laat.'

'Andrew?'

'Ja, meneer.'

'Luister naar me, Andrew. Dat is een bevel. Er ís een samenzwering. Laat de moed niet varen omdat je toevallig moe bent. Natúúrlijk is er een samenzwering. Daar ben jij van overtuigd, daar ben ik van overtuigd. Daar is een van de grootste mediagiganten op deze wéreld van overtuigd. Hoogstpersoonlijk. In alle oprechtheid. De grootste geesten van Fleet Street zijn daarvan overtuigd of zullen dat spoedig zijn. Er is daar een samenzwering gaande, die in elkaar is geflanst door een boosaardige kliek binnen de Panamese elite die zich concentreert op het Kanaal, en die zullen wij opsporen! Andrew?' Plotselinge paniek. 'Andrew!'

'Ja, meneer?'

'Doe me een lol en zeg maar Scottie. Laten we dat ge-meneer verder maar achterwege laten. Is alles naar wens, Andrew? Ga je gebukt onder spanningen? Voel je je op je gemak? Goeie hemel, ik vind het ontzettend bot van mezelf dat ik in al die drukte nog helemaal niet heb geïnformeerd naar jouw welbevinden. Ik heb tegenwoordig de nodige invloed in de hoogste regionen, en ook nog wel aan de overkant van de rivier. Het vervult me met droefenis als een trouwhartige en toegewijde jongeman zichzelf in deze materialistische tijden veronachtzaamt.'

Osnard slaakte het verlegen lachje dat trouwhartige en toegewijde jongemannen nu eenmaal slaken als ze in verlegenheid worden gebracht.

'Ik zou wel wat extra nachtrust kunnen gebruiken als u die in de aanbieding hebt.'

'Neem die, Andrew. Nu meteen. Zoveel als je wilt. Dat is een bevel. We kunnen je niet missen.'

'Dat zal ik doen, meneer. Goedenacht.'

'Goedemorgen, Andrew. Ik meen het. En als je wakker wordt, dan hoor je die samenzwering weer luid en duidelijk, in je oren galmend als een jachthoorn, en dan spring je uit je bed en trek je erop uit om hem op te sporen, daar ben ik van overtuigd. Ik weet waarover ik praat. Ik heb hem ook gehoord. Daarom zijn we ten strijde getrokken.'

'Goedenacht, meneer.'

Maar voor de toegewijde jonge spionnenmeester was de dag nog lang niet voorbij. *Leg het vast als het nog vers in je geheugen ligt*, hadden zijn instructeurs hem tot vervelens toe ingeprent. Hij keerde terug naar de kluis en opende een zonderling metalen kistje waarvan alleen hij de combinatie kende, en haalde daaruit een rood met de hand gebonden boek dat in gewicht en betekenis overeenkwam met een scheepsjournaal en was gevat in een soort ijzeren kuisheidsgordel waarvan de twee uiteinden zich samenvoegden in een tweede slot dat Osnard eveneens opende. Hij keerde terug naar zijn kantoor en legde het boek op zijn bureau, naast zijn leeslamp, naast zijn fles Schotse whisky en naast zijn notities en de bandrecorder uit zijn versleten aktetas.

Het rode boek was een onmisbaar hulpmiddel bij het creatief opstellen van rapporten. Op zijn overweldigend geheime pagina's waren domeinen waar het hoofdkantoor geen flauw benul van had, ook wel bekend als de Zwarte Gaten van de analisten, welwillend in kaart gebracht ten behoeve van informatievergaarders. En wat analisten niet wisten, konden ze, volgens Osnards logica, niet controleren. En wat ze niet konden controleren, konden ze verdomd moeilijk onderuithalen. Osnard had, zoals zovele beginnende schrijvers, ontdekt dat hij verrassend gevoelig was voor kritiek. Osnard was twee uur lang, zonder onderbreking, bezig met modelleren, polijsten, oppoetsen en herschrijven totdat BUCHANS meest recente informatiemateriaal als een reeks volmaakt gevormde pluggen in de Zwarte Gaten van de analisten paste. Een kernachtige toon, een nimmer aflatende scepsis en hier en daar een extra uiting van twijfel droegen bij aan de sfeer van authenticiteit. Tot hij ten slotte, tevreden over zijn handwerk, zijn codeur Shepherd opbelde, hem opdroeg onmiddellijk naar de ambassade te komen en hem, uitgaande van het principe dat berichten die op onmogelijke uren werden verzonden meer gewicht in de schaal legden dan soortgelijke berichten tijdens kantooruren, een met de hand gecodeerd STRIKT GEHEIM & BUCHAN-telegram overhandigde dat onmiddellijk moest worden verzonden.

'Ik wou dat ik je in vertrouwen kon nemen, Shep,' zei Osnard met zijn klaar-voor-onder-water-stem, toen hij merkte dat Shepherd met smachtende blik naar de onbegrijpelijke series cijfers keek.

'Ik ook, Andy, maar als het strikt vertrouwelijk is, dan is het strikt vertrouwelijk, of niet soms?'

'Je zult wel gelijk hebben,' beaamde Osnard.

We sturen die goeie ouwe Shep mee, had Personeelszaken gezegd. Die houdt de jonge Osnard wel in het gareel.

Osnard reed, maar niet naar zijn flat. Hij reed met een doel voor ogen maar het doel lag in het verschiet en was nog niet vast omlijnd. Een dikke bundel dollarbiljetten drukte zacht tegen zijn linkertepel. Wat zal het worden? Flitsende lichten, kleurenfoto's van naakte zwarte meisjes in verlichte lijsten, veeltalige borden die EROTISCHE LIVESHOWS aanprezen? Allemaal mooi en prachtig, maar daar ben ik vannacht niet voor in de stemming. Hij reed door. Pooiers, *pushers*, politieagenten, een stelletje nichten, er allemaal op uit om een paar centen te verdienen. Soldaten in uniform, met drie tegelijk. Hij reed langs de Costa Brava-club, gespecialiseerd in jonge Chinese hoeren. Heel lief en aardig, schatjes, maar ik zie ze liever wat ouder en gevulder. Hij reed weer verder en ging af op zijn gevoel, zoals hij graag deed. Het aloude jachtinstinct. Van alles proeven, dat is de enige manier. Hoe kun je in jezusnaam weten of je iets wilt hebben zolang je het niet hebt gekocht? Hij dacht terug aan Luxmore. *De grootste mediagigant ter wereld is ervan overtuigd...* Dat moest Ben Hatry zijn. Luxmore had zijn naam in Londen een paar keer laten vallen. Hij had woordspelingen op zijn naam gemaakt. Ons *Bene*fiet Fonds. De *Bene*dictie van een zekere vaderlandslievende mediabaron. *Dat heb je niet gehoord, jongeheer Osnard. De naam Hatry zal nooit over mijn lippen komen.* Gezuig tussen de tanden. Wat een eikel.

Osnard stak met zijn auto de straat over, raakte de stoeprand, reed ertegenop en parkeerde op het trottoir. Ik ben een diplomaat dus jullie kunnen allemaal de kolere krijgen. *Casino en Club*, stond er op het uithangbord, en op de deur stond: IEDEREEN WORDT GECONTROLEERD OP VUURWAPENS. Twee drie meter lange uitsmijters met capes en petten bewaakten de ingang. Meisjes in minirokjes en netkousen stonden deinend onder aan een rode trap. Dit lijkt me wel wat.

Het was zes uur in de ochtend.

'Verdomme, Andy Osnard, ik heb me ongerust over je gemaakt,' bekende Fran bewogen toen hij naast haar in bed kroop. 'Wat is je in hemelsnaam overkomen?'

'Ze heeft me uitgewoond,' zei hij.

Maar zijn wederopstanding was alweer duidelijk.

14

De woede die zich tijdens zijn vertrek uit het druktoets-peeshotelletje van Pendel had meester gemaakt, bekoelde niet toen hij in de Jeep stapte of stuntelig door een rode mist naar huis reed of met bonzend hart aan zijn kant van het bed in Bethania lag, of de volgende ochtend of de ochtend daarna wakker werd. 'Ik heb een paar dagen tijd nodig,' had hij tegen Osnard gemompeld. Maar het waren niet de dagen die hij telde. Het waren de jaren. Het was elke verkeerde keuze die hij had gemaakt om het anderen naar de zin te maken. Het was elke belediging die hij had geslikt tot nut van het algemeen, waarbij hij er de voorkeur aan had gegeven zich te drukken in plaats van wat Benny noemde *stennes* te maken. Het was elke schreeuw die hij in de kiem had gesmoord voordat die aan zijn lippen was ontsnapt. Het was een mensenleven lang opgespaarde en onderdrukte woede die zich ongewild meester maakte van de horden personages die zich, bij gebrek aan nadere precisering, bedienden van de naam Harry Pendel.

En die woede wekte hem als een klaroenstoot die hem met een geweldige klap uit zijn sluimer wakker schudde en hem met zijn neus op de beschamende feiten drukte en zijn andere gevoelens om zich heen verzamelde. Liefde, angst, verontwaardiging en wraak behoorden tot de eerste vrijwilligers. De woede verwoestte de broze muur die in Pendels geest fictie en werkelijkheid van elkaar gescheiden had gehouden en zei 'nu is de maat vol!' en 'aanvallen!' en die geen deserteurs duldde. Maar wat moest hij aanvallen? En waarmee?

We willen je vriend kopen, zegt Osnard. *En als dat niet lukt dan sturen we hem terug naar de gevangenis. Weleens in de gevangenis gezeten, Pendel?*

Ja. En Mickie ook. En daar heb ik hem opgezocht. En hij was nauwelijks in staat een woord uit te brengen.

We willen je vrouw kopen, zegt Osnard. *En als dat niet lukt dan zetten we haar op straat en je kinderen erbij. Weleens op straat gestaan, Pendel?*

Daar kom ik vandaan.

En die dreigementen waren pistolen, geen droombeelden. Door Osnard tegen zijn slaap gehouden. Oké, Pendel had tegen hem gelogen, als je het liegen zou kunnen noemen. Hij had Osnard verteld wat hij wilde horen en zich alle mogelijke moeite getroost om dat voor hem te verwezenlijken, al moest hij het uit zijn duim zuigen. Sommige mensen logen omdat ze daar lol in hadden, omdat hun dat het gevoel gaf dat ze flinker of uitgekookter waren dan al die zielige conformisten die op hun buik door het stof kropen en de waarheid spraken. Pendel niet. Pendel loog om zich te conformeren. Om te allen tijde de juiste dingen te zeggen, zelfs als de juiste dingen zich op de ene plek bevonden en de waarheid op de andere. Om de druk der omstandigheden gelaten te ondergaan totdat hij zich eraan kon onttrekken en naar huis kon.

Maar aan de druk die Osnard op hem uitoefende kon hij zich niet onttrekken.

Zichzelf niet ontziend, draaide Pendel zijn vaste repertoire af. Als gepokt en gemazelde zelfbeschuldiger trok hij zich de haren uit het hoofd en riep God aan als getuige van zijn wroeging. Ik ben verloren! Dit is mijn verdiende loon! Ik zit weer in de gevangenis! Het hele leven is een gevangenis! Het maakt niet uit of ik me voor of achter de tralies bevind! En ik heb het allemaal aan mezelf te wijten! Maar zijn woede werd er niet minder om. Louisa's christensaamhorigheid omzeilend, nam hij zijn toevlucht tot de vreeswekkende taal van Benny's gedeeltelijk herinnerde pogingen tot boetedoening, zoals hij die prevelde in zijn lege bierpul in de Wink & Nod: *we hebben kwaad gedaan, bezoedeld en verwoest... We zijn schuldig, we hebben verraad gepleegd... We hebben geroofd, we hebben belasterd... We hebben misbruikt en zijn op het slechte pad gebracht... We zijn ontrouw geweest... We sluiten onze ogen voor de waarheid, en jagen onze eigen pleziertjes na. We zoeken ons heil in loos vermaak en prullaria.* De woede weigerde nog steeds te wijken. Zij volgde Pendel waar hij ook ging, als een kat in een morbide schimmenspel. Zelfs toen hij zich waagde aan een genadeloze historische analyse van zijn verachtelijke gedrag sinds het ontstaan van de wereld tot op de dag van heden, wendde zijn woede het zwaard af van zijn eigen boezem en richtte het naar buiten op degenen die zijn menslievendheid hadden misbruikt.

In den beginne was het Harde Woord, zei hij tot zichzelf. Het werd door Andy verkondigd toen hij mijn winkel binnenstruinde, en er viel niets tegen in te brengen, want er zat druk achter, niet alleen vanwege de zomerjurken, maar ook vanwege een zekere Arthur Braithwaite, die bij Louisa en de kinderen bekendstond als God. En, toegegeven, strikt genomen bestond Braithwaite niet. Waarom zou hij? Niet elke god hoeft te bestaan om zich van zijn taak te kunnen kwijten.

En ten gevolge van het bovenstaande beloofde ik als luisterpost te fungeren. Dus luisterde ik. En ik hoorde het een en ander. En wat niet als zodanig werd gehoord, hoorde ik in mijn hoofd, wat niet meer dan natuurlijk was, gezien de enorme druk die er op mij werd uitgeoefend. Ik ben een dienstverlenend bedrijf en dus verleende ik diensten. Wat is daar zo verkeerd aan? En nadien was er tot op zekere hoogte wat ik een bloeiperiode zou willen noemen, waarin ik veel meer opving en me bekwaamde in het luisteren, want je leert al snel dat spioneren net zoiets is als zakendoen, als seks het moet steeds beter gaan anders kun je wel inpakken.

Dus betrad ik wat je het domein van het *constructief horen* zou kunnen noemen, waarin mensen bepaalde woorden in de mond worden gelegd die ze zouden hebben gebezigd als hun die op dat moment zouden zijn ingevallen. Wat trouwens toch iedereen doet. Bovendien heb ik een paar paperassen uit Louisa's koffertje gefotografeerd, wat mij totaal níét zinde maar waar Andy op aandrong en, godzijdank, is hij verguld met de foto's. Maar dat was geen diefstal. Dat was kijken. En kijken staat iedereen vrij, zeg ik altijd. Of hij nu een aansteker in zijn zak heeft of niet.

En wat daarna gebeurde was uitsluitend Andy's schuld. Ik heb hem er nooit toe aangezet, het was zelfs niet bij me opgekomen totdat hij ermee voor de draad kwam. Andy verlangde van mij dat ik hulpbronnen aan zou boren, en een hulpbron is totaal iets anders dan een nietsvermoedende informant, en dat vereist wat ik een spectaculaire stap voorwaarts zou willen noemen, alsmede een niet geringe mentale ommezwaai in de persoon van de leverancier. Maar ik zal je eens wat zeggen over hulpbronnen. Hulpbronnen zijn, als je ze eenmaal wat beter leert kennen, heel aardige mensen, een stuk aardiger dan sommige lieden in mijn kennissenkring die over een ietwat hoger realiteitsgehalte beschikken. Hulpbronnen vormen een geheime clan van personen die je nooit een grote mond geven of die met problemen kampen, tenzij je hun dat opdraagt. Bij hulpbronnen gaat het om het veranderen van je vrienden in iets wat ze al bijna waren, of zouden willen zijn, maar strikt genomen nooit zullen worden. Of wat ze helemaal niet zouden willen zijn, maar redelijkerwijs hadden kunnen zijn als je ziet hoe ze in elkaar zitten.

Neem nou Sabina – die Marta losjes, maar niet exact, naar haar eigen evenbeeld heeft geschapen. Neem de doorsnee onstuimige bommen fabricerende student die zijn kans afwacht om zijn slag te slaan. Neem Alpha en Bèta en bepaalde anderen die om veiligheidsredenen anoniem moeten blijven. Neem Mickie met zijn Stille Oppositie en zijn Samenzwering Waar Niemand De Vinger Op Kan Leggen, wat naar mijn eigen bescheiden mening een geniale vondst was, zij het dat ik daar, ten gevolge van Andy's hoogst meedogenloze druk, eerder vroeger dan later zelf mijn vinger op zal moeten leggen op een manier die alle betrokkenen tevredenstelt. Neem de Mensen die Aan de Overkant van de Brug wonen en het Ware Hart van Panama dat niemand kan vinden behalve Mickie en een paar studenten met een stethoscoop. Neem Marco die geen ja wilde zeggen totdat ik een hartig woordje met zijn vrouw had gewisseld over de nieuwe diepvriezer die ze wilde en de tweede auto en een plaatsje voor hun kind op het Einstein dat ik héél misschien voor hen kan regelen als Marco er het een en ander tegenover stelt en misschien zou ze hem daar nog eens over moeten aanspreken?

Allemaal te danken aan zijn gave. Losse draden, uit de lucht geplukt, geweven en op maat gesneden.

Je werkt dus aan je hulpbronnen en je legt je oor voor ze te luisteren en je bekommert je om hun problemen en je doet hun onderzoek voor ze en je leest voor ze en je luistert naar wat

Marta over ze te melden heeft, en je plaatst ze op de juiste tijd op de juiste plek en je zorgt ervoor dat ze, globaal genomen, zo voordelig mogelijk uit de bus komen, met al hun idealen en beslommeringen en kleine eigenaardigheden, net zoals ik dat in de winkel doe. En je betaalt ze, want dat hoort nu eenmaal zo. Gedeeltelijk handje contantje en de rest bewaar je voor ze als appeltje voor de dorst zodat ze er niet mee gaan lopen pronken en zichzelf belachelijk en verdacht maken en zich blootstellen aan een strikte handhaving van de wet. De enige moeilijkheid is dat mijn hulpbronnen het geld niet in hun zak kunnen steken omdat ze niet weten dat ze het hebben verdiend en dat sommige als zodanig niet eens een zak hebben, dus moet ik het in de mijne steken. Maar dat is niet meer dan redelijk als je je bedenkt dat ze het in feite ook niet hébben verdiend, of wel soms? Ik heb het verdiend. Dus houd ik het geld. Of Andy stort het voor mij in zijn weduwen- en wezenfonds. En de hulpbronnen hebben niets in de smiezen, wat Benny een slachtofferloze zwendel zou noemen. En wat is het leven zonder creativiteit? Te beginnen bij de creatie van jezelf.

Het is algemeen bekend dat bajesklanten er een eigen ethiek op na houden. Zo ook Pendel.

En nadat hij zichzelf naar behoren had gekastijd en zich van alle blaam had gezuiverd, had hij er vrede mee, zij het dat de zwarte kat hem nog steeds kwaad aanstaarde en de vrede die hij ervoer van het gewapende soort was, en een behoorlijk stuk gewelddadiger en manifester dan alle vredes die hij in zijn hele van onrechtvaardigheden doortrokken leven had ervaren. Hij voelde het in zijn handen, aan de manier waarop ze tintelden en verkrampten. In zijn rug, voornamelijk tussen zijn schouders. In zijn heupen en zijn hielen als hij door het huis en de winkel banjerde. In zijn vervoering was hij in staat zijn vuisten te ballen en op de houten leuningen van het beklaagdenbankje dat hem in gedachten altijd omsloot, te beuken en luidkeels te brullen dat hij onschuldig, of zo goed als onschuldig, was.

Want ik zal u eens wat zeggen, edelachtbare, nu we het er toch over hebben, als u die superieure schaapachtige grijns van uw gezicht veegt: *zonder duo geen tango.* En meneer Osnard, van Hare Majesteits hemelse weet-ik-veel, dánst de tango. Dat voel ik. Of híj het voelt is punt twee, maar ik vermóéd van wel. Soms weten mensen niet waar ze mee bezig zijn. Maar Andy probeert me een loer te draaien. Hij blaast mijn rol op. Hij verdubbelt alles en doet alsof het enkel is, en bovendien is hij corrupt want over corruptie kan ik meepraten, en Londen is nog erger dan hij.

Toen Pendel op dat punt in zijn overwegingen was aangekomen, richtte hij zich niet langer tot zijn Schepper, zijne edelachtbare of zichzelf, en hij staarde voor zich uit naar de muur van zijn atelier waar hij toevallig bezig was met het couperen van het zoveelste levensstandaard-verhogende kostuum voor Mickie Abraxas, het kostuum waarmee hij zijn vrouw zou terug veroveren. Na zoveel kostuums had Pendel het ook met zijn ogen dicht kunnen doen. Maar zijn ogen stonden wijd open en zijn mond eveneens. Hij leek te kampen met een gebrek aan zuurstof hoewel zijn atelier, dankzij zijn hoge ramen, daar ruimschoots in voorzag. Hij had Mozart gedraaid maar was niet langer in de stemming voor Mozart. Met zijn ene hand draaide hij hem de nek om en met zijn andere legde hij de schaar neer, maar zijn blik versaagde niet en bleef strak gericht op dezelfde plek op de muur die, in tegenstelling tot andere muren die hij had gekend, noch molensteengrijs noch grauwgroen was geschilderd, maar een rustgevende gardenia-tint had die hij en zijn binnenhuisarchitect met de grootste zorg hadden gekozen.

Toen sprak hij. Hardop. Eén woord.

Niet zoals Archimedes het wellicht had uitgesproken. Niet met enige waarneembare emotie. Eerder op de toon van de 'Ik zeg u wat u weegt'-apparaten die de spoorwegstations van zijn jeugd hadden opgefleurd. Werktuiglijk, maar met overtuiging.

'*Jonah,*' zei hij.

Eindelijk had Harry Pendel zijn grootse visie gevonden. Ze zweefde op dat moment voor hem, ongeschonden, majestueus, stralend, volmaakt. Hij had haar al die tijd al gehad, besefte hij nu, als een bundeltje bankbiljetten in zijn achterzak, terwijl hij al die tijd honger had geleden, in de veronderstelling dat hij blut was, verlangend, hunkerend, smachtend naar kennis die hij nooit waarlijk had bezeten. Maar toch bezat hij haar! Ze had daar gelegen, hij kon er vrijelijk over beschikken, zijn eigen geheime voorraadje! En tot op dit moment had hij vergeten dat ze bestond! En nu openbaarde ze zich aan hem in al haar kleurrijke luister. Mijn grootse visie, die de gedaante van een muur heeft aangenomen. Mijn samenzwering die zijn doel gevonden heeft. De originele, ongecensureerde versie. Op veler verzoek bij u op het scherm. En stralend verlicht door woede.

En de naam van die grootse visie is Jonah.

Het is een jaar geleden maar in Pendels overspannen herinnering is het hier en nu en op de muur tegenover hem. Het is een week na Benny's dood. Het is twee dagen na het begin van Marks eerste schooljaar op het Einstein College en één dag nadat Louisa weer in vaste dienst is getreden bij de Kanaalcommissie. Pendel rijdt in de eerste Jeep die hij van zijn leven heeft bezeten. Zijn bestemming is Colón, het doel van zijn reis tweeledig: hij gaat erheen om zijn maandelijkse bezoekje aan het textielmagazijn van meneer Blüthner af te leggen, en om eindelijk lid te worden van de Broederschap.

Hij zet er vaart achter, zoals mensen doen als ze naar Colón rijden, gedeeltelijk uit angst voor de verkeerspolitie, gedeeltelijk om de rijkdommen van de Vrijhandelszone die aan het eind van de weg liggen, zo snel mogelijk te bereiken. Hij draagt een zwart pak dat hij in de winkel heeft aangetrokken om problemen thuis te vermijden en hij heeft een stoppelbaard van zes dagen. Als Benny rouwde om de dood van een overleden vriend, hield hij op zich te scheren. Pendel kan voor Benny niet minder doen. Hij heeft zelfs een zwarte vilthoed meegebracht, hoewel hij van plan is die op de achterbank te laten liggen.

'Het is een soort uitslag,' legt hij uit aan Louisa, die omwille van haar gemoedsrust en veiligheid niet met zoveel woorden op de hoogte is gesteld van Benny's dood, daar hij haar al enige jaren geleden heeft doen geloven dat Benny in alcoholische anonimiteit was gestorven en dientengevolge dus geen bedreiging meer vormde. 'Ik denk dat het die nieuwe Zweedse aftershave is die ik voor de boetiek heb uitgeprobeerd,' voegt hij eraan toe, haar gelegenheid gevend haar bezorgdheid kenbaar te maken.

'Harry, ik wil dat je die Zweden schrijft en hun duidelijk

maakt dat hun lotion gevaarlijk is. Die is niet geschikt voor mensen met een gevoelige huid. Die is levensbedreigend voor onze kinderen, die strookt niet met de Zweedse opvattingen over hygiëne, en als die uitslag niet overgaat dan doe je hun een proces aan en trek je hun het vel over de oren.'

'Ik heb al een kladje opgesteld,' zegt Pendel.

De Broederschap is Benny's laatste wens, kenbaar gemaakt in een gebrekkig opgesteld kattenbelletje dat na zijn dood de winkel bereikte.

Harry, m'n jongen, wat jij voor mij bent geweest is zonder twijfel een sieraad van heel grote waarde, behalve in een opzicht en dat is de Broederschap van Charlie Blüthner. Je hebt een prachtzaak, twee kinderen en wie weet wat er verder nog op stapel staat. Maar de grootste krent zit nog steeds in de pap en waarom je die er al die jaren niet hebt uitgehaald is me een raadsel. Charlie kent iedereen in Panama die de moeite van het kennen waard is. Bovendien zijn goede werken en macht altijd hand in hand gegaan. Met de Broederschap achter je zal het je nooit aan klanten of wat dan ook ontbreken. Charlie zegt dat de deur nog steeds openstaat en bovendien staat hij bij mij in het krijt. Hoewel nooit zo diep als ik bij jou in het krijt sta, m'n jongen, als ik in de gang op mijn beurt sta te wachten, hoewel ik persoonlijk ernstig betwijfel of het ooit zover komt, maar zeg dat niet tegen je tante Ruth. Het is hier best uit te houden als je met rabbi's kunt opschieten.

Het ga je goed,
Benny

Meneer Blüthner in Colón zwaait de scepter over tweeduizend vierkante meter kantoortuin vol computers en blije secretaresses in hoog gesloten blouses en zwarte rokken en hij is na Arthur Braithwaite de meest respectabele man op aarde. Elke ochtend om zeven uur stapt hij in zijn bedrijfsvliegtuig en laat zich in twintig minuten naar Colóns vliegveld France Field vliegen waar hij uitstapt temidden van in vrolijke kleuren geschilderde vliegtuigen van hoofdvertegenwoordigers van Colombiaanse import- en exportbedrijven die aan zijn gewipt om een beetje belastingvrij te winkelen of die, als ze het te druk hebben, hun vrouwvolk in hun plaats sturen. Elke avond vliegt hij om zes uur weer naar huis, behalve vrijdags als hij al om drie uur naar huis terugkeert, en op Jom Kippoer wanneer de firma de jaarlijkse vrije dag heeft en meneer Blüthner boete doet voor zijn zonden waar niemand van weet behalve misschien hijzelf en, tot een week geleden, oom Benny.

'Harry.'

'Meneer Blüthner, altijd weer een genoegen u te zien.'

Het is elke keer hetzelfde liedje. De raadselachtige glimlach, de plechtige handdruk, het onkreukbare fatsoen en geen woord over Louisa. Zij het dat vandaag de glimlach droefgeestiger is en de handdruk meer tijd in beslag neemt en meneer Blüthner een zwarte das uit de eigen collectie draagt.

'Jouw oom Benny was een groot man,' zegt hij terwijl hij Pendel met zijn gerimpelde klauwtje op zijn schouder klopt.

'Een kanjer, meneer B.'

'Gaan de zaken gesmeerd, Harry?'

'Ik mag niet klagen, meneer B.'

'Het baart je geen zorgen dat het steeds warmer wordt op aarde? Dat binnenkort niemand jouw jasjes meer koopt?'

'Toen God de zon schiep, meneer Blüthner, was hij zo verstandig ook de airconditioning te scheppen.'

'En jij wilde graag kennismaken met enkele van mijn vrienden,' zegt meneer Blüthner met een ondeugende glimlach.

Meneer Blüthner in Colón heeft veel meer pit dan zijn evenknie aan de Stille Oceaan.

'Ik weet niet waarom ik daar zolang mee heb gewacht,' zegt Pendel.

Normaliter zouden ze via de achtertrap naar de textielafdeling zijn gegaan zodat Pendel de nieuwe alpaca's kon bewonderen. Maar vandaag opteren ze voor de drukke straten en neemt meneer Blüthner energiek het voortouw totdat ze, zwetend als otters, bij een deur zonder naambordje aankomen. Meneer Blüthner houdt een sleutel in zijn hand, maar kan het niet laten om eerst snaaks naar Pendel te knipogen.

'Je vindt het toch niet erg als we een maagd offeren, Harry?

Het stuit je toch niet tegen de borst als we een paar roetmoppen met pek en veren besmeuren?'

'Niet als Benny dat voor me zou hebben gewild, meneer Blüthner.'

Na een samenzweerderige blik om zich heen te hebben geworpen, draait meneer Blüthner zijn sleutel om en duwt krachtig tegen de deur. Het is een jaar of meer geleden, maar het is hier en nu. Op de gardenia-muur voor hem ziet Pendel dezelfde deur opengaan en dezelfde inktzwarte duisternis die hem wenkt.

15

Vanuit het uitbundige zonlicht volgde Pendel zijn gastheer de zwartste nacht in, verloor hem uit het oog en bleef stilstaan om te wachten tot zijn ogen aan het duister waren gewend en glimlachte voor het geval hij kon worden gezien. Wie zou hij ontmoeten en wat voor vreemde gewaden zouden zij dragen? Hij snoof de lucht op, maar in plaats van wierook en warm bloed rook hij de verschaalde geur van tabak en bier. Toen kwamen de instrumenten van de martelkamer geleidelijk aan naar voren om zich aan hem te presenteren: flessen achter een toog, een spiegel achter de flessen, een Aziatische barkeeper van vergevorderde leeftijd, een crèmekleurige vleugel met een afbeelding van dartelende meisjes op de openstaande klep, houten ventilatoren aan het plafond die langzaam rondwentelden, een hoog raam en een kort afgebroken touwtje om het mee te openen. En als laatsten, omdat zij het minste glommen, Pendels medereizigers op de zoektocht naar het Licht, niet gekleed in zodiakale gewaden en puntmutsen, maar in de saaie gevechtspakken van het Panamese bedrijfsleven: witte overhemden met korte mouwen, broeken vastgesnoerd onder massieve buiken, losse dassen met een bloemkoolmotief.

Diverse gezichten kende hij al uit de bescheidener periferie van de Club Unión: Hollandse Henk, wiens vrouw onlangs met zijn spaarcentjes en een Chinese drummer de benen had genomen naar Jamaica, die plechtig op zijn tenen naar hem toeliep met in elke hand een ijskoude tinnen kroes – 'Harry, onze Broeder, we zijn blij dat je ons eindelijk hebt weten te bereiken' – alsof Pendel dwars door de polders was getrokken om bij hem te komen. Olaf, de Zweedse scheepsbevrachter en dronkenlap, met een bril met jampotbodemglazen en een haarstukje van ijzerdraad, die in zijn geliefde Oxford-accent dat nergens op leek uitriep: 'Wel, wel, Broeder Harry, ouwe reus, verdomd fideel dat je er bent, cheerio.' Belgische Hugo, zogenaamde schroothandelaar en voormalige huurling in de Kongo, die Pendel 'iets heel bijzonders uit je oude vaderland' uit een trillende zilveren zakflacon aanbood.

Geen vastgebonden maagden, geen borrelende vaten met pek of doodsbange roetmoppen; alleen maar al die andere redenen waarom Pendel zich er tot nu toe altijd buiten had gehouden, dezelfde oude bezetting die hetzelfde oude toneelstukje opvoerde, met: 'Wat is je lijfdrankje, Broeder Harry?' en 'Zal ik je nog 's even bijschenken, Broeder,' en 'Waarom heb je zolang geaarzeld voor je je bij ons voegde, Harry?' Totdat meneer Blüthner zelf, gestoken in een Beefeaters-cape en met een burgemeestersketen om, twee schorre klaroenstoten op een gedeukte Engelse jachthoorn liet schallen en er een dubbele deur werd opengegooid om een rits Aziatische obers toegang te verschaffen, die met dienbladen boven hun hoofd en in een roekeloos hoog tempo de kamer in marcheerden onder gezang van 'Houd hem eronder, gij Zoeloe-krijger', aangevoerd door niemand minder dan meneer Blüthner in eigen persoon die, dat begon Pendel langzamerhand duidelijk te worden, bepaalde verloren geraakte elementen uit zijn jonge jaren, zoals jeugdcriminaliteit, in ere herstelde.

Want nadat hij iedereen had gesommeerd zich rond de tafel te scharen, stelde meneer Blüthner zich, met Pendel naast zich, aan het hoofd op en bleef net als iedereen keurig in de houding staan terwijl Hollandse Henk een lang en onbegrijpelijk dankgebed uitsprak, waarmee hij duidelijk wilde maken dat het gezelschap nog levenskrachtiger zou worden dan het al was als het het voedsel nuttigde dat was opgediend – een vooronderstelling die Pendel geneigd was aan te vechten zodra hij een eerste noodlottige hap had genomen van de meest vileine kerrieschotel die hem was voorgeschoteld sinds die keer dat Benny hem voor het laatst voor een lekker hapje had meegetroond naar Meneer Khan, om de hoek, terwijl je tante Ruth bij de Dochters van Zion haar godvruchtigheid bewijst.

Maar ze hadden nog niet goed en wel plaatsgenomen of meneer Blüthner sprong alweer op met twee mededelingen die het gezelschap in verrukking brachten: onze Broeder Pendel is vandaag voor het eerst in ons midden – daverend applaus, gelardeerd met snaakse obsceniteiten, omdat het gezelschap inmiddels lichtelijk aangeschoten begint te raken – en sta mij toe een broeder te introduceren die geen introductie behoeft, dus een warm applaus graag voor onze wandelende wijze en doorgewinterde Dienaar van het Licht, diepzeeduiker en onderzoeker van het onbekende, die tot meer duistere plekken is doorgedrongen – ranzig gelach – dan wie ook aan deze tafel, de enige echte, de onstuitbare, de onsterfelijke Jonah, zojuist teruggekeerd van de succesvolle berging van een scheepswrak in Nederlands-Indië, waarover sommigen van jullie wel iets zullen hebben gelezen (‘Waar, waar?’ werd er geroepen).

En Pendel, starend naar zijn gardenia-muur, zag Jonah precies zoals hij hem een jaar geleden had gezien: ineengedoken en korzelig, met een geelachtige gelaatskleur en hagedissenogen, zijn bord stelselmatig volscheppend met het beste van alles wat voor hem uitgestald stond – gloeiend hete pickles, gekruide *poppadoms* en *chapati's*, fijngehakte pepers, naanbrood en een druipende, gespikkelde, roodbruine, klonterige substantie die Pendel inwendig al had gedetermineerd als ongeraffineerd napalm. Pendel kon hem ook horen. Jonah, onze wandelende wijze. De geluidsinstallatie van de gardenia-muur is perfect, ook al heeft Jonah enige moeite zich verstaanbaar te maken boven het rumoer van schunnige verhalen en loze heildronken.

De volgende wereldoorlog, vertelde Jonah hun, met een zwaar Australisch accent, *zou in Panama worden uitgevochten, de datum stond al vast, daar kunnen jullie klootzakken verdomme vergif op innemen.*

De eerste die deze bewering aanvocht was een broodmagere Zuid-Afrikaanse ingenieur die Piet heette.

‘Dat is al vertoond, Jonah, ouwe reus. Een klein kereltje hier heeft Operatie Goed Doel op touw gezet. George Bush heeft ons tot de orde geroepen. Duizenden doden.’

Hetgeen op zijn beurt onbestemde vragen uitlokte in de orde van: ‘Waar was jij tijdens de invasie, pappie?’ en antwoorden die niet minder intellectueel waren.

Opeens bestookte men elkaar van verschillende kanten, tot het naïeve genoegen van meneer Blüthner, wiens glimlach zich van de ene spreker naar de andere verplaatste met de gretigheid van iemand die een fantastische tenniswedstrijd volgt. Maar Pendel kon boven het geraas van zijn ingewanden weinig opvangen, en tegen de tijd dat hij weer gedeeltelijk bij zinnen was, had Jonah zijn aandacht gevestigd op de tekortkomingen van het Kanaal.

'Het moderne scheepvaartverkeer kan niet door die klotegracht heen. Ertscontainers, supertankers en containerschepen zijn er te groot voor,' verkondigde hij. 'Het heeft zijn tijd gehad.'

Olaf de Zweed bracht het gezelschap in herinnering dat er plannen bestonden om meer sluizen aan te brengen. Jonah reageerde op die informatie met de minachting die het kennelijk verdiende.

'O, dat is een goeie, jochie, een uitstekend idee. Meer van die klotesluizen. Fantastisch. Ongelooflijk. Ik vraag me af wat de wetenschap nog meer voor ons in petto heeft. Laten we dat oude Franse kanaal ook maar gebruiken, nu we toch bezig zijn. En een stukje afhalen van de Rodman-marinebasis. En ergens rond 2020 hebben we, met Gods hulp en alle wonderen van de moderne technologie, een ietsepietsie breder Kanaal en een véél langere doorgangstijd. Op je gezondheid, jochie. Ik hef verdomme het glas op de vooruitgang in de eenentwintigste eeuw.'

En achter het rookgordijn deed Jonah dat waarschijnlijk daadwerkelijk, want Pendel, die de herhaling op de gardeniamuur gadeslaat, herinnert zich nog haarfijn dat Jonah van zijn stoel opstaat maar geen centimeter hoger komt totdat hij, met een theatraal gebaar, zijn kroes heft en er zijn gezicht in verbergt, de hagedissenogen incluis, waardoor Pendel zich een ogenblik afvraagt of hij ooit nog bovenkomt, maar die duikers verstaan hun vak.

'Niet dat het Amerika worst zal wezen of er verdomme één klotesluis is of zes,' vervolgde Jonah op dezelfde raspende toon van grenzeloze minachting. 'Hoe meer hoe beter, als het aan de yanks ligt. Onze dappere Amerikaanse vrienden hebben het Kanaal al lang geleden afgeschreven. Het zou me niets verbazen als er een paar zijn die het een puik idee vinden om de hele zwik op te blazen. Wat hebben zij aan een goed functionerend Kanaal? Zij hebben hun snelle handelsroute van San Diego naar New York, of niet soms? *Hun droge kanaal,* zoals ze het graag noemen, beheerd door fatsoenlijke, imbeciele Amerikanen in plaats van door een zootje buitenlanders. De rest van de wereld kan de pleuris krijgen. Het Kanaal is een achterhaald symbool. Laat die andere hufters het maar gebruiken – en waar blijf je nou met je slappe gelul, stomme rotmof,' voegde hij eraantoe tegen de versufte Hollandse Henk die het gewaagd had aan zijn wijsheid te twijfelen.

Maar elders rond de tafel werden vermoeide hoofden opgeheven, en keerden beschonken gezichten zich naar Jonahs dubieuze zon. En meneer Blüthner, erop gebrand geen woord van de snedige conversatie te missen, was half opgestaan uit zijn stoel en hing over de tafel om maar vooral geen woord dat aan Jonahs lippen ontsnapte te missen.

De wandelende wijze wees intussen elke kritiek van de hand: 'Nee, ik lul niet uit m'n nek, paapse gladjakker, ik heb het over ólie, ik heb het over Japánse olie. Olie die vroeger zwaar was en nu licht is gemaakt. Ik heb het over de wereldheerschappij van de Gele Man en het einde van de kolerebeschaving zoals wij die kennen, zelfs op dat verdomde Groene Erin.'

Een grapjurk vroeg of Jonah bedoelde dat de Jappen van plan waren het Kanaal onder olie te bedelven, maar daar ging hij niet op in.

'De Japanners, waarde vrienden, boorden al lang voordat ze wisten hoe ze het spul moesten gebruiken naar olie. Overal in het land vulden ze gigantische voorraadtanks terwijl hun wetenschappelijke kopstukken dag en nacht jacht maakten op een formule om die vloeistof af te breken. En die hebben ze inmiddels gevonden, dus maak jullie borst maar nat. Ik raad jullie aan je handen voor je geslachtsdelen te slaan, mijne heren, als jullie die nog weten te vinden, en je kont in de richting van het land van de rijzende zon te steken voordat jullie op de blaren komen te zitten. Want de Jappen hebben hun magische emulsie *ontdekt*. Hetgeen betekent dat jullie gezag over dit paradijs volgens het spoorboekje nog vijf minuten standhoudt. Je schenkt het in, je schudt het heen en weer, en bingo, je hebt olie, net als al die andere lui. Hele godvergeten oceanen vol. En als ze eenmaal hun eigen Panamakanaal hebben gegraven, wat in een poep en een scheet gebeurd zal zijn, dan zijn ze in de gelukkige omstandigheid dat ze er godverdomme de hele wereld mee kunnen overspoelen. Tot niet geringe ergernis van de Verenigde Staten.'

Pauze. Verward protesterend gemor van verschillende kanten van de tafel totdat de fantasieloze Olaf de taak op zich neemt om de voor de hand liggende vraag te stellen.

'Zou je misschien kunnen uitleggen wat je daarmee bedoelt, Jonah? – "als ze eenmaal hun eigen Panamakanaal hebben gegraven?" Ik zou weleens willen weten waar je die onzin vandaan haalt. Het idee van een nieuw kanaal is sinds de invasie volledig van de baan. Misschien ben je te lang onder water geweest om te weten wat zich daarboven afspeelt. Voor de invasie bestond er een heel verheven en intelligente trilaterale commissie om alternatieven voor het Kanaal te bestuderen, waaronder ook de mogelijkheid van een nieuwe doorsteek. De Verenigde Staten, Japan en Panama maakten daar alle drie deel van uit. Die commissie is inmiddels al lang en breed ter ziele. De Amerikanen zijn in hun nopjes. Zij moesten niets hebben van die commissie. Voor de vorm deden ze mee, maar ze zagen er niets in. Ze zien veel liever dat alles bij het oude blijft, met een paar nieuwe sluizen, en dat hun zware industriebedrijven de overslaghavens beheren, wat heel wat geld in het laatje brengt. Daar weet ik toevallig over mee te praten. Dat is mijn vak. Die kwestie is allang van de baan. Steek dat maar in je reet.'

Maar Jonah was in het geheel niet uit het veld geslagen, integendeel, nu was hij helemaal niet meer te stuiten.

Starend naar zijn gardenia-muur, spande Pendel zich, net als meneer Blüthner, tot het uiterste in om elk profetisch woord dat over de lippen van de grote man kwam op te vangen.

'Natuurlijk zagen ze niets in die klotecommissie, stomme Scandinavische betweter! Ze hadden er gloeiend de pest aan. En natuurlijk wilden ze hun eigen zware industriebedrijven in Colón en Panama City de havens laten bestieren. Waarom dacht je anders dat de yanks de commissie hebben geboycot vanaf het moment dat ze er deel van uitmaakten? Waarom dacht je dat ze dit stomme landje eigenlijk zijn binnengevallen? En het op alle mogelijke manieren kapot hebben gemaakt? Om te voorkomen dat de stoute generaal nog langer zijn cocaïne in Amerika versjacherde? Gelul! Dat deden ze om het Panamese leger in de pan te hakken en de Panamese economie zo grondig te ontwrichten dat de Jappen het klotelandje niet konden kopen en daar voor zichzelf een kanaal konden bouwen waar ze wat aan hebben. Waar halen de Jappen hun aluminium vandaan? Dat weet je niet dus zal ik het je vertellen: uit Brazilië. Waar halen ze hun bauxiet vandaan? Alweer uit Brazilië. Hun klei? Uit Venezuela.' Hij noemde nog andere grondstoffen waar Pendel nooit van had gehoord. 'Wou jij me wijsmaken dat de Jappen de belangrijkste grondstoffen voor hun industrieën naar New York gaan verschepen en dan dwars door Amerika naar dat verdomde San Diego om ze vervolgens nog eens naar Japan te transporteren, alleen omdat het bestaande Kanaal te smal en te traag voor ze is geworden? Wil jij me wijsmaken dat ze hun reusachtige olietankers langs dat klote-*Kaap Hoorn* zullen sturen? Dat ze hun nieuwe olie door die klote-landengte zullen pompen, wat verdomme een eeuwigheid duurt? Dat ze op hun luie reet blijven zitten terwijl er op elk Japans kloteautootje dat in Philadelphia arriveert, vijfhonderd dollar moet worden toegelegd omdat het Kanaal verdomme te smál voor ze is? Wie maken het meeste gebruik van het Kanaal?'

Een stilte waarin men zocht naar een vrijwilliger.

'De Amerikanen,' zei iemand dapper, en hij kreeg het onmiddellijk voor zijn kiezen.

'De Amerikanen, m'n reet! Hebben jullie nooit gehoord van onder goedkope vlag varen, verdomme, wat tegenwoordig wordt aangeduid met de prachtige en onschuldige benaming "Vrijheid van scheepvaart"? Voor wie is dat goedkoop? Voor de Jappen en de Chinezen. En welke klootzakken gaan de volgende generatie schepen bouwen die het Kanaal zullen bevaren?'

'De Jappen,' fluisterde iemand.

Een bundel goddelijk zonlicht baant zich een weg door het raam van Pendels atelier en strijkt als een witte duif neer op zijn hoofd. Jonahs stem wordt sonoor. Van de zinloze krachttermen wordt, als van overbodige aantekeningen, geen gebruik meer gemaakt. 'Wie hebben de meest geavanceerde, de goedkoopste en de zich het snelst ontwikkelende technologie? Denk maar niet dat het die Amerikaanse kolossen zijn. Het zijn de Jappen. Wie hebben de beste zware machines, de sluwste onderhandelaars? De beste technische koppen, de beste geschoolde arbeiders en organisatoren?' raast hij in Pendels oor. 'Wie dromen dag en nacht van de alleenheerschappij over de meest prestigieuze toegangspoort op aarde? Welke landmeters en ingenieurs boren op dít ogenblik driehonderd meter onder de riviermond van de Caimito naar bodemmonsters? Denken jullie nou echt dat ze het hebben opgegeven, alleen omdat de Amerikanen hier zijn gekomen en flink huis hebben gehouden? Denken jullie nou echt dat ze het hoofd zullen buigen voor de Amerikaanse regering en hun excuses zullen aanbieden omdat ze zich ondeugende illusies hadden gemaakt over de suprematie over de wereldhandel? De *Jappen?* Denken jullie nou echt dat ze hun kimono's aan flarden rijten bij de gedachte aan de ecologische chaos die er ontstaat als je twee onverenigbare oceanen die nog nooit aan elkaar zijn voorgesteld met elkaar in contact brengt? De *Jappen*, als hun eigen voortbestaan op het spel staat? Denken jullie nou echt dat ze het ópgeven, alleen omdat hun dat is opgedragen? De *Jappen*? Dit is geen geopolitiek, dit is totale paniek. Het enige wat we hier doen is wachten tot de hel losbarst.'

Iemand vraagt op bedeesde toon welke rol de Chinezen in dit scenario zouden kunnen spelen, Broeder Jonah. Het is opnieuw Olaf en zijn Oxford-Engels is nog volkomen intact: 'Ik wil niet veel zeggen hoor, Jonah, ouwe reus, maar de Japanners haten de Chinezen toch en is dat gevoel in feite niet wederzijds? Waarom zouden de Chinezen werkeloos toezien terwijl de Jappen zich alle macht en aanzien toeëigenen?'

In Pendels herinnering is Jonah inmiddels een toonbeeld van verdraagzaamheid en minzaamheid.

'Omdat de Chinezen hetzelfde willen als de Jappen, Olaf, mijn goede vriend. Ze willen expansie. Rijkdom. Status. Ze willen door vreemde mogendheden serieus worden genomen. Eerbied voor de gele medemens. Wat willen de Jappen van de Chinezen? vraag je me. Laat me dat even uitleggen. Allereerst willen ze hen als buren. Vervolgens willen ze hen als kopers van Japanse producten. En daarna willen ze hen nog eens als goedkope arbeidskrachten om genoemde producten te vervaardigen. Weet je, de Jappen beschouwen de Chinezen als een inferieur soort, en de Chinezen denken hetzelfde van hen. Maar voorlopig zijn de Chinezen en de Jappen de dikste maatjes, Olaf, en zijn wij, de misleide rondogen, degenen die zijn voorbestemd om gruwelijk op onze bek te gaan.'

De rest van wat Jonah die middag te berde bracht bereikte Pendel in verminkte vorm. Zelfs de gardenia-muur was niet in staat de schade die een combinatie van napalm en alcohol zijn geheugen had berokkend te herstellen. Het was Benny's geest, die schuin achter hem stond, die de ontbrekende boodschap voor de vuist weg moest overbrengen.

... Harry, m'n jongen, ik zal er geen doekjes om winden want dat heb ik immers nooit gedaan. Waar we hier mee te maken hebben, is een gigantische zwendelarij, vergelijkbaar met die gozer die aan belangstellende kopers de Eiffeltoren wist te verpatsen, een vijf-sterrencomplot groot genoeg om je maatje Andy naar zijn bankdirecteur te doen snellen – geen wonder dat Mickie Abraxas niet over zijn vrienden heeft gesmoesd want dit is bloedlink en bovendien staat hij bij hen in het krijt. Harry, m'n jongen, ik heb het je vaker gezegd en ik zeg het je nogmaals, jij hebt meer gave in je dan Paganini en Gigli samen en het enige waar jij op hoefde te wachten was het moment dat de juiste bus op het juiste moment bij de juiste bushalte stopte en voordat je wist wat er gebeurde zou je op de goede weg zijn, zonder in de gang op je beurt te hoeven wachten zoals de rest van ons; nou ja dit is de bus. We hebben het over een vierhonderd meter breed, hypermodern, door Japanners gegraven kanaal op zeeniveau van kust tot kust, Harry, m'n jongen, in het diepste geheim voorbereid, terwijl de Amerikanen zaniken over nieuwe sluizen en hun zware industriegespuis naar voren schuiven, net als vroeger, zij het dat ze het verkeerde kanaal op het oog hebben. En de Panamese topadvocaten en politico's en leden van de Club Unión vormen zoals gewoonlijk een hechte kliek die overal een graantje van meepikt, een lange neus maakt naar de Amerikanen en ondertussen de Jappen een poot uitdraait. Voeg daar de geslepen Fransozen waar Andy het altijd over heeft aan toe, plus een flinke bom Colombiaans drugsgeld om het wat spannender te maken, en Harry, m'n jongen, dan is het nog wel geen Buskruitverraad, maar wie zou je ditmaal kunnen betrappen met de lucifers in zijn hand? Antwoord – niemand. Vraag je me wat dat kost, Harry, m'n jongen? Wil je beweren dat die Jappen dat niet kunnen betalen? Dat de Jappen zich geen eigen kanaal kunnen veroorloven? Hoeveel dacht je dat

het vliegveld van Osaka heeft gekost? Dertig miljard flappen, Harry, heb ik uit betrouwbare bron vernomen. Een koopje. Weet je hoeveel een kanaal op zeeniveau zal kosten? Drie vliegvelden van Osaka, loonkosten en zegelrecht incluis. Dat zijn bedragen die dat soort jongens als fooi onder hun bord achterlaten, Harry. Verdragen, vraag je? De Panamezen die contractueel verplicht zijn het Kanaal niet te verpesten voor de Amerikanen? Harry, m'n jongen, dat was het oude Kanaal. En daar zullen de Panamezen hun contractuele verplichtingen in dumpen.

De gardenia-muur heeft nog een laatste scène voor hem in petto.

Pendel en zijn gastheer staan op de drempel van meneer Blüthners magazijn en nemen meermalen afscheid van elkaar.

'Zal ik je 's wat zeggen, Harry?'

'Wat, meneer B.?'

'Die Jonah is de grootste ouwehoer die er op aarde rondloopt. Hij weet geen bal van orimulsie en zelfs nog minder van de Japanse industrie. Hun dromen van expansie: nou ja, goed, daar moet ik hem gelijk in geven. De Japanners hebben altijd vreemde ideeën gehad over het Panamakanaal. Het probleem is dat als ze het eindelijk in handen hebben, niemand meer gebruik zal maken van grote oceaanschepen omdat we dan over betere, schonere, goedkopere vormen van energie beschikken. En wat betreft die mineralen van hem' – hij schudde zijn hoofd – 'als ze die nodig hebben, kunnen ze die wel dichter bij huis vinden.'

'Maar meneer B., u had het daarbinnen zo naar uw zin!'

Meneer Blüthner toonde een valse grijns. 'Harry, dat zal ik je uitleggen. Al die tijd dat ik naar Jonah luisterde, hoorde ik je oom Benny en bedacht ik me hoe prachtig hij het vond als iemand de boel grootscheeps wist te belazeren. Maar zeg eens: wat zou je ervan zeggen om je aan te sluiten bij onze kleine Broederschap?'

Maar bij hoge uitzondering is Pendel niet bij machte meneer Blüthner te zeggen wat hij graag wil horen.

'Ik ben er nog niet rijp voor, meneer B.,' antwoordt hij ernstig. 'Ik moet mij nog ontwikkelen. Ik werk eraan en het zal er heus wel van komen. En als het zover is, en ik er rijp voor ben, dan kom ik als de wiedeweerga bij u terug.'

Maar nu was hij er rijp voor. Zijn samenzwering had vaste vormen aangenomen, met of zonder orimulsie. De zwarte kat van zijn toorn waste zijn pootjes ter voorbereiding op de strijd.

16

Dagen, had Pendel tegen Osnard gezegd. Ik heb een paar dagen nodig. Dagen van wederzijdse bedachtzaamheid en echtelijke vernieuwing waarin Pendel, de echtgenoot en minnaar, de geslechte bruggen naar zijn wederhelft herstelt en haar, zonder iets achter te houden, met zich meevoert naar zijn geheimste domeinen en haar tot zijn vertrouwelinge, helpster en collega-spion in dienst van de grootse visie benoemt.

Zoals Pendel zich eerst reconstrueerde voor Louisa, zo reconstrueert hij Louisa nu voor de wereld. Er bestaan geen geheimen meer tussen hen. Alles is bekend, alles wordt gedeeld, ze zijn eindelijk samen, de hoofdspion en zijn hulpbron, denkend aan elkaar en aan Osnard, oprechte en hechte partners die een verheven doel nastreven. Ze hebben zoveel met elkaar gemeen: Delgado, hun gemeenschappelijke informatiebron aangaande de toekomst van het dappere kleine Panama; Londen, hun gemeenschappelijke en veeleisende opdrachtgever, een Angelsaksische beschaving die op het spel staat; kinderen die moeten worden beschermd; een netwerk van briljante hulpbronnen dat moet worden gevoed en gelaafd; een achterbaks Japans complot dat moet worden verijdeld; een gemeenschappelijk Kanaal dat moet worden gered. Welke rechtgeaarde vrouw, welke moeder, welke erfgename van de oorlogen van haar ouders, zou niet onmiddellijk bereid zijn haar beste krachten te geven, zich in een waas van geheimhouding te hullen en de overweldigers van het Kanaal te bespioneren tot ze niet wisten hoe ze het hadden? Van nu af aan zal de grootse visie hun leven volkomen beheersen. Alles zal daaraan ondergeschikt worden gemaakt, elke toevallige opmerking en elk onbeduidend incident zal in het hemelse tapijt worden verweven. Door Jonah onthuld, door Pendel in zijn oude luister hersteld, maar van nu af aan met Louisa als zijn hoedster. Het is Louisa, met medewerking van Delgado, die ervoor zal staan en dapper de fakkel hoog zal houden.

En als Louisa zich nog niet met zoveel woorden bewust is van haar nieuwe status, moet ze toch in elk geval onder de indruk zijn van de stortvloed aan kleine attenties die ermee gepaard gaat.

Na minder belangrijke afspraken te hebben afgezegd en de ontmoetingsruimte 's avonds te hebben gesloten, haast Pendel zich naar huis om zijn agente in spe te koesteren en te observeren, om haar gedragingen te bestuderen en de kleinste details van haar alledaagse bestaan op de werkplek, in het bijzonder haar contacten met haar bewonderde, hoogstaande, aanbeden en – in het oog van de jaloerse Pendel – schromelijk overschatte baas, Ernesto Delgado, te boekstaven.

Hij is bang dat hij zijn vrouw tot op heden alleen als concept heeft bemind, als een soort toonbeeld van rechtlijnigheid dat zijn eigen ondoorgrondelijkheid aanvulde. Welnu, voortaan zal hij zijn conceptuele liefde opzij zetten en tot haar kern doordringen. Als hij tot dusverre aan de tralies van zijn huwelijk rukte, probeerde hij eraan te ontsnappen. Nu probeert hij erin door te dringen. Geen detail van haar dagelijkse leven is hem te min: elke opmerking over haar ongeëvenaarde werkgever, zijn komen en gaan, telefoontjes, afspraken, vergaderingen, grillen en eigenaardigheden. De kleinste aberratie in zijn dagelijkse routine, de naam en positie van de onbenulligste bezoeker die Louisa's kantoor op weg naar een gesprek met de grote man aandoet – alle trivia die Pendel tot dusverre welwillend met een half oor heeft aangehoord – worden kwesties die hem zozeer aan het hart gaan dat hij zijn nieuwsgierigheid zelfs moet indammen om te voorkomen dat ze zich zorgen gaat maken. Om dezelfde reden vindt ook het voortdurend aantekeningen maken plaats onder operationele omstandigheden: voorovergebogen in zijn werkkamer – een paar rekeningen die moeten worden betaald, schat – of op de wc – ik weet niet wat ik heb gegeten, denk je dat het de vis kan zijn geweest?

En de volgende ochtend een rekening die Osnard persoonlijk ter hand wordt gesteld.

Haar eigen sociale leven boeit hem bijna evenveel als dat van Delgado. De tamme bijeenkomsten met andere inwoners van de Kanaalzone, die inmiddels ballingen in hun eigen land zijn, haar lidmaatschap van een Radicaal Forum dat Pendel tot nu toe ongeveer even radicaal voorkwam als lauw bier, een

Genootschap van Saamhorige Christenen dat ze bezoekt uit loyaliteit jegens wijlen haar moeder – het worden zaken van het grootste gewicht voor hem en zijn kleermakerszakboekje, waarin zij worden vastgelegd in een onbreekbare, door hemzelf ontworpen code, een mengelmoes van afkortingen, initialen en een doelbewust beroerd handschrift dat alleen door een getraind oog kan worden ontcijferd. Want zonder dat Louisa het weet, is haar leven nu onlosmakelijk verweven met dat van Mickie. In Pendels gedachten, zij het nergens anders, worden het lot van vrouw en vriend aaneengesmeed terwijl de Stille Oppositie haar geheime grenzen uitbreidt om dissidente studenten, de christelijke moraal en goedwillende Panamezen die aan de overkant van de brug wonen, te verenigen. Een afdeling van voormalige Zonebewoners wordt in het diepste geheim opgericht en komt in groepjes van twee en drie na zonsondergang in Balboa bijeen.

Pendel voelt zich hechter dan ooit met haar verbonden als ze niet bij elkaar zijn, of verder dan ooit van haar vervreemd als ze samen zijn. Soms is hij onthutst als hij merkt dat hij zich boven haar verheven voelt, totdat hij zich realiseert dat dat niet meer dan logisch is als je in aanmerking neemt dat hij zo ontzettend veel meer van haar weet dan zijzelf en eigenlijk de enige is die haar kan zien in haar magische rol van stoutmoedige geheim agent in het vijandelijke hoofdkwartier, gericht op de Monsterlijke Samenzwering waartoe de Stille Oppositie met haar netwerk van toegewijde spionnen de sleutel bezit.

Toegegeven, zo nu en dan valt Pendels masker af en laat hij zich meeslepen door artistieke ijdelheid. Dan houdt hij zichzelf voor dat hij haar een dienst bewijst door alles wat zij doet aan te raken met het toverstokje van zijn heimelijke creativiteit. Dat hij haar redding is. Een zware last van haar schouders neemt. Haar lichamelijk en geestelijk beschermt tegen bedriegerij en al haar ijzingwekkende gevolgen. Haar uit de gevangenis houdt. Haar de dagelijkse beslommeringen van uiteenlopende denkrichtingen bespaart. Haar gedachten en daden de mogelijkheid biedt zich in gezonde harmonie samen te voegen – in plaats van een kwijnend bestaan te leiden in afzonderlijke, hermetisch van elkaar gescheiden ruimten, zoals die van hem – en alleen fluisterend met elkaar te kunnen praten. Maar als het masker weer op zijn plaats zit, staat ze als een huis: zijn onversaagde spion, zijn wapenzuster, zich tot de laatste snik inzettend voor het voortbestaan van de beschaving zoals wij die kennen, zo nodig met ongeoorloofde, om niet te zeggen onwettige, middelen.

In de greep van een overweldigend gevoel van schatplichtigheid jegens Louisa, haalt Pendel haar over Delgado om een snipperdag te vragen, en neemt haar op een vroege ochtend mee uit op een picknick: wij saampjes, Lou, alleen wij tweetjes, net als toen we nog geen kinderen hadden. Hij spreekt met de Oakleys af dat zij in zijn plaats de kinderen naar school zullen brengen en rijdt met haar naar Gamboa, naar een geliefde heuvel die de Plantation Loop heet en nog dateert uit de tijd dat ze in Calidonia woonden, over een verharde, door het Amerikaanse leger aangelegde kronkelweg door een dicht woud naar een bergkam die deel uitmaakt van de continentale waterscheiding tussen de Atlantische en de Stille Oceaan. De symboliek van zijn keuze ontgaat hem niet: de landengte, waarover wij moeten waken, het kleine Panama, aan onze oprechte zorg toevertrouwd. Het is een mysterieus, wisselvallig oord, geteisterd door tegenwinden en dichter bij de Tuin van Eden dan bij de eenentwintigste eeuw, ondanks de groezelige, achttien meter hoge, crèmekleurige golfbalachtige satellietantenne die in feite de reden is dat de weg ooit is aangelegd, daar neergezet om te luisteren naar de Chinezen of de Russen of de Japanners of de Nicaraguanen of de Colombianen, doch nu officieel doof – tenzij die antenne, dankzij een soort bewaard gebleven zesde zintuig voor intriges, in staat is, in de aanwezigheid van twee Engelse spionnen die voor korte tijd trachten te ontsnappen aan de spanning van hun dagelijkse zelfverloochening, het gehoor terug te vinden.

Boven hen zwemmen gieren en adelaars in scholen door de kleurloze, rimpelloze lucht. Tussen de bomen door vangen ze een glimp op van een vallei van groene hellingen die helemaal reikt tot aan de Baai van Panama. Het is pas acht uur in de ochtend maar het zweet gutst van hun lijf als ze terugkeren naar de Jeep voor ijsthee uit een thermosfles en pasteitjes – haar lievelingskostje – die Pendel de avond tevoren heeft gebakken.

'Dit is je ware, Lou,' verzekert hij haar behaagziek als ze, hand in hand naast elkaar, voorin in de Jeep zitten, terwijl de motor draait en de airconditioning op de hoogste stand staat.

'Wat bedoel je?'

'Dit. Ons leven. Hier hebben we het allemaal voor gedaan. De kinderen. Wij. We hebben het helemaal gemaakt.'

'Zolang jij maar gelukkig bent, Harry.'

Pendel besluit dat de tijd rijp is om zijn grootse plannen te ontvouwen.

'Ik hoorde in de winkel laatst een vermakelijk verhaal,' zegt hij, alsof hij nog steeds moet lachen als hij eraan terugdenkt. 'Over het Kanaal. Dat oude Japanse voornemen waar vroeger over werd gepraat is nieuw leven ingeblazen, zeggen ze. Ik weet niet of je er bij de Commissie al iets over hebt gehoord.'

'Welk Japanse voornemen?'

'Een nieuwe doorgang. Op zeeniveau. Via de riviermond van de Caimito. Er wordt gerept over een bedrag van honderd miljard dollar, als ik me niet vergis.'

Louisa heeft er geen oren naar. 'Harry, ik begrijp niet waarom jij me meeneemt naar de top van een heuvel om geruchten te herhalen over een nieuw Japans kanaal. Dat is een verwerpelijk, ecologisch rampzalig plan, het is anti-Amerikaans en in strijd met het Verdrag. Dus ik hoop vurig dat jij teruggaat naar degenen die je die onzin hebben verteld en hun aanraadt geen geruchten te verspreiden die tot doel hebben de toekomst van ons Kanaal nog moeilijker te maken dan hij al is.'

Heel even wordt Pendel overmand door een verschrikkelijk gevoel van onvermogen en hij barst bijna in snikken uit. Dat wordt gevolgd door een gevoel van verontwaardiging. Ik heb geprobeerd haar met me mee te krijgen maar ze wilde niet. Ze gaf de voorkeur aan haar oude keurslijf. Begrijpt ze dan niet dat het in een huwelijk van twee kanten moet komen? Of je steunt elkaar of je delft het onderspit. Hij slaat een hooghartige toon aan.

'Het is ditmaal allemaal uiterst geheim, heb ik me laten vertellen, dus het verbaast me niet echt dat jij er nog niets over hebt gehoord. Er zijn Panamese kopstukken bij betrokken, maar die *smoezen* er niet over en ontmoeten elkaar in het geniep. Die Jappen zijn niet voor rede vatbaar, tenminste niet als het om het

Kanaal gaat. Die Ernie Delgado van jou heeft er ook iets mee van doen, zegt men, wat me, eerlijk gezegd, minder verbaast dan men zou verwachten. Ik ben nooit zo verguld van Ernie geweest als jij. En de *pres* zit er tot over zijn oren in. Dat had alles te maken met de uren die hij tijdens zijn reis naar het Verre Oosten afwezig was.'

Een lange stilte. Een van de langste. Aanvankelijk veronderstelt hij dat zij nadenkt over de gruwelijkheid van zijn mededeling.

'De *pres*?' herhaalt ze.

'De president.'

'Van *Panama?*'

'Je dacht toch niet dat het de president van de Verenigde Staten was, engel?'

'Waarom noem je hem de *pres*? Zo noemt meneer Osnard hem, Harry. Ik begrijp niet waarom je meneer Osnard napraat.'

'Ze heeft nog niet besloten,' rapporteerde Pendel nog diezelfde avond telefonisch, waarbij hij op heel zachte toon sprak voor het geval het gesprek werd afgeluisterd. 'Het is een immense taak. Ze weet niet of ze ertegen opgewassen is. Er zijn dingen gaande die ze liever niet wil weten.'

'Wat voor dingen?'

'Dat zegt ze niet, Andy. Ze verkeert in tweestrijd. Ze maakt zich zorgen over Ernie.'

'Is ze bang dat hij haar door zal krijgen?'

'Ze is bang dat zij hém door zal krijgen. Ernie zit net als de rest van hen ook met zijn hand in de ruif, Andy. Dat onkreukbare imago van hem is niet meer dan een façade. "Er zijn dingen die ik misschien liever niet zou willen weten," vertelde ze me. Haar eigen woorden. Ze is moed aan het verzamelen.'

De volgende avond nam hij haar, overeenkomstig Osnards advies, mee uit dineren bij La Casa del Marisco, het tafeltje bij het raam. Ze bestelde kreeft thermidor, tot zijn grote verbazing.

'Harry, ik ben niet van steen. Ik heb ook mijn stemmingen. Ik wil ook weleens wat anders. Ik ben een gevoelige vrouw. Wil je per se dat ik garnalen en heilbot bestel?'

'Lou, wat mij betreft sla je naar hartelust je vleugels uit.'

Ze is er klaar voor, besloot hij, terwijl hij toekeek hoe ze op haar kreeft aanviel. Ze is in haar rol gegroeid.

'Meneer Osnard, tot mijn genoegen kan ik u mededelen dat ik dat tweede kostuum waar u om zat te springen af heb,' kondigde Pendel de volgende ochtend ditmaal vanuit zijn snijkamer telefonerend aan. 'Zolang het onder ons blijft, ligt het gepakt en gezakt voor u klaar. Ik zie uw cheque met ongeduld tegemoet.'

'Uit de kunst. Wanneer kunnen we met z'n allen samenkomen? Ik popel om te kijken hoe het zit.'

'Dat kunnen we helaas niet, meneer. Tenminste niet allemaal. Dat is niet in de aanbieding. Zoals ik al zei. Ik snijd, ik pas, ik doe het allemaal zelf.'

'Wat betekent dat in jezusnaam?'

'Dat betekent dat ik ook de bezorging op me neem. Verder is er niemand bij betrokken. Niet als zodanig. Het gaat tussen u en mij, zonder directe bemoeienis van derden. Ik heb uren op hen ingepraat maar ze houden hun poot stijf. Het gaat via mij of het gaat niet door. Daar zijn ze, hoe we ook bidden en smeken, onverzettelijk in.'

Ze ontmoetten elkaar in Coco's Bar in het El Panama. Pendel moest schreeuwen om boven de band uit te komen.

'Ze is heel ethisch, Andy, zoals ik al zei. Ze is onvermurwbaar. Ze respecteert je, ze mag je graag. Maar bij jou trekt ze de grens. Haar man dienen en gehoorzamen is een ding, als Amerikaanse haar werkgever bespioneren voor een Britse diplomaat is een ander, ongeacht het feit dat haar werkgever een heilig vertrouwen schendt. Noem het hypocriet, noem het vrouwelijke logica. "Rep voortaan met geen woord meer over meneer Osnard," zegt ze, en daar staat of valt alles mee. "Breng hem niet hier, laat hem niet met mijn kinderen praten, hij zou hun geest vergiftigen. Vertel hem nooit dat ik erin heb toegestemd dat vreselijks te doen wat jij van me vraagt, of dat ik me heb aangesloten bij de Stille Oppositie." Ik zeg je waar het op staat, Andy, hoe pijnlijk het ook mag klinken. Als Louisa eenmaal een standpunt heeft ingenomen, dan is er een Stealth-bommenwerper voor nodig om haar daarvan af te brengen.'

Osnard pakte een handjevol cashewnootjes, gooide zijn hoofd achterover, gaapte en stortte ze in zijn mond.

'Daar zal Londen niet blij mee zijn.'

'Ze moeten er maar genoegen mee nemen, Andy, wat jij?'

Terwijl hij kauwde dacht Osnard erover na. 'Ja. Dat moeten ze,' beaamde hij.

'En ze is ook niet van plan ooit iets zwart op wit te zetten,' voegde Pendel er als nadere overweging aan toe. 'En Mickie evenmin.'

'Verstandige meid,' zei Osnard, nog steeds kauwend. 'We betalen haar salaris met terugwerkende kracht vanaf de eerste van de maand. En vergeet niet al haar onkosten te declareren. Auto, stookkosten, licht, elektra, vanaf de eerste dag. Wil je nog een biertje of zullen we een borrel nemen?'

Louisa was gerekruteerd.

De volgende ochtend stond Harry Pendel op met een besef van eigen diversiteit dat sterker was dan hij in al die jaren van inspanning en verbeelding had ervaren. Nog nooit was hij zoveel mensen geweest. Sommigen waren vreemden voor hem, anderen cipiers en oude bajesklanten die hij kende van eerdere veroordelingen. Maar ze stonden allemaal aan zijn kant, marcheerden met hem in dezelfde richting en deelden zijn grootse visie.

'Zo te zien een zwaar weekje in het vooruitzicht, Lou,' riep hij naar zijn vrouw door het douchegordijn, als openingszet van zijn nieuwe campagne. 'Massa's huisbezoekjes en nieuwe opdrachten op stapel.' Ze was bezig haar haar te wassen. De laatste tijd waste ze dat vaak, soms wel twee keer per dag. En ze poetste minstens vijf keer per dag haar tanden. 'Ga je vanavond squashen, schat?' informeerde hij met verbluffende achteloosheid.

Ze zette de douche uit.

'Squash, schat. Speel je vanavond?'

'Wil je dat ik ga?'

'Het is donderdag. Wekelijkse borrelavond op de zaak. Ik dacht dat je altijd op donderdag ging squashen. Vaste afspraak met Jo-Ann.'

'Wíl je dat ik met Jo-Ann ga squashen?'

'Ik vroeg het alleen maar, Lou. Het was geen verzoek. Alleen maar een vraag. Je houdt je conditie graag op peil. Dat is je ook aan te zien.'

Tel tot vijf. En nog een keer tot vijf.

'Ja, Harry, ik was van plan vanavond met Jo-Ann te gaan squashen.'

'Oké. Prima.'

'Ik kom van mijn werk naar huis. Ik kleed me om. Ik rijd naar de Club en speel squash met Jo-Ann. We hebben van zeven tot acht een baan besproken.'

'Nou, doe haar dan de groeten. Ze is een aardige vrouw.'

'Jo-Ann speelt graag twee aaneengesloten perioden van een halfuur. De eerste om haar backhand te oefenen, de tweede voor haar forehand. Voor haar tegenspeelster is dat uiteraard precies andersom. Tenzij die tegenspeelster linkshandig is, wat ik niet ben.'

'Het is me duidelijk. Kat in het bakkie.'

'En de kinderen gaan naar de Oakleys,' voegde ze er ter aanvulling van haar voorgaande mededeling aan toe. 'Daar eten ze dikmakende patat en drinken ze tandbedervende cola, daar kijken ze naar gewelddadige televisieprogramma's en kamperen op de smerige vloer in het belang van de verzoening tussen onze gezinnen.'

'Oké, dat is dan geregeld. Bedankt.'

'Graag gedaan.'

De douche werd weer aangezet en ze ging verder met het wassen van haar haar. De douche werd opnieuw uitgedraaid.

'En omdat het donderdag is zal ik me na het squashen aan mijn werk wijden en señor Delgado's afspraken van de komende week indelen en voorbereiden.'

'Dat had je al gezegd. En naar ik heb begrepen wordt het een volle agenda. Ik ben diep onder de indruk.'

Ruk het gordijn opzij. Beloof haar van nu af aan volkomen echt te zijn. Maar het was Pendel niet langer om de werkelijkheid te doen, als het dat ooit al was geweest. Op weg naar school zong hij 'My Object All Sublime' van begin tot eind, en de kinderen dachten dat hij prettig gestoord was. Toen hij zijn winkel betrad, werd hij een enthousiaste vreemdeling. Hij was verbaasd over de nieuwe blauwe tapijten en stijlvolle meubelen, evenals over de aanblik van de Sportman's Corner in Marta's glazen huisje en de glanzende nieuwe lijst om het portret van Braithwaite.

Wie had dat in jezusnaam gedaan? Dat heb ík gedaan. Hij was verrukt over de geur van Marta's koffie die hem uit de ontmoetingsruimte boven tegemoet kwam en over de aanblik van een nieuw communiqué betreffende het studentenverzet in de la van zijn werktafel. Om tien uur was de deurbel al begonnen nieuwe bronnen van inspiratie aan te kondigen.

De eersten die zijn aandacht opeisten waren de Amerikaanse zaakgelastigde en zijn bleke adjudant, die een nieuwe smoking kwamen passen die de zaakgelastigde een 'tux' noemde. Voor de winkel stond zijn kogelvrije Lincoln Continental bemand door een grimmige chauffeur met een borstelkop. De zaakgelastigde was een koddige, bemiddelde heer uit Boston die zijn leven had gewijd aan het lezen van Proust en het spelen van croquet. Zijn favoriete onderwerp was de veelbesproken kwestie van de barbecue en het vuurwerk voor Amerikaanse gezinnen op Thanksgiving, een kwestie die ook Louisa altijd weer hoog zat.

'We hebben geen redelijk alternatief, Michael,' benadrukte de zaakgelastigde op zijn intellectuele toontje, terwijl Pendel het boordje afkrijtte.

'Zo is het,' zei de bleke adjudant.

'Of we behandelen ze als gedresseerde volwassenen of we zeggen dat ze stoute kinderen zijn die we niet vertrouwen.'

'Zo is het,' zei de bleke adjudant opnieuw.

'Mensen zijn gevoelig voor respect. Als ik dat niet geloofde, had ik mijn beste jaren niet gewijd aan het diplomatieke steekspel.'

'Als wij onze arm tot een rechte hoek zouden kunnen buigen, meneer,' mompelde Pendel terwijl hij de zijkant van zijn handpalm in de kromming van de elleboog van de zaakgelastigde legde.

'Het leger zal het ons hoogst kwalijk nemen,' zei de adjudant.

'Denk je niet dat die revers gaan opbollen, Harry? Ik vind ze er nogal bol uitzien. Vind jij ook niet, Michael?'

'Eén keer goed persen en u hebt geen kind meer aan ze, meneer.'

'Volgens mij ziet het er patent uit,' zei de bleke adjudant.

'En de lengte van de mouwen, meneer? Zo ongeveer? Of een fractie korter?'

'Ik aarzel nog,' zei de zaakgelastigde.

'Over het leger of over de lengte van de mouwen?' vroeg de adjudant.

De zaakgelastigde bewoog zijn polsen op en neer en bekeek ze, al doende, kritisch.

'Zo is het prima, Harry. Zó moet het. Michael, ik twijfel er niet aan dat er, als die jongens op Ancón Hill hun zin zouden krijgen, vijfduizend man in volle bepakking langs de weg zouden staan en iedereen met pantserwagens naar binnen en naar buiten zou worden gereden.'

De adjudant lachte bitter.

'Maar wij zijn nu eenmaal geen botteriken, Michael. Nietzsche is geen passend voorbeeld als 's werelds enige supermacht de eenentwintigste eeuw ingaat.'

Pendel draaide de zaakgelastigde zijwaarts zodat hij zijn rug beter kon bewonderen.

'En de lengte van ons jasje, meneer, door de bank genomen? Een fractie langer of mag ik aannemen dat we tevreden zijn met de huidige stand van zaken?'

'Harry, we zijn tevreden. Het is uit de kunst. Neem me niet kwalijk dat ik vandaag een beetje verstróóid ben. We probéren een nieuwe oorlog te voorkomen.'

'Waarbij wij u, meneer, bepaaldelijk alle succes wensen,' zei Pendel ernstig toen de zaakgelastigde en zijn adjudant met de chauffeur met de borstelkop parmantig naast hen paraderend de trap af liepen.

Hij kon nauwelijks wachten tot ze waren vertrokken. Hemelse koren zongen in zijn oren toen hij koortsachtig notities maakte op de geheime achterpagina's van zijn kleermakerszakboekje.

Wrijving tussen het Amerikaanse leger en de diplomatieke staf nadert volgens de Amerikaanse zaakgelastigde een hoogst kritisch kookpunt, waar het gaat om de vraag hoe op te treden tegen een studentenoproer als en wanneer dat zijn lelijke kop opsteekt. In de woorden van de zaakgelastigde, die in het volste vertrouwen tot deze informant sprak…

Wat vertelden ze hem? Geen ene fluit. Wat hoorde hij? Glorieuze ontboezemingen. En dit was nog maar een repetitie.

'Dr. Sancho,' riep Pendel, zijn armen in verrukking uitspreidend. 'Wat heb ik u lang niet gezien, meneer. Señor Lucullo, wat een genoegen. Marta waar blijft het gemeste kalf?'

Sancho was een plastisch chirurg die cruiseschepen bezat en een rijke vrouw had die hij haatte. Lucullo was een kapper met kapsones. Ze kwamen beiden uit Buenos Aires. De laatste keer ging het om mohair kostuums met vesten met dubbele rijen knopen voor een reis naar Europa. Ditmaal móéten we gewoon witte smokings hebben voor op het jacht.

'En verder alles rustig aan het thuisfront?' vroeg Pendel toen hij hen boven, onder het genot van een glaasje, listig uithoorde. 'Helemaal geen grote staatsgrepen op stapel? Ik zeg altijd dat Zuid-Amerika de enige plek is waar je de ene week een heer een kostuum kunt aanmeten om het de volgende week door zijn standbeeld te zien dragen.'

Geen grote staatsgrepen, bevestigden ze giechelend.

'Maar Harry, heb jij gehoord wat ónze president tegen jóúw president heeft gezegd toen ze dachten dat niemand hen kon horen?'

Dat had Pendel niet.

'Er zaten drie presidenten bij elkaar in een kamer, voel je wel? Die van Panama, Argentinië en Peru. "Tja," zegt de president van Panama. "Júllie hoeven je nergens druk over te maken. Júllie worden voor een tweede termijn herkozen. Maar bij ons in Panama is herverkiezing bij de grondwet verboden. Het is bepaald niet eerlijk." Dus draait ónze president zich om en zegt: "Ach, schat, misschien is dat omdat ik twéé keer kan wat jij maar een keer kunt!" Vervolgens zegt de president van Peru...'

Maar Pendel kreeg nooit te horen wat de president van Peru zei. Hemelse koren zongen opnieuw voor hem terwijl hij plichtsgetrouw in zijn notitieboekje melding maakte van de achterbakse pogingen van de pro-Japanse president van Panama om zijn macht tot in de eenentwintigste eeuw uit te strekken, zoals de listige en huichelachtige Ernie Delgado zijn toegewijde privésecretaresse en onmisbare assistente Louisa, tevens bekend als Lou, had toevertrouwd.

'Die schoften in de oppositie stuurden gisteravond een vrouw op me af om me een mep te verkopen,' verkondigt Juan Carlos van de Wetgevende Vergadering trots terwijl Pendel de schouderpanden van zijn jacquet afkrijt. 'Ik had dat kreng nog nooit van m'n leven gezien. Ze maakt zich los uit de menigte en rent breed glimlachend op me af. Televisiecamera's, schrijvende pers. Voor ik goed en wel weet wat er gebeurt, geeft ze me een rechtse hoek. Wat kan ik doen? Haar ten overstaan van de camera's een dreun terug verkopen? Juan Carlos, de vrouwenmepper? Maar als ik niks doe, noemen ze me een mietje. Weet je wat ik deed?'

'Ik heb geen flauw idee' – hij meet de taille op en voegt er een paar centimeter aan toe om tegemoet te komen aan Juan Carlos' groeiende welstand.

'Ik gaf haar een kus op haar mond. Ik stak mijn tong in haar smerige strot. Ze stonk uit haar bek als een varken. Ze vonden het prachtig.'

Pendel staat te knipperen met zijn ogen. Pendel slaat steil achterover van bewondering.

'En hoe zit het met dat gerucht dat ze u voorzitter maken van een uiterst selecte commissie, Juan Carlos?' vraagt hij op serieuze toon. 'Straks moet ik u nog kleden voor uw installatie als president.'

Juan Carlos barstte in grof gelach uit.

'*Select?* De *Armoede* Commissie? Dat is de meest waardeloze commissie in de hele stad. Geen geld, geen toekomst. We zitten om een tafel en staren elkaar aan, we zeggen dat het sneu is voor de armen en trakteren onszelf vervolgens op een fatsoenlijke lunch.'

In weer een ander gesprek onder vier ogen dat hij achter gesloten deuren met zijn hoogst gewaardeerde persoonlijk assistente voerde, merkte Ernesto Delgado, de drijvende kracht achter de Kanaalcommissie en de enthousiaste promotor van het hoogst geheime Japans-Panamese verdrag op, dat een zeker vertrouwelijk dossier betreffende de toekomst van het Kanaal de Armoede Commissie moest worden toegespeeld zodat Juan Carlos er zijn blik over kon laten gaan. Toen hem werd gevraagd wat de Armoede Commissie in hemelsnaam te maken had met Kanaal-aangelegenheden, glimlachte Delgado sluw en antwoordde dat niet alles op aarde is wat het lijkt te zijn.

Ze zat achter haar bureau. Hij kon haar in gedachten duidelijk zien zitten toen hij haar doorkiesnummer intoetste: de stijlvolle bovengang van het Hoofdkantoor met zijn originele louvredeuren om de luchtcirculatie te bevorderen; haar grote ruime kamer met uitzicht op het oude spoorwegstation dat werd ontsierd door het reclamebord van McDonald's waar ze zich elke dag weer kapot aan ergerde; haar hypermoderne bureau met zijn computerscherm en zacht ruisende telefoon. Haar korte aarzeling voordat ze de hoorn van de haak neemt.

'Ik vroeg me af of je vanavond iets bijzonders zou willen eten, schat.'

'Hoezo?'

'Ik dacht erover op weg naar huis nog even langs de markt te gaan.'

'Salade.'

'Iets licht verteerbaars na het squashen, hè? Schat?'

'Ja, Harry. Na het squashen heb ik behoefte aan een lichte maaltijd. Een salade bijvoorbeeld. Zoals gewoonlijk.'

'Heb je het erg druk? Zit die ouwe Ernie je weer achter je vodden?'

'Wat wil je van me?'

'Ik wilde je stem even horen, dat is alles, schat.'

Haar gelach bracht hem van zijn stuk. 'Nou, dan zou ik maar opschieten, want over twee minuten moet deze stem als tolk optreden voor een stelletje havenmeesters uit Kyoto die geen Spaans en weinig Engels spreken en uitsluitend met de president van Panama wensen te praten.'

'Ik hou van je, Lou.'

'Dat mag ik hopen, Harry. Hou me nu niet langer op.'

'Kyoto, hè?'

'Ja, Harry. Kyoto. Dag, hoor.'

KYOTO noteerde hij opgewonden in hoofdletters. Wat een hulpbron. Wat een vrouw. Wat een meesterzet. *En uitsluitend met de president van Panama wensen te praten.* En dat zullen ze. En Marco zal van de partij zijn om hen voor te gaan naar de geheime vertrekken van Zijne Doorluchtigheid. En Ernie zal zijn aureool opzetten en hen vergezellen. En Mickie zal er lucht van krijgen dankzij zijn dikbetaalde bronnen in Tokio of Timboektoe of waar hij ze ook omkoopt. En kampioen goochemerd Pendel zal het woord voor woord overbrieven.

Een moment voor zichzelf waarin Pendel, in de afzondering van zijn snijkamer, zich buigt over de plaatselijke kranten – de laatste tijd koopt hij ze allemaal – en een dagelijkse kroniek opslaat, getiteld: *Vandaag ontvangt uw president.* Er wordt met geen woord gerept over gewichtige havenmeesters uit Kyoto, er staan zelfs helemaal geen Japanners op het menu. Mooi zo. De ontmoeting was officieus. Een geheime, hoogst clandestiene ontmoeting; Marco liet ze door de achterdeur binnen: een stel weinig spraakzame Japanse bankiers die zich voordeden als havenmeesters die geen Spaans spreken – maar dat doen ze wel. Gooi daar nog eens een laagje magisch vernis overheen en vermenigvuldig de uitkomst ontelbare malen. Wie waren er nog meer aanwezig, behalve de listige Ernie? Natuurlijk! Guillaume was erbij! De gewiekste Fransoos in eigen persoon! En hier staat hij, pal voor mijn neus, bevend als een rietje!

'Monsieur Guillaume, meneer, wees gegroet, precies op tijd, zoals gewoonlijk! Marta, een glas van het Schotse goedje voor monsieur.'

Guillaume komt uit Lille. Hij is muisachtig en snel. Van beroep is hij een geologisch deskundige die in opdracht van goudzoekers bodemmonsters onderzoekt. Hij is juist terug van vijf weken in Medellín, binnen welk tijdsbestek, legt hij Pendel ademloos uit, er in die stad twaalf officieel bij de politie aangegeven ontvoeringen en eenentwintig officieel bij de politie aangegeven moorden hebben plaatsgevonden. Pendel maakt een driedelig lichtbruin alpaca kostuum met een enkele rij knopen en een extra pantalon voor hem. Subtiel brengt hij het gesprek op de Colombiaanse politiek.

'Eerlijk gezegd begrijp ik niet hoe die president van hen zijn gezicht nog durft te laten zien,' klaagt hij. 'Met al die schandalen en die drugs.'

Guillaume neemt een slok whisky en knippert met zijn ogen.

'Harry, ik ben God elke dag weer dankbaar dat ik maar een gewone techneut ben. Ik ga erheen. Ik bestudeer de bodem. Ik schrijf mijn verslag. Ik pak mijn boeltje. Ik ga naar huis. Ik eet een hapje. Ik vrij met mijn vrouw. Ik besta.'

'En daar laat u zich zeer stevig voor betalen,' brengt Pendel hem opgewekt in herinnering.

'Vooraf,' beaamt Guillaume, zenuwachtig zijn voortbestaan met behulp van de langwerpige spiegel benadrukkend. 'En ik zet het eerst op de bank. Als ze me willen neerschieten, dan weten ze dat ze hun geld verspillen.'

De enige andere deelnemer aan het gesprek blijkt de uiterst bedeesde Franse topgeoloog en internationale freelance-adviseur die nauwe banden onderhoudt met vooraanstaande beleidsbepalers van het Medellín-kartel, een zekere Guillaume Delassus, die in bepaalde kringen hoog aanzien geniet als ongeëvenaard machtsmanipulator en de op vier na gevaarlijkste man in Panama is.

En aan wie de andere vier prijzen zullen worden uitgereikt moet nog nader worden bezien, voegde hij er onder het schrijven in gedachten aan toe.

De middagspits. Marta's broodjes tonijn vinden gretig aftrek. Marta zelf is overal en nergens, en ontwijkt doelbewust Pendels blik. Wolken sigarettenrook en mannelijk gelach. Panamezen zijn dol op een verzetje en vinden dat bij P&B. Ramón Rudd heeft een knappe jongen meegebracht. Bier uit de ijsemmer, in koelelementen gevatte wijn, kranten uit binnen- en buitenland, mobiele telefoons om het effect te verhogen. Pendel drievoudig in zijn element als kleermaker, gastheer en meesterspion, heen en weer drentelend tussen de paskamer en de ontmoetingsruimte, af en toe zijn gang onderbrekend om wat onschuldige aantekeningen achterin in zijn notitieboekje te maken, waarbij hij meer hoort dan hij opvangt en zich meer herinnert dan hij hoort. De oude garde met jonge rekruten in haar kielzog. Gesprekken over schandalen, paarden en geld. Gesprekken over vrouwen, en zo nu en dan over het Kanaal. De voordeur die met een knal wordt dichtgeslagen, kabaal dat eerst enigszins verstomt om vervolgens aan te zwellen, geroep van 'Rafi! Mickie!' als het

Abraxas/Domingo-circus met zijn gebruikelijke zwier naar binnen walst, het fameuze playboy-duo, voor de zoveelste maal met elkaar verzoend, Rafi een en al gouden kettingen, gouden ringen, gouden tanden en Italiaanse schoenen, met een veelkleurig jasje van P&B over zijn schouder gedrapeerd, want Rafi haat kleurloosheid en hij haat jasjes tenzij ze buitensporig zijn, en hij is dol op uitgelatenheid, zonneschijn en Mickies vrouw.

En Mickie nukkig en ongelukkig maar zich aan zijn vriend Rafi vastklampend alsof zijn leven ervan afhangt, alsof Rafi de laatste strohalm is die voor hem is overgebleven nadat hij verder alles opgezopen en over de balk gesmeten heeft. De twee mannen betreden het strijdperk en gaan ieder hun eigen weg, de aanwezigen drommen om Rafi heen, terwijl Mickie zich een weg baant naar de paskamer en zijn tigste nieuwe kostuum dat fraaier, schitterender, kostbaarder, koeler en verleidelijker moet zijn dan dat van Rafi – Rafi, sleep je aanstaande zondag de First Lady Gold Cup in de wacht?

Dan komt er plotseling een einde aan het rumoer en hoort men nog slechts één stem. Het is de stem van Mickie, die bulderend en getergd opklinkt uit de paskamer en het verenigde gezelschap mededeelt dat zijn nieuwe kostuum een voddenbaal is.

Hij zegt het op één manier, herhaalt het op een andere, recht in Pendels gezicht, een verwijtende toon die hij liever tegen Domingo zou hebben aangeslagen, maar dat durft hij niet, dus krijgt Pendel in plaats daarvan de wind van voren. Dan zegt hij het nog op een derde manier omdat de aanwezigen dat inmiddels van hem verwachten. En Pendel, op nauwelijks een halve meter afstand, wijkt geen duimbreed. Op elke andere dag zou Pendel de aanval hebben ontweken, een goedmoedig grapje hebben gemaakt, Mickie een borrel hebben aangeboden, hem hebben voorgesteld een andere keer terug te komen als hij in een beter humeur is, hem met zachte drang de trap af hebben geleid en in een taxi hebben gezet. De celmaatjes hebben dergelijke scènes vaker opgevoerd en dan gaf Mickie de volgende dag zijn ongelijk toe door het sturen van dure geschenken als orchideeën, wijn, kostbare huaca-kunstvoorwerpen en abjecte, aan de deur bezorgde briefjes waarin hij zijn erkentelijkheid en spijt betuigde.

Maar wie dat vandaag van Pendel verwacht, houdt geen rekening met de zwarte kat die nu aan zijn leiband ontsnapt en met uitgeslagen klauwen en ontblote tanden op Mickie afspringt en zich in hem vastbijt met een woede die niemand achter Pendel had gezocht. Alle schuldgevoelens die hij ooit heeft gevoeld voor het misbruik maken van Mickies kwetsbaarheid, voor het feit dat hij hem heeft belasterd, heeft uitgebuit, heeft verlinkt, in het diepst van zijn snotterende vernedering heeft opgezocht, borrelden nu uit Pendel op als een onafgebroken salvo van geprojecteerde woede.

'Waarom ik geen kostuums als Armani kan maken?' herhaalde hij diverse malen, recht in Mickies verbaasde gezicht. *'Waarom ik geen Armani-kostuums kan maken?* Van harte, Mickie. Je hebt jezelf zojuist duizend dollar bespaard. Doe me dus een lol. Ga naar Armani en schaf je daar een kostuum aan en kom hier niet meer terug. Want Armani maakt beter Armani-kostuums dan ik. Daar is het gat van de deur.'

Mickie verroerde geen vin. Hij stond met zijn mond vol tanden. Hoe moest iemand van zijn reusachtige afmetingen in hemelsnaam aan een Armani-confectiepak komen? Maar Pendel kon zich niet inhouden. Schaamte, woede en een voorgevoel van naderend onheil bonkten onbedwingbaar in zijn borstkas. Mickie mijn schepping. Mickie mijn fiasco, mijn medegevangene, mijn spion, die hier komt om mij op mijn eigen schuiladres te beschuldigen!

'Zal ik je 's wat zeggen, Mickie? Een kostuum van mij loopt niet met de drager te koop, het karakteriséért hem. Misschien wil jij niet worden gekarakteriseerd. Misschien heb jij niet genoeg in húís om te karakteriseren.'

Gelach van de parterre. Er was genoeg om Mickie meermalen te karakteriseren.

'Een kostuum van mij, Mickie is geen dronken noodkreet. Het is een lijn, het is een vorm, het is een lust voor het oog, het is een silhouet. Het laat de wereld op subtiele wijze weten wat zij over je moet weten en niet meer dan dat. De oude Braithwaite noemde dat discretie. Als iemand in een kostuum van mij ópvalt, dan voel ik me beschaamd want dan moet er iets mis mee zijn. Mijn kostuums zijn er niet om je verschijning op te luisteren of het knapste jongetje van de klas van je te maken. Mijn kostuums zijn niet confronterend. Ze geven een hint. Ze doen een suggestie. Ze moedigen mensen aan naar je toe te komen. Ze helpen je je leven te beteren, je steentje bij te dragen, je in de wereld te doen gelden. Want als het mijn beurt is om de oude Braithwaite naar het grote confectieatelier in de hemel te volgen, dan wil ik kunnen geloven dat er hier in de straten mensen rondlopen die mijn kostuums dragen en dientengevolge een gunstiger beeld van zichzelf hebben.'

Te veel om voor me te houden, Mickie. Hoog tijd dat jij een deel van de last op je neemt. Hij zuchtte en leek zich te bedenken want hij liet een soort hikje horen. Hij begon opnieuw maar gelukkig was Mickie hem voor.

'Harry,' fluisterde hij. 'God is mijn getuige. Het is die broek. Dat is het enige. In die broek zie ik eruit als een oude man. Oud voor mijn tijd. Bespaar me al dat filosofische geleuter. Dat heb ik vaker gehoord.'

Toen moet er in Pendels hoofd klaroengeschal hebben geklonken. Hij keek om zich heen naar de verbaasde gezichten van zijn klanten, hij keek naar Mickie, die hem stond aan te staren met de omstreden alpaca broek in zijn handen geklemd, precies zoals hijzelf zich ooit aan zijn te grote oranje gevangenisbroek had vastgeklemd, alsof hij bang was dat iemand hem die zou ontfutselen. Hij zag Marta, bewegingloos als een standbeeld, haar tot pulp geslagen gezicht een mengelmoes van afkeuring en paniek. Hij liet zijn vuisten langs zijn zij zakken en richtte zich in zijn volle lengte op als voorbereiding op een nonchalante pose.

'Mickie. Die broek zit straks als gegoten,' verzekerde hij hem op mildere toon. 'Ik wilde liever geen pied-de-poule maar jij stond erop en je had geen ongelijk. De hele wereld zal van je houden als je die broek draagt. En het jasje ook. Mickie, luister naar me. Iemand moet de verantwoordelijkheid voor dit kostuum op zich nemen, jij of ik. Wie zal het worden?'

'Jezus,' fluisterde Mickie en hij sloop stilletjes weg aan Rafi's arm.

De winkel liep leeg en bereidde zich voor op zijn siësta, de klanten trokken zich terug. Er moest geld worden verdiend, maîtresses en echtgenotes moesten worden bevredigd, er moesten deals worden gemaakt, er moest op paarden worden gewed en er moesten roddels worden uitgewisseld. Marta was ook verdwenen. Tijd voor haar studie. Verdwenen om haar neus in haar boeken te steken. Terug in zijn snijkamer zette Pendel Strawinsky op en maakte zijn werkblad vrij van bruin papieren sjablonen, stoflappen, krijt en zijn schaar. Hij sloeg zijn kleermakerszakboekje bij de laatste bladzijden open en drukte het plat waar zijn gecodeerde krabbels begonnen. Als hij gebukt ging onder zijn aanval op zijn oude vriend, wilde hij dat zichzelf niet toegeven. Zijn muze lokte hem.

Uit een facturenboek met een ringband nam hij een pagina lijntjespapier met aan de bovenkant het bijna koninklijke wapen van het huis Pendel & Braithwaite, en daaronder in Pendels onberispelijke handschrift een rekening uitgeschreven aan De heer Andrew Osnard ten bedrage van vijfentwintighonderd dollar met als adres zijn privéappartement in Paitilla. Hij legde de factuur plat op zijn werkblad, pakte een oude vulpen die volgens de overlevering nog aan Braithwaite had toebehoord, en voegde er in een ouderwets handschrift dat hij zich lang geleden speciaal voor kleermakerscommunicatie had eigen gemaakt, de woorden 'te uwer onmiddellijke attentie' aan toe, ten teken dat deze rekening meer behelsde dan een verzoek om geld. Uit een map in de middelste la van zijn bureau haalde hij vervolgens een velletje wit, ongelinieerd papier zonder watermerk van het stapeltje dat Osnard hem had gegeven en snoof eraan, wat hij altijd deed. Hij rook geen bekende geuren, behalve, heel vaag een zweem van de ontsmettingsmiddelen die ze in de gevangenis gebruikten.

Geïmpregneerd met magische substanties, Harry. Carbonpapier zonder carbon, uitsluitend voor eenmalig gebruik.

Wat doe jij dan op jouw beurt als je het ontvangt?

Ik ontwikkel het, idioot, wat dacht je anders?

Waar, Andy? Hoe?

Bemoei je verdomme met je eigen zaken. In mijn badkamer. Hou op, je brengt me in verlegenheid.

Hij legde het carbonpapier behoedzaam op de factuur, haalde uit zijn la het 2h-potlood dat Osnard hem speciaal voor dat doel had gegeven en begon te schrijven op de welluidende klanken van Stravinsky, totdat Stravinsky hem plotseling de keel uithing en hij hem dus uitzette. De duivel heeft altijd de beste muziek, zei tante Ruth vroeger altijd. Hij zette Bach op maar Louisa was verslingerd aan Bach, dus zette hij Bach uit en werkte in desolate stilte, wat niet zijn gewoonte was. Wenkbrauwen gefronst, puntje van zijn tong uit zijn mond, Mickie krachtdadig verdrongen, begon de gave zich in hem te roeren. Luisterend naar een verdachte voetstap of het veelbetekenende geschuifel van een vijandelijke luistervink aan de andere kant van de deur. Zijn blik voortdurend heen en weer bewegend tussen de hiërogliefen in zijn notitieboekje en het carbon. Verzinnend en combinerend. Regelend en bijstellend. Vervolmakend. Onherkenbaar uitbouwend. Vervormend. Orde scheppend in de chaos. Zoveel te vertellen. Zo weinig tijd. Jappen waar je ook kijkt. De Chinezen die hen een handje helpen. Pendel was niet meer te stuiten. Dan weer uittorenend boven zijn materiaal, dan weer eronder bedolven. Het ene moment een genie, het volgende de slaafse bewerker van zijn verzinsels, heerser over zijn wolkenrijk, prins en bedelknaap in een. De zwarte kat altijd aan zijn zijde. En zoals gewoonlijk de Fransen ook ergens in het verhaal. Een explosie. Harry, jongen, een explosie des vlezes. Een greep naar de macht, een opstanding, een laten-gaan, verlossing. Een beteugeling van de aarde, een bewijs van Gods genade, de vereffening van een rekening. De verdorven opwelling van creativiteit, van het plunderen en stelen en vertekenen en omvormen, uitgevoerd door één verbannen, uitzinnig ijverige, naar zijn verlossing uitkijkende, woedende volwassene, terwijl de kat met zijn staart zwiept. Een nieuw velletje carbon pakken, het oude verfrommelen en in de prullenmand gooien, opnieuw laden en van alle kanten het vuur heropenen. De bladzijden uit het notitieboekje scheuren en in de haard verbranden.

'Wil je koffie?' vroeg Marta.

's Werelds grootste samenzweerder was vergeten zijn deur op slot te doen. Vlammen rezen op in de haard achter hem. Verkoold papier dat wachtte tot het was verteerd.

'Een kopje koffie zou er best in gaan. Bedankt.'

Ze sloot de deur achter zich. Stijfjes, er kon geen lachje af.

'Heb je hulp nodig?'

Ze ontweek zijn blik. Hij zuchtte.

'Ja.'

'Waarmee?'

'Als de Japanners in het geheim plannen zouden beramen om een nieuw kanaal op zeeniveau te graven en in het geniep de Panamese regering zouden hebben omgekocht en de studenten zouden daar lucht van krijgen, wat zouden ze dan doen?'

'De studenten van tegenwóórdig?'

'Jouw studenten. Degenen die met de vissers praten.'

'In opstand komen. De straat op gaan. Het Reigerpaleis aanvallen, de Wetgevende Vergadering bestormen, het Kanaal bezetten, een algemene staking uitroepen, een antikolonialistische kruistocht door heel Zuid-Amerika ontketenen. Een onafhankelijk Panama eisen. We zouden ook de Japanse winkels in brand steken en de verraders ophangen, om te beginnen bij de president. Zo genoeg?'

'Dank je. Ik weet zeker dat we daar voldoende aan hebben. En uiteraard de mensen van de overkant van de brug mobiliseren,' opperde hij alsof hem dat zojuist te binnen schoot.

'Uiteraard. Studenten vormen slechts de voorhoede van de proletarische beweging.'

'Het spijt me van Mickie,' mompelde Pendel na een korte stilte. 'Ik kon me niet beheersen.'

'Als we onze vijanden niet kunnen kwetsen dan kwetsen we onze vrienden. Zolang je je dat maar bewust bent.'

'Dat ben ik.'

'De Beer heeft opgebeld.'

'In verband met zijn artikel?'

'Hij zei niets over het artikel. Hij zei dat hij je moest spreken. Op korte termijn. Hij is op zijn vaste plek bereikbaar. Hij zei het op dreigende toon.'

17

Boulevard Balboa aan de Avenida Balboa was een lage, armetierige brasserie met een plafond van piepschuim en neonbuizen achter houten latjes, zoals in de gevangenis. Enkele jaren geleden was het opgeblazen, niemand wist meer waarom. De grote ramen keken over de Avenida Balboa uit op zee. Aan een lange tafel orakelde een man met een zware kaak, beschermd door lijfwachten in zwarte pakken met zonnebrillen op, voor een televisiecamera. De Beer zat op zijn vaste plekje zijn eigen krant te lezen. De tafels rondom hem waren leeg. Hij droeg een gestreepte blazer van P&B en een panamahoed van zestig dollar uit de boetiek. Zijn ravenzwarte, glimmende zeeroversbaardje maakte de indruk net te zijn geshamponeerd. Het paste bij het pikzwarte montuur van zijn bril.

'Je had gebeld, Teddy,' bracht Pendel hem in herinnering na een minuut onopgemerkt aan de verkeerde kant van de krant te hebben gezeten.

De krant ging met tegenzin omlaag.

'Waarover?' vroeg de Beer.

'Jij hebt me opgebeld, ik ben gekomen. Dat jasje staat je trouwens goed.'

'Wie heeft de rijstplantage gekocht?'

'Een vriend van mij.'

'Abraxas?'

'Natuurlijk niet.'

'Waarom is dat zo natuurlijk?'

'Zijn geld raakt op.'

'Wie zegt dat?'

'Hijzelf.'

'Misschien betaal jij Abraxas. Misschien werkt hij voor jou. Misschien heb je een of ander louche zaakje met hem op touw gezet. Zitten jullie samen in de drugs, net als zijn vader?'

'Teddy, volgens mij ben je niet goed bij je hoofd.'

'Hoe heb je Rudd afbetaald? Wie is die gestoorde geldschieter waarover je opschept zonder Rudd mee te laten profiteren?

Dat was hoogst ongepast. Waarom heb je die belachelijke ontmoetingsruimte boven je winkel geopend? Heb je je ziel aan iemand verkwanseld? Wat is er aan de hand?'

'Ik ben kleermaker, Teddy. Ik maak kleren voor heren en ik verruim mijn horizon. Ga je me lekker wat *free publicity* bezorgen? Nog niet zolang geleden stond er een artikeltje in de *Miami Herald*, ik weet niet of daar toevallig je oog op gevallen is.'

De Beer zuchtte. Zijn stem klonk mat. Mededogen, menselijkheid en nieuwsgierigheid waren er al lang geleden uit weggevloeid, als die er al ooit in hadden gezeten.

'Laat me je de beginselen van de journalistiek uit de doeken doen,' zei hij. 'Ik verdien mijn geld op twee manieren. Aan de ene kant betalen mensen me om artikelen te schrijven, dus schrijf ik die. Ik heb de pest aan schrijven, maar ik moet brood op de plank hebben, ik moet mijn behoeften kunnen bevredigen. Aan de andere kant betalen mensen me om bepaalde verhalen niet te schrijven. Voor mij is dat een betere manier omdat ik dan geen pen op papier hoef te zetten en toch mijn geld krijg. Als ik het handig speel, krijg ik meer voor wat ik niet schrijf dan voor mijn schrijfsels. Dan is er nog een derde manier, die me minder bevalt. Dat noem ik mijn laatste redmiddel. Ik benader bepaalde overheidsfunctionarissen en bied mijn kennis te koop aan. Maar dat is geen bevredigend alternatief.'

'Waarom niet?'

'Omdat ik het niet prettig vind om onderhands te verkopen. Als ik zakendoe met een normaal mens – met jou – met hem daar – en ik weet dat ik zijn reputatie of zijn zaak of zijn huwelijk kan verwoesten, en hij weet dat ook, dan heeft dat verhaal een zekere prijs, dan kunnen we het ergens over eens worden, dan is dat een normale zakelijke transactie. Maar als ik bepaalde personen in overheidsdienst benader' – hij schudde heel licht afkeurend zijn langwerpige hoofd – 'dan weet ik niet wat het hun waard is. Sommigen van hen zijn uitgekookt. Sommigen zijn te stom om voor de duvel te dansen. Je weet niet of ze van niks weten of dat ze een slag om de arm houden. Dus is het een kwestie van tegen elkaar op bluffen, en dat is heel tijdrovend. Misschien bedreigen ze me ook nog met mijn eigen dossier om de prijs te drukken. Ik voel er niets voor om mijn tijd op die manier te verspillen. Als jij bereid bent zaken met me te doen, als jij me snel een antwoord op mijn vraag geeft en me die moeite bespaart, dan beloof ik je een redelijke prijs. Aangezien jij een gestoorde geldschieter tot je beschikking hebt, is dat ook een factor waar rekening mee dient te worden gehouden bij de objectieve beoordeling van je middelen.'

Pendel had het gevoel dat hij zijn glimlach uit brokstukken opbouwde, eerst de ene kant, dan de andere kant, dan de wangen, en toen hij ze een helder beeld toestond, zijn ogen. Als laatste zijn stem.

'Teddy, volgens mij probeer je me met een veel beproefde truc een oor aan te naaien. Jij zegt tegen me: "Vlucht, vlucht, ze weten alles" en denkt dat je, terwijl ik op weg ben naar het vliegveld, mijn toko kunt inpikken.'

'Werk je voor de Amerikanen? Dat zouden die bepaalde personen in overheidsdienst niet op prijs stellen. Als een Engelsman onder hun duiven schiet, dan trekken ze fel van leer. Als ze het zelf doen, is het wat anders. Zij verraden hun eigen land. Dat is hun keuze; zij zijn hier geboren, het is hun land, ze kunnen ermee doen wat ze willen, zij hebben hun steentje bijgedragen. Maar als jij hier als vreemdeling binnenkomt en het voor hen verraadt, dan zou dat buitengewoon provocerend zijn. Je hebt geen idee wat ze dan gaan doen.'

'Teddy, je hebt gelijk. Tot mijn genoegen kan ik je mededelen dat ik voor de Amerikanen werk. De opperbevelhebber van het Zuidelijk Commando van de Amerikaanse strijdkrachten wil graag een effen kostuum met een enkele rij knopen, een extra broek en wat hij een gilet noemt. De zaakgelastigde wil een mohair *tux* en een tweed "colbertje" voor zijn vakantie in North Haven.'

Pendel stond op en voelde de achterkant van zijn knieën tegen zijn broekspijpen trillen.

'Jij weet niets ongunstigs over mij, Teddy. Als je dat wist, dan zou je er niet naar vragen. En de reden dat je niets ongunstigs weet is dat er niets ongunstigs te weten valt. En nu we het toch over geld hebben, ik zou het op prijs stellen als je over de brug kwam voor dat mooie jasje dat je aanhebt, zodat Marta haar boekhouding sluitend kan maken.'

'Ik begrijp niet hoe je die gezichtsloze halfbloed kunt neuken.'

Pendel liet de Beer achter zoals hij hem had aangetroffen, met zijn hoofd achterover, zijn baardje omhoog, lezend wat hij in zijn krant had geschreven.

Bij thuiskomst moet Pendel tot zijn leedwezen ervaren dat er niemand is. En dit is mijn beloning voor een dag zwoegen en zweten? vraagt hij de kale muren. Een man met twee beroepen, die zichzelf uit de naad werkt, moet 's avonds zijn eigen eten mee naar huis brengen? Maar het heeft ook zijn voordelen. Het koffertje van Louisa's vader ligt wederom op haar bureau. Hij klikt het open en haalt er een forse kantooragenda uit met op de omslag in zwarte gotische letters *Dr. E. Delgado* erop. Daartegenaan genesteld ligt een dossiermap waar 'Afspraken' op staat. Zonder zich verder nog door iets, het op handen zijnde gevaar door de Beer te worden ontmaskerd incluis, te laten afleiden, dwingt Pendel zichzelf opnieuw een en al spion te worden. De plafondlamp is voorzien van een dimmer. Hij draait het licht op volle sterkte. Osnards sigarettenaansteker tegen een oog drukkend, sluit hij het andere en tuurt door het piepkleine zoekertje, waarbij hij zijn best doet zijn neus en vingers niet voor de lens te houden.

'Mickie heeft opgebeld,' zei Louisa toen ze in bed lagen.

'Waarheen heeft hij opgebeld?'

'Naar mij. Op kantoor. Hij gaat zich weer van kant maken.'

'O, dat.'

'Hij zegt dat jij gek bent geworden. Hij zegt dat iemand je van je hersens heeft beroofd.'

'Dat is me wat moois.'

'En ik was het met hem eens,' zei ze terwijl ze het licht uitdeed.

Het was zondagavond en hun derde casino, maar Andy had God nog steeds niet op de proef gesteld, wat hij Fran beloofd had te zullen doen. Ze had hem het hele weekeinde nauwelijks gezien, met uitzondering van een paar verstolen uurtjes slaap en bij het krieken van de dag een ongebreidelde ochtendwip voordat hij weer ijlings aan het werk toog. De rest van het weekeinde had hij op de ambassade doorgebracht in gezelschap van Shepherd met zijn Fair Isle-trui en zijn zwarte gympen, die hete handdoeken en kopjes koffie aandroeg. Zo stelde Fran het zich in ieder geval voor. Het was niet aardig van haar om Shepherd zwarte gympen toe te schrijven, want die had ze hem nog nooit zien dragen. Maar ze herinnerde zich een gymnastiekleraar op kostschool die ze had gedragen, en Shepherd beschikte over hetzelfde onderdanige enthousiasme.

‘Een hele zwik BUCHAN-materiaal,’ had Andy haar cryptisch uitgelegd. ‘Ik moet het in de vorm van een rapport zien te gieten. Het is allemaal een beetje hectisch en zorg-dat-we-het-gisteren-hebben.’

‘Wanneer mogen de Buchaneers ervan meegenieten?’

‘Londen heeft me de mond gesnoerd. Te link voor plaatselijke consumptie totdat de analisten het door de wringer hebben gehaald.’

En verder was er niets gebeurd tot twee uur geleden, toen Andy haar had meegesleurd naar een buitengewoon duur restaurant aan het water waar hij, onder het genot van een fles dure champagne, had besloten dat het tijd werd om God op de proef te stellen.

‘Vorige week een erfenisje van een tante opgestreken. Onbenullig bedragje. Daar heeft niemand wat aan. We vragen God het te verdubbelen. Zit niks anders op.’

Hij had het weer eens op zijn heupen. Rusteloze, speurende ogen, die alle kanten op schoten en smeekten om moeilijkheden.

‘Kunnen er ook verzoekjes worden gedaan?’ schreeuwde hij naar de bandleider toen ze dansten.

‘Wat madame maar wil, señor.’

‘Waarom nemen jullie vanavond dan geen vrij?’ stelde Andy voor terwijl Fran hem haastig buiten gehoorsafstand manoevreerde.

‘Andy, dat is God niet op de proef stellen, dat is je reinste zelfmoord,’ zei ze op strenge toon toen hij voor het diner betaalde met vochtige vijftig-dollarbiljetten die hij opdiepte uit de binnenzak van een nieuw linnen pak van zijn plaatselijke kleermaker.

In het eerste casino zat hij aan de grote tafel en keek zonder zelf te spelen toe, terwijl Fran beschermend achter hem stond.

'Heb je een favoriete kleur?' vroeg hij haar over zijn schouder.

'Moeten we dat niet aan God overlaten?'

'Wij zorgen voor de kleur, God zorgt voor het geluk. Zo zijn de regels van het spel.'

Hij dronk meer champagne maar zette geen geld in. Ze kennen hem, bedacht ze zich opeens toen ze wegliepen. Hij is hier vaker geweest. Ze maakte het op uit hun gezicht en veelbetekenende glimlachjes en tot-spoedig-ziensjes.

'Beroepshalve,' antwoordde hij kortaf toen ze hem polste.

In het tweede casino maakte een bewakingsbeambte de vergissing een poging te doen hem te fouilleren. Het had lelijk kunnen aflopen als Fran haar diplomatieke pas niet had laten zien. Opnieuw observeerde Andy het spel, maar deed er niet zelf aan mee, terwijl twee meisjes aan de andere kant van de tafel voortdurend probeerden zijn aandacht te trekken en eentje zelfs 'hallo, Andy' naar hem riep.

'Beroepshalve,' zei hij opnieuw.

Het derde casino bevond zich in een hotel waar ze nog nooit van had gehoord, in een ongure wijk van de stad waar men haar had ontraden te komen, in kamer 303 op de derde verdieping, klop op de deur en wacht af. Een gigantische krachtpatser fouilleerde Andy en ditmaal maakte hij geen bezwaar. Hij gaf Fran zelfs de raad de man haar handtasje te laten inspecteren. De croupiers verstijfden toen Fran en Andy de tweede kamer betraden en er viel een overdonderende stilte, waarbij hoofden werden omgedraaid en gesprekken verstomden: hetgeen niet verbazingwekkend is als je in aanmerking neemt dat Andy vroeg om vijftigduizend dollar in fiches van vijfhonderd en duizend, die kleintjes hoef ik niet, dank je, leg die maar weer terug waar je ze vandaan hebt.

En voor Fran wist wat er gebeurde, zat Andy naast de croupier en stond ze opnieuw achter hem, en bleek de croupier een pafferige, wulpse hoer met dikke lippen en een laag uitgesneden jurk en kleine beweeglijke handen met rode puntige nagels als klauwen en was het rad in beweging gebracht. Toen het stilstond was Andy tienduizend dollar rijker omdat hij op rood had ingezet. Hij speelde, voor zover zij achteraf kon nagaan, een keer of acht, negen. Hij was van champagne overgestapt op whisky. Hij verdubbelde zijn vijftigduizend dollar, hetgeen hij God kennelijk als taak had gesteld en waagde om het af te leren nog een laatste gokje, dat hem nog eens twintigduizend dollar opleverde. Bij de deur aangekomen vroeg hij om een draagtasje en een taxi, omdat hij het dwaasheid vond om met een tasje met honderdtwintigduizend dollar over straat te gaan, en zei dat Shepherd morgen die kloteauto wel kon ophalen of weggeven, want hij had er een hekel aan.

Maar de opeenvolging van die gebeurtenissen stond Fran niet duidelijk voor ogen omdat ze, toen ze zich afspeelden, alleen maar kon denken aan haar allereerste sportdag toen haar pony, die zoals alle pony's op aarde Misty heette, de eerste hindernis keurig nam en vervolgens op hol sloeg en, terwijl Fran zich vastklampte aan haar nek, zes kilometer over de snelweg naar Shrewsbury stormde, en het verkeer in beide richtingen langs haar raasde en niemand, behalve zijzelf, zich erom leek te bekommeren.

'De Beer heeft me gisteravond thuis opgezocht,' zei Marta, nadat ze de deur van Pendels snijkamer achter zich had gesloten. 'Hij was met een vriend die bij de politie zit.'

Het was maandagochtend. Pendel zat achter zijn werktafel en legde de laatste hand aan een organisatieschema van de Stille Oppositie. Hij legde zijn 2h-potlood neer.

'Waarom? Waar word je van verdacht?'

'Ze wilden me uithoren over Mickie.'

'Wat wilden ze over hem weten?'

'Waarom hij zo vaak naar de winkel komt, waarom hij je op zulke krankzinnige uren opbelt.'

'Wat heb je tegen ze gezegd?'

'Ze willen dat ik jou bespioneer,' zei ze.

18

De aankomst van het eerste materiaal uit de standplaats Panama dat de codenaam BUCHAN TWEE droeg, had Scottie Luxmore – de geniale geestelijke vader ervan – tot ongekende hoogten van zelfgenoegzaamheid gevoerd. Maar vanochtend had zijn euforie plaats gemaakt voor een knagende nervositeit. Hij ijsbeerde tweemaal zo snel als normaal. Zijn opbeurende Schotse stem had iets snerpends gekregen. Zijn blik dwaalde rusteloos over de rivier, noordwaarts en westwaarts waar nu zijn toekomst lag.

'*Cherchez la femme*, Johnny-boy,' adviseerde hij een afgetobde jongeling die Johnson heette en die Osnards ondankbare baantje als Luxmores persoonlijke assistent had overgenomen. 'Het vrouwtje van de soort is in dit bedrijf altijd vijfmaal zoveel waard als het mannetje.'

Johnson, die evenals zijn voorganger de onmisbare kunst van het pluimstrijken meester was, ging voorover zitten op zijn stoel om te laten zien dat hij een en al oor was.

'Zij beschikken over het raffinement, Johnny. Zij hebben het lef, zij zijn geboren veinzers. Waarom dacht je anders dat ze erop had gestaan dat alle contacten via haar echtgenoot liepen?' In zijn stem klonk de onvrede door van iemand die zich van tevoren verontschuldigt. 'Ze wist heel goed dat ze hem zou overvleugelen. Waar zou híj dan blijven? Hij zou op straat staan. Hij zou worden afgedankt. De laan uitgestuurd. Waarom zou ze het zover laten komen?' Hij wreef met zijn open handpalmen langs de zijkant van zijn broek. 'Wie zou zo gek zijn om twee inkomens in te ruilen voor één en op de koop toe haar man voor schut te zetten? Niet onze Louisa. Niet onze BUCHAN TWEE!' Hij kneep zijn ogen half dicht alsof hij achter een raam in de verte iemand had herkend. Maar er was nog geen einde gekomen aan zijn hoogdravende oratie. 'Ik wist waar ik aan begon. En dat wist zij ook. Onderschat nooit de vrouwelijke intuïtie, Johnny. Hij heeft zijn plafond bereikt. Hij heeft zijn tijd gehad.'

'Osnard?' vroeg Johnson hoopvol. Het was al een halfjaar

geleden dat hij tot Luxmores schaduw was benoemd, en nog steeds lag er geen standplaats voor hem in het verschiet.

'Haar man, Johnny,' kaatste Luxmore geërgerd terug en hij streek met een klauwend gebaar met de toppen van zijn vingers over een van zijn gebaarde wangen. 'BUCHAN EEN. O, in het begin was zijn arbeid zeer veelbelovend. Maar hij had geen overkoepelend inzicht. Dat hebben ze nooit. Geen gevoel voor verhoudingen. Geen historisch bewustzijn. Het was een en al kletspraat en opgewarmde kliekjes en zelf-indekkerij. Alleen met hem zouden we nooit iets hebben bereikt, dat zie ik nu wel in. En zij zag het ook. Zij kent haar man, die vrouw. Zij kent zijn beperkingen beter dan wij. En haar eigen kracht.'

'De analisten zitten een beetje in over het ontbreken van ondersteunende bewijzen,' opperde Johnson, die geen kans voorbij liet gaan om aan Osnards voetstuk te knagen. 'Sally Morpugo noemde het materiaal van BUCHAN TWEE een ton mooischrijverij en een half ons fundering.'

Het schot voor de boeg trof Luxmore toen hij net bezig was zich om te keren om aan zijn vijfde baantje over het tapijt te beginnen. Hij toonde de gulle, wezenloze glimlach van iemand die geen greintje humor bezit.

'O ja? En juffrouw Morpugo is ongetwijfeld een hoogst intelligent persoontje.'

'Nou, volgens mij wel.'

'En vrouwen zijn hardvochtiger in hun oordeel over andere vrouwen dan wij. En terecht.'

'Dat is waar. Zo had ik het nog niet bekeken.'

'Ze zijn bovendien ten prooi aan bepaalde vormen van jaloezie – afgunst is hier wellicht beter op zijn plaats – waar mannen van nature ongevoelig voor zijn. Zo is het toch, Johnny?'

'Ik zou zeggen van wel. Nee. Ja, bedoel ik.'

'Waar maakt juffrouw Morpugo precies bezwaar tegen?' vroeg Luxmore op de toon van iemand die openstaat voor opbouwende kritiek.

Johnson wou dat hij zijn mond had gehouden.

'Ze zegt alleen dat er geen ondersteunende bewijzen zijn. In de gehele dagelijkse stortvloed, zoals ze het noemt. Nada. Geen sikkepit, geen bevriende bondgenoot, de Amerikanen geven geen sjoege. Geen internationale contacten, geen satellieten, geen ongewoon diplomatiek verkeer. Het lijkt allemaal uit één groot zwart gat te komen. Zegt zíj.'

'Is dat alles?'

'Nou, niet helemaal, als u het echt wilt weten.'

'Ontzie me niet, Johnny.'

'Ze zei dat er in de hele geschiedenis van de intermenselijke spionage nog nooit zoveel was betaald voor zo weinig. Het was een grapje.'

Als Johnson had gehoopt Luxmores vertrouwen in Osnard en zijn activiteiten te ondermijnen, kwam hij bedrogen uit. Luxmores borst zwol op en zijn stem hervond haar didactische Schotse timbre.

'Johnny.' Gezuig op de voortanden. 'Is het ooit bij je opgekomen dat een bewezen ontkenning van vandaag gelijk staat aan een bewezen bevestiging van gisteren?'

'Nee, eigenlijk niet.'

'Dan vraag ik je dringend daar een ogenblik over na te denken. Je moet bepaaldelijk heel wat in je mars hebben, Johnny, om aan het oog en het oor van de moderne technologie te ontsnappen. Van creditcards tot reisbescheiden, telefoongesprekken, faxapparaten, banken, hotels, noem maar op. We kunnen tegenwoordig geen fles whisky in de supermarkt kopen zonder de wereld daarvan in kennis te stellen. "Zonder een spoor achter te laten" staat onder dergelijke omstandigheden bijna gelijk aan een bewijs van schuld. Deze mannen van de wereld begrijpen dat. Zij weten wat ervoor komt kijken om onzichtbaar, onhoorbaar en onopgemerkt te blijven.'

'Dat wil ik best geloven, meneer,' zei Johnson.

'Mannen van de wereld lijden niet aan de beroepsdeformaties waaronder de meer naar binnen gekeerde medewerkers van deze dienst gebukt gaan, Johnny. Zij dragen geen oogkleppen en verliezen zich niet in details en overbodige informatie. Zij zien het bos, niet de bomen. En wat zij zien is een Oost-Zuid-complot van levensgevaarlijke afmetingen.'

'Sally niet,' bracht Johnson er halsstarrig tegenin, besluitend dat hij, nu hij toch in het schuitje zat, net zo goed door kon varen. 'En Moo evenmin.'

'Wie is *Moo*?'

'Haar assistente.'

Luxmores glimlach bleef verdraagzaam en minzaam. Ook hij zag het bos en niet de bomen, sprak eruit.

'Draai die vraag van jou nu eens binnenstebuiten, Johnny, dan heb je volgens mij het antwoord. Waarom is er een ondergronds verzet in Panama als er niets in Panama is om je tegen te verzetten? Waarom wachten clandestiene, dissidente groeperingen – geen tuig van de richel, Johnny, maar mensen afkomstig uit de verontruste en welgestelde klassen – als otters in het bolwerk, als zij niets zouden hebben om op te wachten? Waarom gooien de vissers hun kont tegen de krib? – behoedzame lieden, Johnny, onderschat nimmer een zeeman. Waarom hangt het mannetje van de Panamese president in de Kanaalcommissie publiekelijk de ene strategie aan terwijl uit zijn privéagenda blijkt dat hij een andere aanhangt? Waarom leidt hij een leven aan de oppervlakte en een ander onder de waterlinie, opereert hij in het geniep en beraadslaagt hij op onchristelijke uren met zogenaamde Japanse havenmeesters? Waarom zijn de studenten rusteloos? Waar hebben ze lucht van gekregen? Wie heeft in hun cafés en discotheken met hen gesmoesd? Waarom gaat het woord *omkoperij* van mond tot mond?'

'Ik wist niet dat dat zo was,' zei Johnson die de laatste tijd met groeiende verbazing constateerde hoe ongeraffineerde informatie uit Panama een meerwaarde kreeg zodra die het bureau van zijn meester was gepasseerd.

Maar Johnson had nu eenmaal niet overal toegang toe – in ieder geval niet tot Luxmores inspiratiebronnen. Als Luxmore zijn vermaarde één pagina tellende resumés opstelde om voor te leggen aan zijn mysterieuze planners en organisatoren, liet hij eerst een stapel uiterst geheime dossiers ophalen en sloot zichzelf vervolgens in zijn kamer op totdat het document af was – hoewel die dossiers, toen Johnson er op listige wijze in slaagde daar een blik in te werpen, eerder handelden over gebeurtenissen uit het verleden, zoals de Suez-crisis van 1956, dan over iets dat nu of in de toekomst geacht werd plaats te vinden.

Luxmore gebruikte Johnson als klankbord. Sommige mensen, werd Johnson duidelijk, kunnen niet nadenken zonder publiek.

'Dat is voor een dienst als de onze het moeilijkste om de vinger op te leggen, Johnny, de menselijke vloedgolf vóór die de kop heeft opgestoken, de *vox populi* vóór die heeft gesproken. Kijk maar naar Iran en de ayatollah. Kijk naar Egypte, even voordat de Suez-crisis zich aandiende. Kijk naar de *perestrojka* en de ineenstorting van het Rijk van het Kwaad. Kijk naar Saddam, een van onze beste klanten. Wie zag ze aankomen, Johnny? Wie zag hoe ze zich als donkere wolken boven de horizon samenpakten? Wij niet. Kijk naar Galtieri en de grote brand op de Falklandeilanden – mijn god. Keer op keer slaagt ons omvangrijke inlichtingenapparaat erin elke knoop te ontrafelen, behalve de allerbelangrijkste: de menselijke factor.' Hij ijsbeerde weer in zijn oude tempo, zijn stappen aanpassend aan de maat van zijn retoriek. 'Maar ditmaal lukt het ons. Ditmaal kunnen we preventief optreden. We hebben de vinger aan de pols. We kennen de stemming van het gespuis, de onderbewuste drijfveren, de verborgen breekpunten. We kunnen erop anticiperen. We kunnen de geschiedenis te slim af zijn. Haar vanuit een hinderlaag bestoken...'

Hij greep de telefoon zo snel dat die nauwelijks tijd had om over te gaan. Maar het was zijn vrouw maar, die wilde weten of hij voor de zoveelste keer, voor hij naar zijn werk ging, haar autosleutels in zijn zak had gestoken. Luxmore gaf zijn misdaad ruiterlijk toe, legde de hoorn op de haak, sjorde aan de panden van zijn jasje en ging door met ijsberen.

Ze kozen voor Geoffs woning omdat Ben Hatry dat wilde, en Geoff Cavendish was per slot van rekening Ben Hatry's protégé, hoewel beide mannen de tact hadden om dat te verzwijgen. En er school iets rechtvaardigs in de keuze van Geoffs woning, want in zekere zin was het van begin af aan Geoffs idee geweest, in die zin dat Geoff Cavendish degene was die met het eerste actieplan op de proppen was gekomen en Ben Hatry had gezegd: doen, verdomme, want dat was de wijze waarop Ben Hatry zich bij voorkeur uitdrukte; als grote Britse mediagigant en broodheer van ontelbare doodsbange journalisten had hij een ingeboren afkeer van zijn moedertaal.

Het was Cavendish die Hatry's fantasie, als Ben Hatry die al bezat, had geprikkeld, het was Cavendish die het met Luxmore op een akkoordje had gegooid, hem had aangemoedigd, zijn budget en zijn ego had opgevijzeld. Het was Cavendish die met instemming van Hatry, in dure restaurants vlak bij het Lagerhuis, de eerste bescheiden lunches en informele oriëntatiegesprekken op touw had gezet – zij het nooit uit Hatry's naam; de juiste parlementariërs had gepolst, de landkaart had uitgevouwen, had laten zien waar dat klotelandje lag, waar het Kanaal heen ging, omdat de helft van hen beneveld was; het was Cavendish die discreet de alarmbel had geluid in de City en bij de oliemaatschappijen, die de achterlijke conservatieve rechterflank stroop om de mond had gesmeerd, en haar machtswellustelingen, Euro-haters, nikkerhaters, pan-xenofoben en verdwaalde, onontwikkelde kinderen naar de mond had gepraat.

Het was Cavendish die visioenen had voorgespiegeld van een kruistocht vlak voor de verkiezingen, van een Phoenix herrezen uit de Tory-as en veranderd in een oorlogsgod, van een leider gestoken in de schitterende wapenrusting die tot nog toe altijd te groot voor hem had geleken; het was Cavendish die hetzelfde verhaaltje in andere taal aan de oppositie had opgedist – maak je niet druk, jongens en meisjes, jullie hoeven nergens tegen oppositie of stelling te nemen, als jullie je maar koest houden en zeggen dat het nu geen pas geeft om het trouwe Britse schip van staat te torpederen, ook al koerst het faliekant de verkeerde kant op, wordt het bemand door idioten en is het zo lek als een mandje.

Het was opnieuw Cavendish die de multinationals danig ongerust maakte, die geruchten in omloop bracht over het desastreuze effect op de Britse industrie, het bedrijfsleven en het pond, het was Cavendish die ons *bewust* maakte, zoals hij het noemde: wat inhield dat hij geruchten in algemeen aanvaarde zekerheden veranderde door ingenieuze gebruikmaking van op afstand opererende journalisten die geen deel uitmaakten van het Hatry-imperium en derhalve ogenschijnlijk niet door zijn beangstigende reputatie waren besmet; het was Cavendish die vervolgartikelen liet plaatsen in armlastige wetenschappelijke tijdschriften die hem nog iets verschuldigd waren, artikelen die op hun beurt buiten alle proporties werden opgeblazen in grotere tijdschriften, en zo langs de ladder omhoog of omlaag naar de binnenpagina's van de roddelbladen, naar redactionele commentaren in verloederde zogenaamde kwaliteitskranten en laat op de avond op televisie uitgezonden discussieprogramma's, niet alleen op de aan Hatry toebehorende kanalen maar ook bij de concurrerende omroepen – aangezien in medialand niets voorspelbaarder is dan het napraten van eigen verzinsels en de doodsangst bij elke rivaal dat een ander hem de primeur zal afsnoepen, ongeacht of het verhaal waar is of niet, want, eerlijk gezegd en gezwegen, schatten, in de huidige wedren om het nieuws hebben wij niet de mankracht, de tijd, de belangstelling, de energie, de belezenheid of zelfs maar het minste verantwoordelijkheidsgevoel om onze feiten op een andere manier te onderbouwen dan door een beroep te doen op wat door andere pennenlikkers is opgeschreven en dat klakkeloos over te nemen.

En het was Cavendish, deze rondborstige, eenvoudige, Engelse *kerel* zonder kapsones, met de stem van een aristocratische cricket-verslaggever op een zonnige zomermiddag die, altijd via stevig in de watten gelegde tussenpersonen, zo'n overtuigende pleitbezorger was geweest voor Ben Hatry's gekoesterde 'Niet vandaag, wanneer dan wel?'-doctrine die ten grondslag lag aan zijn transatlantische gedram en gekonkel en gekuip, een theorie die stoelde op de overtuiging dat de Verenigde Staten onmogelijk nog langer dan hooguit tien jaar de enige supermacht op aarde zouden zijn, waarna ze onherroepelijk konden inpakken, dus als er ergens op aarde stevig moest worden huisgehouden, zo luidde de doctrine, hoe meedogenloos en zelfzuchtig dat in de ogen van de buitenwereld, of misschien wel van de binnenwereld, ook mocht lijken, denk dan aan onze toekomst en de toekomst van onze kinderen en de toekomst van het Hatry-imperium met zijn voortdurend vaster wordende wurggreep op de Derde en Vierde Wereld: *en doe het nu we de macht nog hebben, godver-hier-en-daar! Hou op met dat slappe gezever! Pak wat je wilt en sla in puin wat je niet wilt! Maar wat je ook doet of laat, hou op met die kontlikkerij en die toegeeflijkheid en die verontschuldigingen en dat geslabak.*

En als dat betekende dat Ben Hatry zich moest inlaten met Amerikaanse rechtse mafketels, en ook met hun bloedbroeders aan deze kant van de plas, en als dat hem tevens de lieveling maakte van de wapenindustrie – dan zal me dat een rotzorg wezen, zei hij in zijn sappige moedertaal, hij was geen politiek dier, hij had de pest aan die klootzakken, hij was een realist, het interesseerde hem geen ene moer wie zich bij hem aansloten, zolang ze maar zinnige dingen zeiden en niet op hun tenen door de internationale wandelgangen slopen en tegen elke Jap, nikker en olijfkakker zeiden: 'Neem me niet kwalijk dat ik een blanke, gegoede Amerikaanse staatsburger ben, meneer, en het spijt ons dat we zo groot en sterk en machtig en rijk zijn, maar wij geloven in de waardigheid en gelijkwaardigheid van al Gods schepselen, en zoudt u zo vriendelijk willen zijn mij toe te staan op handen en knieën te gaan zitten en uw kont te kussen?'

Hetgeen het beeld was dat Ben Hatry onvermoeibaar afschilderde ten behoeve van zijn ondergeschikten, maar altijd op voorwaarde dat we dat onder ons houden, jongens en meisjes, in het heilige belang van een objectieve weergave van het nieuws, want daartoe zijn we op aarde, anders kunnen jullie het godbetert wel schudden.

'Reken maar niet op mij,' had Ben Hatry de dag tevoren met zijn gebruikelijke monotonie tegen Cavendish gezegd.

Soms sprak hij door totaal bewegingloze lippen. Soms was hij ziek van zijn eigen kuiperij, ziek van de hele menselijke middelmatigheid.

'Jullie twee eikels nemen ze zelf maar onder handen,' voegde hij er boosaardig aan toe.

'Zoals u wilt, chef. Jammer, maar het is niet anders,' zei Cavendish.

Maar zoals Cavendish al van tevoren wist, was Ben Hatry wel degelijk gekomen, met een taxi omdat hij zijn chauffeur niet vertrouwde, en hij arriveerde zelfs tien minuten te vroeg om een resumé te lezen van de shit die Cavendish de afgelopen paar maanden naar Vans mensen had gezonden – shit was zijn favoriete benaming voor proza – gevolgd door een sensationeel één pagina tellend rapport van die rukkers aan de overkant van de rivier – zonder handtekening, zonder bronvermelding, zonder kop – wat volgens Cavendish de uitsmijter, de pure nectar, de ontbrekende diamant was, chef, Vans mensen gingen finaal uit hun bol, vandaar de bijeenkomst van vandaag.

'Wie is de klootzak die dit heeft geschreven?' vroeg Hatry, altijd bang om iemand te kort te doen.

'Luxmore, chef.'

'Is dat die hufter die in z'n eentje de hele Falkland-operatie voor ons heeft versjteerd?'

'Ja, die.'

'Daar is geen persklaarmaker aan te pas gekomen, dat staat vast.'

Niettemin las Ben Hatry het verslag tweemaal, wat voor hem een unicum was.

'Is het waar?' vroeg hij aan Cavendish.

'Waar genóég, chef,' antwoordde Cavendish, met de voorzichtige bescheidenheid die zijn oordelen kenmerkte. 'Gedééltelijk waar. Over de houdbaarheidswaarde heb ik mijn twijfels. Vans jongens zouden best eens snel van leer kunnen trekken.'

Hatry wierp het rapport naar hem terug.

'Nou ja, ze weten nu goddomme wel waar ze het zoeken moeten,' zei hij met een vreugdeloos knikje in de richting van Tug Kirby, de derde moordenaar, zoals Cavendish hem gevat had betiteld, die zojuist, zonder zijn grote voeten te vegen, de kamer was binnengestormd en naarstig om zich heen keek op zoek naar een vijand.

'Zijn die yanks er al?' bulderde hij.

'Die kunnen elk ogenblik komen, Tug,' verzekerde Cavendish hem geruststellend.

'Die zakkenwassers komen nog te laat op hun eigen begrafenis,' zei Kirby.

Een van de bijzondere voordelen van Geoffs woning was de ideale ligging in het hartje van Mayfair, praktisch vanwege de zij-ingang naar Claridges, in een omheinde en bewaakte, doodlopende straat, waar een hoop grote jongens en diplomaten en lobbyisten woonden, met aan het einde de Italiaanse ambassade. Toch had het ook iets aangenaam anoniems. Of je nu glazenwasser, restaurateur, butler, lijfwacht, schandknaap of de heerser der werelden was – het kon niemand iets schelen. En Geoff was iemand die deuren opende. Hij wist hoe hij invloedrijke personen moest benaderen en hen samen moest brengen. Met Geoff kon je achterover leunen en afwachten, en dat deden ze ook: drie Britten en hun twee Amerikaanse gasten en allemaal officieel elders terwijl ze smulden van een maaltijd die, daar waren ze het allen over eens, niet plaatsvond, waarbij ze zelf moesten opscheppen zonder bedienden die er getuige van waren, bestaande uit zalm *tiède* overgevlogen van de landgoederen van de familie Cavendish, kwarteleitjes, fruit en kaas, met als kroon op dat alles een super-broodschotel gebakken door Geoffs oude kinderjuf.

En als drank ijsthee en dergelijke want in het tegenwoordige Wedergeboren Washington, beweerde Geoff Cavendish, werd alcohol bij de lunch beschouwd als het Teken van het Beest.

En een ronde tafel zodat iedereen gelijk was. Meer dan voldoende beenruimte. Zachte stoelen. De telefoonstekkers eruit. Cavendish kon het mensen uitstekend naar de zin maken. Meisjes in overvloed als je daar zin in had. Vraag maar aan Tug.

'Was de vlucht een beetje te harden, Elliot?' vroeg Cavendish.

'O, ik was in de wolken, Geoff. Ik ben echt dól op die hobbelende straalvliegtuigjes. Northolt was enig. Ik ben dól op Northolt. De helikoptervlucht naar Battersea, lúísterrijk. Een schítterende elektriciteitscentrale.'

Bij Elliot wist je nooit of hij het sarcastisch bedoelde, of gedroeg hij zich altijd zo? Hij was eenendertig jaar, een Zuiderling uit Alabama. Hij was advocaat en journalist en heel melig, behalve als hij in de aanval was. Hij had zijn eigen column in de *Washington Times*, waarin hij uitbundig van leer trok tegen namen die tot voor kort groter waren dan de zijne. Hij was lang en vel over been en gevaarlijk en hij droeg een bril. Zijn gezicht was een en al kaak en bot.

'Blijven jullie vannacht logeren of gaan jullie terug naar huis, Elliot?' bromde Tug Kirby, waarmee hij te kennen gaf dat hij de voorkeur gaf aan de tweede optie.

'Tug, helaas moeten we meteen na het feestje terug naar huis,' zei Elliot.

'Geen beleefdheidsbezoekje aan de ambassade?' vroeg Tug met een onnozele grijns.

Dat was een grapje. Die maakte Tug niet vaak. De mensen van Buitenlandse Zaken waren wel de laatsten op Gods aarde die mochten weten van Elliots bezoek of van dat van de kolonel.

Naast Elliot gezeten, kauwde de kolonel het voorgeschreven aantal malen op zijn hapje zalm.

'Daar hebben wij geen vriénden, Tug,' legde hij onnozel uit. 'Alleen maar flikkers.'

Tug Kirby stond in Westminster bekend als de minister met de hele dikke portefeuille. Die bijnaam had hij gedeeltelijk te danken aan zijn seksuele escapades, maar voornamelijk aan zijn ongeëvenaarde verzameling adviseurschappen en directeurschappen. Mensen die het konden weten, beweerden dat er in het hele land of in het Midden-Oosten geen wapenfabriek bestond die Tug Kirby niet in eigendom had of die niet het eigendom van Tug Kirby was. Evenals zijn gasten was hij een machtige en niet geheel ongevaarlijke man. Hij had brede vlezige schouders en dikke zwarte wenkbrauwen die opgeplakt leken. Hij had de kwaadaardige, stomme ogen van een stier. Zelfs als hij at bleven zijn grote gebalde vuisten paraat.

'Hé, Dirk – hoe gaat het met Van?' riep Hatry vrolijk van de overkant van de tafel.

Ben Hatry had zijn legendarische charme in de strijd geworpen. Niemand kon die weerstaan. Zijn glimlach was gewoon een lust voor het oog na zo lang in de wolken. De kolonel fleurde onmiddellijk op. Ook Cavendish was opgetogen dat zijn chef opeens in zo'n uitstekend humeur was.

'Meneer,' blafte de kolonel alsof hij zich tot een krijgsraad richtte, 'generaal Van laat jullie groeten en wil jou, Ben, en je medewerkers, zijn dank betuigen voor de onschatbare praktische steun en aanmoedigingen die jullie hem de afgelopen maanden hebben gegeven.'

Schouders achteruit, kin op de borst. *Meneer.*

'Nou, zeg hem maar dat we behoorlijk de smoor in hebben dat hij zich niet kandidaat stelt voor het presidentschap,' zei Hatry, met dezelfde stralende glimlach. 'Het is verdomd jammer dat de enige fatsoenlijke vent in Amerika de ballen niet heeft om daar een gooi naar te doen.'

De kolonel liet zich niet van zijn stuk brengen door Hatry's plaagstoten. Hij was er op vorige bijeenkomsten aan gewend geraakt.

'Generaal Van heeft de jeugd achter zich, meneer. De generaal kijkt ver vooruit. De generaal is bijzonder strategisch ingesteld.' Tussen onuitgesproken, bezorgde oordelen knikte hij in zichzelf terwijl de blik in zijn ogen klaar en kwetsbaar bleef. 'De generaal leest veel. Hij is een wijs man. Hij wacht zijn tijd af. Anderen zouden inmiddels hun kruit verschoten hebben. De generaal niet. Nee, *meneer.* Als de tijd rijp is om de president over de streep te trekken, dan zal hij degene zijn die hem eroverheen trekt. Volgens mij is hij de enige man in Amerika die dat kan. Ja, *meneer.*'

Ik blijf volgzaam, zeiden de spaniël-ogen van de kolonel, maar zijn kaak zei: loop me verdomme niet voor de voeten. Zijn haar was gemillimeterd. Zoals hij daar in de houding zat was het moeilijk niet te vergeten dat hij in burger was. Het kostte moeite je niet af te vragen of hij misschien niet een beetje geschift was. Of ze dat misschien niet allemaal waren.

Plotseling was er een einde gekomen aan de formaliteiten. Elliot keek op zijn horloge en vervolgens met abrupt opgetrokken wenkbrauwen naar Tug Kirby. De kolonel trok zijn servet uit zijn boordje, drukte het zedig tegen zijn lippen en legde het vervolgens op tafel als een ongewenst boeketje dat Cavendish maar moest opruimen. Kirby stak een sigaar op.

'Zou je zo goed willen zijn dat kankerding uit te maken, Tug?' vroeg Hatry op vriendelijke toon.

Kirby drukte hem uit. Hij vergat soms dat Hatry de schatbewaarder van zijn geheimen was. Cavendish vroeg wie er een zoetje in zijn koffie gebruikte – en wilde er soms iemand melk? Toen was het eindelijk een vergadering, geen feestmaal. Vijf mannen die elkaar niet konden luchten of zien, gezeten rond een glimmend geboende achttiende-eeuwse tafel en verenigd door een groot ideaal.

'Gaan jullie erop af of niet?' vroeg Ben Hatry, toch al nooit vermaard om zijn subtiele aanpak.

'We zouden dólgraag willen, Ben,' zei Elliot met een gezicht zo gesloten als een oester.

'Wat houdt jullie dan tegen, in jezusnaam? Jullie hebben de bewijzen in handen. Jullie bestieren het land. Waar wachten jullie op?'

'Van zou er graag op af gaan. Dirk hier ook. Hè, Dirk? Met vliegende vaandels en slaande trom? Hè, Dirk?'

'Nou en of,' zei de kolonel op gedempte toon en hij keek hoofdschuddend naar zijn ineengeslagen handen.

'Dóé het dan, in jezusnaam!' riep Tug Kirby uit.

Elliot deed alsof hij het niet had gehoord. 'Het Amerikaanse vólk zal willen dat we eropaf gaan,' zei hij. 'Misschien weten ze dat nog niet, maar dat duurt niet lang meer. De Amerikaanse bevolking zal terug willen hebben wat haar rechtmatig toekomt en wat in de eerste plaats al nooit weggegeven had mogen worden. Er is níémand die ons tégenhoudt, Ben. We hebben het Pentagon, we hebben de wil, de getrainde troepen, de technologie. We hebben de senaat, we hebben het congres. We hebben de Republikeinse partij. Wij dicteren de buitenlandse politiek. In oorlogssituaties hebben we de media in onze macht. De vorige keer was dat onvoorwaardelijk, deze keer zal het nog onvoorwaardelijker zijn. Niemand houdt ons tegen behalve wijzelf, Ben. Niemand. En zo is dat.'

Een ogenblik van gemeenschappelijk stilzwijgen daalde over hen neer. Kirby was de eerste die het verbrak.

'Er is altijd een beetje moed voor nodig om de sprong te wagen,' zei hij korzelig. 'Thatcher aarzelde nooit. Andere kerels aarzelen de hele tijd.'

De stilte keerde weer.

'Dat zal dan wel de manier zijn waarop je kanalen kwijtraakt,' opperde Cavendish, maar niemand lachte en opnieuw viel er een stilte.

'Weet je wat Van nog maar een paar dagen geleden tegen me zei, Geoff?' zei Elliot.

'Wat zei hij, ouwe reus?' vroeg Cavendish.

'Iedereen die geen Amerikaan is, dicht Amerika een rol toe. Vooral lui die zelf buiten schot blijven. Ze zitten voornamelijk met hun pik te spelen.'

'Generaal Van is een wijs man,' zei de kolonel.

'Schiet een beetje op,' zei Hatry.

Maar Elliot nam zijn tijd, legde zijn handen nadenkend op zijn borst, alsof hij een vest droeg en op zijn plantage een sigaartje rookte.

'Ben, we hebben verdorie geen kápstok om dit aan op te hangen,' bekende hij, als de ene journalist tegen de andere. 'Geen vóórwendsel. We hebben een situátie. We hebben geen rokende revolver. Geen verkrachte Amerikaanse nonnen. Geen dode Amerikaanse baby's. We hebben geruchten. We hebben vermoedens. We hebben júllie spionagerapporten, die tot op heden niet door ónze spionagediensten worden bevestigd, omdat wij zeggen dat het niet anders kan. Dit is niet het moment om de duiven op Buitenlandse Zaken los te laten, of aan de hekken van het Witte Huis aanplakborden met de kreet *Handen Af van Panama*! op te hangen. Dit is een moment om krachtdadig op te treden en te zorgen dat het nationale geweten zich daar met terugwerkende kracht mee verenigt. Dat zal het nationale geweten doen. Wij kunnen het daarbij helpen. Jij kunt daarbij helpen, Ben.'

'Ik heb gezegd dat ik dat zou doen. En dat zal ik ook.'

'Maar wat je ons niet kunt leveren is een vóórwendsel,' zei Elliot. 'Jij kunt geen nonnen verkrachten. Jij kunt geen baby's voor ons afslachten.'

Kirby liet een misplaatst lachje horen. 'Daar zou ik niet zo zeker van zijn, Elliot,' riep hij uit. 'Jij kent onze Ben niet zoals wij hem kennen. Nou? Nou?'

Maar het enige dat hem dat opleverde was een geërgerde frons van de kolonel.

'Natuurlijk hebben jullie een excuus, verdomme,' kaatste Ben Hatry op bijtende toon terug.

'Voor de draad ermee,' zei Elliot.

'De ontkenningen, in jezusnaam.'

'Welke ontkenningen?' vroeg Elliot.

'Van iedereen. De Panamezen zullen het ontkennen, de Fransozen zullen het ontkennen, de Jappen zullen het ontkennen. Dus zijn het leugenaars, net zoals Castro een leugenaar was. Castro ontkent de aanwezigheid van Russische raketten, dus gaan jullie eropaf. De Kanaal-samenzweerders ontkennen hun samenzwering, dus gaan jullie er opnieuw op af.'

'Ben, die raketten wáren er,' zei Elliot. 'We hadden fóto's van die raketten. We hadden een rokende revolver. In dit scenario hebben we die niet. Het Amerikaanse volk moet zien dat er recht wordt gedaan. Praatjes vullen geen gaatjes. Nooit gedaan ook. We hebben een rokende revolver nodig. De president heeft een rokende revolver nodig. Als hij die niet krijgt, is hij niet te vermurwen.'

'We hebben zeker niet toevallig een paar geinige kiekjes van Japanse ingenieurs met aangeplakte baarden die bij het licht van een zaklantaarn een tweede kanaal aan het graven zijn, Ben?' vroeg Cavendish schertsend.

'Nee, die hebben we niet, verdomme,' antwoordde Hatry, die nooit zijn stem verhief maar dat ook nooit hoefde. 'Dus hoe pak je het verder aan, Elliot? Wacht je tot de Jappen je op 31 december van het klotejaar Onzes Heren negentiennegenennegentig rond lunchtijd een serie kiekjes overhandigen?'

Elliot bleef onbewogen. 'Ben, we hebben geen enkel schokkend bewijs dat we op onze televisieschermen kunnen vertonen. De vorige keer hadden we mazzel. Noriega's Waardigheids-bataljons mishandelden Amerikaanse vrouwen in de straten van Panama City. Voordien konden we niets beginnen. We hadden drugs. Dus hamerden we op drugs. We hadden Noriega's stuitend gedrag. Dus hamerden we daar op. We hadden zijn lelijkheid, en daar hamerden we op. Massa's mensen vinden lelijkheid iets verderfelijks. Dat hebben we uitgebuit. We hadden zijn seksuele uitspattingen en zijn voodoo. We deden hetzelfde als we bij Castro deden. Maar pas toen keurige Amerikaanse vrouwen in opdracht van de overheid door oneerbiedige latino-soldaten werden gemolesteerd, voelde de president zich geroepen onze jongens eropaf te sturen om ze mores te leren.'

'Ik heb gehoord dat jij daar de hand in had,' zei Hatry.

'In elk geval lukt dat geen tweede keer,' antwoordde Elliot, die suggestie als niet ter zake doend wegwuivend.

Ben Hatry implodeerde. Een ondergrondse kernproef. Er klonk geen knal, hij schoot volkomen vol. Alleen een krachtig gesis toen hij in één ademtocht lucht, frustratie en woede eruit gooide.

'Godsgloeiende godverdomme. Dat klote-Kanaal is van júllie, Elliot.'

'India was vroeger van jullie, Ben.'

Hatry nam niet de moeite daarop te reageren. Hij staarde door het raam met gordijnen ervoor naar niets in het bijzonder.

'We hebben een excuus nodig,' herhaalde Elliot. 'Zonder kapstok geen oorlog. Dan vertikt de president het. Punt uit.'

Er was een Geoff Cavendish, met zijn verfijning en beminnelijk robuuste uiterlijk, voor nodig om de vergadering weer haar luchthartigheid en welbevinden terug te geven.

'Tja, mijne heren, ik heb de indruk dat we het grotendeels met elkaar eens zijn. We moeten de keuze van het juiste tijdstip overlaten aan generaal Van. Dat zal niemand bestrijden. Kunnen we daar nog wat dieper op ingaan? Tug, ik zie dat je popelt om iets te berde te brengen.'

Hatry had het raam met het gordijn ervoor geconfisqueerd. Het vooruitzicht Kirby te moeten aanhoren had hem alleen nog maar moedelozer gemaakt.

'Die Stille Oppositie,' zei Kirby. 'Die Abraxas-groepering. Heb je daar een mening over, Elliot?'

'Moet dat?'

'Heeft Van er een mening over?'

'Hij ziet ze wel zitten.'

'Nogal vreemd voor iemand als hij, vind je niet?' zei Kirby. 'Als je in aanmerking neemt dat die gozer de pest heeft aan Amerika...'

'Abraxas is geen marionet, hij is geen jaknikker,' antwoordde Elliot op effen toon. 'Als we tot het land weer rijp is voor verkiezingen een voorlopige Panamese regering installeren, dan heeft Abraxas een hoop pluspunten. De liberalen kunnen ons dan niet voor kolonialisten uitmaken. En de Panamezen al evenmin.'

'En als hij er niets van bakt, kun je nog altijd zijn vliegtuig laten neerstorten,' zei Hatry vilein.

Opnieuw Kirby: 'Waar het mij om gaat, Elliot, is dat Abraxas van ons is. Niet van jullie. Onze man, en daar heeft hij zelf voor gekozen. Dat maakt zijn oppositie ook de onze. Wij houden haar onder onze hoede, wij bevoorraden haar en adviseren haar. Ik vind dat we dat allemaal goed moeten weten. Vooral Van moet dat weten. Het zou er beroerd uitzien voor generaal Van als ooit zou blijken dat Abraxas Amerikaanse dollars had aangepakt. Of dat zijn mannetjes met Amerikaanse wapens zijn uitgerust. We zouden die arme kerel toch niet van begin af aan tot yankee-collaborateur willen bestempelen, of wel soms?'

De kolonel kwam op een idee. Zijn ogen gingen wijd open en glinsterden. Zijn glimlach was hemels.

'Luister: we kunnen onder valse vlag varen, Tug! We hebben daar de nodige *activa*! We kunnen doen alsof Abraxas wordt bevoorraad door Peru, Guatemala, Castro's Cuba. We kunnen het net zo bont maken als we willen. Dat is geen enkel probleem!'

Als Tug Kirby iets zei, hield hij voet bij stuk. 'Wij hebben Abraxas opgeduikeld, wij bevoorraden hem,' zei hij ijzig. 'We hebben een eersteklas-bemiddelaar ter plekke. Als jullie geld beschikbaar willen stellen, wordt elk aanbod dankbaar aanvaard. Maar jullie stellen het ons ter beschikking. Geen plaatselijke overdracht. Geen directe contacten. Wij ontfermen ons over Abraxas, wij bevoorraden hem. Hij is van ons. En zijn studenten en vissers en verder iedereen onder hem. Wij bevoorraden de hele thuisclub,' besloot hij, en hij sloeg met zijn knokkels op de achttiende-eeuwse tafel voor het geval het ze nog niet duidelijk mocht zijn.

'Dat is allemaal onder voorbehoud,' zei Elliot na een poosje.

'Onder welk voorbehoud?' vroeg Kirby.

'Onder voorbehoud dat wij eropaf gaan,' zei Elliot.

Hatry wendde zijn blik abrupt af van het raam en draaide zich om om Elliot aan te kijken.

'Ik wil de exclusieve primeur,' zei hij. 'Mijn cameraploegen en mijn schrijvende pers in de voorste gelederen, mijn jongens volgen de studenten en de vissers op de voet, exclusief. Alle anderen rijden mee met de bezemwagen.'

Elliot vond dat niet onvermakelijk. 'Misschien zouden jullie mensen de invasie voor ons moeten uitvoeren, Ben. Wellicht zou dat jullie verkiezingsprobleem oplossen. Wat zou je zeggen van een reddingsactie om de vluchtende Britse staatsburgers te beschermen? Daar moeten er toch een paar van in Panama te vinden zijn.'

'Blij dat je dat onderwerp ter sprake brengt, Elliot,' zei Kirby.

Een andere invalshoek. Kirby heel gespannen en alle ogen op hem gericht, zelfs die van Hatry.

'Hoezo, Tug?' vroeg Elliot.

'Het wordt tijd dat we het er eens over hebben wat onze man hier eigenlijk aan overhoudt,' kaatste Kirby met een blos op zijn wangen terug. Met onze man bedoelde hij onze leider. Onze marionet. Onze mascotte.

'Willen jullie een plaatsje voor hem naast Van in het zenuwcentrum van het Pentagon, Tug?' vroeg Elliot schalks.

'Stel je niet zo belachelijk aan.'

'Willen jullie Britse troepen op Amerikaanse oorlogsbodems? Mijn zegen hebben jullie.'

'Nee, dat willen we niet, dank je feestelijk. Het is jullie achtertuin. Maar wat we wel willen is *erkenning*.'

'Hoeveel, Tug? Ik heb gehoord dat je niet gauw tevreden bent.'

'Niet dat soort erkenning. Morele erkenning.'

Elliot glimlachte, Hatry ook. Morele zaken, bleek uit hun gezichtsuitdrukking, daar viel over te praten.

'Onze man duidelijk hoorbaar en zichtbaar met alle schijnwerpers op zich gericht,' kondigde Tug Kirby aan, de voorwaarden op zijn enorme vingers aftellend. 'Onze man die zich hult in de vlag, jullie man die hem toejuicht terwijl hij dat doet, *Rule Britannia* en Brussel kan de boom in. De bijzondere verstandhouding nog eens duidelijk onderstreept – zo is het toch, Ben? Bezoekjes aan Washington, handdrukjes, volop aandacht, een hoop lovende woorden voor onze man. En jullie man komt zodra jullie hem over de streep hebben getrokken naar Londen. Hij had al veel eerder moeten komen en dat zal niemand ontgaan zijn. De rol van de Britse inlichtingendienst doorgespeeld aan de respectabele pers. Wij stellen de tekst wel voor jullie op, zo is het toch, Ben? De rest van Europa buiten spel en de Fransozen zoals gewoonlijk de kwaaie pier.'

'Laat die shit maar aan mij over,' zei Hatry. 'Hij verkoopt geen kranten. Ik wel.'

Ze namen afscheid als onverzoenlijke geliefden, bang dat ze

de verkeerde dingen hadden gezegd, hadden nagelaten de juiste dingen te zeggen, verkeerd waren begrepen. Zodra we terug zijn, leggen we het aan Van voor, zei Elliot. Kijken wat hij ervan vindt. Generaal Van kijkt ver vooruit, had de kolonel gezegd. Generaal Van is een ware profeet. De generaal heeft zijn oog op Jeruzalem gericht. De generaal wacht zijn tijd af.

'Geef me verdomme een borrel,' zei Hatry.

Ze zaten alleen – drie Engelsen, teruggetrokken achter hun whisky's.

'Lekker vergaderingetje,' zei Cavendish.

'Klote,' zei Kirby.

'Koop de Stille Oppositie,' beval Hatry. 'Zorg dat ze kunnen spreken en schieten. Hoe reëel zijn de studenten?'

'Daar kun je geen staat op maken, chef. Maoïsten, trotskisten, pacifisten, voor een groot deel op jaren. Ze zouden alle kanten op kunnen springen.'

'Zal me een rotzorg zijn welke kant ze op springen. Koop die lamstralen en laat ze los. Van wil een excuus. Hij droomt ervan maar durft er niet om te vragen. Waarom denk je dat die hufter zijn lakeien heeft gestuurd en zelf thuis is gebleven? Misschien kunnen de studenten voor een excuus zorgen. Waar is Luxmores rapport?'

Cavendish overhandigde het hem en hij las het voor de derde keer, voor hij het naar hem terug schoof.

'Wie is die teef die onze doem- en verderfrommel schrijft?'

Cavendish noemde een naam.

'Geef het aan haar,' zei Hatry. 'Zeg haar dat ik wil dat ze de studenten uitvergroot. Verbind hun lot met dat van de armen en onderdrukten, laat dat communisme vallen. En wek de indruk dat de Stille Oppositie Engeland als een democratisch voorbeeld ziet voor Panama in de eenentwintigste eeuw. Ik wil een crisis. "Terreur beheerst de straten van Panama," dat soort gezeik. Eerste edities, zondag. Waarschuw Luxmore. Zeg hem dat het tijd wordt dat hij die klotestudenten van hem hun luie nest uit jaagt.'

Luxmore was nog nooit eerder op zo'n gevaarlijke missie geweest. Hij was verrukt, hij was doodsbang. Maar het buitenland joeg hem altijd schrik aan. Hij was hopeloos, heroïsch alleen. Een indrukwekkend paspoort in het jasje dat hij niet mocht uittrekken beval alle buitenlanders om Mellors, de beminde boodschapper van Hare Majesteit, een ongehinderde doorreis voorbij hun grenzen te garanderen. Opgestapeld op de stoel naast hem in de eerste klasse lagen twee dikke zwartleren koffers, die waren afgesloten met het koninklijke zegel en voorzien van brede schouderriemen. De instructies van zijn verzonnen ministerie hielden in dat hij zich van slaap en drank moest onthouden. De koffers moesten te allen tijde binnen zijn gezichtsveld en bereik blijven. Geen ongewijde hand mocht de aktetassen van een boodschapper der Koningin bezoedelen. Hij mocht tot niemand toenadering zoeken, doch uit operationele noodzaak had hij een uitzondering gemaakt voor een tamelijk uit de kluiten gewassen stewardess van British Airways. Halverwege de Atlantische Oceaan moest hij plotseling heel nodig. Tot tweemaal toe was hij opgestaan om zijn recht op te eisen en tot tweemaal toe was een onbeladen passagier hem te vlug af geweest. Uiteindelijk, toen de nood het hoogst was had hij een beroep gedaan op de stewardess en haar gevraagd een van de onbezette toiletten voor hem vrij te houden terwijl hij als een krab met zijn bepakking woest tegen dommelende Arabieren aan botsend door het gangpad strompelde en tegen drankwagentjes stootte.

'Dat moeten wel een paar heel zware geheimen zijn die u daar in hebt zitten,' zei de stewardess vrolijk terwijl ze hem de veilige haven binnenloodste.

Tot Luxmores genoegen herkende hij in haar een mede-Schot.

'Waar kom jij vandaan, lieve kind?'

'Aberdeen.'

'Maar dat is fantastisch! De zilveren stad, mijn god!'

'En u?'

Luxmore wilde net beginnen aan een gloedvolle beschrijving van zijn Schotse geboortegrond toen hij zich herinnerde dat hij volgens zijn valse paspoort Mellors heette en uit Clapham kwam. Hij werd nog meer in verlegenheid gebracht toen zij de deur voor hem openhield terwijl hij probeerde de koffers naar binnen te wurmen. Bij zijn terugkeer speurde hij de rijen af op zoek naar eventuele kapers en zag niemand die hij vertrouwde.

Het vliegtuig zette de landing in. Mijn god, stel je voor! dacht Luxmore toen de vrees voor zijn missie en zijn afkeer van het vliegen om de voorrang streden met het schrikbeeld van ontmaskering – die kist stort in zee met koffers en al. Reddingsboten uit Amerika, Cuba, Rusland en Engeland snellen op de plaats van de ramp af! Wie was die mysterieuze Mellors? Waarom zonken zijn koffers terstond naar de bodem van de oceaan? Waarom werden er geen paperassen drijvend op de golven aangetroffen? Waarom komt niemand ze opeisen? Geen weduwe, kind, familielid? De koffers worden geborgen. Zou Hare Majesteits regering misschien de ademloos toekijkende wereld hun buitengewone inhoud kunnen verklaren?

'U gaat ditmaal dus naar Miami, of vergis ik me?' vroeg de stewardess toen ze zag dat hij aanstalten maakte om uit te stappen. 'U zult wel zin hebben in een lekker warm bad als u verlost bent van die ballast.'

Luxmore sprak op gedempte toon voor het geval Arabieren hem konden verstaan. Ze was een toffe Schotse meid en had recht op de waarheid.

'Panama,' mompelde hij.

Maar ze had hem al verlaten. Ze had het te druk met de passagiers vragen ervoor te zorgen dat ze hun stoel in de rechte stand hadden staan en hun gordel hadden vastgemaakt.

19

De kosten van de baanhuur hangen af van je rang,' legde Maltby uit terwijl hij een middelijzer koos voor zijn afslag. De vlag bevond zich op tachtig meter afstand, voor Maltby een dagreis. 'Gewone soldaten betalen bijna niets. Hoge pieten betalen meer naarmate ze hogerop komen. Er wordt gefluisterd dat de generaal zich het spelletje helemaal niet kan veroorloven.' Hij grijnsde balorig. 'Ik heb wat kunnen regelen,' bekende hij trots. 'Ik ben sergeant.'

Hij haalde uit naar de bal. Geschrokken stuiterde het ding zestig meter door kleddernat gras en zocht dekking. Hij liep erachteraan. Stormont volgde. Een oude indiaanse caddie met een strohoed op droeg een verzameling antieke clubs in een beschimmelde tas.

De goed onderhouden golflinks van Amador zijn de droom van elke beroerde golfer en Maltby was een beroerde golfer. Ze liggen in keurig verzorgde stroken tussen een voormalige Amerikaanse kazerne die in de roemrijke jaren twintig was gebouwd en het strand dat evenwijdig loopt aan de toegang tot het Kanaal. Er staat een schildwachtershuisje. Er is een rechte verlaten weg die wordt bewaakt door een verveelde Amerikaanse soldaat en een verveelde Panamese politieagent. Daar komt bijna niemand, behalve militairen en hun vrouwen. Aan de horizon ligt El Chorillo en daarachter de demonische torens van Punta Paitilla, vanochtend minder scherp zichtbaar door opeenvolgende formaties stapelwolken. Verderop in zee liggen de eilanden en de verhoogde weg en de obligate rij bewegingloze schepen die wachten tot het hun beurt is om onder de Brug van de Amerika's door te varen.

Maar de beroerde golfer voelt zich toch het meest aangetrokken tot de rechte met gras begroeide greppels die tien meter onder de zeespiegel liggen en, na ooit deel te hebben uitgemaakt van de Kanaal-werken, nu dienen als goten voor de gebrekkig geslagen bal. De beroerde golfer kan met een *hook* slaan en hij kan de bal kappen. Zolang hij binnen hun bereik blijft, vergeven de greppels hem alles. Het enige dat zij vragen is dat hij de bal raakt en hem laag houdt.

'En met Paddy is alles in orde?' informeerde Maltby terwijl hij de bal onopvallend met de neus van zijn gebarsten golfschoen in een wat gunstiger positie manoeuvreerde. 'Begint haar hoest al te slijten?'

'Niet echt,' zei Stormont.

'O jee. Wat zeggen ze ervan?'

'Niet veel.'

Maltby sloeg opnieuw. De bal schoot over de green en verdween opnieuw uit het zicht. Maltby snelde erachteraan. Het begon te regenen. Het regende met tussenpozen van tien minuten maar Maltby scheen het niet te merken. De bal lag parmantig midden op een eiland van doorweekt zand. De oude caddie overhandigde Maltby een geschikte club.

'Je zou haar ergens mee naartoe moeten nemen,' raadde hij Stormont luchthartig aan. 'Naar Zwitserland of waar men tegenwoordig zoal naartoe gaat. Panama is zo ongezond. Je weet nooit van welke kant de ziektekiemen komen. Godver.'

Als een of ander insect uit de oertijd stoof zijn bal weg tussen een kluitje dikke pollen pampagras. In de stromende regen keek Stormont toe hoe zijn ambassadeur met geweldige zwaaien op de bal inhakte tot hij traag de green op sukkelde. Een spannend moment toen Maltby de bal trachtte te putten. Een luide triomfkreet toen de bal in de hole verdween. Hij heeft zijn verstand verloren, dacht Stormont. Knetter. Hoog tijd. Ik wil even met je praten, Nigel, als je het niet erg vindt, had Maltby om één uur 's nachts, net toen Paddy begon in te dommelen, door de telefoon gezegd. Bijvoorbeeld tijdens een wandelingetje, Nigel, als je daar geen bezwaar tegen hebt. U zegt het maar, excellentie.

'Overigens lijkt iedereen op de ambassade de laatste tijd bijzónder goed gemutst,' hervatte Maltby toen ze naar de volgende greppel wandelden. 'Als we Paddy's hoest en die arme oude Phoebe even vergeten.' Phoebe, zijn vrouw, was noch arm noch erg oud.

Maltby had zich niet geschoren. Een rafelige grijze trui die volkomen doorweekt was, hing langs zijn bovenlijf als een maliënkolder waarvan de broek kwijt was. Waarom schaft die ellendeling zich geen regenpak aan? vroeg Stormont zich af toen meer regen langs zijn hals omlaag droop.

'Phoebe heeft het nóóit naar haar zin,' zei Maltby. 'Ik heb geen idee waarom ze is teruggekomen. Ik kan haar niet uitstaan. Zij kan mij niet uitstaan. De kinderen kunnen ons allebei niet uitstaan. Het lijkt allemaal zo nutteloos. We hebben toch al in jaren niet meer geneukt, godzijdank.'

Stormont hield ontsteld zijn mond. In al die achttien maanden dat ze elkaar kenden had Maltby hem nog nooit in vertrouwen genomen. En nu kende hun verontrustende vertrouwelijkheid opeens geen grenzen.

'Jíj bent tenminste gescheiden,' mopperde Maltby. 'Als ik me goed herinner had dat bij jou ook nogal wat voeten in de aarde. Maar jij bent eroverheen gekomen. Jouw kinderen praten met je. Het ministerie heeft je niet de laan uitgestuurd.'

'Niet helemaal.'

'Nou ja, ik zou het bijzonder waarderen als je het daar eens met Phoebe over zou willen hebben. Daar zou ze reuze van opknappen. Zeg haar dat je het zelf hebt meegemaakt en dat het lang niet zo erg is als wordt beweerd. Ze praat niet echt met mensen, dat is een van haar problemen. Ze zit ze liever op de kop!'

'Misschien zou het beter zijn als Paddy met haar praatte,' zei Stormont.

Maltby legde de bal op de tee. Dat deed hij, merkte Stormont op, zonder zijn knieën te buigen. Hij klapte eenvoudigweg dubbel en richtte zich weer op, intussen gewoon doorpratend.

'Nee, eerlijk gezegd denk ik echt dat jij dat zou moeten doen,' vervolgde hij terwijl hij dreigende schijnbewegingen maakte in de richting van de bal. 'Ze maakt zich zorgen om míj, begrijp je. Ze weet dat zíj het alleen wel redt. Maar ze denkt dat ik haar doorlopend zal opbellen om te vragen hoe ik een eitje moet koken. Zoiets zou ik wel uit mijn hoofd laten. Ik zou een beeldschone meid bij me in huis nemen en de godganse dag eieren voor haar koken.' Hij sloeg en de bal schoot omhoog en ontworstelde zich aan de geborgenheid van de greppel. Even leek het alsof hij tevreden was met zijn rechte baan. Toen veranderde hij van mening, boog af naar links en verdween achter een gordijn van regen.

'Ach, krijg nou het apelazerus,' zei de ambassadeur, een woordenschat etalerend die Stormont nooit achter hem had vermoed.

De stortbui ging alle perken te buiten. De bal aan zijn lot overlatend, zochten zij hun toevlucht tot een militaire muziektent die tegenover een halvemaanvormige rij huizen van gehuwde officieren stond. Maar de oude caddie moest niets hebben van die muziektent. Hij verkoos de twijfelachtige beschutting van een groepje palmbomen, waar hij onder stond terwijl de regen in stromen langs zijn hoed droop.

'Overigens,' zei Maltby, 'vormen we, voor zover ík weet, een héél jolig clubje. Geen geruzie, iedereen in opperbeste stemming, onze aandelen in Panama hoger dan ooit, boeiende informatie die van alle kanten binnenstroomt. Wat kunnen onze meesters nog meer verlangen, vraag je je af.'

'Hoezo? Wat verlangen ze dan nog méér?'

Maar Maltby liet zich niet opjutten. Hij gaf de voorkeur aan zijn eigen merkwaardig indirecte benadering.

'Langdurige gesprekken met allerlei soorten mensen via Osnards geheime telefoonlijn gisteravond,' verkondigde hij, alsof hij er met welbehagen aan terugdacht. 'Heb jíj hem al eens geprobeerd?'

'Ik vrees van niet,' zei Stormont.

'Een weerzinwekkend rood geval, verbonden met een wasmachine die dateert uit de boerenoorlog. Je kunt er alles in zeggen wat je wilt. Ik was er danig van onder de indruk. En nog sympathieke kerels ook. Niet dat iemand ze ooit heeft ontmoet. Maar ze klónken sympathiek. Een telefonische vergadering. Ze waren voortdurend bezig zich te verontschuldigen voor het feit dat ze elkaar in de rede vielen. Een zekere Luxmore is op weg naar ons toe. Een Schots manspersoon. We worden geacht hem Mellors te noemen. Dat hoor ik je eigenlijk niet te vertellen, dus doe ik dat juist wel. Luxmore-Mellors zal ons wereldschokkend nieuws brengen.'

Het was plotseling opgehouden met regenen maar dat scheen Maltby te ontgaan. De caddie stond nog steeds ineengedoken onder de palmbomen, waar hij een vette joint had opgestoken.

'Misschien kunt u die vent beter naar huis sturen,' stelde Stormont voor. 'Als u toch niet meer speelt.'

Dus scharrelden ze een paar natte dollars bij elkaar en stuurden de caddie, met Maltby's clubs, terug naar het clubhuis; ze namen plaats op een droge bank aan de rand van de muziektent en keken hoe een aangezwollen stroom zich een weg baande door de hof van Eden, en hoe de zon als Gods glorie elk blad en elke bloem bescheen.

'Er is besloten – de lijdende vorm is niet mijn keuze, Nigel – er is besloten dat Hare Majesteits regering heimelijk hulp en steun zal verlenen aan Panama's Stille Oppositie. Zonder dat haar iets in de schoenen kan worden geschoven, uiteraard. Luxmore, die wij Mellors moeten noemen, komt hiernaartoe om ons te vertellen hoe we dat moeten doen. Daar bestaat een handleiding voor, heb ik begrepen. *Hoe de regering van je gastland onderuit te halen* of iets dergelijks. We moeten allemaal een duit in het zakje doen. Ik weet nog niet of ik de heren Domingo en Abraxas in het holst van de nacht in mijn moestuintje moet toelaten of dat jou die eer te beurt valt. Niet dat ik een moestuintje bezit, maar als mijn geheugen me niet bedriegt, had wijlen lord Halifax er een en ontving hij daar de vreemdsoortigste types. Je kijkt achterdochtig. Zie ik achterdocht in je ogen?'

'Waarom handelt Osnard dat niet af?' vroeg Stormont.

'Als zijn ambassadeur wilde ik hem daar niet mee opzadelen. Die jongen heeft al genoeg aan zijn hoofd. Hij is jong. Hij komt pas kijken. Die lui van de oppositie hebben meer vertrouwen in iemand die het klappen van de zweep kent. Sommigen zijn mensen zoals wij, maar anderen zijn doorgewinterde arbeiders, stuwadoors, vissers, boeren – dat soort lui. Die kunnen we veel beter zelf voor onze rekening nemen. Bovendien worden we geacht een louche zootje bommenfabricerende studenten te steunen, en dat is altijd linke soep. Over die studenten ontfermen we ons ook. Ik weet zeker dat ze bij jou in goede handen zijn. Het schijnt je niet lekker te zitten, Nigel. Heb ik je van je stuk gebracht?'

'Waarom sturen ze ons niet meer spionnen?'

'Ach, dat lijkt me niet noodzakelijk. Belangrijke gasten misschien, mannen als Luxmore-Mellors, maar geen vaste krachten. We moeten het personeel van de ambassade niet opvallend uitbreiden, dat zou maar vragen oproepen. Daar heb ik ze ook op gewezen.'

'Hebt ú dat?' vroeg Stormont stomverbaasd.

'Wis en waarachtig. Met twee zulke ervaren koppen als de jouwe en de mijne, heb ik gezegd, was een uitbreiding van de staf totaal overbodig. Ik heb me duchtig geweerd. Dan zou het een rotzooitje worden, heb ik gezegd. Onaanvaardbaar. Ik ben op mijn strepen gaan staan. Ik heb gezegd dat wij mannen van de wereld waren. Je zou trots op me zijn geweest.'

Stormont meende een vreemde vonk in het oog van de ambassadeur te bespeuren, die nog het best te vergelijken was met ontluikende lustgevoelens.

'We zullen een gigántische hoeveelheid spullen nodig hebben,' vervolgde Maltby, met het enthousiasme van een schooljongen die zich verheugt op een nieuwe sportuitrusting. 'Radiozenders, auto's, schuiladressen, koeriers, om nog maar te zwijgen van materieel – machinegeweren, mijnen, raketlanceerinrichtingen, massa's explosieven, uiteraard, ontstekers, alles wat je hartje ooit heeft begeerd. Er is tegenwoordig geen stille oppositie die het zonder kan stellen, werd mij verzekerd. En resérveonderdelen zijn van het grootste belang, zo zei men. Nou ja, je weet hoe slordig studenten zijn. Als je hun 's ochtends een zendertje geeft zit het 's middags al onder de graffiti. En ik ben ervan overtuigd dat stille opponenten geen haar beter zijn. Tot je opluchting kan ik je meedelen dat alle wapens van Brits fabrikaat zullen zijn. Er staat al een gerenommeerde Britse firma klaar om ze te leveren, wat goed uitkomt. Minister Kirby is er zeer mee ingenomen. Ze hebben hun sporen verdiend in Iran, of was het Irak? Waarschijnlijk beide. Gully is ook zeer met ze ingenomen, kan ik er tot mijn genoegen bij zeggen, en de dienst heeft mijn voorstel overgenomen om hem met onmiddellijke ingang te promoveren tot de rang en status van Buchaneer. Op dit moment is Osnard bezig hem te beëdigen.'

'*Uw* voorstel,' herhaalde Stormont op effen toon.

'Ja, Nigel, ik ben tot de slotsom gekomen dat jij en ik geknipt zijn om ons met geheime plannen in te laten. Ik heb al eens eerder tegen je gezegd dat ik het heerlijk zou vinden om deel uit te maken van een Engels complot. Nu, hier heb je het. De geheime schalmei heeft geklonken. Ik vertrouw erop dat het geen van ons aan enthousiasme zal ontbreken – ik wou dat je eens wat vrolijker keek, Nigel. Je schijnt het belang van wat ik je vertel niet in te zien. Deze ambassade staat op het punt een enorme sprong voorwaarts te maken. Van een ingeslapen diplomatieke negorij zullen we veranderen in de meest flitsende post op de hitparade. Promotie, onderscheidingen, de meest vleiende vormen van aandacht zullen in een mum van tijd ons deel zijn. Je wilt me toch niet vertellen dat je de wijsheid van je meester in twijfel trekt? Dat zou nu wel heel beroerd uitkomen.'

'De kwestie is gewoon dat er nogal wat stadia overgeslagen lijken te zijn,' zei Stormont, die de gedachte aan een totaal vernieuwde ambassadeur nog niet kon bevatten, zachtjes.

'Onzin. Waar heb je het over?'

'Logica, om maar iets te noemen.'

'O, hoezo?' – op ijskoude toon. 'Waar ontbreekt het volgens jou precies aan logica?'

'Nou ja, neem nou de Stille Oppositie. Behalve wij heeft daar nog nooit iemand van gehoord. Waarom heeft die niets ondernomen – iets laten doorlekken naar de pers – haar stem verheven?'

Maltby lachte al smadelijk. 'Maar mijn beste kerel! Dat is de naam van het beestje. Dat is de aard ervan. Die oppositie is stil. Geeft zich niet bloot. Wacht tot de tijd rijp is. Abraxas is geen dronkenlap. Hij is een onversaagde held, een heimelijke revolutionair voor God en vaderland. Domingo is geen drugsdealer met een bovenmaats libido, hij is een altruïstische voorvechter van de democratie. En wat valt er te zeggen van de studenten? Je weet nog wel hoe wij waren. Warrig. Wispelturig. De ene dag dit, de volgende dat. Ik vrees dat je blasé begint te worden, Nigel. Panama deprimeert je. Het wordt tijd dat je met Paddy naar Zwitserland verkast. O, en já' – vervolgde hij alsof er iets was dat hij nog verzuimd had te zeggen – 'dat was ik nog bijna vergeten. Meneer Luxmore-Mellors brengt de goudstaven mee,' voegde hij er, op de toon van iemand die een laatste administratieve formaliteit afhandelt, aan toe. 'Je kunt de banken en vervoersdiensten tegenwoordig niet meer vertrouwen, tenminste niet in de duistere wereld van de intrige die jij en ik op het punt staan te betreden, Nigel, dus geeft hij zich uit voor een rijkskoerier en brengt hij ze mee als diplomatieke post.'

'De wát?'

'De goudstaven, Nigel. Het schijnt dat men die tegenwoordig liever aan stille opposities geeft dan dollars of ponden of Zwitserse franken. Ik moet zeggen dat daar veel voor te zeggen valt. Zie jíj je een stille oppositie financieren met Engelse ponden? Die zijn al gedevalueerd voor je je eerste mislukte coup hebt voorbereid. En stille opposities zijn een dure hobby, heb ik me laten vertellen,' voegde hij er op dezelfde achteloze toon aan toe. 'Met een paar miljoen kom je tegenwoordig niet ver, zeker niet als je in één klap ook nog een toekomstige regering wilt omkopen. Studenten, ach, die kun je nog wel enigszins in toom houden, maar weet je nog hoe wíj ons geld erdoor joegen? Een goede foeragering aan beide fronten is van het grootste belang. Maar ik denk dat we ertegen opgewassen zijn, Nigel, jij toch ook? Persoonlijk beschouw ik het als een uitdaging. Een van de dingen waar je halverwege je loopbaan van droomt, een diplomatiek eldorado zonder al dat uitputtende gespit in de rimboe.'

Maltby dacht na. Stormont, die met opeengeklemde lippen naast hem zat, had hem nog nooit zo ontspannen gezien. Maar wat zichzelf betreft, tastte hij volkomen in het duister. Hij wist zich geen raad. De zon scheen nog steeds. Ineengedoken in de schaduw van de muziektent voelde hij zich net een tot levenslang veroordeelde die niet kan geloven dat de deur van zijn cel openstaat. Hij moest zijn kaarten op tafel leggen – maar welke kaarten? Wie had hij, behalve zichzelf, een rad voor ogen gedraaid toen hij zag hoe de ambassade opbloeide onder Osnards bedrieglijke toverkunsten? 'Niet op alle slakken zout leggen,' had hij Paddy op bijtende toon op het hart gedrukt toen ze waagde te suggereren dat BUCHAN een beetje te mooi was om waar te zijn, vooral als je Andy een beetje beter leerde kennen.

Maltby zat te filosoferen: 'Een ambassade is niet toegerust om te evaluéren, Nigel. We mogen er een vísie op na houden, dat is iets anders. Wellicht zijn we op de hoogte van de plaatselijke omstandigheden. Natuurlijk zijn we dat. En soms lijkt onze kennis niet te rijmen met wat onze superieuren ons voorhouden. Wij hebben onze zintuigen. We kunnen zien, horen en ruiken. Maar we beschikken helaas niet over hectaren dossiers, computers, analisten en legioenen verrukkelijke jonge debutantes die van hot naar her door de wandelgangen draven. Wij hebben geen overzicht. Geen besef van het mondiale spel. En al helemaal niet in een ambassade die zo klein en onbeduidend is als de onze. Wij zijn boerenkinkels. Ik neem aan dat je dat met me eens bent?'

'Hebt u ze dat verteld?'

'Dat heb ik inderdaad, en via Osnards magische telefoon. Je woorden leggen zoveel meer gewicht in de schaal als ze in het geniep worden uitgesproken, vind je niet? Wij zijn ons *bewust van onze beperkingen*, heb ik gezegd. Ons werk is eentónig. Zo nu en dan is het ons vergund een glimp van de wijdere wereld op te vangen. BUCHAN is zo'n glimp. En dat vervult ons met *dankbaarheid* en *trots.* Het is passend noch gepast, zei ik, dat van een piepkleine ambassade als de onze, die tot taak heeft de stemming van het land te polsen en de opvattingen van onze eigen regering uit te dragen, wordt verwacht dat zij een objectief oordeel velt over zaken die ons bevattingsvermogen te boven gaan.'

'Wat bewoog u ertoe dat te zeggen?' vroeg Stormont. Hij had een hogere toon willen slaan maar er haperde iets in zijn keel.

'BUCHAN, natuurlijk. De dienst wierp me voor de voeten dat ik nogal karig was geweest in mijn loftuitingen over het nieuwste materiaal. Jou werd indirect hetzelfde verweten. "*Loftuitingen?*" zei ik. "Jullie kunnen zoveel loftuitingen krijgen als jullie willen. Andrew Osnard is een charmante, uitermate plichtsgetrouwe kerel en operatie BUCHAN heeft ons licht in de duisternis en voedsel voor de geest verschaft. Daar hebben wij bewondering voor. Daar staan wij vierkant achter. Dat blaast onze kleine gemeenschap nieuw leven in. Maar het is niet aan ons om te bepalen of het een plaatsje verdient in de hoogste orde der dingen. Daarover beslissen jullie analisten en onze bazen."'

'En daar namen ze genoegen mee?'

'Ze smulden ervan. Andy is een alleraardigste vent, zoals ik ook tegen hen heb gezegd. De dames zijn verzot op hem. Een aanwinst voor de ambassade.' Hij hield op met praten, leek even te aarzelen en vervolgde toen op bedachtzamere toon: 'Oké, misschien is hij niet helemaal zuiver op de graat. Misschien belazert hij zo nu en dan de kluit een beetje. Wie doet dat niet? Wat ik bedoel, is dat jij of ik of wie dan ook op de ambassade, mogelijk met uitzondering van de jonge Andy, er absoluut niets aan kan doen dat het materiaal waarmee BUCHAN op de proppen komt de grootst mogelijke lariekoek is.'

Stormonts reputatie als iemand die op kritieke momenten het hoofd koel weet te houden was verdiend. Hij bleef een tijdje angstwekkend bewegingloos zitten – de bank was van teakhout en hij tobde weleens met zijn rug, vooral bij vochtig weer. Hij keek naar de rij werkloze schepen, naar de Brug van de Amerika's, naar de oude binnenstad en naar haar lelijke moderne zuster aan de overkant van de baai. Hij deed zijn benen van elkaar en kruiste ze vervolgens andersom. En hij vroeg zich, om tot dusverre onopgehelderde redenen, af of hij getuige was van het einde van zijn loopbaan, of dat hij aan een nieuwe begon waarvan de contouren hem niet helder voor ogen stonden.

Maltby daarentegen koesterde zich in een soort confessioneel welbehagen. Hij leunde schuin achterover, met zijn lange, lijzige hoofd tegen een ijzeren steunpilaar van de muziektent, en de toon waarop hij sprak liep over van grootmoedigheid.

'Wat ik echter níét weet,' zei hij, 'en wat jíj evenmin weet, is wie van hen het verzint. BUCHAN? Mevrouw BUCHAN? Zijn het de hulpbronnen, wie dat ook mogen wezen – Abraxas, Domingo, die Sabina of die walgelijke journalist die hier altijd rondhangt, Teddy Zus of zo? Of doet Andrew dat, God zegene hem, zelf, en is de rest een en al ijdelheid? Hij is jong. Ze zóúden hem kunnen belazeren. Aan de andere kant is hij snel van begrip en een deugniet. Nee, dat is hij niet. Hij is zo rot als een mispel. Hij is een *ontiegelijke* klootzak.'

'Ik dacht dat u op hem gesteld was.'

'O, dat is ook zo, zeker, ik ben bijzonder op hem gesteld. En ik neem hem zijn bedrog totaal niet kwalijk. Een massa kerels belazeren de kluit. Maar dat zijn doorgaans klungels zoals ikzelf. Ik bedoel dat ik kerels heb gekend die door de knieën gingen.

Ik ben zelf een paar keer bijna door de knieën gegaan.' Hij keek met een beschaamde glimlach naar een paar grote gele vlinders die besloten hadden zich in het gesprek te mengen. 'Maar Andy is een topscorer, weet je. En topscorers die de kluit belazeren zijn echte klootzakken. Kan hij goed met Paddy opschieten?'

'Paddy is dol op hem.'

'O, lieve hemel, toch niet te dol, mag ik hopen? Hij neukt Fran, moet ik tot mijn spijt bekennen.'

'Dat is gelul,' antwoordde Stormont gebelgd. 'Ze praten nauwelijks met elkaar.'

'Dat is omdat ze in het geniep neuken. Het is al maanden aan de gang. Het schijnt dat hij haar hoofd volkomen op hol heeft gebracht.'

'Hoe kunt u dat nou weten?'

'Beste kerel, ik kan mijn ogen niet van haar afhouden, dát moet je toch zijn opgevallen. Ik hou haar voortdurend in de gaten. Ik heb haar gevolgd. Ik geloof níét dat ze me gezien heeft. Maar aan de andere kant hopen wij gluurders natuurlijk eigenlijk dat ze ons wel zien. Ze verliet haar flat en ging naar die van Osnard. Ze kwam niet meer naar buiten. De volgende ochtend om zeven uur heb ik gedaan of er een dringend telegram was en haar flat gebeld. Er werd niet opgenomen. Duidelijker kan het al niet.'

'En u hebt niets tegen Osnard gezegd?'

'Waarom zou ik? Fran is een engel, hij is een klootzak, ik ben een geile bok. Wat zouden we daar in hemelsnaam mee opschieten?'

De muziektent begon te kraken en te kletteren onder de volgende stortbui en ze moesten een paar minuten wachten tot de zon weer doorkwam.

'Wat bent u dan van plan eraan te doen?' vroeg Stormont nors, alle vragen die hij zichzelf weigerde te stellen ontwijkend.

'Dóén, vroeg je, Nigel?' Dit was de Maltby zoals Stormont zich hem herinnerde: flegmatiek, pedant en gereserveerd. 'Waaraan in hemelsnaam?'

'Aan BUCHAN. Aan Luxmore. De Stille Oppositie. De studenten. De mensen verderop, aan de overkant van de brug, wie dat ook mogen zijn. Aan Osnard. Aan het feit dat BUCHAN een verzinsel is. Als hij dat is. Aan het feit dat die rapporten lariekoek zijn, om met uw woorden te spreken.'

'Maar beste kerel. Niemand verwacht van ons dat we iets dóén. Wij zijn slechts instrumenten in dienst van een hoger ideaal.'

'Maar als Londen alles voor zoete koek slikt, en u denkt dat het allemaal gelul is...'

Maltby boog zich naar voren zoals hij zich gewoonlijk over zijn bureau boog, met de vingertoppen tegen elkaar in een gebaar van lijdelijk verzet. 'Ga verder.'

'... dan moet u ze dat laten weten,' zei Stormont dapper.

'Waarom?'

'Om te voorkomen dat ze om de tuin worden geleid. Wie weet wat dat voor gevolgen kan hebben.'

'Maar Nigel. Ik dacht dat we het er al over eens waren dat evaluatie niet onze taak is.'

Een gladde glanzende olijfgroene vogel had hun terrein betreden en bedelde om kruimeltjes.

'Ik heb niets voor je,' verzekerde Maltby hem bekommerd. 'Echt niet. Hè, verdómme,' riep hij uit, terwijl hij zijn handen in zijn zakken stak en ze vruchteloos zoekend naar iets eetbaars beklopte. 'Een andere keer,' zei hij tegen de vogel. 'Kom morgen maar terug. Nee, overmorgen, ongeveer deze tijd. We krijgen een meesterspion op ons dak.'

'Onder de gegeven omstandigheden is het hier op de ambassade onze taak om logistieke steun te verlenen,' vervolgde Maltby op ferme, zakelijke toon. 'Ben je het daarmee eens?'

'Dat lijkt me wel,' zei Stormont weifelend.

'Om te assisteren waar assistentie gewenst is. Om toe te juichen, aan te moedigen, verfrissingen aan te dragen. Om degenen die achter de vuurknoppen zitten te ontlasten.'

'Achter de knoppen,' zei Stormont verstrooid. 'Of in de vuurlinie, zou ik zeggen, als u dat bedoelt.'

'Dank je. Hoe komt het toch dat ik, elke keer als ik een moderne metafoor probeer te vinden, de mist in ga? Ik neem aan dat ik even een tank voor ogen had. Eentje van Gully, betaald in baar goud.'

'Dat denk ik ook.'

Maltby verhief zijn stem alsof hij het publiek buiten de muziektent wilde gerieven, maar er was geen publiek. 'Dus heb ik in de geest van de eendrachtige samenwerking Londen erop gewezen – en ik weet zeker dat je dat met me eens zult zijn – dat Andrew Osnard, hoe groot zijn verdiensten ook mogen zijn, te onervaren is om met grote sommen geld om te gaan, of dat nu in contanten of in baar goud is. En dat het, zowel tegenover hem als tegenover de ontvangers van het geld, niet meer dan billijk is dat hij een betaalmeester krijgt toegewezen. Als zijn ambassadeur heb ik in alle onbaatzuchtigheid aangeboden die taak op me te nemen. Londen ziet daar de wijsheid van in. Of Osnard die ook inziet valt te betwijfelen, maar hij kan moeilijk bezwaar maken, vooral omdat wij – jij en ik, Nigel – degenen zijn die te zijner tijd de contacten met de Stille Oppositie en de studenten zullen overnemen. Het is algemeen bekend dat het uitermate moeilijk is geld uit geheime fondsen te beheren en dat het absoluut onmogelijk terug te vorderen is als het eenmaal in verkeerde handen is gevallen. Daarom is het des te belangrijker dat er, zolang wij de zorg ervoor dragen, angstvallig zuinig mee wordt omgesprongen. Ik heb gevraagd of er in de kanselarij net zo'n brandkast kan worden geplaatst als Osnard in zijn bunker heeft. Het goud – en wat daar verder voor in aanmerking komt – zal daarin worden opgeborgen en jij en ik zullen gezamenlijk de sleutels beheren. Als Osnard vindt dat hij een grote som geld nodig heeft, dan kan hij naar ons toekomen en zijn zaak bepleiten. Als het bedrag de overeengekomen richtlijnen niet overschrijdt, dan zullen jij en ik samen het geld eruithalen en het aan de juiste persoon overhandigen. Ben jij rijk, Nigel?'

'Nee.'

'Ik ook niet. Heeft die scheiding je financiële positie danig verzwakt?'

'Ja.'

'Dat dacht ik al. En als ik aan de beurt ben, wacht me geen beter lot. Phoebe is niet gauw tevreden.' Hij keek Stormont aan of hij dat kon beamen, maar Stormonts naar de Stille Oceaan gerichte gezicht was als uit graniet gehouwen.

'Het is zo onrechtvaardig verdeeld in de wereld,' vervolgde Maltby alsof het een borrelpraatje betrof. 'Daar zitten we dan, mannen van middelbare leeftijd, gezonde kerels met gezonde verlangens. We hebben een paar fouten gemaakt, ze onder ogen gezien, ons lesje geleerd. En we hebben nog een paar kostbare, heerlijke jaren voor de boeg voor we aan een looprekje toe zijn. Er mankeert maar één ding aan onze verder veelbelovende toekomst. We zijn blut.'

Stormont had zijn blik van de zee omhooggericht naar een formatie wattenachtige wolken die zich boven de verre eilanden had gevormd. En hij had de indruk dat hij er sneeuw op zag liggen, en Paddy zag, die, genezen van haar hoest, na boodschappen in het dorp te hebben gedaan, vrolijk het pad naar het chalet op kwam lopen.

'Ze willen dat ik de Amerikanen pols,' zei hij werktuiglijk.

'Wie willen dat?' vroeg Maltby snel.

'Londen,' zei Stormont op dezelfde wezenloze toon.

'Waarom dat?'

'Om erachter te komen hoeveel ze weten. Over stille opposities. Over studenten. Over geheime beraadslagingen met de Japanners. Ik moet mijn licht opsteken en niets prijsgeven. Een balletje opgooien, ze uit hun tent lokken. Al die stompzinnige opdrachten die mensen je geven terwijl ze in Londen op hun luie reet zitten. Noch Buitenlandse Zaken, noch de CIA heeft Osnards rapporten blijkbaar onder ogen gehad. Ik moet erachter zien te komen of ze op eigen houtje iets hebben opgemerkt.'

'Je bedoelt: of ze het weten?'

'Zo u wilt,' zei Stormont.

Maltby was verontwaardigd. 'O, wat heb ik toch een hékel aan de Amerikanen. Ze verwachten dat iedereen in dezelfde vliegende vaart naar de bliksem gaat als zijzelf. Het kost honderden jaren om dat goed te doen. Kijk maar naar ons.'

'Stel dat de Amerikanen van niets weten. Stel dat het zuiver op de graat is. Of dat zij dat zijn.'

'Stel dat er niets te weten valt. Dat is véél waarschijnlijker.'

'Er zou íéts van waar kunnen zijn,' zei Stormont met een soort koppige bravoure.

'Als je ervan uitgaat dat een kapotte klok eens in de twaalf uur de juiste tijd aanwijst, moet ik je toegeven dat er iets van waar zou kunnen zijn,' zei Maltby minachtend.

'En stel dat de Amerikanen het geloven. Of het waar is of niet,' vervolgde Stormont hardnekkig. 'Erin trappen, als u wilt. Londen is erin getrapt.'

'Wélk Londen? Niet óns Londen, dat staat vast. En natúúrlijk geloven de Amerikanen het niet. Niet de echte. Hun netwerken zijn oneindig veel beter dan de onze. Ze tonen aan dat het lariekoek is, bedanken ons, zeggen dat ze er nota van hebben genomen en gooien het in de prullenbak.'

Stormont liet zich niet afschepen. 'Mensen vertróúwen hun eigen netwerken nu eenmaal niet. Spionage is net examen doen. Je denkt altijd dat de vent naast je meer weet dan jij.'

'Nigel,' zei Maltby resoluut, met al het gezag dat zijn ambt met zich meebracht, 'mag ik je er nog even aan herinneren dat evaluatie niet onze taak is? Het lot heeft ons een zeldzame mogelijkheid geboden voldoening in ons werk te vinden en degenen die wij hoogachten van dienst te zijn. Er ligt een gouden toekomst voor ons in het verschiet. In zulke gevallen is elke aarzeling een misdaad.'

Nog steeds voor zich uit starend maar zonder de vertroosting van de wolken, ziet Stormont zijn toekomst tot op dat moment voor zich. Paddy die aan haar hoestbuien te gronde gaat. Het uitgeholde Engelse ziekenfonds het enige dat ze zich kunnen veroorloven. Voortijdige retraite in Sussex op een karig pensioentje. Alle illusies die hij ooit heeft gekoesterd definitief de grond in geboord. En het Engeland dat hem vroeger dierbaar was, dood en begraven.

20

Ze lagen in de kamer waar de laatste hand aan de kleding werd gelegd, op de grond, op een stapel dekens die de indiaanse Cunavrouwen bewaarden voor de toevloed van neven, nichten, ooms en tantes uit San Blas. Boven hen hingen rijen maatkostuums op knoopsgaten te wachten. Het enige licht scheen door het dakraam en het was roze van de gloed die de stad verspreidde. Het enige geluid kwam van het verkeer op de Via España, en van Marta's gesnik in zijn oor. Ze hadden hun kleren aan. Haar verwoeste gezicht verborg ze in zijn nek. Ze beefde. Pendel ook. Ze vormden samen één koud angstig lichaam. Ze waren kinderen in een leeg huis.

'Ze zeiden dat je de belasting ontdook,' zei ze. 'Ik zei dat je je belasting betaalde. "Ik doe de boekhouding," zei ik. "Ik kan het weten." ' Ze zweeg even voor het geval hij iets terug wilde zeggen, maar hij had niets te zeggen. 'Ze zeiden dat je de verzekeringspremies voor je personeel niet afdroeg. Ik zei: "Ik regel de verzekeringen. Met de verzekeringen is alles in orde." Ze zeiden dat ik niet zoveel vragen moest stellen, dat ze een dossier van me hadden en dat ik niet moest denken dat ik, omdat ik al eens eerder was afgetuigd, onkwetsbaar was.' Ze drukte haar hoofd tegen hem aan. 'Ik had helemaal niets gevraagd. Ze zeiden dat ze in het dossier zouden noteren dat ik Castro en Che Guevara aan mijn slaapkamermuur had hangen. Ze zeiden dat ik weer omging met radicale studenten. Ik zei dat ik dat niet deed, en dat is ook zo. Ze zeiden dat jij een spion was. Ze zeiden dat Mickie er ook een was. Ze zeiden dat zijn dronkenschap alleen maar een truc was om zijn gespioneer te camoufleren. Ze zijn gek.'

Ze was uitgesproken, maar het kostte enige tijd voor het tot Pendel was doorgedrongen, dus duurde het even voor hij zich op haar rolde en met beide handen haar wang tegen de zijne drukte en hun beider gezichten tot één gezicht maakte.

'Zeiden ze wat voor soort spion?'

'Wat voor andere soorten zijn er?'

'Echte.'

De telefoon ging over.

Hij rinkelde boven hun hoofden, wat telefoons in Pendels leven gewoonlijk niet deden, op een apparaat dat hij altijd beschouwde als intrinsiek totdat hij zich herinnerde dat zijn Cuna-vrouwen hun leven sleten aan de telefoon, hun blijdschap erin verkondigden, erin huilden en zich vastklampten aan elk woord, als ze spraken met hun echtgenoot, minnaar, vader, stamoudste, kinderen, opperhoofd en een oneindig aantal kennissen met onoplosbare persoonlijke problemen. En nadat de telefoon een poosje – een eeuwigheid, naar de dubieuze maatstaven van zijn persoonlijke bestaan, maar in de rest van de wereld vier keer – had gerinkeld, merkte hij dat Marta niet langer in zijn armen lag maar was opgestaan, uit fatsoen haar blouse dichtknoopte en aanstalten maakte op te nemen. En dat ze wilde weten of hij hier was of ergens anders, wat ze altijd vroeg als er op een ongelegen moment werd opgebeld. Toen maakte zich een koppigheid van hem meester en hij stond ook op, met als gevolg dat ze weer dicht bij elkaar waren, net als toen ze op de grond lagen.

'Ik ben hier en jij niet,' fluisterde hij met klem in haar oor.

Geen smoesje, geen blijk van genegenheid: uitsluitend de beschermer in hem die zijn hart liet spreken. Als voorzorgsmaatregel stelde hij zich vervolgens tussen Marta en de telefoon op en hij bekeek in het roze licht dat uit het dakraam recht boven hem naar binnen viel – een enkele ster was door de nevel heen gedrongen – het apparaat dat bleef rinkelen, en probeerde de betekenis ervan te doorgronden. Denk eerst het ergste, had Osnard hem tijdens hun trainingsbijeenkomsten gezegd. Dus dacht hij dat, en de ergste bedreiging leek Osnard zelf, dus dacht hij aan Osnard. Toen dacht hij aan de Beer. Toen dacht hij aan de politie. En toen, omdat hij al de hele tijd aan haar had gedacht, dacht hij aan Louisa.

Maar Louisa vormde geen bedreiging. Zij was een slachtoffer dat hij lang geleden had gecreëerd, samen met haar moeder en vader en Braithwaite en oom Benny en de zusters van Barmhartigheid en al die andere mensen die hem gemaakt hadden tot de persoon die hij was geworden. En zij bedreigde hem eigenlijk niet maar herinnerde hem eerder aan het onwaarachtige karakter van hun verhouding, en de wijze waarop het zo vreselijk mis was gegaan, ook al had hij zijn uiterste best gedaan om er iets moois van te maken. En dat was nu precies de fout waar hij aan dacht: we zouden niet moeten proberen iets móóis van onze verhoudingen te maken – maar als we dat niet doen, wat moeten we dan?

Dus uiteindelijk, toen er verder weinig was overgebleven om over na te denken, stak Pendel zijn hand uit naar de telefoonhoorn en nam hem van de haak op ongeveer hetzelfde moment dat Marta zijn andere hand pakte en zijn knokkels tegen haar lippen en ontblote tanden drukte en ze onder kleine, zachte, snelle, bemoedigende beten bedolf. En haar gebaar gaf hem op een of andere manier moed want, met de telefoonhoorn tegen zijn oor ging hij fier rechtop staan in plaats van zich te drukken, en sprak hij met een doortastende, heldere, om niet te zeggen schertsende Spaanse stem die geknipt was om te bewijzen dat hij nog over de nodige vechtlust beschikte en zich heus niet altijd en eeuwig door de omstandigheden op zijn kop liet zitten.

‘Met Pendel & Braithwaite! Goedenavond en waarmee kunnen wij u van dienst zijn?’

Maar als zijn uitgelatenheid onbewust bedoeld was om zijn aanvaller te ontwapenen, faalde die schromelijk want het schieten was al begonnen. De eerste salvo’s bereikten hem voor hij was uitgesproken: een serie doelgerichte, aanzwellende, afzonderlijke explosies afgewisseld door het geratel van lichte machinegeweren, granaten en het korte triomfantelijke gefluit van afketsende kogels. Dus veronderstelde Pendel een seconde of twee dat het helemaal opnieuw de invasie was; met dien verstande dat hij ditmaal beloofd had Marta in El Chorillo gezelschap te houden, wat de reden was dat ze zijn hand kuste. Toen klonk boven het geluid van de schoten het voorspelbare gejammer van slachtoffers, dat galmde door een soort geïmproviseerde schuilkelder, verwijtend, protesterend, vloekend en scheldend, vol van angst en verontwaardiging, smekend om alles en nog wat, van schadevergoeding tot Gods genade, totdat alle stemmen geleidelijk één stem werden, en die behoorde toe aan Ana, de *chiquilla* van Mickie Abraxas, de jeugdvriendin van Marta en de enig overgebleven vrouw in Panama die het bij hem uithield en hem waste als hij had overgegeven door een overmaat aan wat hij ook tot zich mocht hebben genomen, en zijn geraaskal aanhoorde.

En zodra Pendel Ana's stem had herkend, wist hij precies wat zij hem vertelde, ondanks het feit dat ze, zoals alle goede vertellers, het beste deel voor het laatst bewaarde. En dat was de reden dat hij de telefoonhoorn niet doorgaf aan Marta maar hem zelf vasthield en de klappen met zijn eigen lichaam opving in plaats van haar ervoor op te laten draaien, hetgeen was gebeurd toen de Halve Garen hem niet toestonden te voorkomen dat ze haar tot pulp sloegen.

Dat nam niet weg dat Ana's monoloog vele wegen insloeg en Pendel bijna een landkaart nodig had om eruit wijs te worden.

'Het is niet eens het huis van mijn vader, mijn vader heeft het me alleen met tegenzin uitgeleend omdat ik hem heb voorgelogen, ik heb hem gezegd dat ik hier met mijn vriendin Estella en met niemand anders zou komen, Estella met wie Marta en ik op de kloosterschool hebben gezeten, en dat was een leugen, zeker niet Mickie, het is van een ploegbaas in de vuurwerkfabriek die La Negra Vieja heet, in Guararé waar het vuurwerk wordt gemaakt voor alle festiviteiten in Panama, maar dit is Guararé's eigen festival, en mijn vader is een vriend van de ploegbaas en was getuige bij zijn huwelijk, en de ploegbaas zei ga tijdens het festival maar in mijn huis zitten terwijl ik op huwelijksreis naar Aruba ben, maar mijn vader houdt niet van vuurwerk dus zei hij dat ik er wel gebruik van mocht maken zolang ik die smeerlap van een Mickie maar niet meenam dus heb ik gelogen, ik zei dat ik dat niet zou doen, dat ik mijn vriendin Estella mee zou vragen, die ik al kende van de kloosterschool en die momenteel de *chiquilla* is van een houthandelaar in David, omdat je in Guararé vijf dagen lang stierengevechten en bals en vuurwerk ziet die je nergens anders in Panama en nergens anders ter wereld ziet. Maar ik heb Estella niet meegenomen, ik heb Mickie meegenomen en Mickie had me echt heel hard nodig, hij was zo bang en gedeprimeerd en uitbundig tegelijkertijd, en zei dat de politie een stelletje idioten waren die hem bedreigden en hem voor een Britse spion uitmaakten, net als in de dagen van

Noriega, alleen maar omdat hij een paar semesters in Oxford dronken was geweest en zich had laten overhalen een Engelse vereniging in Panama op te zetten.'

En toen begon Ana zo hard te lachen dat Pendel het verhaal uitsluitend in stukjes en beetjes en met bovenmenselijk geduld kon reconstrueren, maar de essentie ervan was duidelijk genoeg, namelijk dat ze Mickie nog nooit tegelijk zo *high* en *down* had meegemaakt, de ene minuut tranen met tuiten huilend en de volgende onstuimig en vol dolle pret, en god bewaar me, wat bezielde hem? En god bewaar me opnieuw, wat moest ze haar vader zeggen? Wie moest de muren en het plafond schoonmaken? Godzijdank was het een plavuizen vloer, en geen houten, hij had in elk geval het fatsoen gehad het in de keuken te doen, duizend dollar om de boel over te schilderen was nog aan de lage kant, en haar vader was een strenge katholiek met de daarbij behorende opvattingen over zelfmoord en ketters, oké hij had gedronken, dat hadden ze allemaal – wat doe je anders op een festival dan drinken en dansen en neuken en kijken naar het vuurwerk – ze dronk toen ze de knal achter zich hoorde, hoe kwam hij daar in hemelsnaam aan, hij droeg nooit een pistool bij zich ook al zei hij vaak dat hij zich een kogel door zijn kop zou jagen, hij moet het hebben gekocht nadat de politie bij hem langs was geweest en hem ervan had beschuldigd die grote spion te zijn en hem eraan had herinnerd wat er de vorige keer toen hij achter de tralies ging was gebeurd, en hem had beloofd dat hem dat opnieuw zou overkomen, ook al was hij geen mooie jongen meer, de oude gevangenen waren niet kieskeurig, ze had alleen maar gegild en gelachen en was weggedoken en had haar ogen dichtgeknepen en pas toen ze zich had omgedraaid om te zien wie het rotje of wat het ook was had gegooid, zag ze de vuiligheid, de spetters op haar nieuwe jurk en Mickie ondersteboven op de grond.

En dat alles maakte dat Pendel zich koortsachtig afvroeg wat de juiste kant boven zou zijn voor het uiteengespatte lichaam van zijn vriend, medegevangene en uitverkoren leider van Panama's nu voor eeuwig Stille Oppositie.

Hij legde de hoorn op de haak en er kwam een einde aan de invasie, de slachtoffers hielden op met kermen. De zaak moest alleen nog worden aangedweild. Hij had het adres in Guararé opgeschreven met een 2h-potlood uit zijn zak. Een dunne, harde maar leesbare lijn. Toen vroeg hij zich af of Marta wel geld genoeg had. Vervolgens herinnerde hij zich het bundeltje briefjes van vijftig in de rechter, met een knoopje afgesloten, achterzak van zijn broek. Dus gaf hij dat aan haar en zij nam het aan, waarschijnlijk zonder te weten wat ze deed.

'Dat was Ana,' zei hij. 'Mickie heeft zelfmoord gepleegd.'

Maar dat wist ze natuurlijk al. Ze had haar gezicht tegen het zijne gedrukt toen ze met hetzelfde oor luisterden, ze had de stem van haar vriendin meteen herkend en alleen de hechte vriendschap tussen Pendel en Mickie had haar ervan weerhouden de hoorn uit zijn hand te grissen.

'Het is niet jouw schuld,' zei ze met klem. Ze herhaalde het diverse malen om het in zijn botte kop te stampen. 'Hij zou het sowieso hebben gedaan, of je het hem nu gezegd had of niet, hoor je me? Hij had geen excuus nodig. Hij pleegde elke dag zelfmoord. Luister naar me.'

'Ik luister. Ik luister.'

Maar hij zei niet: jawel, het is wél mijn schuld, want dat scheen geen zin te hebben.

Toen begon ze te beven als iemand die aan malaria lijdt en als hij haar niet had vastgegrepen, had ze, net als Mickie die ondersteboven lag, op de grond gelegen.

'Ik wil dat je morgen naar Miami vertrekt,' zei hij. Hij herinnerde zich een hotel waarover Rafi Domingo hem had verteld. 'Neem je intrek in het Grand Bay. Dat is in Coconut Grove. Daar hebben ze een goddelijk koud buffet,' voegde hij er onzinnig aan toe. En de uitwijkmogelijkheid, zoals Osnard hem had geleerd: 'Als ze je niet toelaten, dan vraag je de portier of je daar boodschappen mag ophalen. Het zijn aardige mensen. Noem Rafi's naam.'

'Het is jouw schuld niet,' herhaalde ze, inmiddels huilend. 'Ze hebben hem in de gevangenis te hard geslagen. Hij was nog maar een kind. Volwassenen kun je slaan. Kinderen niet. Hij was dik. Hij had een gevoelige huid.'

'Dat weet ik,' beaamde Pendel. 'Die hebben we allemaal. We zouden het elkaar niet moeten aandoen. Dat zou niemand moeten doen.'

Maar zijn aandacht werd afgeleid door de rij kostuums waaraan nog de laatste hand moest worden gelegd, want het grootste en luisterrijkste was Mickies pied-de-poule alpaca met een extra broek, de broek waarvan hij had beweerd dat hij er ouder in leek dan hij was.

'Ik ga met je mee,' zei ze. 'Ik kan je helpen. Ik zal me over Ana ontfermen.'

Hij schudde zijn hoofd. Heftig. Hij greep haar bij haar armen en schudde opnieuw zijn hoofd. Ik heb hem verraden. Jij niet. Ik heb hem tot leider uitgeroepen terwijl jij zei dat ik dat niet moest doen. Hij probeerde daar iets van onder woorden te brengen maar het moest al op zijn gezicht te lezen hebben gestaan want ze deinsde achteruit en maakte zich los uit zijn greep alsof wat ze zag haar niet aanstond.

'Marta, luister je? Luister en hou op zo naar me te staren.'

'Ja,' zei ze.

'Bedankt voor de studenten en al het andere,' zei hij met nadruk. 'Bedankt voor alles. Dank je. Het spijt me.'

'Je hebt benzine nodig,' zei ze, en ze gaf hem honderd dollar terug.

Daarna stonden ze tegenover elkaar, twee mensen die bankbiljetten uitwisselden terwijl hun wereld ineenstortte.

'Je hoefde mij niet te bedanken,' zei ze tegen hem, een ernstige, beschouwende toon aanslaand. 'Ik hou van je. Al het andere kan me gestolen worden. Zelfs Mickie.'

Ze scheen erover na te hebben gedacht, want haar lichaam ontspande zich en de liefde keerde terug in haar ogen.

Het is dezelfde avond en precies hetzelfde tijdstip in de Engelse ambassade aan Calle 53 in Marbella, Panama City. De met spoed bijeengeroepen vergadering van de in aantal uitgebreide Buchaneers is al een uur aan de gang, hoewel Francesca Deane zich er, in Osnards vreugdeloze, bedompte, vensterloze bunker in de oostelijke vleugel, voortdurend aan moet herinneren dat er niets is veranderd in de dagelijkse gang van zaken op aarde, dat het buiten de kamer even laat is als daarbinnen, of we nu wel of niet op de meest bedaarde en redelijke toon plannen beramen voor de bewapening en financiering van een supergeheime groep vooraanstaande Panamese dissidenten die bekend staat als de Stille Oppositie, en het opruien en rekruteren van militante studenten en de omverwerping van de wettige regering van Panama en de installatie van een Provisorische Raad van Bestuur die plechtig heeft beloofd het Kanaal te ontworstelen aan de geslepen klauwen van een Oost-Zuidcomplot.

Mannen die in het geheim bijeenkomen veranderen, dacht Fran, de enig aanwezige vrouw, toen ze omzichtig de gezichten die zich rond de te kleine tafel hadden geschaard, bestudeerde. Je ziet het aan de schouders, zoals die verstijven tegen de nek. Je ziet het aan de spieren rond de kaak en de donkere schaduwen rond de beweeglijkere, begerige ogen. Ik ben de enige zwarte in een kamer vol blanken. Haar blik schoot langs Osnard zonder hem te zien en ze dacht terug aan de blik van de vrouwelijke croupier in het derde casino: *Jij bent dus zijn meisje*, zei die blik. *Nou, ik zal je 's wat zeggen, schat. Jouw liefje en ik halen streken uit die je smerigste dromen te boven gaan.*

Mannen die in het geheim bijeenkomen, behandelen je als de vrouw die ze uit het vuur hebben gered, dacht ze. Wat ze je ook hebben misdaan, ze verwachten dat je hen volmaakt vindt. Ik zou in de deuropening van hun boerderijtje moeten staan. Ik zou een lange witte jurk moeten dragen en hun baby's tegen mijn boezem moeten drukken terwijl ik hen uitzwaai als ze ten strijde trekken. Ik zou moeten zeggen: hallo, ik ben Fran, ik ben de beloning als jullie zegevierend naar huis terugkeren. Mannen die in het geheim bijeenkomen, hebben een wasachtige, schuldbewuste uitdrukking op hun gezicht die wordt veroorzaakt door vaal licht en een rare grijze stalen archiefkast op meccanopootjes die neuriet als een amuzikale huisschilder op een ladder om onze woorden te beschermen tegen nieuwsgierige oren. Mannen die in het geheim bijeenkomen, scheiden een andere geur af. Het zijn bronstige mannen.

En Fran was al even opgewonden als zij, hoewel haar opwinding haar sceptisch maakte, terwijl de opwinding van de mannen hun iets verhevens gaf en maakte dat zij zich tot een wredere god wendden, ook al was de huidige god de kleine gebaarde meneer Mellors die als een zenuwachtige, eenzame eter helemaal aan het andere uiteinde van de tafel zat en het gezelschap met een sappig Schots accent bleef aanspreken met 'moine heuren' – alsof Fran, alleen voor vanavond, was bevorderd tot de status van man. Hij kon niet gelóven, moine heuren, zei hij, dat hij al twintig uur geen oog dicht had gedaan! Toch hield hij het nog wel twintig uur vol, bezwoer hij hun.

'Moine heuren, ik kan niet genoeg de nadruk leggen op het immense nationale – en ik durf wel te zeggen geopolitieke – belang dat door de hoogste kringen in Hare Majesteits regering aan deze operatie wordt gehecht,' verzekerde hij hun herhaaldelijk tussen de gesprekken over uiteenlopende kwesties als de vraag of de regenwouden van Darién geschikt zouden zijn om een paar duizend semi-automatische geweren in te verbergen, of moeten we denken aan een plekje wat minder ver van huis en kantoor? En de mannen hingen aan zijn lippen. Ze slikten het met huid en haar want het is monsterlijk maar geheim en daarom helemaal niet monsterlijk. Scheer hem dat stomme Schotse baardje toch af, raadt ze hun aan. Neem hem mee naar buiten. Trek zijn broek van zijn kont. Laat hem dat nog eens zeggen in de bus naar Paitilla. Ik wil weleens zien of jullie er dan nog een woord van geloven.

Maar ze namen hem niet mee naar buiten en ze trokken zijn broek niet van zijn kont. Ze geloofden hem. Bewonderden hem. Aanbaden hem. Moet je bijvoorbeeld Maltby eens zien! Háár Maltby! – haar louche, koddige, pedante, uitgekookte, getrouwde, ongelukkige ambassadeur, die je in taxi's en gangen niet kon vertrouwen, een scepticus die alle andere sceptici in de schaduw stelt, zoals hij haar wilde doen geloven, maar toch had hij *Jezus, wat is ze mooi!* geroepen toen ze een duik nam in zijn zwembad: Maltby, als een braaf schooljongetje rechts van Mellors gezeten, met een vette bemoedigende grijns op zijn lippen, zijn langwerpige gekromde hoofd heen en weer bewegend als zo'n speelgoedvogeltje dat water drinkt uit een smerig plastic bekertje en een nukkige Nigel Stormont aansporend het met hem eens te zijn.

'Daar moet jíj het toch mee eens kunnen zijn, Nigel?' riep Maltby uit. 'Ja, dat moest hij. Akkoord, Mellors.'

Of: 'Wíj geven ze het geld, zíj kopen de wapens via Gully.

Veel eenvoudiger dan ze rechtstreeks te bevoorraden. *En* gemakkelijker te ontkennen – mee eens, Nigel? – goed, Gully? – geregeld, Mellors.'

Of: 'Nee, nee, meneer Mellors, dank u, we hebben echt geen extra mankracht nodig. Nigel en ik zijn best bereid om wat vuile handen te maken, zo is het toch, Nigel? En Gully hier kent het klappen van de zweep. Wat betekenen nou een paar honderd landmijnen onder vrienden, wat jij, Gully? Vervaardigd in Birmingham. Het beste van het beste.'

En Gully, zelfvoldaan glimlachend en aan zijn snor trekkend en geestdriftig aantekeningen makend in zijn orderboek terwijl Mellors iets dat op een boodschappenlijstje lijkt over de tafel naar hem toeschuift en zijn ogen ten hemel slaat opdat hij het zichzelf niet ziet doen.

'Met de ónvoorwaardelijke steun van de minister,' fluistert hij, wat betekent, ik kan er ook niets aan doen.

'Ons énige probleem hier, Mellors, is de kring van ingewijden tot een absoluut minimum te beperken,' zegt Maltby alert. 'Dat houdt in dat iedereen die er per ongeluk achter zou kunnen komen, zoals de hier aanwezige jonge Simon' – een vuile blik in de richting van Simon Pitt die in een soort shocktoestand naast Gully zit – 'moet worden geïsoleerd en met levenslange dwangarbeid als galeislaaf worden gedreigd als ze één onvertogen woord uiten. Begrepen, Simon? Begrepen?'

'Begrepen,' beaamt Simon met het mes op zijn keel.

Een andere Maltby, een Maltby die Fran nooit eerder heeft ontmoet maar wiens bestaan ze altijd had vermoed omdat hij zo veronachtzaamd en ondergewaardeerd was. Een andere Stormont ook, die elke keer als hij zijn mond opendoet, fronsend voor zich uit staart en alles wat Maltby zegt onderschrijft.

En een andere Andy? Of is hij dezelfde als voorheen en wordt me dat nu pas duidelijk?

Heimelijk neemt ze hem in het vizier.

Een ander mens. Niet groter of dikker of slanker. Alleen verder weg. In feite zo ver weg dat ze hem van de andere kant van de tafel nauwelijks herkende. Zijn vertrek was begonnen in het casino, realiseerde ze zich nu, en was bij het nieuws dat Mellors in aantocht was in een stroomversnelling geraakt.

'Wie zit er op die kleine klootzak te wachten?' had hij haar witheet van woede gevraagd, alsof zij die vervloekte kerel had laten opdraven. 'BUCHAN wil hem niet te woord staan. BUCHAN TWEE wil hem niet te woord staan. Ze wil míj niet eens te woord staan. Niemand van hen wil iets met hem te maken hebben. Dat heb ik hem al gezegd.'

'Zeg hem dat dan nog een keer.'

'Dit is verdomme míjn terrein. Niet het zijne. Míjn operatie, verdomme. Waar bemoeit hij zich verdomme mee?'

'Zou je willen ophouden mij uit te kafferen? Hij is je baas, Andy. Hij heeft je deze aanstelling gegeven. Niet ik. Rayonhoofden hebben het recht hun ondergeschikten te bezoeken. Zelfs bij jouw dienst, neem ik aan.'

'Gelul,' antwoordde hij vinnig en voor ze wist wat er gebeurde was ze bedaard bezig haar spullen te pakken en zei Andy haar dat ze moest zorgen dat er geen verdachte haartjes in het bad achterbleven.

'Wat vrees je dat hij zal vinden?' vroeg ze op ijzige toon. 'Hij is toch je minnaar niet? Je hebt toch geen kuisheidsgelofte afgelegd? Of wel soms? Dan zal je hier een vrouw hebben gehad. Wat is daarop tegen? Dat hoef ik toch niet te zijn geweest.'

'Nee. Dat hoeft niet.'

'Andy!'

Heel even toonde hij op stroeve wijze berouw.

'Ik vind het gewoon vervelend om te worden bespioneerd, dat is alles,' zei hij nukkig.

Maar toen ze om die goede grap in opgelucht gelach uitbarstte, griste hij haar autosleuteltjes van het buffet, drukte ze in haar hand en duwde haar en haar bagage resoluut in de richting van de lift. De hele dag waren ze erin geslaagd elkaar te ontlopen, maar nu waren ze gedwongen in deze mistroostige witte gevangenis aan één tafel te zitten, Andy kwaad kijkend en Fran met opeengeklemde lippen, haar glimlachjes bewarend voor de vreemdeling – die tot haar heimelijke verontwaardiging Andy stroop om de mond smeerde en hem op de meest walgelijke manier de hand boven het hoofd hield.

'Maar zíé je iets in die voorstellen, Andrew?' dringt Mellors, zuigend op zijn tanden, aan. 'Zeg op, jongeheer Osnard. In hemelsnaam, jíj hebt het bekokstoofd! Jíj bent hier de man die aan de touwtjes trekt, de stér – Zijne Excellentie uitgezonderd. Is het niet beter voor de man in het veld – in de frontlinie, mijn god – als hij zich niet hoeft te bekommeren om de geestdodende boekhouding, Andrew, zeg eens eerlijk? Niemand aan deze tafel wil afbreuk doen aan je voorbééldige prestatie.'

Hetgeen Maltby vervolgens enthousiast beaamt, enkele ogenblikken later met minder enthousiasme bijgevallen door Stormont – ze hebben het over het dubbele-sleutelsysteem om de financiering van de Stille Oppositie te regelen, een taak die, daar is men het algemeen over eens, beter kan worden overgelaten aan oudgedienden.

Maar waarom kan Andy het dan niet verkroppen dat er zo'n zware last van zijn schouders wordt genomen? Waarom is hij niet dankbaar dat Maltby en Stormont zich in alle bochten hebben gewrongen om hem die taak uit handen te nemen?

'Jullie mogen het zeggen,' mompelt hij balsturig, Maltby terloops woedend aankijkend. Om vervolgens weer in diepe neerslachtigheid te vervallen.

En als men zich afvraagt hoe Abraxas en Domingo en de andere stille opponenten kunnen worden overgehaald om waar het financiële en logistieke kwesties betreft direct met Stormont te onderhandelen, raakt Andy bijna buiten zichzelf van woede.

'Waarom nemen jullie dat hele klotenetwerk niet over, nu jullie toch bezig zijn?' barst hij met hoogrode konen uit. 'Bestier het vanuit de kanselarij tijdens kantooruren, vijf dagen per week – van mij mogen jullie. Jullie gaan je gang maar.'

'Andrew, Andrew, doe me een lol, en houd je een beetje in, alsjeblieft!' roept Mellors uit als een oude Schotse kloek. 'Wij vormen een team, Andrew, of niet soms? Het enige dat je wordt geboden is een helpende hand – de goede raad van wijze mannen – een stabiliserende invloed op een briljant opgezette operatie. Zo is het toch, excellentie?' Gezuig op de tanden, de bedroefde frons van een bezorgde vader, de verzoenende toon verheven tot smeekbede. 'Die jongens van de oppositie zullen het onderste uit de kan proberen te halen, Andrew. We zullen op goed geluk garanties moeten bieden. Er zullen heel wat ad hocbeslissingen moeten worden genomen. Een hoop adders onder het gras, Andrew, voor iemand zo jong als jij. Dat soort dingen kun je beter toevertrouwen aan de capabele handen van mannen van de wereld.'

Andy mokt. Stormont staart wezenloos voor zich uit. Maar de hartelijke, beminnelijke Maltby voelt zich genoodzaakt er enkele persoonlijke woorden van troost aan toe te voegen.

'Mijn beste kerel, je kunt toch niet alles op eigen houtje bekokstoven, wat jij, Nigel? Op mijn ambassade draagt iedereen zijn steentje bij – zo is het toch, Nigel? Niemand pakt je je spionnen af. Je houdt de supervisie over je netwerk – je instrueert ze, ondervraagt ze, betáált ze, enzovoort. Wij willen alleen je oppositie. Dat is toch niet meer dan rechtvaardig?'

Maar tot Frans verbijstering weigert Andy nog steeds de hem zo bereidwillig aangeboden hulp te aanvaarden. Zijn glinsterende kraaloogjes richten zich op Maltby, dan op Stormont en vervolgens weer op Maltby. Hij mompelt iets dat niemand kan verstaan, en dat is waarschijnlijk maar goed ook. Hij glimlacht verbitterd en knikt berustend als iemand die er op laaghartige wijze is ingeluisd.

Er rest nog een laatste symbolische formaliteit. Mellors staat op, duikt onder de tafel en komt weer boven met twee zwartleren schouderkoffers van het soort waar officiële koeriers mee rondzeulen, over elke schouder een.

'Andrew, wees zo vriendelijk en open de kluis voor ons,' beveelt hij.

Inmiddels is iedereen opgestaan. Fran ook. Shepherd gaat hen voor naar de kluis, ontsluit het traliehek met een lange koperen sleutel en schuift het open, een massief stalen deur onthullend met een zwarte knop in het midden. Op een knikje van Mellors doet Andy een stap voorwaarts en draait, met een uitdrukking van zoveel opgekropt venijn dat ze God op haar blote knieën dankt dat ze die nu pas voor het eerst ziet, de knop linksom en rechtsom tot het slot openspringt. Zelfs dan is er een aansporing van Maltby voor nodig om Andy ertoe te bewegen de deur te openen, en met een spottende buiging laat hij zijn ambassadeur en het hoofd van de kanselarij voor zich naar binnen gaan. Fran, die nog bij de tafel staat, ziet naast een bovenmaatse rode telefoon die verbonden is met een omgebouwde stofzuiger, een stalen deur met twee sleutelgaten. Haar vader, de rechter, heeft er precies zo een in zijn garderobe.

'Allebei tegelijk nu,' hoort ze Mellors nerveus kraaien.

Even is Fran terug in de kapel van haar school, geknield in de voorste kerkbank, en kijkt ze naar een groepje knappe jonge priesters die haar kuis de rug toe keren en zich met opwindende dingen bezighouden om haar eerste communie voor te bereiden. Geleidelijk aan verheldert haar blik en ziet ze Andy die, onder Mellors ouderlijk toezicht, Maltby en Stormont elk een lange verzilverde sleutel overhandigt. Er is sprake van enige Engelse hilariteit, waaraan Andy niet deelneemt, als beide mannen het sleutelgat van de ander proberen voordat Maltby uitgelaten 'hebbes' roept en de deur van de brandkast openklikt.

Maar Fran kijkt al niet meer naar de brandkast. Haar blik is gericht op Andy, die zijn ogen niet kan afhouden van de goudstaven die Mellors een voor een uit zijn zwarte schoudertassen haalt en aan Shepherd overhandigt om kruislings te worden opgestapeld als bij het knibbelspel. En dat is de laatste keer dat Andy's droefgeestige gezicht haar in zijn ban houdt, want het zegt haar alles wat ze ooit wel of niet van hem wilde weten. Ze weet dat hij betrapt is en ze kan wel raden waarop hij betrapt is, hoewel ze geen flauw idee heeft of degenen die hem hebben betrapt, weten wat ze hebben gedaan. Ze weet dat hij een leugenaar is, beroepshalve of anderszins. Ze kent de herkomst van de vijftigduizend dollar die hij op rood had ingezet. Die staat met open deur voor haar. Ze begrijpt heel goed waarom hij zo kwaad is dat ze hem hebben gedwongen de sleutels uit handen te geven. En dan kan Fran het niet langer aanzien, deels omdat haar ogen troebel zijn geworden van ontluistering en zelfverwijten en deels omdat de onbevallige gestalte van Maltby met zijn piratengrijns voor haar is opgedoken en vraagt of ze het als een misdaad tegen de schepping beschouwt als hij haar zou meenemen naar het Pavo Real om een gekookt eitje te consumeren.

'Phoebe heeft besloten me te verlaten,' verklaart hij trots. 'We gaan zo snel mogelijk scheiden. Nigel is bezig moed te verzamelen om het haar te vertellen. Uit mijn mond gelooft ze het nooit.'

Fran nam even de tijd om te reageren, want haar eerste impuls was te huiveren en beleefd voor de eer te bedanken. Maar toen ze er wat dieper over nadacht, realiseerde ze zich een aantal dingen die ze zich al eerder had kunnen realiseren. Namelijk dat ze al maanden vertederd was door Maltby's toewijding aan haar, en dankbaar was voor de aanwezigheid van een man in haar leven die zo hopeloos naar haar gunsten dong. En dat Maltby's onbeholpen genegenheid voor haar een bron van onschatbare steun was toen ze zich ervan bewust werd dat ze haar leven deelde met een immoralist, wiens gebrek aan schaamte of scrupules haar weliswaar eerst had bekoord maar haar nu afkeer inboezemde; wiens belangstelling voor haar altijd uitsluitend op gemakzucht en geilheid had berust; en die uiteindelijk niets anders in haar had opgeroepen dan een hunkering naar de stuntelige toewijding van haar ambassadeur.

En na op rationele wijze tot deze conclusie te zijn gekomen, besloot Fran dat ze in lange tijd niet zo ingenomen was geweest met een uitnodiging.

Marta zat ineengedoken op de werktafel van de afwerksters, staarde naar het rolletje bankbiljetten dat hij haar had toegestopt en dacht, zijn vriend Mickie is dood, hij denkt dat hij hem heeft vermoord, en misschien heeft hij dat ook, de politie houdt hem in de gaten maar hij wil dat ik in Miami op het strand ga zitten en van het koude buffet in het Grand Bay geniet en wacht tot hij komt. En dat ik gelukkig ben en vertrouwen in hem heb en me bruin laat bakken en mijn gezicht laat fatsoeneren. En als ik de kans krijg, ook nog een jongen aan de haak sla, want hij zou het fijn voor me vinden als ik een knappe jongen versierde, een gevolmachtigde Harry Pendel, die mij namens hem bemint terwijl hij Louisa trouw blijft. Zo is hij nu eenmaal en dat kun je ingewikkeld noemen en dat kun je heel eenvoudig noemen. Harry heeft voor iedereen een droom. Harry droomt al onze levens voor ons en slaat altijd weer de plank mis. Want ten eerste wil ik niet weg uit Panama. Ik wil hier blijven en voor hem liegen tegen de politie en aan zijn bed zitten zoals hij aan mijn bed heeft gezeten en erachter komen wat er bij hem is misgegaan en het in orde brengen. Ik wil tegen hem zeggen dat hij moet opstaan en door de kamer moet strompelen, want zolang je blijft liggen kun je alleen maar denken aan een volgende afstraffing. Maar als je opstaat begin je weer een *mensch* te worden, wat voor hem waardigheid inhoudt. En ten tweede kan ik niet weg uit Panama omdat de politie mijn paspoort in beslag heeft genomen bij wijze van aansporing om hem te bespioneren.

Zevenduizend dollar.

Ze heeft het op de werktafel uitgeteld in het licht dat door het dakraam boven haar naar binnen valt. Zevenduizend dollar uit zijn achterzak, haar als boetegeld in de hand gedrukt op het moment dat hij hoorde van Mickies dood – hier, pak aan, het is Osnards geld, Judasgeld, Mickiegeld, en nu is het van jou. Je zou verwachten dat iemand die zich opmaakt om te doen wat Harry moest doen, dit geld voor eventualiteiten in zijn zak zou houden. Begrafenisgeld. Politiegeld. *Chiquilla*geld. Maar Harry had de hoorn nog maar nauwelijks op de haak gelegd toen hij het rolletje bankbiljetten uit zijn achterzak haalde en van elke onrechtmatig verkregen dollar verlost wilde zijn. Hoe was hij eraan gekomen? had de politie haar gevraagd.

'Jij bent niet achterlijk, Marta. Je kunt lezen, studeren, bommen maken, onrust zaaien, protestmarsen leiden. Van wie krijgt hij zijn geld? Krijgt hij het van Abraxas? Werkt hij voor Abraxas en werkt Abraxas voor de Engelsen? Wat geeft hij Abraxas daarvoor in ruil?'

'Dat weet ik niet. Mijn baas vertelt me nooit iets. Mijn huis uit.'

'Hij neukt je, hè?'

'Nee, hij neukt me niet. Hij komt bij me op bezoek omdat ik soms hoofdpijn en aanvallen van misselijkheid heb en hij mijn baas is en erbij was toen ik in elkaar werd geslagen. Hij is een zorgzame man en gelukkig getrouwd.'

Nee, hij neukt me niet, dat was in elk geval waar, hoewel het haar meer moeite kostte om hun deze vreselijke waarheid te vertellen dan al die leugentjes die ze zonder bedenkingen opdiste. Nee, agent, hij neukt me niet. Nee, agent, dat vraag ik hem niet. We gaan op mijn bed liggen, ik leg mijn hand op zijn kruis, maar alleen op zijn broek, hij steekt zijn hand in mijn blouse, maar hij gunt zichzelf niet meer dan één borst hoewel hij weet dat hij me, wanneer hij maar wil, volledig tot de zijne kan maken, want ik ben toch al de zijne, maar zijn schuldgevoelens weerhouden hem, hij heeft meer schuldgevoelens dan zonden. En ik vertel hem verhalen over wie we zouden kunnen zijn als we weer jong en dapper waren in de tijd voordat ze mij met hun knuppels van mijn gezicht beroofden. En dat is liefde.

Het bonkte weer in Marta's hoofd en ze voelde zich misselijk. Ze stond op, met het geld in beide handen geklemd. Ze hield het geen minuut langer uit in het atelier van de Cuna-vrouwen. Ze liep door de gang naar de deur van haar kantoortje en stond daar, als een toerist op een rondleiding over honderd jaar, op de drempel en keek naar binnen terwijl ze zelf het commentaar leverde.

Dit is de plek waar Marta de halfbloed zat en de boekhouding bijhield voor Pendel de kleermaker. Daar op de planken ziet u de boeken over sociologie en geschiedenis die Marta in haar vrije tijd bestudeerde in een poging zich langs de maatschappelijke ladder omhoog te werken en de dromen van haar dode vader de timmerman, in vervulling te doen gaan. Als autodidact hechtte de kleermaker Pendel er belang aan dat al zijn personeel, maar vooral de halfbloed Marta, zich zoveel mogelijk ontwikkelde. Dit is de keuken waar Marta haar vermaarde sandwiches klaarmaakte – alle vooraanstaande mannen van Panama spraken met ademloze bewondering over Marta's sandwiches, onder wie ook Mickie Abraxas, de beroemde suïcidale spion; tonijn was haar specialiteit maar diep in haar hart wenste ze dat ze het hele zootje zou kunnen vergiftigen, met uitzondering van Mickie en haar werkgever Pendel. En daar in de hoek achter het bureau bevindt zich de exacte plek waar in 1989 de kleermaker Pendel, na eerst de deur op slot te hebben gedaan, zodanig van zijn stuk was gebracht dat hij Marta in zijn armen nam en haar zijn eeuwige liefde verklaarde. De kleermaker Pendel stelde voor een peeshotelletje op te zoeken maar Marta gaf er de voorkeur aan hem mee te nemen naar haar eigen flatje en het was op weg daarnaartoe dat Marta de letsels aan haar gezicht opliep die haar voor het leven tekenden, en het was de medestudent Abraxas die de lafhartige arts overhaalde zijn onuitwisbare stempel op haar te drukken – die arts was zo bang zijn bloeiende praktijk te verliezen dat hij zijn handen niet stil kon houden. Dezelfde arts was naderhand zo verstandig om Abraxas aan te geven, een daad die uiteindelijk tot zijn ondergang leidde.

Na haar dode zelf de rug te hebben toegekeerd, vervolgde Marta haar weg door de gang naar Pendels snijkamer. Ik leg het geld in zijn linkerbovenla. De deur stond op een kier. In de kamer brandde licht. Dat verbaasde Marta niet. Tot voor kort had haar Harry een overdreven nauwgezetheid aan de dag gelegd, maar de afgelopen weken was het aaneenrijgen van zijn al te talrijke levens hem te machtig geworden. Ze duwde tegen de deur. Nu bevinden we ons in de snijkamer van de kleermaker Pendel, zowel onder klanten als personeelsleden bekend als het heilige der heiligen. Niemand mocht daar binnentreden zonder te kloppen, of tijdens zijn afwezigheid – behalve klaarblijkelijk zijn vrouw Louisa, die met haar bril op achter het bureau van haar echtgenoot zat, met voor haar een stapel van zijn notitieboekjes, een heleboel potloden, een orderboek en een spuitbus insectenverdelger die van onderen geopend was, terwijl ze speelde met de rijk geornamenteerde aansteker die Harry volgens zijn zeggen van een rijke Arabier had gekregen hoewel er in de boeken van P&B geen Arabier voorkwam.

Ze droeg een dunne rode katoenen peignoir en klaarblijkelijk niets anders, want toen ze voorover leunde toonde ze haar borsten in al hun volheid. Ze klikte de aansteker aan en uit en glimlachte door het vlammetje naar Marta.

'Waar is mijn man?' vroeg Louisa.

Klik.

'Hij is naar Guararé,' antwoordde Marta. 'Mickie Abraxas heeft tijdens het vuurwerk zelfmoord gepleegd.'

'Dat spijt me.'

'Mij ook. En uw man ook.'

'Hoewel het niet als een donderslag bij heldere hemel komt. Hij heeft het ons al vijf jaar lang aangekondigd,' merkte Louisa in alle redelijkheid op.

Klik.

'Hij was verbijsterd,' zei Marta.

'Mickie?'

'Uw man,' zei Marta.

'Waarom houdt mijn man een speciaal facturenboek bij voor de pakken van meneer Osnard?'

Klik.

'Dat weet ik niet. Dat snap ik ook niet,' zei Marta.

'Ben jij zijn maîtresse?'

'Nee.'

'Heeft hij er een?'

Klik.

'Nee.'

'Is dat geld dat je in je hand hebt van hem?'

'Ja.'

'Waarom?'

Klik.

'Hij heeft het me gegeven,' zei Marta.

'Omdat je je door hem hebt laten neuken?'

'Om het voor hem te bewaren. Het zat in zijn zak toen hij het nieuws hoorde.'

'Waar komt het vandaan?'

Klik, en een vlammetje zo dicht bij Louisa's oog dat Marta zich afvroeg waarom haar wenkbrauw geen vlam vatte en haar dunne rode peignoir op de koop toe.

'Dat weet ik niet,' antwoordde Marta. 'Sommige klanten betalen contant. Hij weet niet altijd wat hij met het geld aan moet. Hij houdt van u. Hij houdt meer van zijn gezin dan van wat dan ook. Hij hield ook van Mickie.'

'Houdt hij nog van iemand anders?'

'Ja.'

'Van wie?'

'Van mij.'

Ze bestudeerde een velletje papier. 'Is dit het juiste huisadres van meneer Osnard? Torre del Mar? Punta Paitilla?'

Klik.

'Ja,' zei Marta.

Er was een einde gekomen aan het gesprek maar Marta had dat niet meteen door omdat Louisa de aansteker aan en uit bleef klikken en glimlachend in het vlammetje bleef staren. En er waren heel wat klikken en glimlachjes voor nodig voor het tot Marta doordrong dat Louisa dronken was zoals Marta's broer vroeger dronken placht te worden als het leven hem te veel werd. Niet lallend dronken of beverig dronken, maar kristalhelder, volkomen bij de tijd dronken. Dronken van alle gegevens die ze weg had willen drinken. En poedelnaakt onder haar peignoir.

21

Het was tien voor halftwee dezelfde ochtend toen er bij Osnard werd aangebeld. Het afgelopen uur had hij in een vergevorderde staat van ingetogenheid verkeerd. Aanvankelijk had hij zich, nog razend over zijn nederlaag, verlustigd in methoden om zich van zijn gehate gast te ontdoen. Hij zou hem van het balkon kunnen smijten zodat hij twaalf verdiepingen lager door het baldakijn van de Club Unión zou lazeren en iedereens avond zou bederven, hij zou hem in de douche kunnen verzuipen, hij zou Jeyes Fluid in zijn whisky kunnen doen – 'Ach, nou ja, Andrew, omdat je zo aandringt, maar niet meer dan een puntje dan, alsjeblieft' – gezuig op de tanden terwijl hij de geest geeft. Zijn toorn beperkte zich niet tot Luxmore.

Maltby! Mijn ambassadeur en golfmaatje, godbetert! De officiële vertegenwoordiger van de kroon, verdomme, de verwelkte bloem van het Britse klote-corps diplomatique die me als een oude rot besodemietert!

Stormont! Het toonbeeld van rechtschapenheid, een minkukel in hart en nieren, een van de laatste rechtschapenen, Maltby's trouwe schoothondje met maagklachten, die zijn meester met knikjes en geknor aanmoedigt terwijl mijn Heer Bisschop Luxmore hen beiden in de armen sluit!

Was het bekokstoofd of paniekvoetbal? vroeg Osnard zich keer op keer af. Liet Maltby zich in de kaart kijken toen hij het had over 'alles eerlijk samen delen' en 'je kunt niet alles alleen doen'? *Maltby,* die bekakte muggenzifter, die er met de kas vandoor gaat? Die klojo zou niet weten hoe. Vergeet het maar. En in zekere mate vergat Osnard het ook. Zijn aangeboren pragmatisme nam weer de overhand, en hij liet zijn wraaklustige gedachten varen en concentreerde zich op het behoud van wat er resteerde van zijn grootse onderneming. Het schip was getroffen maar niet tot zinken gebracht, hield hij zichzelf voor. Ik ben nog steeds BUCHAN'S betaalmeester. Daar had Maltby gelijk in.

'Wilt u liever wat anders of houdt u het bij whisky?'

'Andrew, alsjeblieft, doe me een lol en noem me toch *Scottie.*'

'Ik zal het proberen,' beloofde Osnard en hij liep door de openslaande balkondeuren naar binnen, schonk hem van het buffet in de eetkamer nog een stevig glas malt whisky in en liep daarmee terug naar het balkon. Jetlag, whisky en tekort aan slaap begonnen Luxmore eindelijk op te breken, concludeerde hij toen hij zijn meester onderuitgezakt in de ligstoel voor zich zag zitten. En de hoge vochtigheidsgraad speelde hem ook parten – het flanellen overhemd was tot op de draad doorweekt, en er druppelde zweet langs zijn baard omlaag. Plus zijn angst hier opgesloten te zitten in vijandelijk gebied zonder een echtgenote die zich over hem ontfermde – de opgejaagde blik die angstig heen en weer schoot bij elk plotselinge geluid van voetstappen of een politiesirene of een schunnige kreet die hen vanuit de haveloze stegen van Punta Paitilla bereikten. De lucht was zo helder als glas en bezaaid met tintelende sterren. Een maan als een stroperslichtbak bescheen de voor anker liggende schepen in de monding van het Kanaal, maar uit zee kwam geen zuchtje wind. Dat kwam er zelden.

'U vroeg of het hoofdkantoor iets zou kunnen doen om het leven op de standplaats wat gemakkelijker te maken, meneer,' bracht Osnard Luxmore bedeesd in herinnering.

'Vroeg ik dat, Andrew? Wel alle duivels.' Luxmore ging met een ruk rechtop zitten. 'Voor de draad ermee, Andrew, voor de draad ermee. Hoewel ik tot mijn genoegen constateer dat je het hier al aardig voor elkaar hebt,' voegde hij er, met een weidse beweging van zijn arm die zowel het uitzicht als het luxueuze appartement besloeg, op enigszins bitse toon aan toe. 'Denk overigens niet dat ik het je niet gun, hoor. Ik drink op je. Op je lef. Op je scherpzinnigheid. Op je jeugd. Eigenschappen die we allemaal bewonderen. Gezondheid!' Slurp. 'Jij hebt een veelbelovende carrière voor je, Andrew. Het zal je gemakkelijker afgaan dan in mijn tijd, moet ik erbij zeggen. Een gespreider bedje. Weet je wat je hier tegenwoordig thuis voor moet dokken? Als je van twintig dollar nog iets terugkrijgt mag je niet klagen.'

'Het gaat om dat schuiladres waarover ik het had, meneer,' bracht Osnard hem in herinnering op de toon van een bezorgde erfgenaam aan het sterfbed van zijn vader. 'Het wordt tijd dat we de peeskamertjes en ranzige hotelletjes gaan mijden. Ik dacht dat een van die appartementencomplexen in de oude binnenstad ons meer operationele armslag zou kunnen geven.'

Maar Luxmore was aan het zenden, niet aan het ontvangen. 'Zoals die blaaskaken je vanavond naar de mond praatten, Andrew. Mijn god, zoveel ontzag voor een jongere man zie je maar zelden. Als dit voorbij is, zit er ergens wel een onderscheiding voor je in het vat. Een zeker dametje aan de overkant van de rivier zou zich weleens genoopt kunnen voelen je een blijk van haar waardering te tonen.'

Een korte stilte waarin hij onthutst uitkeek over de baai en die scheen te verwarren met de Theems.

'Andrew!' – hij schrok wakker.

'Meneer?'

'Die Stormont.'

'Wat is er met hem?'

'Die heeft het in Madrid verbruid. Hij legde het aan met een of andere vrouw, een society-del. Is met haar getrouwd, als ik me goed herinner. Wees op je hoede voor hem.'

'Oké.'

'En voor haar, Andrew.'

'Oké.'

'Heb je hier een vrouwtje?' – snaaks rondkijkend, onder de bank, achter de gordijnen, de lolbroek uithangend. 'Nergens een warmbloedig latino-mokkeltje verstopt? Geef daar maar geen antwoord op. Opnieuw op je gezondheid. Hou haar voor jezelf. Gelijk heb je.'

'Daar heb ik het in feite een beetje te druk voor gehad, meneer,' bekende Osnard met een quasi-zielige glimlach. Maar hij weigerde zich van zijn stuk te laten brengen. Het was zijn bedoeling bepaalde dingen in Luxmores subliminale geheugen te prenten voor later. 'Weet u, volgens mij zou het helemaal ideaal zijn als we mikten op twéé schuiladressen. Een voor het netwerk, dat uiteraard uitsluitend mijn verantwoordelijkheid zou zijn. Een holding company op de Caymaneilanden lijkt me de beste oplossing – en een twééde huis – met een representatiever voorkomen, dat alleen in hoogst urgente gevallen en op zeer beperkte basis ter beschikking kan worden gesteld aan het team van Abraxas en uiteindelijk – altijd vooropgesteld dat ons dat lukt zonder een vorm van kruisbestuiving te bewerkstelligen, hetgeen ik in dit stadium ernstig betwijfel – aan de studenten. En het lijkt me *voor de hand liggen* dat ik dat – voor zover het de aankoop en de details van de geheimhouding betreft – ook regel, zelfs als de ambassadeur en Stormont uiteindelijk de enigen zijn die er gebruik van maken. Eerlijk gezegd geloof ik niet dat ze over onze deskundigheid beschikken. Dat zou een onnodig risico inhouden. Ik zou graag willen weten hoe u hierover denkt. Niet nu meteen. Later.'

Een langgerekt gezuig op de tanden maakte Osnard duidelijk dat zijn rayonhoofd hem nog steeds volgde, zij het met moeite. Osnard strekte zijn arm uit, pakte het lege glas uit Luxmores hand en zette het op de keramische tafel.

'Dus, hoe denkt u erover, meneer? Een flat als deze voor de oppositie – stijlvol ingericht, onopvallend, handig voor de financiële gemeenschap, niemand hoeft zijn goede smaak geweld aan te doen – en tegelijkertijd een twééde huis in de oude binnenstad daarnaast?' Hij had een tijdje overwogen zijn geluk te beproeven op Panama's bloeiende markt in onroerend goed. 'In feite krijg je in de oude binnenstad waar voor je geld. De lokatie is alles bepalend. Een fatsoenlijk pand – degelijk, half vrijstaand, onder architectuur gebouwd – kost je zo'n slordige vijftigduizend. In het beste geval heb je een herenhuis met twaalf kamers, een lapje tuin, een achteruitgang, uitzicht op zee – als je een half miljoen biedt is dat dik betaald. Over een paar jaar heb je je geld verdubbeld, zolang niemand iets ingrijpends uithaalt met het gebouw van de oude Club Unión dat Torrijos heeft laten ombouwen tot een manschappenkantine omdat hij de smoor in had dat de club hem niet als lid wilde accepteren. We kunnen ons beter nader oriënteren voor we de sprong wagen. Dat kan ik regelen.'

'Andrew!'

'Hier ben ik.'

Gezuig op de tanden. Ogen gesloten, dan plotseling wijd open.

'Eh... help me eens uit de brand, Andrew.'

'Als ik kan, Scottie.'

Luxmore draaide zijn gebaarde hoofd om tot hij zijn ondergeschikte aankeek. 'Die preutse Engelse maagd met die fikse bos hout voor de deur en die verleidelijke ogen die onze kleine bijeenkomst vanavond met haar aanwezigheid vereerde...'

'Ja, meneer?'

'Is zij toevallig wat wij in mijn jonge jaren een opnaaister noemden? Want ik geloof dat ik nog nooit een jonge vrouw heb gezien die zo smachtte naar de onverdeelde aandacht van een twee meter lange... Andrew! God bewaar me! Wie voor de duivel kan dat zijn op dit uur van de nacht?'

Luxmores beschrijving van Fran werd nooit voltooid. Het gerinkel van de deurbel werd een gebeier, vervolgens een knal. Als een angstig knaagdier trokken Luxmore en zijn baard zich terug in het uiterste hoekje van de ligstoel.

De instructeurs hadden zich niet vergist toen ze Osnards bekwaamheid in de zwarte kunsten prezen. Een paar glazen malt whisky hadden geen enkele nadelige invloed op zijn reactievermogen en het vooruitzicht Fran uit te foeteren scherpte zijn zinnen. Als ze was gekomen om het af te zoenen, had ze de verkeerde man voor en geen beroerder moment kunnen kiezen. Hetgeen hij van plan was haar in niet mis te verstane termen duidelijk te maken. En dan kon ze verdomme meteen haar voet van zijn bel halen.

Na Luxmore geheel overbodig te hebben opgedragen te blijven waar hij was, liep Osnard op zijn tenen door de eetkamer naar de gang, deed de tussendeur achter zich dicht en spiedde door het kijkgaatje in zijn voordeur. De lens was beslagen. Met een zakdoek uit zijn broekzak veegde hij hem aan zijn kant schoon en ontwaarde één wazig oog, sekse onbepaald, dat hem van de andere kant aanstaarde terwijl de deurbel als een brandalarm door bleef razen. Toen trok het oog zich terug en onmiddellijk herkende hij Louisa Pendel, die met een hoornen bril op en verder bitter weinig aan, op één been stond en bezig was haar schoen uit te trekken om daar vervolgens de deur mee in te beuken.

Louisa kon zich niet precies meer herinneren welke druppel haar emmer had doen overlopen. En het kon haar niet schelen ook. Toen ze na het squashen thuiskwam, was er niemand. De kinderen waren op bezoek bij de Rudds en bleven daar slapen. Ze beschouwde Ramón als een van de grootste etters van Panama en bleef het liefst zo ver mogelijk uit hun buurt. Het was niet dat Ramón een hekel had aan vrouwen, het was de manier waarop hij liet doorschemeren dat hij meer van Harry's doen en laten wist dan zij, en alleen maar slechte dingen. En de manier waarop hij, net als Harry, dichtklapte als ze over de rijstplantage begon, hoewel die van haar geld was gekocht.

Maar dat had allemaal niets te maken met haar gevoelens toen ze na het squashen thuiskwam, of waarom ze zonder reden in huilen uitbarstte, terwijl ze de afgelopen tien jaar zo vaak redenen te over had gehad om te huilen en dat had vertikt. Dus veronderstelde ze dat wat haar was overkomen, te wijten was aan een opeenstapeling van radeloosheid, geholpen door een stevig glas wodka met ijs voor ze onder de douche ging, omdat ze daar toevallig trek in had. Na het douchen bestudeerde ze haar naakte lichaam, de volle een meter drieëntachtig, in de slaapkamerspiegel.

Onbevooroordeeld. Even afgezien van mijn lengte. Even afgezien van mijn beeldschone zuster Emily met haar goudblonde lokken en *Playboy*-centrefold-kont en -tieten om een moord voor te doen en een lijst veroveringen die meer namen telde dan het telefoonboek van Panama City. Als ik een man was, zou ik dan wel of niet met deze vrouw naar bed willen? Ze vermoedde van wel, maar met welk recht? De enige op wie ze dat kon baseren was Harry.

Ze formuleerde haar vraag anders. Als ik Harry was, zou ik na twaalf jaar huwelijk dan nog steeds met mij naar bed willen? En afgaande op recente aanwijzingen was het antwoord daarop: nee. Te moe. Te laat. Te uitgeblust. Te schuldig over iets. Oké, hij voelde zich altijd schuldig. Schuld was zijn grote troef. Maar de laatste tijd liep hij ermee te leuren alsof het een reclamebord was: ik heb het verbruid, ik ben een verschoppeling, ik ben schuldig, ik verdien jou niet, welterusten.

Terwijl ze met een hand haar tranen wegveegde en met de andere haar glas omklemde, bleef ze door de slaapkamer ijsberen en bekeek ze zichzelf, haar borsten en billen uitstekend en weer inhoudend, en zich bedenkend dat het Emily allemaal te gemakkelijk afging, of ze nu tenniste of paardreed of zwom of de vaat deed, zelfs als ze wílde kon ze geen ongracieuze beweging maken. Zelfs als vrouw kwam je bijna klaar als je naar haar keek. Louisa probeerde zich obsceen in alle bochten te wringen als de beroerdste hoer die er bestond. Een totale flop. Te knokig. Geen souplesse. Geen heupbeweging. Te oud. Altijd al geweest. Te lang. Toen ze het beu was liep ze, nog steeds naakt, terug naar de keuken en schonk zichzelf vastberaden nog een wodka in, ditmaal zonder ijs.

En het was een echte borrel, geen 'misschien zou een neutje er wel ingaan', want ze moest een nieuwe fles openen en een mesje zoeken om het zegel te verbreken voor ze hem kon inschenken, wat je niet doet als je je, bijna per ongeluk, iets inschenkt om je goede humeur niet te verliezen als je echtgenoot de plaat heeft gepoetst om zijn maîtresse een beurt te geven.

'Hij kan de kolere krijgen,' zei ze hardop.

De fles kwam uit Harry's nieuwe ontmoetingsruimte. Aftrekbaar, had hij gezegd.

'Aftrekbaar waarvan?' had zij gevraagd.

'Van de belastingen,' had hij geantwoord.

'Harry, ik wil niet dat mijn huis wordt gebruikt als een belastingvrije kroeg.'

Schuldbewuste grijns. Sorry Lou. Zo gaat dat nu eenmaal. Het was niet mijn bedoeling je op stang te jagen. Het zal niet meer gebeuren. Strooplikkerij, kuiperij.

'Hij kan de kolere krijgen,' zei ze nog een keer en dat deed haar goed.

En Emily kan ook de kolere krijgen want als ik niet tegen Emily had hoeven op te boksen, zou ik nooit de weg der rechtschapenheid hebben gekozen, zou ik nooit op alles iets aan te merken hebben gehad en zou ik nooit het wereldrecord maagdblijven hebben gebroken om iedereen te bewijzen hoe ongerept en serieus ik wel was in tegenstelling tot die bloedmooie zus van mij! Ik zou nooit verliefd zijn geworden op elke predikant onder de negentig die in Balboa de kansel betrad en ons voorhield dat wij, en vooral Emily, onze zonden zouden berouwen, en ik zou mezelf nooit hebben voorgedaan als de vleesgeworden vroomheid en de scherprechter over ieders ontaarde gedrag terwijl ik eigenlijk niets anders wilde dan net als alle meiden uit de buurt te worden aangehaald en bewonderd en verwend en platgeneukt.

En de rijstplantage kon ook de kolere krijgen. Míjn rijstplantage, waar Harry me niet meer mee naartoe wil nemen omdat hij daar zijn *chiquilla* heeft ondergebracht, verdomme – hier, schatje, blijf naar me uitkijken tot ik terugkom. Krijg de kolere. Slok wodka. Nog een slok. Vervolgens een heel grote slok en voel hoe het doordringt tot de lichaamsdelen die er werkelijk toe doen, allemachtig. Aldus gesterkt snelde ze terug naar de slaapkamer om haar geheupwieg met meer overgave te hervatten – is dít erotisch? – nou, vertel op! – en dít? – oké, moet je dít dan eens zien! Maar er was niemand om haar uitsluitsel te geven. Niemand om haar aan te moedigen of toe te lachen of zich door haar te laten opgeilen. Niemand om met haar te drinken, voor haar te koken, haar nek te kussen en haar gerust te stellen. Geen Harry.

Borsten al met al niet gek voor een vrouw van veertig. Beter dan die van Jo-Ann, op de keper beschouwd. Niet zo mooi als die van Emily, maar wie kon daaraan tippen? Ik drink op ze. Ik drink op mijn tieten. Tieten: omhoog. Er wordt een dronk op jullie uitgebracht. Ze plofte abrupt neer op het bed en keek met haar kin in haar handen naar de telefoon die aan Harry's kant rinkelde.

'Krijg de kolere,' adviseerde ze hem.

En om haar argument kracht bij te zetten tilde ze de hoorn een paar centimeter op, schreeuwde 'krijg de kolere' en smeet hem weer op de haak.

Maar als je kinderen hebt, neem je uiteindelijk altijd op.

'Ja? Met wie dan wel?' krijst ze, als hij opnieuw rinkelt.

Het is Naomi, Panama's minister van verkeerde voorlichting die haar deelgenoot wil maken van een sappig schandaaltje. Mooi. Dit gesprek had ze al veel te lang voor zich uit geschoven.

'Naomi, ik ben blij dat je belt want ik was van plan je te schrijven en nu bespaar je me de postzegel. Naomi, ik wil dat je verdomme uit mijn leven verdwijnt. Nee, nee, luister naar me, Naomi. Naomi, als je toevallig door het Vasco Nuñez de Balboapark mocht wandelen en daar mijn man op zijn rug ziet liggen terwijl hij wordt gepijpt door Barnums baby-olifantje, dan zou ik het op prijs stellen als je dat wel aan je twintig beste vriendinnen en nóóit aan mij vertelde. Want ik wil die klotestem van jou niet meer horen tot het Kanaal is dichtgevroren. Welterusten, Naomi.'

Met het glas in haar hand trekt Louisa de rode peignoir aan die Harry onlangs voor haar heeft meegebracht, drie grote knopen en decolleté naar believen, pakt een beitel en een hamer uit de garage en loopt over de binnenplaats naar Harry's werkkamer die hij de laatste tijd op slot houdt. Geweldige hemel. Ze heeft in weken geen prachtige hemel gezien. Sterren waarover we onze kinderen plachten te vertellen. Dat is de Gordel van Orion, Mark. En dat zijn de Zeven Zusters, Hannah, die jij altijd zo graag had willen hebben. De nieuwe maan, mooi als een jong veulen.

Daar schrijft hij aan haar, dacht ze toen ze de deur van zijn heiligdom naderde. Aan mijn liefste *chiquilla*, per adres de rijstplantage van mijn echtgenote. Door het beslagen raam van haar badkamer heeft Louisa hem urenlang achtereen gadegeslagen, aan zijn bureau met zijn hoofd schuin en zijn tong uit zijn mond terwijl hij zijn liefdesbrieven schrijft, hoewel het schrijven Harry nooit gemakkelijk is afgegaan; dat is een van de dingen waarin Arthur Braithwaite, de grootste levende heilige sinds Laurentius, bij de opvoeding van zijn pleegkind tekort is geschoten.

Zoals zij verwacht had is de deur op slot, maar dat vormt geen beletsel. De deur is – als je er echt met een flinke zware hamer op in beukt, en met die hamer zover mogelijk uithaalt en hem dan met volle kracht laat neerdalen op Emily's hoofd, waar ze haar hele puberteit van had gedroomd – een waardeloos geval zoals de meeste dingen op aarde.

Na de deur open te hebben gebroken, koerste Louisa naar het bureau van haar echtgenoot en brak met hamer en beitel de bovenste la open – drie flinke meppen voor het tot haar doordrong dat de la niet eens op slot had gezeten. Ze doorzocht de inhoud. Rekeningen. Bouwkundige ontwerpen voor de Sportman's Corner. De eerste keer is nooit prijs. Bij mij tenminste niet. De tweede la. Op slot, maar geeft zich bij de eerste aanval gewonnen. De inhoud meteen al hoopgevender. Onvoltooide opstellen over het Kanaal. Wetenschappelijke tijdschriften, krantenknipsels, aantekeningen in Harry's barokke kleermakershandschrift die het bovengenoemde samenvatten.

Wie is zij? Voor wie doet hij dat allemaal, verdomme? Harry, ik praat tegen je. Luister naar me, alsjeblieft. Wie is die vrouw die je zonder míjn toestemming op míjn rijstplantage hebt geïnstalleerd en die je zo nodig moet imponeren met je niet-bestaande eruditie? Wie krijgt die dromerige, schaapachtige glimlach waar je de laatste tijd mee rondloopt – ik ben uitverkoren, ik ben gezegend, ik loop over water. Of die tranen – ach, jezus, Harry, wie krijgt die ijzingwekkende tranen die in je ogen opwellen en nooit worden geplengd?

Terwijl woede en frustratie opnieuw bezit van haar namen, brak ze een volgende la open en ze stond verstijfd van schrik. Godallemachtig! Geld! Een hele smak echt geld! Een hele la volgepropt met klotegeld. Briefjes van honderd, van vijftig en van twintig. Los door elkaar gegooid als oude parkeerbonnen. Duizend. Twee-, drieduizend dollar. Hij heeft banken beroofd. Voor wie?

Voor zijn minnares? Doet ze het voor geld? Voor zijn minnares, om haar mee uit eten te kunnen nemen zonder dat in het huishoudboekje te vermelden? Om haar te onderhouden in de stijl die ze niet gewend is, op míjn rijstplantage, gekocht van míjn nalatenschap? Louisa probeerde een paar keer zijn naam te roepen, eerst om het hem beleefd te vragen, dan om hem te bevelen haar opheldering te verschaffen en vervolgens om hem te vervloeken omdat hij er niet was.

'Krijg de kolere, Harry Pendel! Krijg, godverdomme de kolere! Waar je ook bent. Je bent een vuile bedríéger!

Vanaf dat moment kon alles en iedereen de kolere krijgen. Het was de taal die haar vader uitsloeg als hij bezopen was, en Louisa voelde een dochterlijke trots dat ze, nu ze zelf bezopen was of hard op weg was dat te worden, net zo vloekte als die klotevader van haar.

'Hé, Lou, schatje, kom 's hier. Waar zit die Titan?' – Hij noemt zijn dochter Titan naar die gigantische Duitse hijskraan in de haven van Gamboa – *'Verdient een oude man niet een*

beetje aandacht van zijn dochter? Kom je oude heer 's een kusje geven. Noem je dat een kus? Krijg de kolere! Krijg jij de kolere, hoor je? Krijg de kolere!'

Aantekeningen, voornamelijk over Delgado. Verminkte versies van zaken waarover hij haar tijdens de dineetjes die hij haar zo graag bereidde had uitgehoord. Míjn Delgado. Míjn dierbare vaderfiguur. Ernesto in hoogst eigen persoon, de vleesgeworden rechtschapenheid, en míjn man maakt hem zwart op papier. Waarom? Omdat hij jaloers op hem is. Dat was hij altijd al. Hij denkt dat ik meer van Ernesto houd dan van hem. Hij denkt dat ik met Ernesto naar bed wil. Koppen: *Delgado's vrouwen* – welke vrouwen? Ernesto doet dat soort dingen niet! *Delgado en de pres* – weer meneer Osnards *pres. Delgado's opvattingen over de Japanners* – Ernesto is bang voor ze. Denkt dat ze zijn Kanaal willen inpikken. Hij heeft gelijk. Ze ontplofte opnieuw. Ditmaal luidkeels: Krijg de kolere, Harry Pendel, dat heb ik nóóit gezegd, dat zuig je uit je duim! Voor wie? Waaróm?

Een brief, niet voltooid, zonder adressering. Een kladje dat hij waarschijnlijk vergeten is weg te gooien:

Ik dacht dat je wel belangstelling zou hebben voor een tamelijk interessant brokje informatie aangaande onze Ernie, dat Louisa gisteren op haar werk toevallig ter ore kwam en dat ze gepast achtte om aan mij toe te vertrouwen...

Gepast achtte? Ik achtte niets gepast. Ik heb hem een kantoorroddeltje verteld! Waarom zou een echtgenóte het verdomme gepást moeten achten voor ze haar echtgenóót in hun eigen huis een kantoorroddeltje vertelt over een goedaardige, eerlijke man die zich alleen maar inzet voor het heil van Panama en het Kanaal? Godverdómme! Krijg de kolere – jij met je belangstelling voor wat wij gepást achten om elkaar in ons eigen huis te vertellen! Je bent een slet. Je bent een vuile stoepslet die mijn man en mijn rijstplantage heeft ingepikt.

Jij bent *Sabina!*

Eindelijk had Louisa de naam van de slet gevonden. In keurige kleermakershoofdletters, want hoofdletters gingen hem het gemakkelijkst af, SABINA, klein en liefdevol met een cirkeltje om haar heen getrokken. SABINA, gevolgd door RAD STUD tussen haakjes. Jij bent SABINA en je bent een RAD STUD en je weet meer van andere studs en je werkt voor dollartekens uit de VS – of dat denk je, want *werkt voor vs* staat tussen aanhalingstekens en je krijgt vijfhonderd per maand plus een bonus als je een bijzondere prestatie levert. Het stond er allemaal, opgenomen in een van Harry's schema's die Mark hem had leren maken. Schematische modellen hoeven niet rechtlijnig te zijn, pap. Ze kunnen als luchtballonnetjes aan touwtjes rondzweven in elke volgorde die je maar wilt. Je kunt ze apart nemen en samenvoegen. Ze zijn echt heel handig. Het touwtje van Sabina's ballonnetje liep kaarsrecht naar H, de Napoleontische paraaf waarmee Harry zichzelf aanduidde als hij het hoog in zijn bol had. Terwijl Alpha's touwtje – want ze had inmiddels Alpha ontdekt – naar Bèta leidde en vervolgens naar Marco *(pres)* en dan pas terug naar H. Het touwtje van de Beer was ook verbonden met H, maar om het ballonnetje van de Beer waren dikke zigzaglijntjes getrokken alsof het elk ogenblik kon ontploffen.

En *Mickie* had een ballonnetje helemaal voor zich alleen en hij werd omschreven als de *supremo van de so* en zijn touwtje was onlosmakelijk met Rafi's ballonnetje verbonden. *Onze* Mickie? Is onze *Mickie* de supremo van de so? En van hem uit liepen er in totaal zes lijnen: naar *Wapens, Informanten, Smeergelden, Verbindingen, Contanten* en Rafi. *Onze* Rafi? *Onze* Mickie die eens per week midden in de nacht opbelt om zijn tigste zelfmoord aan te kondigen?

Ze zocht verder. Ze was op zoek naar de brieven die de slet Sabina aan Harry had geschreven. Als ze hem brieven had geschreven, dan had Harry die vast en zeker bewaard. Harry kon nog geen leeg luciferdoosje of een overtollige eidooier weggooien. Dat kwam door zijn arme jeugd. Op jacht naar Sabina's brieven haalde ze alles overhoop. Onder het geld? Onder een vloerplank? In een boek?

Hemelse goedheid, Delgado's agenda. Bijgehouden door Harry, niet door Delgado. Niet de echte, maar een vervalsing met een hard potlood gelinieerd, hij moet het uit mijn papieren hebben overgeschreven. Delgado's werkelijke afspraken correct genoteerd. Gefingeerde afspraken ingevoegd op de plekken waar hij geen afspraken had.

Middernachtelijke ontmoeting met Japanse 'havenmeesters', heimelijk bijgewoond door de pres... heimelijke autorit met Fr ambassadeur, koffer met geld wisselt van eigenaar... ontmoet afgezant van Colombiaans drugskartel elf uur 's avonds, Ramóns nieuwe casino... Organiseert besloten dineetje buiten de stad voor Japanse 'havenmeesters' en Panamese overheidsfunctionarissen en pres...

Doet mijn Delgado dat allemaal? Neemt mijn Ernesto Delgado steekpenningen aan van de Franse ambassadeur? Heult hij met de *Colombiaanse drugskartels*? Harry, ben je godverdomme niet goed bij je hoofd? Wat voor smerige lasterpraatjes verzin je over mijn baas? Wat voor vuige leugens vertel je? Tegen wie? Wie betaalt je voor deze vuiligheid?

'*Harry!*' schreeuwde ze in woede en wanhoop uit. Maar toen de telefoon opnieuw begon te rinkelen, welde zijn naam als een fluistering op uit haar keel.

Ditmaal pakte Louisa sluw de hoorn van de haak, luisterde en zei niets, zelfs niet: lazer godverdomme op uit mijn leven.

'Harry?' Een vrouwenstem, gesmoord, klaaglijk, smekend. Dat is ze. Interlokaal. Ze belt op vanaf de rijstplantage. Gedreun op de achtergrond. Ze zijn zeker bezig de fabriek te slopen.

'Harry? Praat tegen me!' gilt de stem van de vrouw.

Een Spaans sprekende sloerie. Papa had altijd gezegd dat ze niet te vertrouwen waren. Gekreun. Zij is het. Sabina. Die Harry nodig heeft. Wie niet?

'Harry, help me, ik heb je nodig!'

Wacht. Zeg niets. Laat haar niet merken dat je Harry niet bent. Luister wat ze nog meer te zeggen heeft. Lippen opeengeklemd. Telefoonhoorn stijf tegen het rechteroor gedrukt. Doe je bék open, vuile slet! Zeg wie je bent! De slet hijgt. Hese ademstoten. Kom op, Sabina, engel, zég wat. Zeg: 'Kom me neuken, Harry.' Zeg: 'Ik hou van je, Harry.' Zeg: 'Waar blijft verdomme mijn poen, waarom bewaar je het in je la, ik ben 't, Sabina, rad stud. Ik bel je van die kloterijstplantage en ik voel me eenzaam.'

Meer knallen. Geknetter, als de uitlaten van motorfietsen. Gestommel. Een klap. Zet het wodkaglas neer. Schreeuw zo hard als ik kan in het stroeve Amerikaanse Spaans van mijn vader.

'Met wie spreek ik? Geef antwoord!'

Wacht. Nada. Gemurmel maar niets verstaanbaars. Louisa gaat over op Engels.

'Laat mijn man met rust, hoor je me, Sabina, vuile stoepslet! *Krijg de kolere, Sabina!* En donder ook op van mijn rijstplantage!'

Nog steeds geen woord.

'Ik ben in zijn werkkamer, Sabina. Ik ben op dít moment op zoek naar jouw klotebrieven aan hem! Ernesto Delgado is niet corrupt. Hoor je me? Het is een leugen. Ik werk voor hem. Anderen zijn corrupt, Ernesto níét. Zeg eens wat!'

Meer knallen en dreunen in de hoorn. Jezus, wat ís dit? De volgende invasie? De slet snottert erbarmelijk en hangt op. Beelden van jezelf als je, net als in elke goede film, de hoorn op de haak smijt. Ga zitten. Kijk naar de telefoon, wacht tot hij opnieuw begint te rinkelen. Dat doet hij niet. Ik heb mijn zuster dus eindelijk de schedel ingeslagen. Of iemand anders heeft het gedaan. Arme kleine Emily. Krijg de kolere. Louisa staat op. Resoluut. Neemt een ontnuchterende slok wodka. Hoofd glashelder. Dat komt ervan, Sabina. Mijn man is geschift. Jij zult het ook wel niet gemakkelijk hebben. Eigen schuld, dikke bult. Het kan heel eenzaam zijn op een rijstplantage.

Boekenplanken. Voedsel voor de geest. Echt iets voor verknipte intellectuelen. Zoek in de boeken naar brieven van slet aan Harry. Nieuwe boeken op oude plekjes. Oude boeken op nieuwe plekjes. Leg uit. Harry, in vredesnaam, leg het me uit. Vertél het me, Harry. Práát tegen me. Wie is Sabina? Wie is Marco? Waarom verzin je verhalen over Rafi en Mickie? Waarom haal je Ernesto door de stront?

Even pas op de plaats, terwijl Louisa Pendel in haar rode peignoir met drie knopen en niets eronder met uitgestoken borsten en billen de boekenplanken van haar echtgenoot inspecteert. Ze voelt zich uitzonderlijk naakt. Meer dan naakt. Hitsig naakt. Ze zou nog wel een kindje willen. Ze zou wel al Hannah's Zeven Zusters willen baren zolang er maar geen tweede Emily bij zit. Haar vaders boeken over het Kanaal trekken aan haar voorbij, beginnend bij de tijd dat de Schotten probeerden in de Darién een kolonie te stichten en het halve vermogen van hun land verspeelden. Ze slaat ze een voor een open, schudt ze zo driftig uit dat de banden kraken en smijt ze vervolgens achteloos terzijde. Geen liefdesbrieven.

Boeken over kapitein Morgan en zijn zeerovers die Panama City plunderden en tot de grond toe platbrandden, met uitzondering van de ruïnes waar we met de kinderen weleens gaan picknicken. Maar geen liefdesbrieven van Sabina of enig ander. Geen brieven van Alpha, Bèta, Marco of de Beer. Geen brieven van een of andere rad stud met een lekker kontje en besmet geld uit Amerika. Boeken over de tijd dat Panama aan Colombia toebehoorde. Maar geen liefdesbrieven, hoe hard ze ze ook tegen de muur smijt.

Louisa Pendel, aanstaande moeder van Hannah's Zeven Zusters, gaat op haar hurken zitten in de peignoir waarin hij me nooit heeft geneukt, kuiten tegen dijen en weer het hele eind terug, en bladert door de constructie van het Kanaal en heeft er spijt van dat ze zo tekeer is gegaan tegen die arme vrouw wier liefdesbrieven ze niet kan vinden en die waarschijnlijk Sabina niet eens was en evenmin vanaf de rijstplantage opbelde. Biografieën van echte mannen als George Goethals en William Crawford Gorgas, mannen die behalve geschift ook betrouwbaar en ordelijk waren, mannen die hun vrouw trouw waren in plaats van brieven te schrijven waarin het gepast wordt geacht de reputatie van haar werkgever te bezoedelen of in hun afgesloten laden stapels bankbiljetten en stapels onvindbare brieven te verbergen. Boeken die haar vader haar liet lezen in de hoop dat ze ooit eens haar eigen klotekanaal zou graven.

'Harry?' Uit volle borst schreeuwend om hem bang te maken. 'Harry? Waar heb je de brieven van die waardeloze slet verstopt? Harry, ik wil het weten.'

Boeken over de Kanaal-verdragen. Boeken over drugs en 'Wat moet er worden van Latijns-Amerika?' Wat moet er worden van mijn klote-echtgenoot kun je beter vragen. En wat moet er worden van die arme Ernesto, als Harry het voor het zeggen heeft. Louisa gaat zitten en richt zich kalm en redelijk tot Harry op een toon die bedoeld is om hem niet op stang te jagen. Met geschreeuw bereik je niets meer. Ze spreekt tot hem als de ene volwassene tot de andere, vanuit een teakhouten fauteuil waar haar vader in zat als hij haar probeerde over te halen op zijn knie plaats te nemen.

'Harry, ik begrijp niet wat je avond aan avond uitvoert in je werkkamer ongeacht het tijdstip dat je thuiskomt van wat je daarvoor hebt gedaan. Als je een roman over corruptie schrijft, of een autobiografie of een geschiedenis van het kleermakersbedrijf, dan vind ik dat je ermee voor de dag moet komen en het me moet vertellen, want we zijn per slot van rekening getrouwd.'

Harry drukt zich, zoals hij het noemt als hij de draak steekt met de valse bescheidenheid van kleermakers.

'Het zijn de rekeningen, begrijp je, Lou. Je kunt overdag je gave niet ten volle benutten, dat gaat niet als er voortdurend wordt aangebeld.'

'De rekeningen van de *plantage*?'

Ze zit hem weer op zijn huid. De rijstplantage is in de huiselijke kring een onderwerp geworden dat te allen tijde dient te worden vermeden en daar hoort ze zich aan te houden: Ramón is het financiële plaatje aan het bijstellen, Lou. Er zijn wat twijfels gerezen over Angel, Lou.

'Van de zaak,' mompelt Harry als een boeteling.

'Harry, ik ben niet op mijn achterhoofd gevallen. Ik had uitstekende cijfers voor wiskunde. Ik kan je helpen wanneer je maar wilt.'

Hij schudt zijn hoofd al. Het gaat niet om exacte getallen, weet je, Lou. Het zit 'm meer in de creatieve aanpak. Bedragen die uit de lucht worden geplukt.'

'Is dat de reden dat je overal in de kantlijn van McCullough's *Path Between the Seas* aantekeningen hebt gekrabbeld, opdat niemand behalve jij die ooit zal kunnen ontcijferen?'

Harry's gezicht klaart – geforceerd – op. 'O, ach, tja, dat heb je goed gezien, Lou, heel scherpzinnig van je. Ik denk er sterk over die oude prenten te laten uitvergroten, weet je, om de ontmoetingsruimte een meer Kanaalachtig uiterlijk te geven en misschien nog een paar kunstvoorwerpen op de kop te tikken voor de sfeer.'

'Harry jij hebt me altijd gezegd, en ik was het altijd met je eens, dat Panamezen – op bepaalde rechtgeaarde uitzonderingen na zoals Ernesto Delgado – niets om het Kanaal geven. Zij hebben het niet gegraven. Dat hebben wij gedaan. Ze hebben niet eens de arbeidskrachten geleverd. De arbeiders kwamen uit China en Afrika en van Madagaskar. Die kwamen uit het Caribisch gebied en India. En Ernesto is een goed mens.'

Jezus, dacht ze. Waarom praat ik zo? Waarom ben ik zo'n kuise, krijsende kenau? Gewoon. Omdat Emily een hoer is.

Ze zat achter zijn bureau, met haar hoofd in haar handen, en ze ze had spijt dat ze zijn laden had opengebroken, spijt dat ze zo was uitgevaren tegen die ongelukkige huilende vrouw, spijt dat ze zich voor de zoveelste keer boze gedachten over haar zus Emily in het hoofd had gehaald. Ik praat van mijn leven nooit meer op die toon tegen iemand, besloot ze. Ik straf mezelf nooit meer door anderen te straffen. Ik ben niet mijn klotemoeder of mijn klotevader en ik ben geen godvrezende trut uit de Kanaalzone. En het spijt me heel erg dat ik op een zwak moment, onder invloed van alcohol, de onbeschaamdheid heb gehad om een medezondares de huid vol te schelden, ook al is ze Harry's maîtresse – en als ze dat is vermoord ik haar. Scharrelend in een la die ze tot dan toe over het hoofd had gezien, stuitte ze op een ander onvoltooid meesterwerk.

Andy, je zult blij zijn te vernemen dat onze nieuwe regeling bijzonder goed valt bij alle betrokkenen, vooral bij de dames. Daar ik de volle verantwoordelijkheid draag voelt L. zich niet gewetensbezwaard aangaande ondeugende Ernie en bovendien is het voor het gezin als geheel veiliger als het als één man opereert.

Ga hiermee verder op de zaak.

En ik ook, dacht Louisa toen ze zich er in de keuken nog eentje inschonk om het af te leren. Alcohol deed haar niets meer, had ze ontdekt. Wat haar wel iets deed was Andy alias Andrew Osnard, die onmiddellijk toen ze dit fragment onder ogen kreeg Sabina als het object van haar nieuwsgierigheid had verdrongen.

Maar dat was niets nieuws.

Ze was al nieuwsgierig naar meneer Osnard sinds dat uitstapje naar Anytime Island, toen Harry wilde dat ze, om zijn geweten te sussen, met hem naar bed ging, hoewel Louisa, Harry's geweten kennende, het onwaarschijnlijk achtte dat één wip het probleem uit de wereld zou helpen.

Ze moest een taxi hebben gebeld want er stond er een voor de deur en er werd aangebeld.

Osnard draaide het kijkgaatje zijn rug toe en liep door de eetkamer naar het balkon waar Luxmore, te bang om iets te zeggen of te doen, nog in dezelfde foetusachtige houding zat. Zijn bloeddoorlopen ogen waren wijd opengesperd, de angst had zijn bovenlip tot een grijns vertrokken en tussen zijn baard en zijn snor waren twee gele voortanden zichtbaar geworden; dat moesten de tanden zijn waar hij op zoog als hij wilde aanduiden dat hij iets snedigs ging zeggen.

'Ik krijg onverwacht bezoek van BUCHAN TWEE,' zei Osnard op gedempte toon. 'We zitten met een probleem. U kunt beter zo snel mogelijk maken dat u wegkomt.'

'Andrew. Ik ben je meerdere. Mijn god, wat is dat voor gebonk? Ze wekt de doden nog uit hun slaap.'

'Ik verberg u zolang achter de jassen. Als u mij achter haar de deur van de eetkamer hoort dichtdoen, neem dan de lift naar de hal, geef de portier een dollar en vraag hem een taxi te bellen die u naar het El Panama brengt.'

'Mijn god, Andrew.'

'Wat?'

'Red je het wel? Moet je haar horen. Doet ze dat met een vuurwapen? We zouden de politie moeten bellen. Andrew. Nog één ding.'

'Wat?'

'Kan ik de taxichauffeur vertrouwen? Je hoort soms verhalen over dat soort kerels. Lijken in de haven. Ik spreek geen Spaans, Andrew.'

Na Luxmore overeind te hebben getrokken, ging Osnard hem voor naar de gang, propte hem in de garderobe en deed de deur dicht. Hij haalde de ketting van de voordeur, schoof de grendels eraf, draaide de sleutel om en opende hem. Het gebonk hield op maar het bellen ging door.

'Louisa,' zei hij terwijl hij haar vinger lospeuterde van het knopje van de bel. 'Fantastisch. Waar is Harry? Waarom kom je niet binnen?'

Zijn greep verplaatsend naar haar pols, trok hij haar de gang in en sloot de deur maar schoof de grendels er niet voor en draaide de sleutel niet om. Ze stonden dicht bijeen en recht tegenover elkaar waarbij Osnard haar hand boven hun hoofd hield alsof ze elk moment een ouderwetse wals zouden inzetten, en het was de hand waarin ze de schoen hield. Ze liet de schoen vallen. Ze gaf geen geluid maar hij rook haar adem en het was precies de adem van zijn moeder, telkens wanneer hij gedwongen werd haar een kus te geven. Haar kleding was heel dun. Hij voelde haar borsten en de bolling van haar schaambeen door de rode stof heen.

'Wat vreet jij verdomme uit met mijn echtgenoot?' vroeg ze. 'Wat betekent die lulkoek die hij je heeft opgedist over Delgado die steekpenningen aanneemt van de Fransen en sjoemelt met de drugskartels? Wie is Sabina? Wie is Alpha?'

Maar ondanks de kracht van haar woorden sprak ze op onzekere toon, met een stem die noch luid genoeg noch overtuigend genoeg was om door te dringen tot de garderobe. En Osnard, die een neus had voor zwakheden, bespeurde onmiddellijk de angst in haar: angst voor hem, angst voor Harry, angst voor het verbodene, en de grootste angst van alle: de angst dingen te horen te krijgen die zo verschrikkelijk waren dat ze nooit meer in staat zou zijn ze niet te horen. Maar Osnard had ze al gehoord. Met haar vragen had ze al de zijne, die zich de afgelopen weken als onbestemde voortekens in de geheime achterkamertjes van zijn bewustzijn hadden opgestapeld, beantwoord:

Ze weet nergens van. Harry heeft haar nooit gerekruteerd. Hij heeft de kluit belazerd.

Ze stond op het punt haar vraag te herhalen of er iets aan toe te voegen of een andere te stellen, maar dat kon Osnard niet riskeren binnen Luxmores gehoorsafstand. Daarom drukte hij één hand tegen haar mond, trok haar arm omlaag, dwong hem op haar rug, draaide haar van zich af, duwde haar op één schoen de eetkamer in en trapte op hetzelfde moment de eetkamerdeur met zijn voet achter zich dicht. Halverwege de kamer bleef hij stilstaan en trok haar tegen zich aan. In de beroering waren twee van haar knopen losgegaan, waardoor haar borsten onbedekt waren. Hij voelde haar hart onder zijn pols bonken. Haar ademhaling was vertraagd tot langere, diepere uithalen. Hij hoorde de voordeur dichtslaan toen Luxmore ervandoor ging. Hij wachtte en hoorde de ping van de aankomende lift en het astmatische gehijg van elektronische deuren. Hij hoorde de lift omlaag gaan. Hij nam zijn hand van haar mond en voelde speeksel in zijn handpalm. Hij omvatte haar naakte borst en voelde hoe de tepel verstijfde en zich in zijn palm nestelde. Nog steeds achter haar staand liet hij haar arm los en hij zag hem futloos langs haar zij omlaag glijden. Hij hoorde haar iets fluisteren toen ze haar andere schoen uit schopte.

'Waar is Harry?' vroeg hij, haar lichaam in zijn greep houdend.

'Die is op weg naar Abraxas. Hij is dood.'

'Wie is dood?'

'Abraxas. Wie anders, verdomme? Als Harry dood was, dan kon hij moeilijk naar hem op weg zijn, of wel soms?'

'Waar is hij gestorven?'

'In Guararé. Ana zegt dat hij zich een kogel door zijn kop heeft gejaagd.'

'Wie is Ana?'

'Mickies vriendin.'

Hij legde zijn rechterhand op haar andere borst en werd vergast op een mondvol van haar stugge bruine haar toen ze haar hoofd hardhandig tegen zijn gezicht en haar achterste tegen zijn kruis drukte. Hij draaide haar half naar zich toe en kuste haar slaap en haar jukbeen en likte het zweet op dat in stralen van haar afdroop, en hij voelde het beven verhevigen totdat haar lippen en tanden zich in een grimas tegen zijn mond persten, haar tong de zijne zocht en hij een glimp opving van haar dichtgeknepen ogen en de tranen die uit de ooghoeken stroomden, en hij haar 'Emily' hoorde mompelen.

'Wie is Emily?' vroeg hij.

'Mijn zus. Ik heb je op het eiland over haar verteld.'

'Wat weet zij in jezusnaam van dit alles?'

'Ze woont in Dayton, Ohio en ze heeft al mijn vriendjes geneukt. Ken jij dan helemaal geen schaamte?'

'Ik vrees van niet. Daar ben ik aan geholpen toen ik klein was.'

Toen rukte een van haar handen aan de slippen van zijn overhemd en graaide de andere onhandig onder de band van zijn Pendel & Braithwaite-broek, en fluisterde ze dingen binnensmonds die hij niet kon verstaan en die hem trouwens toch niet interesseerden. Hij deed een greep naar de derde knoop maar zij sloeg met een ongeduldig gebaar zijn hand weg en trok de peignoir in één beweging over haar hoofd. Hij stapte uit zijn schoenen en ontdeed zich in één koortsachtige beweging van zijn broek, zijn onderbroek en zijn sokken. Hij trok het overhemd over zijn hoofd. Naakt en van enige afstand taxeerden ze elkaar, als worstelaars die op het punt staan elkaar te lijf te gaan. Toen nam Osnard haar in zijn armen, tilde haar op van de grond, droeg haar zijn slaapkamer binnen en wierp haar op het bed waar ze onmiddellijk met grote uithalen van haar dijen op hem aanviel.

'In jezusnaam, wacht even,' beval hij en hij duwde haar van zich af.

Toen nam hij haar heel traag en weloverwogen, waarbij hij al zijn en haar vaardigheden benutte. Om haar het zwijgen op te leggen. Om haar over de streep te trekken. Om ervoor te zorgen dat ze, ongeacht de strijd die ons wacht, aan mijn kant staat. Omdat het een stelregel van me is dat je een redelijk aanbod nooit moet afslaan. Omdat ik altijd al een oogje op haar had. Omdat het altijd zijn aantrekkelijke kanten heeft om de vrouwen van je vrienden te naaien.

Louisa lag met haar rug naar hem toe, met haar hoofd onder de kussens en haar knieën ter bescherming opgetrokken terwijl ze het laken tegen haar neus drukte. Ze had haar ogen gesloten, meer om te sterven dan om te slapen. Ze was tien jaar oud in haar slaapkamer in Gamboa met de gordijnen dicht, daarheen gestuurd om haar zonden te overdenken nadat ze Emily's nieuwe blouse met een naaischaartje aan flarden had geknipt omdat ze die te uitdagend vond. Ze wilde opstaan en zijn tandenborstel lenen en zich aankleden en haar haar kammen en vertrekken, maar als ze een van die dingen deed, erkende ze daarmee de werkelijkheid van ruimte en tijd en Osnards naakte lichaam naast zich in bed en het feit dat ze niets had om aan te trekken behalve een flinterdunne peignoir waar de knopen van af waren getrokken – en waar was dat ding trouwens? – en een paar platte schoenen die bedoeld waren om haar lengte niet te accentueren – en waar waren díé verdomme gebleven? – en ze had zo'n verschrikkelijke hoofdpijn dat ze er veel voor voelde om te eisen dat ze naar een ziekenhuis werd vervoerd waar ze gisteravond van begin af aan kon overdoen, zonder wodka en zonder Harry's bureau open te breken als ze dat tenminste had gedaan, en zonder Marta of de winkel of Mickie die doodging of Delgado's reputatie die door Harry door het slijk werd gehaald, en zonder Osnard en deze hele toestand. Ze was twee keer naar de wc geweest, één keer om over te geven, maar beide keren was ze weer teruggekropen in bed en had ze geprobeerd alles wat ze had gedaan ongedaan te maken, en nu voerde Osnard een telefoongesprek en was het haar ten enen male, onder hoeveel kussens ze haar hoofd ook begroef, onmogelijk zich, op nog geen halve meter afstand van haar oor, af te sluiten voor zijn weerzinwekkende Engelse geteem of het slaperige, verwarde Schotse accent aan de andere kant, dat klonk als de laatste stuiptrekkingen van een defecte radio.

'Ik ben bang dat we met wat verontrustend nieuws worden geconfronteerd, meneer.'

'Verontrustend? Wie is verontrustend?' De Schotse stem begon wakker te worden.

'Over dat Griekse schip van ons.'

'Grieks schíp? Wat voor Grieks schip? Waar heb je het over, Andrew?'

'Over ons vlaggenschip, meneer. Het vlaggenschip van de stille rederij.'

Een langdurige stilte.

'Ik begrijp het, Andrew! De Griek, mijn god! Ik heb het door. Hoezo netelig? Waarom netelig?'

'Het schijnt te zijn ondergegaan, meneer.'

'Ondergegaan? Waar onder? Hoe bedoel je?'

'Gezonken.' Even stilte om het 'gezonken' te laten bezinken. 'Afgeschreven. Ergens in het westen. De omstandigheden zijn nog niet opgehelderd. Ik heb er een schrijver naartoe gestuurd om poolshoogte te nemen.'

Meer stil onbegrip aan de andere kant, dat overeenkwam met dat van Louisa zelf.

'Een schrijver?'

'Een beroemde.'

'Aha! Ik begrijp het. De succesvolle auteur uit voorbije tijden. Juist ja. Zeg maar niks meer. Hoe is hij tot zinken gebracht, Andrew? Bedoel je dat hij totaal ten onder is gegaan?'

'Volgens de eerste berichten zal hij nooit meer uitvaren.'

'God. God! Wie heeft dat op zijn geweten, Andrew? Die vrouw, durf ik te wedden. Die zie ik tot alles in staat. Zeker na vannacht.'

'Ik vrees dat we nog geen nadere bijzonderheden kunnen melden, meneer.'

'En hoe zit het met zijn bemanning? – zijn scheepsmaten, verdomme – die stille – zijn die ook mee ten onder gegaan?'

'Dat zouden wij ook graag willen weten. Het beste is dat u zoals afgesproken terugkeert naar Londen. Ik zal u daar opbellen.'

Hij hing op en griste het kussen waar ze zich aan vastklampte van haar hoofd. Zelfs met stijf dichtgeknepen ogen kon de aanblik van zijn verzadigde jonge lichaam dat achteloos naast haar lag uitgestrekt of zijn lome, gezwollen half opgerichte penis haar niet ontgaan.

'Ik heb dit nooit gezegd,' zei hij tegen haar. 'Oké?'

Ze keerde hem resoluut de rug toe. Niks oké.

'Jouw man is een dappere kerel. Hij heeft de opdracht hier nooit met jou over te praten. Dat zal hij ook nooit. En ik ook niet.'

'Dapper? Hoezo?'

'De mensen vertellen hem dingen. Die vertelt hij aan ons. Wat hij niet te horen krijgt probeert hij, vaak niet zonder gevaar, te achterhalen. Kortgeleden is hij op iets belangrijks gestuit.'

'Is dat de reden dat hij mijn papieren fotografeerde?'

'We moesten Delgado's afspraken weten. Er zijn ontbrekende uren in Delgado's leven.'

'Dat zijn geen ontbrekende uren. Dat zijn de keren dat hij naar de kerk gaat of zich om zijn vrouw en kinderen bekommert. Een van zijn kinderen ligt in het ziekenhuis. Sebastian.'

'Dat wil Delgado jou laten geloven.'

'Het is waar. Bespaar me die lulkoek. Doet Harry dit voor Engeland?'

'Voor Engeland, voor Amerika, voor Europa. Voor de beschaafde vrije wereld. Noem maar op.'

'Dan is hij een klootzak. En Engeland ook. En de beschaafde vrije wereld ook.'

Het kostte haar tijd en moeite maar uiteindelijk slaagde ze erin. Ze richtte zich op haar elleboog op en draaide zich om om hem aan te kijken.

'Ik geloof verdomme geen woord van wat je me vertelt,' zei ze. 'Jij bent een glibberige Engelse oplichter met een zak vol handige leugentjes en Harry is niet goed bij zijn hoofd.'

'Dan geloof je me niet. Als je je grote smoel maar houdt.'

'Het is lulkoek. Hij zuigt het uit zijn duim. Jij zuigt het uit je duim. Iedereen doet maar wat.'

De telefoon rinkelde, een andere telefoon, eentje die haar nog niet was opgevallen, hoewel hij aan haar kant van het bed naast het leeslampje stond en was verbonden met een kleine cassetterecorder. Osnard rolde onzachtzinnig over haar heen, greep de hoorn van de haak en ze kon hem nog net 'Harry' horen zeggen voordat ze haar oren met haar handen bedekte en haar ogen dichtkneep en haar gezicht zich plooide in een krampachtige uitdrukking van weerzin. Maar op de een of andere manier deed een van haar handen zijn werk niet afdoende. En op de een of andere manier hoorde een oor de stem van haar man boven de luide kreten en protesten die door haar hoofd galmden.

'Mickie is vermoord, Andy,' meldde Harry. Zijn stem klonk vastberaden en op het ergste voorbereid, maar gehaast. 'Een zorgvuldig beraamde afrekening, zo te horen, en dat is alles wat ik er op dit moment over kan zeggen. Ik heb echter gehoord dat het hier niet bij blijft en daarom moeten alle belanghebbende partijen hun voorzorgsmaatregelen treffen. Rafi is al afgereisd naar Miami en ik stel de anderen op de hoogte via de vooraf overeengekomen kanalen. Ik maak me zorgen om de studenten. Ik weet niet hoe we kunnen voorkomen dat ze de vloot mobiliseren.'

'Waar ben je?' vroeg Osnard.

En daarna was er even een moment waarop Louisa Harry uit eigen beweging ook misschien wel een paar vragen had kunnen stellen – iets in de trant van: 'Hou je nog van me?' – of 'Kun je me vergeven?' – of 'Zou je merken dat er iets aan me veranderd is als ik het je niet vertel?' – of 'Hoe laat kom je vanavond thuis en zal ik eten in huis halen zodat we samen kunnen koken?' Maar ze had daar nog steeds geen keuze uit kunnen maken toen de verbinding werd verbroken en Osnard steunend op zijn ellebogen boven op haar lag met zijn neerhangende gladde wangen en zijn vochtige mondje open, maar overigens blijkbaar totaal niet van plan de liefde met haar te bedrijven want voor het eerst in hun kortstondige samenzijn scheen hij zich geen raad te weten.

'Wat was dat in jezusnaam?' vroeg hij haar alsof zij op z'n minst gedeeltelijk verantwoordelijk was.

'Dat was Harry,' antwoordde ze dwaas.

'Welke Harry?'

'De jouwe, neem ik aan.'

Waarop hij zuchtte en met zijn handen onder zijn hoofd naast haar op zijn rug plofte alsof hij even op een naaktstrand lag bij te komen. Toen greep hij opnieuw de telefoon, niet die van Harry maar die andere en vroeg, na een nummer te hebben gedraaid, te worden doorverbonden met señor Mellors in kamer zus of zo.

'Het schijnt moord te zijn geweest,' zei hij plompverloren, en zij vermoedde dat hij sprak met dezelfde Schotse man als voorheen. 'De kans bestaat dat de studenten aan het muiten slaan... de gemoederen zijn hoog opgelaaid... hij was een man waar hoog tegen op werd gekeken... Een professionele aanslag. Verdere bijzonderheden volgen nog. Wat bedoelt u met excuus, meneer? Ik kan u niet volgen. Een excuus voor wat? Nee, natuurlijk. Dat begrijp ik. Zodra ik de kans krijg, meneer. Zonder verwijl.'

Toen leek hij een tijdje een hoop dingen te overwegen, want

ze hoorde hem snuiven en zo nu en dan verbeten in zichzelf lachen, totdat hij met een ruk rechtop op de rand van het bed ging zitten. Toen stond hij op en liep naar de eetkamer om even later terug te keren met zijn bundeltje kleren. Hij viste het overhemd van gisternacht eruit en trok het aan.

'Waar ga je heen?' vroeg ze. En toen hij geen antwoord gaf: 'Waar ben je mee bezig? Andrew, ik begrijp niet hoe je kunt opstaan, je kunt aankleden en ervandoor kunt gaan en mij hier kunt achterlaten zonder kleren en zonder ergens naartoe te kunnen en zonder iets te regelen voor mijn...'

Ze wist niet meer wat ze zeggen moest.

'Tja, ik vind het heel naar voor je, beste meid. Het is allemaal een beetje plotseling. Maar ik vrees dat ik mijn biezen moet pakken. Jij ook, trouwens. Tijd om naar huis te gaan.'

'Welk huis bedoel je. Waarheen?'

'Jij naar Bethania. Ik naar het goeie, ouwe Engeland. Regel één van het handboek. Als er een spion in het veld wordt omgelegd, dan gaat zijn spionnenmeester er als de wiedeweerga vandoor. Ga niet langs af, incasseer geen tweehonderd ballen. Zo snel mogelijk terug naar moeders pappot.'

Hij stond voor de spiegel zijn das te strikken. Kin omhoog, weer kwiek en monter. En één vluchtig ogenblik en niet langer, meende Louisa een onverstoorbaarheid, een aanvaarding van zijn nederlaag in hem te ontwaren die als je niet goed keek voor edelmoedigheid zou kunnen doorgaan.

'Doe Harry de groeten van me, wil je? Hij is een groot kunstenaar. Mijn opvolger neemt wel contact met hem op. Of niet.' Nog steeds met zijn overhemd uit zijn broek trok hij een la open en gooide een trainingspak naar haar toe. 'Voor in de taxi kun je dit beter aantrekken. Als je thuiskomt verbrand je het en verpulvert de as. En hou je een paar weken gedeisd. De jongens thuis steken de krijgstrompet.'

Hatry, de grote mediagigant, zat aan de lunch toen het nieuws hem bereikte. Hij zat aan zijn vaste tafeltje in het Connaught en at niertjes met gebakken spek en dronk rode huiswijn en polijste zijn mening over het nieuwe Rusland, die inhield dat hoe meer die hufters elkaar aan stukken scheurden, hoe mooier Hatry het vond.

En door een gelukkig toeval was Geoff Cavendish zijn tafelgenoot en was de brenger van het nieuws niemand minder dan de jonge Johnson, Osnards plaatsvervanger op Luxmores kantoor, die twintig minuten tevoren het cruciale bericht van de Engelse ambassade – hoogstpersoonlijk door ambassadeur Maltby neergepend – uit de hoeveelheid papieren had gevist die zich tijdens Luxmores spectaculaire aftocht naar Panama in zijn IN-bakje hadden opgestapeld. Johnson, een ambitieuze employé bij de inlichtingendienst, zorgde er uiteraard wel voor dat hij elke passende gelegenheid om door Luxmores IN-bakje te grasduinen te baat nam.

En het mooie was dat Johnson aangaande het bericht bij niemand behalve bij zichzelf te rade kon gaan. Niet alleen was de hele bovenste verdieping met lunchpauze, maar aangezien Luxmore zelf op de terugweg naar huis was, was er behalve Johnson niemand in het gebouw die toegang had tot het BUCHAN-materiaal. Gedreven door opwinding en ambitie, belde hij onmiddellijk Cavendish' kantoor en hij kreeg te horen dat Cavendish met Hatry in het Connaught zat te lunchen. Zonder zich te bedenken legde hij onmiddellijk beslag op de enig beschikbare dienstauto met chauffeur. Voor deze overmoedige daad en voor andere werd Johnson later ter verantwoording geroepen.

'Ik ben de assistent van Scottie Luxmore, meneer,' zei hij buiten adem tegen Cavendish, kiezend voor het sympathiekste van de twee gezichten die van hun tafeltje in de erker naar hem opkeken. 'Ik heb een nogal belangrijk bericht voor u uit Panama, vrees ik, meneer, en ik geloof niet dat het uitstel duldt. Het leek me niet gepast om het u door de telefoon voor te lezen.'

'Ga zitten,' beval Hatry. En tegen de ober: 'Stoel.'

Dus ging Johnson zitten en nadat hij dat had gedaan wilde hij de volledige gedecodeerde tekst van Maltby's bericht aan Cavendish geven toen Hatry die uit zijn hand griste en het papier zo woest opensloeg dat andere gasten zich naar hen omdraaiden om te kijken wat er aan de hand was. Hatry las het bericht vluchtig door en gaf het toen aan Cavendish. Cavendish las het, evenals waarschijnlijk minstens één ober want inmiddels was men druk in de weer om voor Johnson een derde couvert neer te leggen zodat hij meer leek op een gewone lunchgast en minder op een transpirerende jonge koerier in een vrijetijdsjasje en een grijze cricketbroek – een uitmonstering die de bedrijfsleider van de Grill Room met afkeuring bezag, maar het was nu eenmaal vrijdag en Johnson had zich verheugd op een weekendje met zijn moeder in Gloucestershire.

'Dat is toch waar we op gewacht hebben, hè?' vroeg Hatry aan Cavendish, met zijn mond nog vol niertjes. 'We kunnen eropaf.'

'Dat is het,' beaamde Cavendish met ingehouden plezier. 'Dat is ons excuus.'

'Moeten we Van niks vertellen?' vroeg Hatry, zijn bord met een stuk brood schoonvegend.

'Ach, Ben, ík denk – dat het in dit geval het béste is – als broeder Van het in jouw kranten leest,' zei Cavendish in een reeks korte springerige zinnetjes. 'Néém me niet kwalijk, het spijt me écht vreselijk,' zei hij tegen Johnson terwijl hij over zijn voeten heen stapte. 'Ik moet éven opbellen.'

Hij verontschuldigde zich ook tegenover de ober en nam in zijn haast zijn dubbeldamasten servet met zich mee. En niet lang daarna werd Johnson ontslagen, niemand wist precies waarom. Zogenaamd omdat hij met een gedecodeerde tekst compleet met alle symbolen en operationele codenamen door Londen had gereden. Officieus werd hij iets te licht ontvlambaar geacht voor een loopbaan binnen de geheime dienst. Maar waarschijnlijk werd het feit dat hij in de verkeerde kleren de Grill Room van het Connaught was binnengestormd, toch als het ernstigste van deze vergrijpen beschouwd.

22

Om het vuurwerkfestival van Guararé in de Panamese provincie Los Santos, die deel uitmaakt van een achtergebleven schiereiland aan de zuid-westelijke uitloper van de Golf van Panama, te bereiken, reed Harry via oom Benny's huis in Leman Street dat rook naar brandende kolen, het weeshuis van de zusters van Barmhartigheid, diverse synagoges in East End en een aaneenschakeling van schromelijk overbevolkte penitentiaire inrichtingen die onder de grootmoedige bescherming stonden van Hare Majesteit de Koningin. Al die gebouwen en andere lagen in de rimboe-achtige duisternis aan weerszijden van hem, langs de hobbelige kronkelweg voor hem, zich op heuveltoppen aftekenend tegen de met sterren bezaaide hemel en aan de staalgrijze spiegelgladde Stille Oceaan onder een heel heldere nieuwe maan.

De toch al zware tocht werd hem nog lastiger gemaakt door het gekakel van zijn kinderen die vanaf de achterbank van de Jeep eisten dat hij liedjes zong en gekke stemmetjes deed, en door de goed bedoelde vermaningen van zijn ongelukkige echtgenote die zelfs op de meest desolate stukken van zijn reis nagonsden in zijn hoofd: rij niet zo hard, pas op voor dat hert, die aap, die bok, dat dode paard, die een meter lange leguaan of dat gezin van zes indianen op één fiets, Harry, ik begrijp niet waarom je meer dan honderd kilometer per uur moet rijden om een afspraak te halen met een dode, en als je soms bang mocht zijn het vuurwerk te missen, dan kan ik je geruststellen want het festival gaat vijf dagen en nachten door en dit is pas de eerste nacht en als we daar pas morgen aankomen, dan zullen de kinderen daar alle begrip voor hebben.

Daarbij kwamen nog Ana's ononderbroken geweeklaag, de afschrikwekkende toegeeflijkheid van Marta die niets van hem verlangde dat hij haar niet kon geven, en de aanwezigheid van Mickie, die kolossaal en mistroostig onderuitgezakt op de stoel naast hem zat en elke keer als ze een bocht maakten of over een kuil in de weg bonkten met zijn sponsachtige schouder tegen hem aan kroop, en hem steeds weer op dezelfde naargeestige toon vroeg waarom hij geen pakken maakte zoals Armani dat deed.

Zijn gevoelens jegens Mickie waren verschrikkelijk en verpletterend. Hij wist dat hij in heel Panama en in zijn hele leven maar één vriend had gehad en die had hij nu vermoord. Hij zag geen verschil meer tussen de Mickie van wie hij had gehouden en de Mickie die hij had verzonnen, behalve dat de Mickie van wie hij had gehouden beter was en dat de Mickie die hij had verzonnen een soort misplaatst eerbetoon was, een vertoon van hoogmoed van Pendels kant: om zijn beste vriend tot kampioen uit te roepen, om Osnard te laten zien met wat voor geweldenaren hij omging. Want Mickie was ook zonder dat een held. Daar had hij Pendels gave nooit voor nodig gehad. Toen het erop aankwam had Mickie zich doen gelden als een onversaagd strijder tegen de tirannie. Hij had zijn afstraffingen en gevangenneming en zijn recht om daarna tot in lengte van dagen dronken te zijn dubbel en dwars verdiend. En het recht om zoveel fraaie pakken aan te schaffen als hij nodig achtte om zich van de ellende en de stank van het gevangenisuniform te ontdoen. Het was niet Mickies schuld dat hij zwak was waar Pendel hem als krachtig had afgeschilderd, of dat hij de strijd had opgegeven die hij volgens Pendels verzinsels had voortgezet. Had ik hem maar met rust gelaten, dacht hij. Had ik maar nooit aan hem gesleuteld en hem vervolgens voor de leeuwen geworpen omdat ik me schuldig voelde.

Ergens aan de voet van Ancón Hill had hij de tank van de Jeep met genoeg benzine volgegoten om de rest van zijn leven mee voort te kunnen en een dollar gegeven aan een zwarte bedelaar met wit haar en een door een wild dier of lepra of een ontgoochelde echtgenote afgebeten oor. Bij Chame reed hij door pure verstrooidheid dwars door een douaneslagboom en bij Penonomé werd hij zich bewust van een tweetal lynxen links achter zich. Lynxen zijn jonge, heel tengere, in Amerika opgeleide politieagenten in zwart leer, die met z'n tweeën een motor bemannen, machinepistolen dragen en die vermaard zijn om hun voorkomendheid jegens toeristen en het doden van struikrovers, junkies en huurmoordenaars – maar het vannacht blijkbaar ook op moordzuchtige Britse spionnen voorzien hadden. De lynx voorop bestuurt de motor, de lynx op de buddyseat houdt zich met het moorden bezig, had Marta hem uitgelegd, en hij herinnerde zich dat toen ze naast hem kwamen rijden, en hij de starre weerspiegeling van zijn eigen gezicht in het vloeibare zwart van hun vizier tussen de straatlantaarns zag drijven. Toen realiseerde hij zich dat lynxen uitsluitend in Panama City opereerden en hij vroeg zich af of ze een soort uitstapje maakten of dat ze hem tot hier hadden gevolgd om hem in alle rust neer te knallen. Maar die vraag werd nooit beantwoord want toen hij nogmaals keek, hadden zij zich weer teruggetrokken in de duisternis waaruit ze waren opgedoken en hem alleen gelaten op de hobbelige kronkelweg met de dode honden in het licht van de koplampen en de begroeiing die aan weerszijden zo dik was dat je de boomstammen niet kon zien, alleen zwarte wanden en ogen van dieren, en waar je, door het open schuifdak, hoorde hoe de verschillende diersoorten elkaar de huid vol scholden. Eén keer zag hij een uil die aan het kruis van een elektriciteitspaal was genageld; zijn borst en de binnenkant van zijn vleugels waren wit als die van een martelaar en zijn ogen waren open. Maar of die deel uitmaakte van een nachtmerrie die hem herhaaldelijk plaagde of daar de uiteindelijke belichaming van was, bleef een mysterie.

Toen moest Pendel een poosje zijn ingedut en had hij waarschijnlijk ook nog een verkeerde afslag genomen, want toen hij opnieuw keek was hij twee jaar eerder met zijn gezin op vakantie in Parita en picknickte hij met Louisa en de kinderen op een vierkant grasveld omringd door bungalows met hoge veranda's en stenen opstapjes om op en van je paard te stappen zonder je mooie schone schoenen te bevuilen. In Parita had een oude heks met een zwarte capuchon Hannah wijsgemaakt dat de dorpsbewoners jonge boa constrictors onder hun dakpannen hielden om muizen te vangen, waarna Hannah het verdomde om nog één huis in het dorp te betreden, zelfs niet voor een ijsje of om te plassen. Ze was zo bang dat ze, in plaats van de mis bij te wonen, zoals ze van plan waren geweest, buiten de kerk moesten blijven staan en ze hadden gezwaaid naar een oude man in de klokkentoren die met een hand de klok luidde en met de andere naar hen zwaaide, hetgeen, daar waren ze het achteraf allemaal over eens, leuker was dan een kerkdienst. En toen hij klaar was met het luiden van de klok, had hij hen vergast op een verbazingwekkende vertraagde imitatie van een orang-oetan, door eerst slingerend aan een ijzeren dwarsbalk te gaan hangen en vervolgens zichzelf, oksels, hoofd en kruis, te vlooien en al doende de vlooien op te peuzelen.

Toen hij Chitré voorbijreed, herinnerde Pendel zich de garnalenkwekerij waar de garnalen hun eitjes legden in de stammen van mangroves en Hannah had gevraagd of ze eerst zwanger werden. En na de garnalen herinnerde hij zich een innemende Zweedse hovenierster die hun vertelde van de orchidee die Kleine Nachtslet werd genoemd, omdat zij overdag geen enkele geur verspreidde, maar geen fatsoenlijk mens het in zijn hoofd zou halen om haar 's nachts binnen te laten.

'Harry, het is nergens voor nodig om dit aan de kinderen uit te leggen. Ze krijgen al meer dan genoeg smerigs voorgeschoteld.'

Maar Louisa's berispingen waren tevergeefs, want Mark had Hannah de hele week zijn *putita de noche* genoemd totdat Pendel het hem verbood.

En na Chitré volgde het strijdtoneel: eerst de naderbij komende rode hemel, dan het gedender van de zware artillerie, dan de gloed van lichtkogels, terwijl hij op weg naar Guararé ongehinderd de ene controlepost van de politie na de andere passeerde.

Pendel liep en in het wit geklede mensen liepen naast hem en begeleidden hem naar het schavot. Toen hij merkte hoezeer hij zich met de dood had verzoend was hij aangenaam verrast. Als hij zijn leven ooit over zou doen, zou hij erop staan dat een totaal andere acteur de hoofdrol voor zijn rekening nam. Hij liep naar het schavot en er waren engelen aan zijn zijde. En het waren Marta's engelen, hij herkende hen onmiddellijk, het ware hart van Panama, de mensen van de overkant van de brug, die geen steekpenningen aannamen of uitdeelden, die de liefde bedreven met degenen die ze beminden, zwanger raakten en geen abortus pleegden, en, nu hij erover nadacht, Louisa zou hen ook bewonderen, als ze maar in staat was de ketens die haar bewegingsvrijheid beperkten af te werpen – maar wie was daartoe in staat? Wij, niemand uitgezonderd, worden in gevangenschap geboren, tot levenslang veroordeeld vanaf het moment dat we onze ogen openen, dat was wat hem zo droevig stemde als hij naar zijn eigen kinderen keek. Maar deze kinderen waren anders en ze waren engelen en hij was heel blij hen in de laatste uren van zijn aardse bestaan te ontmoeten. Hij had er nooit aan getwijfeld dat Panama per vierkante kilometer meer engelen, meer witte petticoats, gebloemde hoofdtooien, volmaakte schouders, eetluchtjes, muziek, gedans, gelach, meer dronkaards, kwaadaardige politieagenten en levensgevaarlijk vuurwerk telde dan welk vergelijkbaar paradijs dan ook, al was het twintig keer zo groot, en hier waren ze bijeengekomen om hem te vergezellen. En hij was heel voldaan toen hij bands hoorde spelen en volksdansgroepen zag wedijveren, met slungelachtige, dromerig kijkende zwarte mannen in cricketblazers en op witte schoenen en met platte handen die liefdevol de lucht rond de roterende heupen van hun partners kneedden. En toen hij zag dat de dubbele deuren van de kerk werden geopend om de Heilige Maagd ongehinderd uitzicht te bieden op het bacchanaal dat zich buiten afspeelde, of Zij nu wilde of niet. De engelen waren blijkbaar eensgezind van mening dat Zij het contact met het dagelijkse leven, met al zijn gebreken, niet mocht verliezen.

Hij liep, zoals alle veroordeelden, langzaam, midden over straat, en glimlachte. Hij glimlachte omdat iedereen glimlachte, en omdat één onhoffelijke gringo die het verdomt om te glimlachen temidden van een menigte uitzinnig mooie Spaans-indiaanse mestizo-feestgangers een bedreigde diersoort is. En Marta had gelijk, dit waren de mooiste, meest rechtschapen en meest onbedorven mensen op aarde, zoals Pendel al had opgemerkt. Het zou een voorrecht zijn om temidden van hen te sterven. Hij zou vragen of hij aan de overkant van de brug kon worden begraven.

Tot tweemaal toe vroeg hij de weg. Elke keer werd hij een andere kant op gestuurd. De eerste keer stuurde een groep engelen hem enthousiast dwars over het plein, waar hij een bewegend doelwit werd voor de salvo's meerkoppige kernraketten die op hoofdhoogte werden afgevuurd vanuit ramen en deuropeningen uit alle vier de windstreken. Hoewel hij lachte en grijnsde en zich niet liet kennen en zich in alle opzichten gedroeg als iemand die de grap wel kon waarderen, was het eigenlijk een wonder dat hij de overkant bereikte met beide ogen, oren en ballen intact en zonder een enkele brandwond, want die vuurpijlen waren bepaald niet misselijk, en wie dat wel beweerde was een leugenaar. Het waren bloedlinke, razendsnelle projectielen, vuurspuwende raketten, van korte afstand afgevuurd onder de regie van een roodharige amazone met sproeten en knotsknieën in een gerafelde korte broek die zichzelf had uitgeroepen tot hoofdkanonierster van een tot de tanden toe bewapende gevechtseenheid, en ze sleepte haar dodelijke projectielen als een staart achter zich aan terwijl ze obsceen rondhuppelde en gebaren maakte. Ze rookte – wat ze precies rookte mocht Joost weten – en tussen haar trekjes krijste ze bevelen naar haar troepen rond het plein: 'Knal zijn kloten eraf, schiet die gringo aan flarden,' en dan weer een haal aan de sigaret en het volgende commando. Maar Pendel was een geschikte vent en dit waren engelen.

En toen hij voor de tweede maal de weg vroeg, werd hij verwezen naar een rij huizen die aan één kant het plein begrensden, met veranda's die werden bevolkt door opzichtig geklede *rabiblancos* die zich, met hun glanzende BMW'S naast de huizen geparkeerd, kostelijk vermaakten, en toen Pendel de ene na de andere luidruchtige veranda passeerde, mompelde hij steeds weer binnensmonds: jóú ken ik, jij bent de zoon van die en die, of de dochter, goeie hemel wat vliegt de tijd. Maar bij nader inzien baarde hun aanwezigheid hem geen zorgen en het kon hem evenmin iets schelen of ze hem op hun beurt herkenden, want het huis waar Mickie zichzelf met een kogel van het leven had beroofd, bevond zich slechts enkele deuren verderop aan zijn linkerkant, wat een heel goede reden was om zijn gedachten uitsluitend te concentreren op een seksueel gefrustreerde medegevangene die Spider heette en zich in zijn cel had opgehangen toen Pendel op nauwelijks een meter afstand van hem lag te slapen, want Spiders lijk was het enige waar Pendel ooit van zo dichtbij mee was geconfronteerd. Dus was het in zekere zin Spiders schuld dat Pendel in zijn verstrooidheid midden in een geïmproviseerd politiekordon terecht was gekomen dat bestond uit een patrouillewagen, een kring van omstanders en een stuk of twintig politieagenten die onmogelijk allemaal uit die ene politiewagen konden zijn gekomen maar, zoals onder politieagenten in Panama gebruikelijk is, als meeuwen rond een vissersboot waren samengestroomd zodra er iets te halen of te beleven leek.

Het middelpunt van de belangstelling vormde een verdwaasde oude boer die met zijn strohoed tussen zijn knieën en zijn gezicht in zijn handen op de stoeprand zat en met gorilla-achtige kreten uiting gaf aan zijn gramschap. Rondom hem verdrong zich een tiental raadslieden, toeschouwers en adviseurs, onder wie diverse dronkaards die steun bij elkaar moesten zoeken om niet om te vallen, en een oude vrouw die klaarblijkelijk zijn echtgenote was en die, zodra zij er een woord tussen kon krijgen, luidkeels haar instemming betuigde met de oude man. En aangezien de politie niet van zins was een pad vrij te maken door de groep omstanders en al helemaal niet door hun eigen gelederen, zat er voor Pendel niets anders op dan zelf ook toeschouwer te worden, ook al nam hij niet actief aan de discussie deel. De oude man had tamelijk ernstige brandwonden opgelopen. Elke keer als hij zijn handen van zijn gezicht haalde om iets naar voren te brengen of ergens tegenin te gaan was duidelijk te zien dat hij zich gebrand had. Aan zijn linkerwang ontbrak een flinke lap huid en de wond strekte zich neerwaarts uit tot onder de hals van zijn kiel. En omdat hij zich gebrand had, stelde de politie voor hem naar het plaatselijke ziekenhuis te brengen waar hij een injectie zou krijgen, wat – daar was iedereen het over eens – de beste remedie tegen brandwonden was.

Maar de oude man wilde geen injectie en hij wilde die remedie niet. Hij had liever de pijn dan de injectie, hij kreeg liever bloedvergiftiging en elke andere mogelijke complicatie die zich naderhand zou kunnen voordoen, dan dat hij met de politie naar het ziekenhuis ging. En de reden was dat hij een oude dronkaard was en dit waarschijnlijk het laatste festival van zijn leven zou zijn en iedereen wist dat je na een injectie de rest van het festival geen druppel meer kon drinken. Daarom had hij, ten overstaan van zijn Schepper en zijn echtgenote, het weloverwogen besluit genomen de politie te vertellen dat ze die injectie in hun reet konden steken omdat hij er de voorkeur aan gaf zich een slag in de rondte te zuipen, waardoor hij toch geen pijn meer zou voelen. Dus zou hij het bijzonder waarderen als iedereen, de politie incluis, even wilde oplazeren en als ze hem echt een dienst wilden bewijzen, konden ze hem nog het beste een borrel bezorgen en ook een voor zijn vrouw en vooral een fles *seco* zou bijzonder welkom zijn.

Pendel hoorde het allemaal aandachtig aan en meende in alles een diepere boodschap te ontdekken, ook al was de betekenis hem niet duidelijk. En geleidelijk aan week de politie en ook de menigte uiteen. De oude vrouw ging naast haar man zitten en sloeg haar arm om zijn hals en Pendel liep de trap op van het enige huis in de straat waar de lichten uit waren en zei tegen zichzelf: ik ben al dood, ik ben net zo dood als jij, Mickie, dus denk maar niet dat jouw dood me bang kan maken.

•

Hij klopte aan en niemand deed open, maar zijn geklop trok de aandacht van mensen op straat – want wie klopt er tijdens het festival nou bij iemand aan? Dus hield hij op met kloppen en verborg hij zijn hoofd in de schaduw van de veranda. De deur was dicht maar niet op slot. Hij draaide de deurknop om en stapte naar binnen en zijn eerste gedachte was dat hij terug was in het weeshuis en dat Kerstmis in aantocht was en dat hij weer een van de drie koningen in het kerstspel was, en een lantaarn en een stok en een oude bruine vilthoed droeg die iemand aan de armen had gegeven – zij het dat de toneelspelers in het huis dat hij nu binnenging zich op de verkeerde plaatsen bevonden en iemand het kindeke Jezus had ontvoerd.

De stal werd gevormd door een kale plavuizen vloer. Het vuurwerk op het plein wierp een aureool van flikkerend licht naar binnen. En er was een vrouw met een hoofddoek die de wacht hield bij een kribbe en bad met haar handen gevouwen onder haar kin, en dat was Ana die het blijkbaar noodzakelijk had gevonden haar hoofd in het bijzijn van een dode te bedekken. Maar de kribbe was geen kribbe. Het was Mickie, ondersteboven zoals ze had beloofd, Mickie met zijn gezicht plat op de keukenvloer en zijn kont omhoog en een kaart van Panama aan een kant van zijn hoofd waar een oor en een wang behoorden te zitten, en het pistool waarmee hij het had gedaan naast hem, beschuldigend op de indringer gericht, de wereld totaal overbodig vertellend wat de wereld allang wist: dat Harry Pendel, kleermaker, verspreider van illusies, uitvinder van mensen en ontsnappingsoorden, zijn eigen schepping om zeep had geholpen.

Toen Pendels ogen geleidelijk begonnen te wennen aan het grillige licht van het vuurwerk, de fakkels en de straatlantaars van het plein, onderscheidde hij de rest van de puinhoop die Mickie had achtergelaten toen hij de helft van zijn gezicht aan flarden schoot; de sporen van hem op de plavuizen vloer en de muren en op verbazingwekkende plekken als een ladenkast, slordig beschilderd met dartelende zeerovers en hun liefjes. En dat beeld bewoog hem ertoe zijn eerste woorden tot Ana te spreken, die eerder praktisch dan troostend waren.

'We kunnen beter iets voor de ramen hangen,' zei hij.

Maar ze gaf geen antwoord, bewoog zich niet, keek niet op of om, hetgeen bij hem de indruk wekte dat zij op haar eigen manier net zo dood was als hij, dat Mickie haar ook had gedood, dat zij bijkomende schade was. Ze had geprobeerd Mickie gelukkig te maken, ze had hem opgelapt en zijn bed gedeeld en nu had hij haar doodgeschoten: daar ga je met je goede gedrag. Dus even was Pendel heel kwaad op Mickie en beschuldigde hij hem van het plegen van een gruwelijke misdaad, niet alleen tegen zijn eigen leven, maar tegen zijn vrouw en zijn maîtresse en zijn kinderen, en ook tegen zijn vriend Harry Pendel.

Toen werd hij zich uiteraard weer bewust van zijn eigen verantwoordelijkheid in deze kwestie en zijn besluit om Mickie af te schilderen als de grote verzetsstrijder en spion; en hij probeerde zich voor te stellen hoe Mickie zich moest hebben gevoeld toen de politie bij hem op bezoek kwam om hem te vertellen dat hij opnieuw de bak in zou draaien; en de vaststelling van zijn eigen schuld veegde alle goed uitkomende overwegingen aangaande Mickies niet ter zake doende tekortkomingen als zelfmoordenaar in één klap van de baan.

Hij raakte Ana's schouder aan en toen ze nog steeds geen krimp gaf, voelde hij het laatste restje verantwoordelijkheid van de geboren entertainer in zich ontwaken; deze vrouw heeft behoefte aan een verzetje. Dus stak hij zijn handen onder haar oksels en trok haar overeind en drukte haar tegen zich aan en ze was net zo verstijfd en koud als Mickie moest zijn. Het was duidelijk dat ze zo lang in een en dezelfde houding de wacht over hem had gehouden, dat zijn beweginglooheid en stilte op de een of andere manier ook tot in haar botten moesten zijn doorgedrongen. Afgaande op de paar keer dat Pendel haar had ontmoet, was ze qua karakter een wispelturig, levenslustig, frivool meisje, en ze had haar hele leven waarschijnlijk nog nooit iemand gezien die zich zo lang zo totaal niet bewoog. Eerst had ze gegild en geraasd en getierd – vermoedde Pendel, terugdenkend aan hun telefoongesprek – en toen ze was uitgeraasd was ze ten prooi gevallen aan een soort waakzame passiviteit. En terwijl ze tot rust kwam, was ze verstard – daarom was ze zo stijf toen hij haar vasthield en daarom klapperden haar tanden en kon ze zijn vraag over de ramen niet beantwoorden.

Hij keek om zich heen naar iets om haar te drinken te geven maar het enige dat hij ontdekte waren drie lege whiskyflessen en een halflege fles seco en hij besliste op eigen houtje dat *seco* geen soelaas bood. Dus leidde hij haar naar een rieten stoel, liet haar daarop plaatsnemen, vond wat lucifers, deed het fornuis aan, zette een pannetje water op, en toen hij zich omdraaide om naar haar te kijken zag hij dat haar ogen Mickie opnieuw hadden gevonden, dus liep hij naar de slaapkamer, trok de sprei van het bed, bedekte daarmee Mickies hoofd en rook toen voor het eerst de warme roestige geur van zijn bloed boven de kruitdamp en de luchtjes van etenswaren en de rook die vanaf de veranda binnendreef, terwijl het vuurwerk op het plein bleef knallen en sissen en de meisjes gilden bij het afgaan van de rotjes, die de jongens tot het allerlaatste moment vasthielden en hun dan voor de voeten wierpen. Pendel en Ana hadden er naar hartelust van kunnen genieten, als ze tenminste hun blik hadden afgewend van Mickie en door de openslaande ramen naar buiten hadden gekeken.

'Haal hem hier weg,' liet ze zich vanuit de rieten stoel ontvallen. En heel veel luider: 'Mijn vader vermoordt me. Haal hem hier weg. Hij is een Engelse spion. Dat beweerden ze. En jij ook.'

'Hou je mond,' beval Pendel haar, tot zijn eigen verbazing.

En plotseling veranderde er iets in Harry Pendel. Hij was geen ander mens maar eindelijk zichzelf, een man overtuigd en vol van zijn eigen kracht. In één stralend ogenblik van luciditeit zag hij achter de melancholie, dood en besluiteloosheid een glorieuze bevestiging van zijn leven als kunstenaar, een daad van symmetrie en verzet, wraak en verzoening, een majestueuze sprong in de wereld waar alle ondermijnende beperkingen van de werkelijkheid worden weggevaagd door de veelomvattender waarheid van de droom van de schepper.

En iets van Pendels wederopstanding moet tot Ana zijn doorgedrongen, want na een paar slokjes koffie zette ze haar kopje neer en bood hem de helpende hand: eerst vulden ze de gootsteen met water en goten daar een desinfecterend middel in, vervolgens zochten ze naar een bezem, een trekker, rollen keukenpapier, droogdoeken, schoonmaakmiddelen en een boender. Daarna staken ze een kaars aan en plaatsten die laag zodat het vlammetje niet te zien was vanaf het plein waar een nieuwe lading vuurwerk, ditmaal in de lucht en niet op passerende gringo's afgeschoten, de succesvolle verkiezing van een schoonheidskoningin aankondigde – en daar was ze op haar praalwagen met haar witte sluier en haar kroontje van perenbloesem, haar witte schouders en haar trots vlammende ogen, een meisje van zulk een oogverblindende schoonheid en verleidelijkheid dat eerst Ana en toen Pendel hun werkzaamheden onderbraken om haar voorbij te zien gaan met haar gevolg van prinsessen en uitgelaten jongens en genoeg bloemen om Mickie duizend keer te begraven.

Dan weer aan de arbeid en schrobben en dweilen tot het ontsmette water in de gootsteen in het schaarse licht zwart was geworden en moest worden ververst en nogmaals ververst, maar Ana zwoegde met de energie die Mickie altijd in haar had geprezen – een nijver bijtje, zei hij altijd, even onverzadigbaar in bed als in een restaurant – en al snel werd het boenen en dweilen een soort catharsis voor haar en babbelde ze erop los met een hartenlust alsof Mickie alleen even de deur uit was gewipt om een nieuwe fles te halen of snel even een glaasje whisky te drinken met een buurman op een van de verlichte veranda's aan weerszijden, waar groepen feestgangers op dat moment de schoonheidskoningin begroetten met geklap en gejuich – en niet onder de beddensprei midden op de vloer lag met zijn gezicht omlaag en zijn kont in de lucht en zijn hand nog steeds uitgestrekt naar het pistool dat Pendel, toen Ana even niet keek, in een la had laten glijden voor later gebruik.

'Kijk, kijk, daar heb je de minister,' zei Ana, babbelziek.

Een gezelschap voorname mannen in witte panabrisas was, omringd door andere mannen met zonnebrillen op, midden op het plein aangekomen. Zo pak ik het aan, dacht Pendel. Ik doe net zo autoritair als zij.

'We hebben verband nodig. Zoek een ehbo-doos,' zei hij.

Die was er niet en dus scheurden ze een laken in repen.

'Ik zal ook een nieuwe sprei moeten kopen,' zei ze.

Mickies magenta smokingjasje van P&B hing over een stoel. Pendel stak zijn hand in de zakken, diepte Mickies portefeuille eruit op en overhandigde Ana een stapeltje bankbiljetten, voldoende voor een nieuwe sprei en een avondje stappen.

'Hoe gaat het met Marta?' vroeg Ana terwijl ze het geld onder haar lijfje verstopte.

'Kan niet beter,' zei Pendel oprecht.

'En met je vrouw?'

'Dank je, ook goed.'

Om Mickies hoofd te kunnen verbinden, moesten ze hem in de rieten stoel plaatsen waarin Ana had gezeten. Eerst bedekten ze de stoel met handdoeken, vervolgens draaide Pendel Mickie om en haalde Ana nog net op tijd de wc en ze braakte met de deur open en één hand elegant met gespreide vingers achter zich omhooggestoken. Terwijl Ana over haar nek ging, boog Pendel zich over Mickie en dacht opnieuw terug aan Spider en dat hij hem mond-op-mondbeademing had gegeven, hoewel hij wist dat hij hem met geen mogelijkheid nieuw leven in zou kunnen blazen, hoezeer de schuldbewuste cipiers Pendel ook toe blaften dat hij harder zijn best moest doen, jochie.

Maar Spider was nooit zo'n goede vriend geweest als Mickie, of een vooraanstaande klant, of een gevangene van het verleden van zijn vader, of Noriega's politieke gevangene, of iemand die tijdens zijn gevangenschap zijn politieke overtuiging eruit had laten rammen. Spider was in de bajes nooit als een nieuw speeltje voor de psychopaten van hand tot hand gegaan. Spider was gek geworden omdat hij gewend was geweest twee meisjes per dag te neuken en op zondag drie, en omdat het vooruitzicht van vijf jaar algehele onthouding in zijn ogen een langzame hongerdood betekende. En Spider had zich opgehangen en het al doende in zijn broek gedaan en zijn tong uitgestoken, wat die mond-op-mondbeademing nog belachelijker maakte, terwijl Mickie de hand aan zichzelf had geslagen en een ongeschonden kant had achtergelaten, als je het zwart geblakerde gat over het hoofd zag, en een echt afzichtelijke kant waarvan je totaal niets over het hoofd kon zien.

Maar als celmaat en slachtoffer van Pendels verraad, beschikte Mickie over alle halsstarrigheid die bij zijn omvang paste. Toen Pendel zijn handen onder zijn oksels had gestoken, maakte Mickie zichzelf zwaarder, en het kostte Pendel de grootste moeite om beweging in hem te krijgen, en een tweede uiterste inspanning om te voorkomen dat hij weer onderuitging toen hij al half overeind was. En er moest heel wat worden opgelapt en verbonden alvorens de twee kanten van zijn hoofd weer enigszins op elkaar leken. Maar op de een of andere manier slaagde Pendel erin, en toen Ana terugkwam zette hij haar meteen weer aan het werk en moest zij in Mickies neus knijpen zodat hij het verband er aan de boven- en onderkant omheen kon wikkelen en Mickie ruimte kon geven om adem te halen, wat op zichzelf even nutteloos was als zijn poging Spider leven in te blazen, maar in het geval van Mickie diende het tenminste een doel. En door het verband schuin om zijn hoofd te wikkelen was Pendel ook in staat een oog vrij te laten zodat Mickie kon zien, want Mickie had, wat hij verder ook had aangericht toen hij de trekker overhaalde, zijn resterende oog wijd opengehouden en hij staarde daar uitermate verbaasd mee voor zich uit. Dus liet Pendel het bij het verbinden vrij en toen hij daarmee klaar was riep hij Ana's hulp in om Mickie en de stoel tot aan de voordeur te slepen.

'De mensen in mijn geboortedorp kampen met een ernstig

probleem,' vertrouwde Ana hem toe, klaarblijkelijk uit behoefte aan intimiteit. 'Hun pastoor is homo en ze kunnen hem niet uitstaan. De pastoor in het dorp verderop neukt alle meisjes en wordt op handen gedragen. Dat soort menselijke problemen krijg je nu eenmaal in kleine gemeenschappen.' Ze wachtte even om op adem te komen voor ze haar relaas vervolgde. 'Mijn oude tante is heel streng. Ze heeft de bisschop geschreven en geklaagd dat priesters die neuken geen echte priesters zijn.' Ze lachte innemend. 'De bisschop antwoordde: "Probeer dat mijn kudde maar eens duidelijk te maken, en kijk dan wat ze u aandoen." '

Pendel lachte ook. 'Dat lijkt me een goede bisschop,' zei hij.

'Zou jíj priester kunnen zijn?' vroeg ze, opnieuw aan de stoel sjorrend. 'Mijn broer is echt héél gelovig. "Ana," zegt hij. "Ik denk dat ik pastoor word." "Je bent niet goed wijs," zeg ik tegen hem. Hij heeft nog nooit een meisje gehad, dat is zijn probleem. Misschien is hij homo.'

'Doe de deur achter me op slot en doe hem niet open voordat ik terug ben,' zei Pendel. 'Afgesproken?'

'Afgesproken. Ik doe de deur op slot.'

'Ik klop drie keer zacht en één keer hard. Is dat duidelijk?'

'Denk je dat ik dat kan onthouden?'

'Natuurlijk.'

Omdat ze al flink was opgeknapt leek het hem verstandig om de behandeling te voltooien door haar om te draaien zodat ze met bewondering kon aanschouwen wat ze hadden gepresteerd: mooie schone muren en vloeren en meubels en, in plaats van een dode minnaar, niets dan een van de vele slachtoffers van het vuurwerk van Guararé in een geïmproviseerd verband, die met zijn goede oog open stoïcijns bij de deur zat te wachten tot zijn oude maatje de Jeep had voorgereden.

Pendel had de Jeep met een slakkengangetje tussen de engelen door gereden en de engelen hadden erop geslagen alsof het de flanken van een paard waren en 'hortsik, gringo!' geroepen en er vuurwerk onder gegooid en een paar jongens waren op de achterbumper gesprongen en er was een vruchteloze poging gedaan een schoonheidsprinses over te halen op de motorkap plaats te nemen, maar ze was bang dat haar witte rok vuil zou worden en Pendel moedigde haar niet aan want dit was niet het aangewezen moment om lifters mee te nemen. Overigens was het een weinig opzienbarende reis die hem de kans gaf zijn plan te vervolmaken want, zoals Osnard er tijdens de trainingslessen bij hem had ingehamerd, de tijd die je besteedt aan voorbereidingen is nooit verspilde tijd, de grote kunst was om een clandestiene operatie te bekijken door de ogen van iedereen die er een rol bij speelde en je af te vragen: wat gaat híj doen? Wat gaat zíj doen? Waar gaat iedereen heen als het voorbij is? Enzovoort.

Hij klopte driemaal zacht en één keer hard op de deur maar er gebeurde niets. Hij deed het nog een keer en toen klonk de vrolijke uitroep: 'Ik kom eraan!' en toen Ana de deur opendeed – voor de helft omdat Mickie erachter zat – zag hij in het schijnsel van het plein dat ze haar haar strak achterover had geborsteld en een schone blouse had aangetrokken die, zoals bij de andere engelen, haar schouders bloot liet, en dat de verandadeuren openstonden om de kruitdampen vrij toegang te verschaffen en de geuren van bloed en ontsmettingsmiddelen te verdrijven.

'Er staat een bureau in de slaapkamer,' zei hij haar.

'Nou en?'

'Kijk eens of daar een velletje blanco papier in te vinden is. En een potlood of een pen. Maak een bordje voor me met "ambulance" erop dat ik op het dashboard van de Jeep kan zetten.'

'Ga je doen alsof je een *ambulance* bent? Dat is een goeie.'

Als een meisje op een feest huppelde ze naar de slaapkamer terwijl hij Mickies pistool uit de la haalde en het in zijn broekzak stak. Hij had totaal geen verstand van vuurwapens en dit was maar een kleintje, maar het was flink voor zijn lengte, zoals het gat in Mickies hoofd had aangetoond. Bij nader inzien pakte hij uit een la in de keuken een kartelmes en wikkelde dat in keukenpapier voordat hij het wegstopte. Ana kwam triomfantelijk binnen: ze had een kinderschetsboek en een paar kleurpotloden gevonden en het enige probleem was dat ze in haar enthousiasme de 'i' aan het eind was vergeten waardoor er AMBULANCA op het bordje stond. Maar voor de rest was het een prima bordje, dus nam hij het aan en liep ermee de trap af naar de geparkeerde Jeep en legde het bordje op het dashboard en deed de knipperende alarmlichten aan, om de mensen die achter hem in de straat werden opgehouden en toeterden dat hij opzij moest gaan, wat milder te stemmen.

Ook hier kwam Pendels gevoel voor humor hem te hulp, want toen hij aanstalten maakte om de trap weer op te lopen, wendde hij zich tot zijn criticasters en met een glimlach bestemd voor hen allen vouwde hij zijn handen samen, hun smekend om hun toegeeflijkheid en vervolgens stak hij een vinger omhoog om hen te laten zien dat ze nog één minuutje geduld moesten hebben en toen duwde hij de deur open en deed het ganglicht aan om Mickie met zijn hoofd in het verband en zijn ene oog te tonen. Waarna het meeste getoeter en gefoeter bedaarde.

‘Gooi, als ik hem optil, zijn jasje over zijn schouders,’ zei hij tegen Ana. ‘Nu nog niet. Wacht even.’

Toen nam Pendel de gekromde houding van een gewichtheffer aan en herinnerde zichzelf eraan dat hij niet alleen onbetrouwbaar en moordzuchtig maar ook sterk was, en dat zijn kracht in zijn dijen en billen en buik en schouderpartij zat en dat hij Mickie in het verleden vaak genoeg naar huis had moeten dragen en dat dit precies hetzelfde was, zij het dat Mickie nu niet zweette of dreigde over zijn nek te gaan of vroeg te worden teruggebracht naar de gevangenis, waarmee hij zijn echtgenote bedoelde.

Met die gedachten in zijn hoofd sloeg Pendel een arm rond Mickies omvangrijke rug en trok hem overeind, maar hij had niet veel kracht in zijn benen en bovendien kon hij zich niet in evenwicht houden, want door de vochtige nachtelijke hitte was er nog bitter weinig rigor mortis in Mickie te bespeuren. Dus moest Pendel voor alle rigor zorgen toen hij zijn vriend over de drempel hielp en, met één arm om de ijzeren leuning en alle kracht die zijn goden hem ooit hadden geschonken, de eerste vier treden naar de Jeep afdaalde. Mickies hoofd rustte nu op zijn schouders en hij kon het bloed door het aan repen gescheurde laken ruiken. Ana had het jasje over Mickies rug gedrapeerd en Pendel wist niet precies waarom hij haar had opgedragen dat met het jasje te doen, behalve dat het een piekfijn jasje was en dat hij er niet aan moest denken dat Ana het zou weggeven aan de eerste de beste bedelaar op straat en dat hij wilde dat het deel zou uitmaken van Mickies roem, want daar gaan we naartoe, Mickie – derde tree – we zijn op weg om onze roem te oogsten en jij wordt de knapste jongen van de klas, de best geklede held die de meisjes ooit hebben gezien.

'Loop door en doe het portier open,' zei hij tegen Ana, waarop Mickie in een van zijn bekende, onvoorspelbare uitingen van vrije wil besloot het heft in eigen handen te nemen door zich vanaf de onderste tree in een vrije val in de richting van de Jeep te storten. Maar Pendel had zich geen zorgen hoeven maken. Twee jongens stonden hem met uitgespreide armen op te wachten. Ana had hen al geronseld, ze was zo'n meisje dat jongens al automatisch ronselde door alleen maar naar buiten te komen.

'Voorzichtig,' waarschuwde ze hen op strenge toon. 'Misschien is hij flauwgevallen.'

'Hij heeft zijn ogen open,' zei een jongen, van de klassieke foutieve veronderstelling uitgaand dat als je een oog kunt zien, je weet dat het andere er ook is.

'Buig zijn hoofd achterover,' beval Pendel.

Maar hij boog het zelf achterover terwijl ze ongemakkelijk toekeken. Hij zette de hoofdsteun van de stoel naast de bestuurder lager en drukte Mickies hoofd ertegenaan, trok de veiligheidsgordel over zijn enorme buik en maakte hem vast, sloot het portier, bedankte de jongens, betuigde met een gebaar van zijn hand zijn erkentelijkheid aan de wachtende auto's achter hem en sprong achter het stuur.

'Ga terug naar het festival,' zei hij tegen Ana.

Maar hij had zijn macht over haar verloren. Ze was weer helemaal zichzelf en huilde tranen met tuiten en hield bij hoog en bij laag vol dat Mickie nooit van zijn leven iets had gedaan dat vervolging door de politie rechtvaardigde.

Hij reed langzaam, want dat hoorde bij zijn gemoedstoestand. En Mickie verdiende, om met oom Benny te spreken, respect. Mickies verbonden hoofd rolde mee met de bochten en bonkte mee met de kuilen en alleen de veiligheidsgordel voorkwam dat hij overhelde naar Pendels kant van de auto, wat precies was zoals Mickie zich op de heenreis had gedragen, zij het dat Pendel zich hem toen niet met één open oog had voorgesteld. Hij volgde de borden naar het ziekenhuis, liet zijn alarmlichten knipperen en zat kaarsrecht, zoals ambulance-chauffeurs zaten als ze door

Leman Street raasden. Zelfs in de bochten bogen ze niet mee.

Wie ben je nu precíés? vroeg Osnard, om Pendels dekmantel te testen. Ik ben een gringo-arts, verbonden aan het plaatselijke ziekenhuis, dat ben ik, antwoordde hij. Ik heb een ernstig zieke patiënt in de auto, dus zeur me niet aan mijn kop.

Bij controleposten maakten de politieagenten ruim baan voor hem. Eén agent hield zelfs het tegemoetkomende verkeer tegen uit respect voor de gewonde. Maar het gebaar bleek vruchteloos, omdat Pendel de afslag naar het ziekenhuis negeerde en rechtdoor reed, in noordelijke richting over de weg waarlangs hij gekomen was en terug in de richting van Chitré waar de garnalen eitjes legden in de stammen van mangroves, en van Sarigua waar orchideeën kleine sletten waren. Hij herinnerde zich dat het heel druk op de weg was geweest toen hij Guararé binnenreed, maar nu hij het verliet was het doodstil. Ze reden in hun dooie eentje onder een nieuwe maan en een heldere hemel, alleen Mickie en hij. Toen hij rechts afsloeg naar Sarigua smeekte een blootsvoets rennende zwarte vrouw met een wanhopige uitdrukking op haar gezicht om een lift en hij vond het bar vervelend dat hij haar niet mee kon nemen. Maar een spion op een gevaarlijke missie geeft niemand een lift, zoals hij in Guararé al had geconstateerd, dus reed hij door en keek hij hoe de grond wit werd toen hij omhoogreed.

Hij wist precies waar hij moest zijn. Mickie was, evenals Pendel, dol geweest op de zee. Nu Pendel zijn eigen leven onder de loep nam, werd hem pas duidelijk dat de zee de kalmerende invloed was geweest op zijn vele strijdende goden, en dat juist daardoor Panama hem, voordat Osnard in zijn leven kwam, zoveel goed had gedaan. 'Harry, m'n jongen, je kunt Hongkong krijgen, of Londen, of Hamburg, mij maakt het niet uit,' had Benny hem bezworen, toen hij hem de landengte tijdens een van de bezoekuren op een *Philip's Zakatlas* aanwees: 'Waar ter wereld kun je anders op een bus elf stappen en aan de ene kant de Chinese Muur zien en aan de andere kant de Eiffeltoren?' Maar vanuit het raampje van zijn cel had Pendel geen van beide gezien. Hij had zeeën in verschillende blauwtinten aan beide zijden gezien en ontsnapping in beide richtingen.

Op de weg stond een koe met haar kop omlaag. Pendel remde.

Mickie schoof wezenloos naar voren en bleef met zijn nek achter de veiligheidsgordel hangen. Pendel maakte hem los en liet hem op de vloer glijden. Mickie, ik praat tegen je. Ik zei dat het me speet, of niet soms? Met ergerlijke traagheid sjokte de koe naar de kant van de weg. Groene borden wezen hem de weg naar een natuurreservaat. Daar was de oude indiaanse nederzetting, herinnerde hij zich, daar waren de hoge duinen, daar waren de witte rotsen die volgens Hannah gestrande zeeschelpen waren. En toen was er het strand. De weg werd een karrenspoor, het spoor liep recht vooruit als een heerbaan met hoge heggen aan weerskanten. Soms sloegen de heggen de handen boven hem ineen in gebed. Soms weken ze uiteen en toonden hem de uitzonderlijk kalme hemel die je boven rimpelloze zeeën ziet. De nieuwe maan deed haar best om groter te lijken dan ze in werkelijkheid was. Een zuivere witte nevel had haar omringd. Er waren zoveel sterren dat het wel poeder leek.

Het pad hield op maar hij reed door. Geweldig wat je met een Jeep kunt doen. Reusachtige cactussen rezen als zwart geblakerde soldaten aan weerszijden van hem op. Halt! Scheer je weg! Leg je handen plat op het dak! Papieren! Hij reed door en passeerde een bord dat hem gelastte dat niet te doen. Hij zat in over bandafdrukken. Ze zullen de Jeep opsporen. Hoe? Door de banden van elke Jeep in Panama te controleren? Hij zat in over voetafdrukken. Mijn schoenen. Ze zullen mijn schoenen traceren. Hoe? Hij dacht terug aan de lynxen. Hij dacht terug aan Marta. Ze zeiden dat jij een spion was. Ze zeiden dat Mickie er ook een was. Dat zei ik ook. Hij dacht terug aan de Beer. Hij dacht terug aan de blik in Louisa's ogen, te bang om de enige vraag te stellen die overbleef: Harry, ben je gek geworden? De gezonden van geest zijn gekker dan we ooit zullen bevroeden, dacht hij. En de gekken zijn een stuk gezonder van geest dan sommige van ons zouden willen inzien.

Hij bracht de Jeep langzaam tot stilstand en keek toen hij optrok naar de grond. Hij wilde een keiharde ondergrond. Die had hij gevonden. Wit poreus gesteente als levenloos koraal waarop in geen miljoen jaar een voetafdruk te zien was geweest. Hij stapte uit, liet zijn lichten aan, liep naar de achterbak van de Jeep waarin hij zijn sleepkabel bewaarde voor als de nood aan de man kwam. Hij zocht lang genoeg koortsachtig naar het keukenmes om in paniek te raken en herinnerde zich toen dat hij dat in de zak van Mickies smokingjasje had gestoken. Hij sneed een flink stuk kabel af, liep om de Jeep heen naar het portier aan Mickies kant, deed het open, sleurde hem naar buiten en legde hem voorzichtig omgekeerd op de grond, maar niet langer met zijn kont in de lucht, want de reis had hem veranderd en hij gaf er de voorkeur aan meer op zijn zij en minder op zijn dikke buik te liggen.

Pendel greep Mickies armen, boog ze op zijn rug en begon zijn polsen samen te binden: een dubbele boerenknoop, maar dan netter. Om zijn verstand niet te verliezen dacht hij uitsluitend aan praktische zaken. Het jasje. Wat zouden ze met het jasje hebben gedaan? Hij haalde het jasje uit de Jeep en spreidde het als een cape om Mickies rug, zoals hij het had kunnen dragen. Toen haalde hij het pistool uit zijn zak en keek in het licht van de koplampen hoe de veiligheidspal werkte en natuurlijk had hij het de hele tijd rondgesjouwd zonder dat de veiligheidspal erop zat, want zo had Mickie het uiteraard achtergelaten. Na zich door zijn kop te hebben geschoten was hij natuurlijk niet in staat geweest de veiligheidspal er weer op te doen.

Toen reed hij de Jeep een stukje achteruit, weg van Mickie, en hij wist totaal niet waarom hij dat deed, zij het dat hij wat hij op het punt stond te doen niet in het volle licht wilde doen. Hij wilde Mickie een beetje privacy gunnen en een zekere natuurlijke gewijdheid, ook al was die van een primitieve, je zou kunnen zeggen oeroude vorm, hier in het centrum van een elfduizend jaar oude indiaanse nederzetting, bezaaid met pijlpunten en vuurstenen die de kinderen van Louisa mochten verzamelen maar daarna weer terug moesten leggen, omdat er niets van zou overblijven als iedereen die hier kwam er iets van meenam; hier in een door mensen en mangroves gevormde woestijn, die zo verzilt was dat zelfs de aarde dood was.

Na de Jeep te hebben verplaatst, liep hij terug naar het lijk, knielde erbij neer en wikkelde voorzichtig het verband af totdat Mickies gezicht er weer ongeveer net zo uitzag als toen het op de keukenvloer lag, zij het een beetje ouder, een beetje schoner en, in Pendels verbeelding in ieder geval, heldhaftiger.

Mickie, ouwe jongen, dat gezicht van jou komt te hangen waar het thuishoort, in de hal der martelaren in het Reigerpaleis, zodra Panama is bevrijd van al die elementen die jij verafschuwde, zei hij inwendig. Bovendien spijt het me vreselijk dat je mij ooit hebt ontmoet, Mickie, want dat zou iedereen bespaard moeten blijven.

Hij zou het prettig hebben gevonden om ook iets hardop te zeggen maar al zijn stemmen waren inwendig. Dus wierp hij een laatste blik om zich heen en toen hij niemand zag die bezwaar zou kunnen maken, vuurde hij met het mededogen van iemand die een ziek dier uit zijn lijden verlost twee schoten af, een schot onder het linker schouderblad en een onder het rechter. *Loodvergiftiging,* Andy, dacht hij, zich zijn dineetje met Osnard in de Club Unión herinnerend. *De professionele drie schoten. Een door het hoofd, twee door het lijf, en wat er van hem over was uitgesmeerd over de voorpagina's.*

Bij het eerste schot dacht hij: die is voor jou, Mickie.

En bij het tweede schot dacht hij: die is voor mij.

Het derde schot had Mickie zelf al voor hem afgevuurd, dus bleef Pendel een poosje stil staan met het pistool in zijn hand, en luisterde naar het geruis van de zee en naar de stilte van Mickies oppositie.

Toen nam hij Mickie zijn jasje af en liep ermee terug naar de Jeep en hij reed twintig meter voordat hij het jasje uit de auto wierp zoals elke beroepsmoordenaar zou kunnen doen wanneer hij tot zijn ergernis merkt dat hij, na zijn slachtoffer te hebben gekneveld en vermoord en hem op de vereiste verlaten plek te hebben gedumpt, zijn vervloekte jasje nog in de auto heeft liggen, dat jasje dat hij droeg toen ik hem neerknalde, dus dumpt hij dat ook.

Hij keerde terug naar Chitré en reed door de verlaten straten op zoek naar een telefooncel die niet was bezet door dronkaards of verliefde paartjes. Hij wilde dat zijn vriend Andy de eerste was die het wist.

23

De raadselachtige uitdunning van de staf van de Britse ambassade in Panama tijdens de dagen die voorafgingen aan Operatie Veilige Doortocht veroorzaakte heel wat beroering in de Britse en de internationale pers en werd een excuus voor meer algemene overwegingen aangaande de Britse rol achter de schermen van de Amerikaanse invasie. Latijns-Amerika was unaniem in haar oordeel. YANQUI-SLAAF! krijste Panama's stoutmoedige *La Prensa*, boven een één jaar oude foto van ambassadeur Maltby, die op de een of andere inmiddels vergeten receptie schaapachtig de hand schudt van de opperbevelhebber van het Zuidelijk Commando van de Amerikaanse strijdkrachten. In Engeland waren de meningen aanvankelijk op voorspelbare wijze verdeeld. Terwijl de Hatry-media de diplomatieke exodus omschreven als een 'briljant georganiseerde Pimpernel-operatie in de beste traditie van het Grote Spel' en als 'een geheime strategie die ons nooit uit de doeken mag worden gedaan', riepen hun concurrenten LAFAARDS! en beschuldigden de regering van laaghartig gekonkel met de verderfelijkste elementen in de Amerikaanse rechtervleugel, van het uitbuiten van 'presidentiële tekortkomingen' in een verkiezingsjaar, van het inspelen op anti-Japanse hysterie en het ondersteunen en tegemoetkomen aan de Amerikaanse kolonialistische ambities ten koste van Engelands banden met Europa, en dat allemaal om een meelijwekkende en in opspraak gebrachte premier in de verkiezingsperiode vooruit te helpen en een beroep te doen op de meest verwerpelijke trekjes van de Engelse landaard.

Terwijl de Hatry-pers de voorkeur gaf aan kleurenfoto's op de voorpagina van de premier die zich in Washington een weg naar de roem baande – BESCHEIDEN BRITSE LEEUW LAAT ZIJN TANDEN ZIEN – stelden de concurrenten Engelands 'indirecte imperialistische droombeelden' aan de kaak onder de dubbele kop: FEITEN EN MISVATTINGEN EN TERWIJL DE REST VAN EUROPA ZICH SCHAAMT, en vergeleken de 'ongegronde beschuldigingen tegen de regeringen van Panama en Japan' met door de Hearst-pers gepubliceerde verzinsels die tot doel hadden een agressieve Amerikaanse stellingname in wat de Latijns-Amerikaanse oorlog werd te rechtvaardigen.

Maar wat wás Engelands rol? Hoe hadden de Engelsen, zo daar al sprake van was – om een hoofdartikel in de *Times* met als kop GEEN SAMENZWERING te citeren – hun voet achter de Amerikaanse deur weten te krijgen? Opnieuw werden alle ogen gericht op de Britse ambassade in Panama en haar banden of het vermeende gebrek daaraan met ene Mickie Abraxas, voormalig student uit Oxford, slachtoffer van het Noriega-regime en vermaarde telg uit Panama's politieke heersende klasse, wiens 'gemutileerde' lijk op een stuk braakliggend land buiten de stad Parita was gevonden nadat hij, zo werd beweerd, door een speciale eenheid onder direct bevel van de president, 'gefolterd en ritueel vermoord' was. De Hatry-pers had de primeur. De Hatry-pers zwengelde het aan. Televisiestations van Hatry deden er nog een schepje bovenop. Binnen korte tijd had elke Engelse krant een eigen Abraxas-verhaal, van ONZE MAN IN PANAMA TOT HEEFT GEHEIME HELD DE KONINGIN DE HAND GESCHUD? EN CORPULENTE ZUIPSCHUIT WAS ENGELANDS 007. Een minder sensationeel en daarom grotendeels veronachtzaamd artikel in een armlastig onafhankelijk blaadje beweerde dat Abraxas' weduwe binnen luttele uren na de ontdekking van het lijk van haar echtgenoot Panama heimelijk had verlaten en, als de geruchten juist waren, momenteel herstelde op een geheim adres in Miami, onder bescherming van een zekere Rafael Domingo, een goede vriend van de dode en een vooraanstaand Panamees staatsburger.

Een in allerijl door drie Panamese pathologen overlegd bezwaarschrift dat inhield dat Abraxas een verstokte alcoholist was die zichzelf na het drinken van een liter whisky in een vlaag van neerslachtigheid een kogel door het hoofd had gejaagd, werd ontvangen met het hoongelach dat het verdiende. Een van Hatry's sensatieblaadjes vatte de publieke reactie als volgt samen: WIE DENKEN JULLIE IN DE MALING TE NEMEN, SEÑORES? Een officiële verklaring van de Engelse zaakgelastigde, de heer Simon Pitt, die betoogde dat 'de heer Abraxas geen formele of informele contacten onderhield met deze ambassade of met enig andere officiële Britse vertegenwoordiging in Panama' maakte een wel heel absurde indruk toen men ontdekte dat Abraxas ooit voorzitter was geweest van de Anglo-Panamese Culturele Vereniging. Hij was gedwongen zijn functie 'om gezondheidsredenen' neer te leggen. Een deskundige op het gebied van spionage legde de verborgen logica die daaraan ten grondslag lag uit ten behoeve van de niet-ingewijden. Omdat hij door de plaatselijke inlichtingendienst was 'opgemerkt' als potentiële Engelse spion, zou men Abraxas, om zijn dekmantel te beschermen, kunnen hebben opgedragen alle openlijke banden met de ambassade te verbreken. De juiste manier om dat te bewerkstelligen was een 'conflict' met de ambassade in elkaar te flansen met als doel Abraxas te 'vervreemden' van zijn spionnenmeesters. Van een dergelijk conflict werd door de heer Pitt geen gewag gemaakt, en Abraxas zou weleens een hoge tol kunnen hebben betaald voor dat gebrek aan verbeeldingskracht van de kant van de Engelse inlichtingendienst. Uit welingelichte kringen werd vernomen dat de Panamese veiligheidsdiensten zijn activiteiten al enige tijd met belangstelling volgden. Een schaduwminister van de oppositie, die de vermetelheid had Oscar Wilde te parafraseren door op te merken dat één dode in dienst van een hoger doel dat doel niet rechtvaardigde, werd op geduchte wijze aan de schandpaal genageld door de sensatiebladen, waarbij een van Hatry's tijdschriften zijn lezers schokkende onthullingen in het vooruitzicht stelde over het belabberde liefdesleven van de man in kwestie.

Toen werden op een ochtend, alsof het afgesproken werk was, de schijnwerpers gericht op HET PANAMESE GOOCHELTRIO, zoals zij verder werden genoemd, namelijk de drie Britse diplomaten die, om met de woorden van een der verslaggevers te spreken, 'met heel hun hebben en houden en vrouwen, pal aan de vooravond van de barbaarse Amerikaanse aanval, het terrein van de ambassade heimelijk hadden verlaten'. Het feit dat ze met z'n vieren waren en een van hen een vrouw was, mocht een pakkende kop niet in de weg staan. De verklaring die een onfortuinlijke voorlichtster van Buitenlandse Zaken voor hun vertrek gaf, werd met hoongelach begroet.

'De heer Andrew Osnard had geen vaste betrekking bij

de diplomatieke dienst. Hij was tijdelijk aangesteld vanwege zijn expertise aangaande kwesties die verband houden met het Panamakanaal, een gebied waarop hij bijzonder deskundig was.'

De pers vermeldde opgetogen waar hij zijn bijzondere deskundigheid had verworven: op Eton, bij de hondenrennen en bij het skelteren in Oman.

V: Waarom heeft Osnard Panama zo overhaast verlaten?
A: Men vond dat er een einde was gekomen aan het nut van de aanwezigheid van de heer Osnard.
V: Was dat omdat er een eind was gekomen aan Mickie Abraxas' leven?
A: Geen commentaar.
V: Is Osnard een spion?
A: Geen commentaar.
V: Waar bevindt Osnard zich momenteel?
A: We zijn niet op de hoogte van de huidige verblijfplaats van de heer Osnard.

De arme vrouw. De volgende dag was de pers zo vriendelijk haar uit de droom te helpen met een foto van Osnard op een skihelling in Davos, waar hij geen commentaar gaf, in het gezelschap van een schoonheid uit de jetset die tweemaal zo oud was als hij.

'Ambassadeur Maltby is kort voor het begin van Operatie Veilige Doortocht teruggeroepen naar Londen voor overleg. Dat hij juist toen werd teruggeroepen, berust op zuiver toeval.'

V: Hoe kort?
A: (dezelfde onfortuinlijke voorlichtster) Kort.
V: Voordat hij verdween of daarna?
A: Dat is een belachelijke vraag.
V: Wat voor relatie had Maltby met Abraxas?
A: Van een dergelijke relatie is ons niets bekend.
V: Panama was een tamelijk bescheiden standplaats, vindt u niet, voor iemand van Maltby's intellectuele kaliber?
A: Wij hebben de hoogste waardering voor de republiek Panama. De heer Maltby werd de aangewezen man geacht om die post te bekleden.
V: Waar is hij nu?

A: Ambassadeur Maltby is voor onbepaalde tijd met verlof opdat hij zich kan bezighouden met zaken van persoonlijke aard.
V: Kunt u die aard nader omschrijven?
A: Dat heb ik zojuist gedaan. Van persoonlijke aard.
V: In hoeverre persoonlijk?
A: Wij hebben begrepen dat de heer Maltby een erfenis heeft gekregen en wellicht een andere loopbaan overweegt. Hij is per slot van rekening een eminente geleerde.
V: Is dat een andere manier om te zeggen dat hij is ontslagen?
A: In geen geval.
V: Dat hij een gouden handdruk heeft gekregen?
A: Bedankt voor uw komst naar deze persconferentie.

Toen ze werd ontdekt in haar woning in Wimbledon, waar ze bekendstond als een geducht bowls-speelster, onthield mevrouw Maltby zich wijselijk van elk commentaar aangaande de verblijfplaats van haar echtgenoot.

'Nee, nee. Eruit jullie, allemaal. Van mij worden jullie niets wijzer. Ik ken jullie persmuskieten nog van vroeger. Jullie zijn bloedzuigers en zuigen van alles uit je duim. Ik heb jullie meegemaakt in Bermuda toen de koningin daar op bezoek was. Nee, ik heb totaal niets meer van hem gehoord. Dat verwacht ik ook niet. Hij leidt zijn eigen leven, daar sta ik volkomen buiten. O, ik denk dat hij me nog weleens zal opbellen, als hij zich het nummer nog kan herinneren en de juiste muntjes op zak heeft. Meer zeg ik niet. Een *spion*? Doe niet zo idioot. Dacht je dat ik dat niet zou weten? *Abraxas*? Nooit van gehoord. Het klinkt als de naam van een sauna. Ja, toch wel. Hij was die kinkel die me volkomen onderkotste op het fuifje ter ere van de verjaardag van de koningin. Een walgelijk sujet. Wat bedoel je met een amoureuze betrekking, mallerd? Heb je hun foto's niet gezien? Zij is vierentwintig, hij is zevenenveertig, en dan geef ik hem nog een paar jaar cadeau.'

IK KRAB DOCHTER VAN MAGISTRAAT DE OGEN UIT, VERKLAART IN DE STEEK GELATEN VROUW VAN DIPLOMAAT. Een onverschrokken verslaggever beweerde het paar op Bali te hebben getraceerd. Een ander, vermaard om zijn geheime bronnen, beweerde dat zij in ongekende weelde in een groot huis op een heuvel in Montana woonden dat de CIA ter beschikking stelde van 'aanwinsten' die haar een bijzondere dienst hadden bewezen.

'Francesca Deane heeft vrijwillig ontslag genomen uit de diplomatieke dienst toen ze in functie was in Panama. Ze was een hoogst waardevolle kracht en wij betreuren haar beslissing, die uitsluitend op persoonlijke gronden werd genomen.'

V: Dezelfde gronden als die van Maltby?

A: (dezelfde voorlichtster, aangeslagen maar ongebroken) Ik pas.

V: Betekent dat geen commentaar?

A: Dat betekent: ik pas. Dat betekent: geen commentaar. Wat maakt het uit? Kunnen we dit onderwerp alstublieft laten rusten en overgaan tot belangrijker zaken?
(Een Zuid-Amerikaanse journaliste via haar tolk.)

V: Was Francesca Deane de minnares van Mickie Abraxas?

A: Waar hébt u het over?

V: Veel mensen in Panama beweren dat zij verantwoordelijk was voor de breuk tussen Abraxas en zijn vrouw.

A: Ik kan onmogelijk commentaar geven op wat veel mensen in Panama schijnen te zeggen.

V: Veel mensen in Panama zeggen ook dat Stormont, Maltby, Deane en Osnard een kader van speciaal opgeleide Britse terroristen vormden dat door de CIA was belast met de opdracht de democratische regering van Panama te infiltreren en haar van binnen uit ten val te brengen!

A: Heeft deze vrouw een officiële perskaart? Heeft iemand haar ooit eerder gezien? Neem me niet kwalijk! Wilt u zo vriendelijk zijn uw perskaart aan de suppoost te tonen?

Over de zaak Nigel Stormont werd weinig ophef gemaakt. DON JUAN VAN BZ TREKT DE BERGEN IN en een korte samenvatting van zijn eerder in de pers breed uitgemeten liefdesrelatie met de echtgenote van een voormalige collega toen hij verbonden was aan de Britse ambassade in Madrid, haalde alleen de eerste edities. Paddy Stormonts opname in een Zwitserse kankerkliniek en Stormonts bedreven omgang met de pers smoorden verdere speculaties in de kiem. Naarmate de dagen verstreken werd Stormont op dubieuze gronden afgedaan als een onbelangrijk radertje in wat nu werd beschouwd als een gigantische en ondoorgrondelijke Britse coup, die in de woorden van Hatry's best betaalde hoofdredacteur 'Amerika's hachje had gered en had bewezen dat Engeland onder een conservatief bewind een welwillende en welkome partner in de grote oude Atlantische Alliantie kon zijn, ongeacht of haar zogenaamde Europese partners er nu de voorkeur aan gaven om aarzelend vanaf de zijlijn toe te kijken of niet'.

De deelname van een minuscule Britse symbolische gevechtseenheid aan de invasie, die buiten het Verenigd Koninkrijk onopgemerkt bleef, was een reden tot nationale vreugde. De betere kerken hingen de vlag van St. Joris uit en de schoolkinderen die toch al niet spijbelden kregen een dagje vrij. Wat Pendel betreft: zelfs het noemen van zijn naam viel onder een alomvattende zwijgplicht die door elk vaderlandslievend dagblad en televisiestation in het land in acht werd genomen. Dat is het lot van geheim agenten overal ter wereld.

24

Het was nacht en weer plunderden ze Panama. Ze staken de torens en krotten in brand, joegen de dieren en kinderen en vrouwen met kanongebulder de stuipen op het lijf, maaiden mannen op straat neer en zorgden ervoor dat het tegen de ochtend allemaal voorbij was. Pendel stond op het balkon waar hij de vorige keer ook had gestaan en keek zonder na te denken, hoorde zonder te voelen, drukte zich zonder ineen te krimpen, beklaagde zich zonder zijn lippen te bewegen, net zoals oom Benny zich, het ene plechtige woord na het andere, in zijn lege bierpul had beklaagd:

Onze macht kent geen grenzen, en toch kunnen we geen voedsel vinden voor een hongerig kind, of een dak boven het hoofd van een vluchteling... Onze kennis is mateloos en daarmee construeren we de wapens die ons ten gronde zullen richten... We leven aan de zelfkant van onszelf, doodsbang voor het duister daar binnenin... We hebben geschonden, gecorrumpeerd en vernietigd, we hebben gedwaald en bedrogen.

Van binnen uit het huis riep Louisa opnieuw, maar daar kon Pendel zich geen zorgen om maken. Hij luisterde naar het gekrijs van de vleermuizen die protesteerden en rondfladderden in het duister boven hem. Hij was dol op vleermuizen en Louisa haatte ze en het beangstigde hem altijd als mensen een onredelijke haat jegens bepaalde dingen koesterden, want je wist maar nooit hoever dat ging. Een vleermuis is lelijk, daarom haat ik vleermuizen. Jij bent lelijk, daarom maak ik je af. Schoonheid, besloot hij, was een dwingeland, en misschien was dat de reden dat hij, hoewel hij beroepshalve een verfraaier was, Marta's verminking altijd als een heilzame kracht had beschouwd.

'Kom bínnen,' schreeuwde Louisa. 'Kom nú meteen naar binnen, Harry, in godsnaam. Denk je dat je onkwetsbaar bent of zo?'

Ach, hij had best binnen willen komen, hij was in wezen een huiselijk type, maar vannacht dacht hij niet aan God, en hij was evenmin van mening dat hij onkwetsbaar was. Integendeel zelfs.

Hij beschouwde zichzelf als iemand die ongeneeslijk gewond was. En wat God betreft – Hij was net zomin als wie dan ook in staat om af te maken wat Hij was begonnen. Dus in plaats van binnen te komen, bleef Pendel liever op het balkon rondhangen, weg van de beschuldigende blikken en de voorlijkheid van zijn kinderen en de kijvende stem van zijn vrouw en de zich steeds weer aan hem opdringende herinnering aan Mickies zelfmoord, en keek hij hoe de katten van de buren in slagorde van links naar rechts over zijn gazon renden. Drie waren grijs-bruin gestreept en een was er rood, en in het daglicht van de magnesium-lichtkogels die gestaag brandden, kon je ze in hun ware kleuren aanschouwen, ook al hoorden alle katten 's nachts zwart te zijn.

Er waren andere dingen die Pendel temidden van de chaos en het kabaal hevig interesseerden. De wijze waarop mevrouw Costello op nummer twaalf op oom Benny's piano bleef spelen, bijvoorbeeld, iets dat Pendel ook zou hebben gedaan als hij had kunnen spelen en de piano had geërfd. Om in staat te zijn je met je vingers vast te klampen aan een muziekstuk als je doodsbang bent – dat moest een schitterende manier zijn om je in bedwang te houden. En haar concentratie was verbazingwekkend. Zelfs van deze afstand kon hij zien hoe ze haar ogen sloot en als een rabbi haar lippen bewoog op de akkoorden die ze aansloeg op haar klavier, zoals oom Benny placht te doen wanneer tante Ruth haar handen op haar rug vouwde en haar boezem vooruitstak en zong.

Dan had je nog Mendoza's enorm gekoesterde metallic blauwe Mercedes op nummer zeven, die de heuvel afgleed omdat Pete Mendoza, zo blij dat hij voordat de aanval begon zijn huis had bereikt, de auto in zijn vrij had laten staan en de handrem niet had aangetrokken, en dat was langzamerhand tot de auto doorgedrongen. Ik ben ontsnapt, zei hij tegen zichzelf. Ze hebben de deur van de cel opengelaten. Ik hoef er alleen maar vandoor te gaan. Dus ging hij ervandoor, eerst hortend en stotend zoals Mickie en, misschien ook wel net als Mickie, intens hopend op een toevallige aanvaring die zijn leven zou veranderen, maar in zijn wanhoop raasde hij in gestrekte galop voort, en alleen de hemel mocht weten waar hij zou eindigen en met welke snelheid, of hoeveel bijkomende schade hij zou aanrichten voordat hij tot stilstand kwam, of of hij misschien door een vreemde overdreven Duitse technologische perfectie die in het verzegelde interieur was geprogrammeerd, de kinderwagenscène zou naspelen uit een Russische film waarvan Pendel de naam was ontschoten.

Al die uitputtende details waren in Pendels ogen van het grootste belang. Evenals mevrouw Costello kon hij zich er volkomen in verliezen, terwijl het bombardement vanaf Ancón Hill en de in de lucht zwevende gevechtshelikopters die een bocht beschreven en opnieuw de aanval inzetten, hem weerzinwekkend vertrouwd voorkwamen, als deel van de dagelijkse werkelijkheid, als de dagelijkse werkelijkheid er tenminste zo uitzag: een arme jonge kleermaker die vuurtjes stookt om zijn vrienden en meerderen te behagen, en dan toekijkt hoe de wereld in rook opgaat. En alles waar je aan gehecht dacht te zijn, het was misplaatste lichtzinnigheid die daartoe had geleid.

Nee, edelachtbare, ik heb deze oorlog niet ontketend.

Ja, edelachtbare, dat moet ik toegeven, het is mogelijk dat ik het strijdlied heb geschreven. Maar mag ik u er met alle respect dan wel op wijzen dat degene die het strijdlied schrijft niet altijd degene is die de oorlog ontketent.

'Harry, ik begrijp niet waarom je buiten blijft als je vrouw en kinderen je smeken je bij hen te voegen. Nee, Harry, niet zo dadelijk. Nú, meteen. We willen heel graag dat je binnenkomt en ons beschermt.'

Ach, Lou, ach, Jezus, ik zou zelf ook niets liever willen dan me bij jullie voegen. Maar ik moet de leugen achter me laten ook al zweer ik je, met de hand op mijn hart, dat ik niet weet wat de waarheid is. Ik moet tegelijkertijd blijven en gaan, maar op dit moment kan ik niet blijven.

Er was geen voorafgaande waarschuwing geweest maar Panama werd immers voortdurend gewaarschuwd. Je houdt je koest of wee je gebeente. Vergeet niet dat jij geen land bent maar een kanaal. Bovendien was de noodzaak van dergelijke waarschuwingen overdreven. Dacht je dat een voortvluchtige blauwe Mercedes-kinderwagen zonder baby erin van tevoren waarschuwt voor hij een paar steile slingerwegen af hobbelt en instormt op een stel vluchtelingen? Natuurlijk doet hij dat niet.

Geeft een voetbalstadion een waarschuwing voor het instort en honderden mensen doodt? Waarschuwt een moordenaar zijn slachtoffer vooraf dat de politie bij hem op bezoek komt om te vragen of hij een Engelse spion is en of hij een week of twee wil doorbrengen temidden van een paar zware jongens in Panama's best bezette bajes? En waar het een specifieke waarschuwing uit menselijke overwegingen betreft – 'We staan op het punt jullie te bombarderen' – 'We staan op het punt jullie te verraden' – waarom zou je iedereen alarmeren? Een waarschuwing zou de armen niet baten, daar zij er toch niets aan zouden kunnen doen, behalve dan wat Mickie had gedaan. En de rijken hadden geen waarschuwing nodig omdat het bij invasies in Panama inmiddels usance was dat de rijken buiten schot bleven, wat Mickie altijd al had beweerd, of hij nu dronken of nuchter was.

Dus bleef een waarschuwing uit en kwamen de gevechtshelikopters zoals gebruikelijk uit zee, maar ditmaal was er geen verzet omdat er geen leger was, dus was El Chorillo zo verstandig zich al over te geven voor de vliegtuigen arriveerden, wat aantoonde dat men daar eindelijk zijn plaats kende en dat Mickie het evenmin bij het verkeerde eind had toen hij zijn preventieve daad stelde, ook al waren de gevolgen onsmakelijk. Een flatgebouw dat sprekend leek op dat waarin Marta woonde, stortte uit eigen beweging in en deed hem terugdenken aan de ondersteboven liggende Mickie. De tijdelijke behuizing van een lagere school stak zichzelf in brand. Een verzorgingshuis voor bejaarden boorde een gat in zijn eigen muur dat bijna precies even groot was als het gat in Mickies hoofd. Toen knikkerde het de helft van zijn inwoners de straat op zodat ze konden helpen het vuur te bestrijden, zoals men dat ook in Guararé had gedaan, voornamelijk door het te negeren. En een heleboel andere mensen waren op de vlucht geslagen alvorens zij iets hadden om voor weg te vluchten – als een soort brandoefening – en schreeuwden voordat ze waren geraakt. En Pendel constateerde boven het geschreeuw van Louisa uit dat dat allemaal gebeurde voordat de eerste onheilspellende geuren zijn balkon in Bethania hadden bereikt of de eerste trillingen de bezemkast onder de trap waar Louisa de kinderen mee naartoe had genomen deden schudden.

'Pap!' Ditmaal was het Mark. 'Pap, kom binnen. Alsjeblieft!

Alsjeblieft!'

'Pappie, Pappie, Pappie.' Dat was Hannah. 'Ik hou van je!'

Nee, Hannah. Nee, Mark. Over liefde een andere keer, alsjeblieft, en ik kan helaas niet binnenkomen. Als iemand de wereld in brand steekt en bovendien zijn beste vriend vermoordt, en zijn non-maîtresse naar Miami stuurt om haar verdere attenties van de politie te besparen, hoewel hij uit haar afgewende blik al heeft opgemaakt dat ze toch niet zou gaan, zal hij het wel uit zijn hoofd laten zich nog langer als beschermer op te werpen.

'Harry, ze hebben het allemaal piekfijn uitgedokterd. Tot in de kleinste details. Het is allemaal het modernste van het modernste. Met die nieuwe wapens kunnen ze van kilometers afstand elk afzonderlijk venster raken dat ze willen. Ze bombarderen geen burgerdoelen meer. Kom nou alsjeblieft.'

Maar hoewel hij dat in menig opzicht best wilde, kon Pendel niet naar binnen, want zijn benen lieten hem opnieuw in de steek. Elke keer als hij de wereld in lichterlaaie zette, of een vriend doodde, weigerden zij dienst, concludeerde hij. En het vuur laaide hoog boven El Chorillo op, met zwarte rookwolken boven de vlammen – hoewel het zwart, evenals de katten, niet overal even zwart was door de rode gloed van de vlammen eronder en het zilver van de magnesium-lichtkogels aan de hemel erboven. Dit aanzwellende vuur hield Pendels blik gevangen en hij kon zijn ogen en zijn benen geen enkele kant op bewegen. Hij kon niet anders dan ernaar staren en aan Mickie denken.

'Harry, ik wil weten waar je naartoe gaat, alsjeblieft!'

Ik ook. Niettemin verbaasde hij zich over haar vraag totdat hij besefte dat hij uiteindelijk toch liep, niet naar Louisa of de kinderen toe, maar weg van haar en weg van de schaamte jegens hen, dat hij met grote passen over een verharde weg de heuvel afdaalde, hetzelfde pad volgde dat Pete's Mercedes-kinderwagen had gekozen toen hij er op eigen houtje vandoor ging, hoewel hij diep in zijn hart het liefst zou zijn omgekeerd, de heuvel op zou zijn gerend en zijn kinderen en zijn vrouw in zijn armen zou hebben gesloten.

'Harry, ik hou van je. Wat je ook verkeerd hebt gedaan, ik heb ergere dingen op mijn geweten. Harry, het kan me niet schelen wat je bent of wie je bent of wat je hebt misdaan of tegenover wie. Harry, blijf hier.'

Hij liep met grote passen. De steile helling sloeg tegen de hielen van zijn schoenen, en joeg hem voorwaarts, en het is nu eenmaal zo dat naarmate je een heuvel verder afdaalt het steeds moeilijker wordt om om te keren. Een heuvel afdalen was zo verlokkelijk. En hij had de weg voor zichzelf alleen omdat tijdens een invasie ieder die er niet op uit is getrokken om de boel te plunderen, liever binnen blijft en zijn vrienden probeert op te bellen, wat de mensen achter hun verlichte ramen aan het doen waren toen hij voorbijliep. En soms kregen ze verbinding met hen omdat hun vrienden, evenals zij, in wijken woonden waar de normale voorzieningen ten tijde van oorlog niet werden aangetast. Maar Marta kon niemand opbellen. Marta woonde temidden van mensen die, al was het uitsluitend mentaal, van de overkant van de brug kwamen, en voor hen was oorlog een even ernstige als fatale ontwrichting van hun dagelijks leven.

Hij bleef doorlopen en wilde nog steeds omkeren maar deed het niet. Het duizelde hem en hij moest een manier zien te vinden om uitputting om te zetten in slaap en misschien was dat waar de dood goed voor was. Hij zou graag iets hebben gedaan dat standhield, zoals Marta's hoofd weer tegen zijn nek, en haar andere borst in zijn hand voelen, maar zijn probleem was dat hij vond dat hij geen recht had op kameraadschap en zijn eigen gezelschap verkoos boven dat van enig ander, op grond van het feit dat hij minder verwoestingen aanrichtte als hij veilig in zijn eentje was, wat de rechter hem ook had gezegd, en dat klopte, en wat Mickie hem ook had gezegd, en dat klopte nog meer.

Hij bekommerde zich beslist niet langer om kostuums, zijn eigen of dat van anderen. De snit, het model, het cachet en het silhouet konden hem niets meer schelen. Mensen moesten aantrekken wat ze wilden en de fatsoenlijkste mensen hadden geen keuze, was hem opgevallen. Een heleboel redden het prima in een spijkerbroek en een wit overhemd of een bloemetjesjurk die ze hun hele leven wasten en wisselden. Menigeen had geen flauw idee wat er met cachet werd bedoeld. Zoals die mensen die hem voorbijrenden, bijvoorbeeld, op bloedende voeten en met wijd open monden, die hem opzij duwden en 'brand!' riepen en krijsten als hun eigen kinderen. Die 'Mickie!' schreeuwden en: 'Pendel, jij vuile schoft!' Hij zocht tussen hen naar Marta maar zag haar niet, en waarschijnlijk had ze besloten dat hij te besmet voor haar was, te weerzinwekkend. Hij zocht naar de metallic blauwe Mercedes van de Mendoza's voor het geval die had besloten over te lopen naar de andere kant en zich bij het doodsbange gepeupel aan te sluiten, maar hij kon er geen spoor van ontdekken. Hij zag een brandkraan die halverwege geamputeerd was. Het ding stortte zwart bloed uit over de hele straat. Hij zag Mickie een paar keer, maar die negeerde hem straal.

Hij bleef doorlopen en besefte dat hij al ver in het dal was aangekomen en dat hij op weg moest zijn naar de binnenstad. Maar als je in je eentje midden op een weg loopt die je elke dag rijdt, wordt het lastig om bekende oriëntatiepunten te herkennen, vooral als die in lichterlaaie staan en je bijna onder de voet wordt gelopen door bange mensen op de vlucht. Maar over zijn eindbestemming maakte hij zich geen kopzorgen. Dat was Mickie, dat was Marta. Dat was het binnenste van de oranje vuurbal, die terwijl hij liep zijn oog strak op hem gericht hield en hem tot spoed maande, en tegen hem sprak met de stemmen van alle nieuwe fatsoenlijke Panamese buren die hij altijd nog kon leren kennen. En op de plek waar hij naartoe ging zou niemand hem ooit meer vragen het uiterlijke leven te verfraaien, en evenmin zouden ze zijn dromen voor hun verschrikkelijke werkelijkheid houden.

Een woord van dank

Niemand die mij heeft geholpen bij het schrijven van dit boek is verantwoordelijk voor de tekortkomingen ervan.

In Panama moet ik allereerst mijn dank betuigen aan Richard Koster, de vooraanstaande Amerikaanse romancier die, met grote edelmoedigheid van geest, zijn uiterste best heeft gedaan om deuren voor mij te openen, en me heel wat wijze raad heeft gegeven. Alberto Calvo was gul met zijn tijd en steun. Roberto Reichards hulpvaardigheid en gastvrijheid kenden geen grenzen. En toen het boek voltooid was toonde hij zich een geboren redacteur. De heldhaftige Guillermo Sanchez, Noriega's gesel en tot op de dag van vandaag *La Prensa*'s onversaagde kampioen van het fatsoenlijke Panama, deed me de eer aan het voltooide manuscript te lezen en verleende het zijn goedkeuring, evenals Richard Wainio van de Panamese Kanaalcommissie, die in staat was te lachen waar minder hoogstaande lieden zouden zijn verbleekt.

Andrew en Diana Hyde maakten, ondanks de tweeling, uren van hun kostbare tijd vrij, zonder ooit te vragen naar mijn bedoelingen, en behoedden me voor een aantal beschamende blunders. Dr. Liborio García-Correa en zijn gezin namen mij gastvrij op in hun midden en wezen mij plaatsen die ik anders nooit zou hebben gevonden. Ik zal dr. García-Correa eeuwig dankbaar zijn voor zijn onvermoeibare naspeuringen te mijnen gunste en voor de fantastische uitstapjes die we samen maakten – met name naar Barro Colorado. Sarah Simpson, bedrijfsleidster en eigenaresse van restaurant Pavo Real, heeft me heel wat heerlijke maaltijden voorgeschoteld. Hélène Breebaart, die prachtige kleding maakt voor prachtige Panamese dames, was zo goed me te laten zien hoe ik mijn herenkleermakersbedrijfje zou kunnen opzetten. En het personeel van het Smithsonian Tropical Research Institute heeft me twee onvergetelijke dagen bezorgd.

Mijn karakterisering van de staf van de Engelse ambassade in Panama berust op louter fantasie. De Britse diplomaten en hun echtgenotes die ik in Panama heb ontmoet, waren zonder uitzondering bekwaam, toegewijd en integer. Zij zijn de laatsten op aarde die snode complotten zouden smeden of goudstaven zouden stelen en ze hebben, godzijdank, niets gemeen met de aan mijn verbeelding ontsproten personages in dit boek.

Terug in Londen gaat mijn dank uit naar Rex Cowan en Gordon Smith voor hun raadgevingen aangaande Pendels deels joodse afkomst, en naar Doug Hayward uit Mount Street W die mij mijn eerste vage indruk van Harry Pendel de kleermaker verschafte. Als u ooit bij hem langsgaat om u een pak te laten aanmeten, ontvangt Doug u waarschijnlijk zittend in zijn leunstoel naast de voordeur. Er staan een comfortabele oude bank om op te zitten en een salontafel, overladen met boeken en tijdschriften. Helaas hangt er geen portret van de grote Arthur Braithwaite aan zijn muur, en evenmin duldt hij veel kletspraatjes in zijn paskamer, waar efficiëntie en zakelijkheid de boventoon voeren. Maar als u op een rustige zomernamiddag in zijn zaak uw ogen sluit, hoort u heel misschien in de verte nog vaag de echo van Harry Pendels stem die de kwaliteiten roemt van alpaca stoffen en knopen van tagua-noot.

Wat Harry Pendels muziekkeuze betreft ben ik dank verschuldigd aan een andere grote kleermaker, Dennis Wilkinson van L.G. Wilkinson in St. George Street. Als Dennis zijn maatpakken snijdt doet hij dat het liefst achter gesloten deuren en luisterend naar zijn favoriete klassieken. Alex Rudelhof onthulde me de subtiele geheimen van het maat nemen.

En ten slotte zou dit boek zonder Graham Greene nooit zijn geschreven. Na het lezen van Greenes *Onze man in Havana* liet het concept van een man die geheime gegevens verzint me niet meer los.

John le Carré